沧浪客/著

云南出版集团　云南人民出版社

图书在版编目(CIP)数据

寒魂江湖泪 / 沧浪客著. — 昆明：云南人民出版社，2021.8
ISBN 978-7-222-20246-7

Ⅰ. ①寒… Ⅱ. ①沧… Ⅲ. ①侠义小说—中国—当代 Ⅳ. ①I247.5

中国版本图书馆CIP数据核字(2021)第126385号

项目策划：沈阳市和平区立心侠图书文化传播工作室
责任编辑：苏映华
助理编辑：李　平
装帧设计：熊小熊　师　彪
责任校对：李　红
责任印制：窦雪松

HAN HUN JIANGHU LEI
寒魂江湖泪

沧浪客/著

出　版　云南出版集团　云南人民出版社
发　行　云南人民出版社
社　址　昆明市环城西路609号
邮　编　650034
网　址　www.ynpph.com.cn
E-mail　ynrms@sina.com
开　本　720mm×1010mm　1/16
印　张　37
字　数　557千
印　数　5000册
版　次　2021年8月第1版第1次印刷
印　刷　云南出版印刷集团有限责任公司国方分公司
书　号　ISBN 978-7-222-20246-7
定　价　69.00元

如需购买图书、反馈意见，请与我社联系
总编室：0871-64109126　发行部：0871-64108507　审校部：0871-64164626　印制部：0871-64191534

版权所有　侵权必究　印装差错　负责调换

云南人民出版社微信公众号

目 录

第一回　　大梦醒来春又残　　001

第二回　　另一种温柔乡　　020

第三回　　就算你是独孤樵　　029

第四回　　会武功的人真古怪　　039

第五回　　一顶轿子　　050

第六回　　烫手的山芋　　059

第七回　　死是受限制的　　068

第八回　　赌　命　　088

第九回　　爱是一种病　　101

第十回　　情　逝　　115

第十一回　　魔影初现　　134

第十二回　　散人谷　　147

第十三回　　不是算账　　165

第十四回　　连环劫　　181

第十五回	粉英含蕊自低昂	196
第十六回	不许你叫独孤樵	210
第十七回	自作自受	226
第十八回	弹指百年	237
第十九回	惜春更把残红折	251
第二十回	聆密出谷	273
第二十一回	复圣盟及其他	289
第二十二回	乔石头和内乱	304
第二十三回	正邪之间	324
第二十四回	异乡异客	347
第二十五回	思君十二时辰	361
第二十六回	受制于人	382
第二十七回	蒙面人与半真半假	395
第二十八回	斗　笠	415
第二十九回	天将降大任	432
第三十回	随风漫漫飘	452
第三十一回	阵　困	476
第三十二回	失　陷	517
第三十三回	青山未改恨不休	549

第一回

大梦醒来春又残

一

柳家堡。天光初晞时分。

"哇"的一声婴啼。面色蜡黄的柳玮云长吁一声,密布汗珠的脸上露出了柔慈的笑意。

旋即,一个老婆子从玮云屋内奔出,对忧心忡忡徘徊在门口的白马书生夫妇喜笑颜开地道:"恭喜老爷太太,小姐生了个公子。"

夹竹桃茂盛而沉默。

长安。月桂里巷。

十六七个小叫花把一个年约十九、双目浑浊黯淡的少年摁在地上,抓头发,扯耳朵,嘻嘻哈哈地寻开心。

其中一个小叫花高叫道:"只要你说你的名字不叫独孤樵,咱们便饶了你!"

那少年挣扎着咕啾道:"我干吗不……不……"

一语未了,便闻一声暴喝:"都给我滚起来!"

声若惊雷,所有小叫花俱被震得双耳轰轰作响,待他们惊魂稍定,便只有眼尖的看到一个老叫花挟着那个自称独孤樵的少年迅捷消失的衣袂。

小叫花们面面相觑,此事委实透着些儿古怪。独孤樵一剑刺死"武帝"东方圣,此事天下皆知,他们虽非习武之人,但久在客栈酒肆乞食,从那些武林人物口中也早知独孤樵是一个武功深不可测的人。那少年不会丝毫武功，却自称独孤樵，那就不但是亵渎，而且还讨打了。事实上，近半年来，小叫花们几乎每天都要将他摁在地上戏弄一次。

因而过了半晌，才有一个小叫花哑嘴道："他，莫非他真的……真的竟会是……"

没有人搭腔，因为此事实在不大真实。

泰山英雄会之后，原丐帮川陕分舵舵主李仁杰升任本帮护帮长老并兼任原职，现任帮主布袋和尚姚鹏给他的令谕是：倾全舵之力在川陕内找寻独孤樵。早先他觉得新帮主虽然处事公允，只是此事未免有些小题大做。不料数月之后，本舵近千弟子竟无一人发现独孤樵半点踪迹，而布袋和尚的弟子鬼灵子陆小歪又来询问了两次，李仁杰才觉得新帮主的令谕并非"小题"，端的需要"大作"了。

川陕分舵副舵主蒋昌扬属丐帮污衣一脉，年纪几乎比李仁杰大一倍，也是七袋弟子，武功绝不弱于他的顶头上司，只是为人刚毅直鲁，难以堪任一舵之主，才在李仁杰手下为副。

他本人对此倒也心满意足。

蒋昌扬将一个双目茫然的少年放在凳子上，对同样觉得不解的李仁杰道："李舵主，这小子就是独孤樵。"李仁杰心头一震，却见那少年衣冠不整，且脏得不堪入目，裤管已被撕坏，露出一小截满是污垢的小腿。当下只觉副手行事太过鲁莽，淡然一笑道："蒋兄近日来辛劳有加，这便去好好歇歇如何？"

蒋昌扬一愣，随即便高声道："是，舵主。"

半个时辰之后，李仁杰正愁眉不展地在大厅里踱步，忽闻厅外一本舵二袋弟子高声禀报有事求见。

进厅之后，未等舵主问话，那弟子便道："舵主，副舵主带回来那少年，或许真是独孤少侠。"

李仁杰心头狂震，面上却依然淡漠地道："我只让你带他去沐浴更衣，再送他点儿银子让他走，你又从未见过独孤少侠，此话从何说起？"

那弟子道："弟子确实是照舵主的吩咐去做了，只是弟子送他出门之后，他突然问了一句令弟子莫名其妙的话。"稍停又道："当时他问道：'你可知婆婆在哪儿？'弟子一愣道：'哪个婆婆？你找她作甚？'他说道：婆婆就是婆婆，我找她是想问她为何这么长日子不给我送饭了。'弟子又顺口道了一句：'原来是送饭婆婆，我倒是从未见过。'却见他忙摇头道：'她不叫送饭婆婆。对了，有时我叫她木叶婆婆。'当时弟子闻言大震，连忙将他带了回来。"

李仁杰失声道："快去带他到这儿来，对了，着人去请蒋副舵主也来这儿。"

李仁杰问清蒋昌扬遇见少年的经过之后，才强压心头的狂跳，对面前这个先前还脏兮兮，此时却丰朗俊秀，只是双目浑浊黯淡的少年道："敢问少侠可真复姓独孤单名一个樵字么？"

少年惶然道："我叫独孤樵。"

李仁杰道："这么说，你认识千杯不醉胡醉胡大侠了？"

"我为何要认识千杯……千杯不醉胡大侠？"

"那你认识江湖浪子童超童少侠么？"

少年苦思良久，又茫然摇头。

蒋昌扬早按捺不住，高声怒道："独孤少侠，你竟说不认识自己的拜兄，那岂不是太过分了么？！"

少年忙道："我不叫独孤少侠，我叫独孤樵。"

蒋昌扬还欲开口，却见李仁杰轻轻摇手，当下强忍怒气。

李仁杰道："那你认识……"

少年截口道："你们别问啦，你们说的人我肯定一个也不认识。"

李仁杰笑道："这么说早先每日送饭到少侠居所的木叶婆婆，想必你也是不认识的了？"

少年大惊道："你也认识木叶婆婆么？快告诉我她在哪儿！"

李仁杰突然黯然无语。

少顷，一个中年叫花将早已残废的木叶令主卢若娴抱进大厅。那少年面上之惊骇，绝非笔墨所能形容。待他轻轻抚摸过木叶令主的脸之后，却是一言不发，只跪在一旁轻轻流泪。

李仁杰立刻断定这少年千真万确就是独孤樵。

独孤樵终于现身江湖了！

胡守金半年前还是个屠夫，此时却是一幢新修的深宅大院的主人。

这幢大院在长安城西郊，一共住着七十四口人。三十一个男人和四十三个女人。确切地说，这些人是：胡守金、三十个护院武师、胡守金那满口黄牙的结发妻子和他新近娶的两房娇妾，还有四十个丫鬟。

此时大院内正灯火辉煌。就是说，如果不出什么意外，明日住在这大院内的人将增加到七十五口——胡守金将增加一个姨太。

这个四姨太年仅十七，是城西"药膳庄"老板吴良的小女儿。

吴良并不知胡守金半年前还是个屠夫，只知道他刚在城西地盘上出现便很有钱。他们是在赌场里认识的。

吴老板的女儿，当然要嫁给一个有钱人。

因此吴良满脸喜色地按着这个年纪尚比自己大两岁的女婿的肩头，正热情或不热情地招呼有钱或者没有钱的客人入座。

胡守金自然也是满面春光，用油光光的肥肉堆出许多笑意。

酒过三巡，菜上五味之后，头罩红布的新娘被人扶出来了。

香火案自是早已准备好了的，主婚师爷也是早立于香火案之侧，他天干地支、阴阳八卦地说了一大通没人能听懂的言语之后，确认胡守金与吴家姑娘是天作之合。

于是新人叩拜天地祖宗，正欲夫妻对拜时，一个护院家丁突然急匆匆地冲进大厅，在胡守金耳旁不知嘀咕了几句什么，胡守金的面色先是愠怒，后是惊疑，之后便转为大喜过望。

此时恰是子夜时分。

胡守金奔到吴良身旁，对这个面色阴晴不定却年弱于己的岳丈附耳轻言了几句，吴良等他言毕，早是心花怒放，高声道："贤婿快去，快去，这儿自有某家交代！"

待胡守金喜色匆匆地随护院家丁奔出大厅之后，吴良轻呷了数口酒，才装出一副若无其事的样子道："长安太守乔大人亲来恭贺，小婿前往相迎，还望诸位嘉宾稍候，得罪之处，尚请多多海涵。"

话虽如此，面上却无歉意。待他语音落尽，大厅内早是一片惊叹恭维之声。

吴良自是满面堆欢，直至半个时辰之后，他的脸色才略有改变。

又过了半个时辰，吴良及众宾客面上已无欢快之色。一个半时辰之后，大厅里出现了四个捕快和他们带来的一具尸体。乔太守其时不知在自己的府第里临幸哪一位娇妻，只是捕快们不准胡守金的妻妾围着那具尸体号哭。

过了一周，"药膳庄"老板被告知，他那么得以夫妻对拜的女婿半年前是长安城南的一介屠夫，他因何突然阔绰无人得知，只是他大喜之夜横尸街头，确系一钝物——似乎是木剑——刺入左胸所致。

此案当然是不了了之。

因为没有一个捕快知道，就在胡守金横尸街头之夜的子时至丑时，李仁杰曾借独孤樵的松纹木剑把玩了一个时辰，然后又用青色绸纱包了还给独孤樵。

当夜李仁杰梦见胡醉和童超联袂到他的居所来高谈畅饮，席间言笑晏晏，直至大醉方休。然待他午时醒来，却突然觉得头大如斗——

独孤樵和他的木剑都不见了！

二

就在吴良被告知胡守金底细之时，丐帮第二十六届新任帮主布袋和尚姚鹏已星夜兼程赶至本帮川陕分舵。

已是子夜时分，李仁杰的密室里只有三个人。

这三人便是：姚鹏、李仁杰和蒋昌扬。

他们都愁眉不展。

姚鹏悠然道:"果真是独孤公子么?"

李仁杰肃然道:"启禀帮主,那是决计不会错的。"

"独孤公子果真一身神功俱失了么?"

"是的。"

"但他却悄然离去了?""启禀帮主,当日……"

"李舵主不用多说了,本帮川陕分舵素来行事谨慎,本帮主是早就知晓了的,只是独孤公子一身神功俱失,本帮巡夜弟子又无一人得知他如何离去,莫非……他真的神功俱失了?"

蒋昌扬抢着道:"此事千真万确!当日属下与李舵主曾亲往独孤少侠居所,发现……发现……唉!李舵主,还是由你禀报帮主吧。"

李仁杰颔首道:"当日见他跪在木叶令主卢前辈身旁默默流泪,属下便断定他便是独孤少侠。经属下再三相询,方从独孤少侠言语中探到一丝头绪,随即便与蒋兄随独孤少侠到了城南一条隐秘小巷,找到一间极为简易的小土屋,屋内恶臭弥漫,却是两具早已腐烂的尸体发出的。据独孤少侠说,他叫他们大爷大娘,向来便住楼下。他自己则是住在阁楼上,早先是木叶令主每日为他送饭,后来便是由大娘大爷送上去,他自己是不下楼的。但有一天突然没人送吃的给他,他饿了下楼来,就见到大娘大爷死了,原先屋里的东西也没有了。自此他便自己出去找吃的,又不知如何乞讨,便常被一群小叫花摁在地上捉弄。蒋兄初见他时,也确见独孤少侠被一群不会丝毫武功的小叫花正摁在地上取乐。"

蒋昌扬颔首证实,李仁杰又接着道:"当日独孤少侠带咱们上阁楼时,里面也是空空荡荡,只有一张破席子和一床破毡子铺在床上。独孤少侠说,原先屋里也是有些东西的,大爷大娘死后,有一天他出去找吃的,回去便什么也没有了。当时属下便猜定是遭了劫财害命之事,因而问道:'屋里再无任何别的物什么?'独孤少侠道:'还有一样东西,是木叶婆婆帮我藏的,她叫我千万不可拿出来给坏人看。'属下当即连忙证明自己不是坏人。独孤少侠看了属下和蒋兄良久,一言不发地从阁楼左边顶上抽下一块木板,取出了那柄曾刺死东方圣的松纹木剑。属下再不疑有它，当即运了一成功力，轻轻一掌拍向独孤少侠，却没觉到一丝反弹之力，只闻'咔嚷'一声，独孤少侠的身体已被击得撞破阁楼木板跌落出去，幸得蒋兄眼明手快，跟着飞身而出，独孤少侠才未被属下击伤，否则属下便万死莫赎了。"

布袋和尚道："整个江湖均知独孤公子身具奇特内功，李舵主如此细心试探，倒也怪你不得。"

李仁杰谢过帮主，又道："属下几经查证，才从知情的邻居口中得知，独孤少侠口中的大爷大娘，便是小土屋房东夫妇，向来是老实巴交的人，卢前辈突然遭难之前，曾给了他们许多银子，让他们代为照料独孤少侠，不料有一天房东喝醉之后，泄露了风声，被一个叫胡守金的屠夫得知了，以至招来杀身之祸。"

布袋和尚插言道："此事倒有些古怪，那屠夫既为劫财而杀了房东夫妇，为何不上楼杀了独孤公子灭口？"

李仁杰道："此节先前属下也是不解，好在未过七日，本舵兄弟便追查到了携财而逃的胡屠夫踪迹，他竟然到城西充起富豪来了！属下恨其卑劣狠毒，便在那屠夫娶第三房姨太的当夜，借了独孤少侠的松纹木剑，冒充太守府中当差的，将其诱至无人之所，略施手段，便让那屠夫吐露了真情。原来是他平生第一次见了那么多银子，一时乐昏了头，又怕被人撞见，便忘了再上阁楼，劫了银子便逃了。直至一月之后，他才又壮着胆子偷偷溜回，意欲杀了独孤少侠灭口，正巧独孤少侠不在，便又窃了阁楼上的东西。"见布袋和尚又欲动问，李仁杰接着道："据那屠夫说，他再次到那小土屋时，小土屋门户虚掩，屋内的两具腐尸上满是苍蝇蛆虫，绝不像尚有人居住之所，他以为独孤少侠早被吓跑了，才放心大胆地在城西做阔佬，没有再去劫财害命。"

室内三人俱是怒气大炽，李仁杰又道："属下听那屠夫竟如此阴毒无耻，未等他语音落地，当即便用独孤少侠的木剑结果了他！"

蒋昌扬高声道："如此卑劣宵小，确是人人得而诛之！杀得好！"

布袋和尚也轻轻点头。

李仁杰呷了一口茶，接着道："宰了那屠夫之后，属下便将木剑包了还给独孤少侠,又着人知会帮主,自以为万无一失,不料次日却听说独孤少侠又失踪了。属下……唉!属下玩忽职守,甘受帮主降罪!"

言罢竟跪在布袋和尚面前。未等布袋和尚开口,蒋昌扬也轰然跪在李仁杰身旁,高声道:"当夜是属下带兄弟巡夜,怪李舵主不得,属下敢请帮主降罪责罚!"

布袋和尚忙道:"二位快快请起。独孤公子行事之奇,我老叫花也是领教过的,又怎会责怪于二位?"

二人谢过帮主不罪之恩,起身尚未坐稳,蒋昌扬又大声道:"果如帮主所言,独孤少侠行事之奇,端的是天下无双!试想本舵大院,别说寻常之人,纵是武功未臻绝顶高强之辈,要想悄悄离开而不被人察觉,也是千难万难的事,偏偏他不会丝毫武功,竟然……咦?!莫非当日李舵主试探时,独孤少侠竟是使了诈么?"

李仁杰连忙道:"蒋兄休要多言。"

蒋昌扬讪讪地闭口不言,布袋和尚见状道:"依独孤公子心性,似不大会使诈。且像木叶令主那等江湖阅历甚丰之人,若独孤公子未身逢剧变,也断不会将他隐藏起来不敢见人。只是独孤公子因何神功尽失,却是令人费解之事。"

默然良久,布袋和尚又道:"好在独孤公子总算在江湖现身了,本帮弟子遍布大江南北,要再次寻到其踪迹也绝非难事!"

言语间豪气万千,言罢却突然神色黯然。

李仁杰和蒋昌扬对视一眼,均是心头大觉感然不解。

却听布袋和尚又道:"自即刻起,本帮川陕分舵弟子,除李舵主和护院弟子外,一律出动,纵是搜遍每一寸土地,也要找到独孤樵!"

李仁杰和蒋昌扬肃然受命。

陕南,距凤凰山五十里许,有个瞎眼村。

顾名思义,瞎眼村最多的是瞎子,因此它挺有名。

然而瞎眼村半年多前还没有名,其时它也不叫瞎眼村。它"名头"之响亮是闹鬼闹出来的。

鬼，是索眼厉鬼。

索眼厉鬼垂着一条左臂，独眼，既古怪又凶残。

他来去如电，一伸右手，便能挖出某个人的两粒眼珠，并在嘶哑的狂笑声中将眼珠吃掉！

索眼厉鬼只在白昼出现。

因此瞎眼村的劳作一般都在夜间进行，白昼总是家家门户紧闭，人人胆战心惊。

好在对眼眶空空荡荡的人来说，夜间劳作并不影响什么。

并且那厉鬼只索眼珠不索命，这总算是不幸中之万幸，有些老人，便会因着那厉鬼尚存这一丝"良心"为其念佛。某年某月某日，瞎眼村来了十三个人，他们自称为侠义十三弟。

侠义十三弟非但没听从瞎眼村老人的劝告尽快离去，反倒留了下来。

他们说他们要将那厉鬼除去。这委实令村民们惊疑不定。

有胆大的后生仔去问他们怎么不怕厉鬼，他们便嘿嘿冷笑，更有一大汉，名叫宗维侠的，说他的名号便叫"除恶务尽"。后生仔们便想："除恶务尽"宗维侠肯定错了，因为"恶人"和"厉鬼"是不一样的。转念又想：这姓宗的和他的兄弟们倒也不是坏人，便好酒好菜招待，不叫他们"侠义十三弟"，而叫"除鬼的"。

"除鬼的"十三人在瞎眼村只住了三天，那"厉鬼"便出现了。

是在正午时分。

太阳是灿灿的白，瞎眼村仍是家家门户紧闭，忽然村头响起了一个嘶哑的声音："真倒了他妈的八辈子邪霉，受那母夜叉的鸟气不说，这村里的人也像是死绝了，竟连一口水也讨不到喝！"

一个老人瑟瑟发抖，颤声道："索……索眼厉……厉鬼！"

宗维侠轻轻冷笑数声，和他的兄弟们互递眼色，人人劲布全身，蓄势待发。

须臾，便传来了"厉鬼"的脚步声。

待那"厉鬼"路经他们把守的必经之地时，宗维侠暴喝一声，与他的兄弟们一齐跃出，同时扑向"厉鬼"，拳脚刀剑，更分不清先后，直似巨网一般，猝然间将那"厉鬼"罩了个严严实实。

那"厉鬼"倒也了得，大惊之下，就在电光石火之间，一个旱地拔葱，身形陡然跃起一丈，险之又险地避过拳脚刀剑加身，空中一扭熊腰，已从侠义十三兄弟头顶滑过，稳稳落在二丈开外，怒喝道："何方鼠辈！竟敢暗算……"

宗维侠见对方轻功了得，哪敢存轻视之心，未等对方将话说完，早暴喝一声："上！"侠义十三弟子历来同进同退，未等"上"字音落，又一齐扑将过去。

对方似未料到侠义十三弟竟这般不顾江湖道义，尚未亮出兵刃，却见十三人又已扑至，似饿虎扑羊一般威势骇人，当下也顾不得将余言吐尽，只施展轻功，在十三人之间游身闪避。

宗维侠见己方合围之势已成，心头自是暗喜，更不容对方有缓手之机，施展快拳，恰似狂风骤雨般狂攻猛袭。

另十二人与他们的龙头大哥一般心思，见对方轻功了得，武功远在己方任何一人之上，若待他亮出兵刃，己方将大有堪虞。当下人人抢快，直攻得那"厉鬼"手慌脚乱，险象环生。

数十招之间，侠义十三弟虽未得手，却是占尽上风，那"厉鬼"怒吼连连，仍难扳回劣势。

瞎眼村的人们几曾听闻过如此威势骇异、快逾闪电的"人鬼相斗"，心头之震惊再难言表，便有几颗尚存双目的脑袋探出窗户，看得良久，只觉眼花缭乱，却未看出一丝头绪。

而"人鬼相斗"已过百招，那"厉鬼"端的了得，竟尔扳回劣势，形成攻守相若之局！侠义十三弟绝未料到对方功力如此深厚，百招抢攻下来，连龙头老大宗维侠也已渐觉气力不继，快拳的威力难以挥发出来了。

又过十数招，虽那"厉鬼"仍未亮出兵刃，却已将攻守之势扭转异位，双掌举重若轻，以一敌众仍是游刃有余。宗维侠等人虽觉骇然，却存了以死相拼之心，更不顾身家性命，竟不约而同地使出两败俱伤打法！

"厉鬼"大吃一惊，猛劈一掌震退宗维侠，跃出二丈开外，怒喝道："尔等何人？与田某有何仇怨？竟……"

一语未了，便被另一个粗豪的喝声盖住："尔等何人？竟敢欺辱我家夫君，照打！"

三

"打"字刚落，侠义十三弟人人俱觉眼前一团巨大黑影挟风而至，已失了"厉鬼"影子，心头一凛，不敢硬接，一齐闪避退守。

那黑影一举迫退众人，倒也不为已甚，立定身形喝道："我家夫君不懂规矩，自有姑奶奶管教，你等多手多脚是何道理，快快报来！"

宗维侠等人惊魂甫定，只看得一眼，竟尔一齐又被惊得瞠目结舌。

对方是个姑娘。

不！应该在"姑娘"前加上"威猛"二字。

观年龄不过二十八九，但那份粗壮威猛却是令人震惊。她手中那根粗如巨臂、重达八十余斤的铁杖，方才竟被她玩似的舞出一团巨大黑影，饶是宗维侠等人见多识广，也不禁怔立当场。

自然，除黑力铁姑之外，天下只怕再无如此粗豪威猛的姑娘了！

见宗维侠等人怔怔不语，黑力铁姑又怒喝道："尔等竟敢抗拒不答姑奶奶问话，好！就让姑奶奶手中铁杖来问你们，何以如此大胆！"

言语之间，早施展出家传"伏魔降妖三十六路杖法"，轰然攻上。

宗维侠等人未料到铁姑说打便打，威势又是如此惊人，一时被弄得手慌脚乱，哪还有还手之力。好在铁姑未存取人性命之心，只震飞对方兵刃或点倒对方，转眼间侠义十三弟七窜六倒，却无一人遭受重创。

黑力铁姑收杖立定，也不转身，便直通通地道："归林，你怎的如此不济，竟被这些不成器的家伙欺辱，哼！"

宗维侠见铁姑手下留情，却又这般说话，心头大觉尴尬，当下讪怒道："大丈夫可杀不可辱，姑娘虽神力了得，宗某等奉除恶惩奸为旨，倒也不便领情，只不知姑娘何以竟会跟他……"

　　铁姑不等他将话说完，早高声道："本姑娘与他堂也拜了，他又一把火烧了咱员外庄，你倒是说说，我不跟他跟谁？！"

　　宗维侠竟被一语噎住。

　　黑力铁姑深觉得意，又道："我家夫君虽不大爱听老娘的话，却也不是奸恶之辈，你们十三个人与他性命相拼，还妄言什么奉锄奸惩恶为旨！哼，纵然真是这般，凭你们这点本事，也只能除点小恶、惩点小奸之辈，你们说是也不是？"

　　这大约是黑力铁姑一辈子所说过最冗长而又最具逻辑性的话了，连她自己也被如此"超群"的口才弄得发愣。宗维侠等人则一齐露出惊诧的神色，看着铁姑身后一时寂静无声。

　　蓦然，一个惊恐的村民失声道："索眼厉鬼！索眼厉鬼又来了，先前那个不是！"

　　随即是十数下乒乒乓乓的关门顶门声。

　　黑力铁姑大觉蹊跷，转回身去，只看一眼，脸上顿是一副又惊又怒的神色。

　　先前与"侠义十三弟"拼斗的"厉鬼"早不见了！

　　自然，那"厉鬼"便是铁姑穷追不舍的"夫君"，湖北柳家堡的铁算子田归林。

　　田归林的轻身功夫本就在铁姑之上，又对这一厢情愿的"娇妻"畏若蛇蝎，待她一与宗维侠等接上手，哪有不逃逸之理。只可惜黑力铁姑被她自己的口才怔住，半晌未发觉。此时她转过身去，看到的是两个人。

　　一个是年约四十的精瘦汉子，他的左臂下垂，左眼眶黑洞洞的，右眼却时而迷茫，时而暴露凶光。

　　另一个年约二十，一袭白衫，如果不看他的眼睛，你会觉得这略显瘦弱的少年玉树临风。只可惜他的双目浑浊黯淡，脸上也是一片茫然。

宗维侠突然失声道："跳……跳涧虎！原来川陕五虎并未死绝！"

那被瞎眼村村民们视为"厉鬼"，专挖人一对眼珠的，正是半年余前被金童吓疯了的跳涧虎。此时他陡闻"跳涧虎"三字，觉得甚是耳熟，不禁转头望了宗维侠一眼，脸上是一片茫然之色。

铁姑却不知瞎眼村"闹鬼"之事，见跳涧虎和那少年都是一片迷茫之色，当下高声道："喂！你们两个，可知我家夫君到哪儿去啦？！"

二人似是茫然不知所问，竟然不理不睬。

跳涧虎转过头去，又怔怔地以独眼盯着那少年双目。

铁姑怒"哼"一声，冲到二人面前，本想给每人一个大耳刮子，却见二人呆愣愣地立着，当下硬生生收住蒲扇般大掌，又冷哼了一声，道："量你两个白痴也不知道！"

言罢沿着村头大道便走。走出七八丈之后，突然听到这样一个声音："我叫独孤樵。"铁姑愣了一愣，停步略作思忖，似觉还是先追"夫君"要紧，竟然迈开大步扬长而去。

这边宗维侠等人也被"我叫独孤樵"五个字震惊得呆若木鸡。

跳涧虎也似在苦苦思索"独孤樵"这三个字于他生命的记忆。

少年静静地站着。

良久。

跳涧虎又道："你说你叫独孤樵？"

少年道："我叫独孤樵。"

少年自不知他除叫独孤樵外还能叫别的什么。他的记忆是从木叶婆婆带他到一间小阁楼上开始。木叶婆婆告诉他，他叫独孤樵，那么他就只能叫独孤樵。他不知道为什么他说自己是独孤樵就会被一群小叫花摁在地上，也不知道为什么他说自己叫独孤樵又会被一个老叫花带到深宅大院洗澡换衣服，更不知道在那所深宅大院里木叶婆婆为什么会什么也没有——没有手脚和舌头甚至眼珠。他只知道自己叫独孤樵。当他茫然地离开那幢深宅大院之后，就一直在想木叶婆婆为何叫他独孤樵，却总是毫无头绪。此时跳涧虎又问他叫什么，他只好说自己叫独孤樵。

跳涧虎杂乱无序的思维里却不停地闪现"独孤樵"三个字，但这三个字于他到底意味着什么，却是无论如何也想不起来，"独孤樵"有若一条游丝，总在他脑海中荡来荡去，却无论如何也把握不住，只口中喃喃道："独孤樵……独孤樵……"

独孤樵道："我叫独孤樵。"

跳涧虎突然伸手扯住自己头发，嗷嗷大叫起来。

宗维侠等人见状之震惊，比方才听独孤樵自报姓名更甚。独孤樵却茫然转身，正欲离去，却见跳涧虎如鬼魅般转到自己面前，以独眼瞄准他的双目，吃吃吃地怪笑起来。

独孤樵不解地看着他。

跳涧虎缓缓抬起右手，食指中指分开，直指独孤樵双目。宗维侠惊叫道："独孤少侠！这魔头疯了，快闪开！"

独孤樵双目浑浊黯淡，似是茫然未知大祸临头。

侠义十三弟中方才被铁姑点倒在地上的人此时已穴道自解，起身站在宗维侠身后，见状骇得不敢呼吸，不敢稍有异动。

他们都知道独孤樵于江湖意味着什么，更知道凭他们的身手，此时要救独孤樵绝无一丝可能。

四

良久。

跳涧虎蓦然叹道："你的眼珠不好玩，我可要走了。"

言罢突然展开身形，如飞般奔去，他的轻功，比方才的铁算子毫无逊色。只几个起落，人早已在数十丈开外。

宗维侠等人知追他不上，只得黯然长叹。

幸喜独孤樵未有损伤，总还算不虚此行。

独孤樵却觉得这一切均与他无关，举步便欲离去。

宗维侠连忙道："独孤少侠！"

独孤樵茫然道："我叫独孤樵，你可是叫我么？"

宗维侠一愣，随即笑道："独孤少侠太客气了。"言罢一使眼色，侠义十三弟一齐奔到独孤樵面前抱拳作揖，道："侠义十三弟拜见独孤少侠。"

独孤樵也不知还礼，只不解地道："我明明只叫独孤樵，为何你们总是叫我独孤少侠？"

宗维侠连忙道："独孤少……阁下一剑击毙妄想称尊武林的太阳叟东方圣，敝等兄弟虽未能目睹，但在江湖中却是有耳共闻的，'少侠'二字，阁下当之无愧，独孤少侠又何必推辞。"

独孤樵道："反正我只叫独孤樵，你们叫我独孤少侠那是不对的。"

宗维侠哈哈大笑道："江湖中浪得虚名之辈，敝等兄弟见得多矣。似少侠这等谦逊胸怀，我宗维侠还是初次见到，实令人钦佩之至。"扫了十二个兄弟一眼，又道："敢问阁下此番意欲何往？若蒙不弃，敝等兄弟十三人敢请充任马前之卒。"

其余十二人齐声道："我侠义十三弟愿为独孤少侠效犬马之劳！"

独孤樵道："你们是要和我一起走么？"

宗维侠肃然道："若少侠不弃，敝等兄弟虽武艺低微，一般江湖宵小，倒不劳少侠脏了手，敝等兄弟愿代为打发。"独孤樵道："反正我也不知要去哪儿，你们要和我一起走就走吧。"

宗维侠大喜道："离此不远有个铁坪镇，九弟家便在那里，若少侠无甚急事，咱们便到九弟家盘桓几日如何？"

一个年约三十的粗壮汉子未等独孤樵开口，早越众而出道："独孤少侠若愿光临寒舍，当真是我韩九家祖上的荣宠！"

独孤樵道："那儿有很多小叫花么？如果有很多小叫花，那咱们就不去算了。"

韩九愕然道："小叫花嘛，嗯，也是有的，丐帮弟子偶然落脚的也有，至于很多嘛，那倒说不上。只不知独孤少侠因何有此一问？"

独孤樵道:"他们听不得我叫独孤樵,我一说叫独孤樵他们就要把我摁在地上。"

韩九连忙道:"有敝等兄弟在,谅他们也不敢!"

言罢却是一愣:独孤少侠武功盖世,又有谁能将他摁在地上了?

转头看众兄弟,见人人面上皆有蹊跷之色,正欲发问,便听独孤樵道:"那就好,咱们走吧。"

酉时时分,一行十四人行到一片茂密森林前。

此地离铁坪镇已不足三十里。

宗维侠抬头看日已西沉,便对韩九道:"九弟,尚有多少行程?"

韩九道:"穿过这片林子,便只有二十余里了。依咱们兄弟脚程,不需半个时辰便可到了,只是——"

宗维侠自知韩九言犹未尽之意,他们与独孤樵一起已经走了近两个时辰,但离瞎眼村此时只怕还没超过四十里。独孤樵一直浑然无言,但脚程之慢,确似毫无武功之辈,又如何令与他同行的粗暴汉子受得了!当下笑笑道:"咱们这许多人突然前往叨扰,只怕大伯大娘一下子会弄得手忙脚乱,能否请九弟先行一步,知会家里一声,咱们以不多惊动人为好?"

韩九沉吟道:"这……"

宗维侠笑道:"是怕咱们这群大肚汉将九弟家吃空了么?哈哈!"

韩九连忙道:"如此兄弟先行一步了,稍后兄弟在寒舍恭迎。"

宗维侠道:"咱们兄弟间何来这许多礼节俗套,最迟不过戌时,咱们也可到了。"

韩九又与独孤樵和众兄弟别过,径自先行而去。

这边众人堪堪入林不到十丈,忽听到林子尽头传来嬉笑叱喝声。

宗维侠面色一变,沉声道:"是九弟!"

除独孤樵外,其余的人都是面色倏变。

宗维侠又道:"二弟三弟与独孤少侠随后赶来,其余兄弟与我去接应九弟。"

话音落时,十人已如巨鸟般扑出。

独孤樵茫然不知地道:"是……群小叫花把韩九摁在地上了么?"

侠义十三弟的老二老三闻言一愣,随即又一齐皱眉,均未开口。

独孤樵也不以为许,只自言自语道:"肯定是韩九说他叫独孤樵,小叫花们才将他摁在地上的,其实他又不是……"

话音未落,林子尽头又传来宗维侠等人的吼叫声。

侠义十三弟的老二、老三神色大变,互递一个眼色,不由分说,一人架起独孤樵一只胳膊,朝发声处直奔过去。

到林子边沿五丈左右地方,二人猛然收势,竟忘了放下独孤樵,一齐大惊失色!

宗维侠等十一人,已齐刷刷地躺倒在地。

在他们身旁,有一个年约四十、作文士打扮的精瘦汉子正饶有兴致地踱着方步,口中还不停地数落着宗维侠等人的不是。

只听他道:"我只与你们打听一个人的下落,你们不说知道也不说不知道,一上来便展开群殴,这江湖上还有一丝规矩可言么?嗯,你们武功不行,竟连江湖规矩也不懂,这太不像话了,既然你们师父没教你们,我飞天神龙只好代劳了。"

他骇然便是介乎侠、邪、魔三者之间,使无数江湖黑白两道人物大感头疼的"飞天神龙"万人乐!

万人乐似是对侠义十三弟的老二、老三的到来一无所知,而宗维侠等人只躺在地下对他干瞪眼,一言不发,显是连哑穴也被点了。

侠义十三弟除龙头老大宗维侠外,其余十二人皆抛弃原名,只以"百家姓"开头十二姓加序号作为姓名。此时钱二见飞天神龙似对他和孙三视若未见,虽对飞天神龙的名头深感震惊,但兄弟情深,也顾不得许多了,当即破口大骂道:"万人乐!你他妈的将我大哥他们怎样了?!"

万人乐竟悠悠叹了口气,才道:"又是一个不懂规矩的,唉!这江湖何时才能变得……"

一语未了,孙三早暴喝一声:"万人乐!拿命来!"与钱二一起从万人乐身后扑上!

万人乐也不转身，只轻描淡写地将右掌朝身后挥了挥，口中道："这更加无法无天了，都先给我站住。"

他说得毫无火气，似是大人在教训孩子一般。但钱二孙三相当听话，待万人乐话说完时，他两人果然已站在万人乐身后三丈左右的地方，一动不动，身子却做前扑之势，面色上带着某种古怪和幽默。

万人乐缓缓转身，带着一副悲天悯人的口气道："你们以二敌一，这是以众凌寡，此不合江湖规矩一；从背后突袭于我，这是不光明磊落，此不懂江湖规矩二。有此两点，就很不可原谅了。但你们在扑来之前先出声示警，还算稍微懂一丁点儿江湖道义，所以我只以罡风封了你们几处穴道，并未取你们性命，懂吗？"

钱二、孙三哪里还说得出话来，只气得直翻白眼。

一直茫然不解的独孤樵突然慢慢走到韩九身前，道："喂，你躺着干什么？你说过要带我去你家的。"

万人乐"咦"了一声，面现惊疑之色，对独孤樵道："喂，你叫什么？"

独孤樵道："我不说，说了你会将我摁倒在地上的。"

万人乐憾然道："我把你摁在地上干什么？"

独孤樵道："逼我说我不叫独孤樵。"

万人乐一愣，随即跃到独孤樵身旁，急急道："刚才，你说什么？"

独孤樵道："哦，你不是小叫花，不会将我摁在地上，对吗？"

万人乐道："王八蛋才会将你摁在地上，快说，你是不是叫独孤樵？"

独孤樵喜道："你不会将我摁在地上就好，我叫独孤樵。"

万人乐突然哈哈大笑道："踏破铁鞋无觅处，得来全不费功夫，哈哈！他妈的好你个独孤樵，我总算找到你了！"

言罢仍大笑不止。

独孤樵奇道："你一直在找我么？我又不认识你，你找我干吗？"

飞天神龙万人乐道："找你的人可多了，我找你嘛，当然大有用处。"转头又对宗维侠等人道："你们这些家伙没一个是好人，先前我问你们是否见过独孤樵，为什么没一人回答我？哼！"

话音未落，人已如蝴蝶戏花一般，运指如风，将侠义十三弟的要穴又各封了两三道不等，这才又道："今天大爷见到独孤樵，心情不坏，不想杀人，但你们都给大爷在这儿乖乖躺两个时辰再说。"

独孤樵道："他们不走了么？"

飞天神龙笑道："他们不走了，你和我一起往东走，去见一个你很想见的人。"

独孤樵道："我没有很想见的人。"

飞天神龙愣了一愣，才道："那咱们也该先去吃点东西再说。"

独孤樵道："这倒是的。"看了侠义十三弟一眼，没再说什么，径随长天神龙离去。

第二回

另一种温柔乡

五

醉的滋味，只有会喝酒的人才明白。

孤独、寂寞、无聊、烦躁、压抑或失落感，再加上酒，就会使人醉。

恰巧这些东西，铁算子田归林都有。

酒，是上等酒。

"饮三杯"酒店，是陕南安康镇的老字号了，至少这家酒店的老板还不想砸自己的招牌，所以田归林喝的是窖藏了十年以上的"西凤"。

自从拜兄雷音掌连城虎死后，孤独和寂寞就时时伴随着铁算子。

遍寻独孤樵不到，却又不得不终日奔波，那种无聊感和失落感，铁算子始终摆脱不了。

而在员外庄的意外"遭遇"，致使黑力铁姑如影随形，他铁算子虽轻功不弱，却也摆脱不了那种坚韧而又使人烦躁的情丝。

所以铁算子田归林醉了。

几分悲伤，几分惆怅，几分焦虑，还有几分豪壮，这就是醉的滋味。

于是，田归林哈哈大笑了。

他觉得一切都是那么可笑。过去的，眼前的，其将来所要面对的事情，都使他觉得可笑。

有几个背刀负剑的汉子对他投来惊讶的一瞥，然后离去。当然，像所有匆匆离店而去的人一样，他们出门之前，总要到东首靠墙的雅座上留下点儿什么。

比如说一条臂膀，一只耳朵，或者一颗眼珠。

因为就在田归林刚有七分醉意的时候，那个雅座上就有一个面若鹰隼的人坐着了。

确切地说，那是一个年约二十三四的青年，他不但面貌阴鸷，而且似僵尸一般毫无表情。只有当某个负剑汉子面目惨然地走到他面前时，他才会略微动动嘴唇，淡淡地说两个字——"左眼"，"右臂"，"左耳"……

他说的这些东西都是每个人天生就有的，多少也都是有用的，但那些人好似毫不足惜，只要他一开口，就有一个人毫不犹豫地抽出刀剑来卸了放在他面前的桌上，然后匆匆离去。

他要的酒菜不少，这倒不足为奇，但加上那些兀自流着血的人眼、臂膀，就显得比较古怪了。

铁算子闯荡江湖数十年，从未见过如此冷漠的人，对这般惨烈而古怪的事更是闻所未闻，所以他哈哈大笑了。笑声中有几丝悲怆和些许落寞，更多的却是愤懑。

当他笑音落尽时，还在店内饮酒的就只有他和那青年了。

那人淡淡地道："舌头。"

铁算子一愣，看了看早吓得瑟瑟发抖的酒店老板，才道："阁下是与田某说话么？"

那人头也不转，依然冷冷地道："割下你自己的舌头。"

田归林突然觉得这人相当有趣，便也用尽量幽默的口气道："舌头嘛，老夫倒是有的，但它只有长在老夫口里才管用，比如说吃饭说话，好像都离不开它，倒不便送给阁下了。"

那人缓缓转过头来，冷冷地盯着田归林，一字一句地道："死人是不需要舌头的，因为他们既不用吃饭也不会说话。"

田归林的右手不自觉地落在腰间的精钢算盘上，闻言淡淡笑道："不错，看起来阁下是再也用不着舌头了。"

那人双目凶光忽闪即敛，随即冷笑道："在我冷风月面前，你是第一个敢这般说话的人，你知道这意味着什么吗？"田归林道："原来阁下大号叫作冷风月，请恕老夫孤陋寡闻，还从未听过阁下名头。老夫姓田名归林，江湖朋友送了老夫一个绰号，叫铁算子，虽然武艺不济，但打个小算盘，老夫倒还不敢妄自菲薄。敢问阁下，老夫如此说话，不知意味着什么？哈哈。"

冷风月饮了一口酒，才缓缓道："也没什么，只意味着你死定了。"

田归林又一次哈哈大笑，笑罢突然面色一沉，"唰"地站立起来，冷冷道："无知小儿，你如此欺凌江湖同道，实是留你不得！本大爷今日若不做了你，也枉在江湖充字号了，亮兵刃吧！"

这一回轮到冷风月觉得幽默了。他自是不知半年多来田归林先是替拜兄连城虎守灵，后又被黑力铁姑逼得东躲西藏。未能参加泰山英雄会不说，对江湖中事也是所知无几，至于使许多武林中人闻风丧胆的冷风月的名头，更是一无所知。只听冷风月笑道："凭你这老儿还不配小爷亮兵刃。哼：小爷就坐在这儿，以一只手若不能取你狗命，便再不叫冷风月了。"

田归林怒极反笑，连道了三个"好"字，才又喝道："小贼自己找死，却怪大爷不得！"

语音甫落，右手一扬，运出八成功力，十六七粒精钢算盘珠，早挟着劲风打向冷风月周身要穴。

却见冷风月左手端着酒杯轻饮一口，右手毫不经意地一挥，便闻叭叭数声，十几粒铁珠已尽数嵌入酒店横梁！田归林心头一凛，暗道江湖中几时冒出了这样一个小魔头，怎的功力如此了得，竟不在一流好手之下。

只愣得一愣，便听冷风月冷冷道："果然比方才那些浪得虚名之辈要强一些，但小爷还是能以一只手取你老命。"

田归林惊于对方功力了得，闻言淡淡道："好说，好说，阁下虽身手不凡，田某自忖不是对手，然阁下如此心狠手辣，说不得，田某纵是拼了老命，也要和阁下周旋一番了。"

冷风月冷哼一声道："死到临头，还充什么侠客，哼！好，小爷这便让你死得心服口服。"

言罢右掌轻轻一挥，一股刚猛掌风挟着腥臭味已袭近田归林前胸。

田归林大吃一惊，虽不知冷风月武功路数，却立知掌风中含有剧毒，当下不敢硬接，展开轻功身法，人早闪开三丈。未等他立稳脚跟，冷风月第二掌又已拍出。好在田归林轻功不弱，当即又闪身避过。

如此冷风月端坐原位，左手执杯轻饮，右手一掌挥出，饶是田归林轻功不弱，也恰似耍猴一般，被逼得上蹿下跳，更无一丝还手之力了。

十掌一过，田归林怒火大炽，正欲运出平生修为扑上拼个两败俱伤，忽闻一声暴喝："小贼该打！"

喝声中一团巨大黑影已扑向冷风月。

变起仓促，冷风月心头一惊，未等直起身子，人已若跳虾般弓身弹出。

"轰"的一声，方才冷风月坐着的木凳已成为飞舞碎片。一击之下，那黑影并未再度扑上，冷风月心头一怔，定睛看时，却见一个身高七尺有余的女人手执巨大铁杖立在他方才坐的地方，再看田归林，却是苦着脸一言不发。不由大觉蹊跷，暗道自己何时曾得罪如此一介母夜叉，当真是古怪之极了。正思忖间，却听那女人粗声粗气地喝道："我家夫君自有姑奶奶自己管教，何须你这小贼多手多脚！哼！"

冷风月闻言大奇，想田归林如此干瘦苍老，怎会有这般一个年不过三十，却又巨大无比的老婆，一时竟若坠五里雾中怔立当场。

#

他哪里知道这高大女人名叫黑力铁姑，半年多来将铁算子田归林追得东躲西藏，如此坚韧的相思早使得田归林烦躁叫苦，此时也正在寻思逃避之法呢。

未等田归林想出逸逃之策，便听黑力铁姑转头向他道：

"你这不成器的死鬼，处处受人欺负还要躲着奴家，哼！"

饶是冷风月乖戾阴毒，也被铁姑所言的"奴家"二字逗得"嗤哧"一笑。

铁姑瞪了他一眼，喝道："我自管教夫君，你笑什么！"

冷风月面色一变，正欲发作，便听铁姑又道："你这死鬼当真不成器之极，连区区一个独孤樵也找不到，哼！奴家可是见到他了。"

田归林正欲夺门而出，闻言心头猛震，当下定住身形，失声道："你？你当真见着独孤公子了？！他在哪儿？！"冷风月也是心头微动，自忖道：此番到中原已逾一年，因受千佛手任空行那老贼暗算，不能回大漠黄龙堡，终不成永远供任老贼驱策，无奈身中剧毒，无那老贼的解药总是有性命凶险，实是窝囊之极。又早听说独孤樵曾一剑刺死武功天下第一的太阳叟东方圣，但近一年来胡醉蒙冤受屈，却总不见作为拜弟的独孤樵出现，莫非其中有诈不成？

转念又想：据说独孤樵刺死东方圣时，东方圣并未还手，要刺死一个不还手的人，那是人人都会的事，独孤樵神秘兮兮，只怕是浪得虚名。

随即又想：胡醉和童超在泰山顶上，当着天下群豪发誓定杀任空行以谢众，半年多来虽未与他二人朝相，任空行也装作若无其事的样子，但他带着自己和辛冰那小妖妇还有铁镜常换住所，且总不给彻底解毒之药，定是心里也对胡醉、童超有些畏惧，是以不敢放自己、辛冰和铁镜离开。不错，定然是这样！

此番天助我也，他们白道中人最讲义气，待我去将独孤樵擒来，与任空行做笔交易，让他以独孤樵的性命去逼其拜兄胡醉、童超就范，而我则以独孤樵换取任老贼解药，哈哈，就是这样！

思忖停当，便即强忍怒气，静听铁姑说出独孤樵下落。

铁姑却似毫不心急，得意地看了田归林一眼，娇嗔道："我自是要告诉你的，但相公你必须答应奴家一个条件，否则你纵是杀了我，我也是不说。"

田归林大急道："你快说快说，纵是十个条件我也答应了你便是。"

铁姑发嗲道："往后不准相公再躲着奴家，找到独孤樵后，相公咱们便到你柳家堡，纵是再……再拜一次堂，奴家也心甘情愿。"

言罢满目期待地看着田归林。她虽说得嗲声嗲气，巨大而黝黑的脸庞居然也有点儿羞红的意思，但听在铁算子田归林耳里，却无异于索命无常的追魂帖，一时又羞又急，竟怔立当场作声不得。

铁姑见状面色突变，沉声道："好！你不愿意，我这便去将那勾住你魂的独孤樵一杖打死，再来找你算账，大不了姑奶奶一杖将你打死，调转杖头，将自家也打死了算数！"田归林心头又是一震，连忙道："此事万万不可！"

铁姑喜道："相公你回心转意啦？"

田归林大犯踌躇，忖道：罢了罢了，且先答应她，待将独孤公子带回柳家堡交给大哥后，觑空跑到二哥葬身的万丈绝壁一跃，去阴间与二哥做伴也就是了，反正这母夜叉也是二哥给招来的。思忖停当，当下一咬牙，道："好，老夫答应了你便是。"

铁姑顿时喜上眉梢，却嗔怪道："什么'老夫'，难也难听死了。在奴家眼里，相公你一点儿也不老嘛。"田归林怒道："少给我啰唆，快说独孤公子在哪儿！"铁姑倒一点儿也不生气，带着一种令人难堪的风情白了田归林一眼，才慢条斯理地道："便是在相公你被人欺负的地方了。"

田归林心头一凛，急道："瞎眼村？"

铁姑道："就是嘛，相公你不睬人家，待奴家摆平那十三个不成器的家伙后，独孤樵便来了。"

田归林急忙道："废话少说，我只问你，独孤公子是和谁在一起？你又怎知他一定是独孤樵？"

铁姑道："奴家亲耳听到他说他叫独孤樵的嘛。对啦，他是和索眼恶鬼在一起。"

田归林大惊道："索眼恶鬼？！"

铁姑道："那十三个不成气候的家伙本来是要除索眼恶鬼的，他们误将相公你当成恶鬼，才有那一番凶斗。咦？！对啦对啦，他们把那真正的索眼恶鬼叫作什么跳涧虎。"

田归林闻言失色，道："跳涧虎？！独孤公子怎会和他走在一块！"

铁姑道："这名字倒也古怪，相公你竟识得他么？"

田归林道："那是横行川陕一带的五个恶人之一，叫作川陕五虎，据说他们都被金童给废了，怎么跳涧虎还活着？"铁姑道："那是个疯子，并且失了一臂一眼，说是被废了也没错……"

田归林截口道："不好！独孤公子与那恶魔在一起却大是凶险，咱们这便走吧！"

铁姑道了声"好"。二人身形甫动，忽觉眼前一花，抬头看时，门口早立着一个面若僵尸的人，正阴恻恻地盯着他们，不是冷风月却又是谁！

田归林面色微变，尚未开口，铁姑早高声道："咱们要去办正事，你堵在门口干什么？"

冷风月冷冷道："二位不用去了，正巧小爷我知道瞎眼村的方位。"

铁姑憨然道："你是说你要代咱们跑这一趟么？那好，相公，你……"

却被田归林暴喝一声"住口"打断。

方才乍闻独孤樵下落，田归林一时性急，竟忘了身旁还有冷风月这小魔头，只逼铁姑快说，陡见冷风月堵住去路，田归林早是又惊又骇且怒，铁姑毫无心计，于个中利害浑然无知，方问出如此愚不可及的话来，直到被田归林一言喝止，兀自不知"相公"因何发怒，只一愣一愣地看着田归林。田归林冷冷道："不知阁下因何要插手此事？"

冷风月淡然道："很简单，小爷要拿那独孤樵去与人做笔交易。"

田归林凛然道："阁下欲不利于胡大侠和童少侠？！"

冷风月道："你是说胡醉和童超么？哦，也许有人会以独孤樵性命去要挟于他们，但小爷却不找他们做这笔交易，小爷信有一个人愿做这笔交易，这人在中原武林中名头还是挺亮的，你不会不知道。"

田归林急道："谁？"

冷风月道："千佛手……"

田归林骇然失声："任老魔？！"

随即又定下心来，冷冷道："如果老夫不答应呢？！"

冷风月阴笑道："那却由不得你们了。"

突闻铁姑一声暴喝："小贼照打！"

一语未落，八十斤重的铁杖已朝冷风月当头击落。

但闻一声冷笑，冷风月早鬼魅般闪开。铁姑轮圆杖影，使出家传三十六路伏魔杖法，再度扑上。

倒不是她已知道独孤樵落入此人手中的厉害后果，她只是气不过冷风月一口一个"小爷"的和她"夫君"说话，故而一出招便痛下辣手！

田归林却顾不了这许多，一见铁姑出手，便已抽出腰间精钢算盘，运出平生修为，与铁姑一起双双扑上去。

铁姑见状心头大觉甜蜜，浑不知此一搏的凶险，只想在"夫君"面前卖弄本事，便也运起全力，一时杖影如幕，喝声连连。

若是江湖中一般二、三流角色，此时恐怕早已躺下了，可惜他们的对手是冷风月——昔年名列江湖四大魔头之二的千面狐智桐之徒！

冷风月以一敌二，却是游刃有余，只见他在劲风霍霍的算盘珠子和杖影之间，有若一片飘浮不定的枯叶，更难伤他分毫。只铁姑的玄铁拐杖，将地上青砖砸得碎片飞舞。

十数招一过，铁姑渐渐火起，高喝道："你这小贼一味躲，算是哪门子好汉，有本事就与姑奶奶硬……"

后面的话未说出口，忽觉一股巨力从铁杖上传来，胸口顿时为之一窒，语声顿塞。

便听冷风月冷笑道："硬的来了。"

随即但闻"啪"的一声，田归林干瘦的身躯有若纸鸢，已被冷风月一掌击得凌空飞出！

铁姑心头气苦，无奈手中铁杖此时重逾千斤，哪是她蛮力能挡，铁杖的另一头被冷风月单掌握住，恰似撼入了铁山一般，再难移动分毫！

冷风月冷笑道："你这母夜叉也想吃我一掌么？"

铁姑只觉得铁杖另一头那源源不断传来的内力恰似凶波巨浪一般，逼得她几欲窒息，听冷风月如此说话，也不知从哪又借来了一丝蛮力，竟开口喝道："小贼要有本事，就一掌将姑奶奶打死，也好让姑奶奶到阴间与我家夫君团聚！"

她见田归林跌落三丈开外便无声无息，自以为"夫君"早已无残命，故而有这等说话。

冷风月倒一时为之语塞，想起毒蝎子辛冰的水性杨花和黄龙堡绿、蓝、黄三婢的不忠，竟收了一掌击毙这莽撞女人之心，当下收了几成内力，道："念你对田老儿一片真心，我便留你一条活命替他收尸……"

铁姑骇然道："他……他真的死了么？！"

冷风月淡淡道："虽然眼下还没死，但田老儿中了我的天冥掌毒，最多只能再活十天了，天下更无一人能治。"

他自以为铁姑闻言会猝然暴怒，绝没料到铁姑闻言之下，面上竟掠过一丝喜色，不禁大奇道："天冥毒掌，中者必亡，十日后田老儿必将毒发身亡，你听清楚了么？"

却听铁姑喃喃道："够了，十天便够了。十天之内，看这没良心的死鬼还能躲着我不能。"

话音落时，只听"哐啷"一声，八十斤重的铁杖已失落于地，而冷风月早无影无踪了。

铁姑"咦"了一声，捡起铁杖背在背上，走到铁算子田归林身旁，见他面上隐隐透出青黑之色。弯腰一叹，觉出田归林果然还有一股悠悠气息，不禁自言自语道："小贼倒没骗人。"

伸手一抄，将田归林抱起，只觉一生就数此刻最是舒心，走出酒馆之后，铁姑竟是面露喜色地自言自语道："十日之后，咱们一起死了便是。这十日之内，我有的是银子，咱们便大碗喝酒，大块吃肉，没良心的，你听到了么？看你还能躲我不能。"

第三回 就算你是独孤樵

七

飞天神龙万人乐心头猜疑不定。

独孤樵之奇特,那是天下人人皆知的——他不会武功,却任凭武功绝顶之辈也难伤他;玉蝴蝶金一氓轻功独步天下,却也快不过独孤樵;太阳叟东方圣艺臻化境,功参天地,反被独孤樵一剑刺毙——所有这些,飞天神龙都早有所闻。

但眼前这个独孤樵却大谬不然。

纵是怕踏死地上的蚂蚁,武林中人,只怕没有人走得比独孤樵更慢。

若说他是深藏不露,却又有些不像。

万人乐大觉不耐烦,收住脚步,等独孤樵一步一步走近前来,才道:"来,独孤樵,咱们比画比画。"

独孤樵道:"什么比画?"

万人乐道:"比画武功。"

"我不知道什么叫武功。"

"你一剑杀了东方圣,那就是武功。"

"我没有杀你说的那个东方圣。我从来没有杀过人。"

"好汉做事好汉当,你用背上那柄松纹木剑杀了东方圣,这是武林中无人不知之事,哼!"

"我不知道。"

"你不可能不知道！哼！"

"我真的不知道。"

"那好，你抽出木剑来，刺我一剑试试。"

"木叶婆婆说，这剑不可以随便抽出来给人看的。"

"也好，那你打我一掌试试。"

"我为什么要打你？"

"因为我想证实江湖传言是否属实。"

"什么江湖传言？"

"人人都说你武功深不可测，我想证实此话真是不真。"

"那一定是不真的了，因为我不知道什么叫武功。"

"你敢消遣我飞天神龙？！"

"我没有。"

"那你为什么不打我？"

"打你便是武功么？"

"不错，打人和挨打都需要武功。"

"挨打也是武功么？"

"当然，不会武功的人经不住打。"

"那我会武功。你打我好了。"

飞天神龙心头一凛。

久有传言：武林中最最自讨没趣的事，便是打独孤樵。因为你用多大的力打他，便会有多大的力道反弹回来，尽数击在自己身上，而他浑然无事。

也就是说，打独孤樵，便等于是打自己。

世上只有无聊透顶的人才会自己打自己，自个儿找自个儿的晦气。

飞天神龙可不是那种愿意自讨苦吃的人。

但他又不能不出手。因为他从未见过独孤樵，他只是听到传闻而已。并且他想证实心头一大疑窦，否则还会自讨苦吃？

独孤樵不丁不八地站着，一副浑浑浊浊之色，既不害怕也不欣喜。

飞天神龙忖道：我便先不用全力，若江湖传言无虚，只将那些反弹回来的力道化解就是了。

当下提起两成真力，道："当心，我可要发掌啦！"

独孤樵的身形和神态并无什么改变，只淡淡道："你打吧！"

飞天神龙见他一副"有恃无恐"的样子，不觉心头有气，道声"好"，轻飘飘一掌拍出，人同时飞快朝左侧闪开一丈有余！

但闻"啵"的一声！

独孤樵的身躯恰似一只断线风筝，已被击得凌空飞起。

接着是"叭嗒"一声，独孤樵跌落二丈开外！

飞天神龙万人乐一时怔立当场。

独孤樵"哇"地吐出一大口鲜血，慢慢爬起来，摇摇晃晃地走到兀自愣神的万人乐面前，道："你的手可比长安城中那些小叫花重多了。"

飞天神龙突然大怒道："他妈的，万大爷上了你这野小子的当啦！"

独孤樵大觉憾然，默立不语。

飞天神龙又喝道："快说，你到底是何人，竟敢消遣起你家万大爷来着？！"

独孤樵道："我是独孤樵，我没有……"

飞天神龙截口怒道："再说你是独孤樵，大爷便把你剐成碎片！"

独孤樵愣了一愣，竟懵懵懂懂地自言自语道："真是怪事，那些小叫花也不准我叫独孤樵，谁都不准我叫独孤樵……不，只有木叶婆婆说我叫独孤樵，也不知是谁说错了。"

飞天神龙突然哈哈大笑。

独孤樵愕然道："你笑什么？"

飞天神龙道："大爷笑便笑了，关你何事！"

"哦。"

"你'哦'什么？"

"嗯。"

"见鬼！你他妈的为何不问我干吗发笑？"

"我问了。"

"那大爷告诉你，大爷是笑你这野小子端的邪得可以，屁本事没有，却敢在江湖上招摇撞骗，连大爷也差点着了你的道，哈哈哈！"

"什么叫着了道？"

"你说你是独孤樵，大爷便想带你去见一个人，那人的武功比大爷稍高，但大爷也不是那么怕他，只不过一年前大爷一怒之下，失手打死了一个叫雷音掌连城虎的人，连城虎与那人颇有些渊源，而那人不知何故，一年来在江湖上发疯般地找独孤樵，观那阵仗，若是大爷将独孤樵送去给了他，定然可以揭过误杀连城虎那段梁子。你想，若大爷将你送了去，他一看是个假货，以为大爷是成心上门找碴，那后果就有些不妙了，哈哈，大爷这不是差点儿着了你的道又是什么？哈哈哈！"

"可我……我是独孤樵嘛。"

"你是见鬼的独孤樵！武林中几时出了个这般狗屁的独孤樵！"

飞天神龙言罢又大笑不已。

独孤樵却开始低头沉思。

飞天神龙又道："不管你是何方冒出来的野小子，要是你有一丁点儿武功，大爷今天便把你撕成碎块！唉，可惜你偏偏不会一丝武功，却叫大爷有些作难。"

独孤樵抬头问道："什么作难？"

万人乐道："大爷从不打不会武功的人，因为那便不讲江湖规矩了，偏偏大爷最信守江湖规矩，你说这还不作难么？！"

独孤樵点头道："果然是作难。"

万人乐皱眉道："那你看怎么办才好？"

独孤樵茫然摇头。

少顷，万人乐突然眉头舒展，高声道："有啦！"

独孤樵道："有啦什么？"

"有办法啦！"万人乐喜形于色地道，"武功嘛，每个人都不是生来就有的，你说是么？"

独孤樵摇头道："我不知道。"

万人乐道："你不知道，那我就告诉你，任何人的武功都是学来的，有的靠师父教，有的靠武学图谱自悟，有的则是靠某种奇遇，大体上总是这三种。所以嘛，我想出的办法就是，让我先教你武功，你一学之下，就不再是一丁点儿武功也不会的人了，到时要打要杀，都不会使我作难啦，哈哈，这真是个好办法，你说我聪明不聪明？"

独孤樵见飞天神龙万人乐喜不自胜，便也喜道："你聪明。"

万人乐突然眉头又是一皱，道："现在的问题是，不知道你聪明不聪明？"

独孤樵道："我大概不聪明。"

万人乐道："那就麻烦啦，如果你不聪明，我教了半天你还是一点儿武功也不会，依旧使人为难，那却怎么是好？"

独孤樵想了想，又摇摇头。

万人乐叹道："罢了罢了，那咱们就多学些时候，这虽然是个笨办法，但只要学会了一丁点儿，咱们就比画比画，到时我故意装出武功很低，也就是和你差不多的样子，咱们相斗了大约百招之后，我突然使出险招，露出老大破绽诱你攻入，你果然上当，想一招置我于死地，没料我未等招式使老，突然变招，从你意想不到的方位攻出一招，你闪避不及，就此身受重伤或者横尸当场，你看这样可好？"

独孤樵道："我不知道。"

万人乐道："你一定要知道，这可是最好的办法了！"

独孤樵道："那么，我知道啦。"

万人乐喜道："好！事不宜迟，咱们这便开始。"停了停，万人乐又道："对了，我该叫你什么？"

独孤樵毫不犹豫地道："我叫独孤樵。"

万人乐哈哈大笑，笑罢道："好吧，就算你是独孤樵，咱们这便开始。来，与我并排站齐了。"

独孤樵应了一声，上前与飞天神龙并排而立。

万人乐比了个本门武功的起手势，道："跟着我比这个动作。"

独孤樵费了很大劲儿，双手才比出万人乐所比的样子，双脚却依旧是不丁不八地站着。

万人乐皱眉道："你当真是不聪明，而且笨得要命。看我的双脚，要站成马步。"

独孤樵道了声"是"，努力将马步站好，但双手却已不是万人乐所比的样子了！

万人乐大皱眉头，侧身过去细细指点，但独孤樵总是手脚难以协调，脚步站好了便手势变了形，手形摆好了双脚姿势却又不对。万人乐不得不像操纵木偶，手脚并用，大费周章，独孤樵方摆出一个略微像样的姿势。

从辛酉时分直到子夜，足足四五个时辰，独孤樵才好不容易将万人乐所学最简单一套入门武功的四十九个招式摆完。

此时星光渐暗。

万人乐长吁了一口气，道："好，总算学完了，独孤樵，你现在已经身负武功了，是也不是？"

独孤樵道："是。"

飞天神龙万人乐点点头，嘴角露出一丝笑意。

少顷，万人乐忽然面色一变，阴沉沉地道："独孤樵！你好大胆，竟敢戏弄起本大爷来了，你可知道大爷是谁么？"独孤樵仔细打量了他一阵，才很认真地道："不知道。"

万人乐愣了一愣，随即暴怒道："你他妈的有眼不识泰山，竟连你万大爷也不知道，告诉你小贼，本大爷江湖人称飞天神龙的便是！"

独孤樵道："还是不知道。"

万人乐气得哇哇怪叫道："好啊好啊！你竟敢再度戏弄于我，看掌！"

话音未落，早已一掌拍出，快如惊雷！

这一次万人乐动了真怒，掌风中挟着七成真力。

但闻"啪"的一声，独孤樵的躯体恰似纸鸢一般，轻飘飘腾空飞起！

万人乐大吃一惊，一怔之下，身形早若星丸般弹出，就在独孤樵躯体即将摔落于地的刹那间，后发先至，硬生生将他接住。

随即又将他放在地上，站在一旁骂道："独孤樵，你自己找死，却怪大爷不得！"

地上的独孤樵无声无息。

万人乐低头一看，但见独孤樵面色惨白，两边嘴角各挂着一缕血丝，不觉心头大是有气，又骂道："你这小子不使出大爷教你的武功相抗，那是成心要陷我飞天神龙于不义了，哼！"

独孤樵依旧无声无息。

飞天神龙怔了一怔，弯腰去探独孤樵鼻息，发现独孤樵已气若游丝，不禁眉头紧皱，自言自语道："你想让江湖中人笑我飞天神龙出手打一个不会丝毫武功的人，可没那么容易！"

冷哼两声，竟然盘膝坐下，先取出膏药，替独孤樵接好两根被击断的肋骨，然后扶他坐在自己前面，以双掌顶住独孤樵背心，缓缓输出内力替他疗伤。

独孤樵已被掌风震得五脏六腑离位，他自己体内又无丝毫内功，直到天光放亮，万人乐早是满头大汗，才听到他悠悠呼出一口气来。

万人乐也长长呼了口气，双掌从独孤樵背心撤下，并不起身，就地行起功来。

半个时辰之后，飞天神龙万人乐从地上一跃而起，见独孤樵虽依旧昏迷未醒，但面色已渐渐转红，呼吸也已匀称。当下微微一笑，飞身跃入不远处的树林中。

未几，飞天神龙左手抱一捆枯枝，右手拎着一只剥了皮的野兔又返回来，在独孤樵身旁生了火，架了野兔烤上，才从腰间取下一皮囊，扶起独孤樵，捏开下颌，将皮囊内的水缓缓注入他口中。

良久。独孤樵轻哼一声，缓缓睁开双眼。

万人乐急忙道："独孤樵，我问你，先前你为何不使出我教你的武功？"

独孤樵神色委顿，嘴角动了两下，不知说了句什么。

万人乐又喂了他几口水，才又旧话重提。

独孤樵声若蝇蚁地道："我……忘……记了。"

万人乐道："这么说你还是不会丝毫武功？"

独孤樵点点头。

万人乐叹了口气，道："你真是笨得要死，我半夜的功夫算白费了。"

放下独孤樵，竟自去将烤熟了的野兔从木架上取下来，撕了条腿递给独孤樵。独孤樵微微摇头。

万人乐想了想，从怀里掏出一小玉盒，取出一小粒金黄色的药丹，拿过去喂入独孤樵口中，道："这是我自己配制的'还神丹'，一会儿你就会有精神了。"

言罢竟自坐在火堆边，边慢慢撕嚼烤兔，边皱眉苦苦思索。

大约半个时辰之后，太阳已升起一竹竿高，飞天神龙万人乐忽然一拍大腿，道："是了，你身无内功，反应自是迟缓，徒会招式，那也和不会丝毫武功无异，这道理先前我怎么忘了！"

飞天神龙虽言行邪乎，但他配制的"还神丹"倒也有些灵效，独孤樵一服下，便觉一股清凉之感从腹内传来，精神顿即为之一爽。半个时辰之后，虽仍觉四肢乏力，但神志倒是与平时并无二致了。此时听万人乐这般说话，不禁奇道："你是说我仍是不会丝毫武功么？"

飞天神龙忙道："无妨无妨，我包你会武功就是了。"

扔下尚未吃完的兔肉，又道："现在咱们开始，我念一句你便跟我念一句，要用心记，懂么？"

独孤樵懵懵懂懂地点点头。

飞天神龙道："气由心生，念！"

独孤樵道："气由心生，咦，这是什么？"

飞天神龙道："这是内功口诀。不准打岔，再跟着我念：心静气成。"

独孤樵大感不解地跟着念："心静气成。"

飞天神龙闭目道："气贯四经，力拔千斤；气通八脉，心爽身轻。念！"

独孤樵也跟着闭目念道。

如此一路念将下去，直过了小半个时辰，第一遍方才念完。

飞天神龙睁开眼来，奇道："你闭着眼干什么？"

独孤樵也睁开眼，道："你闭着眼，我便也闭着眼了。"

飞天神龙道："那也由得你，现在你将口诀从头至尾背一遍。"

独孤樵道："什么？"

飞天神龙道："我叫你把刚才咱们念的话再念一遍。"

独孤樵"哦"了一声，又想了很久，才道："好像有很多'气'字，就是记不得别的了。"

飞天神龙怒道："你这小子当真比猪还笨！"

独孤樵道："嗯。"

飞天神龙长叹一声，道："咱们再从头开始吧，你可要用心记了。"

独孤樵又"嗯"了一声。

待到独孤樵勉勉强强将这段内功口诀记了个大概，早是日头当顶时分了！

飞天神龙道："现在好了，你将先前我教你的招式和这些口诀相互印证一下。"

独孤樵道："怎么印证？"

飞天神龙皱眉道："怎么印证？我怎么知道！"

独孤樵喜道："你都不知道，那我就更不知道了，咱们不印证也罢。"

飞天神龙道："那不行！"

想了想，又道："这样吧，你将双眼闭上，想一想那些招式的每个动作，再想想每一句口诀就行了。"

独孤樵道："这便是印证了么？"

飞天神龙道："不这么印证怎么印证！"

独孤樵道："好，那我便印证吧。"

言罢紧闭双目，果然将招式和口诀在心里默想了一遍，末了睁开眼，道："我已印证好了。"

飞天神龙喜道："好极了，现在你已经不是一丁点儿武功都不会的人了！"

独孤樵"哦"地应了一声。

飞天神龙突然变脸，暴喝道："独孤樵！你好大胆，竟敢戏弄于我飞天神龙，来来来，大爷今天便与你拼个你死我活！"

未等独孤樵开口，忽听不远处的树林里传来一声惊呼："咦？！"

飞天神龙一愣神间，已有一人飞身过来。

第四回

会武功的人真古怪

八

飞天神龙也"咦"了一声,道:"原来是你!"

来的不是别人,正是江湖小煞星冷风月。

冷风月听黑力铁姑说独孤樵在瞎眼村现身,便昼夜兼程赶了去,却连鬼影子也没见一个。杀了几个瞎子,也只得知村子里确实有个索眼恶鬼常来挖人眼珠而已。黑力铁姑虽未完全说谎,但毕竟让他白跑了老大一趟,冷风月心头有气,便立刻折回来,准备到安康镇寻那母夜叉晦气,不料在这半途上,听到有人在向独孤樵叫阵,便再也不顾其他,惊"咦"一声,拔腿便奔了过来。

一看是飞天神龙万人乐,冷风月只扫了独孤樵一眼,便打了个哈哈,冲万人乐一抱拳,道:"幸会,幸会,原来是万兄。"

飞天神龙也不还礼,只淡淡地道:"你怎知我飞天神龙姓万?"

冷风月一怔,随即又做出笑脸道:"飞天神龙万兄的大名,在武林中如雷贯耳,小弟是久仰了的。"

冷风月竖了杆儿,万人乐却不往上爬,只依旧冷漠地道:"那倒不见得,只怕是在泰山阁下与那个使毒砂的女人联手打布袋和尚时,在下看不惯便去帮那老叫花,有人叫出了在下姓名,你才知道的吧。"

冷风月几欲将满口银牙咬碎,但经泰山一搏,他心知自己的武功与万人乐只在伯仲之间,若是撕破脸皮一战,定然是个两败俱伤之局。并且关于万人乐的禀性，半年多来他早已从任空行那儿知道得详详尽尽，只要惹得他邪乎劲儿一上来，定会与你拼个鱼死网破！一念及此，冷风月只得强忍怒气，抱拳一笑道："好说，好说，当日在泰山，天山二怪那两个老邪物突施暗算时，幸得万兄援手，小弟是感激不尽的。"

飞天神龙道："先前你们以二打一，我帮布袋和尚，待天山二怪出来多手多脚，变成我方以四欺二，自然我要帮你们了，以三打三，那才公平，阁下倒用不着谢我。"

冷风月在心里把个不识好歹的飞天神龙的十八代宗祖操了个遍，面上却依然笑道："哪里哪里，万兄救了小弟一命，谢是一定要谢的。"

稍停又道："泰山一别，数月未见，万兄是越来越丰朗神秀了，当真是可喜可贺。"

飞天神龙道："你说完了么？"

冷风月愕然道："什么？"

飞天神龙道："说完了就可以走了，我还有要事未办呢。"

冷风月大觉尴尬，禁不住怒火中烧，眉尖一跳，正欲发作，猛见自己脚下的影子已然偏东，心头一凛，当下强忍怒气，又打个哈哈，装作刚刚发现坐在一旁的独孤樵的样子，抱拳道："噢，这儿还有位兄台，万兄能否替在下引见引见？"

飞天神龙道："你们两人都各有一张嘴，你难道不会自己问他？"

冷风月也不以为忤，转向独孤樵抱拳道："在下冷风月，敢问兄台高姓大名？"

独孤樵道："你是问我的名字么？我叫独孤樵。"

冷风月装作大惊道："呀！失敬失敬，原来兄台竟是那一剑刺死太阳叟东方圣的独孤大侠！"

独孤樵甚觉迷茫，道："怎么你们都说我杀过人了？"

冷风月一愣，便听万人乐道："这个独孤樵是个假货，我飞天神龙也差点上了他的当啦！"

冷风月在心头冷笑一声，心道："想在我姓冷的面前耍花枪，凭你万人乐只怕还不够聪明！"

万人乐又道："独孤樵，咱们走吧。"

冷风月又是一怔，但尚未等他开口，独孤樵便道："去哪儿？"

万人乐道："有姓冷的在这儿啰唆，你是学不好的，咱们且先寻个清静的地方再说。"

冷风月心头怒极，当下皮笑肉不笑地道："好说，好说，却不知独孤大侠要学什么，姓冷的居然不能在旁！"

万人乐眉梢一挑，道："这关你屁事？！"

冷风月一言不发，只冷冷看着万人乐。

万人乐长吁了一口气，道："别用那死鱼眼看我，我飞天神龙还从不知道天底下有个'怕'字呢。哼！"

稍停又道："不过嘛，告诉了你也无妨，我要教这个独孤樵一点儿武功。"

冷风月突然冲天大笑，道："你教他武功？哈哈！阁下真是有趣，简直有趣极了。"

万人乐大怒道："姓冷的，这桩事只怕不像阁下所想的那般有趣！"

冷风月敛住笑声，淡淡地道："偏偏在下觉得此事很有趣，哈哈，若是传出江湖，说阁下在教一剑刺死武林皇帝的人武功，飞天神龙的大名，只怕又不知要吓住多少人了！"言罢复又大笑。

万人乐忽然嘻嘻一笑，道："好说好说！阁下请划下道儿来吧。"

万人乐一笑，冷风月便知今日之事已难善了，当下暗自凝神，道："在下后倒是客，客随主便，还是请阁下划下道儿来，姓冷的接着便是。"

万人乐喜道："很好！很好！咱们以一对一，那是再公平不过了，各凭手底真章，生死事小，不守江湖规矩却是大大的不对，冷兄以为然否？"

冷风月以一冷笑作答。

万人乐又道："既然冷兄对在下之言并无异议，那就是说冷兄也是一个深明江湖大义的人，鉴于此，我飞天神龙倒无妨先告诉冷兄一句大实话：这独孤樵，在下是一定要带走的。"

冷风月冷笑道:"如果在下也想将他带走呢?!"

万人乐愕然道:"你也要带走他?你带走他有何用?"

冷风月道:"只怕阁下要他有何用,在下便也有何用了。"

万人乐更奇,道:"莫非阁下也曾差点儿着了他的道儿么?倒也古怪,这小子一丁点儿武功也不会,骗人的本事却这般了得!"

冷风月见万人乐不似作伪,心头微奇,禁不住又打量了独孤樵几眼。

除毫无光泽的双眼与任空行描述的全不相同之外,眼前这人完完全全就是独孤樵!

如果不易容,天底下真有如此相像的两个人么?

独孤樵并没易容,冷风月是江湖易容第一高手千面狐之徒,这一点他完全能肯定。

冷风月忖道:"年前他拜兄胡醉到处蒙冤,独孤樵却始终没露面,对了,定是他遇上了什么古怪,以至于丧失了所有武功,甚至连自己曾杀东方圣的事也不记得了。哈哈,天赐良机,这独孤樵既然不会丝毫武功,稍候个空,挟了他便跑,谅他飞天神龙……"

正思忖间,却听万人乐道:"先前我听说他叫独孤樵,还想把他带去交给布袋和尚那老叫花,俗话说冤家宜解不宜结,倒不是说在下怕了那老叫花和他丐帮,这一节你可得记住了。因为年前我飞天神龙失手将湖北柳家堡的二当家连城虎打下了深涧,也不知死了没有,而柳家堡的大小姐偏偏又是布袋和尚的徒弟,谁料这独孤樵是他娘的冒牌货,若我直通通便将他送了去,岂不是上门讨没趣么?哼!"

冷风月心头一亮,道:"既然这假冒的独孤樵于阁下毫无用处,便让在下将他带走如何?"

万人乐连忙道:"不行不行!千万不行!"

冷风月面色一沉。

万人乐又道:"此事若传到江湖中,说我飞天神龙竟被一个不会丝毫武功的人玩弄于掌股之间,那我还有何面目再在江湖上混!故而我要依自己的规矩,将他带到清静的地方,先教会他武功,再与他决一死战,若我恰巧胜了一招一式，将他毙于掌底，那便既不违江湖道义，也替我洗刷了受欺蒙之辱，这端的是个两全其美之计，哈哈，冷兄以为然否？"

冷风月直听得哭笑不得，当下干笑一声道："阁下果然言之有理，只是有一节阁下却疏忽了。"

万人乐道："既是言之有理，又何来疏忽了？'理'之一字，岂是可胡乱编排的么？"

冷风月道："阁下大约忘了，这独孤樵我冷风月也是志在必得的。"

万人乐直气得哇哇怪叫，道："姓冷的，你原来是在消遣大爷！来来来！咱们手底下见个真章。"

冷风月道："姓万的，你执意自取其辱，休怪小爷不得！""得"自出口，人早猱身欺上，运足八成真力，轰然劈出两掌！

九

万人乐决未料到对方尚未将话说完，出手便打，心头之震骇，端的非同小可，只说得一个"你"字，已觉掌风袭至门面！

好个飞天神龙，甫觉一阵挟着腥味的刚猛掌风袭面，当下硬生生忍住即将出口的话，运出平生修为，陡然间人竟变得有若一团棉絮，顺着那掌风轻飘飘倒飞出去！

这一飘竟飘出五六丈开外，方见飞天神龙在电光石火之间往左侧拍出一掌，借这微弱之力，身形已往右挪开一尺，险之又险地避过猝然袭来的灭顶之灾。

那掌风的余劲，兀自将身后的一丛灌木击得枝叶横飞！

飞天神龙甫一稳住身形，便破口大骂道："冷风月，你他妈的不守江湖规矩，竟敢……"

后面的话他却没骂出来。他没必要骂了。因为没有人听。

冷风月深知飞天神龙的功力，纵是猝然偷袭，也断难取其性命。

他的本意也非要一掌将飞天神龙毙于掌底，他只是想逼退对方，好抢得独孤樵逃离。

他不得不逃离。虽然若论真打，他也并不怕飞天神龙。

他怕的是一个要命的时刻：未辛之交。

一到未申之交，不劳飞天神龙动手，他自己就能将自己置于死地！

确切地说，是千佛手任空行散在他身上的"化功散"会让他乖乖躺倒在地，至少在半个时辰之内，任何一个不会武功之人，都能像摁死一只蚂蚁那样将他弄死！

所以他逃离了。

他一掌迫退飞天神龙，挟起一旁兀自懵懵然的独孤樵，便窜进了最为茂密的那一片森林。他认为森林是最好的屏障，因为自古便有"逢林莫入"之说。

但对脱逃的人来说，森林也有个毛病——越茂密的森林越能让人跑得不那么快！

仅论轻功一项，冷风月绝不弱于飞天神龙，甚至还要高出那么一点。

但森林所固有的那个毛病，却被冷风月疏忽掉了。江湖就是这样，一丁点儿疏忽，也会铸成大错。

如果说大错是由小错累积而成的，那么冷风月的小错的确不算少。

他自幼生长于大漠，大漠千里无遮挡，只有在那漫漫无垠的沙丘上，他才能将自己的轻功发挥到极致。

而飞天神龙自幼与森林为伍，很难有人能在森林中寻到他的踪迹并将他赶出来，如果他不想出来的话。——这是一错。

冷风月挟着独孤樵，而飞天神龙身无别物。

如果功力相若，一身轻的人总要比身负重物的跑得快些。——这是二错。

追人莫入林这话，是对正常人说的，偏偏飞天神龙有的时候并不很正常。

不仅不正常，甚至还很邪，邪得令人头疼。

比如说，当他被惹怒了的时候。

偏偏冷风月的突施暗算已经将他惹怒了。

冷风月抢走独孤樵，不多不少，又使他的怒气加了一倍。——这是冷风月所犯的第三个错误。

这就够了。

既然三个臭皮匠都能合成一个诸葛亮，那么三个小错误又为何不能合成一个大错呢！

飞天神龙的一声怒啸，便说明冷风月大错已经铸成。

他入林了。

确切地说，是他"上林"了。

怒啸声中，飞天神龙陡然拔地跃起三丈有余，如若神龙一般，双臂轻勾树枝，熊腰微扭，人复升高二丈，直抵树梢！但见他恰似猿猴一般，攀跃于树梢之上，竟然如履平地，倏然间身形已杳于密林深处！

冷风月一口气奔出三里有余，已至密林尽头，转头看飞天神龙并未追来，心头正大觉得意，不料一出林，忽觉光亮刺目耀眼，抬头只看一眼，便惊得怔立当地！

此时距未申之交只剩下不到一盏茶时光了！

当下略作思忖，复又转入林中。

行不到十丈，见有两块巨石掩陷在树丛灌木之间，更有几棵高大茂密的乔木自灌木丛中拔地而起，最是藏身的好所在。冷风月大喜，奔将过去，放下独孤樵，四下打量一番，寻到二人各自藏身之所，才道："你是独孤樵？"

独孤樵被他挟着跑了这许久，早是七荤八素了，一时竟不知如何作答。

冷风月也不以为意，又道："我知道你就是独孤樵，但你真的失去了一身武功了么？"

独孤樵使劲儿摇摇头，恰似大梦初醒一般，道："我不知道什么叫武功。"

冷风月阴恻恻一笑，道："很好，那我教你什么叫武功。"

语音未落，早已运指如风，重重地点在独孤樵昏睡穴上。

独孤樵未及吭声，人已瘫软于地。

冷风月弯下腰，正欲抄起独孤樵将他移至隐蔽之所，忽闻头顶之上传来一声厉喝："小贼住手！"

喝声宛如晴天霹雳，把个冷风月惊跌于地，内心之震骇，端得难以言表。

人随声下，飞天神龙早飘落而下，立于距冷风月不到三丈远的地方。

此时若是突施辣手，定然可以一举奏功，但飞天神龙只是高声斥喝道："冷风月你这小贼，偷袭本大爷于前，欺辱不会武功者于后，在你眼里，可还有一丝儿江湖规矩么！本大爷今日定要与你讨个公道！"

冷风月惊魂未定，立起身来，因羞愤而双目凶光暴炽，早是动了杀机。他只从牙缝中吐出二字："找死！"

人随声进，电光石火之间已然拍出三掌！

飞天神龙因有前车之鉴，哪会再着道儿。但先机已失，当下只有凝神闪避。

冷风月心头惶急，只想在未申交泰之前将飞天神龙撂倒，是以招招重手，式式进逼，一时将飞天神龙弄得手忙脚乱，暗自骇异道：这小贼心肠狠毒，手底下的功夫倒也真是了得！更不敢再存一丝小觑之心。

如此十数招一过，冷风月已势同拼命，招式间早无名家风范，只一味痛下杀手，竟是个两败俱伤打法！

飞天神龙怎知冷风月心头之难言隐患，只是暗自惊骇：这小贼疯了不成！

又过数招，冷风月已双目充血，面上一副极度怨毒之色，双掌由乌黑转为暗青，出招更快更狠，方圆十丈之内，已尽笼罩他掌风中所挟剧毒的腥风！

他已运出了平生修为。

但他进招快，飞天神龙的闪避却也不慢，二人轻功本在伯仲之间，一攻一守，竟是谁也奈何谁不得。

但见两团白影飘浮闪动，更看不清哪是飞天神龙哪个又是冷风月！

冷风月胜在天冥掌中含有剧毒，飞天神龙不敢硬接，但他心头之患使他心浮气躁，犯了武学之大忌，每每招式间操之过急，被飞天神龙闪了开去。

飞天神龙则胜在气定神闲，心头虽惊不乱，看似他险象环生，却总能化险为夷，因他心知若冷风月这般打法，只需时间一长，不劳他动手，冷风月累也会被累死，且他对冷风月的掌毒也委实有几分忌惮，是以只一味游身闪避，并不想急于奏功。

冷风月自不知飞天神龙心头所想，还道是他已知自己的致命隐患，心头之震怒，端得难以言表。

但闻他怪叫一声，猱身欺上，更不管自己空门大露，运足平生修为，轰轰两掌，一上一下，直取飞天神龙门面和小腹。

飞天神龙绝未料到冷风月会如此不顾身家性命，使出无赖打法，竟要与他同归于尽。当下也长啸一声，运出平生修为拔地跃起。

不多不少，仅仅只差一线，冷风月的掌风堪堪从飞天神龙脚底滑过！

"轰轰"两声，一株盆口粗细的栋树竟被拦腰击断，树身凌空飞出一丈有余！

饶是飞天神龙见多识广，也自被惊得瞠目结舌。

就这一惊，差点送了飞天神龙性命。

待他发觉自己身子已然下落，冷风月正在地下狞笑着即将发出致命一掌时，他已是无处借力再行闪避了！

飞天神龙只觉心头一寒，暗道：天亡我也！

随即又是大怒，暗忖道：纵是我飞天神龙今日毕命于斯，也要让你姓冷的小贼吃点苦头，让你知道万大爷也非浪得虚名之辈！

写来话长，其实这只是一刹那之事。

但见飞天神龙熊腰一扭，空中一个大翻身，虽下落之势不变，却已头下脚上，双掌运出平生修为，恰似鹞鹰扑食般扑击而下。

冷风月笑了。

是一种好整以暇且满怀怨毒的笑。

他知道自己和飞天神龙凶险万分的剧斗就要结束了。

他几乎已经看到飞天神龙的躯体再度腾起，然后像断线的风筝一般，颓然摔落于地！并且飞天神龙必将满面乌黑，嘴角沁出同样乌黑的血丝！

当然，这只是一瞬间的工夫。

"嘣！""嘣！"

两声巨响同时传出，声音如击败革。

飞天神龙怔立于地，他被眼前的景象弄懵了！

他使劲儿摇摇头，又连续眨自己的眼睛。

他不相信这一切会是真的。

但他弄清楚眼前这一切并无一丝虚假成分之后，却又更加迷惑了。——冷风月委颓于地，满面乌黑，并且胸襟上沾满一大片同样乌黑的血渍！

甚至说不上气若游丝，此时的冷风月，已经没有呼吸，完全与一具尸体无异！

最让飞天神龙迷惑的事情是，冷风月为何不在占尽先机的时候痛下杀手，而仅仅只摆个虚招应景！

他连半招也没使完。

是他突然不想杀飞天神龙了么？

就算真是这样，他也完全有把握轻而易举地避开飞天神龙的搏命一击！

但他没有。

他只是将杀机毕露的目光在四掌相接的刹那间变成了惊骇与绝望。

然后他就"撤"了掌力。

或者说，是飞天神龙的掌力将冷风月那微弱而挟剧毒的掌力完全逼了回去！

冷风月倒下了，而飞天神龙了无异状。

飞天神龙甚觉惊诧，他抬头看看日头。此时，正是未申交替时分！

这个时间对飞天神龙来说毫无意义，他自然也不知道正是这个要命的时刻使他和冷风月交换了位置！

他坐下略作调息，然后替独孤樵解开了被冷风月封住的昏睡穴。

独孤樵睁开眼来，长长打了个呵欠，道："这一觉睡得真好。"飞天神龙哭笑不得，正欲开口，却听独孤樵又道："咦？！他怎么啦？"

飞天神龙道:"大概他也想好好睡一觉。"

独孤樵连忙看自己的衣襟,见自己胸前并无乌黑的血迹,又道:"怎么他身上弄这许多血,并且……并且你看,他的脸是黑的!"

飞天神龙过去一探冷风月的鼻息,发觉他与死人一般无二,便站起身来,对独孤樵:"他练的武功有点儿古怪,一睡觉就是这个样子,咱们得尽快找个清静的地方躲起来再说。"

独孤樵点点头,随飞天神龙走出数丈开外,还兀自回头看了躺在地上的冷风月几眼,咕哝道:"会武功的人真古怪……"

第五回 一顶轿子

十

约莫一个半时辰之后,冷风月悠悠转醒,微一运气,但觉四肢百骸,恰似附有数千万只蚁蛭穿梭叮吸,略动身形,又宛若万箭穿心。

他没有呻吟。

他只是觉得万念俱灰。

想起他自幼习艺所受的百般苦楚,想起他那大漠深处有若宫殿的黄龙堡,冷风月禁不住浑身直打寒噤。

他很后悔当初没听师父千面狐智桐的话。

"你只要学会为师冠绝天下的易容之术,就不会有人敢再欺负你了,天冥掌虽也算盖世绝学,却是凶险得很,连创下如此独门武学的公孙鹤,也未能穷其精奥,终被酒仙翁、苦苦僧人和跛足神僧所杀……"

当时千面狐就是这样说的。

事实上,智桐自己也的确未练天冥毒掌。但那时冷风月年纪尚幼并且心高气傲,他没有听师父的话。

并且,当他以这套掌法镇服韦管家和飞云剑,成为整个大漠人人闻其名而丧胆的人物之后,他确信师父是错了。

直到此时,他才知道真正错的其实是自己!

不过三日之前,他的毒掌使铁算子田归林活不过十日。

此时，同样是他的天冥毒掌，也将使他活不过十日！

本来，应该是飞天神龙躺在这儿的！

冷风月突然不感觉到疼痛了，他的整个身心，蓦然间全部沉浸在一种巨大的仇恨中。

他恨千佛手任空行！

如果不是任空行种在他体内的"化功散"使他在未辛之交那个要命的时刻突然丧失功力，他冷风月绝不会沦落到这步田地。

他要报仇。

虽然这几乎是不可能的事。他不但受了极重内伤，并且功力已全部丧失。并且他只能行尸走肉般再活十天了！

退一步说，纵若他安然无恙，也绝非名列江湖四大魔头之首的千佛手之敌。

冷风月第一次知道仇恨加绝望会使人如坠冰窟，产生一种刻骨铭心的寒冷。

如此巨大的寒冷绝非任何人所能抵御，冷风月终于昏过去了。

大约过了半个时辰，林边突然出现了一顶黄色的轿子。

一顶神秘的轿子。

说其神秘，是因为它与中原的任何轿子都不同。

它由四个人抬。这倒不足为奇，奇的是四人所站立的方位。

中原的轿子，轿夫也是成双成对的，但总是均衡地分布在前后。比如皇上出京，轿夫可达十六人之多，但总是前后各八人。

但这顶轿子的四名轿夫却是分布在东北、东南、西北和西南四个角。

乍一看上去，恰似两根木棒呈"X"形，轿身则置于交叉点上。

这当然也并不算太奇，因为总有人喜欢标新立异。

更奇的是那四个轿夫。

但见位于东北角的那人，身着绿袍，面皮青紫，双目无神，似是永未睡醒一般，腰悬双锤，恰与青面判官无异。

位于西北角的竟是一胖大头陀，也是双目无光，右手扶定肩头轿杆，左手握一方便铲，铲指苍天，恰似举着把伞一般。

西南角的轿夫顶一块雪白包巾，露筋出骨，沉香面孔，目若铜铃，只望其一眼，便会想起幽冥世界的巡风使者！

东南角的轿夫生的草头花脸，虫喉凤眼，身佩长刀，着黑袍，眼惺忪。

他们一出现，这片森林似乎一下子变成了幽冥府，而他四人俨然便是四名鬼判了。

四人一般的高鼻凹眼。除那头陀外，另三人一般的须发卷曲。任何人只需看一眼，便知他们绝非中土人士。

他四人虽高矮胖瘦不一，却是如此的步调一致，每个人的左右脚总是同时迈出，且每人每步间的距离恰似用尺子量出一般，俱是二尺左右，一分不多，也一分不少！

虽扛着轿子，却又似凌波御风，若与中原武林人物相较，四人中的每一个人，皆可算入绝顶高手之列！

但轿中人是谁？

他怎能将四名武功如此绝顶之辈收为自己的轿夫？！

奇！这的确是一顶神奇的轿子。

莫非又出现了一个东方圣？

因为只有太阳叟东方圣才喜欢黄袍。而这顶轿子是黄色的。连轿杠都是。

虽然森林茂密，但他们绝未弄出一丝儿声响！

他们如此小心翼翼，究竟因为什么？

难道这会意味着另一次中原武林的血雨腥风，就像百年多前，一代大魔公孙鹤悄悄窜入中原一样？

那将是相当恐怖之事。

的确，黄色，在武林中，大多时候都意味着神秘甚至恐怖！

正是酉牌时分，细碎的夕阳将轿子照出斑斑点点的金黄，更有说不出的诡异。

四人一轿，像只巨大的章鱼在海底水草间游弋一般，悄没声息地在森林中移动。

蓦然，他们停下了，更分不清谁先谁后，四人八足，如若同时被点了穴道，竟是一齐止步！

在离他们不到三丈远的地方，躺着冷风月。

但他们四人没一个开口说话。

须臾，轿中传出一个声音："物达，怎么回事？"

声音是如此的平和中正，浑厚而轻柔，绝无江湖中人粗豪而带杀机的音色，任何人一听之下，都只会产生两种感觉：亲切和舒坦。

位于东北角那绿袍青面恭声道："阿尼克多。"

轿中人轻叹一声，道："物达，我与你们说过多次，到中原来必须讲汉语，你怎么又忘了。法达，你说。"

物达道了声："是！"位于西北角那个叫法达的胖大头陀才以生硬的汉语道："是一个云。"

轿中人道："是'人'不是'云'，唉。"似是有意要考轿夫们的汉语，轿中人轻叹一声之后又道："细达，伊达，你们说看到了什么？"

位于西南角叫细达的道："是，有一个人，躺在地上，像死了样。"言语也并不流畅。

东南角叫伊达的待细达语音一落，便抢着道："细达的话不对，应该是地上躺着个死人，因为他既没吸进去的气也没有呼出来的气，还有他的脸色黑里发青，衣服上又有很多血迹，所以这个死人是中毒死的。"这伊达本来就长得草头花脸，一字一句地憋出这番话来，已是满脸通红了。

轿中人似是沉吟了一下，才道："你们都说得很好，但——那人真的面色黑里透青么？"

四人同声道："是。"

轿中人道："放下轿子，将那人抬过来给我看看。"

他的话音刚吐出一半，轿子早安稳地置于地上了，待他话音落时，特达已将冷风月捧到了轿门边，恰似捧着一只轻巧的玩具。

一只白净而粗壮、指甲修剪得相当整齐的手从轿中伸出来，将冷风月接了进去。

少顷，便听轿中人长叹一声，自言自语道："果然是中了天冥掌毒。"

特达、法达、细达和伊达四人甫闻"天冥掌"三字，面色都是一变。

又闻轿中人道："咦，古怪！古怪！"

过得良久，又道："家祖他老人家的遗言不错，中原武林确是高手如云，此人的天冥掌毒，竟是他自己的，只是被人以更强劲的内力逼回他体内而已。"

言罢竟又长叹一声。

特达道："少主，莫非……"

轿中人截口道："我对你们说过的，到中原后别再叫我少主，你们四人皆是我的叔伯辈，你们只叫我阿鹳就是了。"

稍停又道："一时对你们难以说清许多，但此人定然与我公孙家有些渊源，他的性命尚且有救，你们且在左近歇上一会儿。"

四人相互对视一眼，依言四下散开。

一个时辰之内，特达等四人只听到轿中两次传来同样的两个字："古怪"。

然后他们便看到了轿下一摊腥臭乌黑的汁液，凡被那汁液沾上的野草幼木，俱在半盏茶时光内枯萎！四人心头骇然，一时作声不得，只是面面相觑。

十一

又过约莫一盏茶时分，轿中人长吁了一口气，便听冷风月虚弱地道："是你……救了在下！"

轿中人道："是。"

冷风月又道："你是谁？竟能救我身上所中的……"

轿中人打断他的话道："你且别问我是谁，但普天之下，除我之外，更无第二人能救你了。"

冷风月凛然道："莫非阁下竟是……"

他的话再一次被轿中人打断，只听轿中人道："你没必要猜测我是谁，再说，就算你猜对了又管何用。我且问你，除天冥掌外，你还……"

冷风月大骇失声，道："你怎知我习练过天冥掌？"

轿中人道："我当然知道，否则也救你不得了。你别打断我的话，我有几句话要问你。"

冷风月果然噤声。

轿中人又道："观年纪，你绝不会是家父当年所说的千面狐智桐，而整个中原武林略知天冥掌练功法门的，唯有那个易容之术冠绝天下的智桐而已，你是他什么人？"

冷风月凛然道："那是先师。"

轿中人奇道："是你师父？对了，你说是'先师'那就是说他已经死了，他定然也是死于天冥掌毒，对么？"

冷风月也奇道："先师并非仙逝于天冥掌毒，不知阁下因何有此一问？"

轿中人道："这就奇了。"

少顷又道："听语气你对你师父敬爱有加，因何他要害你？"

"害我？！"冷风月大惊道，"不！先师绝不会害我。"

轿中人道："那他为何要传你天冥掌？"

冷风月道："先师传在下天冥掌，正如恩同再造，又怎会是害我了？"

轿中人叹道："方才替你疗伤之时，我也发现阁下骨骼奇佳，实是练武的上上之选，难怪智桐会找上你。"

冷风月道："在下实不懂阁下言中之意。"

轿中人道："若阁下不练天冥掌，绝不会落到今日这一步，实不瞒阁下，此时你已形同废人，不仅浑身武功全废，而且今生今世再也不能习武了。"

寂静。

蓦然，一声令人撕心裂肺的哀号从轿中传出："不——"

哀号声歇，轿中人又淡淡地道："能捡一条命，已经是上苍之意，让我今日遇上你。相信我说的话，纵是家祖学究天人，创下这路天冥掌法，也终不免死于自创武功，而家父直到自己毒发身亡，也未能悟透因何至此。昔年家父无意间将此套掌法泄露给了智桐，一旦得知，便叮嘱他千万不可习练，更不许贻害后人，其时智桐在中原武林已名头甚响，但仍不是家父之敌，只因家父早些时已发现自身随时会突然走火入魔，有求于智桐，才……唉，不说也罢，反正智桐发下毒誓之后，家父才放他回中原的，没想此人如此……如此不守誓言，竟要陷害于你。对了，你叫什么？"

一阵冲天狂笑之后，才听冷风月咆哮道："不！不！你骗我！先师他老人家……不！不！！"

轿中人道："我没必要骗你。我只想问你一句：你见过智桐本人习练天冥掌么？"

冷风月喃喃道："这不可能！这不可能！为了给他报仇，我冷风月数次险些送命……"

轿中人道："原来你叫冷风月。"

冷风月仍旧喃喃道："这不可能……这不可能……"

轿中人轻叹了一声，道："但愿如此就好。只是我很想知道除天冥掌外，你还练了何种……不，不对，似乎是中了一种毒药，一种极厉害的毒药，你能告诉我是什么吗？方才我替你吸出体内的天冥掌毒时，那种古怪的东西差点使我也功力丧尽。"

物达等四人闻言心头大震，却怔怔地说不出话来。

良久无声。

轿中人又道："你不说也罢，反正迟早我总会知道的。我也可以告诉你，我公孙鹳并不怕那种毒物，因为连你体内的毒液我都能替你吸出来。现在你去吧，尽可以放心，若不再习武，你依然像一般人那样长寿的。"

冷风月又过良久才幽幽长叹道："原来如此……原来如此……"

语调一转，变得极为冷漠："阁下救了在下一命，但在下并不感激。不过，在下可提醒阁下一句，古人云人心难测，此言并无虚妄，阁下初入中原，须得寸步提防。在下便因偶尔疏忽，才中了阁下方才所言的那种叫'化功散'的毒物，是千佛手任空行所赐的。"

轿中人道："千佛手任空行这名字，我倒也听家父生前提起过，只知他的暗器功夫了得，在中原排名犹在智桐之上，莫非他也知使毒么？"

冷风月索然道："我冷风月在中原武林中绝非正人君子，甚至可算是奸诈小人，但阁下无妨相信在下之言，除'化功散'外，千佛手定然尚有更难对付的毒物。在中原武林，若论使毒，当只有胡醉和毒手观音二人堪与其比肩。"

冷风月阴狠狡诈，几乎无人不知，此番言语，倒也算是平生第一遭剖腹之言。

轿中人竟然是百年前搅得中原武林人人自危的一代大魔公孙鹤之孙，若在昨日之前，冷风月定会大惊抑或大笑——

他习的天冥掌来路不明，此番遇上了正主儿，若他相信了这个自称公孙鹤的人真是公孙鹤之后人，焉得不有大惊！但公孙鹤被苦苦僧人、酒仙翁和跛足神僧三人联手除去之时，并未听说他有一丁半子！

而公孙鹤初入中原为恶时年不过二十，横行三十载，直至被杀，也从未有人听说他有何风流韵事，此事连酒仙翁等人也确认不讳！也就是说，公孙鹤绝不会留下后人。

这轿中人自称是公孙鹤之孙，冷风月乍闻之下，突然大笑不已！

但此时，这一切对冷风月来说均无丝毫意义了。他已成为废人。

公孙鹤却是大感不解："冷风月自认小人，突然言下无虚，千佛手任空行既然数十年前便以暗器功夫名扬宇内，使毒功夫又是如此了得，而又有叫胡醉和毒手观音的两个人在使毒功夫上堪与任空行比肩，莫非这二人便是先父所言的……"思忖至此，却被冷风月的言语打断："在下言尽于此，告辞了。"

公孙鹤连忙道："且慢，我想……"

冷风月截口道："在下从不会说'谢'字，告辞！"

公孙鹤一愣，随即又轻叹道："中原武林中人果然古怪，我并没想要你谢我，你去吧。"

冷风月掀帘出轿，陡见四个长相古怪的人立在离他不到五丈远的地方，俱是对他怒目而视，当下轻笑一声，竟是不理不睬，只淡淡道："只需一人便足够了，如果哪位有兴趣过来给冷某一个爽快，也许我冷风月这辈子会破例说一次'谢'字的。"

物达似未全听明白，奇道："他，说什么？"

伊达道："他说我兄弟四人任何一人都能杀死他。"物达高声道："千真万确（大约这四个字练的次数比较多，他竟然说的还挺流畅。）

法达道："奇怪的是，这人为何说，谁杀了他，他便要说'谢'字？"

细达连忙道："因为他说了'爽快'二字，此二字的意思是说一剑便杀死他，不让他感觉到痛苦。"

物达道："为何，不能一锤，便结果他，那样也不会感觉到疼？"

仍在轿中的公孙鹳不等另三人开口，便道："让他走吧，时候已不早，咱们也该走了。"

物达等四人一听公孙鹳开口，便即面色突变，恭敬有加。待公孙鹳语音落尽，四人一齐道了声"是"，更不敢再争执，只如风般各奔各位，仅在冷风月眨眼间，面前已无那顶轿子和四个长相奇物的轿夫的踪影！冷风月却依旧漠然呆立原地。

第六回 烫手的山芋

十二

永远不要把烫手的山芋扔给别人。

对正常人而言,这句话的含义是不要给别人多添麻烦。

但对飞天神龙万人乐来说,这句话的含义却是:不可理喻!

自他将这个自己说叫独孤樵的人带在身边就几乎没一日不遇上怪事儿!

飞天神龙不怕打架,甚至可以说,他爱好打架。

但任何爱好都是有限度的。

正如一个好赌的人,你让他连续九天坐在赌桌边试试!再如你让这个好赌成性的人,去玩毫无赌注的赌博,并且连续九天!

任何人都会肯定如果会发生这种事,那实在是不可理喻。

偏偏飞天神龙就连续打了九天架!

不是说连续九天他每时每刻都在打架,因为这不可能。

只不过他每天最少要打上一架而已。

最多的一天,他打了九架。

虽然没有细算,但九天下来,他打架的次数绝不少于三十架。

唯一打得明白些的是第一架,那是与冷风月单打独斗。虽然凶险,但飞天神龙觉得打得愉快。打架哪有不冒风险的呢,只要打得有道理就行。

但后来的架他就打得越来越糊涂了,似乎所有武林中人都发了疯,不与他飞天神龙打一架就不愉快，认识不认识的全都找上他了。并且大部分时候是群拥而上！

飞天神龙觉得，这般没规矩的打法即使赢了他，也不会使那些人名头响亮。

然那些与他打架的人似乎没一个考虑自己的名头，因为他们都说明了只要把独孤樵交给他们，便可以不打了。问题是，飞天神龙永远只会是飞天神龙，他不可能答应。因为还有一桩使他百思而不得其解之事：天下竟真会有像独孤樵这样笨的人！

九天之内，在打架与息憩的空隙间，飞天神龙无时无刻不在教独孤樵武功，可他就是一丝儿也没学会。

因此两个鼻青脸肿的人只得东躲西藏。

飞天神龙并不笨，有时候，就在半梦半醒之间，他会想：这个自称独孤樵的家伙看起来是个烫手的山芋，谁沾上了都定然会有永远打不完的架，应该将他扔出去才好。

他甚至还这般思忖：只要独孤樵学会了一丝儿武功，与他"公平地"打上一架，那他飞天神龙甘愿藏拙认输，"逃离"独孤樵，回入森林潜心学艺，待"艺成"后再出山找独孤樵雪"蒙欺""受创"之辱。

他觉得这主意很不错，但独孤樵就是学不会一丁点儿武功，这使飞天神龙又迷惑又恼怒。

因而飞天神龙说道："独孤樵，你他妈的真是普天下最大的笨蛋！"

独孤樵道："嗯。"

此时他们是在一个山洞中，一个时辰之前，飞天神龙刚与几个和他素不相识的崆峒派弟子打了一架，当然，那几个崆峒弟子不是他的对手。并且他们也和其他人一样要带独孤樵走。

飞天神龙又道："你这浑蛋不但不是普通的笨，还是世间最大的骗子！"

独孤樵道："哦。"

飞天神龙愠怒道："见鬼，除了'嗯哦'之外，你就不会说别的话了么？"

独孤樵道："你要我说什么？"

飞天神龙一愣，随即道："我问你，这些日来我为你打了多少架？"

"打了很多架。"

"你可知我几乎数度送命么？"

"不知道。"

"那我告诉你，至少有五次。"

"是五次么？"

"哼！第一次是与冷风月，第二次是与七个叫花，第三次是与天山二怪，第四次是与许聪和他率领的一干鹰爪门弟子，第五次是与昆仑派的郤盛等十一人。"

独孤樵道："果然是五次。"

"五次便是五次，哪有什么果然不果然的！"

"原来是这样。"

"哼！"

"……"

"我问你，你几时才能学会一丁点儿武功！"

"我不是已经会武功了么？"

"真的吗？！"

"早些时你说挨打也是武功，这九天我天天挨你打，还不算会武功么？"

"见鬼！那是我在试你。"

"试。"

"你'试'什么？"

"原来你是在试我。"

"你到底要到何时才能学会？"

"学会什么？"

"武功！"

"我不知道。"

"可我知道！"

"原来你知道。"

"我知道你永远学不会一丁点儿武功，普天下若有谁能教会你一丁点儿武功，我飞天神龙甘愿做他的徒弟！"

未等独孤樵开口，洞口外突然有人嘻嘻一笑，随即传来两个字："是吗？"

飞天神龙一惊，飞身立于独孤樵之前，喝道："来者何人？！"

洞外之人又笑道："素闻飞天神龙出言必践，言出如山，方才阁下之言，我鬼灵子陆小歪字字入耳，万大侠若有兴致，何不出来与小叫花赌上一赌。"

鬼灵子在泰山英雄会上的一番表演，倒是使飞天神龙大觉趣味相投，此时听洞外之人即是他，当下哈哈一笑，步出洞来，却见一个腰悬长剑、年约十五的娇美少女，俏生生地立在脏兮兮的鬼灵子身侧，心头不由一愣。

便听鬼灵子嘻嘻笑道："这位小姑娘嘛，峨眉派绝因师太的小徒儿瞿腊娜，她既认定了只有陪小叫花游山玩水才有兴致，我陆小歪也是毫无办法，万大侠倒不必疑忌。"

未等瞿腊娜开口争辩，鬼灵子又连忙道："瞿姑娘，还不快过来见过这位声名赫赫、言出如山的万大侠。"

把飞天神龙万人乐捧为大侠，这"大侠"二字走了的味儿，瞿腊娜焉有不知，只是年余来陪着鬼灵子，瞿腊娜早深知这歪邪掌门的德性了，当下只白了鬼灵子一眼，转头对飞天神龙敛衽道："峨眉派瞿腊娜见过万……万大侠。"

飞天神龙听他二人皆口称他为大侠，心头不觉大是得意，抱拳笑着还礼道："哪里哪里，两位……少侠和女侠不必多礼。"

他自是觉得人家奉他为大侠，也该还二小一个"侠"字才对，是故言语一半后心灵电闪，道出了"少侠""女侠"之称。

瞿腊娜"嗤"的笑出声来，随即忽觉不妥，当下强忍住笑，把一张粉脸憋得通红。

鬼灵子连忙道："泰山一别数月，万大侠依然……依然风采……这个……哈哈，当真是可喜可贺啊！"

他肚里的文采实在太过有限，以至于不知"风采"二字后该如何捧人，只得哈哈一声不着痕迹地掩饰过去，至于后面可喜可贺之言从何说起，就与他鬼灵子陆小歪没啥关系了。飞天神龙却喜道："少侠也是依然丰朗神秀，更是大该庆贺。"

他二人一吹一拍，瞿腊娜只觉得又肉麻又可笑，忽见独孤樵从洞内走出来，不禁"咦"了一声。

鬼灵子却装作没见着独孤樵，自顾低头皱眉做沉思状。

飞天神龙一指独孤樵，道："这……这人冒充独孤樵，骗得……骗嘛是没骗过我飞天神龙，只是……"

既没骗得过他，就不存在"只是与人天天打架"之言了，鬼灵子见他言语作难，当下道："区区一个假独孤樵，又怎能骗过万大侠法眼。只是……听说我那两个不成器的老徒儿，竟敢瞒着在下与万大侠寻……自讨没趣，在下这厢给万大侠赔礼了。"

飞天神龙咧嘴笑道："不必多礼，不必多礼。"

鬼灵子佯怒道："他日若遇见他们，为师定以门规惩罚，否则两个老徒儿是越来越无法无天了！"

飞天神龙连忙道："陆少侠不必动怒，其实你那两个徒弟打架时也是挺守规矩的，他们虽然是以二打一，但这是他们多年来养成同进同退的习惯，怪他们不得！"

鬼灵子道："江湖中无人不知万大侠一言九鼎，既是万大侠替他们说情，在下饶了那两个徒儿便是，只是太过便宜他们了。"

飞天神龙喜道："好说好说。"

鬼灵子走到独孤樵面前，绕着他转了几圈，煞有介事地眯着眼仔细打量，末了面上摆出一副极不相信的神色问道："你叫独孤樵？"

独孤樵道："我叫独孤樵。"

鬼灵子皱眉道："这可当真古怪了。"

飞天神龙道："陆少侠觉得有何古怪？"

鬼灵子道："在下与家师行走江湖时，那一剑刺死太阳叟东方圣的独孤樵嘛，在下与他也是有数面之缘的，为何眼前这个独孤樵，在下却眼生得很……"

飞天神龙大笑道："他本来就是假的嘛！"

瞿腊娜看了独孤樵这多时，竟觉得他与她师父绝因师太所描述的独孤樵面貌一般无二，只是眼神略有不同而已，此时不禁插言道："陆小歪，我看……"

未等她将话说完，鬼灵子连忙拦腰截断，又问独孤樵道："你真的叫独孤樵？"

独孤樵还是那句话："我叫独孤樵。"

鬼灵子突然冲天大笑，弄得当场三人惑然不解。

笑罢鬼灵子又道："好啊，一个人总得有个名字的，咱们姑且就叫你独孤樵吧。"

他说"一个人总得有个名字的"这句话时，独孤樵忽觉脑中忽然闪过一丝游移不定的灵光，却又抓它不住，只是一闪即逝，听鬼灵子道："你可知万大侠武功智慧均是超人一等么？"

独孤樵茫然摇头。

鬼灵子道："万大侠费尽心血教你武功，可你一丝儿也没学会，是这样么？"

独孤樵道："他是这样说的。"

鬼灵子道："你比牛还笨么？"

独孤樵道："我不知道。"

鬼灵子转向飞天神龙，笑道："这家伙当真笨得不可救药，但在下有个牛脾气，就是不信世间有办不到的事情。万大侠方才之言，在下还历历在耳，若万大侠愿意，在下倒想试试。"

飞天神龙道："试什么？"

鬼灵子道："当然罗，若是在下教会了这独孤樵一星半点儿武功，也是决计不敢收万大侠为徒的。我陆小歪在江湖中是何角色，大家心中都有数，又怎敢给万大侠脸上抹黑，哈哈！"

他这一吹一挤，弄得飞天神龙一时尴尬难决。

鬼灵子又道："这家伙冒充独孤少侠，此时已将整个江湖折腾得乱七八糟，谁沾上他谁倒霉，这道理我陆小歪自然也是知道的，但俗话说江山易改，本性难移，若万大侠愿意，在下倒想与万大侠赌上一赌。"

飞天神龙道："如何赌法？"

鬼灵子道："就赌在下能否教会这独孤樵武功，若在下不能，愿将这颗叫花头奉上，若在下勉强做到了，便请万大侠让这独孤樵给在下……不，给这小姑娘当个差役，不知万大侠意下如何？"

飞天神龙道："这不太让在下占便宜了么？"

鬼灵子道："大丈夫一言九鼎，若论赌字，本就为了寻个刺激。赌约是在下提出来的，且无论人品武功，在下都难望万大侠于项背，故而如此赌法，在下倒以为公平得很。"

飞天神龙道："但这……这独孤樵曾使……曾使……"

鬼灵子接口道："在下也略知这独孤樵曾使万大侠饱受厌烦之苦，但此时咱们把他当作赌注，而他自己浑然无知，岂不是……岂不是……哈哈！"

飞天神龙喜道："好！便依了你。"

神色一肃，又道："但这赌约却得改改。"

鬼灵子一愣，却听飞天神龙又道："瞿姑娘美貌如花，这个冒充独孤樵的家伙给她当差嘛，那是再好也没有了，哈哈。"

瞿腊娜粉面一红，却不便多言什么。飞天神龙续道："但陆少侠你的项上之顶，于我却没丝毫用处，依在下之见，若阁下输了，便须在令师姚大侠面前替在下分解两句，就说柳家堡的连二当家对在下猝施辣手，在下一时失手将其打落悬崖，却也怪在下不得。"

鬼灵子此时已知个中原委，当下哈哈一笑，道："此乃小事一桩，何足挂齿，包在我小叫花身上就是了，只是如此一来，岂不太让小叫花占尽便宜么？"

飞天神龙道："没有没有。"稍停又道："不过有一句话陆少侠也需传到：俗言道冤家宜解不宜结，倒不是我飞天神龙怕了丐帮！"

鬼灵子道："那是当然，万大侠既这么说，咱们便一言为定了。"

飞天神龙连忙道："一言为定！"

鬼灵子转向瞿腊娜，难得认真地道："瞿姑娘，这独孤樵看起来真是笨之极矣，咱们事不宜迟，这便带他走吧。"

未等瞿腊娜开口，飞天神龙便抢着道："陆少侠的话嘛，我飞天神龙是不敢不信的，只是……在下又怎知过些日子后这独孤樵是真会武功还是不会呢？"

鬼灵子道："这样吧，咱们以半年为期，届时咱们还在此地相见，万大侠一试便知，不知万大侠意下如何？"

万人乐虽想半年期限未免过长，但转念一想，独孤樵之笨确实闻所未闻，自己手把手教了他九日他尚且一丝儿也不会，兴许半年后仍是一般。当下道："好！咱们半年后见。"

话音落时，人已飘上树梢隐去。

瞿腊娜"咯咯"一笑，道："陆小歪，我可真服了你那三寸不烂之舌。"

鬼灵子扮个鬼脸，道："这叫作大丈夫斗智不斗力，否则嘛，嘻嘻，你又怎会跟定我不放！"

瞿腊娜面色一红，"呸"了一声。

鬼灵子又道："此番咱们赚了独孤樵，实可谓大功一件，纵是我那老叫花师父，定也不敢小觑于我了，哈哈！"

瞿腊娜道："我仅知独孤少侠是胡大侠和童少侠的拜弟，黑道中人得了他便可要挟于胡大侠和童少侠。但如此众多的侠道中人争相抢夺独孤少侠，是何用意，我却是一概不知。喂，陆小歪，这究竟是何道理？"

鬼灵子搪塞道："这个嘛，我也不大清楚，大约是……嗯，自泰山英雄大会之后，胡大侠他们便隐身不见，武林中无人主持大局，大约白道群雄是想逼胡大侠出来做白道武林盟主吧。"

瞿腊娜道："这也有几分道理，然令师得胡大侠传丐帮不宣之秘的"打狗棒法"，又继任丐帮帮主，纵是胡大侠英年归隐，令师也完全可以担当起主持武林正义之大局了，何况自泰山英雄会之后，任空行等几个魔头也极少在江湖露面……"鬼灵子截口道："算啦算啦，这些武林大事与咱们无甚关系，眼下最要紧的，是将独孤少侠送到……嗯，你跟着我走就是了。"

瞿腊娜嘟着小嘴，瞪了鬼灵子一眼。

三人刚欲走步，忽见飞天神龙又飘然而至。

鬼灵子大吃一惊，正不知去往何处，却听飞天神龙道："陆少侠，尚有一事不妥。"

鬼灵子故作坦然道："何事不妥？敢请万大侠言明。"

飞天神龙道："内力算不算武功？"

鬼灵子奇道："那当然算。"

飞天神龙笑道："那就是了，我飞天神龙此番若不赶回，那可就输定了。"

鬼灵子惑然道："在下实不知大侠此言何意？"

飞天神龙道："令师是名满天下的丐帮帮主，功力何等深厚，这且不说，就论你那两个徒弟天山二怪功力之深厚也是人人皆知的，我虽然相信令师姚大侠不会帮你使诈赢我，但若你令天山二怪将内力强行注入些给独孤樵，在下岂不是输定了么？"

鬼灵子只觉啼笑皆非，却也满面肃然地道："大丈夫一言既出，便是驷马难追了，我鬼灵子若使诈，便自甘认输，更谈不上试不试的了！"

飞天神龙喜道："好，在下相信你了！"

言罢又一晃不见，其身形之快，连鬼灵子也大为叹服。心道若非以言语说动，而以武力强夺，纵是与瞿腊娜二人联手，只怕也难以胜得了飞天神龙。更何况飞天神龙还有独孤樵做挡箭牌，要强夺那更是难上加难了。

鬼灵子这般思忖，飞天神龙自是不知，此时他已身在三四里开外，心里只有一个念头："鬼灵子，此番你可有架要打了，哈哈！"

再烫手的山芋，扔出去半年后再捡回来，那是决计不会再烫的了。

飞天神龙觉得自己占了天大的便宜。

第七回

死是受限制的

十三

莽莽林海，声浪如潮。

对于飞天神龙来说，这一切他是再熟悉不过了。

小鸟的啾啁声，树叶擦动的沙沙声，枯枝脱落而不易被人觉察的轻微声响……这一切飞天神龙都能清晰地听到。

甚至不仅是听到，而且是"看"到了那些声响。

他可以看见森林里的一切！

一切都令他心旷神怡。

连熊狼虎豹扑食弱小动物的举动和弱小动物发出的绝望惨叫声，都会令他心旷神怡！

事实上，他的一切禀性，都是森林赋予他的。

比如说他常常杀狼。

他觉得狼在很多时候都不懂规矩，喜欢以众敌寡。这不公平。

好在生活在森林中的狼几乎没有，纵使有，也是因迁徙路过。

所以森林是美丽的。在飞天神龙心中，森林永远是美丽的。

此时，飞天神龙尽情呼吸着森林中那种他早已熟悉的味儿，只想美美地睡一觉。

任何人只要连续九天与人剧斗，之后都会想美美地睡一觉的。

更何况是回到了自己的家。森林就是飞天神龙的"家"。

他真的躺下了。

他躺在数千万年来由枯叶铺成的厚厚的"床"上，心头的畅快难以言表。他相信自己会很快进入梦乡。

但就在他将要闭上眼睛的一刹那，看到了一种在森林中他从未看见过的东西。

双腿。

一双人腿。

确切地说，是一双悬在空中晃悠着的人腿。

他使劲眨眨眼睛，确信透过浓密的枝树看到的在十丈开外晃悠着的那东西确实是两条人腿。

他弹起身，只两个起落，便到了那棵歪脖树下。

当然，最先能肯定的一点是：有人上吊了。

飞天神龙微觉愠怒，虽然任何人要上吊均与他无关，但这人竟然在如此美丽的森林里上吊，那就太没道理了！

一阵微风吹过，将那悬吊着的人翻了个个儿。

飞天神龙陡然大吃一惊。

他没理由不吃惊，因为上吊者竟然是冷风月！

九天之前，他差点儿命丧此人之手，只是因为某种不为他所知的原因，才侥幸摆平此人，冷风月真会因一败而自尽么，那也太没大丈夫气魄了。飞天神龙觉得此事太过匪夷所思，他必须弄个明白才成。飞天神龙轻轻一跃，双指有若铁剪，早剪断了那条白练，将冷风月轻轻放在地上。

伸手一探，发觉冷风月心跳已停，幸喜身体尚有一丝儿余温。

飞天神龙当即运足内力，缓缓输入冷风月体内。

他必须救活冷风月，告诉他一个道理：胜败乃兵家常事，大丈夫能屈能伸。

一盏茶时间之后，冷风月已停止跳动的心脏，开始轻微颤动了。

又过了半个时辰，冷风月的心脏方开始有规律地跳动，而飞天神龙浑身已被大汗湿透。

飞天神龙撤了内力，自顾盘膝行功。

大约过了半盏茶时间，冷风月虚弱地道："你为何要救我？"

他虽然开口说话，但并未睁开眼睛。对他来说，谁救都是一样，或者说，谁救他都是不应该的，因而声音中充满绝望和落泊之感。

飞天神龙正闭目行功，闻声一惊睁开眼来，见冷风月惨白的面色已然转红，显是已从鬼门关游回来了。当即收功，淡然道："因为我想告诉你一个道理。"

冷风月闻言也是一惊，睁开眼来，见飞天神龙正看着自己，不禁失声道："是你？！"

飞天神龙道："我正想好好睡一觉，是阁下的两条腿打扰了我。"

冷风月索然道："阁下此言并不幽默。并且在下不但不会感谢阁下救我性命，反倒会怪阁下多管闲事。"

冷风月坐起身来，淡然地看着万人乐。

飞天神龙并不以为忤，也淡然道："九天前在下差点命丧阁下之手，在下当然不该救你。"

冷风月冷冷道："但你救了。"

飞天神龙道："因而阁下也用不着谢我，在下救你，实是为了在下自己。"

冷风月冷哼了一声。

飞天神龙又道："待在下告诉你一个道理之后，阁下尽可再择树而吊，在下绝不干预便是。"

冷风月依旧一言不发。

飞天神龙续道："平心而论，你我二人公平决斗，那是谁也胜不了谁。当日阁下猝然下手，占了先机，且又不顾身家性命，大出同归于尽之招，致使在下防不胜防，几欲命丧阁下之手。然阁下突然撤力罢斗，个中原委，在下并不得而知。但你我均心头雪亮，当日躺倒于地的，本应是在下，阁下并未输。"

冷风月还是默不作声，只索然看着飞天神龙。

飞天神龙又道："当日在下身处绝境，绝未料到阁下竟会突然收力，以至重创阁下，那叫作虽胜犹败。但咱们武林中人比斗，只论结果而不究其因，阁下确实是败了……"

冷风月突然截口道："方才阁下自言只告诉在下一个道理。"

飞天神龙一拍额头，道："多谢阁下提醒。"

稍停又道："在下要说的道理果然只有一个，那就是：胜败乃兵家常事，大丈夫能屈能伸。"

冷风月道："就这些么？"

飞天神龙想了想，又道："俗言道得好：君子报仇，十年不晚。阁下若欲报一掌之仇，在下随时候着便是。"

冷风月道："这是第二个道理，哼，君子报仇，十年不晚……哈哈哈哈！"笑声凄苦而落寞，如若落入陷阱的猎物最后发出的绝望的哀号！

飞天神龙凛然一惊，道："这果然是第二个道理，在下倒是自食其言了，这……这可如何是好？"

略作思忖，便已有了计较，眉头一展，道："方才在下自言告知阁下一个道理后便对阁下再行上吊袖手旁观，而在下自食其言。既告诉了阁下两个道理，那在下理应略作弥补。阁下若无异议，在下可将此条白练结上活套，挂在阁下方才上吊的地方，再帮阁下将颈项置入套中，也算扯平了在下多言之罪，不知阁下以为如何？"

冷风月武功全废，本已心灰意冷但又一贯心高气傲，方寻如此苍莽密林寻求解脱，却偏偏遇上了行事邪乎荒唐的飞天神龙，多手多脚将他救了，还没来由地受了他一顿教训，心头正自怨怒，又听他这般说话，如猫戏耗子一般，当下"腾"地站起身来，暴怒道："万人乐，姓冷的受你一掌之赐，此时已无半点武功，要杀要剐，悉听尊便，姓冷的若皱一下眉头，便不算娘生爹养的！你却用不着这般戏弄于我！"

他哪里知道飞天神龙完全不存一丝儿戏弄之心，闻言竟怔怔地说不出话来。

冷风月又道："万人乐，若你算是条好汉，便给大爷一个爽快，我冷风月到了阴曹地府，也绝不怨你！"

飞天神龙又愣怔了良久，才结结巴巴地道："你……果然……武功尽失了么？"

冷风月怒道："大爷我今日落入你手，那也是天数使然，姓万的，你动手吧！"

话音方落，忽闻一声娇叱："何人敢伤我家主人！"

飞天神龙和冷风月只觉一团红影电闪而至，心头正觉诧异，定睛看时，却是一位年约双十的红衣女郎，俏生生立于冷风月身前，此时粉面含霜，怒视飞天神龙。

冷风月顿时心头酸甜掺半，只道出一个字来："红……"

来的正是黄龙堡中冷风月的心腹爱婢红婢。

红婢转过身来，看着冷月风，关怀之情溢于言表，低声道："堡主，奴婢到中原两个多月了，今日才得见堡主，奴婢好……好喜欢。"

冷风月伸手将红婢揽入怀中，心头的滋味难以言传，过得良久，才道："你……你为何要到中原来？"

红婢泣声道："堡主年余未归，奴婢放心不下，是以……奴婢救驾来迟，还望堡主恕罪。"冷风月轻叹了一声，并未多言。

红婢脱怀而出，跪在冷风月面前，凛然道："堡主若不饶恕，奴婢愿一死谢罪！"

冷风月伸手扶起红婢，叹道："我……我怎能怪你。"

红婢立起身来，道："多谢堡主不怪之恩。"

稍停又道："堡主，你瘦多了。"

冷风月呆呆地看着红婢，满目爱怜。

红婢也不转身，右手食指往后一撇，道："堡主，是这人意欲不利于堡主么？奴婢这便杀了他替堡主出气可好？"

飞天神龙先前听红婢一口一个堡主，还兀自觉得奇怪，此时听她竟要杀了他替冷风月出气，禁不住哈哈大笑起来。

红婢蓦然转身，娇喝道："你笑什么？！"

飞天神龙道:"你家堡主也奈何不了我,小小一个奴婢,也敢口出狂言,我飞天神龙能不笑么?哈哈哈!"

红婢怒道:"飞天神龙?哼!好大的口气!今天便叫你尝尝姑奶奶的手段!"

正欲出招,却听冷风月连忙道:"阿红且慢!"

红婢瞪了飞天神龙一眼,才转身对冷风月恭恭敬敬地道:"是,堡主,但他——"

冷风月对红婢轻轻一笑,随即满面阴沉,看着飞天神龙,一字一句地道:"姓万的,九日前姓冷的蒙你赐了一掌,方有今日之事。今日阁下却救了我一命,咱们两不亏欠。往后相见,咱们是敌非友。正如方才阁下所言,君子报仇,十年不晚。阁下若不后悔此时让姓冷的离开此地……"

飞天神龙打断冷风月的话头,道:"不后悔不后悔!此时你武功全废,你的奴婢又是女流之辈,这种架我飞天神龙是决计不打的。你们快去吧,我可要好好地睡一觉了。"

冷风月缓缓地点点头,低头对红婢道:"咱们走吧。"

言罢转身一步步朝西而走,红婢又瞪了飞天神龙一眼,才转身跟上冷风月。

飞天神龙哈哈一笑,自顾回到"床"上躺下,自言自语道:"要死可没那么容易,也不看看地方……"他很快便进入了梦乡。

十四

飞天神龙临睡前的自言自语虽然有些儿邪乎,但也不能算是全错。

真正自己要死的人并不多。

并且,死,其实是一桩很简单的事情。

尤其是江湖中人,死简直就像睡觉一样平常。

但有一点飞天神龙没错：死，是受时间和地点限制的。譬如说，飞天神龙自言自语之时，是他与冷风月以性命相搏之后的第九天。

对许多人来说，这一天很平常，甚至可以说，"这一天"就是"其他一天"，"其他一天"就是"任何一天"。

除了特定的人，这一天根本不存在"第九"这个概念。

而另外一些人，这一天也许是"第三"，也许是"第十"。

这并不重要。

因为任何一天都会有人"生"，像死那样生；也会有人"死"，像生那样死。

重要的是，对于铁算子田归林来说，这一天是他的"第十"——中冷风月天冥毒掌后的第十天！

他将在这一天毒发身亡。

这本是注定了的事——虽然他不想死，因为还没能找到独孤樵——如果他同时也注定了必须死在目前他所躺着的地方的话。

他是躺在一个简陋得不能再简陋的木棚里。

离木棚不到五丈远的地方，有一条潺潺流淌的小溪。清澈的溪水里，有鱼儿游来游去。

溪岸和木棚的四周，是一派鸟语花香。

木棚虽简陋，却很结实。因为它是铁姑的手笔。

但此时铁姑不在，躺在木棚内的，只有一个铁算子田归林。

他面色黑里透青，一动不动。

事实上，从前一天开始，他就是这个样子。当然，没有任何一个人比铁姑更知道这一点了：从他中冷风月的天冥掌的那一刻起，铁姑就日夜陪伴着他。

开始的时候，他是每天昏迷一次，后来两次，再后来三次，到第九天，他就彻底昏迷了。

毒发时间一天比一天长，一天比一天迅猛，这使铁算子很伤心。他不是伤心自己的死，而是伤心愧对大哥白马书生柳逸仙的重托，未等找到独孤樵，并把他带回柳家堡。

铁姑倒是很快活。

她将铁算子田归林抱到这儿,为他搭了木棚,又不知从何处弄来许多酒肉,每当田归林清醒的时候,就劝他大块地吃肉、大碗地喝酒。

田归林当然明白她也知道他最多只能再活十天。

但田归林不明白黑力铁姑为何如此开心。

初时他以为她是幸灾乐祸,便拒绝吃肉喝酒。

直到第三天,田归林才知道她不是因为他倒霉而开心,因为那天铁姑很认真地说道:"你这没良心的,现在你总跑不了了吧。"

田归林大皱眉头。

铁姑又道:"反正我铁姑跟定你了,纵是阴曹地府,铁姑也跟你去走它一遭。"

田归林心头猛震,失声道:"你……"

铁姑道:"咱们堂也拜过了,虽无夫妻之实,却有夫妻之名。事已至此,虽不能与你同床共枕,却能与你同穴而葬,我铁姑已心满意足了。"

田归林似是第一次认识黑力铁姑,怔怔地看着她,半晌说不出话来。

铁姑一笑,径自去生火烤肉。还用她粗豪的嗓门哼起了一曲连田归林也听得出饱含欢快的小调。

田归林心如潮汹,却不知该说什么,只默默看着铁姑宽阔的背影。

五十多年来,铁算子田归林第一次体验到了某种他叫不出名目的情绪。

待铁姑将肉烤熟,转过头来看他时,田归林才又道:"你——"

铁姑很快活地道:"我饿了,就吃就喝。你还是不吃,对吗?那也好,咱们可以快一些到那儿去。"

田归林当然明白她说的"那儿"是哪儿。

人死了,总是要到"那儿"去的。

田归林只觉喉头哽咽,良久才道:"不,我吃!"

铁姑顿时欣喜若狂。

往后的六天,只要在田归林清醒之时,他们总在一起大碗喝酒、大块吃肉。铁姑也总要哼一些并不为田归林所知却能感到欢快的小曲。

于是田归林发现了两个奇迹。

一是黑力铁姑并不巨大，甚至还可算是娇小。

二是铁姑的嗓门一点儿也不粗豪，反倒是轻柔妙曼。这两个奇迹的发现使田归林觉得有必要与铁姑作一次比较深刻的谈话。

他招手让铁姑坐在身旁，轻声道："铁姑。"

铁姑道："归林。"

田归林道："以前我对你不起。"

铁姑道："你怎么还未改得了婆婆妈妈的习惯。"

言罢一笑。

田归林也淡淡一笑道："好，以前之事，咱们一笔勾销，但你必须答应我一件事。"

铁姑道："别说一件，纵是千百万件也答应你。"

言语间握住了田归林枯瘦如柴的双手。

田归林面色一肃，沉声道："此事事关重大，你务必替我办妥，否则我田归林死不瞑目！"

铁姑见状也整肃面容，庄重地点了点头。

田归林道："年前我与二哥在江湖中找寻独孤少侠时，无意间闯入沧州关帝庙，偶然发现此庙下另有暗室，也是机缘巧合，我与二哥在暗室中得了两件宝物。"

铁姑插言道："难怪当初有那么多人要追杀你和二哥。"

田归林道："正如俗言所说，匹夫无罪，怀璧其罪。哼！"

铁姑道："你若早告诉我这些，姑奶奶便一棒一个打杀了那黑煞四星！"

田归林道："那两件宝物，一是上古干将莫邪所铸的鱼肠剑，二是《阴阳大法图》。"

铁姑道："什么《阴阳大法图》，名字怎的这般怪？"

田归林道："休要打岔，待我稍后告知于你。"

略停又道："我与二哥分藏二宝，东窜西躲，便是为了不让上古宝物落入宵小之手。因那二宝之旁有竹简附言道：'五百年后，有缘者当得入此宝，取此异宝，若君凭此而尽斩天下妖魔，则余瞑目也！尔等虽得此室，尚望量力行之，若无雄才大略，请交与有德之人。切忌贪婪，徒遭杀身之祸……'其时我与二哥商榷，咱们虽非宵小之辈，却也并非雄才大略之人，便合计将此二宝献给千杯不醉胡大侠。不料先是沧州七雄，后是黑煞四星，后又是飞天神龙，他们虽不知我与二哥自沧州关帝庙中所得何物，却一路穷追强逼。彼时胡大侠又正受屈蒙冤，难得见其侠踪，以至二哥被飞天神龙万人乐一掌打下深渊，定然已无幸理。二哥身上的《阴阳大法图》，也一并失落了。"长叹了一口气，田归林又道："二哥既亡，田某本也不欲独活，不料正巧来了千杯不醉胡大侠，惊走万人乐，又得胡大侠一番教诲，我方活到今日。胡大侠无论人品武功，俱是卓立不群，我便将鱼肠剑托付于他了。"

铁姑道："正该如此，只不知相公要铁姑做的事，却是——"

田归林道："二哥葬身之处，四面皆是千仞绝壁，凭我这般武功，自难下去一探究竟，然那《阴阳大法图》，却是习练绝世内功之秘诀。上古异物既已现世，总会有有缘之人得之。我要你做的事，便是待我死去之后，将此消息传与胡大侠或姚大侠。"

铁姑颤声道："相公，莫非到今日，你还不知铁姑之心么？"田归林道："听我说，据那竹简所载，《阴阳大法图》早被人撕成两块，我与二哥所得的，不过其中一半，若欲修炼盖世神功，必得另一半作辅。这一节也务请转告胡大侠。"

铁姑泣声道："不！不！我……"

田归林似未听到铁姑的声音，续道："现在你听好，我将二哥葬身之处告之于你，你可要记牢了。"

接着便把雷音掌连城虎跌落的悬崖位置详细地道了出来。

铁姑早已泣不成声。

田归林厉声道："可记住方位了么？"

铁姑茫然摇头。

田归林叹了口气，又将那方位详尽描绘了一番。

铁姑边流泪边点头。

直到铁姑能将那方位画出来，田归林才郑重地道："请恕田归林重伤在身，不能叩谢恩人，若有来世，田归林定当含珠衔草以报！"

铁姑浓眉一竖怒道："你若再这般说话，我黑力铁姑立时便死在你面前！"田归林神色一凛。

却听铁姑又轻声道："相公，你终是不肯叫我声娘子，对吗？"

田归林呆呆看着铁姑泪水盈盈的眼睛，良久，终于轻轻道了一声："娘子，委屈你了。"

铁姑破泣而笑，嘤咛了一声，扑入田归林怀里。

当然，田归林眼前一黑，立马便昏过去了。

——这与铁姑伟岸壮硕的身体无关，说了这许多话，田归林又到昏迷的时间了。

之后数日，他二人便以相公娘子相称，虽一个苍老枯瘦，另一个丰满壮硕，倒也没有什么不协调。

田归林放下了心中的一块巨石，虽因未找到独孤樵，时而不免有一丝儿惆怅，总还是心安理得的。

铁姑似是不知她的相公留世之日不多，终日喜气洋洋，活像一只巨大的蝴蝶，在木棚内外飘进飘出。这样便到了田归林中天冥掌后的第九天。田归林不会再清醒了。这一点铁姑很明白。

于是铁姑将从员外庄带出来所余下的银子全部带上，踏着夜色离开了木棚。

她到了安康镇。

一个靠在街旁替人写诉状为生的穷儒从未见过十两以上的纹银，自然，在一百两银子面前，他会以全家七口人的性命立下毒誓，永不透露为一个巨大的姑娘写的那封长信的内容，甚至他还愿意操起对他来说极不熟练的砍刀，劈出一块手掌宽且一头尖的木牌，依言在上面工工整整地刻了这样一行字："铁算子田归林及爱妻黑力铁姑之墓。"

然后铁姑捉住了一个身负二袋的叫花子，问明他确是丐帮弟子后，将那封信和十两银子递过去，嘱他此信务必亲手交给他们前任或现任帮主。

那叫花肃然受命，星夜奔赴长安。

铁姑一贯粗豪不让须眉，此时却心细如毫，她还剩三两银子，于是她买了两把铁锹。

赶回木棚时，已是次日巳时时分。

木棚内的田归林，除面目黑里透青之外，活脱脱像一个熟睡的婴儿。

铁姑只看了田归林一眼，便拎着铁锹到了她早已选择好的那块高地。

那块高地离木棚大约有十八丈远，上面长满野草开满鲜花。

铁姑笑了，并且哼起了欢快的小调。

在她手中，铁锹如同幼儿的玩具，但对于像挖坑这样的活来说，这"玩具"比她那根重达八十余斤的铁杖管用。不到半个时辰，她就掘出了一个宽约四尺、长八尺、深约五尺的大坑。

但她觉得这坑应该至少深一丈才行。

她跳上坑来，将那穷儒给刻了字的木块插在坑的西头，扔下那柄已卷了口的铁锹，捡起另一柄，正要再跳下的时候，她突然看到了一顶轿子飘忽而来。

十五

四个长相古怪的轿夫和一顶黄色的轿子！

谁也没露出惊讶的神情。

他们相互对视了一忽儿，铁姑忽然笑了，道："你们帮我个忙儿成不成？"

轿中传出声音："特达，是什么人？"

如此祥和浑厚的声音，自然是出自公孙鹳之口了。

特达道："一个人。"

法达道:"一个女人。"

伊达道:"一个大女人。"

细达道:"一个大女人挖了个大坑。"

铁姑听他们说话声音既生硬又别扭,显得甚是滑稽,忍不住又笑了起来。

特达道:"你笑什么?"

铁姑道:"你们说话像假的一样,我就笑了。"

法达很认真地道:"我们从来不说假的话,所以你不应该笑。""你叫什么?"

铁姑道:"我叫铁姑,也叫黑力铁姑,你们又叫什么?"

法达道:"我叫法达。"依次指着另三人又道:"他叫特达,他叫细达,他叫伊达。"

铁姑道:"原来你们是四兄弟。"

特达道:"我们不是四兄弟,我们比兄弟还要亲。"

法达道:"你要我们帮忙,是要帮你挖这个坑吗?"

铁姑道:"不是,这个坑我很快就能挖好了。我是想请你们稍后替我家夫君和我盖上土,行吗?"

特达奇道:"盖上土是什么意思?"

铁姑道:"我家夫君很快就要死了,他死了我也就要死了,我们要合葬在这个坑里……"

伊达打断铁姑的话道:"不对,不对,就算你家夫君很快就要死了,你也不会死的。你肯定练过武功,并且气色很好,你断然是不会死的!"

铁姑道:"夫君死了,我还活着干什么……唉!你们不懂的。"

法达道:"你活着可以替他收尸下葬,还可以……"

铁姑怒斥道:"放屁!"

法达一愣,才道:"我没有放屁。你们放了吗?"

特达、细达和伊达齐声道:"没有。"

轿中的公孙鹳忽然道:"姑娘,此情可感,此举甚愚。"

铁姑一愣，感然道："你是谁？为什么要教训我？"

公孙鹳道："我是谁并不重要，重要的是你不该选择这个地方。"

铁姑觉得此言甚是无礼，但公孙鹳的声音中似有一种不可抗拒的力量，令她发不起火来，当下只淡淡地道："为何我不该选择这儿？"

公孙鹳道："因为今天我们要路过这儿。"此言更是无礼，但铁姑也仅冷哼了一声。

公孙鹳又道："姑娘，你家夫君此时尚未死去，对吗？"

铁姑沉下脸，一言不发。

公孙鹳也不以为意，续道："可否让在下看看，兴许他还有救。"

铁姑淡然道："此时此刻，纵是胡大侠在场，也定然是束手无策了，你能救他？哼！"

公孙鹳道："姑娘口中的胡大侠，便是姓胡名醉的那人么？"

铁姑生硬地道："是又如何？"

公孙鹳道："此人之名，我等虽初入中原未久，倒也听许多武林中人谈论过，听说他酒量天下无匹，武功盖世，医术更是通玄，惜乎在下薄缘，未能谋其一面。然姑娘说你家夫君既未死，又言胡醉也难救他，内中定有古怪。在下不才，论医道绝不敢与胡醉攀比。但在下能救的某种病，胡醉倒的确是束手无策的，若我猜得不错，尊夫得的定是在下正巧能救的那种。"

铁姑突然哈哈大笑起来。

待她笑罢，公孙鹳才又道："在下大言不惭，姑娘理当发笑，然姑娘能否容我猜猜尊夫病状，若一猜不中，我等自当尽速……不，但凭姑娘吩咐。"铁姑调侃道："此言当真？"

特达愠怒道："我家少……我家阿鹳何时说过不算数的话，哼！"

他本想叫"少主"，但因多次被公孙鹳责训，临时总算改了过来。

公孙鹳道："姑娘，尊夫可是面目黑里透青？"

一言既出，铁姑顿时惊骇莫名，良久，才失声道："你……你是……怎么知道的？！"

公孙鹳轻叹一声，自言自语道："冷风月害人害己，当真是……唉！"

"冷风月"三字出口，竟使铁姑震惊得一个字儿也说不出来。

却听公孙鹤道："姑娘，快带咱们去救尊夫，再迟就来不及了。"

铁姑宛若大梦初醒，失声道："你……你真能救归林？"

公孙鹤道："天冥掌毒，普天下只怕唯有在下一人能治了。"

铁姑大喜过望，不管田归林早已无知觉，冲着木棚便高声道："归林！归林！救星来了！"

扔下手中铁锹，径自奔向木棚。

她声音及举止之粗豪，直令特达等人目瞪口呆，直到轿中传出公孙鹤的声音，四人才依言抬起轿子也奔向木棚。铁姑早抱了田归林迎出木棚，见特达等人放下轿子，一时竟不知该说什么才好。

公孙鹤在轿内道："特达，送了病人进来。"

特达应了声"是"，还未移动脚步，却见铁姑"腾腾腾"几大步到了轿前，不由分说，一手抱了田归林，另一手便去掀轿帘。

法达等人刚道了声"不可！"身形甫动，轿帘早被铁姑掀开。

轿内端坐着一位约四十的儒雅书生。

一袭亚麻色衣袍。

一张成熟英俊的脸。

一副祥和之态。

一双平平常常的眼睛。

铁姑一愣：她不相信此人竟会武功。

当然，不会武功而精医道之人甚多，但田归林得的可不是一般的"病"。

天冥掌毒，是不可能仅靠药物针灸而不辅以内力可治愈的。一愣之后，铁姑大为失望。

的确，若说公孙鹤是圣朝当科状元，那是不会没人相信，但若说此人竟然会武，至少铁姑是不会相信的。

特达、法达、细达和伊达四人，此时恰若四截木桩，呆立原地无声。

公孙鹤轻叹一口气，淡然道："天数使然，须怪你们不得，罢了罢了……"

特达等四人齐声道:"多谢少主隆恩!"俱是面露喜色。公孙鹳见铁姑惑然不解地看了看特达等人,又看着他自己,便轻声道:"把他给我。"

　　他的言语平淡至极,绝无一丝儿霸道之气,却使铁姑觉察到一种难以抗拒的威慑之力,当下茫然将田归林递入轿内,并轻轻放下轿帘。

　　转过身来,见特达等四人俱是凶巴巴地瞪着她,铁姑更觉茫然,道:"你们瞪着我干什么?"

　　"四达"几乎是同时冷哼了一声。

　　铁姑又道:"你们怎么长得这般怪相?"

　　没一个人回答她。

　　铁姑顿时怒道:"你们都哑了么?怎不回答姑奶奶问话?!"

　　特达沉着脸道:"你是个坏女人,我们不回答你的话。"

　　铁姑一愣,随即大笑道:"你怎知我是个坏女人?"

　　特达道:"你掀开轿帘,见了少……见了阿鹳的面,就是坏女人。"

　　铁姑尚未明白此言之意,便听法达又道:"是你坏了我们的规矩,所以特达说得对。"

　　铁姑犹若坠入十里雾中,茫然不解其意,转头看时,却见轿底正有黑色汁液缓缓流出,心头更是惊诧,回身便欲再掀轿帘探个究竟,却蓦然间发现面前多了道人墙。

　　特达等四人早一字儿排开,挡在铁姑与轿子之间。

　　铁姑大怒,当下跑回木棚,取了那根重达八十余斤的铁杖出来,横眉喝道:"谁敢挡道,姑奶奶一棒打死他!"

　　"四达"相互对视了一眼,心头俱觉奇异。铁姑的粗豪和她兵器之笨重使他们觉得奇异。铁姑又高喝道:"你们都不想活了么?!"

　　特达很认真地道:"你的话不对,我们都想活的。"

　　铁姑听其言语幼稚之极,却又不似故意捉弄于她,怒气不觉消了一半,高声道:"那你们还不闪开,否则我一棒一个便打死了你们!"

　　特达摇头道:"你又错啦,你的铁棒虽然重,却一棒一个打不死我们。"

　　另"三达"也附和道:"你真的一棒一个打不死我们。"

伊达更道："不信你打我一棒试试。"

"四达"中数伊达汉语讲得最为利索，也数他最瘦小，他多卖弄了一句，却不知自己是在叫阵了。

铁姑却认定这四人是在戏弄于她，怒火复又大炽，只暴喝一声"好！"一杖便冲伊达横扫过去。

这一招正是铁姑家传"三十六路伏魔杖法"的第一招"横扫千里"。本就有先声夺人之势，再加上铁姑天生神力，铁杖挟着呼呼风声，威势更是骇人。

伊达绝未料到铁姑说打便打，陡见铁杖将击中腰肋，大惊之下，一个旱地拔葱，未及提气，已然腾空跃起三尺，铁杖堪堪从他脚底擦过。

但铁姑家传的杖法也端的非同小可，一招"横扫千军"之后，尚有三个后招，便是"点、刺、劈"。

若对方矮身避过，便使"劈"字诀的第二招"沉香救母"——力劈华山。

对方退则使"刺"字诀的"直捣黄龙"。

对方跃起则以"点"字诀的"怒指苍天"封其下落之势。此时伊达未及运气，只跃高三尺，已是铁杖能及之所，铁姑大喜，一招"怒指苍天"，径点伊达左胸乳中穴。

此穴乃人身三十六道大穴之一，若被点中，伊达非命丧当场不可。

何况铁姑使的是重达八十余斤的铁杖！

但特达，法达和细达似是对此一无所知，竟悠闲自得的负手而立。

铁姑见伊达瞬间便欲毙命于自己杖下，心头忽觉不忍，当即撤了一半真力。

她哪知在"四达"中，却是伊达轻功最为了得，且西域武功路数与中原武功大不相同，伊达避过"横扫千军"之后，虽只跃起三尺，却已运出三成力，但见他双腿朝后一扬，人已如"一"字形卧在空中，待铁姑杖离他胸间堪堪只有半寸，伊达双掌突出，早握住铁杖末端。

铁姑见对方招式怪异，竟未将他点中，只怪自己不该心慈撤力，冷哼一声，正欲运足全力使一招"山崩地摧"将对方砸成肉泥，忽觉一团黑乎乎的东西当胸撞来。

电光石火之间，铁姑早扔下铁杖，退出一丈开外。

伊达则站在方才铁姑立足的地方，一手扶住立于身旁的铁杖，睡眼惺忪地看着铁姑。

原来方才铁姑眼中陡然闪现的那团东西并非黑色，却是伊达覆盖金色曲卷头发的脑袋。他使的招式并无名目，只是顺竿而下而已，但与中原各门各派武功均大相径庭。

中原武功，如若这般握住杖端，或借力腾跃闪避，或运强劲内力隔物传功伤敌。偏偏伊达既不借力，也不运力，只似泥鳅般顺竿游下！

又偏偏铁杖重达八十余斤，再加上伊达的躯体，重量只怕不下二百，更何况伊达下滑速度甚快，铁姑万难腾出一只手来拍击"眼面前"的伊达的头顶百汇穴。

她若不弃杖后跃，"空门大露"的百汇穴刹那间便将撞上她并不坚硬的酥胸，那却是毫无疑问的。

百汇穴虽属死穴，但撞在虽隆起却柔软的东西上并无大碍，这也是可以肯定的。所以铁姑只得弃杖后跃。

并且因羞怒交集，铁姑宽阔的面容上顿时布满了红色和愤怒。

兵刃被人强夺，那种愤怒的情景伊达是理解的，但他不明白铁姑为何会满面绯红。

他并未运内力伤她，并且，在他自幼生活的环境中，方才他以头撞击的部位，女人们一般是不在乎的。即使用手去摸她们也不会在乎，只要你不运内力就行。

当他感觉到铁姑突然撤下一半真力的时候，他就不想运内力伤她了。

因而伊达道："刚才，是你自己放下铁棒，你没有输，咱们重来，反正我不信你一棒一个就打死了我们。"

言罢提起铁杖过去，将铁杖还给铁姑。

将铁姑一生的所有愤怒加起来，只怕也不及此时的一成！

铁杖一接到手，更不说话，挥杖便劈头盖脸攻出。

伊达因有前车之鉴，此时除铁姑第一招令他心头微惊之外，倒也并未手慌脚乱。

但他不愿与她真打。

没有阿鹳下令,"四达"中没一个人敢与人真打。

并且只过三四招,伊达便发现纵是再有三个铁姑和三根铁杖同时向他招呼,自己也是游刃有余。

忽而杖左,忽而杖右,有时甚至站在铁杖之上,铁姑一套"三十六路伏魔杖法"使完,竟连伊达的衣角也未能沾一次。铁姑此时如疯似狂,又一招"横扫千军",早已走了模样。

伊达微觉蹊跷。

再过三四招,铁姑的铁杖胡劈乱扫,更是毫无章法。

伊达似已觉出不妙,单掌握住铁杖末端,道:"姑娘,别打啦,你不能一棒一个将我们打死,眼下已经证明了,用不着再试了。"

铁姑双目充血,双臂使出天生神力,铁杖却若插入岩石一般,更难移动分毫。忽闻一声轻微的呻吟。

铁姑浑身一震。

轿中传来公孙鹳的声音:"伊达,谁让你打架的?"

声音并不严厉,甚至是平和之极,伊达闻声却如遭雷击,连忙松了铁杖,肃穆而立,满面惶惑之色。

"叭"的一声,铁杖落在地上。

铁姑也似痴了一般,呆呆地看着那顶轿子。

只有特达恭声道:"阿鹳,是这姑娘说她能一棒一个打死了我们四人,我们不信,伊达才去试试看的,伊达并没有打架。"

法达和细达也道:"伊达他没有打架。"

公孙鹳轻叹一声,似是自言自语道:"我知道的。"

未等伊达谢恩之言出口,公孙鹳已抱田归林出来,径直走向铁姑。

铁姑僵立原地,一派迷茫之色。

公孙鹳将田归林递给铁姑,道:"在下已将他体内毒尽除,只是他虚弱已极,此时正在昏睡,将养半月,便无大碍了。"

铁姑木然接过田归林，见他面色苍白，但先前的青黑之色果然已经褪尽，竟一个字儿也吐不出来。

公孙鹳转过身来，对自他一出轿便惶然肃立的"四达"道："特达，将轿毁了。"

特达结结巴巴地道："阿……阿鹳，咱们……"

公孙鹳淡然道："第一条戒规已破，咱们用不着它了。"特达还欲分说，却见公孙鹳正静静地看着他，当下只能恭恭敬敬地应了声"是"，从腰间取下双锤，慢慢走到轿边，双锤相互猛击数下，但见火星四溅，黄轿由帘冒出缕缕青烟！

又击得四五下，青烟更为浓密。

须臾，一阵轻风吹过，黄轿便"哗哗剥剥"地燃烧起来。如此取火方式，真是匪夷所思，但铁姑竟未有一丝儿觉察，只顾木愣愣地看着怀中的铁算子田归林。

火势越来越旺，眼看那顶黄轿便将化为灰烬，公孙鹳侧过身，不看铁姑一眼，轻声道："咱们走吧。"

"四达"应了声"是"，特达、法达迅捷奔到公孙鹳身前，细达、伊达则立于公孙鹳之后，待特达左脚迈出第一步，其余四人——包括公孙鹳在内——竟也一齐迈出左足，且五人迈出的距离一般长短，恰似量出来的一般。

法达仍像举着一把伞似的举着他的方便铲。

铁姑也仍像痴呆了一般僵立原地，对公孙鹳他们的离去毫无知觉。

第八回 赌命

十六

星夜兼程，疾赶数日之后，已入湖北境内。

独孤樵自是茫然不知，瞿腊娜却对鬼灵子专择荒山莽林而行大不以为然。

鬼灵子虽不想解释，但他明白必须这样做。

他虽置身江湖未久，但江湖中弱肉强食的道理，他心里比谁都清楚。

每日练功不辍，此时鬼灵子的身手，江湖二流高手绝难与其比肩，但他同样明白，若遇上像千佛手任空行那般恶魔巨枭，他们非但不能将独孤樵安然送到柳家堡，并且可以肯定，他和瞿腊娜必将性命不保！

置身于变幻莫测的江湖，须得步步小心。

瞿腊娜口上不说，心头却对鬼灵子的小心翼翼觉得好笑。

但她没有笑。

甚至还隐约希望鬼灵子能永远这样才好。

因为就在他们从飞天神龙手中骗得独孤樵的第二天，鬼灵子就不再是个小叫花了。

不但不是个小叫花，而且是一位俊俏雅致的锦衣公子。

而独孤樵则变成了青衣书童。

"书童"年长于"公子"，未免有些欲盖弥彰，但瞿腊娜并未反对鬼灵子这样做。

因为她觉得身旁有一位"锦衣公子"相陪，实在比身旁陪着一个脏兮兮的小叫花要强得多，恐怕所有女孩子都会这样想的。

瞿腊娜是个女孩子，一个十四岁的女孩子。

她这样想并不奇怪，只是她觉得鬼灵子冒充文士有些滑稽。

鬼灵子倒一点儿也不觉得滑稽，他只是觉得别扭。

因而一入鄂境，他便长舒了一口气，道："再过得三天，咱们便可赶到柳家堡啦！"

瞿腊娜莫名其妙地觉得有些失望，道："到时你便可以再做小叫花子，对吗？"

鬼灵子呆呆看着她没作声。

瞿腊娜娇面一红，嗔怒道："你看着我干吗？"

鬼灵子连忙道："咱们该歇一会儿，吃点东西再走了。"三人席地而坐，鬼灵子从肩上取下布袋，忽然道了一声："糟糕。"

瞿腊娜奇道："什么糟糕？"

鬼灵子道："咱们的食物只够这一顿吃的了。"

瞿腊娜笑道："令师虽是丐帮帮主，阁下却是个假叫花，又不受帮规约束，且巧取豪夺最是歪邪掌门拿手好戏，区区一点儿食物，陆大掌门岂非手到……手到骗来。"

言罢格格娇笑不已。

鬼灵子一抱拳，故作雅状道："承蒙瞿姑娘抬爱，在下纵是赴汤蹈火，也总是要使出浑身解数，坑蒙拐骗些食物来的了。"

话音方落，忽闻十丈开外有人淡淡道："姚大侠之高足，果然光明磊落，敢做敢当，在下佩服之至。"

鬼灵子心头一凛，正欲喝问，眼前早多了一双少年男女。

男的年约十七，俊美非凡，恰似玉树临风。女的年约十五，俏丽绝伦，恍非尘世中人。

来者非它，正是昔年"武帝"太阳叟东方圣御前的金童玉女！

鬼灵子心头一惊：他和瞿腊娜联手，绝非金童玉女之敌。

心头虽惊，面上却了无异状，只淡然一笑道："原来是你。"

金童也淡然道："是我们。"

瞿腊娜则双眼一眨不眨地看着玉女，似痴了一般。

玉女的绰约风姿，清丽脱俗，瞿腊娜觉得一点儿也不真实。

玉女只应该是一个传说或者一场梦中的仙女，可此时她偏偏实实在在地立于金童之侧，距瞿腊娜不过二丈远近。

玉女则只看了瞿腊娜一眼，便也呆呆地看着独孤樵。

金童和鬼灵子的对话，她们一个字儿也没听到。

但他俩说的话，全加起来也不过七个字而已——"原来是你。""是我们。"之后他们静静对视。

二人均从对方脸上读到了无法解释的东西。

鬼灵子不知金童为何面带疲惫和忧郁。

金童也不知鬼灵子因何一副满不在乎的样子。

良久，瞿腊娜喃喃道："她……她们是谁？"

鬼灵子突然哈哈一笑，道："在下替各位引见引见，这位是在下朋友，峨眉派的瞿腊娜瞿姑娘，这两位嘛，便是金童玉女，你们多亲近亲近，哈哈。"

但三人均未出声。

鬼灵子指着书童打扮的独孤樵道："他……"

金童打断鬼灵子话头，满目怨毒地盯着独孤樵，一字一句地道："纵是烧成骨灰，我也知道他就是独孤樵！"

鬼灵子依旧笑嘻嘻地道："在下倒是忘了，你们原本是认识的。只不知阁下今日到此，是……"

金童淡淡道："杀独孤樵。"

四字出口，瞿腊娜似方从梦中惊醒，失声道："杀……杀不得的。"

但没人睬她。

独孤樵却好像事不关己，迷茫的目光在四小面上扫来扫去。

鬼灵子哈哈一笑，道："你不能杀独孤樵的。"

他本想再说"除非你先杀了我",却见金童突然脸色一变,当即强忍住了后一句话。

少顷,金童冷冷地瞪着鬼灵子,道:"你知道?"

鬼灵子一怔,不知他这三字指的是什么,心念电转之间,已作出肃然状道:"我自然知道。"

金童一副不相信的表情。

玉女幽然轻叹道:"御兄,咱们可不能……自食其言。"

鬼灵子和瞿腊娜自不知玉女言下之意,故而不便作声,只静静看着金童。

过得良久,金童才喟叹一声,道:"御妹,当初你为何要让他救我……"

玉女垂首道:"御兄,当时你……"

金童截口道:"别说了,为兄知你是为我好,才答应他……唉!"

一声长叹之后,又自言自语道:"既生瑜,何生亮!"

鬼灵子直听得若坠十里雾中。

却听金童冷冷道:"鬼灵子你听着,胡醉救了我一命,其时我一无所知,是御妹答应他咱们二十年之内不杀独孤樵的,我金童自不会食言。"

直到此时,鬼灵子才知道方才金童玉女口中的"他"竟是胡醉,当下只淡然道:"好说。"

金童依旧面色阴冷,又沉声道:"但咱们只答应胡醉不杀独孤樵,却没答应不取独孤樵性命!"

鬼灵子心头一凛,便听玉女也失声道:"御兄——"

金童只看定鬼灵子,道:"令师是名满天下的大侠,此时更是江湖第一大帮帮主,不知阁下这位姚大侠的高足却又如何?"

鬼灵子心头猛震,自以为金童欲以武力诛杀于他和瞿腊娜之后,再抢走独孤樵。对金童这样的人来说,将独孤樵秘密关押二十年再行杀却,也绝非难事!

当下沉声道:"在下愚鲁,不知阁下言下之意。"

金童道:"此时在下若杀了独孤樵,再杀你二人灭口,阁下认为在下做得到么？"

鬼灵子点点头。

金童道："阁下相信在下会这般做么？"

鬼灵子道："相信。"

金童道："但你错了。"

鬼灵子愕然不解地看着他。

金童又道："在下不敢也不愿以侠道中人自居，却也遵言而有信之道，阁下身为姚大侠高足，大约也不至于言而无信吧？"

鬼灵子奇道："不知阁下此言从何说起？"

金童道："在下想借你之手杀独孤樵。"

鬼灵子觉得这句话很幽默，顿时大笑起来。

金童道："阁下以为不可能么？"

鬼灵子道："若将在下挫骨扬灰，此事只怕也不会发生。"

金童道："不然，在下倒以为此事有一半发生的可能。"

鬼灵子奇道："一半？"

金童道："公平地说，的确是一半，如果阁下言而有信的话。"

鬼灵子笑道："'言而有信'四字嘛，在下倒不敢不随时铭记于心，只是阁下之言，似乎太过匪夷所思了。"

金童淡然一笑，道："在下却不这么认为，若阁下还不相信，在下愿以性命与阁下赌上一赌。"

鬼灵子道："那么阁下输定了。"

金童道："这么说阁下是愿意一赌的了？"

鬼灵子道："幸好在下也有一条性命。"

金童转头对玉女道："御妹，当日你可答应过胡醉，不让鬼灵子或其他任何一人杀独孤樵？"

玉女声若蚊蝇地道："没有。"

"那就是了，"金童转头看着鬼灵子道，"阁下若杀了独孤樵，在下虽未能体验手刃亲仇之快，却也不算失信于胡醉。况且，终有一日，我金童会杀了你。"

瞿腊娜失声道："为什么？"

金童道："很简单，因为在下曾在先帝墓前发下毒誓，定要手刃独孤樵为先帝报仇，但二十年时间实在太长了，先帝会怪在下办事不力的，为使九泉之下的先帝心安，只好先假手鬼灵子杀了独孤樵，然后再杀鬼灵子以谢先帝。"此番言语之古怪逻辑，竟使瞿腊娜怔立当场，却听鬼灵子笑道："不知阁下欲如何赌法？"

金童道："赌约由在下提出，赌法由阁下任选。"

鬼灵子道："这很公平。"

金童道："无论阁下选何赌法，若在下输了，甘愿奉上大好头颅；若在下侥幸得胜，阁下便须杀了独孤樵。然后咱们各奔东西，他日遇上，咱们是敌非友，谁存谁亡，咱们各凭天命便是。"

鬼灵子道："咱们不是以性命相赌么？"

金童道："不错，一命赌一命，以在下这条性命赌独孤樵的性命。"

鬼灵子道："也就是说，无论输赢，在下的性命一时总是无碍的了？"

金童道："可以这么说。"

"为什么？"

"因为此时独孤樵的性命比阁下的性命更有价值，也就是说，在下取独孤樵性命的愿望比取阁下性命要迫切得多。"

"阁下似乎认为自己赢定了？"

"你不敢赌了？"

"天下只怕还没有我小叫花不敢为之事。"

"很好。现在阁下可以提出赌法了。"

鬼灵子沉吟道："赌掷骰子如何？"

金童道："悉听尊便。"

瞿腊娜突然道："陆小歪！"

鬼灵子故作不解地道："怎么？"

瞿腊娜因愤怒而满面通红，冷冷道："没什么，只是我没想到你竟如此贪生怕死！"

　　鬼灵子笑道："活着总比死了好，多活一日总比少活一日要好，瞿姑娘若不忍心看我如何杀独孤樵，现在你可以走了。"

　　瞿腊娜道："我真替你感到羞耻！"

　　鬼灵子道："是吗？可我觉得能活着就是桩好事。"

　　瞿腊娜喝道："陆小歪！你还算是个人吗？你给姚大侠，不！给整个武林侠义道丢尽了脸！"

　　鬼灵子道："给任何人丢脸都比自己丢命要强，反正我陆小歪又不是什么大侠，性命攸关，可顾不得什么脸面了。"

　　转向金童，又道："既然要赌，便须赌得公正，此地离竹山镇不远，咱们便到那儿寻个正规赌坊一赌如何？"

　　金童道："但凭尊意。"

　　鬼灵子举步迈出两步，似是突然发现面色铁青的瞿腊娜仍呆立原地，故作惊诧状道："咦？！瞿姑娘你怎么还没走？"

　　瞿腊娜满口银牙几乎咬碎，怒视鬼灵子，一字一句地道："陆小歪，本姑娘倒要亲眼看看你如何杀独孤公子！"

　　鬼灵子叹了口气，道："那也由得你，不过，你不怕在下杀了独孤樵后再杀你灭口么？"

　　瞿腊娜冷哼一声道："本姑娘倒还没将区区一条性命看得比江湖大义还重。"

　　鬼灵子自言自语道："真没想到世上竟真有这般蠢的人。"

　　转问金童，提高声音道："咱们这便上路如何？"

十七

竹山是鄂西北最大的集镇之一。

东来西往的商旅,大多要在这儿落脚。

竹山镇东临堵河。

堵河注入汉水,源自神农顶,也是此地方圆百里的第一大河。

有河就有渡口,就有码头。

竹山镇的码头不算小,渡船也不算小,但岸边总是挤满了等着摆渡过江之人。

由此可见,此镇很热闹繁华。

繁华的含义是:这儿有许多供你玩乐的场所。

比如说,赌场,便是其中之一。

赌和杀人,历来是最古老而男人最热衷于干的两件事。

既然有赌,便会有输赢,赢了,可以再赌。

输了,可以翻本或寻短见,在竹山镇,寻短见是很方便的,只要跳进堵河就行。

"镇西赌场"的边老板几乎每天都能看到从他的赌场走出去投入堵河的人,但他对此泰然视之。

边老板很沉得住气。

他的真名已无人知晓,不熟悉的人只叫他边老板,熟悉的人则叫他边七筒。

边七筒为自己是竹山镇最大赌场的老板感到满足。

但就像所有厨师均非饕餮之徒一样,边七筒自己从来不赌。

他觉得看别人赌是种乐趣。

并且,作为赌场老板,边七筒自信有识人之能,凡进赌场之人,谁是来挥金如土以求刺激的,谁是来碰运气赢钱的,他只看一眼便能辨得出来。

然而今天他的自信心开始动摇了。

当那五个少年男女一走进赌场，喧嚣的赌场突然鸦雀无声时，边老板就开始怀疑自己是否真有识人之能了。

他们既不像是来碰运气赢钱的，也不像是来挥金如土的。

五人表情各异。

走在头里的锦衣少年笑嘻嘻的，一副满不在乎状。

跟在他后面的白衣少年紧抿嘴唇，背负双剑，满面肃穆。随后的两位少女，腰缠白练那个面带忧戚，单剑悬腰那个却面色铁青。

最后那年纪稍长的"书童"，则是一派茫然之色。尽管如此，所有赌客的目光还是都聚到了他们身上。可惜这些赌客胸无点墨，无法想出恰当的词儿来形容他们。

因为他们是鬼灵子、金童、玉女、瞿腊娜和独孤樵。

鬼灵子率先走到边七筒面前，问道："你是赌场老板？"

边七筒茫然点头。

鬼灵子扫了众赌客一眼，又道："这儿什么都能赌么？"

边七筒连忙道："牌九、麻将、骰子……但凡赌具，敝赌场无不应有尽有，不知公子爷和小姐们想玩什么，小的这就去取了来？"

鬼灵子转头看看金童。金童淡然道："随你。"

鬼灵子点点头，又回头对边七筒道："你能让人赌得公平么？"

边七筒肃然道："实不瞒公子爷，这正是敝赌场人人均须遵守的规矩！！"

鬼灵子笑道："很好，但不知贵赌场是否另有清雅些的所在？"

边七筒连声道："有有有，请公子和小姐们随小的来。"

上了楼，拐过几道弯，边七筒推开一道门，满面讨好地道："此屋是专为贵公子们而备的，可还入各位公子小姐法眼么？"

屋内布置得华丽而庸俗。正中支着一张檀木桌，呈方形，四方各有一把软椅。

鬼灵子道："勉强也过得去了，就在这儿吧。"

金童依旧淡然道："随你。"

边七筒略感失望，待五人进屋后，问鬼灵子道："不知公子小姐们要何赌具？"

鬼灵子道："骰子。"

金童闻言心头大喜，暗忖道：看来这小叫花真是想"丢车保帅"了，对武林中人来说，掷骰子赌博的含义便是拼比内力，我金童的内力与他相比只强不弱，他心里不会不知……

正思忖间，边七筒已将一只银钵和两粒骰子捧了进来，恭恭敬敬地置于桌子中央。

鬼灵子道："不知贵赌场如何抽头？"

边七筒连忙道："本是赢十抽二，但对公子爷们嘛……"

鬼灵子打断他们话，对金童道："你可带有现银？"

金童一言不发，伸手入怀，随手掏出三片金叶子，递给鬼灵子，鬼灵子将金叶子全递给边七筒，淡然道："这是给你的抽头。"

边七筒顿时目瞪口呆。

三片金叶子若换为银，总不在一千两以下，纵是赢十抽二，他们的输赢也得在五千两以上了。"镇西赌场"虽是竹山镇最大的赌场，如此未赌便预付抽头，且又是这般大数目，作为老板的边七筒还是平生第一次遭遇上。

鬼灵子将三片金叶子塞到边七筒手里，道："在下与这位公子欲掷三把骰子，点大者胜，敢请……对了，敢问尊姓大名？"

边七筒一边将金叶子装入怀内，一边忙不迭地道："小的贱姓边，名叫七筒。"

鬼灵子"哦"了一声，道："请边老板替我和这位公子做个公证如何？"

边七筒连声道："承蒙两位公子爷抬爱。小的不胜荣幸之至，但不知——"

鬼灵子道："我……本公子与这位公子各掷三把骰子，点大者胜。至于赌注嘛，咱们已事先约定，便是这两位公子的性命。"

他随手一指金童和独孤樵，对玉女和瞿腊娜视若未见。边七筒闻言大惊失色，颤声道："两……两条人命……"

鬼灵子淡然一笑道："不错，这位公子以性命作赌，赌他能假本公子之手杀了这位……嗯……书童。"

转向金童道："对吗？"

金童微觉鬼灵子的话似有些不妥，却又一时难以挑出毛病来，当下道："如果阁下言而有信，便是这般赌法了。"

鬼灵子点点头，道："边老板，你都听清楚了么？"

边七筒点点头，又摇摇头。

他被搞蒙了。

一个人的银子总要落入另外一个人的腰包，这是世间至高无上的法则，边七筒自是深知的，但如果说一个人的脑袋总要输给另外一个人，至少边七筒觉得是不可理喻的。

却听鬼灵子又道："咱们无论谁输谁赢，都绝不会血溅此屋的，本公子和这位公子俱是言而有信之人，待赌出输赢后，咱们自会离开此间，到无人之处自行了断，还望边老板放心，对了，此事与这两位姑娘无关，她们均可与边老板一起作为公证人。"

瞿腊娜早已忍无可忍，"呛"的一声抽出长剑来，叱喝道："陆小歪！你……"

鬼灵子似是未闻未见，只对边七筒道："边老板，这位公子以性命作赌，赌他能假本公子之手杀了独孤……杀了这个书童，请你做个公证，你可记住了么？！"

鬼灵子声音逐渐严厉，且又得他保证不会血溅当场，更有怀中的三片金叶子作为"抽头"，边七筒哪还有记不住之理，当下连连点头。

鬼灵子沉声道："果然记住了么？你复述一遍给这两位姑娘听听！"

边七筒应了声"是"，将鬼灵子的话复述了一遍，果然是一字不漏。尽管如此，他还是很想对他们说：任何人都只有一个脑袋，不会多，也绝不会少，但可以肯定，掉一次就不会再长出来了。

但三片沉甸甸的金叶子压得他无法讲出这番话来。

却听鬼灵子道："很好，咱们这便开始吧。"

言罢坐在桌旁的软椅上。

金童一声不吭,坐到鬼灵子对面。

边七筒战战兢兢地道:"小的不知二位公子如何个掷法。"

鬼灵子奇道:"点大为胜,莫非你没听见?"

边七筒道:"小的自是听清了公子爷所言点大为胜的,但掷骰子有两种赌法,一种是每人各掷一把,以二次点大者为赢,另一种是各人连掷三把,以三次点数相加,点大者赢,若双方点数一般大小,则以先掷者为赢。敢问二位公子爷——"

鬼灵子连忙道:"一人一把地掷太麻烦,还是每人连掷三把干脆。"

金童缓缓道:"就是这般。"

鬼灵子道:"爽快!在下既已选定掷法,总不能将便宜占尽了,便让阁下先掷如何?"

他一副胸有成竹之状,除独孤樵茫然无知外,人人俱是心头一愣。连瞿腊娜也将长剑插回剑鞘。因她素知鬼灵子古怪精灵,此时只怕也是在玩什么花招,有了稳赢之策。当下强忍怒气,既疑惑又紧张地静观场中。

边七筒则稍一愣怔便已释然:虽后掷者输的可能性大,但鬼灵子纵然输了也只不过失掉一名"书童",自然乐得做个顺水人情。

金童却满腹狐疑地盯着鬼灵子,想从他面上看出究竟在耍什么花招。

玉女也对鬼灵子的言行大觉不解,惑然看着他。

但金童玉女均只看到鬼灵子是一副满不在乎的样子。

边七筒见状道:"好,这位公子先掷。"

从银钵中捡起两粒骰子,递给金童。

金童冷冷盯着鬼灵子,随手将骰子掷入钵中,随即双手按在桌面上,暗运内力。

两粒骰子在钵中不停转动。

金童大觉诧异:鬼灵子虽也手扶桌沿,却没运一丁点儿内力相抗!

骰子停了下来。

边七筒看了鬼灵子一眼,高声道:"两个六,十二点。"

这是两粒骰子所能掷出的最大点数了。

第二次也是一般。

金童两把共掷出二十四点！

鬼灵子却依旧是坦坦然然，满不在乎地坐着，一副丝毫不为所动之状。

金童暗忖道：是了，这小叫花自忖内力不敌，是故连让两把耗我内力。这最后一把他蓄势而发，定是要捣蛋的了。冷哼一声，金童已第三次将骰子掷入钵内，随即运足平生修为，借桌面将内力传向银钵，使得钵中的两粒骰子有若陀螺似的飞速旋转。

边七筒直看得惊诧莫名：两粒骰子似是突然间长了翅膀！

金童也是一般惊异：鬼灵子依然未运内力"捣蛋"！金童的额头已沁出细密汗珠，双目如炬，死死盯着鬼灵子。

鬼灵子笑眯眯地看着他。

金童轻吼一声，钵中的骰子停下了。

还是两个六，十二点！

边七筒看看鬼灵子，又看看独孤樵，面无表情地道："三把点数累积三十六点。这位公子……"

鬼灵子站起身来，打断边七筒的话道："三把均是最大点数，在下用不着再掷了，咱们走吧。"

瞿腊娜面色惨白，浑身颤抖，却一个字儿也说不出来。金童也站起身来，长吁了一口气，道："但愿阁下言而有信。"

鬼灵子淡然笑道："在下也一样希望阁下如此。"

五人缓缓出屋，下楼，步出"镇西赌场"。

边七筒在楼上发呆。

楼下的赌客们惊讶地发现，那个腰悬单剑的少女此时走在"书童"之后，面色惨白，似随时皆会虚脱而亡！

第九回 爱是一种病

十八

万岭崇山，一个人迹罕至之所。

走在最前面的鬼灵子突然收住脚步，转过身来，看着金童。

金童一言不发，拉着玉女朝侧面离开二丈有余，才转头定定盯着鬼灵子。

瞿腊娜则一把将独孤樵拉到自己身后，手握剑柄，怒视鬼灵子。

鬼灵子仍是一副满不在乎之状。

良久。

金童沉声道："大概无须在下动手了吧？"

鬼灵子微微一笑，道："这个自然。"

言罢从怀中掏出一柄长不盈尺的匕首，煞有介事地试探刀刃是否锋利。

瞿腊娜"呛"地抽出三尺青锋，怒喝道："陆小歪！有种你就将本姑娘和独孤公子一起杀了！"

鬼灵子却依旧在试锋刃，丝毫没有要动手的意思。

又过得半盏茶时分，金童大觉不耐，又冷冷道："阁下为何还不动手？！"

鬼灵子似忽然醒悟，看了金童一眼，点点头，又扫了其余三人一眼。

但见玉女低头垂首，面露不忍之色。

瞿腊娜秀目喷火，怒视着他。

独孤樵本就一派茫然，此时更似呆了一般，只死死盯着玉女。

鬼灵子又是轻轻一笑，随即面色倏然整肃，直视金童，沉声道："在下有几句话欲问阁下，阁下只可以'是'或'否'作答，待在下问完之后，自不劳公子动手。不知阁下——"

金童淡淡道："你问。"

鬼灵子道："在下喜欢和言而有信之人打交道，大约阁下也有同感？"

"是。"

"那么阁下也是言而有信之人？"

"是。"

"阁下答应过胡醉二十年内不亲手杀独孤樵？"

"那是御妹答应的。"

"在下只想知道'是'或'否'。"

"是。"

"阁下若不假手他人，定然是会信守诺言的了？"

"是。"

"此时独孤樵已身无半点武功，阁下定已知晓？"

"是。"

"在咱们未赌之前，纵若在下与瞿姑娘联手搏命，也断非阁下和玉女姑娘之敌，不过枉然送命而已，是这样吗？"

"是。"

"咱们赌得很公平。"

"是。"

"若阁下输了，定然不会杀独孤樵的，对吗？"

"对。"

鬼灵子将头转向瞿腊娜，淡然一笑道："那么，瞿姑娘你可以带着独孤公子离开此间了。"

瞿腊娜大觉感然，愣愣地看着鬼灵子。

金童则冷冷道："阁下此言是何用意？！"

鬼灵子佯作不解道："莫非阁下竟这般快便忘了咱们的赌约了么？"

金童阴沉着脸，一言不发。

鬼灵子又道："若阁下真的忘了，也许瞿姑娘和玉女姑娘还记得。"

但二女也似懵了，默不作声。

鬼灵子又淡然一笑，道："阁下先掷骰子，且连续三次掷出最大点，若论赌规，阁下的确赢了，但若凭咱们的赌约而言，阁下终归是输了。"

言罢还装模作样地叹了口气。

金童怒极反笑，沉声道："原来名震寰宇的姚大侠的高足，竟这般个言而有信法，哈哈！"

鬼灵子并不以为忤，只淡淡道："在下所作所为，与老叫花师父并无多大关联。不过嘛，在下这做弟子的，倒不便太给老叫花丢脸。若阁下说不清咱们的赌约，在下倒可复述一遍。"

稍顿又道："阁下以身家性命，赌在下能杀了独孤樵，是这样么？"

金童沉声道："是又如何？阁下终归是输了，为何这般言而无信！"

鬼灵子笑道："没人说阁下输了，甚至镇西赌场的边老板也未这般说。不过至少有一点可以肯定，阁下的的确确是输了。"

金童怒道："何以见得？！"

鬼灵子道："因为阁下忽略了一个最最简单的道理：死人是不会杀人的。"

金童一愣，便听鬼灵子又肃然道："今日咱们相赌的，仅是一条人命而已，在下虽赢得有些赖皮，却也不算言而无信。"

言语间突然掉转手中匕首，直抵向自己心窝，冲金童淡然一笑道："死人的确不会杀人，所以阁下已经输了。"

场中任何一人均未料到事态会如此剧变，一时俱似呆了。鬼灵子又淡然道："赌博就是这样，有时候你不得不押上自身性命。但今日咱们有约在先，只能有一人命丧黄泉，待此间事了之后，你们径可各走各的了。"

金童一愣之后，似是绝不信鬼灵子会以自身性命换独孤樵性命，突然冲天狂笑道:"鬼灵子,金童今日算是服了你那三寸不烂之舌,但在下……"

鬼灵子截口道:"在下对杀死自己倒挺有把握的,希望阁下别不相信这一点。"

转头又对瞿腊娜道:"瞿姑娘,我陆小歪天生一副油腔滑调的德性,终是改不过来的了,年余来为占口头便宜,没少给你气受,还望瞿姑娘勿要介意才好。"

瞿腊娜早收了长剑入鞘,闻言颤声道:"陆……小歪,你……"

鬼灵子冲她扮了个鬼脸,笑道:"金公子和玉女姑娘是不会再伤害你们的了,若在途中或在柳家堡遇上我师父,还请瞿姑娘代在下问那老叫花和我师姐好,就说……"

他的言语越来越低,最后一句话仅说了两个字,忽闻"砰"的一声,鬼灵子已然倒地。

那柄长不盈尺的匕首,赫然插在他左胸上,仅露出不到二寸的柄在外!

瞿腊娜惊叫一声,疾扑过去,伸手一探鬼灵子鼻息,哪还有半点儿呼吸!

金童玉女也是骇然色变。

瞿腊娜索性坐在鬼灵子身侧,既未放声悲泣也未默默流泪,只伸手轻轻一抹,将鬼灵子的双目合上,喃喃道:"陆小歪,是我错怪你了……"

她一刻不停地只讲这一问话。

金童长叹一声,黯然道:"御妹,咱们走。"

玉女看了独孤樵一眼,默默跟在金童身后离去。

待玉女的背影自视线内消失,独孤樵才怅然走到瞿腊娜身旁,看了鬼灵子一眼,大感不解地道:"他怎么啦?"

话音方落,忽闻"啪啪"两声,独孤樵顿觉两颊火辣辣的生疼,却是被瞿腊娜重重地打了两记耳光!

独孤樵懵懵懂懂地道:"飞天神龙也是这样教我武功的。"

两行清泪,恰似江河决堤,自瞿腊娜双目中汩汩涌出。良久,瞿腊娜轻轻抱起鬼灵子,茫然无绪地缓缓而行。

独孤樵不明所以，也茫茫然慢随其后。

二人行出里许，瞿腊娜忽觉背心一麻，尚未等她大惊之下回头一探究里，昏睡穴又已被人点中！

独孤樵只觉得一团灰影从眼前一闪而没，待他缓过神来时，面前只有瞿腊娜侧卧酣睡，而她怀中那胸上插着匕首的鬼灵子，已是了无踪影了。

他连"喂"了两声，瞿腊娜终是不醒，再看天色，已是日落时分，便索性也原地躺下，不多时早传出阵阵鼾声。

约莫一个时辰之后，瞿腊娜悠然转醒，四顾左右，见只有独孤樵在一旁酣睡，更无鬼灵子，心下不由大骇，当下摇醒独孤樵。喝问道："是你点了本姑娘穴道么？陆……陆小歪呢？！"

独孤樵揉惺忪睡眼，感然道："你……你说什么？"

瞿腊娜见他两颊此时已高高肿起，不忍心再将它"扇下去"，强忍怒气道："是谁将陆小歪抢去了，你看清楚了么？"

独孤樵道："只晃过一团灰色影子，然后你就睡了。我叫不醒你，就也睡了。"

瞿腊娜呆立良久，忽然面露笑意，痴痴迷迷地道："他走啦，陆小歪他去了，他真的不要我陪他了……可我瞿腊娜偏要找到你，哼！陆小歪，纵若你再有千万个鬼点子，我瞿腊娜也定要找到你……"

口中不停地喃喃自语，竟不再理睬独孤樵，径自疾逝而去！

独孤樵陡觉眼底一空，哪还有瞿腊娜的影子，独自僵立良久，脑海中似突然多了些莫名其妙的东西，自言自语道："原来他叫鬼灵子，又叫陆小歪，而她叫瞿腊娜……"

正自言自语间，忽闻三丈开外有人"咦"了一声，随即一个身负二袋的叫花飞奔过来，对独孤樵道："阁下方才说什么来着？"

独孤樵道："果然人人都是有名字的，他们一个叫鬼灵子陆小歪，一个叫瞿腊娜。"

那叫花大喜道："你认识陆少侠和瞿姑娘么？"

独孤樵道："先前咱们走在一起。"

"那就好办了。"那叫花道，"在下是丐帮川陕分堂属下弟子，数日前在陕南安康镇受一高大女人重托，要将这封书简亲手交给敝帮前任和现任帮主——胡大侠和姚大侠——任何一人。"

言语间从怀里掏出厚厚的一封书简，又接着道："也怪在下多喝了两口酒误事，无意间将此事泄露了，其他人还好，只以为在下信口开河，偏偏早先江湖人称'黑煞四星'中的愁煞星裴文韶和苦煞星胡涂不知因何古怪，竟然相信了我酒后之言，一路拦截追杀，将在下追到此间。"

独孤樵道："他们很快就会追来么？"

那叫花道："这很难说，因而在下欲托阁下将此书简传给陆少侠，告诉陆少侠将它交给他师父或胡大侠，不知阁下……"

话音未落，忽闻三十丈开外有人幽幽叹道："是那叫花子的脚印，唉！"

声音中竟有说不尽的惆怅愁意。

另一个声音接着道："也不知那书简上写了些什么，使得那叫花连命也可不要了。"

这个声音却是凄苦异常，令人闻之而欲落泪。

毫无疑问，是愁煞苦煞到了。

这边的叫花面色倏变，一把将书简塞入独孤樵怀中，跪地"咚咚咚"磕了三个头，折身便跑，直奔出离独孤樵足有五十丈远之后，才高声道："裴文韶，胡涂，有种的就过来与大爷放手一搏！"

少顷，独孤樵便听到了乒乒乓乓的兵刃相击之音。

大约半盏茶时分之后，声音骤然停歇。

又过半个时辰，独孤樵迷迷糊糊地走过去，见地上只躺着那个衣衫褴褛、浑身浴血的叫花。

独孤樵蹲下身去，问道："你死了么？"

那叫花缓缓睁开双眼，见是独孤樵，浑暗的目光突然一亮，气若游丝地道："敢问阁……阁下高姓……大名？"

独孤樵道："我叫独孤樵。"

那叫花闻言浑身一震，随即面露一丝笑意。

但这只是一刹那工夫。

那叫花头一侧,刚刚露出的笑意便已固定在他僵硬的面容上了。

独孤樵使劲推了推他。恰似在推一段枯木,随即站起身来,自言自语道:"原来你死了,是裴文韶和胡涂把你打死的。"

他发现早先空空荡荡的脑袋里渐渐填进了越来越多的人名,虽然他并不知道这究竟意味着什么。

十九

这是一个阳光灿烂的早晨。

铁算子田归林虽依然黝黑瘦小,但面容已不再憔悴。

二十余日来,木棚附近的飞禽走兽遭了灾,对于像兔子斑鸠之类的小动物来说,黑力铁姑无异于索命罗刹。

田归林睁开眼看到的第一桩物事,是一张宽阔而饱含笑意的脸。

至少在这一刻田归林觉得这张脸很可爱,甚至心底深处还因它产生了一种微妙的甜蜜之感,因而他微微一笑。

黑力铁姑也顿时笑容四溢,轻声道:"相公今日想吃什么?"

她虽然是轻声说话,但纵然是武功低微之辈,在五丈开外也决计不会听不到的。只不过田归林当然是不会这么认为的。

田归林握住她的手道:"方才我试着运功,觉得此刻的功力较之伤前只强不弱了。"

铁姑大喜道:"真的么?!"

田归林含笑点点头。铁姑突然陷入沉思。

田归林道:"娘子,你怎么啦?"

铁姑道:"那个叫阿鹳的人真了不起!"

田归林连忙道:"对了,请娘子将当日之情形再讲一遍,否则我铁算子连救命恩公是谁也不知晓，岂不枉称侠道中人！"

铁姑嗔道："我已给相公讲过五遍啦，反正往后若遇上阿鹳，我指给你看就是了。"

田归林道："我希望你今日再讲一遍，一个细节也别漏掉。"

铁姑道："好吧。"

稍停又道："当日我正在挖坑……"

田归林大奇失声道："挖坑？！"

铁姑一愣，道："光用口讲不容易说清楚，奴家这便带相公去边看边说如何？"

田归林感然点头，从床上一弹而起，随铁姑到了当日她掘的那个大坑前。

铁姑尚未开口描述当日情状，便发现田归林恰似呆了痴了一般。

他手中正握着一片木块。

木块上刻着这样一行字：铁算子田归林及爱妻铁姑之墓！

铁姑愣得一愣，劈手夺下田归林手中木板，只往地上一摔，木块便已变成细碎木屑。

田归林依旧默然无声，两颗浊泪，已在双目内转动。

忽闻"啪"的一声铁姑自掌了一记耳光，泣声道："相公，是奴家太傻，以为相公无救了，才做出这等傻事来，相公若气不过，便打死了奴家也无怨言。"

田归林仰首看着铁姑双目，慢慢踱过去，伸出右掌，轻轻抚摸着铁姑面颊柔声道："疼吗？"

铁姑茫然摇头。

铁算子喃喃道："谁说娘子傻了！早先我铁算子田归林是被猪油蒙了心窍，竟不知……"

他一个闯荡江湖数十载的好汉，此时竟泣不成声，老泪横流了。

铁姑撩起衣襟，替他擦去满面泪痕，随后两人紧紧拥抱在一起良久。

铁姑巨面酡红，轻轻推开田归林，娇声道："幸好无人看见，否则羞也羞死了。"

此时田归林心头迷乱，只莞尔一笑。

便闻铁姑道："当日奴家正在挖这个坑，忽见四个长相稀奇古怪的人抬着一顶黄色的轿子过来……"

当下将当日情状细细描述了一遍，当然，"阿鹳"复姓公孙，以及公孙鹳等五人是如何离去的，铁姑是毫无所知的。

末了田归林道："既然那个阿鹳的轿夫武功如此了得，阿鹳定然更是超凡，咱们在江湖行走，断无不知其音讯之理，他日遇见，我田归林再谢他救命大恩不迟。"

面色突然一肃，又道："但我先前托你转告胡大侠或姚大侠的事，你——"

铁姑连忙道："我自不敢有负相公重托，就在相公昏迷不醒的当日，奴家……"

随即将当日赴安康镇之事又细说了一遍。

田归林骇然道："你敢肯定那叫花是丐帮中人？"

铁姑道："是丐帮川陕分舵属下弟子，那是决计不会错的了。"

田归林突然轻叹了一声。

铁姑惊道："相公，此事有何不妥么？"

田归林淡然一笑道："娘子一片苦心，我田归林怎会不知，只是此事委实事关重大，是故……唉，罢了，反正一切自有天定，咱们且由它去吧。"

铁姑还欲再说什么，却听田归林又道："走吧，当今之事，还是以先找到独孤公子为要。"

黄昏，一个年约十四五岁的少女在荒山野岭踽踽独行。

她腰悬长剑，娇美的面容此时显得甚是憔悴和迷茫。

但听她轻声吟道："斑竹枝，斑竹枝，泪痕点点寄相思。楚客欲听瑶瑟怨，潇湘深夜月明时。"

吟罢又黯然长叹一声，自言自语道："帝舜死于苍梧，娥皇女英两个妃子皆能赶至湘江，以泪挥竹，染竹成斑后投水而亡，成为湘水女神，终日陪伴帝舜，死得倒是不冤。只不知我瞿腊娜死后，能否寻到那刁钻古怪的鬼灵子陆小歪……"

这少女正是峨眉派绝因师太的关门弟子瞿腊娜，方才她吟诵的，却是唐代大词人刘禹锡所作的一曲《潇湘神》。

词中的潇湘之竹，因一染娥皇女英之泪便平添了一层长存永在的哀伤情怨，情多而相思绵绵，怨深而悲韵不绝。此时虽非明月当空，更无瑶瑟凄苦之音，然词意中那迷惘怅惋、亦幻亦真之境，倒正是瞿腊娜此刻心头之写照。

无论鬼灵子曾怎样捉弄于她，她曾受过几多委屈，但年余来他们一道行走江湖，鬼灵子的一举一动、一言一行，无不深深地印在了她的心底。

为救独孤樵一命，鬼灵子不惜自戕，虽在将匕首刺入自己心窝之前仍油腔滑调，但如此洒脱不羁，江湖中除了他这歪邪掌门，又有谁能做到！

瞿腊娜突然微微一笑，寻了块平坦巨石坐下，轻轻哼起了一曲她也不知名目的小调。

哼罢仰首看天，喃喃道："楚客欲听瑶瑟怨，潇湘深夜月明时，唉！日头怎的落得这般慢……月明时，月明时……陆小歪，月明时你会在哪儿？你不是说我瞿腊娜终是陪定了你么，你为何言而无信，也不等我，竟自先离去了？……哦，对了，陆小歪绝不会是言而无信之人，并且他是那般聪颖机灵，定会知道我今夜要去寻他的，他一定会在那地方等着我的，我须勿让他等得焦急才好……"

言罢竟然格格一笑，弹起身来，辨明方向之后，只娇喝一声："陆小歪，看你今日还能躲到何处！"便径朝当日鬼灵子自戕之处疾奔而去。

大约三十丈开外的地方，有人闻言惊"咦"了一声，也朝瞿腊娜飞奔方向急追而逝。

月正当空。

荒山野岭，凄清沉寂。

瞿腊娜端端坐在当日鬼灵子倒下之处，喃喃道："他怎的还不来，莫非他不知道今夜我会来找他么……不！他定是故意隐身不现，想再气我一次，哼！"

　　随即高声道："陆小歪！还不给我滚出来，本姑娘已看见你了！"
　　四周依旧寂然无声。
　　瞿腊娜怒道："你躲在那儿挤眉弄眼干吗，本姑娘可不再吃你这一套了，看招！"
　　语音甫落，但见她弹身而起，疾扑一棵小树，"唰唰"数剑，已将小树斩成段段残枝！
　　捡起其中一段，颤声道："陆小歪，你为何不避招？你的武功略略比我高，你为何不闪避？为什么？……"
　　言罢还剑入鞘，竟嘤嘤哭泣起来。
　　忽闻有人轻叹一声，道："瞿姑娘，你怎么啦？"
　　瞿腊娜骇然一惊，连忙奔过去坐在先前鬼灵子倒下的地方，厉声道："不准你过来！"
　　又是一幽幽长叹，从一棵大树后慢慢转出一个蒙面人来。
　　虽一袭白衫，步履盈盈，但此人面罩黑布只留一双眼睛在外，在此时此地出现，有说不出的诡异。
　　但瞿腊娜似是未有一丝儿觉察，只呆呆看了蒙面人一会儿，突然道："陆小歪，你既然来了，干吗还要蒙面？告诉你，本姑娘可不理你这套花招！"
　　蒙面人幽怨地道："瞿姑娘，在下并非鬼灵子陆小歪。"
　　瞿腊娜似是一愣，随即又呢喃道："你不是陆小歪？哦，你当然不是陆小歪。"看了看手中的那段树枝，蓦然间歇斯底里地吼叫道："陆小歪死啦！是我杀死他的！是我将陆小歪杀死的！……"
　　蒙面人闻言浑身一震，失声道："瞿姑娘！你说什么！？"
　　瞿腊娜茫然道："谁叫他不闪不避，哼？"
　　蒙面人急道："你真是将鬼灵子杀了？"
　　瞿腊娜怔怔看着左手中握着的那段枯枝，自言自语道："你明知道无论你到了哪里，我瞿腊娜都会跟你去的，你既然不闪不避，好吧，本姑娘这便随你去就是了。"

语音甫落,陡见她右手"呛"的一声拔出长剑,径往颈项抹去!

蒙面人大惊之下,未及多想,扬手一掌便拍了过去。掌风将瞿腊娜长剑震偏,剑刃只在她肩头划破一道长约三寸的伤口。

瞿腊娜似是毫无痛觉,只痴痴地看着蒙面人。

鲜血自伤口汩汩流出。

蒙面人疾奔过去,见瞿腊娜兀自坐着发愣,更不多言,运指如风,连点了她七八处大穴。待瞿腊娜昏睡过去之后,蒙面人又点了她肩井穴止住鲜血外涌,然后从怀中掏出一小包药粉抖在伤口上,又撕下半幅衣袖替她包扎停当,才坐在一侧,轻轻将她揽入怀中。

蒙面人的双目中,也露出一种惆怅迷茫之色。

次日黎明,瞿腊娜悠然醒来,忽觉自己正卧在一人怀中,大惊之下,伸手便欲拔腰间长剑,却又猛觉浑身竟无丝毫内力,心头之震骇,难以言表。瞿腊娜只觉双眼一黑,竟又昏了过去。

昏迷中,一股柔和的内力缓缓自丹田穴涌入,瞿腊娜只觉通体舒泰,但待她清醒过来时,蒙面人早立于距她三丈开外,静静地看着她,目光中殊无敌意。

瞿腊娜"腾"地立起身来,手握剑柄,怒喝道:"阁下是谁?为何……为何……"

她本欲问为何轻薄于她,却又终觉问不出口。

却听蒙面人静静道:"在下也是女儿之身,且与瞿姑娘颇有渊源……"

瞿腊娜闻言怒意大消,却依旧疑惑地道:"你……你怎知我姓瞿?再说,既然是颇有渊源,阁下为何不取下面巾?"

蒙面人道:"请恕在下实有难言之隐,但在下之言句句属实,且在下与瞿姑娘是友非敌,还望瞿姑娘海涵才好。"

言语中决无一丝作伪之意,瞿腊娜点头道:"既然如此,本姑娘绝不怪罪于你便是,但在下可要告辞了。"

蒙面人静静看着她,突然自顾吟:"杨柳陌,宝马嘶空无迹。新著荷衣人未识,年年江海梦。梦觉巫山春色,醉眼飞花狼藉。起舞不辞无气力,爱君吹玉笛。"

瞿腊娜待蒙面人吟毕，忽觉娇面一热，憨然不解地看着她。

方才蒙面人所吟这首词，却是五代时大词家冯延巳的《谒金门》，上片出现的，是一个身着荷衣、浪迹江湖、风流倜傥而又潇洒飘逸的美少年。词的下篇，却是写那英姿少年出现于一个美丽无瑕的少女梦中，并非"未识人"，反是倾慕鸳鸯！

此词词意回绝吞吐，欲藏还露，本似梦一般亦幻亦真绝无半丝凄苦之意，但从蒙面人口中吟出，竟有道不尽的凄婉迷茫！

见瞿腊娜憨然看着自己，蒙面人又淡淡地道："瞿姑娘，虽说江湖凶险莫测，却也因此而奇迹迭出。同是失意人，若瞿姑娘信得过姐姐，为何不将鬼灵子之事道出，或许姐姐能……"

"姐姐？"瞿腊娜突然失声道，"你是——"

蒙面人连忙道："姐姐什么也不是，只不过痴长你几岁罢了。"

瞿腊娜幽然长叹一声，心头竟涌起一种奇异的信任之感，轻声道："可他已经死了……"

蒙面人惊骇道："你说鬼灵子死了？！"

瞿腊娜黯然点点头，当下缓缓将当日鬼灵子因救独孤樵而与金童赌命之事详尽地道了出来。

末了道："当日陆小歪就是倒在这里的，我探查过。他是真的死了。"

却无任何回音。

蒙面人早懵然僵立，两行清泪潸然而出。

良久。

瞿腊娜道："姐姐，你……"

蒙面人依旧恍若未觉。

恰在此时，忽闻远处有人"啊"了一声，声音中大有惊骇之意。

紧接着又有一人失声道："怎么啦？！"

蒙面人陡闻"怎么啦"三字，浑身又是一震，便听先前惊叫的人道："是他！就是这个叫花，我将书简给了他！"

声音既惊骇又粗豪，时倒难判定是男是女。

蒙面人却不多作他想，早飞身奔向声音传来之处。

瞿腊娜见状大觉茫然，待蒙面人的背影消失，她又似坠入梦中，喃喃自语道："陆小歪，我就不信你今夜月明之时还不来见我。"

第十回 情逝

二十

是夜，月上柳梢之时，忽有二人出现在瞿腊娜身前。

那个年约五旬的精瘦汉子甚是陌生，但那个高大健壮的女子瞿腊娜倒是识得。

黑力铁姑，曾被人倒吊在树上，正是鬼灵子和瞿腊娜将她解救下来的。

此时见铁姑忽然出现，瞿腊娜甚觉不解，惑然道："你们来干什么？"

铁姑一指身旁之人，大咧咧地道："这是我家夫君，江湖人称铁算子，姓田名归林的便是。"

瞿腊娜淡然"哦"了一声。

铁姑又道："我家夫君可是鬼灵子陆小歪的三叔，至于我嘛，便是他的三婶了。"

陡闻陆小歪之名，瞿腊娜的面容突然一变，呆呆地看着面前二人。

铁算子田归林开口道："论辈分，鬼灵子是老夫之侄，别人或许不知其下落，但我这做三叔的嘛，却知他此时身在何处。"

瞿腊娜美目圆睁，失声道："你……你们真知道他……他……陆小歪在哪儿？！"

铁姑高声道："我二人若是不知，也枉做他的三叔三婶了。"

话音甫落，瞿腊娜早弹地而起，一把抓住铁姑衣袖，连声道："走走走！

咱们这便找陆小歪去，本姑娘倒要问问他，为何躲着不肯见我！"

铁算子一使眼色，铁姑道了声"好"，拉着瞿腊娜径投西南。铁算子自然紧随其后。

不一日，田归林、铁姑和瞿腊娜三人已抵达蜀中峨眉山脚。

瞿腊娜终日恍恍惚惚，竟不知已到了本派重地，只一个劲儿地问："陆小歪是躲到这山上了么？"

田归林心头感慨万端，却又不知如何作答，只微微点了点头。

瞿腊娜连忙道："那咱们快上去。"

未等田归林和黑力铁姑开口，瞿腊娜早先行而上。

约莫两个时辰之后，三人距万佛顶已不足百丈，忽有一年约二十四五的尼姑率十数名峨眉派弟子一溜儿地堵在距他们不到十丈远的地方。

田归林一拉铁姑，收住脚步，抱拳高声道："湖北柳家堡铁算子田归林及铁姑……"

一语未了，早有数名峨眉弟子叽叽喳喳地嚷将起来。

"咦？！是小师妹！"

"小师妹回来啦！"

却是瞿腊娜先奔到众师姐面前了。

偏偏瞿腊娜似是不认识她们了，挨个儿看了众师姐一眼，茫然道："陆小歪呢？他在哪儿？你们为何要将他藏起来？"

为首那年约二十四五的尼姑正是绝因师太的大弟子逸静，见状大是不解，道："瞿师妹，究竟是怎么回事？"

瞿腊娜又看了众师姐一眼，忽然道："你们一个也不是陆小歪，他们骗了我。"

转头对后面的田归林和铁姑娇喝道："你们为何要骗我？！"

言罢竟坐地呜呜哭了起来。

峨眉派众尼及俗家弟子俱是大感不解，一时竟面面相觑，只有逸静知小师妹口中的陆小歪是指何人，当下冲十丈开外的田归林合十道："阿弥陀佛，不知二位施主驾到，有失远迎，还望二位施主勿怪。"

田归林和铁姑连忙奔近前来，铁姑也不还礼，直通通地道："我和归林受人之托，将瞿姑娘送回你们峨眉山，咱们并没骗她。纵有骗她之嫌，却也怪我二人不得。只因……"

田归林连忙打断铁姑话头，作揖还礼道："湖北柳家堡田归林及铁姑因事急而擅闯贵山，未及拜帖求见，尚请恕罪。"

逸静看看瞿腊娜，依旧合十道："田三侠之名，贫尼曾听家师说过，却不知田三侠此番光临敝刹有何贵干？阿弥陀佛。"

铁姑抢着道："便是将瞿姑娘送还给你们了，方才我已说过了，怎的你记性这般差。"

田归林沉着脸喝道："铁姑！"铁姑一愣，愕然道："怎么？"

田归林道："你少说两句好不好！"

铁姑道："好当然好，只要是相公你说的话，奴家自然句句都听，但她们……"

田归林"哼"了一声，铁姑连忙打住话头，大感不解地看着他。

田归林又冲逸静一揖，道："我家娘子生性直鲁，不会说话，还请各位师太勿怪。"

铁姑正想问他凭什么说她不会说话，却听田归林稍顿又道："个中原委曲折甚多，在下欲拜见贵派掌门绝因师太前辈，不知——"

瞿腊娜忽然截口道："绝因师太？你说的是谁？是绝因师太将陆小歪藏起来了么？"

逸静闻言大惊，刚道得"师妹"两字，忽从山顶传来一细微却清晰的声音："原来是田三侠贤伉俪到了，贫尼有失远迎，尚请二位施主勿怪，阿弥陀佛。逸闲、逸清，你们照顾好腊娜。逸静，快请田三侠贤伉俪上来，阿弥陀佛。"

峨眉派中有此功力者，自然是当今掌门绝因师太无疑了。逸静恭恭敬敬地应了声"是"，又转身朝田归林夫妇合十道：

"二位施主请随贫尼去见家师。"

言罢施展轻功，率先而行。

田归林见虽山势陡峭,逸静大袖飘飘,越级而上,若行云流水,不禁大是敬佩,暗忖道:峨眉派得以名列江湖四大门派,真非浪得虚名,观这逸静师太不过二十四五年纪,轻身功夫竟不在我铁算子之下,且峨眉派仗以成名的并非轻功,而是一套独门剑法,若凭真实功夫比画,只怕我这老江湖也不是她的对手。

心有所思,脚却不敢丝毫放慢,当下施出平生修为,紧随逸静而上。

铁姑虽天生神力,轻功却是不及,幸得她人高腿长,一步跨越三级石阶,倒也没被落下多远。

少顷,三人已至峰顶,绝因师太早在自己的练功密室门口合十相迎。

双方见过礼后,四人同入密室之中。

一坐定,铁姑便道:"老师太,我和归林将瞿姑娘骗回峨眉山,那也是迫不得已,这一节你可要记住了。"

田归林大皱眉头,却见宝相庄严的绝因师太微微一笑,道了一声"阿弥陀佛",看着他缓缓道:"田施主,小徒似乎……阿弥陀佛,敢问姚大侠高足陆小施主因何未能同来?"

田归林连忙道:"蒙师太动问,鬼灵子他……他……"

当下将鬼灵子如何为救独孤樵性命而自戕,瞿腊娜如何因此而痴迷,他和铁姑又如何受一蒙面人所托,说知鬼灵子下落而将瞿腊娜骗回峨眉山来……诸般细节,一字不漏地道了出来。

绝因师太沉思良久,才道:"鬼灵子和金童打赌与鬼灵子自戕之事,是阁下目睹的么?"

田归林摇头道:"在下并未亲见,是那蒙面人转告的。"

"那蒙面人当时在场?"

"不。但据那蒙面人说,是令徒清醒时亲口说的。"

"那蒙面人识得小徒?"

"是的。"

"若贫尼所料不差,田三侠也识得那蒙面人?"

"是的,但愚夫妇已发誓绝不泄漏其身份,还请师太见谅。"

绝因师太点点头，忽然道："是那蒙面人救了小徒一命？"

铁姑大惊道："师太你……你怎么知道？"

绝因师太淡然道："物极必反，柔极则刚，鬼灵子既已身亡，腊娜她……唉，知徒莫如师，小徒终是看不破红尘。阿弥陀佛，若非那蒙面人救她一命，小徒又怎会有清醒之时。"

铁姑由衷敬佩道："师太真乃神人，瞿姑娘确曾挥剑自刎，是那蒙面人以掌风震偏她剑锋，只划破了肩头，才使瞿姑娘清醒了一会儿的。"

田归林连忙道："那蒙面人之所以将此事道出，只是怕愚夫妇疏忽大意，沿途中瞿姑娘再出意外，此外并无他意，这一点在下可以性命担保。"

绝因师太又微微一笑，暗忖道：施恩而不图报，且田归林又急于替那蒙面人证明这一点，可见那人与柳家堡大有关联，莫非那人竟是……

正思忖间，却听铁姑又道："实不瞒师太，这一路上，我和归林都将瞿姑娘的长剑收藏了，直到峨眉山下才还给她的。"

绝因师太颔首道："多谢贤伉俪了，敢请二位施主多盘桓几日，也好让敝派上下聊表谢忱。"

田归林连忙道："师太雅意，愚夫妇岂敢不遵，无奈愚夫妇另有要事在身，就此告辞，有负贵派盛意，还望师太海涵。"

言罢起身，长揖到地。

绝因师太合十还礼，令逸静送田归林夫妇下山，并无虚礼俗套，实只有得道高人方能为之。

待逸静从山下归来，绝因师太也只淡淡地道："去传为师的话，让你黄师妹和谭师妹去照看腊娜。"

逸静奇道："师父，不是已有逸闲、逸静两位师妹照看小师妹了么？"

绝因师太轻叹一声。

逸静道了声"是"，正欲出门，却听师父又道："凡本派落发弟子，均不可见小师妹。"

"是，师父。"

"让黄雯和谭露每日来向为师禀报腊娜情状。"

"是。"

自此连续三日，两名俗家弟子黄雯和谭露早晚各来一次，每次禀报的都只是这样一句话："师父，小师妹问咱们将陆小歪藏到哪儿去了。"

绝因师太也只回答一句："好好照看腊娜。"然后合十不停地念"阿弥陀佛"。

第四日，绝因师太召集本派所有俗尼弟子，传下令谕：逸静暂时执掌峨眉派门户，并由逸静、逸闲、逸清、黄雯和谭露五人督促本派弟子勤练武功！

众弟子肃然接令。

次日，绝因师太带着依旧懵然痴迷的关门弟子瞿腊娜下了峨眉山。

二十一

正午时分，独孤樵背靠一户农家小院的木门静静坐着。被瞿腊娜两记耳光打肿的双颊，此时早已复原如初。

但因终日风餐露宿，他的衣衫早是褴褛不堪。他既不知道自己从何处来，更不知将往何处去。

只是他觉得这样静静地坐着很舒服。

忽闻"吱呀"一声，木门开了，独孤樵毫无提防，一个筋斗倒翻进去。

接着是一声惊叫。

惊叫声是一个身负背篓的少女发出的。

独孤樵倒是一声未吭，侧身坐在地上，抚摸着自己的后脑勺，茫然不解地看着那少女。

那少女年约十五六岁，一袭粗布衣衫，一声惊叫之后，也木愣愣地看着独孤樵。

屋内传来一声咳嗽，接着又传来嘶哑虚弱之声："阿香，出什么事了？"

名叫阿香的农家少女结结巴巴地道："人……是一个人。"

一个老者颤巍巍地从内屋走出来,扶住门框,喘了几口气,见状轻叹一声,道:"这年头,大家都活得不容易,阿香,你将灶头上那馍馍给他,让他去吧。"

阿香急道:"爹爹,那可是留给你老人家晌午吃的……"

老者道:"去拿吧,看他样子,只怕有多日未进食了。唉……"

阿香气鼓鼓地回身进屋。

独孤樵站起来,茫茫然便欲出门,却被那老者叫住:"小哥儿且请留步。"

独孤樵道:"你是在叫我么?"

老者道:"人穷而志不短,难得。咳咳!小哥儿可否进屋一叙?"

独孤樵既未点头也未摇头,随那老者进了内屋。

屋内空空荡荡,只有一床一凳。床上铺着一床旧席子和一块破毡子,凳是长条凳。

老者坐在床上,用破毡子裹着肩头,示意独孤樵坐在长凳上。屋内弥漫着奇特的草药气味。

阿香拿着一块馍馍进来,瞪了独孤樵一眼,才气鼓鼓地递过去,没好气地道:"给!"

独孤樵茫然接过,却没送入口中。

老者道:"阿香,今日采桑换的钱,别再给爹抓药了,沽一斤酒,再多换二两面粉回来……"

阿香急道:"爹爹!"

老者叹口气,从床上摸出个布包,解开一层又一层之后,露出一只银镯子,道:"这只镯子,是你娘留给你做嫁妆的,拿到镇上将它当了,割两斤肉回来……"

阿香大哭道:"不!爹爹!"

老者道:"爹爹无能,对不起你九泉之下的娘亲,但……唉,阿香,你就听爹爹一句话,行吗?"

阿香早已泣不成声,接过银镯子,使劲儿点了点头。老者轻轻抚摸女儿头发，老脸竟露出一丝儿笑容，柔声道："去吧。"

待阿香离去之后，老者才对独孤樵道："阿香她命苦啊，她一出人世，娘亲就死了，是我把她拉扯大的。"

独孤樵静静听着。

老者又道："老朽贱姓何，敢问阁下高姓大名？"

独孤樵道："我叫独孤樵。"

"原来是独孤公子，恕老朽冒昧，敢问公子贵庚，是否曾有婚配？"

独孤樵想了又想，终是不明所问，只得茫然摇头。

老者面上微露喜色，又道："独孤公子，敢问阁下家居何处，令尊令堂大人——？"

独孤樵道："我不知道。"

老者一愣，惑然看着独孤樵。

独孤樵又道："我真的不知道家在哪儿，也从不知爹娘是谁。"

老者轻叹一声，道："唉，也是一个可怜的孩子。"

稍顿又自顾道："先前还好些，老朽和闺女二人采桑摘藕，日子还勉强能过得下去，自从三年前老朽不幸落了这身痨病，唉……老朽今年才四十七岁，倒像是七旬老者了，我闺女虽出身贫苦，但人倒也本分善良。老朽自知没多少日子好活了，这也是天数，只是老朽放心不下阿香，她……唉！"

一叹之后，定定看着独孤樵。独孤樵也茫然不解地看着他。

良久，老者才道："若阿香她终身有靠，老朽便死而瞑目了。"

独孤樵"哦"了一声，竟又更无多言。

见独孤樵一副惑然不解之色，老者微觉失望：若将女儿终身托付给这样一个傻瓜，也太对不起九泉之下的阿香她娘了。

随即又暗忖道：我何家三代单传，若在我这一代断了烟火，却又怎对得起列代祖宗！

作罢道："若独孤公子不弃，便在这寒屋里住下如何？"

独孤樵道："好吧。"

这般淡然作答，倒像是颇为勉强似的。

当晚有酒、有肉、有馍馍，对如此贫寒之家来说，无异于过大年了，但独孤樵既不饮酒，馍馍和肉在他口里又恰似嚼蜡，倒使何氏父女大感不解。

饭后独孤樵倒地便睡，不多时已鼾声阵阵，何氏父女面面相觑。

时至戌时，何姓老者对女儿道："阿香，依为父观相，此子大非常人。"

阿香"哼"了一声，道："一个叫花子，还是个傻瓜，明日将他打发走就是了。"

何姓老者道："阿香，你年纪也不小了，为父又是这般……唉，为父想多留他盘桓几日。"

阿香道："爹爹既这般说，让他多住几日也无妨，只是咱们自己的生计都……"

"看今日之状，他对吃什么并不在意。午间为父询问过他，竟是个无父无母的孤儿，也是个苦命之人啊。只要人本分，能吃苦，过日子嘛，憨点傻点也没啥。"

阿香垂下头，不再吭声。

何姓老者续道："只不知他一个乞讨要饭的，背上却背着那白布套儿作甚，阿香，你去将它解了下来，看里面包的是何物。"

阿香依言将独孤樵翻了个身，解下那细长的白布套，打开一看，却是一柄松纹木剑。

父女俩你看看我，我看看你，俱是惑然。

待阿香将木剑包了，系回独孤樵身上，又将他身体侧过来时，忽从他怀里掉出一封厚厚的书简来。

捡起一看，书简上既无落款，也无收阅之人，却用火漆封得严严实实。

何氏父女更是大觉奇异。

良久，何姓老者才道："时光已不早了，阿香你去歇息吧，待明日为父再细细问他。"

次日日上三竿，独孤樵才酣睡醒来，阿香早采桑去了，何姓老者却以挺古怪的目光看着他。

独孤樵揉揉眼睛，打了个呵欠，便听何姓老者淡淡道："独孤公子，不知你背上布套中是何物事？"

独孤樵道："是一把木剑，但木叶婆婆说是不可轻易给人看的。"

"木叶婆婆是谁？"

"是……是……先前她给我送吃的，后来就手脚都没有了，眼也瞎了，耳也聋了，话也不会说了。"

何姓老者心头一凛，道："然则独孤公子怀中书简又是何人的？"

"书简？"独孤樵大感不解，伸手入怀，取出那封书简，一看顿即释然，道："是一个叫花给我的，让我交给丐帮前任帮主或现任帮主任何一人，可我不知这二人是谁。"

老者虽非武林中人，但对丐帮的名声倒也是久有所闻的，闻言心头狂震，失声道："原来阁下是武林中人，小老儿倒是看走眼了，阁下这便请上路吧。"

独孤樵奇道："武林中人？我不是呀！你不要我住在这儿了吗？"

老者见他言语之间绝无作伪之色，心下也自惊疑不定，道："阁下真的不是丐帮弟子？"

独孤樵点头道："不是。"

老者道："但那书简——？"

独孤樵道："这书简是那叫花硬塞在我怀里的，后来他就被裴文韶和胡涂杀了。你不提我还差点忘了呢。"

言罢"嚓"的撕开信封，抽出厚厚一叠宣纸，自顾看了起来。

何姓老者早目瞪口呆。

独孤樵将书简阅罢，抬起头来，道："是一个叫黑力铁姑的人写的，写给什么胡大侠或姚大侠，又是什么练绝世内功的《阴阳大法图》，又是什么雷音掌连城虎，还写明了地形方位，反正我是一样也不知道的，咱们将它烧了也罢。"

老者连忙道："原来公子竟然知书识字，这真使小老儿意料不到。但且先别烧了它，请公子念一遍给小老儿听听可好？"

独孤樵依言一字不漏地念了一遍。

老者沉吟良久，才道："书简中所说那山，小老儿倒是识得的，就在此西南不到百里远的地方。那可是四周都是万丈绝壁的深渊，名叫什么雷音掌连城虎的人定是没命的了。"

稍顿又道："虽小老儿不知那《阴阳大法图》是何古怪，也不懂绝世内功又是何物，但写这书简的黑力铁姑既说那胡大侠、姚大侠能上下那万丈绝壁，定是了不起的人物。"

独孤樵点头称是。

何姓老者肃然道："这封信是个祸害！"

独孤樵惊道："祸害？！"

"对！"何姓老者断然道，"不是有个叫花为此送命了么！"

稍顿又道："然受人之托，便须忠人之事。依小老儿之见，独孤公子你先将它背熟了，然后烧了它，往后若遇上了那胡大侠或姚大侠，也好有个交代。"

独孤樵道了声"好"，便又默记那书简上所书文字。

不到两个时辰，独孤樵已能倒背如流了！

此事令人觉得匪夷所思，若让飞天神龙得知，只怕会将他活活气死！

他的练功口诀仅数百字，教了几百遍独孤樵依然记得乱七八糟。

而此书简洋洋千余言，独孤樵偏只用两个时辰便能背得滚瓜烂熟！

好在此时坐在独孤樵对面的不是飞天神龙，而是个目不识丁的老农。

何姓老者非但没有一丝儿怒气，心头的乐反倒难以言表：似独孤樵这般奇佳记忆，三年两载之内考它个秀才举人，那简直是轻而易举之事！看来他何家将因此人而门庭兴旺了！

似是忘了自己身患沉疴，何姓老者待独孤樵第三遍一字不漏将那书简背完后，竟然满脸堆笑地一跃下床，亲手擦燃火石，将独孤樵手中的书简一张张点燃。

燃到最后一张时，阿香拎着一小袋面粉进屋，见状奇道：

"爹爹，你们——"

何姓老者满面堆欢，道："阿香，大喜事啊！待会儿爹爹慢慢与你分说。"

　　阿香虽满腹疑惑，但三年来第一次见爹爹如此欢快，心头也大觉愉悦，径自生火做饭去了。独孤樵依旧是饭后便倒地而卧。

　　何姓老者将那块破毡子轻轻盖在独孤樵身上之后，拉着女儿轻手轻脚地出屋，到了阿香同样简陋的闺房，未等坐稳，便忙不迭地将白日所见所闻之事细细道了出来。

　　阿香奇道："他……他真的知书识字？"

　　何姓老者脸一板，道："连爹爹的话你也不信了么？"

　　阿香连忙道："不，女儿是说……"

　　何姓老者截口道："为父早就看出独孤公子大非常人，哈哈，凭如此学识记忆，将来咱何家何愁不兴！"

　　阿香面一红，娇嗔道："爹爹，看你胡说些什么！"

　　何姓老者笑道："好好好，算为父胡说八道。"

　　一顿又道："独孤公子茫茫然然的，定是曾受了何种严重刺激，明日你带他去采桑，换换脑子，或许……嗯，反正为父看得出来，独孤公子非但不笨，而且聪颖过人。"

　　阿香还想说什么，却被爹爹截住："这是为父的心愿。闺女，别人说长道短，那也由得人家，还望闺女别让为父失望才好，啊？"

　　阿香看了爹爹一眼，垂头沉吟良久，才轻声道："好吧，爹爹。"

二十二

　　第二日傍晚，何姓老者早早便扶住门框站在门口观望。比阿香往日归家晚半个时辰，才见女儿和独孤樵匆匆赶回。

　　阿香走在前头，面色欢悦。后面的独孤樵依旧是一派茫然。

　　何姓老者心头微奇，刚问得"阿香"二字，却见阿香笑吟吟地将手从背后伸出来，道："爹爹你看。"

她左手中拎着的面粉袋，足比平时多了一倍，右手中提着一小块腊肉。

何姓老者道："阿香，这是怎么回事儿？"

阿香道："爹爹，稍后女儿再与你老人家细说。"

原来是独孤樵开始傻呆呆地看着阿香采桑，不到半个时辰，只听他道："我也会啦。"

他之手巧，真令阿香瞠目结舌。

采桑本是女人家活计，在村里，阿香也算是采桑好手了，常时她早出晚归，一天也只能采一篓筐到镇上换取面粉度日，但独孤樵竟比阿香还快得多，这一日他们竟然采了三篓！

听得女儿言罢，何姓老者直乐得呵呵大笑。

当夜父女俩便东凑西凑，为独孤樵临时搭了张床。

此后数日，阿香教独孤樵学会了摘藕、锄地、播种秧苗……诸般农活，独孤樵无不是一学便精，连那些一辈子以务农为生的行家里手，皆是啧啧称奇。

何姓老者的病情似乎突然间好转了许多。

村里人开始相信"苦尽甘来"这句话了，因为何家便是活生生的例证。

只是独孤樵虽健壮了不少，却依旧是双目茫然。

但何姓老者已暗自决定，一旦独孤樵将藏在心头关于那封书简之事了绝，便将女儿的终身托付给他。

心头既这般想，他便嘱托女儿，若在镇上遇背刀负剑的江湖中人，便请他们转告丐帮的什么胡大侠或姚大侠，"就说咱家的独孤樵受人之托，有一封书简要传给他们。"

阿香自然应了。

她也的确见着两个人。一个是身负长剑，愁容满面，不时长叹连连，另一个腰悬黑乎乎一根玄铁棍，面目凄苦异常，乍一看便会令人哀伤。

阿香一辈子只知采桑，却不知此二人正是江湖中人人恨之入骨的愁煞星裴文韬和苦煞星胡涂！

见他们愁苦异常地在小店中饮酒，闷然无声，阿香在店门口呆立了足有半盏茶时分，才咬咬牙鼓足勇气慢慢走到二煞面前，怯生生地问："敢问二位老爷可是江湖中人么？"

裴文韶见一个村姑突然前来问话，轻叹一声，才道："唉，江湖凶险啊，莫非姑娘是欲拜我二人为师么？"

胡涂也道："置身江湖便有道不尽的苦楚，还望姑娘三思而后行。"

阿香虽不娇美，却也丰满端庄，愁苦二煞一般心思：这小村姑送上门来，聊以解闷，倒也不是坏事。

但他二人生性一愁一苦，言语间竟似充满对阿香无限同情。

阿香不明就里，见口气知此二人是江湖中人无疑，当即喜道："这就好啦！"

稍顿又道："小女子倒无拜师之心，只是咱家……咱家相公受人之托，有一封书简要转给你们江湖中的两个人。"

她说到"相公"二字时，面上微微一红。

裴文韶道："书简？什么书简？"

胡涂则同声道："受何人之托，转给何人？"

阿香道："小女子也不知是何书简，只是听爹爹说那封书简事关重大。我家相……相公是受一个叫花所托，要将它……"

话音未落，胡涂突然打断话头道："受一个叫花所托？！"

阿香点头道："听我家相公说，那叫花后来被一个叫裴文韶和一个叫胡涂的人打死了。唉，真可怜！"

愁苦二煞对视一眼，皆是面露惊讶之色。

却听阿香又道："我家相公只知那叫花说务必将书简转给什么胡大侠或姚大侠，却不识得这二人家居何处，是故……"

愁煞裴文韶骇然变色道："胡醉？！姚鹏？！"

阿香道："原来那二人一个叫胡醉，一个叫姚鹏，先前小女子还以为这二人是同名而不同姓呢。"

稍顿又道："这么说二位老爷是认识他们的了？"

裴文韶和胡涂对视一眼，胡涂点点头，道："那就不错了。"

见阿香一副感然之色，裴文韶连忙应道："胡大侠和姚大侠嘛，我二人倒是熟识的，不知你家相公却是何人？？"

阿香道："我家相公复姓独孤，单名一个樵字。"

二人闻言心头震惊，惊的非同小可。

他们虽未亲眼得见，但独孤樵一剑刺死"武帝"东方圣之事，倒是江湖上无人不知的。

神功莫测的独孤樵，怎么娶这样一个乡下女子为妻？！然据江湖传言，眼下独孤樵一身神功尽失，也不知是假是真。

他们希望是真的，否则凭他二人身手，决难从能杀东方圣之人的手里弄到那封书简。

他们自是不知，其实那封书简上的内容，十之八九是他们都知道的。

当下二人立起身来，对阿香道："你这便带我们去取那书简吧。"

虽是迫不及待，面上却依旧遍布愁苦之色，倒像是要做此事是颇为勉强似的。

阿香应了声"是"，将愁苦二煞星带往家中。

何姓老者陡见裴文韶和胡涂面上愁苦之色，不由眉头微微一皱。

阿香连忙道："爹爹，他们说识得胡大侠和姚大侠。"

何姓老者"哦"了一声，将二人让进屋，坐定之后道："二位果真识得那胡大侠和姚大侠么？"

裴文韶道："胡大侠和姚大侠皆是武林中声名赫赫之人，在下二人久走江湖，自然是识得的了，还请老丈这便将书简给了我们。"

何姓老者道："这倒有些不便……"

苦煞胡涂忽然目露凶光，打断何姓老者的话道："有何不便？！"

何姓老者心头一凛，却依旧老老实实地道："因为那封书简早被小老儿烧了。"

愁苦二煞同时失声道："什么？！"

何姓老者淡淡地道："书简确被烧了，只是咱家的独孤公子倒能将书简文句倒背如流。"

胡涂道："你说的是独孤樵？"

何姓老者一愣，却见阿香端了三杯茶进屋，道："是女儿将独孤公子的名字告诉他们的。"

何姓老者"哦"了一声，道："小老儿姓何，贱名志福，敝村名羊头村，二位既久在江湖走动，若遇上胡大侠或姚大侠，还望转告一声，就说羊头村何志福家有个叫独孤樵的，有封极重要的书简要背给他们听，不知二位……"

话音未落，愁苦二煞星早哈哈大笑起来。

笑声中那说不出的诡异，使何氏父女大觉惶然。

阿香道："爹爹，独孤公子呢？何不叫他回来将书简再书一遍，托这二位老爷转交胡大侠或姚大侠？"

何志福道："真是巧得很，今日独孤公子到何处去了，爹爹也是不知。"

愁煞裴文韬突然阴恻恻地道："何老儿，休要耍花招了，还是快将书简取出来的好！"

苦煞胡涂也道："唉，也怪你这穷鬼不知江湖中事，竟不识得我苦煞星胡涂和愁煞星裴文韬是何等样人，否则你便不会耍这小小花招了。"

陡闻裴文韬和胡涂之名，何氏父女蓦然间如遭雷击，骇然无声。

将书简托给独孤樵的那叫花，便是被裴文韬和胡涂打死的！

见何氏父女良久无声，裴文韬长叹了一声，道："看来我愁苦二煞之名，你们也是知晓的，怎么样？不劳我二人动手搜了吧？！"

何志福喃喃道："烧了，的确烧了，幸好烧了……"

二煞同时冷哼一声。

阿香连忙道："爹爹和独孤公子烧那书简之时，小女子也是亲眼看到的，还望……"

话未说完，早被裴文韬一脚将她踢倒在地，冷冷道："凭你两个穷鬼，还不配戏弄我愁苦二煞！唉，在下这三尺长剑和胡兄的玄铁棍可是从来受不得戏弄的。"

一使眼色，与苦煞胡涂同时立起身来，翻箱倒柜胡乱搜寻。

何氏父女早惊骇得目瞪口呆。

屋子并不大，屋内的东西更是奇少，不到半盏茶时光，二煞早将三间小屋搜了个遍，却是一无所获。

愁煞拔出剑来，指着何志福的心窝道："藏在何处，还不快给大爷取了出来！"

何志福似是呆痴了一般，对指着自己心窝的剑尖竟视若未见。

苦煞淡然道："裴兄稍候，或许我苦煞能叫这何老儿将那书简取出来的。"

言罢满面凄苦地走到倚墙僵立的阿香面前，伸手轻轻一撕，早将她的粗布衣衫撕成数块，露出小红肚兜来。

何志福晃若大梦初醒，只高叫了一声："作孽啊！"便即昏了过去。

愁煞长叹了一声，出去端了盆冷水冲何志福当头浇下。少顷，何志福悠然醒来，双眼刚一睁开，便被眼前的景象惊得呆了。

阿香早被苦煞点了穴道，此时身上更无寸布遮掩，饱满结实的躯体倚墙僵立，双目紧闭，两行泪水如奔泉般涌出！裴文韶早知苦煞心思，还剑入鞘，满面愁容地看着何志福。

胡涂右手握着玄铁棍，左手按住阿香丰满坚挺的双峰，淡然道："何老儿，你还不想说出藏书简之处么？"

何志福只觉脑中空空荡荡，哪还再能言语。

苦煞胡涂轻叹了一声，将按住阿香乳峰的左手放开，摇摇头，轻轻将玄铁棍插入阿香下身！

如此惨无人道之事，他却做得很认真，似是在玩一桩颇有兴趣的游戏。

殷红的鲜血，从阿香两腿间汩汩流出！

愁煞裴文韶满目幽怨地看着何志福，轻叹道："书简藏在何处，你……"

一语未了，忽闻"哇"的一声，何志福吐出一大口乌血，然后惨喝了两个字："畜生！"就此一动不动。

他先前高叫的"作孽啊"和此刻惨喝的"畜牲"两个字，村邻们都听到了，但自阿香带着二煞一进村起，早是家家门户紧闭！

愁煞星裴文韶伸手一探何志福鼻息,又轻叹了一声,淡然道:"他死了。"

苦煞胡涂也叹道:"唉,只有着落在这妞儿身上了。"

言罢伸手解开了阿香穴道,刚道了"只要将书简交出,我二人……"十个字,便闻"哗"的一声!

苦煞胡涂忽觉面上溅了些黏糊糊的东西,待他伸手一抹之后,便看见阿香已软绵绵地瘫倒下去。

再看手上那乳白黏糊的东西,却是阿香的脑浆!

阿香穴道甫解,便以头撞墙,脑浆飞溅而亡了。

二煞你看看我,我看看你,同时长叹一声,又同时以长剑和玄铁棍在何氏父女尸身上胡乱刺砸!

随后又同时收手,步出何家小屋,一个面色凄苦,一个满目愁怨,缓缓离开羊头村。

默然行出里许之后,裴文韶忽然道:"也许那何老儿说的是真话。"

胡涂道:"但如若江湖传言有虚呢?"

裴文韶道:"咱们悄悄回去,找个隐蔽之所藏好身形,纵然独孤樵武功盖世,咱们不让他发现便是了。"

胡涂道:"若独孤樵真的武功全失,裴兄确信能从他口中套出那封书简的内容么?"

裴文韶叹道:"到时便由不得他了。"

稍顿又道:"总之不能让胡醉或姚鹏遇上独孤樵。"

胡涂道:"此计甚妙,咱们这便悄悄隐回。"

没料二人堪堪摸回不到三十丈,忽闻左侧三丈开外有人沉声道:"愁煞苦煞,你二人鬼鬼祟祟的作甚!"

愁煞星裴文韶和苦煞胡涂陡闻此言,时只觉心胆俱裂,骇然僵立!

那声音虽不大,但对二煞来说,其震慑之力绝不亚于阎罗王的索命贴。

因为二煞对那声音并不陌生。他们最后一次听到那声音虽是在一年多前,但此时仍历历在耳:"你们平时作恶多端,今日我放你二人一条生路,往后若再为恶，我胡醉要取你们小命易如反掌！滚吧！"方才发话之人，正是前任丐帮帮主、千杯不醉胡醉！

年余前"黑煞四星"中的笑煞莫军和阴煞丘一西被飞天神龙两掌送上西天，时逢胡醉现身，惊走飞天神龙，并饶了愁苦二煞性命，并严令二煞从此不得再在江湖作恶，但二煞凶性难改，就在半个时辰之前，还惨无人道地将不会丝毫武功的何氏父女研成肉泥！

胡醉此时突然现身，怎不令二煞如遭电击！

第十一回

魔影初现

二十三

　　胡醉从一棵巨树后转出，见愁苦二煞呆若木鸡，不由心头微奇。略作思忖，又沉声道："你二人劣性难改，又做下何等恶事了？"

　　二煞宛若大梦初醒，听言语觉出胡醉尚未知晓他二人在羊头村的所作所为，当下连忙同声道："没有没有。"

　　胡醉"哼"了一声。

　　愁煞裴文韶又连忙道："自从得胡大侠放我二人一条生路，在下与胡涂兄便发誓要悔过自新，至于胡大侠的教诲，在下二人更是时刻铭记于心，绝无半刻敢忘怀……"

　　愁煞说话的同时，苦煞似鸡啄米般将头点个不停。

　　胡醉打断裴文韶话头，淡然道："泰山顶上，我胡醉与武当灭性道长以及拜弟童超当着天下英雄的面，发誓非杀任空行、铁镜、冷风月和辛冰四妖贼，故数月来，你们还当我胡醉对江湖中事一无所知么？"

　　苦煞胡涂骇然道："胡大侠，这怪小的们不得，任……任空行自知敌不过胡大侠童少侠盖世神功，便广收喽啰以求自保，小的们是迫于无奈，才被他强行拉入伙的。"

　　胡醉道："任老贼广收喽啰，此事我自也知晓，此时铁镜和冷风月已成了他的左膀右臂……"

愁煞连忙讨好道："胡大侠有所不知，任……任老贼始终信不过冷风月，从未将他体内的毒药除尽，就在不久之前，冷风月突然不知去向，据飞天神龙说，是他一掌将冷风月打死了。"

胡醉奇道："此事当真？"

胡涂抢着道："是铁……铁镜训斥小的们时亲口说的，他还说咱们绝不会给冷风月报仇，因为冷风月对任……任空行不忠，那便是自取灭亡。"

胡醉"哦"了一声。

裴文韬又道："铁镜死心塌地跟定了任空行，所以他身中的'笑魂散'剧毒已被解了，此时任空行的左膀右臂，却是铁镜和玉蝴蝶金一氓。"

胡醉诧异道："金一氓？！那采花魔头竟会甘愿追随任老魔？"

胡涂道："胡大侠有所不知，金一氓是为荼毒蝎子辛冰才肯与任空行联盟的。对了，任空行已将辛冰收为义女了。"

胡醉微煞眉头，道："方才你说到'联盟'二字，莫非——"

裴文韬道："任空行打着昔日太阳叟东方圣的招牌，已然成立了个叫'复圣盟'的组织，他自任盟主，铁镜和金一氓分任副盟主之职，其实此盟并非像东方圣那样图霸武林，只是为了对付胡大侠你们。"

胡醉淡然一笑道："目前此盟实力如何？总部设置何处？"裴文韬与胡涂对视一眼，惶然道："据小的看来，眼下此盟的实力足可与江湖各大门派抗衡，至于其总部嘛，小的实在不敢……"

胡醉道："我也不会逼你们非说不可的，但望你们勿要再为虎作伥！"

稍顿又道："你们去转告任老魔一句话，无论他藏身何处，我胡醉终有一天会杀了他以谢天下英雄的！"

裴文韬连忙道："那是肯定的。"

胡醉一挥手："现在你们可以走了。"

二煞口中谢字不断，转身步出七八步，苦煞胡涂收住脚步，又对胡醉道："胡大侠不杀之恩，我二人没齿不忘，若胡大侠不嫌小的多嘴，有一句话还望胡大侠留意，此时'病诸葛'欧阳钊已成了任空行的座上客。"

胡醉剑眉微跳，道："欧阳钊？此人不是早隐居海外了么？"

裴文韶连忙道："自泰山一别，任空行自知凭实力不敌胡大侠童少侠和武当派，便远赴东海南海，以太阳叟东方圣作招牌，招得许多奇人异士，病诸葛不过是其中之一而已。"

胡醉低头沉思不语。

二煞见状连忙道声"告辞"，更不敢再打独孤樵主意，径自飞遁而去。

少顷，毒手观音从树后转出，低声道："师弟，你在想什么？"

胡醉淡然道："没什么。"

稍停又道："江湖中奇人异士甚多，但有一点却是令人百思不得其解，昔日东方圣虽身为白道武林盟主，却为何连堂堂少林武当前辈，也会对他俯首称臣，甚至任空行一打出东方圣招牌，竟连早不过问江湖是非的欧阳钊也会回归中原。"

毒手观音候玉音道："那号称'病诸葛'的欧阳钊是何人？"

胡醉道："此人武功平平，但若论机关造设之术，倒足可以睥睨天下了。我甚至怀疑昔日东方圣的'武帝宫'也出自此人手笔。有他相助，咱们杀任空行倒颇有些麻烦了。"

候玉音闻言黯然无语。

良久。

候玉音道："邪不胜正，自古便有此说，不知童少侠和青青他们打探到些什么了。"

胡醉道："据姚鹏那老叫花说，独孤弟不知因何武功尽失，却又与飞天神龙万人乐搅在一起，万人乐之邪乎天下无人不知，倒是凶险得紧，咱们还是先找到独孤弟，再去捣任老魔老巢不迟。"

候玉音点头称是。

当下二人展开轻功，径往西北而行。他们自是不知，若投东南，立时便可见到独孤樵了。

独孤樵坐在何家小院门前，虽默然无声，泪水却是早打湿了衣襟。

愁苦二煞刚离开不久，独孤樵便回来了。自然，他很快就看到了何氏父女的尸身。

但他唯一所做的，便是将那块破毡盖在阿香裸露的尸体上，然后就坐在门前，正像他初到时倚门而坐那样。唯一不同的是当时他脑中茫然一片，此时却禁不住泪水汩汩流出。

所有村民对此只能报以一声长叹。

天黑之后，独孤樵的泪流干了，他便侧身而卧。

次日也是一般，他对好心的村民们端来放在面前的食物恍若未见。

第三天，屋内何氏父女的尸体已发出臭味，但独孤樵依旧未有觉察。

第四天午时，人们发现连日来未曾进过一点儿饮食的独孤樵昏过去了。一个姓蔡的老者将他抱回家中，让老伴喂他进食，自己则去邀约了全村乡邻，将何氏父女安葬了。

独孤樵完全清醒，是第五日凌晨。但当日傍晚蔡姓老者夫妇下地归来时，却发现虽已清醒却面色茫然的独孤樵已不知去向。

数日之后，在离羊头村百里之遥的一所小破庙中，古灯和尚替一个除了会回答自己姓名，除此之外一问三不知的人剃度皈依。

这人唯一能回答的一句话是："我叫独孤樵。"

古灯和尚并不认为此人是个白痴，甚至认为他大有佛缘，于是古灯和尚为独孤樵取了个法名：道悟！

至少在十数日之内，古灯和尚对这个法号道悟的小沙弥满怀信心，他坚信道悟能承袭自己的衣钵。因为这个小沙弥已达到了这样的境界：对一副臭皮囊满不在乎！

甚至他还能达到物我两忘：连自己叫道悟也浑然无知。

这正印证了佛家真言：无名无我，无色无相。

但古灯和尚错了。

他不敢说是佛祖错了，只能喟叹自己错了。

因为独孤樵心甘情愿地跟人离开了这地处荒山野岭、香火不旺的小庙。

是在傍晚，酉牌时分。

独孤樵茫然坐在小庙门口,突然来了两个人,一个是年近七旬的老尼,一个却是年约十四五岁的娇美少女。

少女面上是一派茫然之色,而身为出家之人,那老尼本该早知不嗔不怒之道,但他们陡见剃光了头的独孤樵,竟同时惊咦了一声!

古灯和尚闻声而出,见状合十道:"阿弥陀佛,师太和这位女施主竟识得贫衲这小徒么?"

那老尼也合十低宣佛号道:"贫尼绝因……"

古灯连忙道:"阿弥陀佛,敢问师太可是当今峨眉派掌门么?"

绝因师太颔首称是,随即道:"这是贫尼俗家弟子瞿腊娜。"

瞿腊娜似未听见师父之言,却突然道:"你是独孤樵。"

独孤樵竟然微微一笑,道:"我叫独孤樵。"

瞿腊娜又道:"你知道鬼灵子陆小歪的。"

独孤樵想了想,道:"我知道的。"

瞿腊娜飞跃进去,拉住独孤樵的袈裟,连声道:"走走走,咱们找陆小歪去!"

独孤樵道:"好。"立起身来,竟不再管绝因师太和古灯和尚,径自离去。古灯连宣佛号。

绝因师太则轻叹一声,也不问古灯法号,只合十道:"贫尼告辞了。"

待她飞身离去之后,古灯和尚微微一笑,回入庙内,很认真地架好木柴,点燃之后,盘膝合十坐入火堆之中,面朝西边,也不知他口中喃喃咕哝了些什么,不到半个时辰,已是庙毁人亡了。

如此圆寂,颇有些莫名其妙,古灯和尚能否魂归极乐,那就不得而知了。

只是一个老尼姑带着一个年轻和尚及一名娇美少女,不伦不类,幸得绝因师太虽为出家之人,却是性烈如火,更兼身怀绝技,倒使行人只敢暗笑而已。

尽管如此,她还是给独孤樵购置了一袭青衫和一顶文士巾,若非双目无神,乍一看,独孤樵倒像是个青衣儒士了。

这一日，独孤樵和绝因师太到达竹山镇，正欲寻一客栈歇息，瞿腊娜突然木愣愣地站在街边，看着一幢规模挺大的建筑。

绝因师太抬头一看，只见那大门上方书着四个大字：镇西赌坊。

不禁眉头一皱，道："腊娜，你怎么啦？"

瞿腊娜恍若未闻，自顾喃喃道："就是这儿，对，就是这儿了。"

绝因师太一愣，随即已明就里，当下率独孤樵和瞿腊娜步入赌坊。

正如当日鬼灵子及金童一干人进入这家赌坊时一样，绝因师太三人一入赌坊，大厅里顿即鸦雀无声。

尼姑进入赌场，令人觉得匪夷所思。

但最为惊讶莫名的，恐怕还是赌场的老板边七筒。

这三人中，他认识两个。

其中一个还是"死人"。或者说，独孤樵应该是个必死之人！

因为鬼灵子以独孤樵性命与金童掷骰子相赌时，边老板被请为公证，并且鬼灵子输了。

鬼灵子已经替独孤樵输了性命。

但此时独孤樵却偏偏活生生地站在面前！

而当日凶霸的那个小姑娘，此时却再无凶态，只茫然迷惑地看着他。

边七筒焉得不惊。

一惊之后，边七筒心头又暗暗叫苦。

"遇见尼姑，逢赌必输"，这是赌客们的口头禅。

甚至有些赌客已不打招呼便离去了。

偏直瞪着他的那老尼姑双目精光似电，又是腰悬长剑，一看便是身怀绝技之辈，边七筒惹她不起，甚至在她的目光下，边老板竟觉得自己比平时矮了半截！

瞿腊娜似是突然清醒，指着边七筒道："你还记得本姑娘么？"

边七筒连忙道："记得记得。"

瞿腊娜道："走，到咱们当日赌命的那间屋子去。"

边七筒此时哪还敢有半点老板气派，当下点头哈腰地率了三人上楼。

二十四

方一进屋,边七筒就连忙从怀中掏出当日金童给他的三片金叶子,道:"小的虽身为敝赌场老板,却绝不是贪得无厌之徒,还请姑娘将此重金还给那位公子爷。"

瞿腊娜挥手道:"本姑娘不是为了这个来的,我只问你,陆小歪后来他到过此处没有?"

边七筒道:"陆小歪?他是……"

瞿腊娜道:"便是当日未曾掷骰子的那个。"

边七筒恍然大悟,"哦"了一声,道:"姑娘说的原来是陆小少爷,但自当日姑娘和公子爷你们离去之后,便未再有你们中的任何一人光临敝坊了。"

瞿腊娜轻叹一声,失望之色溢于言表。

绝因师太当下道:"边老板,还望你将当日之状细细道出,不要漏下任何一个细节。"

她言语虽不重,却有一种令人无法抗拒之力,边七筒连连点头称是,遂将当日鬼灵子等五人如何入赌场,又怎样赌命,然后离去之情况一字不落地叙述了一遍。言语中自然"公子、小姐"不断,未了道:"至于三位公子爷和两位小姐离开敝店到了何处,小的就不得而知了。"

绝因师太沉吟良久,忽闻瞿腊娜道:"师父,徒儿带你老人家到当日我们去的那地方。"

见她面上再无茫然之色,绝因师太心头暗喜,当下与边七筒别过,随瞿腊娜和独孤樵离开了镇西赌坊。

到得当日鬼灵子自戕之所,瞿腊娜面上时怒时喜,将鬼灵子如何捉弄金童之事连比带画地演述了一遍。最后竟将师父拉到鬼灵子倒身之处,面上又呈一副迷茫之色,将师父横抱起来,慢慢地朝当日她抱起鬼灵子所行路径走去。

绝因师太既觉啼笑皆非又心头恻然，任由瞿腊娜抱着走出老大一截，忽觉瞿腊娜浑身一震，随即侧倒于地。

绝因师太大惊，一跃而起，却见爱徒竟满目茫然地喃喃道："就是这样的，我醒来时，陆小歪他……他就不见了。我问独孤樵，他说只看到……看到一点灰影。"

绝因师太闻言一惊，转向独孤樵，道："独孤公子，当日你果然看见过一团灰影么？"

独孤樵点点头，道："那灰影一闪就不见了，我见瞿姑娘睡得很香，叫她不醒，我便也睡了。"

绝因师太面上微露喜色，尚未开口，却见瞿腊娜满目忧伤地站起来，缓缓沿原路折回，坐到鬼灵子倒身之所，嘤嘤哭泣起来。

知劝其无用，绝因师太干脆也端坐于侧，细细思忖那将鬼灵子带走的"灰影"究竟是谁？

是敌？是友？

将鬼灵子带走又是何意？

思忖再三，终是不得要领，正自怅然，忽闻一声阴恻恻的冷笑，一个面若鹰隼、目露凶光的高瘦汉子，也自五丈开外缓缓踱了过来。

绝因师太骇然一惊，弹地而起，手握剑柄怒喝道："铁镜！你这奸贼……"

却被铁镜哈哈一笑打断话头，只听他道："真是踏破铁鞋无觅处，得来全不费功夫。哈哈，绝因老尼，今日本人到此，并无他意，只想将独孤樵带走。"

绝因师太怒极反笑道："好说！好说！也算是上天有眼，让贫尼遇上了你这奸贼，敝派与阁下的血海深仇，今日也该清算清算了！"［沧浪客按：铁镜曾装扮胡醉容貌，将峨眉派俗家大弟子杨留虹诱至峨眉山腰辱杀。详见《剪断江湖怨》三十一节"玉殒香消"。］

铁镜闻言不惊不怒，淡笑道："账嘛，终归是要算的，只是今日恐怕你这老尼姑难以如愿了。"

言罢干笑一声，双手轻拍数下，便见愁苦二煞自十丈开外如飞赶至，冲铁镜一齐恭声道："复圣盟紫衣堂属下弟子裴文韶、胡涂恭听副盟主令谕。"

绝因师太一愣：什么"复圣盟和紫衣堂"？愁苦二煞又怎成了什么"属下弟子"！

正疑惑间，便听铁镜道："这老尼姑有个名号叫绝因，收得几个淫尼贱女在峨眉山，自充一派掌门……"

如此出言无状，绝因师太哪能不怒气冲天，当下"呛"的拔出三尺青锋，暴喝道："铁镜！明年今日便是你的忌辰了，亮兵刃吧！"

铁镜似是未有所闻，只对愁苦二煞道："你们将这独孤樵带回圣盟，不许出半点差错，否则……哼！"

绝因师太骇然色变，独孤樵神功尽失，她自是深知了的。

平心而论，要独胜铁镜她也殊无把握，甚至落败的可能性还要大些，但她身为峨眉派掌门，岂能不报本派与铁镜的血海深仇，是故当愁苦二煞现身时，早存了拼死之心，她倒也并不如何惊骇。

俗话说一夫拼命万夫难敌，纵是铁镜与二煞联手，绝因师太数十年功力非同小可，除非两败俱伤，否则要在千招之内取她性命那是万难。

但陡闻铁镜竟令二煞带走独孤樵，绝因师太心头之震骇可想而知。

就在电光石火之间，未等愁苦二煞肃然受命，早闻绝因师太暴喝一声："看招！"

剑随声出，竟是峨眉剑法中最为凌厉的一招"佛光普照"。

据说当年峨眉派创派祖师郭襄因观金顶佛光数月，心有所悟，方才创下此招。绝因师太浸淫本派剑法数十年，是故此招一出，剑气剑影竟笼罩了方圆三丈之地！

铁镜自忖武功略胜绝因师太，故一直未亮出他的判官笔来，也怪他太过托大，决未料到绝因师太堂堂峨眉派掌门，竟会连句场面话也不招呼，猝然间便施辣手，大惊之下，对方的剑尖已刺到了期门穴。

他怎知绝因师太竟是如此思忖：今日纵是两败俱亡倒也并不算什么，但独孤樵若被对方掠去，他的两个拜兄胡醉和童超俱是侠骨丹心之辈，定会因拜弟受人所挟而束手束脚，甚至为救拜弟而不惜自身性命，若真如此，江湖魔焰嚣张，从此再无宁日了。反正今日之局只有以生死方能了断，实在顾不得什么武林前辈和一派掌门之尊的虚名了，只有先制住铁镜，方能救独孤樵并且自救。

但绝因师太那运足平生修为的凌厉剑气只将愁苦二煞迫退四丈，却未能如愿以偿地制住铁镜。

差了一线。

仅仅只差一线！

绝因师太的剑尖，已将铁镜的额头划破了一道长约二寸的血槽，却未能鱼贯而入。

血槽也并不深，只划破了皮肉。

不愧是一代枭雄，铁镜虽未料到绝因师太以一派掌门之尊会猝施暗算，但方觉剑尖及面，他竟快逾闪电地往右侧倒下！

普天之下，只怕还从未有人见过此招。

因为这根本不是招。

如果硬要给它定个名目，肯定只有四个字适用：自杀之招！

偏偏这"自杀之招"，竟使铁镜只是自额头至左颊添了一道永远无法抹去的剑痕，却救了他一条性命！

连绝因师太也为之一愣。

但就在这一愣之间，躺倒在她面前的铁镜已弹身而起。

绝因师太冷哼一声，又"嗤"的一剑刺出。

她似是忘了昔日谆谆告诫本派弟子之言："若非身处绝境，且对方又是大奸大恶之辈时，万万不可使出'点眉落明'一招！"

但此时身为掌门的绝因师太，竟自己犯戒了。

她使的正是这一招"点眉落明"！

虽铁镜完全不负"大奸大恶"四字，但绝因师太此时并未身处绝境，甚至因抢得先机而占尽了上风。

严格地说，在整套峨眉剑法中，并无"点眉落明"这一招，此招虽也含峨眉剑法轻灵快捷、变幻万端之意，却多了全套峨眉剑法中均没有的阴损、歹毒和霸道！因为此招一出，并非为取敌手性命，而是专为刺瞎对方双目。

对于武林中人来说，双目失明实在比死更痛苦。

据说此招系绝因师太的前辈祖师晦光上人所创，并因此而闭关忏悔了三年，然待其圆寂西归之前，还是忍不住将它传给了继任掌门，但也立下严规：凡本派弟子，断不可轻易使出此招！

因而此时铁镜心头之震惊，端的非同小可。

未等他立稳足跟，双目前的点点寒星，已幻化出一张巨网袭来！

大惊之下，铁镜飞速朝后弹出五丈有余。

但他快，绝因师太却也不慢，更不换招，只如影随形迫进。此时铁镜已提起真力，但见他突然凌空腾起，足有一丈有余，险之又险地避过了双目失珠之厄。

绝因师太功败垂成，但闻她清啸一声，急速换招，一招"万佛观日"，三尺青锋已然织成剑网，封住了铁镜下落之势！

好个盖世奸雄，虽惊不乱，身在空中，电光石火间已抽出腰间精钢判官笔，并不扭腰挪移，反冲剑网直落而下！绝因师太大喜：只要落入剑网之中，铁镜非被绞成碎尸不可！

但绝因师太错了，她太低估了铁镜。

铁镜并非不知身下那剑网的凌厉，但他必须直落而下。他也深知绝因师太的功力仅略逊于己，若再运力凌空挪移，无论能移开多远，绝因师太的剑网都绝对会在下面等着他。

更重要的是，此时他手中已经有了一支精钢铸就的判官笔！

写来话长，其实这一切都是刹那间之事。但闻"叮"的一声，剑网蓦然间消失了。

绝因师太虽已运足全身内力，但她的手中长剑已渐渐弯曲！

铁镜仍然身在空中，但他的判官笔尖正不偏不斜地顶在绝因师太的剑尖上。

这又是险之又险的一招，若稍有一丝差池，铁镜此时已成碎尸无疑了。

但这种差池并未发生，因此他已冒险扳回了劣势。

绝因师太的脸渐渐发白了。

铁镜却好整以暇地腾出左手抹去面上正汩汩流出的鲜血。

独孤樵、瞿腊娜以及愁苦二煞，恰似四段枯木，或站或坐，俱是茫然无声。

便听铁镜冷冷道："臭贼尼！今日你死期到了！"

话音甫落，忽见绝因师太面色倏然间由白转红，铁镜陡然一惊，百忙中借力一弹，已凌空横飞出七八丈之远安然落地，看着绝因师太沉声道："老贼尼，铁某还想多活几年，犯不着与你同归于尽，但今日你却死定了！"

原来绝因师太方才突然面色由白转红，正是运足了十二分真力，意欲撤剑换招，拼着被判官笔贯顶殒命，自己手中长剑，也绝不会不洞穿敌人胸腹！这正是两败俱亡的打法，铁镜焉有不知，是故有这番说话。

绝因师太并不回话，只暗自调息真元，却闻"呲"的一声，铁镜撕下半幅衣袖。绝因师太一观之下，早知究里，当下清啸一声，复又仗剑攻上！

铁镜大怒，暴喝一声，挥笔接招，观其笔势，竟是将"草圣"张旭的《肚痛帖》化为武功招式，若惊电击雷，倏忽飘荡，又似悬崖坠石，轰然有声！

绝因师太却剑走轻灵，虽恣意而不逾法度，如有急雨绝风之势！

二人以快打快，瞬息间竟分不清谁是铁镜谁是绝因师太。

数十招之后，铁镜陡然而惊：方才绝因师太急切抢攻，不让他有包扎伤口之机，一怒之下竟使"狂草"笔势以快打快，而快却正是峨眉剑法之所长，如此岂能奏效！

心念电转，铁镜突然笔势一转，信手缓缓一挥，隐劲于圆，藏巧于拙，竟"书"起了"书圣"王羲之的《东方朔画赞》小楷法帖，看似黯然有余，锋芒不露，却将绝因师太的所有精妙招式一一封住，再也快将不起来了！

所幸此时铁镜额头血槽内鲜血汩汩涌出，一只左眼早被血液弄得难以视物,半边衣襟也是血迹斑斑,内力大弱平时,数次本该得手之机,均被绝因师太避过。

饶是如此,铁镜以慢制快,仍是占尽上风。又过近百招,绝因师太已呈不支之象,铁镜忽见愁煞裴文韶和苦煞胡涂似是呆了一般,竟痴痴地立于数丈开外观斗,不禁大怒道:"裴文韶!胡涂!你们竟敢不遵本座令谕么?!"

愁苦二煞恍若大梦初醒,闻言面色倏变,一齐恭声道:"小的该死!"

"啪啪"各自掌了两记耳光,跑过去架起独孤樵,径往东奔。

第十二回

散人谷

二十五

绝因师太大骇，运足平生修为，又是一招"佛光普照"，意欲迫退铁镜，从二煞手中将独孤樵救下。

铁镜何等样人，怎会轻易着了道儿，当下冷笑一声，但闻"叮叮"之声不绝，一一将绝因师太剑式化解。

毕竟铁镜功力略胜一筹，绝因师太反被迫退三步，当下高声道："腊娜，快追愁苦二煞！"

瞿腊娜却只木愣愣地呆坐原地，对师父之当头棒喝恍若未闻，脑海中茫然一片，甚至不知爱她胜过亲生之母的师父转眼便有性命之忧，只自顾想陆小歪为何如此不守信用。

绝因师太见状黯然忖道："罢了罢了，今日贫尼以一条性命换铁镜这奸贼一命，也不算愧对江湖同道了！"

忖罢剑招忽变，竟是招招辣手，自家空门大露，更不顾铁镜能一笔取她性命！

铁镜惊道："老贼尼！玩命么？本座可不愿陪个尼姑同归于尽！"

口中说着话，脚下却是不乱，一边拆式应招，一边连连后退。

如此过得三十余招，铁镜渐渐火起，当下也运足全身功力，左手一笔架开对方长剑，左掌倏然迫出。

百忙之中，绝因师太也只得运掌相抗。一时间，笔对剑、掌对掌，竟成了个拼比内力之局！

不到半盏茶时光，绝因师太头顶上已盘旋出一团白雾，面容呈猪肝之色。

铁镜见对手已显不支之象，不由露出一丝儿狞笑。正欲再摧动真力将绝因师太毁于掌下，忽闻不远处有人"咦"了一声。

虽只一个"咦"字，早已把铁镜吓了个魂飞魄散！

他对那声音是再熟悉不过了。

当下运足十二成真力，暴喝一声，将绝因师太震飞一丈开外，也不管对方是死是活，铁镜转身便逃。

总算他见机得快，否则丧命当场，那是毫无疑问的。

因为那发出惊咦之声的，便是当今天下第一大帮帮主、侠名卓著的布袋和尚姚鹏！

布袋和尚飞身过来，早看清眼前一幕，凭其功力，自可追上铁镜并取了那厮性命，但对名震寰宇的一代大侠来说，当务之急却是救人。

当下只对腊娜道了一声："瞿姑娘，请替老叫花护法。"便将面色惨白如纸、嘴角上兀自挂着血丝的绝因师太扶起，双掌顶住她背心，缓缓输入内力。

绝因师太虽尚未丧命，但五脏六腑已被震离原位，布袋和尚内力之强，已算是武林绝顶之辈，还兀自须臾间便满头满面大汗淋漓。

瞿腊娜似对眼前发生的事一无所知，更不知护法为何物，呆愣愣地坐于原地。

她自是不知鬼灵子此时已难以脱身了。

就是说，鬼灵子没有死。

确切地说，鬼灵子已死过一次，但却被人给救活了。

就连他自己也感到大感不解，睁开眼后的第一句话便是："阎罗殿原来是这个样子，你们在殿里担负何职？"

他得到的回答，是三个老者的哈哈大笑。

鬼灵子奇道："我陆小歪活着时虽顽皮捣蛋，却从未干过愧对良心的事，你们可……"

未等他将话说完，早有一老者截口道："我敢肯定这小子疯了！"

另一老者马上道："我说他没疯，欧阳明，你敢赌上一赌么？"

先前发话那老者道："赌就赌，吴输赢，这回你可输定了。"

转头对一瘦小老者又道："时穷富，你来给咱们做个公证如何？"

名叫时穷富的瘦小老者淡然道："赌注？"

欧阳明看看吴输赢，道："那间八卦屋我已住了三十年，倒有些不想住了。"

吴输赢道："咱们散人谷只有三个人，那副纯金麻将倒也派不上什么用场了。"

时穷富道："你们或得八卦屋或得金麻将，那老朽这做公证的得什么？"

欧阳明大笑道："得罚！得罚！"

吴输赢和时穷富同时一愣，随即时穷富面露黯然之色，吴输赢则喜道："不错，是得罚。"

欧阳明道："罚他什么？"

吴输赢道："咱们毗邻而居了这数十年，也不忍心罚他太重，依我之见，便罚他替咱们做公证罢了。"

欧阳明道："就这样吧，不过也太便宜他了。"

鬼灵子却听得直若坠入十里雾中。

观年纪，三位老者都至少在八旬开外了，除瘦小老者不善言语外，另二人均属多嘴多舌之辈。同样的蓝布长衫，使人觉得格外神秘。

鬼灵子人本聪颖过人，当下撕开衣衫，见左胸上只有淡红色一道小小刀痕，便知自己已捡回一条性命。见吴输赢已欲朝他问话，便抢先道："是三位前辈救了在下么？"

吴输赢大喜道："不是不是，但你如此问话，足见你这小鬼头没疯，是也不是？"

未等鬼灵子开口，欧阳明早抢先道："先前你说阎罗殿原来是这般样子，而此时你已知自己依然活着，那便证明你疯了，你承不承认？"

鬼灵子虽不知八卦屋为何物，却知一副纯金麻将可算是价值连城，当下淡然一笑，道："在下也不知自己是否疯了，只有再问三位前辈几个问题后方好断定，不知——"

他故意不将话说完，欧阳明和吴输赢早连声道："你问你问！"

鬼灵子道："方才这位姓吴的老前辈已言明并非救了在下性命，敢问救我陆小歪性命的却是何人？"

三名老者面面相觑，过得半晌，欧阳明才道："说不得的，我等三人已发下重誓，绝不告诉你救你之人的姓名。"

鬼灵子"哦"了一声，又道："那方才各位前辈口中的'散人谷'，却不知又是……"

吴输赢截口道："便是此间了。此间与世外隔绝，三十年前，咱三人同时看中了这个地方，便造了小屋隐居于此，不再过问江湖是非，对数十年来江湖中发生之事，自是一无所知，但那个……那个救你性命之人却是大有来头，况且咱们三人都曾欠过他的情，所以他将你救活之后，就送你到咱们散人谷来了。"

鬼灵子暗忖道：以这三人年纪尚欠人情，救我性命那人定然是前辈高人，倒是不便问其姓名了。

忖罢道："然则那位前辈救了在下性命，为何要将我送到这散人谷来？"

吴输赢道："你不是与人打赌输了才自己将刀插入左胸的么？"

鬼灵子奇道："那又如何？"

欧阳明大笑道："什么叫'那又如何'？哈哈，你可知这吴输赢隐居于此之前有个绰号叫什么吗？"

见鬼灵子茫然摇头，欧阳明又道："叫赌王，也就是普天下大小赌棍的祖宗。不过这回嘛，他只怕要将名字中间那'输'字去掉了，哈哈。"

鬼灵子道："是那位前辈要吴前辈教我赌技？"

吴输赢道："不许叫我前辈，那是咱们散人谷的规矩，你没见方才时穷富只说了'老'和……嗯……后面又加了一个'木'字旁和吃亏的亏字少一横那个字便受罚了么？"

鬼灵子一愣，随即明白了方才时穷富所说的是"老朽"二字，不禁心头暗笑这散人谷规矩真怪，口上却恭恭敬敬地道："是。"

吴输赢又道："救你性命那位前……那人不仅要我教你赌技，还要时穷富教你偷盗绝技和欧阳明的机关造设之术。"鬼灵子奇道："偷盗绝技？哼！我小叫花虽穷，却从不干如此下流勾当！"

瘦小老者闻言面色陡变，却被欧阳明抢过话头道："时兄这小子疯了，不知时兄早年'贼王'的名头，却也怪他不得。"

吴输赢连忙道："陆小歪不知时兄当年'贼王'的名头，那倒是一丝儿也不错。但若说他疯了，那却大不为然，只因他年纪尚幼，不知偷盗有上流下流之分，方才口出此言，时兄大人大量，自不会与他计较的，哈哈。"

时穷富被他二人一吹一拍，面色方转和善，只"哼"了一声，不复多言。

鬼灵子心头暗惊：这姓时的老者貌不惊人，早年却是"贼王"，当真是人不可貌相，海水不可斗量了。既然他三人毗邻而居数十年，其中二人一是"赌王"，一是"贼王"，那快嘴多语的欧阳明定然也是非凡之辈……

正思忖间，却听吴输赢又道："欧阳兄早年也有个绰号，叫作'赛诸葛'，他的机关造设之术，可算是冠绝天下的了。"

欧阳明笑道："你别吹捧我，咱们打赌还不算完呢。"

转向时穷富，续道："时兄，你看陆小歪这小子疯了么？"

时穷富毫不犹豫地道："既然他连学会偷盗绝技后大可劫富济贫之理也不懂，那自然是……"

吴输赢连忙打断话头，道："没疯！"

鬼灵子见三人如此慎重，当下道："在下疯与不疯，只有在下自己最明白，别人之言，那是做不得准的。"

"你疯了么？快说！"

"你没疯，对吗？"

欧阳明和吴输赢同时出声。

鬼灵子淡然一笑，缓缓道："我陆小歪连救命之人是谁也不知晓，方才对时前辈……不对！对时'贼王'又是如此不恭，从这方面来说，在下确实疯了。"

欧阳明面露大喜之色，正欲冲吴输赢奚落几句，却听鬼灵子紧接着道："但在下此时已知此间名叫散人谷，站在在下面前的竟是当年声名赫赫的'赌王''贼王'和"赛诸葛'，已算是在下三生有幸了，从这方面来说嘛，在下倒还未疯。"

欧阳明急道："那你到底疯了没有？"

鬼灵子道："疯了一半，另一半却不疯。"

吴输赢也急道："凭你这么说，我与欧阳兄到底谁输谁赢？"

鬼灵子道："谁也没输，谁也没赢。"

相赌二人同时转向时穷富，又同声道："你说。"

时穷富看了三人一眼，才缓缓道："没输，也没赢，你们。"

吴输赢闻言叹道："如此赌法真没意思！"

欧阳明也道："简直窝囊之极！"

时穷富一指十丈开外的一块石壁，对鬼灵子道："那间，你的。"

鬼灵子奇道："我的什么？"

时穷富道："居所。"

鬼灵子一愣，忽觉手腕一紧，已被欧阳明拖将过去，到那石壁前，欧阳明伸手轻轻一摁右首边一小块略微凸起的石块，那石壁竟然自动缓缓侧移，露出一道门来。

欧阳明道："救你那人偶尔来住此屋，是我替他造的。"将鬼灵子带进屋内，轻轻一摁左首一处微凸石块，石壁又缓缓合上，竟似天造地设一般，丝毫看不出曾有雕琢痕迹。石屋内空荡荡的，甚至连张床都没有，鬼灵子刚欲开口寻问，却又闻石壁移动的轧轧之声，欧阳明闪身出屋，在石壁复将合拢的瞬间飞快地道："左首有间卧室，右首有间练功室，若不能开启，你便只有睡地上了，哈哈。"

二十六

鬼灵子一进屋便隐隐觉得有些古怪,但究竟古怪在何处却说不上来。

呆立良久,方自恍然:石壁合拢之后,屋内本该漆黑一片,目不能视物才对,但两颗夜明珠将室内照亮得犹如白昼!石屋并不宽敞,也就是长宽各八尺左右,但那两粒夜明珠,却足有婴儿头颅般大小!若非亲见,更无人会相信天下竟会有如此巨大的夜明珠。

心头既已释然,鬼灵子少年心性,便急欲一睹欧阳朗所说的卧室和练功室究竟是何模样。

但将四周石壁细观一遍之后,鬼灵子失望了。

四壁光滑如镜,更无一处微凸。

又用双手一丝不漏地摸过一遍,仍未发现石壁何处稍有异状。

鬼灵子黯然盘膝坐地,心道:"看来我陆小歪今夜只有启开大门,到外面寻些草叶来和衣而卧了。"

随即又道:"陆小歪呀陆小歪,亏你还自命堂堂一派掌门,竟如此不中用么?!呸!我偏偏不信无法开启两边侧屋!"

忖罢一跃而起,复将四周石壁视探了一遍。

依旧是一无所获。

鬼灵子背靠大门石壁,看着那两粒硕大无比的夜明珠发呆。

那两粒夜明珠熠熠生光,似在嘲笑鬼灵子无可奈何。

良久,鬼灵子心头忽地一动:为何一粒嵌了一半在右边石壁中,另一粒却以钢丝悬系于屋顶。若仅为照明之用,自以两粒皆为悬挂为好,此时两粒夜明珠所处的位置大不协调,其中定有古怪。

鬼灵子微微一笑,扬掌击向屋顶。

但闻一声空洞的闷响。

鬼灵子闻声大喜:屋顶上果然有夹层机关!

但见他一跃而起,握住悬吊着的那粒夜明珠轻轻一拉,便闻左边石壁轧轧之声不绝，少顷便露出一道门来。

鬼灵子窜入屋内，见这卧室中央虽只悬挂着一颗与外间所挂同样大小的夜明珠，却比外间宽了足足一倍有余，凡吃穿用具无所不有，虽光线暗了许多，却也能看清屋内华丽堂皇的设置了。

鬼灵子直乐得哈哈大笑，心道："早先到师姐家时，还以为天下华丽莫过于此，眼前此屋之所摆设，却比师姐家阔气了何止十倍，仅这一颗夜明珠，便可换得下一座城池了，哈哈！没想到我小叫花也能住上此等屋子，只怕当今皇帝老儿也有所不及了！"

大喜之下，伸手又去拉那悬于屋顶中央的夜明珠，但闻轧轧之声又起，石门又缓缓合拢了。

鬼灵子嘻嘻一笑，自言自语道："这倒好玩。"又去拉那夜明珠，却再无石门开启的轧轧之声。心头微奇，又连拉了十余下，石壁仍是纹丝不动！

奔到石壁合拢处细细视探，却是一无所获，不由暗惊，忖道：莫非此屋只能从外面开启而从里面关闭么？若那三个老头忘了抑或故意不来，我陆小歪岂不要在此屋被关一辈子？此屋虽陈设华丽，被关一辈子倒也没啥乐趣可言。

好在鬼灵子早养成随遇而安之性，苦思冥想一番之后，竟盘膝而坐，练起功来。

行功一周天之后，鬼灵子觉得通体舒泰，一跃上床，少顷便已呼呼入睡。

也不知过了多少时光，鬼灵子美美地打了个呵欠，醒来后却赖在床上不起，只等着欧阳明等三人来从外面将石门拉开。

不料这一等至少等了十二个时辰，却依旧无人来开门。

鬼灵子暗怒道："他妈的，想将我陆小歪困死于此间，没这般容易。"

当下一跃而起，运足八成功力，一掌拍向石门。

但闻"砰"的一声，石门纹丝不动，只不过多了淡淡的一道掌印，鬼灵子自己倒觉得手掌被反震得生疼。

知凭掌力万难将石壁击开，鬼灵子开始在屋内搜寻利器。

但待他将全屋寻过一遍之后，不由大觉失望。

别说刀枪剑戟，屋内连根像样的铁棍都没有。

唯一的铁器，是一小座高约三寸的罗汉造型，那罗汉双手合十，盘膝而坐，鬼灵子拿起一看，禁不住"咦"了一声。

铁罗汉的面部，竟与独孤樵依稀有几分相似！

尽管如此，合十盘膝的铁罗汉终是不能当作兵刃使用。鬼灵子将它放归原处，坐下静观，一时间思绪如涌。

难道救我性命之人，竟是独孤樵自己？否则此屋里怎会有照他面容所铸的罗汉？……当年以胡醉、童超和布袋和尚三大绝顶高手联手，也敌不过太阳叟东方圣十招，而独孤樵仅凭一把木剑，便轻易将东方圣杀却，凭他那身莫测高深的神功，要将我陆小歪救活倒也不无可能，但他为何——

不！不可能是独孤樵，鬼灵子马上否定了方才的想法。

——据丐帮川陕分舵的弟子说，初见独孤樵时，他正被一帮不会丝毫武功的小叫花欺负。随后独孤樵的诸般际遇也清楚证明，独孤樵确实全身神功尽失了。

莫非是独孤樵的师父救了我？鬼灵子又忖道，他见我舍命救独孤樵，便将我救下了……嗯，这倒不无可能，独孤樵自言其师父名叫道悟，他自己也不知武功为何物，据此观之，独孤樵的师父是个和尚无疑了。虽江湖中从未有人听到过道悟这个名号，然江湖中藏龙卧虎，高人隐士无数，若不到这散人谷来，我陆小歪怎又知道江湖中竟有贼王、赌王和赛诸葛这三号人物呢？

对，救我性命之人，定是个和尚无疑了。

不，应该叫前辈神僧，因为此人数十年前便曾施惠于欧阳明等人。

既是前辈神僧，总算是得道高人了，却为何尘缘不断，竟将徒弟铸成罗汉置于卧室之内，天下岂有如此怪诞之理！更何况独孤樵并非和尚，由此观之，救我性命的断然不会是独孤樵的师父。

思来想去，只有两点可以肯定：一、救活我陆小歪的是个前辈神僧；二、这位神僧识得独孤樵。

饶是鬼灵子聪颖过人，除此二点之外，也更难理出别的头绪来。

一丝困意袭来，鬼灵子自言自语道："且由它去，万事待明日再说。"也不起身，双掌猛往地上一拍，人早弹地而起，直往床上飞落。

那床置于屋子右侧，两面倚墙，倒像是开凿此屋时故意留下的一般，本甚是宽敞，不料鬼灵子无意之间用力过猛，身子直往床边石壁撞去。

一惊之下，鬼灵子连忙使出铁板桥功夫，在堪堪要撞上石墙的刹那间，硬生生端坐于石床里侧。

方一落下，鬼灵子便觉臀部被一微凸之物咯得生疼，正欲出声骂当初凿床之人缺德，因何不将床面削平，忽闻一轧轧之声传来，定睛看时，方才开启处的石壁已缓缓移动，渐渐又露出那道石门来！

鬼灵子又惊又喜，早忘了臀部生疼，掀开床垫，便看见了紧靠床沿内侧的开门机关：是一粒一半嵌入石床的铜珠。伸手一摁那铜珠，只听咔嚓一声，本才移开一半的石门刹那间便全打开了。

鬼灵子得意非凡，情不自禁地哈哈大笑起来。

笑声未绝，忽闻时穷富淡然道了一声："你输了。"

鬼灵子骇然转身，但看见了散人谷的三老者一排地立于石门前。

时穷富面无表情。吴输赢则满面得色。

欧阳明却是目瞪口呆地看着鬼灵子，满面皆是绝不相信的表情。

鬼灵子奇道："你们怎么啦？"

吴输赢喜道："我与欧阳明打赌，三日之内你能否自出此屋，此时是你入此屋的第二日午时，所以我赢了。对不对，时穷富？"

时穷富尚未开口，欧阳明抢先道："不对不对，此间石屋共有两个套间，鬼灵子陆小歪虽从其中一间内自入自出了，可另有一间他还未曾进去过呢，所以我只算输了一半。"

时穷富想了想，点头道："有理。"

吴输赢大笑道："那也由不得你，欧阳明你不是对这一间的机关造设大觉得意，陆小歪他既能自己出入，那间练功密室开合之法至为简单，要让他自由出入，那简直是易如反掌之事。哈哈，陆小歪，你赶快出来，到练功密室走一遭给他们看看。"

鬼灵子淡然一笑，下床踱出屋来，对三人道："若在下既不能进也不能出那练功密室，该算谁输谁赢？"

时穷富道："没输，也没赢。"

鬼灵子又道："若在下能进能出呢？"

时穷富道："吴输赢赢。"

"能进而不能出呢？"

"也没输没赢。"

"没时限么？"

"有的，明日酉时。"

"就是说，若在下在明日酉时之后才能破解机关而出，那便算吴……吴输赢输了？"

"不，已破一间，吴老儿赢了一半，另一间超时才破，吴老儿输了一半，两相抵消，依旧是无输无赢。"

鬼灵子见欧阳明一副颓然之色，便知练功密屋开启之法定然简易，当下笑道："可在下却觉得有些饿了。"

话音方落，吴输赢早已飞出，少顷便拎了一只烤得焦黄喷香的山鸡回来，递给鬼灵子道："快吃快吃，吃了便进出练功密室一遭。"

鬼灵子心中已有计较，当下毫不客气地接过烤山鸡大咬大嚼起来。

吴输赢面露大喜之色，却见鬼灵子吃得一半，忽然开始细嚼慢咽，不禁急道："你倒是快些呀！

鬼灵子故意皱眉道："在下有个习惯，越急脑袋越乱，你若再催，在下是定然想不出密室石门开合之法的了。"

言罢干脆不再吞咽，低头故作沉思之状。

吴输赢连忙噤声，欧阳明则连声道："你快吃快吃，也好让我尽快输个心服口服。"

鬼灵子心头暗笑，自忖道：要让你尽快输个心服口服，那对我歪邪掌门来说只怕不是难事，只不过我陆小歪不想让你输给赌王罢了。

正思忖间，便听吴输赢道："欧阳老儿，你若故意扰乱陆小歪思绪，那便也算输了。时老儿你说，照咱们的赌约是也不是？"

时穷富道:"是。"

欧阳明咕哝道:"我不过想输得快些罢了。"一言出口之后,果然不敢再吭声。

鬼灵子计较早定,当下席地而坐,宛若老僧入定一般。三个八旬高龄的老者,围在其身侧,倒像是三名侍卫,更不敢出多言。

如此一连过了四个时辰,时穷富轻叹一声,率先原地坐下。

吴输赢与欧阳明对视一眼,也一齐席地而坐。

二十七

又过两个时辰,已是子夜时分,鬼灵子依旧皱眉沉思,并又开始撕那剩余的烤山鸡细嚼慢咽。

距次日酉时尚差九个时辰之多,欧阳明心头虽无喜意,却希望鬼灵子一直思绪茫然才好,因而面露淡然之色。

吴输赢则是面色时阴时晴,对鬼灵子如此"笨"感到大感不解:他既能破卧室中如此巧妙的机关,因何会对并不十分巧妙的密室这般百思而不得其解?到底是这陆小歪机缘巧合,误打误撞弄开了卧室机关,还是他聪颖过人,这倒一时难以肯定了。

时穷富早已面露不耐之色。他这公证人做得窝囊,只因无意间道出了"老朽"二字,被罚为陆小歪是否疯了作证,偏巧陆小歪自己证明恰好一半疯一半不疯,致使时穷富不得不再次做这毫无彩头的公证人。

又偏巧这陆小歪又似聪明绝顶又似笨蛋之极,使这场赌博无始无终。

尽管住在这散人谷的三人中数他这贼王言语最少,也几乎忍不住要骂出声来了。

三老者表情心态各异,却无一人敢擅自离开片刻。只鬼灵子最为自在,吃饱了便自行练功,练完功又吃些儿烤山鸡,如此周而复始,愣是将时光自午时拖到次日未申交泰时分！距酉时只剩下一个多时辰了，吴输赢愣愣地看着鬼灵子，鼻尖上已沁出细密的汗珠，欧阳明面上渐渐有了几丝喜意，时穷富则是一副大感不解之色。

鬼灵子见自己早把三名老者折腾得够呛，心头大是得意，他原本想将时间拖到酉时，让吴输赢和欧阳明赌成平局作罢。此时却突然发作少年心性，想捉弄捉弄言语最勤的欧阳明。

但见他眉头舒展，微微一笑，立起身来，径直走向嵌入石壁一半的右边那颗夜明珠，握住左右轻旋数下，便闻轧轧之声传来，练功密室的石门果然启开了。

吴输赢哈哈大笑道："欧阳老儿，这回你可输定了！"欧阳明红着脸道："输便输了，吴老儿你得意个什么劲儿！"

鬼灵子步入密室，见此室内也悬挂着一颗同样硕大的夜明珠，另有一小座佛堂，供的不是释迦佛祖，而是阿弥陀佛，佛堂前有一蒲团，尚有七八成新，此外便空空荡荡了。

鬼灵子心头一动，暗道：观此练功室，救我陆小歪性命的当是前辈神僧无疑了，却不知那位恩公是何法号，也不知我陆小歪有无报恩之日，当真是……唉！

屋外的三位老者怎知鬼灵子心头所想，只见他一进屋便面色茫然一片，俱是面面相觑，寂然无声。

直过了一盏茶时光，才见鬼灵子伸手握住那夜明珠一拉，石门又缓缓合上了。

屋外的欧阳明见状长叹一声，吴输赢则长舒了一口气。屋内的陆小歪则依葫芦画瓢，先将四周石壁视探一遍，确信壁上未有机关枢纽之后，便将目光转向室内仅有的那座小佛堂和佛堂前的蒲团。

阿弥陀佛塑像除小了许多外，与外面任何寺庙所供奉的别无二致。鬼灵子立即便断定从屋内打开石门的枢纽绝不会在佛像身上——救他的前辈神僧断不会与自己所供奉的阿弥陀佛开玩笑的。

移开蒲团，鬼灵子马上就笑了。

蒲团下有一小块石砖是松动的。

将那石砖揭开,露出一个小方孔,孔底果然有一粒一半嵌入地底的小铜珠,与卧室床上那粒铜珠一般无二。

鬼灵子翻过那块小石砖,便见它底部有一凹陷半圆,正与那半粒铜珠一般大小。

此时鬼灵子若伸手轻轻一提铜珠,欧阳明便已输定了。

但鬼灵子没去摁。

淡然一笑之后,他反倒将石砖依原样放好,又将蒲团拉回原位,端坐其上,半真半假地拜起佛来。

说他真,是因为已断定救他性命的乃是前辈高僧,他在替恩人求佛保佑。

说他假,是因为他故意拖延时间,只要一过酉时,吴输赢和欧阳明便告平局,再无胜负之分了。

可惜他一介歪邪掌门,胡搅蛮缠倒是拿手好戏,对念经拜佛却是一无所知,请得十来个包括太上老君的"佛祖"来保佑他的救命恩公万寿无疆外,早已口中无词了,搜索枯肠,最后竟冒出一句"所有索命无常小鬼阎王,我恩公他老人家法力无边,如果胆敢去找麻烦,倒霉的只会是你们自己!"

厉声喝罢再无下文,干脆闭目自行练起功来。

堪堪行功一周天,忽闻石壁传来轧轧移动之声,鬼灵子猝然一惊,只道是自己不小心触动了座下铜珠,正自后悔,欧阳明早大喜若狂地率先跑进来,高声嚷道:"酉时过了!酉时过了!哈哈,吴老儿,此番咱们又赌了个平手,那间八卦屋嘛,我欧阳明可还得住下去罗!"

吴输赢和时穷富一前一后跟进来,昔日赌王开口便道:

"陆小歪,你怎的这般笨,那铜珠明明就在……"

鬼灵子连忙打断赌王话头,问贼王道:"果然已过酉时了么?"

时穷富道:"对了。"

鬼灵子又道:"他们又赌了个没输没赢?"

时穷富道:"是。"

鬼灵子突然叹了口气。

赌王愤愤道:"你叹个鸟气,明明欧阳老儿已输定了,你却忙着求经拜佛,害得老……害得我落个不输不赢。"

他硬生生将"老"后面的"朽"字咽了回去,直把张老脸憋得通红,言罢竟不打声招呼,"腾腾腾"几步便愤愤然竟自离去了。

贼王白做了一回公证,陪着熬了一日一夜,总算是受罚过了,当下也不言不语地转身离去了。

欧阳明哈哈大笑,得意之色溢于言表,高声道:"陆小歪,毕竟你还年幼,对机关造设之术嘛,依旧是一窍不通……"

鬼灵子突然也大笑道:"虽然在下对机关造设之术一窍不通,开启卧室石门也确是误打误撞所为,但依葫芦画瓢嘛,在下却也是会的。"

欧阳明愫然道:"你说什么?"

鬼灵子道:"若在下要让前辈输的话,早在一个时辰前前辈便已输了。"

欧阳明一愣,但见鬼灵子弹起身来,一拉夜明珠,待石壁合拢之后,又掀开蒲团,取下那块小石块,伸手连摁方格内的铜珠两下,石壁便只"咔嚓"两声又打开了。

鬼灵子将石砖蒲团重照原位放好之后,才笑眯眯地道:"这下前辈明白了么?"

欧阳明又愣得一愣,喃喃道:"原来如此,原来如此……"

忽然抱起鬼灵子,大笑道:"是你救了我的八卦屋,哈哈!"

鬼灵子"嘘"了一声,道:"此事还望前辈勿让吴前辈知晓才好。"

欧阳明放下鬼灵子,连声道:"不对!不对!"

鬼灵子奇道:"却是为何?"

欧阳明道:"此事万万不能让吴老儿、时老儿知晓,那是一丁点儿也不错的,但似你这般说话,是要受罚的。"

鬼灵子一时摸不着头脑,正欲寻问,只听欧阳明又道:"时老儿不慎自称老朽,便被甘愿受罚,那你也是亲眼见的了?"

"是。"

"你可知这是为何?"

"不知。"

"你帮了我一个大忙，我便将此中奥妙告知于你，免得往后受了罚你还兀自不知。"

"依咱们散人谷的规矩，只能以'我、你、他'或'某某老儿'相答，当然，直呼其名那是最好的，或者叫咱们'赌王、贼王、赛诸葛'也行，却千万不能一口一声前辈前辈的，从此刻起你也算是散人谷的人了，这一节却不可不牢记于心。"

"那晚辈如何自称？"

"就自报姓名或以'我'相称皆可，'晚辈'二字别再挂在口上了，否则吴老儿和时老儿皆会不高兴的。"

"我记住便是了。对了，方才你说我此刻已算是散人谷中人，却是——"

"这也是咱们谷中的规矩，除救你那……那人外，我和吴老儿、时老儿还各有一处居所，我的叫八卦屋，吴老儿的叫五行屋，时老儿的叫三才屋，此间叫天罡北斗屋，俱是各有其妙，实不瞒你说，这五处居所其机关设置皆出自我赛诸葛的手笔，因而我对各屋均是了若指掌，他们对我的八卦屋却始终摸不透，吴老儿便一心想赢了去一探究竟，他虽是一代赌王，却总还是未曾赢得了去。哈哈，俗话说近朱者赤，近墨者黑，咱三人毗邻而居数十年，自是相互皆学会了对方不少绝活儿，若非今日你不帮忙，我相信不出半年吴老儿便能将八卦屋机关奥妙尽数识得了。不离开此谷，饶是我赛诸葛本事再大，想再修一间比八卦屋更玄妙的石屋那是万万不能了……"

鬼灵子插言道："你还没回答我的问题呢？"

欧阳明"哦"了一声，道："是这样的，自从咱三人发誓不离开此谷那天起，就约定只要有人能开启任何一处居所，便算是咱们散人谷中的人了，只有救你性命那人除外，因为他对我和吴时三位老儿都曾有恩。"

鬼灵子道："救我那人是前辈高僧，这……"

欧阳明惊道："你怎……怎知道？"

鬼灵子道："是我猜出来的，却不知他老人家法号如何称呼，你能告诉……"

欧阳明面色倏变，连声道："说不得的！说不得的！"

鬼灵子怅然道："你们向他老人家发过誓了？"

"是的。"

"然则你因何要替我开启第一道石门，若非如此，我连这石壁内竟有三间屋子也不知晓。"

"那也是救你那人吩咐的，并言能否开启另外两间，就要看你的造化了。"

"数十年来就没人能破过其中任何一间？"

"哈哈，你是第一个。"

"是没人来破还是没人能破？"

"没人能破。"

"哦？"

"先是有官府捕头来捉拿时老儿和吴老儿，但他们连咱们的石屋门在何处也没摸到，后又有为数不少武林中人前来找碴，大部分皆一入谷便迷路了，只有一次……唉，若非救你性命那位神僧相助，我和吴老儿、时老儿只怕早已死无葬身之地了，是故咱们发誓永不离开此谷，也不再过问江湖是非，并以散人自称。"

鬼灵子道："官府捕头前来捉拿赌王、贼王又是为何？"

欧阳明道："吴老儿既被称为赌王，其赌博手段可想而知，但他自己并不开设赌场，只专挑大赌坊豪赌，日积月累，已是腰缠数百万贯之人了，几家赌坊老板惊觉不妙，便买通官府，胡乱安个罪名，意欲将其所赢银两一半充公一半归还赌坊，吴老儿惊闻音讯而逃，正巧遇上我赛诸葛，便由他投资我设计建造八卦屋和五行屋，也是机缘巧合，这两屋刚竣工，我正为屋内照明发愁时，时老儿胆大包天，潜入皇宫之内将西域不知哪国进贡的三十颗巨大而价值连城的夜明珠给偷了出来，事发后皇帝老儿派宫中最顶尖儿的十数名捕头四处追查夜明珠下落，也算那些捕头手段不弱，竟探知了是贼王时穷富所为，便不惜代价追捕，时老儿逃至此间，我和吴老儿将他藏匿了起来，待他道出情由之后，咱们便又建了一间三才屋，一共用去二十六粒夜明珠。之后的事，我不便再细说了,反正数年之后,救你性命之人也救了我和吴老儿时老儿,咱们为感其恩,又建了此套天罡北斗屋给他,用掉了最后四粒夜明珠,但他却性喜游戏风尘,数十年了,大约连皇帝老儿都换了好几个,可他前后只到这散人谷中来过两次。"

言罢仰首看着屋顶,一副悠然神往之色。

鬼灵子见状倒一时不知该说什么,却听欧阳明又道:"我们三位老儿虽各有绝艺,武功却是平平,大约与你相比也有所不及。此间飞禽走兽不少,你尽可自己料理饮食,我这便去与吴老儿、时老儿商议,看谁先教你。"

鬼灵子道:"教我?"

欧阳明肃然道:"这是咱们的救命恩人吩咐的。"

鬼灵子凛然道:"那我也终生不得离开此谷了么?!"

欧阳明道:"不,只要学会了赌、偷和机关暗器三般绝技之后,便随时均可离开了。"

"必须学会才能走么?"

"是的,否则你也走不了。"

"这也是救我性命那位神僧的吩咐?"

"是的。"

鬼灵子喃喃道:"这可就古怪了。"

欧阳明并不睬他,只道了一声:"时辰不早,我得走了。"便径自走出石屋。

待他脚步声即将消失之际,鬼灵子忽然心头一动,随即微微一笑,运足全身修为施展轻功尾随而去。

前后不到一个时辰,鬼灵子便摸清了三位老者居所石壁的位置,并得知明日起先由欧阳明教他机关暗器之术和设陈之法。

果如欧阳明所言,赌王、贼王和赛诸葛虽各自身怀绝技,武艺却是平常得很,竟未发觉鬼灵子躲在离他们不到七丈远的树上偷听。

第十三回 不是算账

二十八

愁煞裴文韶和苦煞胡涂带着独孤樵一口气奔出五十余里，独孤樵虽双臂被人架着，却依旧累得面色苍白，直喘粗气。

胡涂见状道："可别累死了这小子，否则上面怪罪下来，咱们可担当不起。"

裴文韶也随即慢下脚步，朝后看了一眼，不见铁镜跟来，当下竟长叹一声道："这回咱兄弟俩可大有油水捞了。"

胡涂愣道："什么？"

裴文韶道："眼下正邪双方皆以得这独孤樵为快，他落入咱们手中，正当是奇货可居了。"

苦煞闻言心头也是大喜，面上却依旧凄苦异常地道："尤其是任盟主，无时无刻不在谋划着如何抢得独孤樵，他不但因此可要挟胡醉和童超就范，而且还可将金童玉女收服，所以嘛，如果将这独孤樵藏起来，咱们大可以其人之道还治其人之身。"

裴文韶道："更重要的是，那练上古绝世神功的《阴阳大法图》也得着落在这个小子身上，到时别说什么千佛手、千杯不醉、江湖浪子、布袋和尚……唉，只怕整个天下武林，无人不敢唯我兄弟二煞是尊了。"

二人越说越得意，面上却始终是愁怨凄苦的表情，纵观整个武林，恐怕也只有他愁苦二煞能这般做作了。

正商议将独孤樵藏身何处最妥时，忽闻一声暴喝："在这里了！"

几乎同时另有一声音惊呼道："铁姑不可！"

"可"字落时，愁苦二煞但觉一团巨大白影挟着劲风奔至，百忙之中，苦煞胡涂举起手中玄铁根一挡，接着便是"当啷"声，那玄铁棍早被震落于地，而胡涂已是双手虎口震裂，鲜血汩汩涌出。

铁姑正欲一鼓作气，再一棒砸断裴文韶手中长剑，却被电射而至的铁算子田归林一把架住。

铁姑大感道："相公，这两个杂种不是数度欺辱于你，并且你也急欲找到独孤樵么？怎的不让奴家……"

未等她将话说完，裴文韶已幽然叹道："唉！世道真的变了，瘦老汉娶了个母夜叉，可算是天下奇闻了，偏偏还一口一个'相公''奴家'的，也不知世间尚有肉麻二字。"

铁姑大怒，一把推开铁算子，转向裴文韶，暴喝道："你——"

刚喝出一个"你"字，便已愣立当场，声音立刻降低了八度有余，接着道："——干什么？"

原来是愁煞见机得快，方闻铁姑第一声暴喝，便飞速将独孤樵拉过一侧，此时他的三尺青锋正架在独孤樵的脖颈上！

愁煞淡然道："在下要干什么，问你家相公便知道了，否则他不会拉住你的，对吗？唉！"

铁姑再傻，已知田归林是怕她暴怒之下一棒将裴文韶和独孤樵同时砸扁，当下默然无声，但胸头那一股闷气，早将她巨大粉面憋得通红。

原来自田归林见那块刻有"铁算子田归林及爱妻铁姑之墓"的木牌后，便早将满腔老而弥坚的柔情尽数倾注在铁姑身上了，二人虽无夫妻之实，却早有夫妻之名（详见《剪断江湖怨》"啼笑因缘"一节）。夫妻二人联袂在江湖上寻找独孤樵，铁姑早知业已身亡的二哥雷音掌连城虎和夫君田归林均把独孤樵的性命看得比自身性命更重。

因何如此，她虽仅从夫君口中得知一句"独孤公子是我柳家堡的救命恩人"。但田归林的一句话,对铁姑来说,那是比皇帝老儿的十道圣旨更为重要了,既然田归林要将独孤樵毫发无损地带回柳家堡,偏偏此时裴文韶的长剑正巧架在独孤樵的颈项间,饶是铁姑家传"三十六路降魔伏虎杖法"威势了得,一时也弄了个束手无策。

田归林却待裴文韶话音一落,冷笑一声:"好说!"

人随声起,猝然扑向似被吓蒙了的苦煞胡涂,同时腰间的精钢算盘珠也若骤雨般早射中了胡涂浑身十七八处大穴。

只一瞬间,一扑一退,胡涂已若一摊烂泥,软绵绵置于田归林脚边。

田归林方淡然道:"阁下怎么说?"

铁姑见夫君反应如此神速,简直佩服得五体投地,当下大喜道:"裴文韶,咱们一人换一人,姑奶奶今日不为难你便是,不过你可记清楚了,早先你们黑煞四星曾两度欺负我家相公,现在虽阴煞丘一西和笑煞莫军早命赴黄泉(详见《剪断江湖怨》'怀璧其罪'和'临危托宝'二节),但这笔账姑奶奶迟早还是要落在你们活着的二煞身上,你们自今往后可得当心着点。"

田归林只道愁苦二煞兄弟情深,自不会不顾胡涂性命的,且铁姑虽言语直露,却也说得在理,是故并不插言,任由铁姑将话说完。

不料愁煞裴文韶似未见苦煞性命已落入田归林之手,也尚未听到铁姑所言似的,轻叹了一声,问道:"田当家的,久违了。"

田归林一怔,随即沉声道:"好说!"

裴文韶又道:"俗话说不打不相识,咱们可算是老熟人了,对吗?"

田归林冷哼了一声,铁姑则高声道:"谁跟你攀交情!"

裴文韶不理铁姑,又道:"俗话中又有一说,叫不打不成交,这'交'字本是指的交情,但咱们将它变成'交易'之意来讲如何?"

田归林心头暗喜,却未在面上表露出来,只沉声道:"老夫自无异议,阁下尽管漫天要价,老夫坐地还钱便是。"

裴文韶道:"田当家的快人快语,果不愧铁算子之名。"

稍顿又道:"昔年在沧州关帝庙,阁下和令拜兄连城虎偶得三件宝物,一为习练上古神功的《阴阳大法图》;二为荆轲刺秦王时燕王所赐的鱼肠剑;第三嘛，却是干将莫邪所铸的那柄万古流名的雌剑了。在下所言有虚么？"

田归林不知他因何要将话题扯远，当下沉声道："是又如何？"

裴文韶道："天下知此事者，本只有阁下和我愁苦二煞万人乐四人得以活命，现今却多出了阁下内人和这独孤樵二人了。"

田归林一惊：独孤公子怎的会知此事？！

裴文韶未等田归林开口，又道："飞天神龙万人乐行事邪乎，自他一掌将阁下拜兄击落万丈深渊后，便似乎对上古至宝毫无兴趣了，至于在下嘛，倒还兴趣未减当日。"

田归林突然大笑道："阁下似乎忘了当日你黑煞二星离去之时，老夫身边尚有何人了。"

裴文韶心头一凛，却依旧满面愁怨地道："那么胡醉也是知情者之一了？"

当日田归林确曾将内情详告了胡醉，并以鱼肠剑郑重相托，但《阴阳大法图》及干将莫邪所铸雌剑却已随连城虎坠落万丈绝壁，后胡醉一直身蒙千古奇冤，定然无暇去寻那两件宝物，胡醉在泰山绝顶当着天下数千英雄之面洗清冤情至今已过年余，田归林从未得谋其面，自不知他是否已取到宝物，但他深知这愁苦二煞怕胡醉直比耗子惧猫更甚，当下淡然一笑，道："阁下既知如此，若欲以那三件上古宝物成交，老夫倒是难以还价了。"

果不愧老江湖之言，更不显山露水，既未明言已将重宝托付胡醉，却又暗示有此可能。

裴文韶却丝毫不为所动，只淡然道："那穷叫花的武功，确比田当家的差得远甚，田当家的熟门熟路，不自己去找胡醉或姚鹏，却托区区一丐帮二袋弟子传书，个中详情，在下自不必知晓，但那叫花已被在下劫杀，却是一丝不假。"

面色一肃，接着道："田当家的，咱们明人不说暗话，胡醉并未取得那三件武林至宝，这是事实，否则阁下也用不着郑重传书了。更何况自田当家的替拜兄守灵期满离去之后，在下已将那万丈深渊细细探查了何止十遍，饶是胡醉武功盖世，也万难入渊探究，因那本身便是个死谷。至于那三件武林至宝究竟有几件随连城虎坠毁死谷，在下也不想知晓。如果在下所料不差，田当家的该当明白在下所开的价了。"

二十九

铁姑早向田归林细述过她托那丐帮二袋弟子所传书简的内容，此时听裴文韶如此说话，只道是要他将《阴阳大法图》重画出来，当下道："可惜老夫记忆不佳，只怕还是难以还价了。"

裴文韶道："这倒无关紧要，实不瞒田当家的说，那穷叫花倒有些鬼聪明，在他送命之前，将那书简托给了这不知因何武功尽失的独孤樵，偏巧这独孤樵记忆奇佳，能将书简一字不漏地倒背如流，而这独孤樵此时偏又在在下手中，因此嘛，阁下夫妇记忆佳不佳已无所谓了。"

二人皆把对方之言想岔了，田归林以为裴文韶欲迫他将《阴阳大法图》画出来，而裴文韶则以为田归林是在那封书简中将《阴阳大法图》所载上古神功的习练之法转告胡醉或姚鹏，此时他手中的独孤樵，便是一张活着的《阴阳大法图》了，此时他这般说话，倒把铁算子田归林弄得一时如堕五里雾中，茫然而不得其解，自忖道："书简所书内容，你愁苦二煞及万人乐皆是知晓了的，却与独孤樵能倒背如流有何干系了？！"

忖罢言道："既然阁下喜欢明人不说暗话，何不这便开出价码来？"

裴文韶道："也好，那就请恕在下直言了，在下对那《阴阳大法图》此时已不再感兴趣了，在下唯一想知道的，是鱼肠剑和干将莫邪所铸雌剑的下落。"

裴文韶自言对上古神功秘图不感兴趣，这倒使田归林深感意外，当下道："阁下……嗯，请恕老夫直言，凭阁下的手段，纵是有了两柄上古利器，也只会凭空招惹杀身之祸。"

"这倒不必替在下担心。"

"既然如此，老夫尽可直言相告，离开沧州关帝庙起，老夫与拜兄分藏鱼肠剑及干将莫邪所铸雌剑。上古利器，唯有德者受之，是故当日阁下离去之后，老夫便将自身所藏之剑托付胡大侠了，而那柄雌剑，已随在下拜兄坠入阁下所言之死谷了。"

"在下为何要相信阁下之言？"

"老夫敢以性命担保所言字字属实。"

"如此说来，一切都得落在这独孤樵身上了。"

"请恕老夫不明阁下之意。"

"独孤樵乃胡醉拜弟，凭胡醉盖世侠名，当会以鱼肠剑换取拜弟一命的，而待在下练成上古神功之后，兴许有入死谷取到那上古利器之可能。"

他一句"待在下练成上古神功之后"十一个字，竟又将田归林弄了个摸头不着脑，愣立当场。

田归林自是不知，裴文韶之意是逼独孤樵背出那子虚乌有的《阴阳大法图》习练之法后，再以其性命迫胡醉交出鱼肠剑，一旦宝剑到手，便藏匿起来习练神功。自然，届时他定会向胡醉担保绝不伤害独孤樵性命，独孤樵不会丝毫武功，与他藏身同处也无甚大碍，在"神功"未练成之前，他是断不敢轻易杀独孤樵自寻死路的，但他也不会让胡醉从独孤樵口中得知"神功习练之法"。他的算盘打得如此叮当如意，以至于连号称"铁算子"的田归林也只有在愣怔半晌之后才道："阁下之言，老夫是越听越糊涂了。"

裴文韶长叹一声，道："武林至宝现世，自然是知晓的人越少越好，阁下明白了么？"

铁姑突然插言道："他快死了！"

裴文韶似是未有所闻，田归林却是一惊，低头看时，连哑穴也被他精钢算盘珠封住了的苦煞胡涂因双手虎口流血过多，此时已面色惨白。

有黑力铁姑在侧，田归林倒丝毫不惧愁煞裴文韶会突然暗算，当即弯腰下去，运指如风，点穴止住胡涂鲜血外涌，又从怀里取出金创药替他敷好伤口，撕下半幅衣袖包扎停当，知其性命无碍，方立起身来，对裴文韶道："老夫素喜快人快语，阁下便请划下道儿来吧，老夫接着便是。"

裴文韶道："好，就算胡醉也知武林至宝现世之事，但知《阴阳大法图》习练之法的，当今天下唯阁下夫妇和独孤樵三人……"

田归林失声道："你说什么？！"

裴文韶道："所以在下的条件嘛，便是绝不伤独孤樵性命，而请贤伉俪自裁当场。"

铁姑知田归林口才远胜于她，故而方才一直闷声不发，此时闻言大怒道："放你娘的连环屁！咱们不是说好了以一命换一命么？！"

铁姑口吐粗言，田归林眉头微皱，却未吭声，只弯腰解开了苦煞胡涂哑穴。

却闻裴文韶叹道："你这婆娘一辈子只会干一厢情愿的事，田老儿算是被你追到手了，但在下何时曾答应过你以一命换取一命？"

苦煞胡涂哑穴既解，闻言骇然道："裴兄……"

裴文韶只长叹一声，并不看胡涂一眼。

四人皆是默然无声。

良久。

独孤樵忽然道："不错，不错，杀死那叫花的就是叫作裴文韶和胡涂，杀死阿香和她爹爹的也叫裴文韶和胡涂，肯定是你们两人了。"

他似是不知颈项间正架着一柄利剑，言罢竟然微微一笑。

裴文韶一愣之后怒道："此时你命悬本大爷之手，是老子又如何了！"

独孤樵道："你们若硬要教他们武功，打是可以打的，但杀人那就不对了。"

如此言语，恰与独孤樵初入柳家堡时一般无二。田归林闻言颤声道："独孤公子，总算找到你了，公子可还记得我田归林么？"

独孤樵看着田归林，茫然道："原来你叫田归林。"

田归林戚然道："独孤公子，你——"

独孤樵接口道："我叫独孤樵。你身边那又高又大的女人叫什么？"

田归林连忙道："她是贱内，姓铁名姑，人称黑力铁姑。铁姑，还不快拜见独孤公子！"

铁姑衽裣道:"铁姑拜见独孤公子。"

独孤樵道:"原来你叫黑力铁姑,你们为何要拜见我?"

见铁姑一愣,独孤樵又道:"哦,我想起来了,你和一群名叫'侠义十三弟'的人打过架。"

这般语无伦次,直把田归林夫妇弄得面面相觑。

裴文韶早觉不耐,冷冷道:"田老儿,在下的道儿已划出来了,你到底接还是不接?"

田归林满目浊泪地看了独孤樵良久,又轻轻握住铁姑一只手,静静地看着她。

铁姑一点头,粗豪地道:"相公,刀山火海,阴间阳世,我黑力铁姑跟着你走便是!"

田归林使劲点点头,一挥袖抹去满面老泪,毅然转向裴文韶,肃然道:"你答应不伤害独孤公子?!"

裴文韶也肃然道:"我答应。"

田归林道:"你黑煞四星的为人,江湖中无人不知,阁下如何能使老夫相信你的话?"

这倒使得裴文韶一时难以回答,正踌躇间,忽闻三四十丈开外隐约传来人声:"据蒋副舵主说,独孤兄弟最近在这一带现身,怎的咱们连寻数日,却连他的踪影也不见,莫非讯息有差么?"

另一女声道:"丐帮弟子遍布大江南北,当不会……"

一语未了,铁算子田归林早大喜高声道:"童少侠,独孤公子在此,快来救他!"

裴文韶对那一男一女之声不熟,又是相距尚远,倒不知究竟是谁。铁算子功力较他略高,听力自也稍强,且对那两人的声音早已熟悉,故而未等那边将话说完,早高喊出声了。来者非他,正是侠名震武林的江湖浪子童超和他的情侣司马青青!

裴文韶反应奇快,未等田归林喊叫声歇,挟了独孤樵便逃——整个武林中能被称作少侠而姓童的,唯江湖浪子一人尔!童超之武功,已公认为江湖绝顶高手之列，虽可以其拜弟独孤樵性命相挟，但若稍有不慎，凭他那鬼神难测的神功，偷鸡不成蚀把米之事，在裴文韶身上倒是随时可能发生的！更何况江湖浪子身旁还有个能在十丈开外杀人于无形的天下第一使毒高手之徒司马青青在侧！

裴文韶只有逃！

田归林夫妇也只有追！

江湖浪子和司马青青飞奔至田归林高喊之处时，只有一个面色苍白凄苦、正颤巍巍站起身准备离开现场的人。

童超一把抓住他的衣襟，稍一愣道："苦煞胡涂是你？！快说他们往哪边走了，否则我一掌毙了你！"

一因童超言语间有一股令人震慑之威，二因方才愁煞不顾多年结交之情，竟置他性命于不顾，当下胡涂便往南面一指道："往那边……"

胡涂话音未落，果然从南面又传来田归林的高喊声："童少侠，咱们在这边！"

童超冷笑一声道："今日且饶了你。"

话音落时，胡涂只觉眼底一空，更无童超和青青身影，心头不由大骇：若有一念之差，他苦煞此时只怕早进鬼门关了！

三十

却说田归林轻功本就略胜愁煞裴文韶一筹，且裴文韶还挟着独孤樵，虽他见机得快，先行逃奔，但追出不到五十丈，二人之间的距离只不过剩下七八丈远了。

裴文韶知田归林须臾间便可追上，当下头也不回地道："田老儿！你若敢再迫近两丈，姓裴的便与独孤樵玉石俱焚，让童超你们空喜一场！"

黑煞四星在江湖上以凶残狠毒著称，田归林岂有不知，裴文韶此时正掌握着独孤樵性命,倒不是空口恫吓。田归林闻言大骇,当即放慢脚步,转瞬间二人之间又拉开十二三丈。

铁姑大步流星赶上,失声道:"相公,你怎么啦?!"

田归林哪有工夫回话,只不紧不慢地尾追裴文韶,不让他从视线内消失,口中却一个劲儿地高喊:"童少侠,这边!"

待他喊到第四声时,裴文韶已折而向东。东边是一片浩莽森林!

正急切间,田归林忽觉眼前一黑,恰似撞在了一堵橡皮墙上一般,被震得"腾腾腾"倒退出七八步方立稳脚跟!

裴文韶则已逃到森林边沿了。

田归林大急之下,更顾不得细观究竟撞上何物了,也迅捷折头向东,刚喊得"童少侠"三字,又一头撞上那堵"橡皮墙"!

倒弹回去的身体,刚好被随后赶来的铁姑抱了个正着。

裴文韶已闪身向林中寻去。

铁姑则只道了一声"相公?!"紧接着便惊"咦"了一声。

田归林连续两下,已被撞了个七荤八素,懵懵懂懂地道:"怎么回事?"

铁姑放下田归林,茫然道:"是你们?"

原来方才田归林撞上的不是"橡皮墙",却是特达、法达、伊达和细达四人排成的"人墙"!

公孙鹤束手立于"人墙"之后,满面和善之色地答道:"方才你相公高声喊的童少侠,可是江湖浪子童超么?"

未等铁姑回应,童超和青青已一前一后飞奔而至。

只扫了众人一眼,童超便失声道:"田前辈,独孤樵呢?!"

田归林懵然道:"他……他们……"

童超面色一寒,以为独孤樵定是被这伙阻住田归林之人的同伙劫走无疑了,遂逐个扫了"四达"一眼。

先前他倒只是心头微奇:这四人的长相怎的如此古怪。

随即便大吃一惊,凛然忖道:观这四人虽尽似无精打采之状,却是个个身怀绝技,仅以内力而论,第一个绿袍老者和第二个胖大头陀大约俱不在我江湖浪子之下！独孤兄弟既落入他们手中，倒是凶险得紧了！

正思忖间，忽闻田归林和司马青青几乎是同时暴喝清叱出声，一握精钢算盘，一执双锋利剑，已然猱身攻上。

也几乎在同时，铁姑和童超高声道出"不可"二字。铁姑疾挥八十余斤重的铁杖，将田归林业已射出的算盘珠尽数扫落。

童超则在电光石火之间，硬生生将青青拉退三丈有余。

田归林和青青又同时失声道："怎么了？"

却听伊达道："中原人真古怪。"

特达法达同声道："真古怪。"

细达道："动不动便要打架。"

特达法达又道："真的古怪。"

童超微一皱眉，道："敢问各位尊姓大名，因何要劫持在下拜弟独孤樵？"

"四达"挨个道："我叫特达。我叫法达。我叫细达。我叫伊达。"

伊达自报家门后又抢着道："我们没有劫持阁下拜弟……"

忽闻公孙鹳轻声道："伊达，你就不能少说两句？"

伊达肃然住口，恭声道："是，阿鹳。"

"阿鹳"二字出口，田归林早被怔立当场，呆呆看着铁姑。

铁姑点头道："不错，就是他救了相公你的性命。"

田归林又一次呆若木鸡。

司马青青却茫然道："超哥，究竟是怎么回事？"

童超淡然道："他们个个身藏绝技，冒然而攻，咱们绝对讨不了好。"

公孙鹳闻言道："果然目光犀利，又这般光明磊落，若在下所料不差，阁下便是江湖中人称佩的江湖浪子童超童少侠了？"

言罢潇洒地抱拳一揖。

无论人品武功，在中原武林中，江湖浪子皆可算得人中龙凤了，但公孙鹳与他相比，却绝无一丝逊色。

江湖浪子狂放、豪爽，满腔凛然正气，玉树临风。公孙鹳则飘逸，成熟，一副平和之色，端似王孙公子。

闪念之间，童超自忖道：观其外貌及方才伊达对其恭敬之态，定然只有两种可能：要么此人武功已至化境，要么不会丝毫武功，只是来头甚大。但无论是前者还是后者，仅凭他手下的四员家将，今日要强夺回独孤樵只怕都是万难了，却不知他们"劫持"独孤兄弟是何用意？

随即心头一凛：这几人来自西域无疑了，莫非他们欲以独孤樵性命胁迫我和胡大哥及丐帮为其效命，称霸中原武林？若真如此，我童超该如何区处？！

见童超面色阴晴不定，只不言不语地看着他，公孙鹳大觉感然，道："莫非阁下竟不是江湖浪子童少侠么？"

童超恍若大梦初醒，听对方言语间并无丝毫恶意，当下也抱拳一揖道："区区正是童超，却不知阁下——"

他故意就此打住，公孙鹳闻言喜道："那就太好了。在下复姓公孙，单名一个鹳字，此番前往中原，绝无一丝恶意，还望童少侠务必相信这一点。"

童超淡然应了一声："哦。"

公孙鹳又道："在下素喜宁静淡泊，只是碍于家训，才到中原来的。因此之故，在下一行到中原半截有余，还从未与人真正打过架，只是伊达他……他在在下替他疗伤之时，因误会和她打过一架，不过那也不是真打。"言语间用手指了指田归林和铁姑。

铁姑高声道："童少侠，阿鹳说的是真话，我家相公中了冷风月那小贼的天冥掌毒，命在鬼门关前，正遇上了他们，当时我铁姑气迷心乱，以为阿鹳胡吹大气，在轿中故弄玄虚，便欲去探个究竟，偏这四个怪人不许我靠近轿子，便和伊达打起来了，伊达武功远胜于我，但他并没伤我，后来他还挨了阿鹳教训，并把那顶轿子烧了。"

一番话直把江湖浪子听得如坠十里浓雾，转头看田归林，却见田归林老脸一红，结结巴巴地道："童少侠有所不知，早在……在一年多前，我便由二哥主……主婚，与铁姑拜……拜过堂了。"

铁姑听田归林神态扭捏，当下高声道："童少侠，司马姑娘，别看我家相公比我年长，面皮却是薄得很，还是让我来说吧，我叫铁姑，人称黑力铁姑，本是沧州府员外庄人氏，今年二十九岁，年前他与连二哥到我庄上，便由二哥证婚与我拜了堂，但他死活不愿与我成亲，我铁姑却也不是好惹的，苦苦追了他一年，并替他与人打了不知多少架，直到数月之前，我家相公中了冷风月那小贼毒掌，自知活不过十日了，而我铁姑甘愿生是他田家人，死是他田家鬼，这死鬼才回心转意，答应待办完两桩事后，便带我回柳家堡成亲，哈哈，到时童少侠和司马姑娘可一定要来喝杯喜酒啊！"

西域男女之间甚是随便，此番话听在公孙鹬等人耳里自然不怪不惊，却把个童超和青青听得瞠目结舌。

田归林则恨不得马上寻个地洞钻了进去。

少顷，江湖浪子哈哈一笑道："恭喜田三叔和三婶，你们的喜酒嘛，晚辈是一定要喝的了，却不知……"

铁姑哈哈大笑打断童超话头，大喜道："你叫我们三叔三婶？哦，独孤樵是你拜弟，这样叫倒也没错。哈哈，那咱们这便说定了！"

童超也笑道："好，咱们一言为定，但不知三叔三婶亟待要办的两桩事却是——"

铁姑道："第一桩是要将独孤樵带回柳家堡交给玮云侄女，第二桩却是要杀了飞天神龙给二哥报仇！"

雷音掌连城虎的死讯，童超早从拜兄胡醉那儿得知了，当下道："第一桩事也正是晚辈要办的，第二桩事嘛，若三叔三婶不弃，我童超也可微出薄力。"

铁姑大喜道："有你江湖浪子帮忙，要喝三叔三婶那杯喜酒那是指日可待了。"

田归林早臊得无地自容，此时再也忍不住了，高喝一声：

"铁姑！"

铁姑一愣，随即道："好好！我的话已说得差不多了，童少侠，你和阿鹬谈你们的事吧。"

童超微微一笑，转向公孙鹬，以询问的目光看着他。公孙鹬虽被铁姑搅和了这半天，却还未忘记话头，当下道："在下一行到中原来，也并非有何图谋，因而尽量避免与武林中人朝相，但半年余来，也总算打探出了一丝儿头绪，得知百年前使先祖命丧中原的三人皆有传人，便是号毒手观音的候女侠、号千杯不醉的胡大侠和号江湖浪子的童少侠你了。"

江湖浪子骇然道："令先祖是——"

公孙鹤点点头，道："敝先祖复姓公孙，也是单名一个鹤字，首创天冥掌的便是他老人家了。"

稍顿又道："百年之期匆匆而过，想必当年的毒圣苦苦僧人、医圣酒仙翁和童少侠令师跛足神僧他三位老人家也与敝先祖一般，久已不在人世了吧？"

江湖浪子本是鹰爪门前任掌门无敌神掌楚通之徒，因得奇遇，始成江湖绝顶高手。但将他造就为绝顶高手之人宛若神龙，从未得见其面，且只收他为记名弟子，后虽听毒手观音说过他那记名师父识得她义父兼恩师苦苦僧人，但她也从未得见童超挂名师父之面，更不知其姓名，此时听公孙鹤竟轻松道出"跛足神僧"四字，童超不由愕立当场。

公孙鹤见童超不语，亦自奇道："莫非他们三位老人家尚在人世么？！"

童超连忙道："苦苦大师及酒仙翁老前辈已然仙逝了，但阁下怎知……怎知家……家师叫跛足神僧？"

公孙鹤奇道："童少侠竟不知令师法号？！"

童超道："他老人家授我武功之时，在下总是在半梦半醒之间，且其时敝先师实乃鹰爪派掌门姓楚名讳单一通字，然阁下所言跛足神僧，实与在下授业恩师无异，虽在下从未得见他老人家金面，也从未知他老人家法号上下。"

稍顿又道："但他老人家既与阁下先祖有杀身之仇，我江湖浪子便当是他老人家亲传弟子，与阁下了结便了。"

公孙鹤道："童少侠既如此说，在下甚是喜欢，但童少侠你却错了，在下一行此番前来中原，绝不是为了算那陈年老账的。"

童超愣然道："不是算账？！"

公孙鹤道："不是算账，更不是为了要报杀祖之仇。"

童超道："那你们劫持在下拜弟独孤樵却是为何？"

公孙鹳道:"这实在是个很大的误会,只因在下一行急欲找到胡大侠、侯女侠和阁下,方才陡闻这位姓田的前辈不断高呼'童少侠'三字,便拦住他意欲问个究竟,却不知那个满面愁怨之人所挟持的,竟是中原武林黑白两道人人皆欲得之的胡大侠和童少侠的拜弟独孤樵,在下当真是惭愧之至!"

童超问田归林道:"是愁煞裴文韶么?"

田归林道:"正是。"往东一指,又道:"他逃入那森林中了。"

此地地处鄂西,荒山莽林延绵数万里,要寻出阴狠狡诈的愁煞来,当真比大海捞针还难。独孤樵落入愁煞之手,后果非常可怕。

童超黯然长叹了一声。

却听公孙鹳道:"独孤公子之不幸,实与我等有莫大干系,若童少侠信得过在下之言,我等必尽全力,将令拜弟安然找回,送到阁下和胡大侠手中。"

童超奇道:"此言当真么?"

公孙鹳坚定地一点头,道:"特达、法达、细达、伊达,你们这便去追那叫愁煞裴文韶的人,将他和独孤公子带到这儿来,并不许使独孤公子有任何损伤。"

"四达"一齐恭声道:"是!阿鹳。"

公孙鹳看了看苍莽不绝的山峦,又道:"若三日之内仍未寻到,便回到此地来,咱们一起去找。"

"四达"应了,步履一致地直奔密林。童超见状抱拳作揖道:"多谢阁下!"

公孙鹳还礼道:"童少侠请勿多礼,咱们中原不是有一句名言,叫作'解铃还须系铃人么'?"

他明明自言自西域来,此时却又道出"咱们中原"四字,倒使童超等人一时愕然不解。

公孙鹳见状道:"恕再下冒昧,可否请童少侠借一步说话?"

童超略一沉吟,没料一贯以粗鲁豪放著称的铁姑竟悠然间变得精明无匹,一拉田归林,抱拳对公孙鹳道:"阿鹳,待找到独孤樵后,我夫妇二人再来与你谢过我家相公的救命大恩!"

也不等人回话，言罢拉起田归林也直奔密林。

公孙鹳看了看青青，似是有些犹豫。

童超当即道："阁下无须多虑，在下这位同伴正是侯前辈之徒……"

未等他将话说完，公孙鹳早喜道："请恕在下孤陋寡闻，不知司马姑娘竟是苦苦大师的徒孙，失礼之处，还望海涵。"

司马青青衽裣道："阁下言重了，小女子愧不敢当。"

跟随江湖浪子经年，青青早年之蛮性竟大有收敛，倒也是奇事一桩。

当下三人也缓缓步向森林，究竟公孙鹳有何分说，暂且按下不表。

第十四回

连环劫

三十一

却说铁镜陡闻布袋和尚姚鹏之声,一掌震昏绝因师太之后,惶惶如丧家之犬,一口气连奔出十里开外,方跃上一高大浓密的沙松树枝叶间藏好身形,静观其变。

布袋和尚并未追杀过来,铁镜暗道侥幸,惊魂初定,方觉额上布满细密冷汗。

吃罢干粮,仍未见布袋和尚现身,铁镜暗道古怪:我这丐帮前任副帮主与那老叫花不共戴天,今日老子落了单,他却为何不乘机下手!

又忖道:好在今日抢到了独孤樵,这可是奇功一件,西门老怪自以为是盟主的座上客,总对我这副盟主心感不服,此番看他还有何话好说!

一跃下树,阴沉的面容中竟露出一丝儿笑意。

忽又忖道:愁苦二煞虽行事阴残狠毒,但武功却是差劲得很,让他们押送独孤樵回总堂,万一路上有个差池,将煮熟的鸭子放飞了,那可是糟糕之极。

忖罢撒腿便奔,只道尽快追上二煞,亲手将独孤樵带回总堂,那才算得上稳妥之事。

如此奔出里许,铁镜忽然收住脚步,心头一惊:姚鹏那老叫花不追杀过来,个中定有蹊跷。

略作思忖,便知就里,不禁阴笑着自言自语道:"好啊!无毒不丈夫,老叫花,今日你可死定了!"

他这般说话,自有其因:绝因师太伤势之重,无人比他更清楚了;布袋和尚与绝因师太素来交好;布袋和尚更是名震宇内的一代大侠;对一个大侠来说,救人总是比杀敌重要,尽管布袋和尚与他铁镜势不两立,但绝因师太命在旦夕,老叫花岂有不救之理!

既如此想,倏然间铁镜早折过头,径往方才与绝因师太恶斗处狂奔。心头还兀自想道:盟主昔日在泰山绝顶当着数千天下群豪之面吃了姚鹏一棒,早恨不得寝其皮而啖其骨,今日我铁镜替他杀了姚鹏,哈哈,这又是一件盖世奇功,倒不知盟主该如何赏赐我了。

他甚至思忖好了一出手便取"兰亭"笔意,第一个"永和九年"的"永"字,虽只五画,却有八招之多,先一点布袋和尚那老叫花的百汇穴,横折一划,老叫花脑浆迸裂,老尼姑则自后脑至尾椎穴破成两片,然后一勾,让老叫花成为太监之身……哈哈,这就够了,后面四招已无必要再使出来,也好让他们到阎王爷扔下一签,对众小鬼道:"速速验明姚鹏正身,如实报来!"小鬼们忙碌一阵,回言道:"启禀大王,老叫花果然是净过身的了。"……哈哈哈哈!一念及此,铁镜忍不住冲天狂笑起来。

果不愧一代奸雄,这一猜便让他猜了个正着,待铁镜奔回时,但见绝因师太和布袋和尚二人面色一微红一苍白,布袋和尚头顶更笼罩着一团白雾!

早先茫茫然坐在数丈开外的瞿腊娜则已不知去向。

观其阵仗,至少还需半盏茶时光,布袋和尚和绝因师太方能疗伤功成,而他二人若调息归元,至少也得在疗伤之后半个时辰。

铁镜笑了。

如果猫也会笑,那定然是在看到美食抑或在戏弄老鼠之时。

铁镜此时的笑便与猫笑一般无二了。

他慢慢地抽出了判官笔,将精钢所铸笔尖在衣襟上轻轻擦了两下,正像猫在地上轻轻擦自己的前爪一样。

然后他慢慢踱到了布袋和尚身后。布袋和尚和绝因师太均一无所觉!

铁镜强忍住咚咚心跳，缓缓提起笔来，面上又露出一丝阴笑。

就在这刹那间，铁镜忽觉一道白光电闪而至自己喉结之前！

因此他马上就肯定了会有两种结果：一是他将笔尖点下，那么布袋和尚丧命当场是毫无疑问的，但那道白光也绝对会使他的头颅与脖颈分家。二是他笔尖上撩，身形暴退，结果自然是他与姚鹏均毫发无损。

无法肯定的是那道白光发自何人之手。

于是铁镜选择了后者。

但闻"叮"的一声，铁镜已暴退出十丈开外。

紧接着是"呛啷"一声，一柄长剑落在了地上。

铁镜正自一愣，便见十数名手握长剑的劲装汉子一字儿地排在一条粗猛大汉两侧。

那大汉脚尖一挑，已将地上长剑握在手中，沉着脸道："铁老儿，你也算是江湖中赫赫有名的人物了，如此偷袭暗算，哈哈，我昆仑派算领教了！"

说话的正是昆仑派当今掌门，早先"昆仑四剑"中硕果仅存的二侠邰盛。

方才铁镜为求自保，提劲疾退，仅运出三成真力，便震落了邰盛手中长剑，不由大觉愕然。此时看清坏他好事之人竟只是昆仑派二、三代弟子，邰盛又如此说话，不禁恼羞成怒，冷冷道："姓邰的小子听着，我铁镜若不将你昆仑派斩尽杀绝，也枉任复圣盟副盟主了！"

邰盛淡然道："在下孤陋寡闻，倒不知江湖上几时冒出了个什么复圣盟，但连阁下也能混个副盟主当当，此盟只怕……哈哈！我昆仑派数百年基业，凭你铁镜一人便欲毁去，那倒当真是……哈哈！哈哈！"

铁镜怒极反笑，阴恻恻地道："好说！好说！早先老夫只听说'昆仑四鼠'中的老四口齿伶俐，没想管育死后，便将他的口技传给了邰二鼠，连早先皇甫呈也不敢对老夫讲的话，你这姓邰的小子倒敢胡吹大气了……"

他将"昆仑四侠"讲成"四鼠"，更直呼邰盛先师——昆仑派前任掌门追风剑客皇甫呈——之名，十数名昆仑派弟子，早个个气得眦目裂张，邰盛更是不等他将话说完，早暴喝一声：

"铁镜！今日不是你死，便是我亡，亮兵刃吧！"

铁镜轻松地将手中的判官笔一抛一接，道："俗话说鼠目寸光，果然一点不假，老夫的兵刃早在手中，可……嘿嘿！"

邰盛此时心头之怒可想而知，正欲仗剑攻上，心头忽又一惊：此番与铁镜这厮拼命，为的是阻止他伤害姚大侠和绝因师太，此时本派弟子无不心头暴怒，只要我一攻上，他们定会群涌而上的，铁镜武功远胜于我，他之本意便是所有昆仑弟子一齐离开姚大侠和绝因师太身侧，以便觑空过来对二位前辈痛下杀手！

一念及此，邰盛只觉头顶虚汗直冒，当下强忍怒气，对众弟子道："你们围在姚大侠和绝因师太身侧，无本掌门号令，一步也不许离开，违者一律格杀勿论！"

众弟子肃然受命，当下分散团团围在布袋和尚与绝因师太四周。

铁镜见状心头暗惊：看这邰盛外表粗鲁，心里倒是精细得很，果不愧是一派掌门。

又忖道：你既不着我的道儿，我只有先从你开始，对昆仑派痛下杀手了！

忖罢冷冷道："邰盛！你死定了！"

邰盛淡然一笑道："多说无益，咱们手底下见真章吧。"

铁镜道声："好！"人已猛身攻上，本意是速战速决，取的便是"草圣"张旭《肚痛帖》笔法！

昆仑剑法本也是名扬天下的以快打快，无奈邰盛功力不逮，剑笔只相撞四五次，便已早落下风，既不敢硬接使长剑脱手，便只有闪避游斗，十数招一过，早是左支右绌，险象环生。

十数名昆仑弟子碍于掌门严令而不敢上去相助，面容皆是惶恐之极。

十招之内杀不了邰盛，铁镜也是大觉惊诧，凭他功力之高，纵是早先邰盛的师父追风剑客皇甫呈，他也能在十招之内取其性命了！

铁镜却不知邰盛在进退维谷之际出任昆仑派掌门，曾得数十年不在江湖露面的追魂剑客皇甫嵩指点剑术，更因邰盛身负重任，年余来练功不辍，早是今非昔比了。（追魂剑客皇甫嵩乃邰盛师伯，早年其快剑犹在其师弟追风剑客之上，后因与武当前任掌教灭尘道长论剑三日，被灭尘以慢制快，终输一着，故而自行闭关，将掌门之位让与师弟，自创一套《追魂剑谱》并授予邰盛了——详见《剪断江湖怨》）

又过数招，但闻"嗤"的一声，邰盛左肩已被铁镜笔尖划破！

这一剑未能卸下邰盛左臂，被他险之又险地避过，只划出一道寸深伤痕，倒使铁镜微愕。

就在他这一愕之间，邰盛忽觉心头一明，想起师伯所悟出《追魂剑谱》的开篇词："天下运剑者，均知快慢二途，快者若风，慢若处子，孰优孰劣，本无准则，然因……"不由面露微笑，剑法倏变，恰似自己练剑一般，忽慢忽快地"演练"起来。

铁镜猝不及防，险些被邰盛剑尖划出的一个圆圈套中，惊咦一声，暴退一丈避过，失声道："武当剑法？！"

邰盛淡然笑道："你看这是武当剑法么？"

言罢慢腾腾欺近，只见他长剑左右各缓缓虚划两划，突然"唰"的一剑直入中宫！

这却是一招正宗的昆仑剑法，名叫"阳关三叠"。只是在前"二叠"中，绝无如此慢法。

铁镜只顾看前"二叠"绝难伤敌的缓式，却未料到最后"一叠"如此快着，当下又被迫退五尺有余。

当真是静若磐石，动似惊雷，十数名昆仑弟子直看得悠然神往，竟忘了高声喝彩。

铁镜一惊之后，随即冷笑一声："你依然死定了！"

他本是文武全才的一介枭雄，当下也笔势一变，邰盛快时，他"写"《肚痛贴》，邰盛慢时，他却或楷或隶，笔势端正遒劲，一招一式，早把邰盛剑招尽数克住！

不过十招，邰盛又是险象环生，命悬铁镜之手！

围在布袋和尚和绝因师太身周的昆仑派弟子，只满目惶恐地看着场中苦苦招架的掌门人，却不知布袋和尚替绝因师太疗伤已毕，二人正各自盘膝调息运功。

陡闻"叮"的一声，昆仑弟子只觉一道青光直射空中，铁镜则高喝一声"拿命来！"言语间已一笔直刺闭目待死的邰盛左胸！

却是铁镜再度以强劲内力震飞邰盛手中长剑，而邰盛只觉浑身如遭电击，更难闪身躲避了。

电光石火之间，未等昆仑派众弟子反应过来，第二声"拿命来"又传入耳中，随即便见他们的掌门人"倒飞"了回来。

连铁镜也甚觉茫然：邰盛的左胸怎的如此硬，竟连他精钢锐利的笔尖也刺它不进，反倒将自己的手腕震得生疼！

"腾腾腾"后退八步之后，铁镜方立稳足跟，定睛一看，先前邰盛僵立的地方，此时却站着一个年近六旬的老叫花。

老叫花正面无表情地看着他。铁镜失声道："是你？！"

那叫花只点点头，右手中的铁链铜锤正在他膝盖附近晃悠，左手中则握着邰盛那柄剑。

铁镜立时明白了，方才正是那铜锤刹那间变成了邰盛的"左胸"。

能在瞬间将邰盛提抛身后，以铜锤迎上疾刺而至的判官笔尖，又手一抄接住邰盛被震飞空中又落下的那柄长剑的，自然不会是武功低微之辈。

丐帮的执法长老，当然不会浪得虚名。

"冷面菩萨"卢振豪，向来言语不多，他在洛阳天星客栈当"杜伏杜老板"时，无人不知这位老板又"哑"又"聋"又"瞎"，直到他年前在泰山绝顶上出现时，人们才改变这种看法的（详见《剪断江湖怨》）。

此时铁镜问话，他也只是点点头而已。

铁镜已发觉方才自己有些失态，当下阴沉着脸，又道："卢振豪，你以为姓铁的取不了你性命么？！"

冷面菩萨摇摇头。

确实，他的武功比铁镜略逊一筹。

铁镜冷冷地道："那你干吗来送死？"

卢振豪总算开口了："执法长老必须清理门户。"

言罢将长剑还给此刻已清醒过来，走到他身旁的郜盛，又道："郜掌门舍命相救敝帮帮主，丐帮上下同感大德。"

郜盛连忙道："卢长老救命之恩，郜盛没齿不忘！"

二人正相互谢恩之际，忽闻铁镜高声道："卢振豪！郜盛！今日之事，我铁镜记下了，还望你们往后别犯在我手中，否则我定让你们死的苦不堪言！"

话音落尽，人早在七八丈开外，再追已来不及了。

铁镜竟趁卢郜二人说话分心之时，脱兔而逃了。

他是怕卢振震和郜盛联手对付他？

不。

卢振豪早已言明他身为执法长老，找上铁镜是为丐帮清理门户。

江湖上任何一帮一派自清门户，外人是万万插不得手的。

郜盛绝不会与卢振豪联手对付他。

况且，就算他二人联手，也未必能取铁镜性命。

昔日在太皇顶上，卢振豪与绝因师太联手，虽占尽上风，却也未能在百招之内取了铁镜性命。虽当日事出有因，算是千佛手任空行一言救了他，但能在两大高手全力围攻百招之后仍未丧命当场，铁镜功力之高便可想而知了。

郜盛与绝因师太相比，双方功力相差实在不能以一筹两筹计算。

但铁镜曾任丐帮副帮主，对执法长老卢振豪的武功为人自是深知。

凭武功，冷面菩萨胜不了他。

凭为人，卢振豪会为维护本帮声誉而拼命。

铁镜并不怕卢振豪拼命，然一旦被这冷面菩萨缠上，你休想在未决生死之前脱身。

要取卢振豪性命并非不可能，但至少要在千招之后。

方才被郜盛一番死缠烂打，早过了一盏茶时分。

无须再过千招，就是再缩短一半时间，布袋和尚和绝因师太皆可调息归元了。

这正是铁镜最觉可怕的！

他绝不愿再做那种噩梦：一为本派弟子复仇，一为本帮清理门户，绝因师太与冷面菩萨联手与他搏命！

所以他只有一种选择：逃！

也只有这唯一的选择能捡回一条性命。

三十二

事实上，大侠与枭雄皆有一个共同特征：能忍。他们之间的最大区别是：身为大侠，因着某种武林道义，不惜牺牲自己性命；而枭雄们则更相信一句俗言：留得青山在，不怕没柴烧。

最重要的是先保住性命再说。

任空行如此，金一氓如此，甚至连武功尽失的冷风月也如此，池铁镜又怎会不脱兔而逃！

他成功了。

待卢振豪知再也追铁镜不上了，便与邰盛一起退回布袋和尚和绝因师太身旁。

昆仑派众弟子正欲拜见丐帮执法长老，却被他们掌门人和卢振豪一齐摇手止住。

一时鸦雀无声。

过得小半个时辰，布袋和尚姚鹏先悠悠呼出一口长气，然后缓缓睁开眼来，恰似大梦初醒。

随即绝因师太也是一般。

见这许多人围着他们，二人均觉感然。

便听卢振豪道："丐帮执法长老卢振豪参见帮主和绝因师太。"

邰盛也率昆仑派弟子道："昆仑派后进末学拜见姚大侠和师太两位前辈。"

布袋和尚看看卢振豪，又看看邰盛，茫然道："方才好像这附近有人打斗，是你们么？"

卢振豪连忙道："启禀帮主，是邰掌门为替帮主和师太护法，舍身与铁镜拼斗。"

姚鹏和绝因师太何等样人，略一思忖，便知是铁镜去而复还，若非邰盛率昆仑弟子及时赶到，他们两条老命不知不觉中便早齐赴黄泉了！

二人正欲谢邰盛相救之恩，邰盛早抢先道："二位前辈千万勿要折煞晚辈，若非卢长老及时赶到，我邰盛此时早没命了！"

布袋和尚一愣，看着卢振豪，又看看邰盛，邰盛当下道："晚辈敌不过铁镜，正闭目待死之时，却被卢长老救了性命，只可惜又被铁镜那厮偷偷溜走了。"

布袋和尚肃然道："救命之恩，怎能不谢，绝因老尼，来来来，咱们且先谢过邰掌门再说。"

绝因师太却道："老叫花，贫尼还未谢过你的救命之恩呢。"

布袋和尚一愣，随即哈哈大笑道："算啦算啦，咱们谢来谢去，倒是没个完了。不过嘛，咱们身为侠道中人，却又……却又……这倒有些难以区处。"

卢振豪突然道："存侠字于心，便是谢恩。"

在场数人中，先是布袋和尚救绝因师太，接着是邰盛救布袋和尚和绝因师太，最后是卢振豪救邰盛，如此连环相救，只有卢振豪一人未直接受惠于人，待他话音一落，布袋和尚早哈哈大笑道："卢长老号冷面菩萨，既称菩萨，吐的自是真言，哈哈，一点儿也不错，便是这般了！"

卢振豪本不善言语，听帮主如此当面夸他，竟窘的不知该如何作答。

而布袋和尚如此放荡不羁，却使在场诸人无不为之心折，连昆仑派弟子也似忘了本派掌门先前只命悬一线，进而纷纷附和。

正喜气洋洋之间，绝因师太忽然惊"咦"一声，道："腊娜呢？！"

布袋和尚也失声道："对了，邰掌门，你们可见瞿姑娘哪儿去了么？"

邰盛从未见过瞿腊娜，当下愕然道："瞿姑娘？！"布袋和尚道："便是绝因师太的关门弟子瞿腊娜。"

邰盛连忙道："晚辈赶到时，只见姚大侠正为绝因师太疗伤，另有铁镜那奸贼正欲对二位前辈施不利，并未见到尚有第四人在场。前辈所说的瞿姑娘，倒不知……"

绝因师太骇然道："莫非被铁镜那奸贼……"她不敢再说下去了。她的俗家大弟子杨留虹，便是被铁镜辱杀于峨眉山腰的！

布袋和尚连忙道："师太放心，老叫花赶来时，铁镜那厮仓皇而逃，倒未捕走瞿姑娘，她便是坐在那儿的。"

言罢用手指了指先前瞿腊娜所坐之处。

绝因师太闻言总算惊魂稍定。

布袋和尚又道："只是……嗯，我看瞿姑娘面色似乎有些不对，却不知是何缘故。然当时老叫花已无暇细问于她，敢问师太……"

绝因师太突然黯然长叹一声，静静看着布袋和尚，良久才道："是因为令徒鬼灵子陆……"

布袋和尚闻言大惊且怒，早打断绝因师太话头暴喝道："好个臭小叫花！为师不一掌废了你，也枉在江湖中充字号了！"

绝因师太连忙道："姚大侠你会错意了。"

布袋和尚一愣，听绝因师太又轻叹一声，道："老叫花方才救我一命，贫尼若再说谢字那就太多余了，但令徒陆小侠他……他……唉！我峨眉派实在是欠姚大侠师徒之情太多，不知如何报答了。"

布袋和尚急道："绝因老尼，你一向快人快语，刚烈不让须眉，今日却怎的如此吞吞吐吐，简直憋煞人也！"

绝因师太点点头，当下将鬼灵子如何将独孤樵从飞天神龙那儿骗到手，如何遇上金童玉女，如何与金童赌命，如何输后"耍赖"自戕，瞿腊娜如何因此而终日迷迷懵懵之事等诸般细节道了出来。

在场诸人，直听得忽而乐、忽而惊、忽而凛然、忽而感慨，但听毕之后，人人俱是对鬼灵子肃然起敬。

布袋和尚突然哈哈大笑道："好个臭小叫花！好个臭小叫花！……"待说到第五遍"好个臭小叫花"时，饶是这名满天下的一代大侠，也忍不住浊泪满面了。

更无一人吭声，四周一片寂静。

良久。

布袋和尚一撩衣袖抹去面上的泪水，似是什么也没发生，对绝因师太淡然一笑，道："眼下之事，还是以先找到瞿姑娘为上，不知师太以为然否？"

未等绝因师太回话，又转向卢振豪道："卢兄，请传本帮主之命，凡此时身在川、陕、鄂三省境内的本帮弟子，一律暂停寻找独孤公子，务须在尽快时间内将峨眉派弟子瞿腊娜下落探知，若她已落奸人之手，便将那奸人格杀勿论，且不许损伤瞿姑娘一丝一毫，有违者当以帮规论处！"

卢振豪肃然受命而去。

绝因师太心头之感激难以言表。

布袋和尚笑笑，对邰盛道："邰掌门此次率弟子自昆仑来，不知——"

邰盛此次下山，实是为报江湖浪子一掌击毙追风剑客皇甫呈的杀师之仇，但江湖浪子侠名卓著，更数次救他邰盛性命，一时倒不知如何应答，只得顾左右而言他，道："姚大侠，听铁镜那厮说他身为什么'复圣盟'副帮主，不知前辈可知此盟究竟是何组织？"

布袋和尚一愣道："复圣盟？此名老叫花倒也是初次听说。"

略作沉吟，又道："自泰山一役后，胡醉和童超及武当弟子明察暗访，专以杀任空行、铁镜、冷风月和辛冰为己任，却无丝毫头绪，我丐帮弟子虽大部在找寻独孤樵，却也有为数不少之众在探四獠下落，仍是不知其踪，若老叫花所料不差，此盟定是任老魔组建了以对付侠义道剿杀的。"

邰盛颔首道："前辈之言甚是有理，我昆仑派虽势单力薄，却也有一份责任，晚辈这便与两位前辈告辞了。"

言罢揖手一拱。

布袋和尚知他欲到江湖中打探有关复圣盟之密，当下也一拱手，道："望邰掌门多多保重！"

绝因师太则合十低宣佛号："阿弥陀佛。"

待邰盛一行离去之后，布袋和尚又对绝因师太道："能否请师太将敝徒倒地之后的诸般细节再讲一遍？"

绝因师太惑然道："怎么？"

布袋和尚道："不知怎的，老叫花总有一种感觉，敝小徒此时并未身亡。"

绝因师太惊疑道："腊娜抱他离开此地时，鬼灵子尸……身体已僵硬了。"

布袋和尚道："老叫花绝不怀疑敝小徒那匕首已刺入心窝，否则绝瞒不过金童那小贼的，但老叫花还是想听听那之后的经过。"

绝因师太当下又细细复述了一遍。

布袋和尚沉吟良久，又道："瞿姑娘并不知那救她的蒙面人是谁？"

"腊娜只知那蒙面人是个女的。"

"铁算子夫妇是受那蒙面人之托将瞿姑娘护送回贵宝山的？"

"是。"

"他们自然知道那蒙面人是谁了？"

"知道，但他们已发下重誓，绝不泄露蒙面人身份。"

"依师太之见，武林巾帼中有几人能令铁算子千里送人而发誓绝不泄漏其身份的？"

"嗯……毒手观音应算是一个。"

"还有呢？"

"若江湖浪子在侧而不便出手，司马青青也该算是一个。"

"还有呢？"

"还有……柳家堡的梅素素也是一个。"

"一是胡醉师姐，一是江湖浪子情侣，一是铁算子田归林的大嫂，师太所言三人皆有可能是那蒙面人，但她们既从瞿姑娘口中得知了全部细节，又何须在铁算子夫妇之前蒙面？"

"这——"

"所以不大可能是这三人。"

"对了，纵观武功心性，玉女姑娘有此可能。"

"玉女武艺高超,虽是昔日东方圣调教出来的得意门生,却是心慈手软,迄今为止,还未听说她杀过一个人,老叫花也疑是她。"

"若然是她,便必须蒙面了。"

"因为她怕金童饶不了她?"

"不错。"

"就是说金童无论心智武功,均比玉女略胜一筹?"

"是的。"

"既然如此,金童又怎会让她有机会抽回身来救人?"

"这倒颇有些令人费解了。"

"也许她让金童服了某种迷药昏睡,然后回来救人,这也不无可能。好吧,咱们便姑且认为是她,这个问题暂时搁下不提。现在咱们再回到第一个问题上来,据独孤樵告诉瞿姑娘,在她昏睡穴猝然被点之时,他只觉有一团灰影一闪而没,随后敝小徒便没影没踪了。"

"你是说——"

"昔年老叫花受玉蝴蝶金一岷重创,本该命赴黄泉了,却得酒仙翁前辈相救,并以一甲子以上功力相授,这意味着什么?"

"奇迹。"

"不错,江湖中高人隐士甚多,因而奇迹也多。"

"你相信鬼灵子是被世外高人所救了?"

"不是相信,而是猜测。"

"但人的心脏若被利器刺中,活命的机会便几乎没有了。""仅是几乎而已,并非绝无可能。据老叫花所知,酒仙翁前辈就曾将一只猿猴的心脏移植到一位心脏坏死者身上,那必死之人因而多活了五年。"

"酒仙翁前辈是一代'医圣',但他已仙逝了。"

"如果是内功练至化境之人,他便可以内力止住别人心脏裂口鲜血外涌,驱除瘀血,并护住病人心脉微弱跳动,只此昼夜不断地持续七天,病人的心脏裂口便会自动愈合。"

"持续七日?"

"不错，人体中最娇嫩的地方，也就是愈合力最强之处。"

"七日之后呢？"

"病人丝毫也不会觉得身体有何不适，若是武林中人，于武功也丝毫无损，但那救他之人，势必将耗尽七十年功力！"

"一天耗十年功力？"

"是的。"

"当今武林中有内力如此高强者么？"

"据老叫花所知，武林中练过七十年武功的并不乏人，但那并不等于说练了七十年武功便具有七十年功力。练功时间长短与功力增强虽成正比，但有的人练一天便可顶别人练一年，而有的人练十年不如别人练一天！因而功力与习练武功时间并不是一回事。"

"贫尼是问当今武林成名人物中有内力如此强劲者么？"

"自太阳叟东方圣死后，便再无第二人了。"

"但你却猜测鬼灵子还活着。"

"或者说只是一种预感。但你问的却是'成名人物'中有无此等人，却没问'未成名'人物中是否会有内力如此强劲者。"

"未成名人物？"

"这是一种约定成俗，正像我们习惯上将某人练过六十年武功便算成一甲子功力那样，总是将'未成名'之人看成是技艺低微之辈，其实在江湖中，'未成名'与'不愿成名'根本上是两码事。"

"阿弥陀佛！贫尼但愿你老叫花的预感不差。"

"一切自有天数，看起来你这峨眉掌门，还不如我老叫花更能看破红尘，哈哈！"

绝因师太淡然一笑，立起身来，道："佛祖怪罪下来，贫尼一力承担便了，关你老叫花何事？"

布袋和尚也大笑起身，道："自不关老叫花之事。"

随即又道："此番师太意欲何往？"

绝因师太微一沉吟，道："既然一切自有天定，贫尼便在江湖中随意走动走动，看是否有机缘探听到点儿什么。老叫花你呢？"

布袋和尚道："据本帮弟子禀报，说独孤樵在左近一带露过面，老叫花也随意走动走动，看能否寻到他。"

绝因师太合十道："阿弥陀佛！老叫花，咱们就此别过了。"

布袋和尚一拱手道："后会有期。"

刚欲起步，绝因师太忽然道："老叫花且请留步。"

布袋和尚奇道："师太尚有话要说？"

绝因师太颔首道："方才咱们只顾谈鬼灵子和腊娜之事，倒把一桩重要的事给忘了。贫尼携腊娜一路北上，在鄂境一个叫羊头村的地方巧遇独孤公子……"

布袋和尚失声道："什么？！独孤樵？"

绝因师太道："正是，他随我师徒俩直到此间，贫尼被铁镜那厮缠住，独孤公子却被铁镜的同伙愁苦二煞劫走，径往东边而逃了。"

布袋和尚只道得一声"多谢师太！"便径往东奔，转瞬便已不见踪影了。

第十五回

粉英含蕊自低昂

三十三

胡醉醉了。

胡醉号称千杯不醉，但他此时是真的醉了。

并非不胜酒力，而是他自己想醉。

很多时候，一个人是否会醉与他的酒量并无多大关联。昔日在泰山绝顶，当着数千群豪之面，胡醉连饮数十碗酒，非但没醉，而且豪气倍增，令人心折。

因为那时他不想醉。

此时他只饮了十数碗，却真醉了。

古人云：何以解忧，唯有杜康。此言之真正含义在于：酒能使你忘掉许多事情，至少是暂时忘记。

此时此刻，在鄂川边境一家毫不起眼的小酒店里，胡醉显然做到这一点了。

他双眼迷蒙，舌头似比往日大了数倍，口齿不清地道："再……再拿酒……酒来！"

紧靠邻桌而坐的是武当掌教灭性道长及七名门下弟子，他们是三日之前遇上胡醉和毒手观音的。

灭性子见状立起身来，道："胡大侠，你不能再喝了。"

胡醉也眯眼看着他,道:"你……你是谁?我为什么不……不能再喝了?你可知道我叫什么吗?告……告诉你,我叫千杯不……不醉!哈哈,我看……看清了,你是个老道……道人,我自不会怪……怪你,你们道家是不……不许饮酒的,可我不……不是道家中人,所以嘛,我……嗯……怎么还不拿酒来?"

灭性道长看了看坐在胡醉对面的毒手观音,示意她劝胡醉别再喝了。

毒手观音幽然道:"不,道长,让他喝。"言罢示意酒保过来上酒。

灭性道长愕然不解地看着她。毒手观音道:"快一年了。"

她似是自言自语,又像是在对灭性道长说话。灭性子神色一黯,只道了声"无量寿佛",便又坐下不语。

酒保不停地大碗斟酒,胡醉不停地喝,不仅用口喝,连他的衣襟也"喝"。

过不多时,胡醉便已伏桌酣睡。

毒手观音从包袱中取出一件长衫,连同一锭银子一起递给酒保,道:"还烦店家将敝师弟送去更衣歇息。银两不用找了,除酒资之外,便算是为敝师弟略表歉意吧。"

一锭银十两,似这等村野小店,一月能赚这许多已是菩萨保佑了,店家乐不可支,奔过来与酒保一起抱头抱脚,费尽九牛二虎之力,总算将醉如烂泥的胡醉抱上楼安置停当。毒手观音道:"敢问道长,当日泰山顶上,究竟是怎么回事?"

灭性子奇道:"你还不知道?"

毒手观音道:"年余来我与师弟东奔西走,他只说为找寻拜弟独孤樵,问及当日之事,他总是闪烁其词。问他与童少侠是如何救出我与青青师徒俩的,他也只说是正巧碰上,可我总觉得事情并非如此,敝师弟似总是心事重重,却又不愿吐露,是故有此一问。"

灭性道长道:"胡大侠不愿细说,自是……唉!"

神色一黯,又道:"此事与敝派也大有关联,待贫道说出之后,还望施主别告知胡大侠才好。"

毒手观音点头道:"道长但说无妨,我绝不让敝师弟知晓便是。"

当下灭性子缓缓将年前在泰山玉皇顶发生之事细细道了出来,说到鬼灵子陆小歪指使天山二怪胡搅蛮缠时,饶是他修行有道,也不禁微微含笑,补充道:"若非陆小施主那般拖延时间,直到悟明大师和丐帮卢长老带了冒充胡大侠的黄世通施主上去,铁镜便……便得逞了。"

想象当日的凶险之局,毒手观音也不禁出了身冷汗。

却听灭性子又道:"胡大侠得以洗清冤情,本正是铲奸除魔的大好良机,无奈任空行诡计多端……"

稍作停顿,轻叹一声,当下又将他和胡醉、童超当着天下英雄的面与本是走投无路的任空行、铁镜、冷风月及辛冰四獠所做的交易道了出来。

毒手观音沉默良久,喃喃道:"原来如此,原来如此……"

灭性子见状道:"也怪贫道无能,年余来竟未探听到一丁点儿任空行等人踪迹。"

毒手观音忙道:"这却怪道长不得,任空行明知以硬碰硬他们尚非敌手,自然是隐匿起来了。敝师姐弟两年余来踏遍大江南北,也未探得一丝音讯。"

灭性子道:"贫道甚觉奇异,凭千佛手任空行之魔性,绝不会是那种甘愿隐遁山林之辈,却为何在江湖上打探不到一丁点儿风声。"

毒手观音心头一凛,突然道:"月前敝师姐弟俩曾在鄂西遇见愁苦二煞,据说任空行组建了一个什么复圣盟,任空行自任盟主,铁镜和金一氓任副盟主……"

"金一氓?"灭性子奇道,"他怎会又与任空行搅到一块儿去了?"

毒手观音面色微红,道:"个中原委倒是不知,不过此盟广收江湖奇人异士,定然是为对付咱们的了。"

灭性子又是一惊:"奇人异士?"

毒手观音道:"道长可曾听到过早年江湖上有个叫'病诸葛'欧阳钊的么?听说此人已被搜罗在任老贼麾下了。"

灭性子凛然道:"此人也数十年不在江湖现身了,他尚有位师兄,叫'赛诸葛'欧阳明,他师兄弟俩武功倒是平平,但于机关阵式设置之术,倒确可称冠绝天下了。有他相助，咱们要除掉任空行倒是颇有些麻烦了。"

毒手观音道："然则他师兄——"

灭性子道："'赛诸葛'论技艺大约比病诸葛略强，但隐退得更早，据有传言说，他师兄弟间素来不合，赛诸葛隐退之后，病诸葛还曾助过东方圣来着。虽只是传言，但观当日'武帝宫'之设置，倒也并非全无道理。东方圣虽功参天地，却也并非圣人，于机关设置之道并不精通，偏偏仅有一息尚存的任空行能从被炸毁的'武帝宫'死里逃生，其中的机关之妙，却是常人难以度之的了。"

毒手观音蹙眉道："如此说来，咱们倒需在他们机关尚未完全设置好之前先将其捣毁才是了。"

灭性子道："只怕已经晚了，愁苦二煞既入此盟，而二煞武功平平，他放心让他们出来作恶，难道就不怕咱们逼二煞道出他们秘密总部的位置么？"

"道长之意是任老魔故意将二煞当作诱饵？"

"有此可能。"

"哼！俗话说得好：明知山有虎，偏往虎山行。咱们既已言明务杀任老魔以谢天下英雄，纵是鬼门关，也得去闯它一闯了。"

"好气魄！候女……不愧是女中豪杰！事不宜迟，贫道这便告辞了，待探查出任空行老巢之后，贫道自会差人告知胡大侠和童少侠你们的。"

他本想说"候女侠"三字，但早年候玉音杀人如麻，被列入江湖四大魔头之一，更有个"毒手观音"之名号，这"侠"字却有些不便出口，当下只好顾左右而言他。

毒手观音只淡然一笑，道："那道长先行一步，待明日敝师弟酒醒，咱们随后赶来。"

灭性道长率弟子拜别之后，毒手观音心潮起伏。灭性子的一番话，使她明白了师弟为何一年来总是忧心忡忡。

为了救她和青青，胡醉和童超给自己套上了一副沉重的枷锁。

论武功，他们并不怕任空行，但任空行名列江湖四大魔头之首，一代枭雄，岂能不知此理，他是断然不会以硬碰硬的。

他能忍，会等待时机。

事实上他也正是这样做的。

而胡醉他们则不能等待。此时的等待，从某种意义上来说就是失信于天下英雄。

……毒手观音忽然微微笑了：今生今世，她已被一条看不见的绳索与师弟拴在一起了！

次日日上三竿，胡醉才从楼上下来，见毒手观音等在门口，大觉过意不去，干咳了一声，才道："师姐，昨夜我……"

毒手观音连忙止住他，笑道："师弟号称千杯不醉，看起来只怕是浪得虚名了。"

胡醉也笑道："彼此彼此，师姐号称毒手观音，不也是早有一半浪得虚名了么？"

毒手观音奇道："什么叫一半浪得虚名了？"

胡醉故意淡然道："观音不假，毒手却不见得。"

毒手观音笑骂了一声："贫嘴。"随即又道："灭性道长大约探听到了什么讯息，连夜急匆匆投鄂西去了，并嘱咱们随后赶去，师弟你看——"

胡醉忙道："那咱们这便赶去吧。"

当下二人折向东南，径奔鄂西。

奔出十里许，胡醉忽觉此事有些突兀，缓下脚步道："师姐。"

毒手观音也缓下来，道："怎么？"

胡醉盯着她双眼，肃然道："昨夜灭性道长都与你讲些什么？"

毒手观音故作惊异状道："没讲什么呀？"

胡醉摇头道："师姐，你瞒不了我。"

毒手观音垂首不语。

胡醉又道："师姐都知道了？"

犹豫良久，毒手观音才轻轻点了点头。

胡醉长叹一声，却未再说什么。

毒手观音缓缓道："师弟，寻找拜弟独孤樵之事固然紧要，但丐帮数千弟子正为此事奔忙，有姚大侠主持，想必迟早定会找到的，咱们倒可暂时搁在一边。而当日为救师姐，你们当着天下英雄许的愿，却再耽误不得了。昨夜师姐与灭性道长摸清，任空行的老巢大约会建在鄂西大峪山一带，是故……师弟不会怪罪我吧。"

胡醉轻叹道："师姐是为师弟的名声着想，我怎会怪于你。"

话音未落，忽有一年近六旬的叫花"咦"了一声，飞奔过来，伏地便拜，口中道："丐帮川陕分舵副舵主蒋昌扬参见……"

未等他将话说完，胡醉早连忙将他扶起，肃然道："在下已久不是丐帮中人，'参见'二字，还望蒋副舵主休要提及。"

蒋昌扬一愣，恭声道："是，胡大侠。"

胡醉道："蒋副舵主到此地来，可是老——"

他与布袋和尚关系笃厚，素以"老叫花"和"胡醉鬼"相称，此时姚鹏身为丐帮帮主，在其属下面前直呼老叫花，倒是有些不妥，当下改口道："可是奉姚帮主之命来寻独孤樵的么？"

蒋昌扬道："先前是的，此时却是为传帮主令谕，凡置身川陕鄂境内的本帮弟子，一律暂停找寻独孤公子，而以找回峨眉派瞿腊娜姑娘为己任。"

胡醉奇道："这却为何？"

蒋昌扬道："这在下倒是不知，只是帮主令谕甚是严厉，不得损伤瞿姑娘一丝一毫，违者格杀勿论！"

胡醉大觉蹊跷：此时任空行等魔头隐匿不出，丐帮经泰山之变后，不到半年便已被整顿得秩序井然——布袋和尚接任帮主兼巡察长老；冷面菩萨卢振豪任执法长老；原川陕分舵舵主李仁杰升任护帮长老并兼原职，蒋昌扬副之；洛阳分舵正副舵主郑雄烈宇文虎原职未作更动，胶东、江南、豫皖、晋鲁四大分舵原舵主郑士武、周温、王伯基和郑启龙葬身泰山，分别升原副舵主于健、王柏、王栎及徐鲁彬为正职，并挑各舵弟子中武功人品出众者龙以刚、毕明轩、冯熙宏和叶维四人为副。至此，丐帮六大分舵又得以恢复元气，不愧江湖第一大帮之名号了——对于姚鹏来说，此时不全力找寻独孤樵，倒确是大悖常理之事。

见胡醉默然不语，蒋昌扬道："若胡大侠和候前辈无甚吩咐，我——"

胡醉被他一言惊醒，忙道："蒋副舵主有要务在身，咱们这便告辞，若遇见姚帮主，请代我师姐弟俩问好。"

蒋昌扬拜别后，胡醉奇道："为寻峨眉派一小弟子，老叫花如此大动干戈，倒是有些古怪。"

毒手观音笑道："大约他是想将那瞿姑娘收为鬼灵子的小媳妇儿。"

胡醉也笑道："一个歪邪掌门，一个稚气不脱，倒也算是地造天设的一对了。"

三十四

他口上虽这么说，心头却不这么想。

早已授首的千面狐智桐那魔头易容成独孤樵，使迷蒙茫然的柳玮云失身，此事天下所知之人仅玮云之父母、白马书生柳逸仙夫妇和玮云之师布袋和尚以及他胡醉而已，连柳玮云自己也不知孩子的生身之父并非独孤樵。此事胡醉当然不能告知毒手观音——总之是知晓之人越少越好。唯一能解此结的，便是找到独孤樵，并劝说于他，让他娶了以全副身心爱他的柳玮云，方可遮掩过去，否则以玮云心性，若知内情，后果便不堪设想了。

姚鹏身为玮云师父，于此节岂有不知，却偏偏不找独孤樵而严令属下寻一个与此事毫无关系的瞿腊娜，个中原委令人费解。

胡醉忽然心头一动：莫非瞿姑娘与独孤樵大有干系，找到瞿腊娜便能找到独孤樵么？

正思忖间，忽闻毒手观音道："师弟，你怎么啦？"

胡醉恍然一惊，遮掩道："没怎么。"

毒手观音道："为何师弟总将心头所想闷在心里，对师姐说出来莫非……"

一语未了，忽闻数丈开外传来一声幽怨凄凉的长叹，随即传来一少女娇柔哀婉的自言自语："秦楼不见吹箫女，空余上苑风光。粉英含蕊自低昂。东风恼我，才发一衿香。琼窗梦醒留残日，当年得恨何长！碧阑干外映垂杨。暂时相见，如梦懒思量。"

吟的竟是一阕南唐李后主的悼亡之词《谢新恩》。

胡醉和毒手观音皆是一愣，对视一眼，均暗道：不知此女是谁，因何自吟如此惆怅酸楚之词，她借词所悼的亡者又是何人。词中那聚日短暂而长恨绵绵之意，令人愁肠百转。

胡醉猛然一愣："莫非是玮云？"

当即一拉毒手观音衣袖，道："师姐，咱们过去看看。"

二人奔过去，却见一年约十三四岁的少女倚着一棵老树，娇美的面容上布满怅茫懵然之色。

毒手观音不知这娇美少女是谁，胡醉则大吃一惊：瞿腊娜！

见师弟面色有异，毒手观音奇道："师弟认识她？"

胡醉点点头，道："她正是老叫花严令丐帮弟子必须找到的瞿腊娜瞿姑娘。"

瞿腊娜"咦"了一声，道："你们是谁？怎么知道我的名字？"

胡醉大感：当日在泰山顶上，瞿腊娜是早见过他的了，怎的还会如此问话？

却听瞿腊娜又道："你们既知道我的名字，那一定也认识陆小歪了，对了，还有金童和玉女，你们也一定是认识的，对吗？"

胡醉奇道："我自是认识他们的，瞿姑娘如此问话，不知是何意思？"

瞿腊娜茫然道："什么意思？嗯，我想想，对了，陆小歪说我们打不过金童玉女，救不了独孤樵……"胡醉和毒手观音同时失声道："独孤樵？！"

瞿腊娜道："对，就是独孤樵，所以陆小歪便与金童打赌，然后陆小歪就不管我，自己到那儿去了……"

胡醉急道："瞿姑娘，他们往哪儿去了？"

瞿腊娜往西边一指，道："那儿，对，就是那儿，我也要去的。"

她的意思是鬼灵子魂归西天了，偏胡醉却会意错了，以为鬼灵子是与独孤樵一起被金童玉女劫到西面的凤凰山去了。心头不由一凛，暗道：玉女当初答应我只需救得金童性命，便劝他在二十年内不得杀独孤樵，却没料到这小贼如此奸诈，他若将独孤樵秘密囚禁二十年后再行杀却，倒也不负玉女对我的承诺。

当下胡醉冷哼一声，转向毒手观音，道："师姐，咱们只怕得暂且分手了。"

毒手观音道："师弟要去凤凰山？"

胡醉道："义弟有难，我这做义兄的却不能不管，还烦师姐将瞿姑娘好生送给丐帮。"

毒手观音略作思忖：此地离陕南凤凰山并不远，凭胡醉功力，要制服金童玉女也并非不可能之事。况且附近丐帮弟子甚多，要将瞿姑娘送给丐帮也不难，之后再追上灭性老道，助他一臂之力，探出任空行老巢，再会齐已救出独孤樵的胡醉和眼下不知置身何处的童超，直捣任老魔巢穴，与他作拼死一搏，也未尝不是两全其美之事。

忖罢道："好，还望师弟一切小心在意为好。"

胡醉点点头，拔腿朝西便奔。

良久，毒手观音才道："瞿姑娘，咱们走。"

瞿腊娜憯然道："走？去哪儿？"

毒手观音一愣，却听瞿腊娜又道："哦，我知道了，你要带我去见陆小歪，对吗？"

言语间满怀期待之意。

毒手观音早年也是因情失意而心性大变，落得如此"雅号"，怎不知情窦初开的少女情怀，当下微笑道："正是，咱们这便上路吧，当心晚到鬼灵子又跑了。"

瞿腊娜惊喜交加，不择路径，拉住毒手观音衣襟便跑。毒手观音见所奔方向正是东南，倒是与她意欲前往之方位不谋而合，便任由瞿腊娜拉着飞奔。

不一日，胡醉已抵达凤凰山下的紫阳城。

入城时已是日落时分。

数日奔波,昼夜兼程,虽满面风尘,胡醉却不觉得有倦怠之感。随意找了家酒肆,吩咐酒保快快上酒上菜。少顷酒足饭饱,便出城直上凤凰山。

年前胡醉曾到过金童玉女所居的那个山洞,并在玉女恳求下曾救过金童,倒是轻车熟路,不到子夜时分,便已抵达洞口,正欲高声喝叫金童出来问个究竟,忽闻洞内传来一少女的嘤嘤哭泣之声。

胡醉眉头微皱:怎的这些时来尽碰上些莫名其妙的少女,不是懵懂茫然便是哭哭泣泣!

却听另一少女宛若莺啼之声传来:"阮姐姐,你不要再哭了,你一哭我心里就……好难受。"

一听这声音,胡醉便知洞内那哭泣之人是昔日"紫鲸帮"帮主阮蛟之女阮灵素,而那劝她之人,正是玉女。

胡醉怒气陡生,心道:好你个玉女,明明答应过我劝金童二十年之内勿得伤害独孤樵,却又助他将独孤樵和鬼灵子一齐掳来,我胡醉今日倒要找你评评这个理!

但他方朝洞口迈进一步,却听阮灵素泣声道:"姐姐又没招他惹他,只一心想……想好好服侍他,可他自回来之后,每日对姐姐不是打便是骂。姐姐给他送茶送饭,也每每被他没来由的将杯盘摔碎,玉妹,你说这……这究竟是咋啦?"

玉女幽然道:"御兄心情不好,唉……"

阮灵素道:"姐姐自知金童弟心情不好,却不知究竟因何至此玉妹,此番你们下山回山,历时三个多月,是不是在江湖中遇上了什么不顺心的事,能告诉姐姐么?"

玉女道:"先陛下曾有遗命,令御兄和我相互督促,并创下了套武功,非得御兄与我二人合练才能发挥威力。"

阮灵素道:"这些姐姐都知道了。"

玉女又道:"凭御兄此时的功力,若独自下山,若遇上像任空行那等绝顶高手,难免又要受制于人。"

"你是说左护法？"

"什么左护法，哼！自陛下驾崩之后，他哪还将御兄和我这昔日的御前侍士看在眼里，年前御兄中他奇毒而险些亡命之事，你也是亲眼看见了的。"

"幸得胡大侠相救，否则金童弟他……后果真不堪设想。"

"正是因此，妹妹才劝阻了他半年多不离开此地，但御兄非得要独自到江湖上去，我又怎能放心，只好陪他下山。一是因我与御兄练成的那招'旭日东升'，江湖中倒没几人能抵挡得住，这样便安全些；二因我曾答应过胡大侠，劝阻御兄在二十年内不许伤害独孤樵，有我在侧，也好约束他一些，否则凭御兄心性，他会瞒着我杀了独孤樵的。"

"玉妹柔慈心肠，姐姐自然知晓。若金童弟真的那般做了，咱们却有何面目向胡大侠交代。"

"自下山之后，我一路提心吊胆，怕的便是与独孤樵见面，不料一月之前，在陕鄂交界附近，偏偏让咱们给遇上了。"

阮灵素"啊"了一声，洞外的胡醉也骇然一惊。

便听玉女又道："当时独孤樵是和鬼灵子陆小歪，还有一个叫瞿腊娜的小妹妹走在一起的。不知怎的，独孤樵武功尽失，若凭武功拼斗，他三人皆必死无疑。"

洞外的胡醉心道：这就对了，说到点子上了，玉女姑娘讲的倒也是实话，若凭武功，鬼灵子和瞿腊娜断不是你金童玉女的对手。

当下并不弄出声响，只侧耳细听。

阮灵素却骇然道："你们将他们杀了？！"

玉女道："没有。"

阮灵素喜道："那不就好了，咱们并未愧对胡大侠，金童弟为何要心情不好？"

玉女轻叹一声之后，才道："妹妹正是搬出胡大侠对御兄有救命之恩，且我已答应胡大侠劝阻御兄二十年内不得伤害独孤樵这一点，御兄才没动手的。但御兄却说，咱们只答应二十年内不亲手杀死独孤樵，并未答应假手他人杀独孤樵，这倒使妹妹难以再说什么了。"

稍顿又道："那鬼灵子也真不愧是姚大侠高足，古怪无比，他自知若御兄凶性发作，他们便得丧命当场，便提出与御兄打赌。"

阮灵素急道："打什么赌？"

"赌命。"

"赌命？！"

"御兄甘愿以一己之命赌独孤樵一命，就是说，若御兄输了，他便自绝当场，若鬼灵子输了，便得将独孤樵杀掉。"

"那鬼灵子不是输赢皆与他无关了？"

"正是。"

"结果金童弟赢了？"

"是的。"

"鬼灵子就杀了独孤樵？"

"没有。"

"为什么？姚大侠的高足竟耍赖皮了么？"

"也没有。"

"那——"

"御兄中了鬼灵子的计谋，结果一无所获，因而连日来心绪很坏，倒让姐姐受委屈了。"

阮灵素叹道："唉，玉妹，再屈再苦，姐姐这一生终是不会离开金童弟的了。"

玉女道："姐姐的一片苦心，妹妹自无不知之理，但……唉。"

阮灵素道："妹妹恍若仙女下凡，殊非人间绝色，若妹妹……唉，姐姐本是苦命之人，只要妹妹不嫌弃，姐姐替你们当牛做马也愿意，为的只求每日能看到金童弟一面。"

玉女道："姐姐你想到哪儿去了，我与御兄从小跟先陛下学艺，只有兄妹之情，更无别的……别的……还望姐姐千万不要误会。"

阮灵素喜极而泣。

却闻一声轻叹，从石洞左侧的侧洞里传出，随即便听金童道："御妹，灵素，你们都去睡吧。"

阮灵素失声道："金弟弟，你……你方才叫我什么？"

石洞内金童的声音突然严厉起来："阮姑娘，叫你睡你便回屋去睡，还啰唆什么！"

阮灵素却不管这些，只一个劲儿地道："玉妹，玉妹，你听到了么，方才他……他叫我什么了？你快说呀！"

玉女道："御兄叫姐姐闺名了。"

阮灵素竟又嘤嘤哭泣起来。

良久，才听阮灵素道："玉妹，今晚我……我好高兴，外面月光甚好，妹妹愿陪姐姐出去走走么？"

听说二人要出洞来，胡醉连忙闪身到十丈开外的一块巨石后隐好身形。

无巧不巧，玉女和阮灵素出得洞来，竟也缓缓踱到胡醉隐身的那块巨石前。

阮灵素道："此地宽敞些，玉妹，咱们便在这儿赏月可好？"

玉女应了，二人当即倚石而坐。

胡醉暗暗叫苦，一代大侠，竟连大气也不敢出。

先是饱听阮灵素大诉身世之苦，其中大部分关于阮家之事胡醉早已知晓，倒也并不觉得怎样。但随后阮灵素却娓娓诉说起对金童的爱恋之情，玉女不时插上一两句安慰的话，终归是女儿家闺房之语，直把个躲在石后的胡醉弄得好不尴尬。末了，阮灵素总算道出了一句胡醉早就想知晓的话："玉妹，方才你说金童弟与鬼灵子赌命，金童弟赢了反着了鬼灵子道儿，这究竟是怎么回事？"

玉女道："鬼灵子明明赌输了，可他偏偏说御兄没赢。"

阮灵素道："这不是耍赖皮么？"

玉女道："不是。"

稍顿又道："当时御兄也着实恼怒了，但鬼灵子却笑嘻嘻地掏出一把匕首来，指着自己的心窝问御兄道：'咱们赌的可是阁下认为在下一定会杀独孤樵，是么？'御兄道：'不错，因为咱们都是言而有信之人，而阁下又确实输了。'

鬼灵子笑道：'可没人说在下输了这句话，并且阁下犯了一个很大的错误，那就是忽略了死人是不会杀人的。'当时我们都是一愣，鬼灵子却笑嘻嘻地将匕首刺入了自己心脏！"

阮灵素失声道："鬼灵子自杀了？！"

胡醉也听得大觉骇异。

玉女幽然道："若是诈死，他瞒不过御兄的眼睛，鬼灵子确实是气绝当场了。"

静默良久，阮灵素才道："果然是姚大侠高足，竟如此……如此……"

玉女道："因事先有约，我与御兄也只好任由瞿姑娘抱了鬼灵子尸身，带着独孤樵走了。回山后御兄情绪不好，便是因为此事。"

阮灵素轻叹一声，忽然道："玉妹，姐姐觉得有些冷了，咱们回屋歇息吧。"

玉女点点头，与阮灵素一齐起身，回洞内小屋各自歇息。

月已西垂，胡醉茫然下山。

鬼灵子的"死讯"，他是此时才得知的。

鬼灵子的"死法"，已令一代大侠感慨万端。

鬼灵子的音容笑貌和他那刁钻古怪的脾性，不停地在胡醉心头翻涌。

但他也只像布袋和尚姚鹏一样，喃喃自语道："好个臭小叫花！好个臭小叫花……"

他总算明白了姚鹏因何严令本帮弟子四处找寻瞿腊娜。

因为玉女方才曾说，是瞿腊娜将独孤樵带走了。他也明白了瞿腊娜因何满面迷茫凄苦并遥指西边。

因为鬼灵子陆小歪已魂归西方极乐了！

蓦然，胡醉心头一凛：在与师姐分手到这凤凰山来之前，不是曾见到瞿姑娘了么？为何独孤樵不在？！

第十六回

不许你叫独孤樵

三十五

愁煞裴文韶惊恐过甚，闪入莽林后仍是不择路径，只一个劲儿地朝树丛浓密处狂奔。更不知过了多少时辰，裴文韶几欲虚脱，方缓下脚步，却早听不到铁算子田归林的鬼喊呐叫了。

此地古木参天，遮天蔽日，其昏暗得使人难以视清丈内物事。

愁煞惊魂略定，心道：如此地方，纵是你江湖浪子武功绝顶，只要我裴文韶不弄出声响，要搜出我来那是万难。

既如此想，心神不由一松。

心神一松，便觉背上沉甸甸的，独孤樵恰似一袋土豆，竟伏在他背上呼呼入睡了！

大怒之下，裴文韶将独孤樵一抖摔在地上。

这一摔委实不轻，直把大梦中的独孤樵摔得"啊哟"一声醒了过来，惑然不解地看着裴文韶道："后脑勺，好疼！"裴文韶一把抓住衣领，将独孤樵拎将起来，怒骂道："疼你妈的疼，大爷险些为你送了命，你可知道么？！"

独孤樵道："不知道。"

"那大爷现在就让你知道！"言语之间，但闻"噼噼啪啪"数十记耳光，早把独孤樵打了个口鼻流血！

裴文韶怒气未平，正想一拳将独孤樵满口银牙打碎，却又心头一惊：这独孤樵可是个无价之宝，若一拳将他打死了，那却真是竹篮打水一场空，万事皆成泡影了。

当下强忍怒气，只瞪了独孤樵一眼，径自席地而坐，掏出干粮大嚼。

独孤樵一抹口鼻间涌出的鲜血，奇道："你也要教我武功么？"

裴文韶一愣，问道："你说什么？"

独孤樵道："先前飞天神龙说要教我武功，也是这般打我的。"

裴文韶又好气又好笑，站起身来，点穴止住独孤樵血液外涌，扔了一块馍馍给他。

独孤樵接过馍馍，席地而坐，便将馍馍送入口中。

少顷，忽见裴文韶弹地而起，道："不行，咱们不能在此久留。"

独孤樵道："这儿太不光亮，果然不可久留。"

裴文韶道："你懂个屁！"

因为独孤樵之言与他所想大相径庭。

虽难辨方位，裴文韶也知他们此时已置身鄂西大峪群山中，若被铁镜或复圣盟中任何一人发现，他也只得空欢喜一场，最多得他们堂主"冷弥陀"南宫笑夸奖两句而已。

而几句夸耀之言对愁煞毫无用处，最有用的还是他自己练成绝世神功，称尊武林，让什么胡醉、姚鹏、童超、任空行、铁镜……全部俯首称臣。

一念及此，素以愁煞著称的裴文韶竟哈哈大笑起来。

笑声未了，忽有一个声音淡淡地从头顶上传来："裴文韶，你笑什么？"

陡闻此声，愁煞七魂早有六魂出窍了。

出声之人非他，正是让阴煞丘一西和笑煞莫军毙命，使"黑煞四星"仅存愁苦二煞的飞天神龙万人乐！

飞天神龙有若人猿，轻飘飘顺树滑下，看着裴文韶，又道："你笑什么？"

裴文韶骇然良久，才颤颤巍巍地道："万大爷，我……"

飞天神龙突然惊咦一声，道："独孤樵，你怎么做和尚了？陆小歪呢？"

独孤樵大惑不解:"我做和尚了?"

飞天神龙突然哈哈大笑道:"我明白了,我明白了!少林七十二般绝艺技压武林,陆小歪与我打赌,说定能在半年内教会你武功,他便把你送到少林学艺,对么?"

未等独孤樵回答,万人乐又眉一皱,道:"不对呀!既是如此,你为何不乖乖待在少林寺,却跑到这里来作甚?"

独孤樵道:"是裴文韶带我来的,他也像你一样教我武功。"

万人乐道:"就凭他那点儿微末道行,也能在半年内教会你武功?"

独孤樵道:"不知道。"

万人乐道:"大爷一人便可将四个裴文韶也杀了,连我也教你不会,他……哼!"

稍顿又厉声道:"裴文韶,是陆小歪让你教独孤樵武功的么?"

裴文韶连忙道:"是,是,万大爷。"

万人乐道:"大爷近日只想在林子里玩玩,倒不知江湖中又有多少没规没矩的事发生了,不过大爷敢肯定,半年后陆小歪可输定了,哈哈!"

裴文韶连忙道:"那是,那是!"

万人乐眉头一皱,又道:"大丈夫打赌却要赌得光明磊落,陆小歪既放心让你教独孤樵武功,不会没一丝儿道理,现在裴文韶你听着,若是你不认真教独孤樵,从中使诈,纵若本大爷赢了陆小歪也没什么光彩,大爷的脾气你也是知道的,到时我便像捏死一只蚂蚁那样叫你也活不成。听到了么?!"

裴文韶道:"听到了,听到了,小的尽心尽力地教便是。"万人乐道:"那好,本大爷为使与陆小歪赌得公正,便替你们找个安静隐秘的地方,那地方除本大爷外,天下更无一人能找到,但在这半年之内,本大爷绝不来打扰你们便是。"

如此言语听在裴文韶耳里恰若圣音,心头之惊异难以言表。

他们"黑煞四星"有二煞死在飞天神龙掌下,此时飞天神龙放他一马不说,还要为他寻一隐秘之所……哈哈!裴文韶暗忖道,万人乐,这可怪大爷不得,待大爷从独孤樵口里得知上古神功之修习法门,练就盖世奇功,到时要杀你区区一个万人乐，却是易如反掌……

正越想越得意，忽闻万人乐在十丈开外厉声道："裴文韶，不跟大爷走，你当真想找死么！"

裴文韶大骇，连忙道："小的不敢！"当下便一拉独孤樵，紧随飞天神龙之后。

约莫在昏暗如晦的莽莽森林中行了两个时辰，到得一棵百年古松之前，飞天神龙停了下来，转头道："怎样？"裴文韶不知其意，一愣之下道："这……这棵树好大。"的确，那棵古松竟有四五人合抱之粗。

万人乐也不理他，径自走过去背靠古松，裴文韶正不知飞天神龙在弄什么古怪，忽闻"啪哒"一声，眼前的万人乐早倏忽消失。

那棵古松倒是了无异状，却把个愁煞裴文韶弄得怔立当场。

饶是飞天神龙功力了得，也断不能运功于背，猝然间便"钻"入树干之内！

正如此想，便见树干从底部被掀起约三尺宽的一块，飞天神龙从树内伸出头来，道："裴文韶，你带了独孤樵进来。"

裴文韶惊奇异常，依言拉了独孤樵入内，待他们"入树"之后，眼前忽然一暗，更难看清尺内物事，却是飞天神龙将那"门"关上了。

正骇然间，裴文韶只觉手腕一紧，便听飞天神龙道："跟我来。"

依飞天神龙禀性，要杀他裴文韶倒无须如此鬼鬼祟祟。愁煞心头一宽，便随他往左侧而行。

只行数步，飞天神龙放开裴文韶手腕，道："屋里饮食之物足够你二人用半年了，你便在此地教独孤樵武功，除本大爷之外，断无第二人能寻到你们。"

稍停又冷哼一声，道："裴文韶，先前本大爷之言你可要记牢了，否则……哼！本大爷的手段你也是知道的！"

裴文韶虽目不视物，飞天神龙言语间之杀气却还是能感觉得到的，打个寒噤之后，连忙道："是！是！小的记住了。"

话音落时，只觉眼前猝明倏暗，又闻"啪哒"一声之后，早无飞天神龙踪影了。

三十六

直呆立了盏茶时分，裴文韶方隐约看清自己置身之所竟是一间宽长皆约十尺的土屋。

土屋并无门户，只有一条二尺余宽的通道，此时独孤樵正站在通道边，依旧是满面茫然之色。

裴文韶将屋内细细探视一番，见左角果然有一木架，木架上挂满早腌熏过的兽肉。右角上则有一只大木桶，裴文韶过去揭开桶盖一看，却是满满一桶清水。脚下，则是一层厚厚的枯枝败叶。

裴文韶自是不知，这些枯枝败叶正是飞天神龙的"床"，但他却明白了因何甫入此屋时便嗅到一股浓重的腐叶味儿。既探视清屋内物事，裴文韶心头大喜，暗自道：本大爷正愁没个隐秘之所安置独孤樵并习练上古神功，万人乐那克星却送上门来，这当真是天助我也！哈哈，既是上苍注定要让我裴文韶称尊武林，大爷便却之不恭了……

正越想越得意，忽听独孤樵道："你要在这儿教我武功么？"

裴文韶恰似好梦做到一半被人惊醒，一怔之下怒道："还立在那儿干什么！快给大爷滚进来！"

独孤樵依言入屋，裴文韶又厉声道："坐下！"

待独孤樵坐下之后，裴文韶也坐在他对面，道："你当真能背那封书简么？"

独孤樵道："哪封书简？"

裴文韶怒道："你他妈的竟敢消遣本大爷？"

独孤樵憨然道："我没有。"

稍顿又道："我只会背一封书简，就是被你和胡涂打死了的那个叫花塞给我的那封。"

裴文韬转怒为喜，当即道："对对对，就是那封。"

独孤樵道："可你名叫裴文韬，既不是胡大侠也不是姚大侠，我背给你听，却有些不妥。"

话音甫落，便又吃了一记响亮的耳光，裴文韬大怒道："去你妈的胡大侠、姚大侠，现在是大爷说了算！"

独孤樵摸着火辣辣的面颊，道："先前万人乐教我武功，动作可比你多多了，可我还是不会，你只是这一个动作，大约我还是学不会的。"

裴文韬愣道："你说什么？"

独孤樵道："万人乐说能挨打也是武功，他打了我很多地方，可我经不住打，所以才说我不会丝毫武功。现在你专打我的脸，我也是再经受不住了，所以你也教不会我武功。"裴文韬哭笑不得，见独孤樵双颊此时已高高肿起，果然不能再打了，当下道："只要你乖乖将那封书简背出，本大爷不再打你便是。"

独孤樵道："那你不教我武功啦？"

裴文韬正欲回话，忽有一种奇怪的感觉涌上心头，当即不再吭声，径自闭目暗忖是何感觉，怎的这般古怪。

独孤樵见裴文韬忽然闭目不言，只好木愣愣地也不再问。少顷，裴文韬睁开眼来，只道了一声"你等着"，便朝那通道走去。

独孤樵自然不知就里，但裴文韬却明白了那古怪的感觉是什么。

——此屋无窗无户，唯一的"门"便是外面那棵巨大古松被飞天神龙不知如何弄得能启合的一扇树干，但那扇树干合拢后无一丝破绽，如若毫未被人做过手脚一般天衣无缝。因何能看清屋内物事？

本该黑暗如阴曹地府，偏偏连独孤樵肿起的面颊也能看清！

本该气闷难耐，置身屋中却呼吸无滞！

光从何来？气从何来？

裴文韬理应觉得古怪，但待他走到丈余外土屋通道的尽头时，心头顿即释然。

古松中空！

仰首上观，可见到似是黑色的细碎松叶。

裴文韶正哑然失笑，忽见到一片拳头般大小的蓝天，自然是有风掀动松叶之故了。但就在这刹那间，裴文韶心头猛然一凛，再难笑出声了。

树心中空并非天成，而是人工凿出来的！

底部这八尺余高，直径约三尺的空洞凭人力凿出，倒也并非难事，但其上那只有碗口般大小的通光透气孔，飞天神龙却是如何凿出来的？！

须知这棵百年古松之高不下十丈！

而碗口般大小的圆孔，饶是将"缩骨功"练至化境之人，也是难钻进去的。

裴文韶自是不知，昔年太阳叟东方圣图霸武林，天下大乱之时，飞天神龙从未在江湖露面，便是在这棵百年古松上痛下苦功了。正所谓冰冻三尺非一日之寒，为凿此孔，飞天神龙足足花了一年多时间。至于如何凿法，那便只有他自己才知晓了。

但此时裴文韶心头之骇异，绝不亚于年前他们黑煞四星将身怀至宝的田归林和连城虎逼上绝路、飞天神龙突然现身并一举重创他和苦煞胡涂、而阴煞丘一西和笑煞莫军则当即毙命之时。

大骇之下，裴文韶伸手便去推先前飞天神龙轻易启合的那扇"门"，却哪里能撼动分毫！

僵立良久，裴文韶方冷哼一声，阴恻恻地自言自语道："待大爷练就上古神功，第一个要杀的便是万人乐你这狗贼！"

惊魂已定，裴文韶复回土屋，却见独孤樵早呼呼入睡了，陡然间不由怒气横生，一把拎起独孤樵，伸手便欲再让他吃一记耳光，却又在蓦然间想到若将他打废了，不能背出那封书简，倒是大为不妥。当下"哼"了一声，强忍怒气，只重重将独孤樵摔在地上。

地上铺有厚厚的枯叶，倒未有何损伤，独孤樵揉了揉双眼，翻身坐起，道："你又要教我武功了么？"

裴文韶怒道："教你妈的大头鬼！独孤樵，你给老子听好了，大爷现在便要你背那封书简！"

独孤樵道："可你既不是胡……"

却被裴文韶的暴喝声打断话头："够了！别惹得大爷火起，一剑便把你宰了！"

独孤樵连忙道："胡乱杀人，那却不好，真的不好。"

裴文韶哭笑不得，冷冷道："如果本大爷觉得杀人很好玩呢？！"

独孤樵道："那也由得你，不过嘛，纵然你杀了我，因为你不是胡大侠或姚大侠，我还是不能背那书简给你听的。"

裴文韶怒极反笑道："好！好！好！很好！"

独孤樵喜道："既然你也说很好，那咱们便睡觉吧。"

言罢竟真的倒地便睡了。

裴文韶见独孤樵竟愚蠢到如此程度，真恨不得真的一剑将他杀了。但转念又想，杀这般一个蠢人，非但于事无补，往后也不好向铁镜和万人乐交代，而他的拜兄胡醉和童超若知独孤樵死于我手，那姓裴的纵有十条性命，只怕也难以保住半条了。

当下强忍怒气，思谋如何让独孤樵背出那封书简内容来。良久不得计较，反觉有些困倦，只得胡乱吃些熏肉，也自睡了。

如此一连三日，裴文韶既不教独孤樵武功，也未能从他口中逼出书简内容，只随时怒气填胸而已。

第四日，裴文韶忽暗忖道：这蠢东西既不吃硬的一套，便来软的骗骗他又有何妨，难说如此倒能奏效。

计较已定，裴文韶强作祥和之态，对独孤樵道："独孤樵，虽然你认识胡大侠和姚大侠，但……"

哪知未等他话说完，独孤樵早截口道："你错了，我不认识胡大侠和姚大侠。"

裴文韶愣道："你说什么？"

独孤樵道："我说我不认识胡大侠和姚大侠。"

言语间并无作伪之色，裴文韶大奇道："你……你真的不认识他们？"

独孤樵道："真的不认识。"

裴文韶心头狂喜，暗道：天助我也，这小子不但武功俱失，连记忆也丧失了，既如此，要骗他可就容易多了。

当下轻叹一声，道："你不是武林中人，不认识胡大侠和姚大侠倒也不能怪你。"

独孤樵道："你认识他们么？"

裴文韶道："那是当然，他们可都是在武林中名声赫赫的人呢。""哦。"

"胡大侠单名一个'醉'字，号千杯不醉；姚大侠也是单名一个'鹏'字，号布袋和尚。"

"噢，原来一个叫胡醉，一个叫姚鹏，先前我还以为他们是不同姓而同名呢。"

"实不瞒你说，我与胡醉和姚鹏交情笃厚，可惜……唉！"

"那当然啦，你们常见面，自然就熟知了，只是，嗯，你为何要叹气？"

"我知道你要转告他们的那封书简非常重要，但……唉，最多半年，咱们便都要死在这屋里了。"

"真的么？"

"我去探查过，这怪屋子一处出口也没有，待咱们将屋里的东西吃光，就非得饿死不可。"

"万人乐不是说他半年后还要来么？"

"那是他骗咱们。"

"你说他不会来？"

"绝对不会！"

"哦。"

"我方才叹气，便是为此了。我死在这里倒没什么，只是你死了却大为不妥。"

"为何我死了便大为不妥？"

"你若死了，又有谁能传那封书简给姚大侠或胡大侠呢？"

"这倒真是的。"

"你看这样行不行，你先将书简内容告诉我，万一咱俩有一个人能活着出去，便可将书简再告诉胡大侠或姚大侠？"

"这——"

"再说，纵若活着出去的是你，你又不认识胡大侠和姚大侠，要找他们也不容易。而我却熟知他们，事情就好办得多了。"

"嗯。"

"并且你不会武功，而我却是会的，依我看来，能活着出此屋的大概还是我。"

"那好吧，我把书简上的话一字不漏地告诉你，你可要记熟了，将来便托你也一字不漏地告诉胡醉和姚鹏，行么？"

裴文韶心头狂喜，却未在面上表露出来，只连声道："当然，当然，受人之托，忠人之事，这一点我是绝不敢忘记的。"

三十七

独孤樵却哪知中了愁煞圈套，当下便缓缓将那封书简背了出来。待念至最后一句"×年×月×日黑力铁姑谨启"之后，裴文韶早失声道："就这些么？"

独孤樵道："就这些了，你可记熟了么？"裴文韶呆坐良久，又道："你再背一遍。"

独孤樵又背了一遍，果然与前一遍并无丝毫差错。

裴文韶心头之失望难以言表。

书简之内容，除田归林将性命不保之外，其他皆是愁煞裴文韶全知道的！

他虽不知后来田归林因何奇遇得救，但他却明白，凭自己的武功，是决计不可能到雷音掌连城虎所葬身的那万丈绝壁下取到《阴阳大法图》和上古利器的。

早知如此，他又何必冒丧命之险，将这独孤樵带到此间！

当下便想一剑将独孤樵毙了。

抽出长剑之后，又心头一凛：铁镜、胡醉和童超等人的面容猝然间涌上脑海，只要他杀了独孤樵，这些人没一个会饶过他的！

却听独孤樵道："你拔剑干吗？是要教我武功么？"

裴文韶大怒道："对！大爷正是要教你武功！"

话音落时，早取下剑鞘冲着独孤樵便是"噼里啪啦"一阵乱打。

虽不敢用上内力，却已将独孤樵打得皮开肉绽，早是人事不知！

总算略泄了心头之愤，裴文韶不再理睬独孤樵，径自走出通道，运足浑身功力，冲着古松"门"双掌击出。"门"却纹丝不动，反震之力倒把他双臂震得生疼。

盛怒之下，裴文韶更不顾其他，挥剑乱刺刮削，将"门"一片片削下。

忽闻"嚓"的一声，手中长剑已折为两截！

一愣之下，怒气暴炽，复冲入屋，以剑鞘对仍旧昏迷不醒的独孤樵又是一顿狂抽猛打。

血，早将独孤樵身下的枯枝叶浸湿了老大一片。

裴文韶见状暗忖道：若把这小子当真打死了，却是有些不便。

忖罢扔下剑鞘，扯下一块腌兽肉，坐在一旁愤愤然乱嚼猛咽，然后倒头便睡。

也不知过了多少时辰，裴文韶醒了过来，却见独孤樵侧身正静静看着他。

裴文韶陡然坐起，怒道："你看大爷作甚？！"

独孤樵虚弱地道："你……这般教……教我武功，我还……还是学不会的。"

裴文韶冷笑道："那却难说，咱们无妨再试试！"言罢捡起剑鞘，只打得数下，独孤樵又昏迷过去。裴文韶只好手执半截断剑，再去削那道"门"。

如此一连三日，"门"已被削下尺厚一层，却依旧双掌难击动它分毫。

自然，三日之内，独孤樵始终是昏迷不醒。

第四日，独孤樵开始浑身发烧，口中吐出断断续续的胡言乱语。

裴文韶只得停止削门，使出浑身解数替独孤樵疗伤。

如此又过得数日，独孤樵总算苏醒了，只是虚弱憔悴，与先前判若两人。

裴文韶又开始削"门"。

忽一日，不知触动了何处机关，那尚有二尺余厚的"门"竟倏然自行启开了。

一瞬之间，强烈的亮光将裴文韶刺得双目生疼。

但也只是一瞬，那"门"又自行合拢了。

一阵昏眩之后，裴文韶开始细思方才是怎样将"门"启开的。

手的位置，剑的位置，脚的位置，还有身形，一一摆好之后，又将方才的动作演了一遍。

蹊跷的是，那"门"却不听话，依旧是纹丝不动。

暗骂了一声见鬼，裴文韶一脚踢向"木门"。但闻"啪哒"一声，那"门"竟又自行开合了！

裴文韶一惊之后，随即便大喜过望：原来"机关"竟如此简单，就在脚下"木门"左侧紧贴地面处！

当下连连踢那"机关"，"木门"自然也连连启合。

这一喜非同小可，裴文韶冲进土屋，一把提起独孤樵，高声道："独孤樵，咱们有救了！哈哈……"

笑声未毕，独孤樵早"啊哟"叫出声来。

裴文韶一愣，将独孤樵拉至"门"前，以脚尖顶住"机关"，待适应外界光线后，细看独孤樵，但见他浑身横七竖八的伤痕尚未愈合，更有数处已开始化脓，令人恶心恐怖。将独孤樵送回土屋，裴文韶暗忖道：此时将独孤樵带出去，却是有些不妥。

他自己无法走动，挟着他却又脏又臭，若遇上胡醉或童超，那……

忽然心头一动，"咦"了一声，又跑至"门"前，以脚尖顶住"机关"，果然"门"敞开出一道足可让人自由出入之口，并未在瞬息之间合上。

这又是一个重大发现，否则凭他愁煞的轻功，是绝不能在那瞬间窜出去的。

裴文韶号称愁煞，也禁不住大笑起来，笑声在树洞里回荡，显得有一种说不出的诡异。

松开脚尖，让"门"合上后，裴文韶又回到土屋，坐在离独孤樵远远的"墙"边，自忖道：这独孤樵于我是没什么用处了，当然也不能再"教他武功"，当今之计，是先将他的伤治愈，然后……

然后将他交给谁呢？

交给童超，他们定会饶我性命的，但铁镜能饶得过我么？

铁镜此时是复圣盟副盟主，要找到我绝非难事。

忽地心头一凛，"复圣盟"三字有若鬼魂，使得裴文韶猝然色变——分筋挫骨、毒蚁穿心、刀刮剑削……——这些恐怖的字眼一一窜入脑海，因为复圣盟能够并且肯定会对他这样做的！

所以万万不能将独孤樵交给侠道中人！裴文韶又忖道：若将他交给复圣盟呢？

——铁副盟主自然会夸奖我几句，但胡醉、童超他们会饶得过我么？

——绝对不会。

——当然，也不会遭受分筋挫骨之类的惨死。

——并且，复圣盟定然会保护我的。

想起复圣盟，裴文韶不由自言自语道："哼！要取我性命可没那么容易。"

却听独孤樵道："谁要取……取你性命？"

裴文韶皱眉道："这与你有何相干？！"

独孤樵道："果然与我不……不相干，只是杀……杀人终究……不好。"

"够了够了，闭上你那鸟嘴，大爷这便替你疗伤。"

"不对，我的嘴不叫鸟嘴，至于替我疗伤嘛，那倒是应该的。"

"去你妈的应该不应该！"

"我的伤是你'教'出来的，自然应该了。"

裴文韬哭笑不得，干脆自己闭上嘴，过去细细探查独孤樵伤情。

虽伤痕累累，却只是皮肉之苦，幸未伤及筋骨。

裴文韬将独孤樵早褴褛不堪的衣衫除尽，然后捧来清水，替他擦洗化脓之处。

独孤樵不时"啊哟"出声。

裴文韬怒道："鬼叫个鸟！大爷屈尊替你疗伤，已是令人难以置信之事了。"

他说的本是大实话，偏独孤樵似是有些不信，问道："你是说你从来不替人疗伤么？"

裴文韬道："大爷只会杀人。"

独孤樵道："杀人不好。"

稍顿又自言自语道："唉！反正我说了你也不会听的，你们这些会武功的人真古怪。"

裴文韬沉着脸一言不发，直到将独孤樵身上四五处化脓之处洗净之后，才道："吃些儿东西，静静养伤，不准乱动，记住大爷的话么？"

独孤樵道："胡醉号千杯不醉，姚鹏号布袋和尚，你的号叫大爷，对么？"

裴文韬"哼"了一声，径自睡了。

擦洗伤口、吃、睡，如此持续半月，独孤樵那四五处伤口总算不再化脓了。

又过半月，独孤樵浑身伤痕已尽数痊愈，头发也已长出半寸有余。

这一日，裴文韬道："咱们走。"

独孤樵道："走？去哪儿？"

裴文韬道："少啰唆，跟着大爷走就是了。"

言罢径自走向通道，独孤樵只好茫然跟随其后。

到得"门"前，裴文韬忽然一愣：我以脚尖顶住"机关"，独孤樵自可爬出去，但我却如何出去？

略作思忖，但对独孤樵道："你用脚尖顶住这儿，千万不可松开。"

独孤樵依言而行，"门"倏然间启开了，裴文韶钻出去，寻了一根长约四尺的木棒，又钻进来，让独孤樵松了脚，然后用木棒顶住"机关"，"门"果然启开后不复合拢。

裴文韶大喜，钻出去后道："你也出来吧。"

独孤樵笨手笨脚地爬出"门"，道："咱们这便走么？"裴文韶也不答应，率先举步而行，但走出四五步之后，又突然停步转身，对独孤樵道："你在这儿等着，千万别走开。"言罢也不等独孤樵回话，奔回古松"门"前，钻了进去。

少顷，裴文韶又钻出来，对茫然呆立原地的独孤樵道："走吧。"

独孤樵道："你又进去干什么？"

裴文韶冷笑道："万人乐那小子自以为聪明，哼！"

独孤樵不明所以，正欲发问，忽见"门"和古松顶端冒出滚滚浓烟，顿即恍然道："你把那屋子烧了。"

屋里铺满枯枝败叶，要点燃倒不费事，裴文韶也不回答独孤樵问话，却道："从现在开始，不许你叫独孤樵。"

独孤樵奇道："为何不许我叫独孤樵？"裴文韶道："你还想让人教你武功么？"

"不想。"

"那就是了，你说你叫独孤樵便有人要教你武功。"

"那倒是的，但——我叫什么？"

"叫……嗯……就叫乔孤独吧。"

"你把我名字倒了过来，对吗？"

"对。嗯，不行，这样还是太露了些，干脆，叫乔石头算了。"

"乔石头？"

"对，姓'乔'的'乔'，'石头'嘛就是石头，记住了么？"

"记住了。"

"你叫什么？！"

"我叫独孤……不，我叫乔石头。"

"好，就这样，咱们走。"

此时日头偏西，森林里却依旧异常昏暗，但对在土屋中待过近两个月的裴文韶来说，要凭浓密树叶间偶尔露出的些许日光判定方位并非难事。当下辨明方向，带着独孤樵径回复圣盟总堂。

第十七回

自作自受

三十八

赛诸葛欧阳明已在鬼灵子陆小歪床前站了很久,可鬼灵子似乎连一丁点儿醒来的意思都没有,他甚至转了个身,含糊不清地咕哝了一句什么。

过得良久,赛诸葛突然笑了,道:"陆小歪!你别装蒜了,快给我滚起来。"

鬼灵子未等他话音落尽,早咯咯一笑跃起身来,道:"你给我送山鸡来了么?还不快快给我拿出来,我可是饿得要命了。"

赛诸葛愣道:"什么?"

鬼灵子故作奇状道:"你们这散人谷里的人莫非只有在打赌时才吃东西么?"

未等赛诸葛回话,鬼灵子又一本正经地道:"我有个毛病,大概你们是没有人知道的。"

赛诸葛奇道:"什么毛病?"

鬼灵子道:"我若是一觉醒来不吃点儿东西,那便蠢笨如牛,无论学什么,都终归是一丝一毫也记不住的。"

赛诸葛又是一愣,道:"你怎么知道我们要……"

鬼灵子道:"没有山鸡么?那么……我看烤野兔子也行。"

赛诸葛忽然哈哈大笑。鬼灵子跟着哈哈大笑。

然后两人齐声道："有趣！有趣！"

鬼灵子更道："简直他妈的太有趣了！"

一语未了，赛诸葛早飘然出屋，少时又窜回屋来，手中竟真的拎着一只烤得焦黄喷香的野兔，劈手撕了一半给鬼灵子，道："这当然不是山鸡。"鬼灵子淡然道："不是。"

"这是烤野兔。"

"好像是的。"

"吃了它你大概就不会蠢笨如牛了？"

"那咱们干吗还不试试？"

"有理。"

当下二人盘膝而坐，细嚼慢咽起来。过得良久，鬼灵子陆小歪慢慢站起身来，道："我好像可以学点儿什么。"

赛诸葛道："你的确可以学做一只野兔。"

"野兔？"

赛诸葛大笑道："幸好是我第一个教你，否则此时你不做野兔也不行了。"

鬼灵子道："其实做野兔也没什么不好，至少它可以白天睡觉。"

赛诸葛面色微变，却听鬼灵子陆小歪又道："幸好我现在突然不想做野兔了，所以咱们是不是应该马上到树林里去？"

赛诸葛莫名其妙地看着鬼灵子陆小歪。

鬼灵子微微一笑道："我头上突然长了二十八只角么？"

"你没有。"

"我很好看？"

赛诸葛没再说什么，率先走了出来，鬼灵子微微一笑，也跟着走出石屋。

在整个散人谷中，这儿是树木最稀疏的地方。赛诸葛收住脚步，转头对鬼灵子道："你就在这儿站着。"

鬼灵子奇道："干什么？"

赛诸葛欧阳明一言不发，径自走出十丈开外，又复转回身，道："现在你过来。"

鬼灵子不知他玩什么玄虚，当下迈步便往前行，殊不料堪堪走出三步，陡闻"嘭"的一声！

几乎就在同时，一个人的哈哈大笑声传遍了散人谷。

笑的人当然是赛诸葛欧阳明。

因为鬼灵子陆小歪早被一棵树撞了个七荤八素。

鬼灵子一点儿也不怀疑那棵树是真实的，却实在不明白它从何而来，当他揉着头上的肿块懵然站起来时，那棵突然出现的树又突然不见了，四周的树木依旧显得稀疏，唯一不同的是赛诸葛欧阳明正笑得眼泪都流了下来。

当然，他人依旧在十丈开外。

鬼灵子居然笑了笑，道："散人谷的树果然有些儿古怪，难怪那些野兔会被烤得焦黄流油。"

赛诸葛笑道："此时你还觉得做只野兔挺不错么？"

鬼灵子立即道："当然。"

"当然？"

"至少兔子不知道什么叫不知好歹。"

"说对了。"

"我当然说对了，但你却错得不能再错。"

赛诸葛一愣，便见鬼灵子陆小歪转身就往回走，快得的确有些像野兔，当下大感道："喂喂，陆小歪，你吃错什么药了？"

鬼灵子却连头也没回，更没有出声。

赛诸葛欧阳明的机关阵式设置之术，数十年前便已可说是独步江湖，不知有多少人欲拜他为师而不得，偏偏此时这鬼灵子陆小歪却似乎对他的绝技毫无兴趣，纵是打破了他的脑袋，赛诸葛也想不出个所以然来，只愣愣地看着鬼灵子的背影发呆。

忽听鬼灵子在三十丈开外高声道："咦：怎的这般古怪？"赛诸葛闻言也是大奇，当下奔过去道："你看到什么了？"

鬼灵子道："方才有一只老虎被一只小猫追了从这儿逃奔过去，你说古怪不古怪？"

赛诸葛又愣得一愣，随即哈哈大笑道："果然是古怪之极了，却不知那只小猫撞上突然出现的树木没有？"

鬼灵子道："好像是撞了一下，不过那老虎却还是拿它毫无办法。"

赛诸葛面色忽然一沉，道："陆小歪，我欧阳明若不是看在那……那前辈神僧的面上，你纵是给我叩三千六百个响头，也休想……"

鬼灵子截口道："欧阳明，若不因为那位前辈神僧是我救命恩公，你纵是叩三万六千个响头，也休指望我鬼灵子陆小歪会去撞那棵树！"

饶是欧阳明号称"赛诸葛"，一时也竟被噎了个说不出话来。

鬼灵子则故意装出一副无可奈何的样子。

少顷，赛诸葛突然大笑连声："好！好！果然不愧名叫陆小歪，当真算是'歪'到家了，难怪！难怪！"

言罢仍旧大笑不已。

鬼灵子却皱眉道："好？好个屁！我可一丁点儿也不觉得好。"

赛诸葛欧阳明倒也不以为忤，只道："陆小歪，你只要学会了我七成本事，将来可是受用不尽。"

鬼灵子道："我为什么要学？"

赛诸葛大奇道："你不学？！"

"大约只有那种不知好歹之辈才学得会……哈哈！我鬼灵子陆小歪定然是学不会的了。"

"你这是什么意思？"

"你不懂？"

"哼！"

"看来你是真的不懂，唉，那我只好对你明说了。"

"你说。"

"我先问你，你那间自以为了不起的'八卦屋'是谁替你保住没输给吴输赢的？"

赛诸葛竟讪讪地说不出话来。

鬼灵子指着自己的鼻子道:"是我!难道你不记得了么?"

赛诸葛道:"虽然是,但……"

他本想说"但它的确了不起,而不是我自以为了不起",然未等他将话说完,早被鬼灵子截口道:"但你却恩将仇报,口上说是要教我什么屁本事,其实……哼!"

更不待赛诸葛开口,冷哼一声之后紧接着道:"罢了,罢了,我这便去找赌王吴输赢,将个中情由告之于他……"赛诸葛大急道:"说不得!说不得!"

鬼灵子故作肃然状道:"我鬼灵子陆小歪虽算不上什么,但大丈夫立于天地之间,行事总得问心无愧,咱们那般作伪使诈,终归是有些——"

他故作委决难断之态,沉吟不语。赛诸葛欧阳明当下连忙道:"不不不!你是大丈夫!甚至还是天下最了不起的大丈夫!"

鬼灵子道:"咦?这就怪了,怎的连我自己也不知道?"

赛诸葛道:"这倒不怪。"

"哦?"

"昔年东坡居士早有诗云:'不识庐山真面目,只缘身在此山中。'"

鬼灵子道:"噢,原来江湖上竟有人这样说话。"

赛诸葛道:"苏东坡诗、书、词、画以至音律无不冠绝当世,实可算我江湖同道,所以他的话当然是至理名言,你自己不知自己是大丈夫,那才是真正的大丈夫,我欧阳明佩服之至!但你是否还听过另一句话……"

"什么话?"

"也是一句至理名言。"

"请说。"

"大丈夫行事,尽可不拘于小节。"

"你是说偶尔使使诈也不失大丈夫本色?"

"对对对!简直没有比这话更对的了!"

鬼灵子心头暗笑,口上却淡然道:"原来如此。"

赛诸葛大喜道："所以嘛，你只要别对吴输赢说出昨日之事，不但不失大丈夫本色，而且我还会把浑身本事全教给你。"

鬼灵子道："如此说来，我是不得不学了？"

赛诸葛欧阳明竟不知自己已入彀中，兀自哈哈大笑道："的确如此，既然是大丈夫，你只有跟我学了。"

鬼灵子心头大乐，面上却摆出一副苦愁之色，竟长叹了一声。

当下二人重回先前鬼灵子撞树之所，面对面盘膝而坐，赛诸葛恰似拣到了三百锭大金元宝，得意非凡地给鬼灵子传授起他那秘而不宣、独步天下的机关阵式设置之术，鬼灵子自是面愁心乐，那也不用再说了。

三十九

时光如白驹过隙，转眼一月已过。

散人谷中的人已觉得头大如斗。至少赌王吴输赢和贼王时穷富已觉得自己的头在这一月间陡然长大了数倍。刚开始的时候，赛诸葛欧阳明每天至少要对愁眉苦脸的赌王和贼王大笑三次。

因为"四象屋"里的东西总是莫名其妙地"跑"到"三才屋"里去，而"三才屋"里不见了的东西也常常会在"四象屋"里出现。

又过一月之后，赛诸葛却笑不出来了，因为他"八卦屋"里的东西也像是突然长了脚，会自己跑得无影无踪。因为在这一月之内，鬼灵子是和贼王时穷富在一起。

鬼灵子陆小歪误打误撞弄开了"北斗天罡屋"的卧室，赛诸葛是知道的，但他实在不明，到底是他的机关不行，还是这鬼灵子陆小歪令人觉得太不可思议。

自然，先前一入内便东西难辨的森林，此时鬼灵子置身其中，甚至连赛诸葛也往往找他不到了。

无论如何，三老者从未想到过这小鬼头会将他们散人谷弄得乱七八糟。

贼王时穷富向来很少开口，有一天他却对欧阳明说了一句话："他妈的。"

赛诸葛更不犹豫，立即道："活见鬼。"一语未了，却见赌王吴输赢沉着脸走过来，道："谁和我打赌？"

赛诸葛奇道："赌什么？"

"将鬼灵子陆小歪找出来。"

欧阳明和时穷富同声道："我不赌。"

吴输赢折头就走。

欧阳明连忙道："喂！喂！"

吴输赢立足转身，怒道："既然不赌，你叫住我干什么？"

欧阳明一本正经地道："因为我看你脸色不对。"

"这和你有何相干？"

"当然相干。"

"哼！"

"因为我要和你打赌。"

吴输赢双眼一亮："你能找到他？"

"我不赌这个。"

"那你赌什么？"

"我赌你的《赌经大全》被陆小歪偷走了。"

"是你叫他偷的？"

"就是说我赢了？"

"你没赢。"

"赌王吴输赢也会耍赖？"

"因为我根本就没答应和你赌。"

未等欧阳明开口，早有一个声音从三十丈外传来："欧阳明、时穷富不敢和你赌，让小叫花与你赌怎样？"

吴输赢一愣，却听欧阳明哈哈大笑道："吴老儿，你已经输了，还赌个屁！"

吴输赢"哼"了一声，高声道："陆小歪！你给我滚出来！"

鬼灵子当然没有出来，也高声道："欧阳明，时穷富，你们还不赶快和他打赌，只要我一出来，他就输定了。哈哈……

笑声未落，欧阳明和时穷富早齐声道："吴输赢，我和你赌！"

吴输赢道："不赌。"

"干吗不赌？"

这句话是三个人同时说的，他们是：欧阳明、时穷富和鬼灵子陆小歪。

然后吴输赢、欧阳明和时穷富就一齐愣住了。

却听鬼灵子道："吴输赢，你当真枉称赌王，若我不出来，你岂不就赢定了？"

言罢竟装模作样地叹了口气。

三人一时愣立当场。

鬼灵子又道："喂！你们到底谁想赢？"

赛诸葛欧阳明和贼王时穷富连忙道："陆小歪，你赶快出来！"

鬼灵子道："可我为什么要出来？我在这儿可是舒服得很。再说，就算我真的出来了，也不算是你们找到了的，对不对？"

吴输赢高声道："对！对！简直对极了。"

"了"字出口，人早朝鬼灵子发声之处飞奔过去。

虽他的武功与其赌技相比那是大大不如，但与鬼灵子陆小歪相比，至少在轻功上绝不弱于他。

因为总赢钱的人，脚底抹油的功夫好像一般比别人要好些。

可惜鬼灵子不是一般人，他就连赌徒都不是。所以吴输赢虽然速度不慢，方向也没弄错，但他并未能见着陆小歪，连鬼灵子陆小歪的衣角也没见着，就好像鬼灵子突然变成了空气。

鬼灵子当然不可能变成空气，只不过在吴输赢刚说出第一个"对"字时，他早就从右侧横掠出了十丈有余。赛诸葛和时穷富也紧跟了过来，不过他们看到的也只不过是木呆呆的赌王吴输赢而已。

过不多时，他们又听到了鬼灵子陆小歪的声音，发声之处却是在他们先前站立的地方："吴输赢要找《赌经大全》，你干吗不到欧阳明的'八卦屋'里去？哈哈！我敢肯定它准会在那儿。"

吴输赢面色微变，欧阳明则言道："真的么？"

鬼灵子道："我估计大约错不了，但我却可以肯定你找不到它。"

稍顿又道："所以吴输赢更找它不到。"

欧阳明道："他连我的'八卦屋'也进不去。"言语间竟大为得意。

赌王吴输赢一跺脚，愤愤道："陆小歪！算你狠，我吴输赢服了你了。"

鬼灵子施施然走了出来，面上兀自带着微笑，道："不知你是真服还是假服？"

吴输赢气得干瞪眼，却偏偏拿他毫无办法。

鬼灵子故作沉思状，良久才道："看起来你是真的服了，唉，那也叫作无可奈何，因为连我自己也不得不佩服自己了。"

的确，一个人要自己佩服自己倒真不是一桩容易的事。却听鬼灵子又道："你们当然不知道我为何要佩服自己，对么？"

吴输赢沉着脸道："不对。"

"不对？"

"当然不对，因为有的人脸皮比城墙还厚。"

"你的意思当然是说：既然有脸皮比城墙还厚的人，就一定有心眼比针尖还小的人了。"

"哼！"

"没什么好'哼'的，因为第二种人特别容易自以为是。"

"什么叫'自以为是'？"

"你连这个词的意思也不知道么？唉！真可惜，看来我只好费点儿口舌告诉你了。它的意思就是：有两个人在鬼鬼祟祟地商量怎样才能不教另外一个人赌技时，这个人恰好听到了。"

赌王吴输赢失声道："昨夜你在我的'四象屋'？"

鬼灵子笑道："好像是的。"

吴输赢气极反笑,道:"很好!很好!陆小歪,你现在究竟想怎样,无妨划下道儿来我吴输赢接着就是了!"

鬼灵子道:"道儿嘛,划不划也是一样的,只不过有一句俗话说得好,男子汉大丈夫,从哪儿跌倒还要从哪儿爬起来,我陆小歪就是因为和人打赌才差点儿送了性命,所以欧阳明和时穷富的雕虫小技学不学倒无关紧要……"

赛诸葛和贼王同声怒道:"什么叫'雕虫小技'?"

鬼灵子道:"好好,就算是雕虫大技那也无妨。但现在我可是在和吴输赢说话,你们休要胡乱打岔,否则你们的《妙手空空经》和《设阵大法》难说什么时候便会突然不见了,哈哈!"

欧阳明、时穷富二人果然不敢再吭声。

鬼灵子又道:"至于你吴输赢敝帚自珍的赌技嘛,看起来我陆小歪倒不得不学它一下了。"

吴输赢哭笑不得,沉声道:"如果我没兴趣教了呢?"

鬼灵子笑道:"你不会没兴趣的。"

"那倒不见得!"

"可我却能肯定你一定很有兴趣。"

"何以见得?"

"因为方才你说的话并不新鲜,我昨夜便听你对时穷富说过了。"

"还有呢?"

"还有就是:假若你真的没有兴趣,那本《赌经大全》说不定便会成为碎片,并且它也一定会出现在茅坑里。"

吴输赢赫然色变,失声道:"你敢?!"

鬼灵子笑道:"我为什么不敢?"

"因为……因为……"吴输赢实在找不出鬼灵子陆小歪不敢的理由,只得一跺脚,接着道:"好吧,我认栽了便是,你先去把它拿出来,我教你也就是了。"

鬼灵子面色间一副大惑不解的样子,问道:"它?它是什么?"

《赌经大全》实是赌王吴输赢毕生精力之所聚,此时听鬼灵子如此说话,几乎气破了肚皮，当下怒道："陆小歪！你……"

"我怎么啦？"鬼灵子道，"哦，如果我猜得不错，你一定是对教我赌技突然大感兴趣了。这好办，我小叫花成全了你也罢。"

吴输赢一言不发，因为他不知道自己该说什么。

鬼灵子又道："这样吧，你回你的'四象屋'等着，待我去记它一段《赌经大全》里的话，然后听你细细分说如何？"

吴输赢折头就走。

鬼灵子在后面高声道："你放心，我保证一个字也不记错就是了。"

话音未尽，赛诸葛欧阳明早笑得捧着肚子在地上打滚，连一向不苟言笑的贼王时穷富也呵呵笑出了声。

良久，时穷富才"咦"了一声，道："陆小歪呢？他到哪儿去了？"

欧阳明失声道："八卦屋！"

一语未了，人早飞跑出三丈开外。

第十八回 弹指百年

四十

江湖浪子童超和司马青青紧随公孙鹳身后，过不多时，已到一巨石之旁。

虽公孙鹳一副祥和之色，但江湖浪子和青青方才依然是功布周身，全神戒备。公孙鹳收足转身静静看着江湖浪子，微微一笑道："果不愧是一元大师高足。"

江湖浪子道："一元大师？"

公孙鹳也自奇道："童少侠果是不知令师法号吗？"

江湖浪子一愣，道："阁下是说授我功力的便是一元大师吗？"

纵是在说话之时，他仍是全身戒备。

公孙鹳又是一笑，道："童少侠，司马女侠，咱们可否坐下细谈？"

江湖浪子撤去全身功力，哈哈笑道："倒是我以小人之心度君子之腹了。"

公孙鹳叹道："江湖险恶，倒也不便徒分'君子''小人'。"

言罢竟自倚石而坐，江湖浪子看了青青一眼，也自坐下，距公孙鹳不到三尺，青青则在童超身旁坐了，静静看着公孙鹳。

江湖浪子童超道："阁下似乎是我中原人？"

公孙鹳叹道："在下虽自小在西域长大，但的的确确是中原人。"

江湖浪子和青青对视一眼，并没再说什么。

公孙鹳又道："先祖公孙讳鹤之事，在下方才已与二位说了。"

稍顿接着道："纵是在下不说，想必二位也是有所耳闻的。"

江湖浪子童超淡然道："令先祖与家师他老人家乃是同辈，在下连家师他老人家的法号上下也是不知，'略知一二'之言，倒……"

公孙鹳道："然则家父……"

一语未了，司马青青早大是不耐，截口道："阁下有何话，何不爽爽快快便说了出来，如此打哑谜，却不是咱江湖中人本色。"

江湖浪子连忙道："青青！"

公孙鹳道："司马女侠所言甚是，今日一元大师高足和苦苦大师传人在世，我若还这般……唉。"

轻叹一声之后，公孙鹳续道："百年之前，先祖年方十二岁之时，乃是少林寺一名杂役。"

青青奇道："你祖父是个和尚？"

江湖浪子连忙道："青青休得无理。"

公孙鹳淡笑道："先祖虽身在少林，却未剃度，倒不算是出家之人。"稍顿又道："其时一元大师已是少林方丈了然大师高足，家祖虽资质愚鲁，不得传授少林武功，但他老人家……"

童超心下大奇，失声道："公孙老前辈自创一派武功，的确可算是一代武学宗师，资质愚鲁之说却不知是——"

公孙鹳道："家师他老人家不得学少林武功，心头自大是不快，偏他老人家记性奇佳，虽身为一小杂役，于武功心法一窍不通，但数年下来少林七十二路武功，招式倒被他记了个十之八九。"

江湖浪子童超道："原来如此。"

公孙鹳看了童超一眼，续道："后了然大师猝然圆寂，其首徒一空大师又不知其所往，少林寺全派上下苦寻其三年，终不见其踪影，便推一元大师接任少林方丈，可他坚辞不就，反推一空大师之首徒去难大师接任方丈，便是当今少林方丈悟明大师之师伯了。"

青青道:"虽小女子其时尚未出生,但了然大师猝然圆寂之事,倒也从家师口中略知一二,却不知阁下此时旧事重提是何用意?"

公孙鹳道:"去难大师接任方丈三日之后,其三名'一'字辈师叔也突然踪影全无。"

江湖浪子失声道:"家师他老人家便是这三名'一'字辈高僧之一么?"

公孙鹳道:"令师法号'一元',自是其中之一了。"

随即又道:"事后不到一年,另二位'一'字辈高僧一空、一无却也出现在少林寺方丈练功密室门口。"

司马青青道:"他们是去为难去难方丈的吗?"

公孙鹳道:"不,是他们的尸体。"

江湖浪子和青青骇然齐声道:"尸体?!"

公孙鹳淡然道:"一空、一无两位虽修行多年,'高僧'两字却恐怕担当不起。"

江湖浪子童超道:"莫非他们……"

公孙鹳道:"他们身上除了每人胸前多了个掌印之外,一空衣袋里尚有一封书简。"

"书简?"

"所以此事少林全派上下均闭口不谈,江湖中知此事者也寥寥无几。"

"为什么?"

"因为此书简落款便是童少侠师傅一元大师。"

江湖浪子童超和司马青青均是寂然无声。

却听公孙鹳又道:"了然大师猝然圆寂之事,想必童少侠和司马女侠此时已知究理了?"

童超微微点头,却没说什么。

公孙鹳又道:"又过三年,去难大师忽然召集本派弟子,传言若有谁能寻到先前寺中一位名叫公孙鹳的小杂役,无论是人还是尸首,只要带回少林,便以方丈之位相传。直到此时,少林寺全派上下才发觉那毫不起眼的小杂役果然了无踪影了。"

江湖浪子道:"其时令先祖已隐身西域了?"

公孙鹤点头道:"敝先祖隐居西域之后,心头自是大愤,少林寺向称中原武林第一大名门正派,仅因他偶知少林难以见人之事,便再容他不得。"

青青道:"阁下所言难以见人之事,便是指了然大师猝然圆寂吗?"

她故意将"圆寂"二字说得很重,江湖浪子和公孙鹤岂有不知之理,便听公孙鹤道:"不巧的是,一空、一无两人的尸体出现在少林方丈练功密室门口时,敝先祖正好去为去难大师送素斋。"

江湖浪子和青青黯然无语。

公孙鹤又是微微一笑,续道:"敝先祖逃离少林寺时,身无丝毫武功,少林寺如此煞费苦心,倒不仅仅是因他知一空、一无使了然大师猝然圆寂之事,而是他从寺中带出了一件东西。"

稍顿又道:"偏那东西又是少林寺的镇派之宝。"

江湖浪子失声道:"《易筋经》?!"

公孙鹤点头道:"便是此物了。传说此经为少林寺创派祖师菩提老祖亲手所书,内藏一套极为高深的内功心法。"

江湖浪子童超道:"令先祖既能自创一套独步武林的天冥掌法,看来此传言并非虚妄了?"

公孙鹤点点头,道:"然菩提老祖学究天人,《易筋经》所载内功心法,又岂是常人可以悟透的,且敝先祖置身少林数载,所记武功招式驳杂无序,故其所创天冥掌法,虽也可算了得,却终非正道,以至最终为其所害。"

江湖浪子奇道:"莫非令先祖……"

公孙鹤淡然道:"敝先祖丧生于令师一元大师、苦苦大师和酒仙翁前辈之手那是不假。"轻叹一声之后,续道:"虽说做晚辈的不该妄言先祖是非,但敝先祖确有取死之道,那也怪他人不得。"

他既如此说话,倒使江湖浪子和青青一时不好出声。

四十一

却听公孙鹳又淡然道:"敝先祖练成天冥掌后,已是西域武林第一人,十数年之后,他老人家仅及而立之年,便已被聘为国师。然他对昔年在少林寺的诸般际遇仍是耿耿于怀,奏明圣上之后,一人潜回中原,本欲独上少林,以一己之力雪早年之辱,但入中原未久,便已发现自身体内隐隐有些不对,却又不知不对之处何在,以至脾性大变,狂暴异常,大开杀戒,成为江湖中百年来人人闻名色变的一介魔头。

"当是之时,苦苦大师和酒仙翁两位前辈,各自隐身修炼毒功、药功,无暇出手阻止敝先祖胡乱杀人,而敝先祖其时已近似癫疯,竟连自己杀人也不知。

"数年之后,先祖憬然涉身南夷荒蛮之地,偶遇一名叫梅姑的苗家女子,看似美貌娇柔,却不知她竟是使蛊高手,先祖毫无防备,竟身中其蛊,心神为其所控。"

司马青青插言道:"听家师说过,苗家女子确有以放蛊控人心神之法,却仅是江湖传言而已,听阁下所言,莫非真有此事么?"

公孙鹳道:"这却丝毫不假,因为那名叫梅姑的女子,便是后来在下的祖母了。"

江湖浪子童超道:"既是如此,令先祖那从《易筋经》中悟出的天冥掌,掌风中竟含剧毒,也就不奇怪了。"

不料公孙鹳却道:"童少侠是以为先祖从敝祖母那儿才练得掌风含毒吗?"微微摇了摇头,接着道:"错了。"

"错了?"

"敝先祖胡乱杀人而自不知,正因其掌风中本已含剧毒之故。"

"阁下是说……"

"先祖虽悟性甚高,却又怎能与菩提老祖相提并论,自练神功,难免走火入魔。"

"哦。"

"其时敝祖母年方二八，正是情窦初开之年，明知敝先祖已走火入魔，还是……唉！'情'之一字，当真是误人不浅。"

稍停又道："敝祖母虽从未涉足中原，但身为武林中人，也自知酒仙翁前辈的'医圣'之名，眼看敝先祖将性命不保，便将其带至中原，欲求医圣相救。无奈遍寻酒仙翁前辈不到，反在毫无防备之时被人打入深涧。"

江湖浪子和青青同时"啊"了一声。

公孙鹤却依旧是一副淡然之色，接着道："古人说一切自有天数，当真不假。敝先祖和祖母命不当绝，竟是大难不死。更不知因何缘故，敝先祖身上之故疾，反倒因此而痊愈了。二人恩恩爱爱，将那深涧取名梅谷。

"一年之后，他二人在梅谷中生得一子，取名公孙鹰，那便是家父了。彼时敝先祖武功已然尽失，早无回少林寺雪辱之心，倒是敝祖母知得先祖早年际遇后，口上不说，心里却早盘算好终有一日代夫君上少室山寻少林派晦气，故而缠着先祖将天冥掌修炼之法尽数道出，暗中修炼，过不经年，竟然有了六七成火候。先祖早魔性尽除，察觉此事之后，自是大怒，当即以性命相胁，不许她步出梅谷。

"敝祖母自是无奈，依从先祖，发下重誓毕生不出梅谷，但却将天冥掌法练功秘诀牢记于心。

"不料数年之后，有一武功奇高的蒙面人闯入梅谷，威逼先祖交出早年从少林寺带出的《易筋经》。先祖带出《易筋经》之事，天下仅少林寺中三名'去'字辈高僧知晓而已，此人武功奇高，又知如此隐秘之事，先祖自疑他是早年不愿接任方丈职的一元大师，本欲将《易筋经》还了给他，但那蒙面人藏头露尾，终不愿以真面目相示，虽事隔多年，先祖倒还隐约记得一元大师的声音，故待那蒙面人只一开口，便立知此人并非一元大师，当下佯称《易筋经》尚在西域，并未携藏于身。那蒙面人一笑而去，不意三日之后，敝先祖赫然发觉他一直藏之于怀的《易筋经》竟然不翼而飞了。"

江湖浪子道："被那蒙面人盗去了？"

公孙鹤缓缓道："此事虽至今未能查证，但十之八九定然如此。是故一待发觉《易筋经》失落，先祖便逼着敝祖母送他出谷。"

青青奇道："却是为何？"

公孙鹳道："敝先祖一向心高气傲，虽武功尽失，却也要寻回少林寺镇派之宝，亲手交还少林方丈去难大师。"

青青道："那却凶险得紧。"

公孙鹳道："敝祖母也是一般想法，知敝先祖一出梅谷，便是凶多吉少，然任凭她千般阻拦先祖总是不听，直至又以性命相胁，敝祖母方送其出谷，本欲助他一臂之力，无奈她曾早发下重誓，终身不离梅谷一步，更兼家父其时年幼，她也放心不下，只得与先祖挥泪而别。"

江湖浪子突然道："令先祖一出那深谷，便……"

公孙鹳淡然道："是第三天。"

青青道："既然令先祖武功尽失，又何需当世三大高手方能……"

公孙鹳截口道："苦苦大师和酒仙翁前辈定然是不知先祖早已武功尽失，而敝祖心高气傲，自不愿言明自己武功早失以示弱于人。"

江湖浪子童超道："若在下所料不差，将令先祖出谷之事告之于家师和酒仙翁前辈以及苦苦大师的，定然也是盗走《易筋经》的那蒙面人。"

公孙鹳道："此事也未能查证，可能……不说也罢。"稍顿续道："先祖甫出梅谷，便被苦苦大师和酒仙翁前辈以药物困于一方圆丈余之圈内，二人不知敝先祖武功已失，更以慈悲为怀，苦劝敝先祖放下屠刀立地成佛，然敝先祖只冷笑不语。一日之后，令师一元大师也匆匆赶至。敝先祖陡见一元大师，面色立变，少顷却又哈哈狂笑。

"一元大师淡然道：'公孙施主……'未等他将话说完，敝先祖早截口道：'一元大师是来取我公孙鹳性命的么？'一元大师道：'我佛以慈悲为怀，只需施主交还……'敝先祖早截口道：'并非我公孙鹳怕了你们，但那……那东西此时确实不在在下身上了，且贵派之事，虽历经年，在下倒从未对何人讲过，且也不再打算对人讲了。'听他如此说话，三人俱是大感不解。过得良久，一元大师又道：'公孙施主这般执迷不悟，贫衲说不得只好领教施主高招了。'敝先祖又是冲天狂笑，只连道了三个'好'字。一元大师面色微变，尚未出声,忽见敝先祖一掌擎天,一掌竖立胸前,正是天冥掌的起手式'天罗地网'。苦苦大师和酒仙翁前辈二人方道得一声'不可!'大惊之下的一元大师早运足八成功力,轻飘飘一掌拍出……"

江湖浪子童超和青青齐声惊道:"啊?!"

却听公孙鹳依旧淡然道:"江湖中无人不知敝先祖天冥掌的掌风中含有剧毒,倒也怪一元大师不得。"

江湖浪子黯然无声。

公孙鹳又道:"掌风甫与敝先祖身体相接,一元大师便觉不对,当下立撤掌力,但百忙之中,又怎能将八成功力撤尽,虽只不到一成功力加身,敝先祖还是被击得凌空飞出两丈开外。大惊之下,一元大师、苦苦大师和酒仙翁前辈三人同时飞身而起,未等敝先祖身体落地,早将他接住轻放地上。"

青青惊道:"先前困住他的那毒圈……"

公孙鹳点点头,道:"酒仙翁前辈当即便取出解药,运内力喂入敝先祖口中,但一元大师的功力非同小可,虽不到一成,已震得敝先祖五脏六腑俱裂,饶是'医圣'就在当场,也难救其性命了。"

四十二

过得良久,公孙鹳又道:"直过了半盏茶时分,当世三大高手源源不断输入的内力才使敝先祖'哇'的一声,从口中喷出大半升污血来。过得少顷,敝先祖缓缓睁开眼,气若游丝地道:'谢谢你们救了我,使我能……能……'仅说出这十一个字,敝先祖便气绝身亡了。"

江湖浪子童超缓缓立起身来,肃然道:"俗话说得好,一日为师,终身为父,一元大师对我江湖浪子童超恩同再造,虽他老人家未正式收我为徒,但在童超心中,却早将他视与授业恩师无异了。俗言道:父债子还。阁下若是来讨债的,我江湖浪子童超虽然不济,却也……"

公孙鹤淡然一笑，打断童超话头，道："在下当然不是来讨债的。"

江湖浪子和青青俱是愕然不解，一齐愣愣地看着公孙鹤。却听公孙鹤又道："其时一元大师、苦苦大师和酒仙翁前辈皆是黯然无语，良久，忽闻一元大师自言自语道：'公孙鹤，你……唉！也算贫衲无能，早该看出你武功已失了的。'话音落时，但见他手掌一挥，竟自废了一条左腿……"

童超和青青又惊"啊"了一声。

公孙鹤看了他们一眼，接着道："待一元大师一瘸一拐地离去之后，酒仙翁前辈和苦苦大师便将先祖遗体就地火化，收藏于一小木盒中。"

青青奇道："此事你……你怎会知道？"

公孙鹤道："因为后来有人将先祖的骨灰送给了家父。"

"谁？"

"智桐。"

"千面狐？！"

"当日苦苦大师和酒仙翁前辈大约……大约心情有些……有些不好，故而先祖的骨灰盒竟从他们手里失落了。"

"这不可能！"

"也许不可能，但智桐却说他受一蒙面人威逼，迫他将先祖的骨灰盒送到西域，且他也不知那武功奇高的蒙面人是谁。"

"他还说了些什么？"

"他说那蒙面人告诉他，苦苦大师和酒仙翁前辈因不慎失落敝家祖骨灰，已各自发誓从此不再在江湖现身了。"

"这倒有可能。"

童超忽然插话道："若在下所料不差，那蒙面人……咦？不可能是他。"

青青道："你是说太阳叟东方圣？"

童超点点头，道："但他不可能在百年前出现。"

公孙鹤道："智桐送散先祖骨灰到我西域，并非百年前之事，距今仅十年而已。"

"那就是说，早年盗走《易筋经》的蒙面人和威逼智桐到西域的蒙面人并非同一个人？"

公孙鹤淡然道："事过境迁，也没必要追究那人是谁了。"

童超道："然则阁下此番到中原来，是为了——"

公孙鹤道："祖命难违，唉！"言语间竟大有黯然之色。

童超和青青俱是心下大奇，不解地看着公孙鹤。

公孙鹤又黯然道："先祖虽武功全失，却料事……却有料事之能，那蒙面人武功奇高，要取他性命是易如反掌，但他却只盗走《易筋经》。个中原委虽难尽知，然敝先祖已料定自己出谷之后，取他性命的必是一元大师、苦苦大师和酒仙翁前辈那当世三大高手……"

什么"有些料事之能"。端的是料事如神了，但闻青青失声道："他……令先祖怎会知道？"

公孙鹤摇摇头，道："那就不得而知了。"

稍顿又道："故先祖尚在出梅谷之前，便已留下遗书，命后辈子孙中若有将天冥掌练至掌风无毒者，便必须到中原找一元大师、苦苦大师和酒仙翁前辈的亲传弟子彼此印证武学。"

童超微微点头，道："我明白了。"言罢坐下身来。

公孙鹤也点点头，续道："其实先祖也知练天冥掌的凶险，还知敝祖母定会将掌法秘诀传给儿子的，故而在遗书中，他只严令若后辈子孙中无人将天冥掌练至掌风无毒而到中原来，敝祖母便不得步出梅谷一步，却又令她无论如何必须设法使在下家父回归西域承袭他的衣钵，这看似前后矛盾的遗命，敝祖母焉能不知个中之意，待在下家父年方三岁之时，便将天冥掌法传给了他。"

青青奇道："既是如此，为何在江湖中从未听到过令尊之名？"

公孙鹤道："家父二十岁时，已将天冥掌练至了七层，碍于先祖遗命，他不得不回了西域。"

江湖浪子童超道："令祖遗命令尊不得为他报仇？"

公孙鹤道："是的，否则凭家父当时身手，大可与江湖绝顶高手一较短长。"

童超和青青心知他所言非虚，皆是默然无语。

公孙鹳又道："梅谷与世隔绝，自是寂寞难耐，家父也曾出谷游历，只不过不敢显露自己身怀武功而已。然就在将回西域的前一年，他遇上了两位江湖少女，一位姓夏，单名一个'婵'字，便是在下的家母了；另一位姓卢，名讳上'若'下'娴'……"

江湖浪子童超和青青同时失声道："木叶令主？！"

公孙鹳奇道："什么木叶令主？"

青青道："阁下所说的卢前辈，便是咱们说的木叶令主了。"

公孙鹳喜道："你们认识她老人家？那太好了，在下到中原来时，家母还特地交代到了中原无论如何要在下代问卢前辈好。"

木叶令主卢若娴已成废人之事，江湖浪子和青青自然知晓，当下俱是黯然无语。

公孙鹳奇道："莫非她老人家不愿见人么？"

童超看了青青一眼，才道："是的。"

没料公孙鹳面上也是一派黯然之色，缓缓道："既是如此，她老人家自然更不愿见我了，唉！"

青青奇道："却是为何？"

公孙鹳道："当年卢前辈和家母同时爱上了家父，据家母说，其时卢前辈无论人品还是武功，样样都胜过她，卢前辈不但貌美温柔，爱家父更是一片至诚之心，家母则古怪刁钻，喜欢捉弄家父，偏偏家父就是喜欢家母而对卢前辈的满怀痴情视若未见，回西域时，也……唉！弹指之间，数十年已匆匆而过，他们都已是垂迈之人了，更何况家父已形同废人，卢前辈又何必如此……"

未等他话说完，青青早又失声道："你……你说令尊他……他？"

公孙鹳黯然道："家父为练天冥掌，恰若当年先祖一般，差点儿性命不保，虽得在下拼着全力将他老人家体内的剧毒除去，但因他走火入魔已深，保住了性命，一身武功尽失不说，连神经也不大正常了。"

青青方道得一个"你"字，便被童超的话声打断，只听他道："敢问阁下告诉在下这些，究竟是何用意？"

公孙鹳道："还请童少侠放心，在下并无恶意。"

童超一言不发，只静静地看着他。

公孙鹳又道："在下有四位家仆，也是在下长辈，方才二位也是见过了的，他们将天冥掌的诸般变化融于一阵式之中，此阵便叫'天冥阵'，名字虽俗了些，但还算有些威力。为使先祖遗愿得了，敢请童少侠、胡大侠和候女侠一并指点。"

江湖浪子心头一凛，青青却大奇道："一并指点？你是说要胡大侠和超……和江湖浪子还有家师他们三人联手对付'四达'么？"她年余来叫童超"超哥"叫顺了口，临时改称他江湖浪子，竟把自己弄了个粉面娇红。

公孙鹳却又怎知她心头所思，只道："正是。"

青青竟尔咯咯笑了，边笑边道："这……这怎么可能，阁下不是开玩笑吧？"

公孙鹳很认真地道："不是。"

青青一愣，却听江湖浪子童超肃然道："阁下美意，在下替胡大哥和候前辈领了，一待找到他们，咱们便约定日期在此恭候大驾如何？"

公孙鹳大喜道："多谢童少侠！"

青青大是不解，失声道："超哥，你……"

江湖浪子看了青青一眼，轻叹道："俗话说山外有山，人上有人，此言当真不假，咱们能否破那'天冥阵'，倒也难说得紧。"

青青道："真……真的么？"

未等童超言声，公孙鹳已接口道："是童少侠客气了，别说特达他们的'天冥阵'，纵是在下自己出手，能否胜得过你们三人那也难说呢。"

此言一出，竟连江湖浪子童超也是心头微惊。

青青则大是不信地道："莫非你比他们四人还厉害么？"

公孙鹳点头道："他们的武功有一大半是在下教的，所以我比他们是要强一些。"

青青兀自不信，道："这不可能。"

公孙鹳道："可能的，因为他们都有家小。"

青青奇道："这与有无家小有何关联？"

公孙鹳道："司马女侠有所不知，天冥掌本是先祖从少林派武功中悟出来的，饶是他聪明绝顶，又怎能与菩提老祖一代神人相提并论，故而此掌法只要练至九成火候，便会走火入魔，掌风中的剧毒窜入自身四经八脉，端的是苦不堪言。开始时神志不清，便会胡乱杀人而不自知，时日一久，还定将自行焚身而亡。先祖直至仙逝，也未能穷其奥妙，家父到后来也发觉不对，却又难以罢手了。并非在下有何过人之能，纯因巧合，方得以将天冥掌练至掌风无毒。"

童超赫然道："阁下所说巧合，莫非是……"

究竟莫非什么，他一时倒也说不出来。

但听公孙鹳续道："少林寺镇派之宝《易筋经》所载武学，本是天下至阳至刚的内功心法，先祖依它习练，不知怎的却创下了至为阴柔的天冥掌法，以至最终身受其害，个中原委，实难一言道清，只是在下从小有个怪癖：孤芳自傲，绝不愿与女流之辈往来。"

青青听得大皱眉头。

江湖浪子童超则轻叹了一声，才道："我明白了。"

公孙鹳始终一派祥和的面容倏忽间闪过一丝黯然之色，随即淡然道："一元大师传人，果然非常人可与攀比。"

青青听得似懂非懂，正欲问个明白，却听童超道："既是如此，在下和司马姑娘就此别过。"

公孙鹳忙道："童少侠且请留步。"

童超道："阁下尚有何话要说？"

公孙鹳道："童少侠和司马女侠要去找胡大侠和候女侠么？"

童超点点头，青青则笑道："家师可不是什么'女侠'，她有个名号叫作'毒手观音'，阁下可曾听说过？"

公孙鹳道："令师是昔日'毒圣'苦苦大师高足，有这般一个名号并不奇怪。"将头转向童超，又道："在下有一句话，不知当讲不当讲？"

"阁下但讲无妨。"

"在下五人虽不甚知晓中原武林之事，但令拜弟独孤樵之名，倒是多次听江湖中人谈起过的，今日独孤少侠因我等而失陷愁煞裴文韶之手，当真是……"面色一肃，接着道："彼此印证武学，并非急迫之事，故而在下想请童少侠转告胡大侠和候女侠，一日未找到独孤少侠，咱们印证武学之事便缓后一日如何？"

江湖浪子立起身来，拱手作揖道："阁下美意，童超先行谢过了！"

公孙鹤也起身还礼道："童少侠太客气了。青山不改，绿水长流，咱们后会有期！"

言罢一揖，飘身离去。

良久，青青才道："他果真……"

江湖浪子童超黯然道："也许比咱们能想象的还要厉害得多。"

第十九回

惜春更把残红折

四十三

毒手观音被瞿腊娜拉着疾奔了一程，忽闻左侧二十丈外传来兵刃相击之声，其间尚夹杂着十数人的低声吆喝。

毒手观音心下微奇：此地离前面鄂西北最大的集镇——竹溪镇——不过五里之遥，此镇乃江湖中人最多出没之所，谁竟这么大胆，在此地大打出手，倒似浑不把江湖英雄放在眼里了。

当下收足立身，道："瞿姑娘……"

瞿腊娜未等毒手观音将话说完，早转头憞然道："咱们不去找陆小歪了么？"

毒手观音道："你听那边。"言罢一指左侧。

瞿腊娜微一倾听，道："是有人和陆小歪打架么？"

稍顿又道："不，陆小歪虽刁钻古怪，专欺负人，但我知道他不爱和别人打架。"

毒手观音哭笑不得，倏然出手，点了腊娜晕睡穴，伸手一抄，将她挟在腋下，疾掠左侧。

几个起落，距传来兵刃相击处已不过五丈，当即隐身于巨树之后，放眼细观，心头又自大奇。

但见场中十余条壮汉各持单剑，围着一绿衣少女游走酣斗，不时发出吆喝之声。

那绿衣少女手持双钩，恰似一只巨大的绿色蝴蝶，飘行于十余柄长剑之间，兀自游刃有余，那十余柄长剑虽寒光霍霍，威势逼人，却连她的衣角也没沾上。倒是她的双钩不时将壮汉们手中的长剑磕飞。

离他们身周一丈开外，另有一手持单剑的威猛大汉正全神戒备。怒视着与他面对面相距不到五尺的另一位蜂腰耸乳的红衣女子。

毒手观音惊诧更甚：红衣绿衣两位女子虽不识得，但她却曾救过那威猛大汉之性命——昆仑派当今掌门邰盛！

那绿衣少女似与同门过式练招一般，本可立取那十余名大汉性命，但她每磕开一柄长剑之后，却不痛下杀手，反倒飘身而退，咯咯笑道："本姑娘说过你们手上功夫不行，你们却偏不信，何不依本姑娘和辛姐姐之意，咱们这便到……"

一语未了，忽闻邰盛暴喝一声："不要脸！"

折身一剑刺向那绿衣少女的乳突穴，那绿衣少女虽惊不乱，闪身避过剑锋，咯咯笑道："邰掌门若是用手而不用剑，本姑娘不闪不避也就是了。"

邰盛高声道："都给我退下！去缠住那姓辛的婊子。"

众大汉轰然应了声"是"，倏然间已团团围住那红衣女子。便听那绿衣少女又娇笑道："辛姐姐，邰掌门既然看上了小妹，却怪我不得，还望辛姐姐勿要怪小妹掠人之美之罪才好。"她虽口中说话，手上却丝毫不慢，运钩如风，将邰盛剑式一一化解。

邰盛怒气暴炽，出剑虽快如闪电，却犯了武林大忌，正所谓欲速则不达，数次几欲得手，皆被那绿衣少女轻轻巧巧闪身避开。

当下二人以快打快，但见一青一绿两团身影翻飞不已，端的迅疾有若奔雷，十余名昆仑派弟子，更无一人能看清场内情状。

毒手观音心下大奇，不知他们弄什么玄虚，观那女子言行，似无取邰盛等人性命之意，而邰盛年余不见，其剑法竟精进如斯，纵是其师追风剑客皇甫呈复生，只怕也要愧叹不如了。

昆仑派弟子无人能看清他们掌门与绿衣少女剧斗之状。毒手观音乃武学大行家，却知只要邰盛敛怒气，定下心神，百招内定可取胜。不便出手相助，只隐身作壁上观。

邰盛似已发觉自己犯了武学大忌,渐渐收敛怒气,剑招更见迅捷凌厉。如此过得二十余招,那绿衣少女虽身轻如燕,却已被邰盛剑网罩住,只运双钩守住门户,虽一时不至落败,却更无还手之力了。

又过十余招,那绿衣少女渐呈不支之状,只听她高声道:"辛姐姐,快助小妹一把,这邰盛厉害得紧,小妹可有些吃他不消了。"

那红衣女子咯咯笑道:"天下竟也有令银钩仙子吃不消的男人么?这倒确是怪事。"言罢依然娇笑不已,似无出手相助之意。

转眼又过十余招,绿衣少女早险象环生,左支右绌,眼看立时便要伤于邰盛剑下。那红衣女子兀自笑道:"这昆仑派掌门看起来倒还真不赖,温妹妹只要答应十日之内不与我抢金哥哥,姐姐这便助你一臂之力如何?"

绿衣少女哪还能开口说话,只听那红衣女子又自言自语道:"看起来这十余个脓包全加起来还不如一个邰盛,本姑娘也不想要他们了。"

"了"字出口,但见她双手微扬,只听得"噗噗"数声,那十余名昆仑派弟子已尽数委顿于地。

毒手观音乍然一惊:"那红衣女子出手之快,端的可算是江湖一流好手,但见她双手微扬之际,一片红云乍现倏逝,且她所用的暗器,尽是淬过剧毒、夺命追魂的铁沙!如此杀人于笑谈之间,殊非正道,这般心狠手辣而武艺高强之辈,怎的在江湖中从未听人说起过?她和那绿衣少女口中所说的金哥哥却又是谁?

俗话说最毒天下妇人心,毒手观音不知红衣女子是谁,但一般武林中人,只要提起"毒蝎子辛冰"五个字,却皆会忍不住打个寒战。

这红衣女子并非别人,正是与冷风月从大漠黄龙堡赶至中原未及三年的辛冰,她以毒蝎子为号,倒并非浪得虚名,其淫荡狠毒,江湖中更无能出她左右者。方才她与绿衣少女口中的金哥哥,却是武林中第一色魔,论年纪大可与其父辈攀比的玉蝴蝶金一泯,个中原委若让毒手观音得知其详,不将她弄个哭笑不得才怪。

若论使毒功夫,天下又有谁堪与毒手观音比?辛冰一举将十余名昆仑派弟子放翻，右手又是一扬，两把毒砂疾射郜盛背心要穴。

惊骇之下，郜盛更不顾自身性命，只暴喝一声："拿命来！"

竟使出同归于尽的拼命剑招！

眼看那绿衣少女即刻便将横尸剑下，郜盛也势必毙命当场。忽闻一声："不可！"

话音未落，又闻"叮叮"之声不绝。

但见一剑双钩凌空飞起，而辛冰的那把毒砂却尽数散落于地。

三人俱是心头大骇，怔立当场。

那一剑双钩尚未落地，忽见一团身影翻长，早将剑钩抄到。只见一年约四十、风韵犹存的女子，右手持剑，左手持钩，立于三丈开外，静静地看着他们。

少顷，辛冰怒道："你是谁？竟敢打落我的铁砂？"与此同时，郜盛失声道："侯前辈，是你？"

不用说，正是毒手观音现身解危了。听郜盛失声问话，她轻轻点了点头。

辛冰也自失声道："侯前辈？莫非你便是毒手观音么？"

毒手观音淡然道："区区贱号，亏姑娘倒还知晓。"

辛冰倏然色变，毒手观音却不再睬她，言罢径自走到郜盛面前，将长剑交还给他。郜盛黯然长叹一声，才道了两个字："多谢。"

毒手观音淡然一笑，更不多言，转身又将双钩交还那绿衣少女。绿衣少女恰似噩梦方醒，接过双钩之后，竟是茫然无语。

毒手观音转向辛冰，忽然沉下脸道："拿来！"

辛冰愣道："什么拿来？"

毒手观音一指躺在地上的十余名昆仑派弟子，又道："解药。"

辛冰忽然"咯咯"一笑道："实在对侯前辈不住，小女子向来没有将这夺命毒砂的解药携带于身的习惯。"言语间竟装出一副天真烂漫之色。

毒手观音居然也微微一笑，道："好说，也许我毒手观音能教会你随时将解药带在身上的习惯，因为你的铁砂上淬过五种毒液，而其中至少有二味区区倒还识得，那便是天下至毒的丹顶红和孔雀胆，对么？姑娘虽将它们淬于铁砂上，不似服食之后会立即取人性命，却至少在一盏茶之内，能使中姑娘铁砂者回天乏术，我说的可还对吧？"

"吧"字出口，她的身影倏忽不见？同时毒蝎子辛冰只觉风池穴微微一麻，正惊骇间，却见毒手观音又已立于原地，正笑盈盈地看着她。辛冰失声道："你……"

毒手观音截口道："在姑娘这般年纪时，我也曾有些坏习惯，譬如说丢三落四，常常忘把诸如'断肠夺命散'之类剧毒药物的解药携带于身……"

辛冰心头大震，骇然道："断肠夺命散？！"

毒手观音道："所以我说这是一个坏习惯，因为断肠夺命散取人性命绝不会超过半盏茶时分，并且中此毒者，只需微一运气，肩井穴会如被针扎一般。过不多时，五脏六腑便会如万蚁钻心，端的死得苦不堪言。"

辛冰微一运气，果觉肩井穴似被人用针尖扎了一下，顿即花容色变，颤声道："你说……你说的是真的……"

毒手观音轻叹道："我只想教姑娘养成好习惯，其实并无恶意。"

辛冰忽然咯咯一笑，从怀里掏出一只小瓶，拧开瓶盖，倒出十余颗细如蚁卵的红色丹粒，抛给邰盛，道："给你那些脓包弟子每人服下一粒，他们便没事了。"

邰盛接丹在手，转头看着毒手观音。

毒手观音笑道："这位姑娘的记性可比我年轻之时好得多了，邰掌门但给贵派弟子服食无妨。"

邰盛听她既如此说，当下便去为本派弟子服药，辛冰又冲毒手观音笑道："本姑娘的好习惯确实不多，与江湖中赫赫有名的毒手观音相比，那自然是大大不如了。"

毒手观音也自笑道："姑娘如此说话，区区倒不敢暗自菲薄。"从怀中掏出一根绣花针来，续道："譬如这针上便没淬过毒药，刚才区区用它在姑娘风池穴上刺了一下，对姑娘实无任何妨碍。"

辛冰奇道："然则本姑娘的肩井穴……"

毒手观音淡然道："你现在无妨再运气试试，我肯定它绝不会再有刺痛之感了。"

辛冰微一愣怔，恰似突然看见了天下最为可笑的物事般，捧着肚子笑弯了腰。

那绿衣少女早清醒过来，见状到毒手观音面前，盈盈敛衽道："温玲玉谢过前辈相救之恩。"

毒手观音还礼道："适逢其会，温姑娘休要多礼。"稍顿又道："温姑娘身手不凡，不知出于哪位高人门下？"

温玲玉正欲开口，忽闻辛冰高声道："温妹妹，你敢与姐姐打赌吗？"

温玲玉奇道："赌什么？"

辛冰道："你过来，让姐姐悄悄告诉你。"

毒手观音大觉蹊跷，不知辛冰要弄何玄虚。然毒手观音不愿失了前辈高人身份，当下只全神戒备，以防辛冰暴起伤了邰盛等人。

也不知辛冰说了些什么，只见温玲玉先是一愣，随即便咯咯笑个不停，连声道："我不信。"

毒手观音正自纳罕，忽见辛冰和温玲玉恰似一红一绿两只蝴蝶，倏然侧掠出三十丈开外，才立住身形，一起转头看着毒手观音。

辛冰高声道："毒手观音，你一定很想知道我方才对温妹妹说了些什么，现在谅你也追我们不上，本姑娘无妨告诉你，我说你之所以出手，是因为看上了邰盛那小子，并且，依本姑娘看来，你与邰盛那小子早就有了一腿，既是如此，本姑娘和温妹妹虽口味甚好，却也不愿吃别人的残羹冷饭，便留给你自己慢慢享用吧。"

如此寡廉鲜耻之言，能侃侃道出而脸不变色者，普天之下，恐怕唯辛冰一人而已。

毒手观音面色立变，却听辛冰又高声道："本姑娘还告诉温妹妹，昔年你与金哥哥均名列天下四大魔头，其时你二人俱是风华之年，金哥哥的身子最早倒是被你占了。温妹妹她却有些不信，咱们便只好回去与金哥哥当面对质了。若真有此事，我毒蝎子辛冰倒不在乎，只怕温妹妹有些账便要和你算了。"

毒手观音只气得七窍生烟，只道得"小贱人"三字，人早已飞掠而上。

但辛冰言语甫毕，早拉着温玲玉飞身逃遁了。她二人的轻功年余来得玉蝴蝶金一泯指点，纵是江湖一流好手，只怕也要愧叹不如了。

毒手观音知已追她们不上，当即收足立身，只愤愤地一踩脚，冲辛冰和温玲玉的背影厉声道："两个小贱人听着，若有一日你们撞在姑奶奶的手里，我毒手观音定让你们死得苦不堪言。"

只听辛冰高声笑道："你是要打金哥哥主意么，小妹倒不吃醋，只怕温妹妹有些不肯，咯咯！"

笑罢人已又疾奔出十数丈。毒手观音知追她们不上，愤愤回到先前打斗之所，见十余名昆仑派弟子已被救醒过来，一齐站在他们掌门人身侧，冲毒手观音拱手作揖道："多谢候前辈相救之恩！"

毒手观音心头怒气兀自未消，见状只淡然还礼道："举手之劳，各位不必客气。"

见郜盛面上竟也是一副黯然之色，不禁又道："郜掌门，这究竟是怎么回事？"

不料郜盛忽然黑面微红，讪讪地道："这……"

昆仑派弟子中有见掌门羞于启齿者，当下高声道："好让候前辈得知，那穿绿衣的女子晚辈等虽不识，但那身着红衣的贱人却是当今天下最不要脸的荡妇，叫毒蝎子辛冰，只因她看上了郜掌门威武雄壮，便……"

饶是他口齿伶俐，下面的"要逼郜掌门与她上床"九字却实在难以再说出来。

郜盛甚觉尴尬，当下喝道："杨师侄休要多口！"

毒手观音见状已知究里，不禁也觉满面燥热，连忙对郜盛道："郜掌门，侯某另有要事，咱们就此别过。"

郜盛淡然作揖道："候前辈，后会有期。"

言罢率先举步离去，十余名弟子紧随掌门身后，心头俱觉黯然："师祖追风剑客皇甫呈毙命于江湖浪子童超掌底，偏童超之情侣又是毒手观音之徒，毒手观音数次救本派弟子甚至郜掌门性命，这灭祖之仇当真不知该怎生报法才好了。"

毒手观音回到先前隐身之所，不由心头大孩：瞿腊娜已了无踪影！

凭她点穴时所运劲力，瞿腊娜绝不可能在这般短的时间内自行解穴离去，莫非温辛二女另有同伙，竟是使的调虎离山之计，乘机掳走了瞿腊娜不成？！

未及细思，毒手观音早朝温辛二女逃遁方向直追而下。

四十四

少顷，忽见前面房屋林立，距竹溪镇已不过一里之遥，毒手观音只得放慢脚步，暗忖道："已近辛酉时分，此镇距前面竹山镇尚有二三百里之遥，那两个小贱人轻功再好，也断不能在天黑之前赶到竹山；且依她们禀性，也绝不会在荒山野庙露宿，大约她们多半便是在这里落脚了。"

忖罢轻轻冷笑一声，径直缓缓入镇。

一个时辰之后，毒手观音已将镇上大小数十家客栈寻了个遍，却是了无头绪，心头不由大急，瞿腊娜从自己手里得而复失，若被奸人携去，对不起丐帮和绝因师太不说，往后却又如何向胡醉交代！

当下又往各客栈走了一遭，只因心头认定瞿腊娜是被温辛二女的同伙携了去，故而每到一家客栈，皆不多言，掏出一两银子交给小二，只道一声："若有一穿红衣年约二十四五的女子和一绿衣少女到贵店落脚打尖，便请到西香客栈来知会我一声。"便即匆匆离去。

西香客栈乃竹溪镇最大的客栈，那些小二们白得一两纯银，自是忙不迭地应了。

如此折腾一番，时已近酉戌之交，毒手观音回到西香客栈，上楼寻了个雅位坐下，胡乱点了些酒菜，食而无味地细嚼慢咽。

过不多时，忽闻楼下传来杂乱的喧嚷声，更有人惊呼道："出人命了！出人命了！快去报了官来捉拿真凶……"毒手观音柳眉一挑，招了匆匆逃上楼来的小二，问道："下面出了什么事？"

那小二惊魂未定，结结巴巴地道："是一位凶……凶巴巴的大爷，要敝店给……给他准备三天的食物，小的们正……为他包捆之时，又从门外进来一位大……大爷。这后来的大爷眼神好像……好像有些不对。"

毒手观音奇道："有何不对？"

小二道："看那眼神，倒似周二狗一般。"

毒手观音更奇，道："周二狗却是何人？"

此时楼下喧嚣之声已息，凡店小二俱是口齿伶俐之辈，当下道："那周二狗嘛，却是本镇的一个疯子。"见毒手观音面露不耐之色，又连忙道："那后面进来的大爷一手拿着一根黑黝黝的铁棍，铁棍的一头还是尖的，倒有些像两支铁笔一般。只见他径直走到凶巴巴的那位大爷面前，呆呆盯着人家看。先入店的那大爷似是大觉古怪，'咦'了一声，道：'唐华，你倒命大得紧，居然还能活到……'后面的话尚未能够言声说出，便被那后来的大爷……小的没看清，只见那凶巴巴的大爷软塌塌地倒了下去，两边太阳穴还……还喷出了血和脑浆……"店小二兀自心有余悸，言语至此，竟又浑身哆嗦，难以再说下去。

毒手观音大觉蹊跷，早飞奔下楼，但见楼下众人早已逃尽，只有掌柜的在柜台内打抖。柜台之前，骇然卧着一具尸体，如那店小二所说一般，两边太阳穴已被锐器贯穿，鲜血脑浆汩汩涌出！

毒手观音右掌凌空一抓，已将那尸体翻转过来，一观之下，不由惊咦出声。

死者并非别人，正是数日前与她和胡醉照过面的愁煞星裴文韶！

黑煞四星作恶多端，如此毙命倒非稀奇，只是这愁煞武功确非庸手，那小二口中的唐华不知是何路数，竟在一招之内便取了愁煞性命。再观裴文韶死状，似是半招也未能还出，虽气绝多时，仍未合上双眼，满目既骇异又不相信之色，莫非——毒手观音忖道——天下以判官笔为兵刃的武林中人，当数铁镜武功最为了得，大约也只有他能在一招之内便取愁煞性命而后者毫无还手之机，莫非那自称"唐华"的便是他么？！

如若是他，愁煞已投身复圣盟，他身为副盟主，因何要取本派弟子性命？纵若要杀裴文韶，他也用不着在此人众惹眼处动手。且据方才那小二所说看来，裴文韶早认出了杀他那人，并不将其放在眼里。为何……

正思忖间，忽闻有了马蹄声隐约传来，更有人讨好道："老爷，就是前面那家客栈了，小的还有别的事……"

一语未了，便听一人高吼道："他妈的！老子正睡得舒服，偏你小子来报这儿出了人命案，大爷既吃皇粮，说不得只好到此秉公执法，你若此时开溜，那便是心虚了，难说人便是你杀的，给我拿下了！"

毒手观音一听使知官差到了，也不想多作纠缠，当下飘身出店，另寻落脚之所。

行出尚未及二十丈远，心头不由一动：那人既能一招便取了裴文韶性命，凭一帮酒囊饭袋的官差，只怕连人家影子也看不清，不过官差虽是无能之辈，对付平民百姓却手段了得，方才走得急了，倒未与那掌柜打探打探唐华容貌，此时何不悄然折回，暗中听听他们有何话说。

计较已定，当即施展轻功，恰与飞鸟相似，飘然回至西香客栈，隐好身形，以手蘸了唾沫，将纸张捅了两个小孔，凑近双目细观厅内。

但见裴文韶尸身上已盖了一块白布。其右侧立着一五大三粗、有若屠夫的壮汉，身着黑色官差服饰。腰悬长刀，一副颐指气使之状。在其身后，另有六名官差，显是他手下捕快无疑。而裴文韶尸身左侧，则有一相貌猥琐的瘦小男人正浑身哆嗦，目光既不敢与那捕头相接，也不敢看裴文韶尸身一眼，似乎转间便要瘫倒于地。

只见那捕头一指那瘦小男人，冲仍在柜台内打抖的店老板道："是他杀的人么？"

店老板摇摇头，尚未开口，只听"卟嗵"一声，那瘦小男人早跪倒于地，边磕头如蒜边道："谭……谭老爷明鉴，小的吴……吴寿喜从未……从未杀过人。小的多……多管闲事惯了，搅了老爷修……修身养性，还望老爷高……高抬贵手，吴寿喜便……便祖宗八代俱感谭老爷大恩大德！"

那姓谭的捕头大约是到此地吃过白食不少，当下也不理睬爱管闲事的吴寿喜，只对店老板道："罗老板也算是敝镇的一号人物，你既说不是吴寿喜，我姓谭的不再追究他也就是了，但……"

余言未了,早被吴寿喜喜极而泣之声打断:"多谢谭老爷!多谢罗掌柜!吴寿喜自今而后,绝不再管一桩闲事……"

谭捕头大怒,截口道:"少废话!你给老子乖乖站着,再多嘴一句,大爷便将你抓去当元凶砍头!"

吴寿喜果然听话,当即立起身来,乖乖地立着连大气也不敢出。

谭捕头又接着道:"但在贵店出了人命。咱们八扇门中之人既吃皇粮,只怕也难以替罗掌柜完全脱了干系。"

罗掌柜连连点头称是,随即道:"谭大人如此说话,已给足小的面子了,姓罗的再不知好歹,也该将事情经过原原本本相告。"

当下将方才告诉毒手观音事情原委那小二的话又重复了一番,末了道:"那唐华有个名号,叫作'点苍天',先前本是'沧州七雄'之一,今日却只有他一人到此。"

俗话说纵没吃过猪肉,也总该看到过猪跑。沧州七雄早年横行湘鄂,作恶多端,杀人而不眨眼,武功颇为不弱,捕快们避之唯恐不及,又有谁甘愿惹祸沾身了。此时陡闻沧州七雄之名,厅内捕快们俱是面色立变。

四十五

过得少顷,谭捕头忽然哈哈大笑。众人正不明其意,便听他一指罗掌柜道:"姓罗的,我敬你也是一号人物,方将厉害据实相告,没想你竟敢戏弄本官,哼!"

罗掌柜惊骇道:"这……,我……"

谭捕头冷哼了一声,又道:"你既开店,食客住宿者鱼龙混杂,识得沧州七雄,倒也是常理中事,但我且问你,天下到底有多少沧州七雄?"

罗掌柜道:"只……只有一个。"

谭捕头道:"那就怪了,敝授业恩师,如今当受阳城总捕头的黄老大人,年余前在玉泉山左近，已将沧州七雄一举擒了归案伏法，怎的又冒出了什么沧州七雄之一的点苍天唐华来了？"

捕快们俱松了口气，其中之一便道："对啦，黄老大人还因此受到巡抚大人嘉奖，此事连小的们也是知道，你罗掌柜怎的不知？"

其实沧州七雄倒有五人死于雷音掌连城虎和铁算子田归林之手，而点苍天唐华，只是被铁算子的轻功给吓得痴疯，不知眼前明明白白的一颗大好头颅，怎的两支判官笔偏是点它不中。年余来专练此招，但见是头便点头，竟使武功远胜于他的愁煞裴文韶未有还手之机便毙命。且当日连田二人见沧州七雄五死一呆，不为已甚，只点了硕果仅存的一剑天路东南肩井穴和鸠尾穴便匆匆离去。殊不料黑煞四星随即赶到，便当即取了路东南性命〔详见《剪断江湖怨》二十三节"举步维艰"〕官府中人也端的了得，什么黄老大人竟因此受到巡抚大人嘉奖，只怕此时九泉之下的"沧州六雄"和黑煞四星，也会暂且罢斗而面面相觑，只觉啼笑皆非了。

却说此时罗掌柜听说沧州七雄年余前便已伏法，而点苍天唐华又明明白白地在他眼前取了裴文韶性命，心头之惊骇，端的难以言表，只"这这那那"的说不出话来。

谭捕头又冷哼了一声，正欲开口，忽见罗掌柜面色倏变，双目直愣愣地看着门口，恰似见了鬼魅一般。

隐身厅内的毒手观音也是心下大奇，顺着罗掌柜的目光看去，但见一双目呆滞、年约三十的精瘦汉子，双手各持一支判官笔，茫茫然步入厅内。

毒手观音心头一愣，暗忖道："莫非此人便是一招取了愁煞性命的点苍天唐华？！"

忽闻谭捕头高吼一声："本官在此办案，你这小子竟敢擅自闯入，莫非不要性命了么？！"

但那人似不知谭捕头是对他发怒，仍缓缓前行。

谭捕头正欲再高呼："给本官拿下来了！"却听罗掌柜失声道："他就是……点苍天唐……唐华！"

谭捕头转头看着罗掌柜，感然道："此人便是点苍天唐华？"

罗掌柜只满目骇异地点点头。

谭捕头暗自咕哝道:"这却是有些古怪。"转向唐华,色厉内荏地喝道:"你就是点苍天唐华?!"

点苍天唐华茫然看着谭捕头,似是在想什么,良久,才摇头:"我不知道。"

谭捕头见此人一副痴呆,又是精瘦异常,与他五大三粗的身材相比,简直有若猛虎比之山羊,何况自己尚有六名手下,当即豪气陡生,一指裴文韶尸体,又喝道:"然则此人被你所杀,你总该知道吧?!"

此时点苍天已走近谭捕头身前不及二尺,看了一眼裴文韶尸首,道:"那是一块白布。"言罢又转眼呆呆盯着谭捕头的脸,倒似在鉴赏古玩一般。谭捕头一愣:"白布?!"

随即明白唐华是说他看到只是盖着裴文韶尸首的那块白布,当下大怒道:"奸贼大胆!竟敢戏弄本官!看本官……"

"看本官"究竟如何,却永远无人知道了。

因为就在电光石火之间,"本官"的两边太阳穴已被刺穿,性命与语言同失,脑浆共鲜血并涌了。

厅内只传出"本官"倒地的"啪嗒"一声,便寂静得有若幽冥地府。

厅外的毒手观音陡见唐华出手,心头也觉骇异。

点苍天唐华那快逾闪电的一击,纵是江湖绝顶高手立于谭捕头处身位置,只怕也难逃丧命之厄。以他这般身手,怎的在江湖上从未听过此人之名,甚至连"沧州七雄"之名,她毒手观音也从未听到过,这岂非怪事一桩?!

正思忖间,却见唐华又慢慢步出厅去。厅内的七个活人,倒与愁煞裴文韶和谭捕头一般,更无半丝儿声息。

毒手观音对与死人一般的活人并无兴趣,当下施展轻功,悄悄尾随在唐华身后,行出约三十丈远,唐华忽然收足转身。

毒手观音心头微惊,暗道这唐华果然了得,自己并未弄出丝毫音响,竟也被他给察觉了。随即冷笑一声,心道你唐华若敢靠近五丈之内,我毒手观音便让你尝尝中毒的滋味。唐华却不折回头来,只慢慢走到左侧一深宅大院门前,仔细观看门前那两尊石狮,毒手观音正觉蹊跷,忽见唐华倏然出手,只听"叮"的一声,两支判官笔同时刺中一尊石狮耳部双侧。出手之快,端的令人骇异。

唐华"咦"了一声,摸了摸笔尖,又摸了摸石狮被刺中之处,似是大感不解。

毒手观音不禁哑然:这唐华出手虽快,内力倒也稀松平常。

却又闻"叮"的一声,唐华再度双笔齐出,位置拿捏得丝毫不差,虽又刺了先前刺中位置,却依旧未能将石狮之头刺穿。

唐华大感不解,踱到另一尊石狮之前,依法施为,结果也是一般。但见他仰首望天,双目痴茫,似是遇到了天下至难索解之事。

毒手观音心道:是了,这点苍天唐华疯疯癫癫,内力也稀松平常,出手虽快,却也只会刺中太阳穴那一招。但高手相斗,谁又会让你走近面前一尺之内,摆好了头颅让你去点。裴文韬太过托大,方稀里糊涂地丢了性命,真算是死得窝囊之极了。

点苍天在江湖上寂寂无闻,倒也是情理中事。

念及至此,毒手观音不禁哑然,另去了家客栈,方一入内,便有一小二飞奔过来道:"客官所说的那两位客官,却未到敝店来。"

毒手观音一愣,方看清此小二便是先前接了她一两银子,令他一见辛冰和温玲玉二人便到西香客栈报信之人,当下淡然道:"既是如此,那两银子便赏了你买酒喝,你这便去给我订一间清静些的上房。"

那小二大喜过望,连声道谢之后,忙不迭地代为订房去了。

正当此进,忽闻身后传来一少女之声:"师傅,陆小歪就是躲在这儿了么?"

毒手观音大为惊忙,转过身来,但见绝因师太带着瞿腊娜正好跨门而入。

陡然相见,二人俱是一愣,却听瞿腊娜道:"你说要带我去找陆小歪,怎的跑到这儿来了?哦!陆小歪一定是在这儿,对吗?快叫了他出来,看我不老大耳刮子打他!"

绝因师太感然道:"候施主,听小徒之言,莫非……"

毒手观音也自感然:你绝因师太好歹也是堂堂峨眉一派掌门,怎的悄悄将瞿腊娜劫走了也不知会一声,莫非还怕我会害她不成!但听其言语却又似不知瞿姑娘曾与我同行,这岂非太过蹊跷。

再观其颜色,绝因师太并非作伪,毒手观音知个中定有曲折,当下道:"师太可否借一步说话?"

绝因师太合十道:"候施主有请,贫尼岂敢不尊。"

恰好那小二奔过来,对毒手观音道:"小的已订好了楼上西厢雅屋一间,客官是否便随小的去看看,若不满意,小的可替客官另换一间?"

毒手观音点点头,与绝因师太师徒三人随小二上楼,瞿腊娜满面喜色,自顾道:"原来陆小歪是躲在楼上。"毒手观音和绝因师太殊无喜意,心头俱觉黯然。

行至西侧最末一间,小二推开门,立于一侧弓身道:"便是此屋了,客官看可还得么?"

毒手观音只扫了一眼,见屋内虽布置得有些俗气,倒也算是清静,当下又掏出一两银子递给小二,道:"便是这间吧,有劳你了。这两银子赏你喝酒,房钱我稍候自会去与掌柜的结算。"

小二直乐得似是遇见了活菩萨一般,接过银子连声道:"多谢客官!客官如此菩萨心肠,定会多子多福……"

毒手观音面色微红,轻叱道:"这儿没你的事了,你自去忙活吧。"

小二不知因何得罪了这位活菩萨,连应了三声"是",这才自行离去。

甫一入屋,便听瞿腊娜娇喝道:"陆小歪!你给我滚出来!"

绝因师太轻叹了一声,随手点了瞿腊娜昏睡穴,将她抱在怀中,黯然坐下。

毒手观音一言不发,从绝因师太怀中接过瞿腊娜,将她抱床上躺下,拉了被子盖上,方回到绝因师太面前坐下。

绝因师太是出家之人,其豪爽倒大悖"清静修为"四字,见毒手观音对瞿腊娜若对女儿一般,当下笑道:"候施主面子倒是大得紧,那小二若知阁下名号，只怕打死他也不敢说什么'多子多福'之言了。

毒手观音粉面微红，道："师太说笑了。"

随即又道："侯某有一要事不明，不知师太可否见告？"

绝因师太见她忽然面色肃然，不禁奇道："候施主虽号称毒手观音，但自你复出江湖以来，所行之事，却是可担当一个'侠'字。贫尼忝为峨眉掌门，倒也还略知如何识人断事，候施主如此说话，那是太见外了。"

毒手观音道："多谢师太谬赞，既是如此，在下便要直言不讳了。"

"候施主有话但讲无妨。"

"好，师太既要带走令徒，为何不知会一声？"

"什么？"

"瞿姑娘自我手中丢失，我一直以为是被奸人掳去了。若真如此，既对师太丐帮不起，更无法与胡师弟交代。心头之惶急，师太可想而知。师太这个玩笑，开得实在也太大了。"

"什么什么？怎的你越说我越糊涂了？"

"师太真不知此事？"

"阿弥陀佛，出家人不打诳语，方才小徒说你要带她去找鬼灵子，贫尼大觉蹊跷，个中原委，贫尼实是一无所知。"

"那就怪了，敢问师太，瞿姑娘怎会与师太在一起？"

"是一个蒙面人将小徒交给贫尼的。"

"蒙面人？"

"观其身形似是女子，武功也颇为不弱，但她一言不发，却不知她究竟是谁。她将小徒交给贫尼，贫尼自不能逼她显露真面目。听施主之言，莫非是她从你手中将小徒悄悄带走的么？"

"正是。"

"这就蹊跷了，她既无意加害小徒，又为何要那般行事？并且……恕贫尼直言，观其武功，与施主相比实有所不及，她怎能从施主手中将小徒悄然带走？"

"因其时……"

毒手观音当下便把如何与胡醉先遇到丐帮川陕分舵副舵主蒋昌扬而知鬼灵子自戕，丐帮上下如何倾全力找寻瞿腊娜；如何偶然遇见瞿腊娜，胡醉奔陕南凤凰山找独孤樵，而她带了瞿腊娜找绝因师太或布袋和尚；又如何在距此镇五里开外见昆仑派与温辛二女而点了瞿腊娜睡穴以至将她丢失等诸般细节道出，末了道："那蒙面人也不知是何路数，既对瞿姑娘并无加害之意，却因何要这般藏头露尾。"

绝因师太道："江湖中事，又有谁能说清道白了，唉……"

毒手观音道："那身着一红一绿衣衫的两位女子，武功均颇为不弱，却不知是何来路，师太见多识广，是否知一？"

绝因师太道："着红衣者姓辛名冰，有个号叫毒蝎子，最是淫荡狠毒。"

毒手观音道："原来她就是毒蝎子辛冰！若早知是她，我当即便取她性命了。"

"你听过她的名号？"

"是数日前从愁苦二煞口中得知的，据说她也被什么复圣盟盟主任老贼收为义女了。"

"复圣盟之事，贫尼也曾听说过，据说铁镜和金一氓充任了副盟主，任空行收辛冰为义女，定然只是笼络金一氓。"

"然则那叫温玲玉的女子，观其年龄也只不过十八九岁，武艺却颇为不弱，却不知……"

"她使什么兵器？"

"一双银钩。"

"施主可否将其招式演一两招给贫尼看看？"

"自无不可。"

毒手观音方演了不到十招，绝因师太便失声道："卞三婆！"

毒手观音奇道："什么卞三婆？"

绝因师太道："早在你出道之前，江湖黑道上便有'一毒二掌，一变二淫，一箭双巧'之说。"

四十六

见毒手观音一副愕然不解之色，绝因师太又道："一毒二掌，指的是'千佛手'任空行和号称'东海独行枭'的西门离与'冷弥陀'南宫笑；一变二淫是指'千面狐'智桐、'玉蝴蝶'金一氓与'赤发仙姑'卞三婆；而一箭双巧却是说'活李广'震天宏与赛诸葛欧阳明、病诸葛欧阳钊师兄弟二人了。"

稍顿又道："早年贫尼与赤发仙姑卞三婆不止一次动过手，总在半斤八两之间，故你所说那叫银钩仙子的温玲玉，定是卞三婆之弟子无疑，只是她怎会和毒蝎子辛冰在一起，这倒有些古怪。"

毒手观音道："据愁苦二煞所说，病诸葛欧阳明已被那任老贼请了去做什么堂主了……"

绝因师太截口道："这不可能！"

毒手观音奇道："为何不可能？"

绝因师太道："因为当年大家之所以公推太阳叟东方圣为白道武林盟主，便是因为当年他干了几桩轰轰烈烈震惊武林之事，其中一桩便是把东海独行枭西门离、赤发仙姑卞三婆、病诸葛欧阳钊、活李广震天宏和冷弥陀南宫笑逼出中原，并令他们发下重誓有生之年绝不准踏入中原一步！"

毒手观音道："但愁苦二煞既投身于复圣盟，且惧胡师弟有若老鼠见猫，当不至于会说假话。"

绝因师太沉吟道："东方圣既亡，他们重回中原也不可能。但依他门本性，区区一个任空行只怕还请不动，只怕——"

"师太是疑幕后另有其人？"

"贫尼是有这般想法，但……未免也太过令人觉得匪夷所思了，普天之下，能操纵任空行的，除已死的太阳叟东方圣外，又怎会有他人呢？"

"此事日久定会明了，咱们也不必再去想它了。只是……"

"候施主有话但讲无妨。"

"请恕在下直言，瞿姑娘若再这般拖延下去，只怕——"

"贫尼也知若长此以往，小徒势必会神经受损，乃至终日痴迷，但……唉！小徒得的本是心病，不找到鬼灵子，又怎生医得她好呢。"

"然终日点她昏睡穴也非良策，若有胡师弟在，或许……"稍顿又道："在下有一种药散，服食之后可令人旬日之内丧失记忆，但在这旬日之内若无胡师弟的另一种药作辅，瞿姑娘将永远……不！此事万万不可冒险！"

绝因师太沉吟良久，黯然道："凡世间事，一切皆有缘法，瞿娜命中既有此劫，却也是天数使然，候施主但给敝小徒服用无妨。"

毒手观音正欲说话，忽闻楼下传来一苍老的高喝声："都给我听好了！谁要是知我师父下落而不报者，我天山二怪一掌一个便取了他性命！"

楼下顿时鸦雀无声。

少顷，又闻一有若苍枭啼夜的怪叫声传来："天山二怪所说的师父，便是我歪邪门开山祖师陆掌门人了，名讳上小下歪，有个名震宇内的大号，叫鬼灵子，你们可曾听说过？"

能如此说话的，江湖中除他天山二怪更无别人了。

无奈楼下众食客中，十之八九并非武林中人，只见他二人容貌古怪，言语骇人，当下更无一人敢开口应答。

但闻"咔嚓"一声，大约是二怪中的一人将某只倒霉的凳子随手折断了。便听牧羊童阳真子怒道："老夫偏不信你们这许多人，就没一个知道我师父姓名的！哼，若再知情不报，这凳子便是榜样。"

梅依玲续道："我师父的师父，便是当今丐帮掌门。"

布袋和尚姚鹏之名，确可谓天下无人不知，顿即"哦，啊"之声不绝。尽管如此，心下也不由暗暗生奇：观这二老者之状，年龄当长于姚大侠，怎的倒成了姚大侠之徒孙了！"

又听阳真子"哼"了一声，道："姚鹏虽也算不错，但又怎能与我师父相比了，昔年因……反正早年太阳叟东方圣以下流手段将我和依玲赶到天山，幸得独孤樵一剑将他杀了，咱恩爱夫妻方可在中原大行侠义之事，我师父为救独孤少侠性命，引刀自戕，这份侠义胸怀，怎是别人能及的了！"

便有人问道:"敢问二位老侠,令师即已身亡,其下落又怎会有人知道呢?"

此言问的并无大错,没料阳真子却怒道:"侠便侠了,又加个老字作甚!更何况我师父是死是活,也还是丐帮中人告诉我夫妇的。你既这般问,定是知道我师父下落的了!"

那人连忙道:"小的不知!小的委实不知!"

如此顾左右而言他,本是天山二怪的拿手好戏。梅依玲见方才多嘴那人也不似武林中人,当下道:"纵若尔等不知我师父下落,我师母在何处总该知晓吧!"

阳真子道:"对对对!是我老糊涂了,天下除峨眉派小师妹瞿腊娜外,又有谁能当得了我天山二怪的师……"

"母"字尚未出口,忽见绝因师太笑吟吟地立于楼口,合十道:"阿弥陀佛,二位施主可否上来借一步说话?"

但见两条人影晃动,倏然间二怪已一左一右立于绝因师太之侧,一人道:"你找到我师父了么?"另一人道:"我师父是否和师母待在一起?"

绝因师太虽是出家之人,见状也不禁莞尔一笑,道:"虽尚未能找到贵派掌门,然敝小徒倒与贫尼在一起。"

天山二怪大喜,齐声道:"只要能找到师母,要找到我师父便指日可待了。"

当下三人回到毒手观音寓所,却见瞿腊娜平躺于床,面呈青紫之色,毒手观音则坐于床边,正静静看着她。

天山二怪不明就里,见状一齐大怒道:"是你下毒害了我师母么?"

绝因师太连忙道:"二位施主少安勿躁,候施主绝无加害小徒之意,且容贫尼慢慢相告。"

接着便将个中情由细细道出。

阳真子听罢仍对毒手观音怒目而视,道:"若一周内找胡大侠不到,我师母仍是为你所害。到时若敝掌门一句话下来,我二怪仍要与你拼命!"

毒手观音淡然道:"这个自然。"

稍顿又道："故现在要救贵师母，只有一条路可走了。"

梅依玲忙道："什么路？"

毒手观音道："上凤凰山。"

阳真子大奇："纵是去杀了金童玉女，天下之大，仍是找胡醉不到，那又有何用？"

毒手观音道："因为敝师弟此时正在凤凰山。"

阳真子一奇更甚，道："胡醉已救过金童一次了，莫非金童又身中奇毒，非得胡醉再去救他一次么？"

毒手观音道："那倒不是，但二位前辈若此时劳驾到凤凰山走一遭，兴许在路上便可遇上敝师弟了。"

话音方落，二怪早齐齐道得一声："你们就在这儿等着！"

人已双双掠窗而出了。

毒手观音和绝因师太相视一笑，俱觉二怪行事之奇，端的邪到家了。过得少顷，毒手观音道："师太多年来行侠江湖，可知一位名叫点苍天唐华的么？"

绝因师太略作思忖，奇道："先前沧州府有七个臭名昭著的恶人，号称什么'沧州七雄'，点苍天唐华便是其中之一，在江湖最多算得上四流角色，不知候施主怎么问起此人？"

毒手观音道："若我所料不差，他此时已是疯痴之人了，但若让他立身于面前一尺之内，纵是绝顶高手，也难逃被他两支判官笔刺穿太阳穴之厄。"

绝因师太奇道："这似乎不……不太可能。"

毒手观音道："但愁煞裴文韶武功比唐华高得多，却也被他一招便取了性命。"

绝因师太骇然色变，失声道："你……你说什么？"

毒手观音也自大奇，当下将在西香客栈遇到之事细细道出。

话音甫落，绝因师太早失声连道了三句"糟糕！"见毒手观音大感不解之状，当下又将自己与铁镜恶斗，幸得布袋和尚姚鹏及邰盛相救等诸般细节道出。末了道："独孤少侠落入愁煞手中，那是绝然错不了的，虽个中情由不甚明了，但此时愁煞既已莫名其妙地丧命于唐华之手，独孤少侠的处境，那却是寸步凶险了。"

毒手观音心头也觉骇异，沉吟良久，才道："然此时瞿姑娘药性已发，咱们却离开她身周不得，只有坐等敝师弟来了。"

绝因师太虽眉头苦皱，却也想不出更好的计策来，只沉重地点了点头。

第二十回 聆密出谷

四十七

又过半月,散人谷里已是一片乱七八糟,贼王时穷富的《妙手空空经》和赌王吴输赢的《赌经大全》经常莫名其妙地出现在对方屋里自不必说,连赛诸葛欧阳明至为得意的八卦屋鬼灵子陆小歪也成了常客。

三人终日愁眉苦脸,却拿鬼灵子毫无办法。

鬼灵子倒是终日笑嘻嘻的,只是散人谷中的三人对他避若瘟神。鬼灵子也不以为忤,反而常常寻上门去,欧阳明、吴输赢、时穷富三人碍于送陆小歪入谷那人之面,又不便强赶鬼灵子出谷,只悠然长叹,自认倒霉。

赛诸葛欧阳明倒也罢了,只是吴输赢和时穷富二人却连三才屋和四象屋也不敢出。

因为他们一旦出屋,陡然间便会莫名其妙陷入飞沙走石之中,稍不留神,甚至还会稀里糊涂地撞在某株突然出现的树上。

大家心里都明白,这一切都是陆小歪捣的鬼,却偏又对他无可奈何。

三人只盼那曾经救过他们性命的人到他们散人谷中来,将陆小歪带走。

偏那人始终不露面,陆小歪却经常笑嘻嘻地拎着烤得焦黄喷香的山鸡或野兔光临他们的居所,只是他们对陆小歪的"好意"实在毫无兴趣,某日酉时时分,欧阳明与吴输赢联袂光临三才屋,见时穷富一人正独自猛喝闷酒,其额头之上,骇然有一茶杯大小的红"瘤",吴输赢哈哈大笑道:"贼王头上长瘤,倒也是一桩怪事。"

时穷富顺手将酒碗摔得粉碎,大怒道:"去你妈的瘤!明日看我不把陆小歪撕成碎片才怪!"

吴输赢又自笑道:"凭你时老儿,要撕碎鬼灵子陆小歪只怕还不能够。"稍顿又接着道:"纵是咱三人联手,此时要制服陆小歪也并非易事了。"

散人谷三人中若论话多,第一恐怕便要数欧阳明了,此时却铁青着脸,闭口不言,因为他的额头上也有一个"瘤",只不过比时穷富的稍小一些而已。

良久。

欧阳明忽然沉声道:"咱们无论如何得想个法子,让陆小歪离开散人谷,有他在此一日,本谷便不得安宁……"

一语未了,忽闻门外传来鬼灵子的笑声:"匆匆数月下来,我陆小歪倒喜欢上这散人谷了,此时要我离谷而去,在下倒是有些不愿。当然了,如果你们觉得我陆小歪在此谷中惹你们生气,你们自可离谷而去,我绝不阻挡也就是了。"

时穷富大怒道:"陆小歪,我倒是要问问你,这散人谷到底是谁建的?"

鬼灵子一言不发,反倒煞有介事地绕着时穷富走了两圈,故作不解地道:"天下竟有如此怪事,人头上居然也会长角,至少我陆小歪还是第一次见到。"

时穷富气极反笑,高声道:"陆小歪,若我三人联手,只怕你的头上也会长出一只角来,你信是不信?"

鬼灵子笑道:"无妨你们现在就试试,在下有个习惯:不经试过的事情,一般总是不信的。"

话音方落,便听欧阳明和吴输赢同声道:"我不信!"

时穷富冷哼声,道:"欧阳老儿、吴老儿,咱们数十年交情,你们竟然连这点面子也不给我姓时的。好!自今而后,咱们便恩断义绝!"

欧阳明和吴输赢倏然色变。

未等他二人开口,鬼灵子早大笑道:"时穷富,你未免也太过心胸狭隘了,其实要我陆小歪离开散人谷也并非难事,只要你们各自将身藏绝艺尽数传授于我，我马上出谷也就是了。"

欧阳明连忙道："陆小歪，你这不是睁着眼说瞎话吗？此时若论妙手空空之术、赌技和机关设阵之术，时老儿、吴老儿和我赛诸葛又有谁是你的对手了。"

鬼灵子道："这就奇了，当年你三人各凭绝艺名震江湖，其时我陆小歪还未出世，此番在下到你们散人谷仅数月之久，怎能说我已强于你们了？"

吴输赢道："你用诡计将咱三人的《妙手空空经》《设阵大法》和《赌经大全》盗了去，逼使我等不得不倾囊传授……"

鬼灵子截口道："是你们自己无能，'诡计'二字却又从何说起？"

欧阳明连忙圆场道："好好好！就算你是青出于蓝而胜于蓝总行了吧？"

鬼灵子道："我为什么要相信你的话？"

欧阳明道："因为我说的是实话，数日前你到我八卦屋中盗走了《设阵大法》，又将它放在吴老儿的四象屋中，而我的八卦屋，纵是现在，不是我欧阳明夸口，吴输赢和时穷富他二人要在我屋内来去自如，也是断断不能，仅凭这一点，我的机关设阵之术就被你学了个十成十。"

鬼灵子道："就算我信了你的话，吴输赢、时穷富他二人定然是藏拙了。"

欧阳明连忙道："谁要是在陆小歪面前藏拙，那一定吃错药了。"

一直沉着脸未曾开口的时穷富忽然道："在下倒有一个计较在此，咱们无妨就此一试。"另三人同时道："如何试法？"

时穷富淡然道："麻将。"

三人俱是一愣，过得少顷，吴输赢忽然抚掌大笑道："时老儿这鬼主意实在是高明之极。"

话落时，人早飞掠出屋，自是到他的四象屋取那副一直被他视若珍宝的黄金麻将去了。

欧阳明见状也道："此计果然大妙。"

没料鬼灵子装模作样地道："怎的我竟看不出此计有何妙处？"

欧阳明道："你与金童打赌吃亏，险些儿送了性命。自不知赌中大有学问，尤其在麻将桌上，你与咱们三人所学的绝艺均能派上用场。"

鬼灵子道："莫非在麻将桌上连机关设阵之术也能用上吗？"

欧阳明道："那是自然，难道吴老儿所著的《赌经大全》上，并未载有搓麻将别有一说，叫作垒长城么？既是'长城'，那可是咱们机关设阵的祖宗，其中自然大有关联。"

时穷富续道："这搓麻将最是斗智，更需心灵手巧，我教你的妙手空空，大可派上用场，而吴老儿教你的是赌技，那就更不用说了。"

鬼灵子故作沉思状，良久才道："还是不妥。"

欧阳明和时穷富同声道："有何不妥？"

鬼灵子道："如若你三人联手，故意输了给我，倒显得是我将你们各自的绝艺全学到了一般。届时我既赢了你们，又不得不守约出谷，那我鬼灵子陆小歪岂不成了冤大头了……"

话音未落，赌王吴输赢早提着一副精致的黄金麻将飘然回屋，见欧阳明和时穷富正面面相觑，当下大感不解，问道："你们都怎么了？"

时穷富气呼呼地道："陆小歪说他不干？"

吴输赢奇道："陆小歪，你为何不赌？"

鬼灵子道："不赌便是不赌，何来这许多理由。"一副爱理不理的样子。

吴输赢转向欧阳明，又问道："到底是怎么回事？"

欧阳明道："陆小歪怀疑咱们三人会使诈，故意输给他。"

吴输赢顿即怒道："陆小歪你听着：我吴输赢号称'赌王'，并非浪得虚名之辈，你休要把人看得太小了。"

鬼灵子笑道："你既是赌王，我陆小歪倒相信你不会在赌桌上耍赖而自损名头，但时老儿和欧阳老儿就难说得紧了。欧阳明和时穷富正欲开口说话，忽听陆小歪又道："好吧，就算我信你们一次，咱们这便开赌如何？"

欧阳明和时穷富虽心头有气，但听陆小歪如此说话，一愣之下，当即道："好，咱们这便在麻将桌上比画比画。"

二人心头均是一般所想：你陆小歪既信不过我二人，那咱们无妨就做次小人给你看看，让你"赢"得心服口服。他们自是不知，鬼灵子临时改变主意,却是因有人在暗中指使。

方才欧阳明和时穷富正自心头有气,甚觉愠怒之时,鬼灵子耳边忽然转来一细微却清晰之声:"与他们赌,并且非赢不可。"

鬼灵子虽不知是谁与他说话,甚至不知那声音从何处传来,但那声音似有一种强大的磁力,使他既觉得亲切又不可抗拒。

当下贼王搬出一张玉石方桌和四把竹椅,与欧阳明对视一眼,各选了"西""北"二位坐下。

赌王一言不发,随手将麻将整整齐齐摆在桌上,才瞪了贼王和赛诸葛一眼,肃然道:"搬庄!"

时穷富和欧阳明一愣,心道:你这吴老儿怎的这般不知好歹,虽你不愿使诈损了自己"赌王"名头,但咱们助你一臂之力,让鬼灵子陆小歪离开散人谷,却是对大家均大为有利之事!

却听鬼灵子道:"昔日在下曾听人言,赌博、杀人和卖淫,历来是人类最古老而又最热衷于干的三件事,且无论男人赌博杀人还是女人卖淫,俱是规矩甚严,今日观当世赌主言行,果然丝毫不假。"

赌王吴输赢淡然道:"多谢谬赞。"

鬼灵子故作肃然状道:"不敢当,但今夜之赌,咱们以一盘定输赢,我陆小歪定会使出浑身解数,如若侥幸赢了,自然拔腿便走;若是输了,也只怪在下学艺不精,也是一般离开贵谷……"

话未说完,另三人早同声道:"你说什么?"

鬼灵子道:"我陆小歪好歹也算堂堂一派掌门,言出如山,从不愿再说第二遍。"

四十八

赌王吴输赢连道了三个"好"字,才又续道:"难怪……难怪那恩公对你如此器重,果不愧是号人物!那好,陆小歪,赌桌上的花样,我已倾囊相传于你了,今夜咱们便只赌一把,明日姓吴的做东,咱们四人该当浮一大白!"

时穷富和欧阳明既听鬼灵子说他无论输赢皆要离开散人谷,早是怒意烟消,当下时穷富道:"好!咱们这便各凭真才实学,切磋技艺,明日为陆小歪践行,也算上我和欧阳老儿一份!"

欧阳明则只道了两个字:"搬庄。"

虽已无人使诈,也是天数使然,搬庄结果,赌王做了东家,鬼灵子摸了个"南",而贼王和赛诸葛竟与他们先前所占位子一般,各自坐了"西""北"二位。

既是东家,赌王要做一副"天合"牌自是易如反掌,他料定此番鬼灵子是输定了。

没料取完牌后,赌王明明做好的一副"天合"牌却少了个"一万"而多了张"东"牌,形成了"东"牌"开杠"听"一万"和"四万"合牌之局。

赌王怔怔地看着坐在他下家的鬼灵子,足有半盏茶时分。鬼灵子则若无其事,似是此番相赌与他毫无关系一般。

于是打出一张"东"牌,等坐在对面的时穷富打出"一万"合牌,还是等"开杠"碰碰运气,赌王始终举棋不定。

赌桌上的四人,没有一个出声。

赌王的额头上,已沁出细密的汗珠。

鬼灵子既能神不知鬼不觉地将"一万"换成"东"牌,那他做一副"地合"牌局绝非难事。

若打"东"牌,鬼灵子自不能"合牌",但接着便轮到他模牌,赌王几乎能断定鬼灵子能"自摸"而"合"。

赌王决定铤而走险了:"东"牌"开杠"!

开起来的当然不是"一万"或"四万",而是张"白板",赌王又犹豫了足有一袋烟工夫,才小心翼翼地将这张多余的"白板"打出。

鬼灵子依旧若无其事,似是从未见过麻将牌中居然会有"白板"这张牌,只盯着它看了足足半个时辰。

时穷富欧阳明与赌王相处数十年,各自的技艺均学了不少,特别是坐在鬼灵子下家的时穷富早已将一张"一万"抽出放在最右边,只等鬼灵子打出一张牌,他便将它打出让赌王"合牌"。

但赌王和鬼灵子如此故意消磨时光,时穷富和欧阳明早大觉不耐,各自将牌朝里扣倒。

没料又过良久,鬼灵子忽然轻叹一声,将那张"白板"捡起,淡然道:"开杠。"

他开起了一张"七筒",然后又淡淡地将十四张牌推倒,轻声道:"合了。"

他的确是"地合"牌,单听"边七筒"。

杠上开花!

赌王面色惨白,长叹一声,才黯然道:"你赢了。"

鬼灵子对坐在他下家的贼王时穷富轻笑一声,道:"为何不翻开你的牌看看?"

时穷富早目瞪口呆,更说不出一个字来。

因为他一起牌便有四张"七筒"!

而一副麻将只有四张"七筒",既不会多,也绝不会少。

可鬼灵子陆小歪偏偏"开杠"开了个"七筒"合牌!

赌王站起身来,却听鬼灵子又淡笑道:"本来是阁下赢定了,如果你能沉得住气的话。"

说话间将本该轮到他摸的那张牌翻了过来:一万!然后又接道:"但在下料定阁下会铤而走险的。"

赌王看了他良久,才道:"你才是真正的赌王。"言罢大笑三声。

坐在"西风"位置上的贼王恍若大梦初醒,一张张翻开自己的牌,然后怔怔地看着鬼灵子。

他的"七筒"此时只剩下三张了，却莫名其妙地多了张"东"牌！

而"东"牌正是赌王吴输赢开"暗杠"的牌。

时穷富忽然大笑道："妙手空空！哈哈！妙手空空，陆小歪，这'贼王'之名，今夜算是被你给抢去了。"

他虽如此说话，面上却殊无怒意。

却听欧阳明道："你们为何不看看我的牌？"

言罢也将他的十三张牌一张张翻了开来，吴输赢和时穷富一看之下，恰似见了世上最古怪的物事一般，捧腹大笑不已。欧阳明号称赛诸葛，于机关阵式设置之术本是独步天下，区区十三张麻将牌，他却"设置"得乱七八糟！

鬼灵子淡淡地看着他们，对欧阳明道："你这赛诸葛依我看倒也稀松平常得紧。"

欧阳明居然也大笑出声，连声道："好个陆小歪！我赛诸葛算服了你了。"

三人正大笑间，忽闻门外传来一朗笑声："你们输得不冤吧？"

鬼灵子骇然转身，却见门口立着一灰衣白眉老僧，正笑吟吟地看着他。

鬼灵子道："方才是你要我与他们相赌的吗？"

白眉老僧只点点头，尚未开口，忽闻身后的欧阳明、吴输赢和时穷富同声道："救命恩公在上，请受晚辈一拜！"鬼灵子不禁大奇，转过身去。但见三人肃然冲白眉老僧作揖纳拜。

鬼火子心头一动，又转过身去，看着白眉老僧，问道："莫非你……"

尚未等他将话说完，赛诸葛吴输赢早在身后高声道："陆小歪他便是你的救命恩人一元……"

却听白眉老僧道："事到如今，老衲的法号已没必要对世人隐瞒了。"转向鬼灵子又道："老衲法号上'一'下'元'，虽救了你性命，你却不必谢我。"

鬼灵子跪伏于地，肃然道："晚生本是必死之人，大师为救晚生，已损七十年功力，大师对晚生实是恩同再造，救命大恩，晚生定当衔草以报！"

一元大师扶起鬼灵子，却不与他说话，反对赛诸葛欧阳明、赌王吴输赢和贼王时穷富道："老衲欲与陆小歪二人借你们'北斗天罡屋'用上一夜，不知……"

三人早截口道："大师说哪里话来。'北斗天罡屋'本就是为大师所造。"

一元大师谈道："既是如此，老衲这便与陆小施主到'北斗天星屋'去了，只是在明日午时之前，你三人绝不许踏入此屋五丈之内。"

言罢也不等他三人回应，拉着鬼灵子便到"北斗天罡屋"去了。

入得屋内，鬼灵子又欲相拜救命之恩，却被一元大师阻住。

鬼灵子道："大师……"

后面的话尚未说出口来，便听一元大师截口道："老衲救你性命，本是为天下武林苍生为计，你与其谢我救命之恩，倒不如少开尊口，让老衲将个中情由告之于你，此时你的武功虽在江湖上算不了什么，但凭你与散人谷中这三位老儿所学的本事，复出江湖，定将大有作为，纵是武林一流高手，也难耐你何了。"

鬼灵子道："这三位老儿性情古怪，若非看在大师面上，我陆小歪在这散人谷中只怕一日也难待下去，他日我鬼灵子陆小歪若有一星半点成就，也全托大师……"

一元大师道："老衲最烦的事，便是一句话三番五次地颠来倒去没个完！"

鬼灵子道："是，谨凭大师吩咐。"

一元大师缓缓道："陆小歪，你虽入江湖未久，但当今少林派方丈是谁，你总该是知道的？"

鬼灵子道："年余前是悟性大师，后为太阳叟东方圣所害，当今少林方丈，却是悟明大师，这晚生倒还知道。"

一元大师道："你可知老衲是谁吗？"

鬼灵子奇道："大师所问，恕晚生不明其意。"

一元大师道："若论辈分，老衲却是悟明方丈的太师伯。"

鬼灵子道："方才晚生与大师到此屋来时。见大师左腿……嗯，若晚生所料不差，大师便是江湖浪子童超的记名师父了？"

一元大师微微笑道："你以'鬼灵子'为号，倒也名副其实。"

鬼灵子道："多谢大师谬赞，晚生愧不敢当。"

一元大师沉吟良久，忽然面色一沉，肃然道："老衲今夜将与你所讲之言，待你复入江湖之后，除敝记名弟子童超外，断不可与第三人提及，你能答应么？"

鬼灵子未说什么，只面色凝重地点点头，便听一元大师道："百年之前我少林派方丈本是家师，法号上'了'下'然'，家师共收了三名弟子，分别取号一空、一元和一无……"

鬼灵子失声道："大师法号一元，莫非便是……"

一元大师道："老衲正是家师座下第二弟子。"

稍顿又道："实不瞒陆小施主，老衲并不敢妄自菲薄，当时在咱师兄弟三人中，倒数老衲武功最高，也最得家师喜爱。然老衲对'名利'二字，并无丝毫兴趣。且敝师兄一空，本是掌门大弟子，若然家师不幸圆寂，老衲绝无觊觎位之心，然敝师兄……你知敝师兄俗家姓名么？"

鬼灵子道："百年前之事，晚生自是一无所知。"

一元大师道："然太阳叟东方圣之名，你总该是知道的了。"

鬼灵子道："东方圣欺世盗名，但其武功已臻化境，确可算当初天下第一人了，幸被独孤樵一剑毙命，这也是天数使然。"

一元大师道："哼！若老衲早年不被一空、一无两名少林叛贼夹攻，以至损失了十年功力，区区一个东方圣，又怎容他称霸武林！"

鬼灵子骇然道："莫非大师的武功，竟比东方圣还强么？"

一元大师道："老衲无妨告诉你，一空那叛贼的俗家姓名便是复姓东方，单名一个尊字，他本是东方圣亲生兄长，东方尊无论人品武功，均比其弟东方圣胜着一筹。"

鬼灵子惊"咦"了声，道："既如此，大师的武功，岂不比东方圣胜过不止一筹了么？然则当年令师兄师弟，又怎会合力与大师对敌？"

一元大师倏然色变。

四十九

鬼灵子连忙道:"晚生口没遮拦,还望大师恕罪!"过得良久,一元大师面色才渐渐缓和,淡然道:"今夜老衲带你至此,本就是为了要告诉你百年前之往事,又怎会怪罪于你了。"

鬼灵子感然不解地看着一元大师。

便听一元大师道:"百年之前,家师已年逾古稀,但他老人家内功深厚,身体却还康健硬朗,却不料猝然圆寂,而一空本该接掌本派方丈之职,却在家师圆寂之后,突然与一无双双失踪,老衲甚觉蹊跷,细查家师法体,便已看破端倪,家师猝然圆寂,并非阳寿已尽,实是一空、一无二位叛贼下的毒手,老衲一怒之下,坚辞本派众弟子公推继任方丈之职,在江湖上暗中查寻三年,终于得知真相。"

饶是一元大师一代得道高僧,言语及此,也不禁黯然伤神。

过得少顷,一元大师又续道:"咱们尚有五个时辰,无妨把话题扯得远些。"

鬼灵子奇道:"五个时辰?"

一元大师淡然道:"明日午时,老衲便要追随先师于极乐了。唉!纵是魂归极乐,终未能将东方尊那叛贼诛灭,老衲又有何面目面对先师。"言语间尽一副伤感之色。

鬼灵子大骇,道:"观大师还硬朗康健,断不会……"

"一切自有天定,何况一副臭皮囊,倒也没有什么。"

鬼灵子这一惊骇更甚,竟怔怔地说不出话来。

却听一元大师淡然道:"百年之前,湖南永州府出了一对奇少年,不知因何缘由,均练成了一身足可睥睨群雄的武功,二人本是亲生兄弟……"

鬼灵子插言道:"东方尊和东方圣?"

一元大师点点头,道:"先前老衲已讲过,兄长无论人品武功,均比其弟要高出一筹。但其弟心计深沉，行事又是细致缜密，这却是东方尊万难与其比肩的。"

稍顿又道："东方圣一心欲做武林第一人，其兄东方尊便成了他第一块阻路石。更兼东方圣生性好色，总在暗中将稍有姿色的女子捕了去先奸后杀。然纵使他行事诡秘，终有一次还是给其兄察觉了，严加责训之后，东方圣倒也略有收敛，只是对其兄暗恨于心。

"数年之后，东方尊已及若冠之年，当即娶了衡阳府大人的千金为妻，夫妻俩恩恩爱爱，未及半年，妻子便已有孕在身。

"不料有一日东方尊有事外出，回家时却见其弟正强行奸污亲嫂子！"

鬼灵子大怒道："如此猪狗不如之辈，东方尊为何不一掌将他毙了？！"

一元大师道："那知府大人的千金也是性烈之人，蒙受如此大辱，陡见亲夫，当即便咬断舌根自尽身亡了。"

"啊！"

"东方尊本可一掌便将其弟毙了，但东方圣极工于心计，对其兄之脾性了若指掌，当下恰与一条狗相似，先是苦苦跪求饶命，后又故作凛然之状，言道：若兄长仍不见容，他便立时自戕，绝不劳兄长动手。唉！也怪东方尊一念之仁，竟不忍杀了东方圣那逆贼，以至数十年之后，方酿出东方圣称帝武林的闹剧。然正如我佛所言，因果报应终是不爽，江湖中突然出现了个独孤樵……"

"独孤少侠此时神功尽失，此事大师是否知晓？"

"老衲救你性命，并令散人谷中三位老儿教你绝艺，本就是为了让你去救独孤公子性命。唉！老衲也不知此事是对是错，毕竟天意难测！"

"敢问大师何出此言？"

"只因……不说也罢，老衲此举，是否会再为江湖造孽一场浩大杀劫，此时老衲也是不知。"

"晚生性命为大师所救，纵若晚生性喜顽皮胡闹，也断不敢做那人神共愤之事！"

"老衲说的不是你，而是说独孤樵。"

"这……"

"罢了,凡世间事皆有天定,且由它去吧。咱们旧话重提:昔年东方尊不忍手刃亲弟,气怒之下,当即遁入空门,投入家师门下。家师观其心意既决,更兼身手不凡,便收了他为开山大弟子,赐号一空。"

"既是如此,一空大师又怎会……"

"一念之仁,反受其害,这本是世间常理。"

"大师是说一空大师和一无大师最终加害了然大师,乃是受了东方圣陷害?"

"先前老衲也是不知,只在与一空、一无两名叛贼放手对搏,最终每人赐了他们一人一记重掌之后,方才得知个中原委。"

"原来如此。"

"并非尽然如此,一无当即毙命,一空武功远在一无之上,老衲以内功护住其心脉,问他因何要欺师灭祖,你猜他怎么说?"

"晚生自是不知。"

"他说:'咱们师兄弟相处数十年,各自均知对方禀性,我知你绝不会与我这做师兄的争夺方丈之位的,然本派虽没领袖武林群雄,却也是天下第一大名门正派,若是愚兄做了少林方丈,也终囿于此位而难称帝武林。'老衲当时大惊道:'称帝武林?莫非你想做武林皇帝不成?!'一空苦笑道:'你还记得我那亲生兄弟东方圣么?便是他这般说的,他还说天下百姓既有始皇,武林中便也该有始皇才是,愚兄知师尊和你二人的武功均强于敝兄弟俩,又被他说动了心,便出此下策,说动一无师弟后,便使计害死了先师。'老衲其时大怒道:'东方圣奸杀亲嫂,然猪狗不如,而你这般欺师灭祖,与他又有何异!'一空却只淡然道:'没料了然圆寂后,却偏找你不到,没能杀你,大约也是天数使然。我与一无师弟只好离寺逃遁,没料还是被你给追到了,老衲当时黯然无语,却听一空那叛贼又道:"然敝亲生兄弟,却总是不会饶过你的,你信不信?'老衲只'哼'了一声。一空又道:'虽他武功不如你,但你最好还是相信愚兄的话,终有一天你会后悔的。'稍顿他又道:'此时你已推愚兄首徒去难接任了本派方丈之职,是也不是?'老衲点点头,一空微微一笑,就此气绝身亡。老衲当即写了封书简藏于其怀内，拎了两名叛贼尸体悄然回到少林，将它们放在去难师侄的门口，言明他二人当死之道，又悄然遁去。万料不到的是，半年之后，去难师侄偶遇老衲，告知一空那叛贼的尸首竟已无影无踪！"

"是被东方圣盗走了。"

"先前老衲也是这般想法，又过三年之后，原我少林寺的一名小杂役竟莫名其妙地盗走了本派镇派之宝《易筋经》，老衲遍寻其踪不到，且过数十年之后，那位名叫公孙鹤的小杂役忽自西城而来，且练就了一套阴毒霸道的天冥掌，老衲方始怀疑是他带了一空尸首并盗了《易筋经》一同逃奔西域，但老衲终归还是错了，因老僧与苦苦大师及酒仙翁联手除去一代大庵公孙鹤时，他胡练神功，早是走火入魔，身上竟连一丝儿武功也没有了！老衲误杀身不具丝毫武功之人，自是心头大愧，当即挥掌自废了左腿。"

"啊！"

"俗言道：'人之将死，其言也善。'公孙鹤临死之时，与老衲言明《易筋经》并非在其身上。而它已被人送还少林寺了。"

"这人是谁？"

"太阳叟东方圣。"

"东方圣？！哦，我明白了。"

"你明白什么了？"

"当日武帝宫一役，竟连悟明大师在东方圣一言之下，也甘愿……甘愿折节称臣。"

"正因如此，老衲才疑早年东方尊那叛贼并未毙命于老衲掌底。"

"大师何以会有这般想法？"

"因东方圣公然称帝之前，'尸体'曾在我少林出现过，随后却忽然不见了。"

"龟息功？"

"不错，东方圣既会龟息功，其兄东方尊自也不可能不会。"

"据晚生所知，龟息功乃是从西竺传至中土的一门古怪神功，运起此功来，人便'死'上一月仍能'复活'。"

"是的。"

"但晚生有一事不明，东方尊既未死，他为何不兄弟联手与大师为难？"

"因他们并未知老衲自废左腿之事。且他们也疑老衲既能在十数日内便造就出童超这般一个绝顶高手，那老衲的《大梦神功》恐怕已练臻化境，故而不敢轻举妄动。"

"《大梦神功》？"

"此秘诀为数百年前一位神僧所创，早年老衲机缘巧合，与一异人习得此功，以至武功强于早老衲拜入少林门下的东方尊。只可惜……唉！"

"大师因何叹息？"

"老衲今年九十有八，为造就童超，虽是在半梦半醒之间授功，却也损了老衲三年功力，数月前为护住你心脉，并使你能在七日之内心脏刀口愈合，又损了七十年功力，老衲此时所余二十八年功力，在江湖中只能算是二流身手了。"

"大师你……"

"闲话少说，咱们时日已经不多了，老衲要你答应三件事，你肯吗？"

"纵是一百件，我陆小歪也……"

"凭不足三十年功力。此时要授你《大梦神功》是不能够了，但要取你性命，老衲却自信还能。"

"是！"

"那你听好：一、明日你便出谷。二、出谷前你去对欧阳明说，就说老衲严令他待你甫一出谷，便来将这'北斗天罡屋'毁去，并不准他三人任何一人入屋一步，且要欧阳明将此屋毁得连他自己也不能入内。三、还是老衲早先与你讲的那句话，今日老衲与你之一席言谈，除我那记名弟子童超外，绝不许向第三人泄露半句！"

鬼灵子凛然一一应了，末了道："大师……"

他方道出二字，一元大师早面色一凝，肃然道："勿再多言，你去吧！"

鬼灵子泣声道："是。"

立起身来，方转身走出两步，又听一元大师在身后柔声道："陆小歪，并非老衲绝情,实因东方尊那厮若知老衲既已身亡,整个武林便又将大遭涂炭了。"

鬼灵子双目含泪,并未转身,只道:"晚生理会得!"

一元大师轻叹一声,又道:"老衲最后只忠告你一句话:陆小歪,往后不可待人太好。"

鬼灵子早泪流满面,只道了声"是",人早飞掠出屋。

屋外日正当空,恰是午时时分。

鬼灵子只觉日光刺目,连眨数下眼睛,却见欧阳明、吴输赢和时穷富三人正立于屋前五丈开外,观其形状,自是一宿未眠。

陡见鬼灵子掠出屋来,心下俱是大喜,齐声道:"陆小歪,一元大师他老人家可还好么?!"

鬼灵子黯然不语。

三人又齐声道:"怎么啦?!"

鬼灵子道:"我此刻便要出谷了。"

欧阳明怒道:"我们是问你一元大师他老人家怎样了,可没问你何时出谷!"

鬼灵子看定欧阳明,良久才将一元大师的第二条严令缓缓道出,末了道:"你若不遵命行事,别说一元大师他老人家饶不了你,纵是我陆小歪,也绝不会饶过你们!"听其言语,似是一元大师早已离去,只不知他为何要叫陆小歪传令毁了"北斗天罡屋"而已,虽心头大觉感然,但既是昔年救命恩公吩咐下来,欧阳明倒也不敢推辞,当下肃然道:"我欧阳明遵命便是了。"

鬼灵子淡然道:"如此甚好。"

话音落时,人已早飞掠出十数丈开外。

吴输赢在身后高声道:"陆小歪!咱们为你饯行的酒还没喝呢,你怎的就要走了!"

只听遥遥传来鬼灵子的回音:"在下有急事待办,这酒嘛,不喝也罢。"

第二十一回 复圣盟及其他

五十

三日之后"四达"和田归林夫妇先后回到那座森林边,却见公孙鹳一人施施然立于原地,却更无江湖浪子童超和青青身影。

黑力铁姑最为急躁,当下直通通地道:"喂!童少侠和青青呢?你把他们怎么样了?"

公孙鹳道:"童少侠和司马女侠已于两日前去寻找胡醉胡大侠和候玉音候女侠去了。"

田归林道:"然则阁下……"

却被黑力铁姑将话打断,高声道:"田相公还问啥问,童少侠和司马青青定然是去找胡醉和毒手观音来一同找寻独孤公子了。"

公孙鹳并没再说什么,只对"四达"道:"观那愁煞裴文韶武功并非了得,且他还带着独孤公子,你们费了三日功夫,竟连他的影子都没见着吗?"

特达肃然道:"启禀公子,是小的们办事不力,确是连裴文韶的影子也未见着。"

公孙鹳心下虽奇,口上却只淡淡地道:"既是如此,自今而后,咱主仆五人在中原武林,便只以找寻独孤公子为务,若非万不得已,断断不可与人动手。"

"四达"恭声应了。

"四达"中数伊达性子最急，当下便道："公子，那咱们到中原来与胡醉、童超和候玉音比武的事，莫非就此作罢了么？"

公孙鹳道："你少说两句行不行！"

未等伊达的"行"字出口，黑力铁姑早高声道："不行不行。伊达，你方才说什么来着？要与胡大侠、童少侠和毒手观音比武，是也不是？"

伊达道："正是。"

黑力铁姑忽然哈哈大笑，似是听到了天下最为稀奇古怪的言论一般。

法达奇道："你笑什么？"

黑力铁姑好不容易才忍住笑声，又高声道："就凭你们，只怕……"

田归林早看出端倪，当下厉声道："铁姑，咱们走。"

铁姑大感不解，道："去哪儿？"

田归林道："休要多言，你只管跟我走便是了。"

铁姑自言自语道："唉，俗话说嫁鸡随鸡，嫁狗随狗，此言当真不假，我铁姑算是倒了霉了，连想问一句话也不能够。"转向田归林提高声音又道："咱们也是找胡醉和毒手观音报信么？"

田归林大觉不耐，只冲公孙鹳等人一拱手，并不言声，转身就走。

铁姑见状大急，暴喝道："你又想跑了么？"

"么"字出口，人已紧随田归林身后追下。

看着她硕大的背影，"四达"齐声道："中原人古怪，没料中原的女人更古怪！"

公孙鹳道："闲话少说，咱们这便去找寻独孤公子。"

"四达"恭然应了，依旧是特达走在最前，法达跟随其后，公孙鹳居中，后面紧跟伊达、细达，五人的步子还似先前一般，恰若以尺子量出一般。而法达手中的方便铲，仍像擎着把雨伞一般遥指青天。

入林之后，知"四达"个个俱是心头茫然不解，公孙鹳便把自己与童超和司马青青所谈之言尽数道出。

特达虽未转头，其心头之惶急已从他言语声中表露无遗："公子，若咱们一辈子找独孤樵不到，抑感独孤樵被人一剑杀了，那先主上的遗命，岂不是……"

公孙鹳淡然道："若然如此，那已算是天数。"

自此五人均不言语，心头却皆是一般黯然。

却说黑力铁姑追出三十丈外，一把抓住田归林后领，怒道："咱们堂也拜了，十数日前你已亲口答应娶我为妻，此事连江湖浪子这等人物均已知晓，此时若你还弃我而去，那我黑力铁姑还有何面目再活下去？！"

田归林轻叹一声，道："铁姑，咱们既是夫妻，有些话我却不得不与你讲。"

铁姑道："要讲便讲，你却又逃作甚！"

田归林道："你脾气暴躁，性格粗狂，那我也不去怪你。但有一句话，不知你是否听说过？"

铁姑道："若是要搬书袋、吊八股，我铁姑自然不知，但我黑力铁姑这近三十年也不是白活的，不知你问的是哪一句话？"

田归林道："这却是一句俗话……"

铁姑哈哈大笑道："既是俗话，我铁姑定然是知道的了，相公但讲无妨。"

田归林道："俗言道：山外有山，人上有人……"

"这句话我三岁时便听家母讲过，不知此时相公如此说话，竟是何用意！"

"据我所观，'四达'中的特达、法达两人，若仅以内力而论，均不在胡大侠和童少侠之下，而伊达、细达的轻功，放眼当今天下武林，只怕也无几人能及。"

"这我却有些不信，咱们这便回去与他们问个明白如何？"

"不用问了，否则童少侠和青青姑娘也不会不如约等咱们的。"

"相公是说——"

"依我所看，纵是'四达'合力，恐怕也顶不上他们主人。"

"你说阿鹳？！"

"如我所料不差，公孙鹳的武功已臻化境，纵是昔日太阳叟东方圣复出，他二人也可一较短长。"

黑力铁姑正欲开口，忽闻田归林惊"咦"了一声，失声道："苦煞胡涂！"言罢一指左侧。

黑力铁姑顺目望去，果见二十丈外有一人手持熟铜棍，正懵然独行，口中兀自喃喃自语，也不知他说些什么。

却不正是与他夫妻俩朝过相的苦煞胡涂却又是谁！

当下二人长奔过去，黑力铁姑八十余斤重的铁杖冲胡涂头顶当头便砸，却被田归林劈手阻住。

铁姑正愣神间，却见田归林抽出腰间精钢所铸铁算盘来。挥手之间，十数粒算盘珠子已尽数打中胡涂周身要穴。

见胡涂委顿于地，铁姑方自转过神来，道："还是相公这招高明。此时独孤公子陷身于愁煞裴文韶之手，咱们将苦煞胡涂活捉，大可与裴文韶做做生意。"

田归林口上不说，心头却道：黑煞四星之凶残狠毒，江湖中无人不知，就在四日之前，愁煞裴文韶为挟走独孤樵，竟连他拜弟胡涂的性命也可置之不顾，铁姑所说的"生意"，那是万万谈不成的。

正思忖间，却听铁姑道："胡涂你怎的还没死？"

胡涂茫然道："我没死。"

他虽身周十数道要穴被铁算子打中，却未被打中哑穴，故尚能开口说话。

田归林道："当日裴文韶挟走独孤樵，竟连你的性命也不顾，你们这拜把兄弟，可拜得当真……"

苦煞胡涂双目之中，倏然间闪过一丝怨毒之色，淡然道："田当家的，算我胡涂当初瞎了眼，四日前江湖浪子虽未取我性命，但此时如你爽爽快快地给我胡涂一个了断，纵是到了阴曹地府，我胡涂也会感激不尽。"稍顿又道："我苦煞胡涂纵是变成厉鬼，也总饶裴文韶不过！"

他们自是不知，如此时胡涂到了阴曹地府，最先看到的，恐怕便是愁煞裴文韶了。

听胡涂如此言语，田归林心头也觉恻然，当下道："既知如此，何必当初。此时老夫如要取你性命，那自是举手之劳，但佛家有言：放下屠刀便可立地成佛；又言：苦海无边，回头是岸。我这便放你一条生路，望你自今而后，勿再为恶江湖。"

言罢顺手解开了胡涂被封穴道。

胡涂站起身来，怔怔地看着田归林。

铁姑戚然道："相公，咱们真的要饶过他吗？"

田归林轻叹一声，并未多言。

却听胡涂道："我苦煞在江湖中的名声，端的不怎么高明，饶命之恩，我是不会说谢字的，但当初我与裴文韶同时投入复圣盟麾下，对此盟中之事，倒也略有所知一二，如田当家的愿借一步说话，我倒可与你二人分说，也好让你们白道中人有所提防。"

田归林拱手道："多谢。"

五十一

当下三人席地而坐，苦煞胡涂沉吟良久，才道："此盟声势之壮，尤在当今天下第一大帮丐帮之上。"

田归林骇然一惊，铁姑却道："你少吹牛！复圣盟盟主千佛手任空行，武功虽也算了得，但当日在泰山绝顶，还不是一棒被当今丐帮帮主布袋和尚打了个半死不活……"

田归林截口道："铁姑休要多言。"

苦煞胡涂只看了铁姑一眼，又自顾道："任空行虽是盟主，铁镜和金一氓分任二副盟主，但此盟共分内外各三堂，内三堂分道黄、红、蓝三色，外三堂分着绿、青、紫三色，黄堂堂主复姓西门，单名一个'离'字……"

忽闻田归林惊"啊"了一声。

胡涂接着道："西门离早年有个名号，叫作东海独行枭，其'天罡旋'内功，纵是身任盟主的任空行，也对他忾上三分，而红衣堂主赤发仙姑卞三婆，她的一双金钩，使得出神入化，若论真实功夫，大约也只比任空行略逊半筹……"

铁姑又自嚷道："我不信！我不信！若那赤发仙姑卞三婆的武功只比任空行略逊半筹，那岂不比铁镜还要强上几分。为何她不做副盟主……"

田归林怒道："铁姑！"

铁姑一愣，又听胡涂道："蓝堂堂主欧阳钊以病诸葛为号，武艺倒是一般，然自其师兄赛诸葛欧阳明失踪之后，论机关阵式设置之术，只怕放眼天下，更无一人能出其右。"

田归林插言道："若老夫所料不差，复圣盟总堂之设施，定是出自此人之手了？"

胡涂点点头又道："故而纵是凭实力白道群雄能与复圣盟分庭抗礼，若要直捣黄龙，那却是断断不能！因其总堂内部机关重重，便有千人误闯入内，也必会连对手是谁也未看见便已被困死了！"

田归林骇然点头。

胡涂道："外三堂堂上分别为银钩仙子温玲玉、活李广震天宏和冷弥陀南宫笑。"

田归林道："活李广震天宏和冷弥陀南宫笑，一人甩袖手箭百步穿杨，一人以快名扬天下，数十年前便是武林黑道上令人闻名色变的人物，老夫虽未亲眼见过，其名头倒也是听说过的，只是那银钩仙子温玲玉，听名号似是位女子，怎的老夫从未听说过江湖上曾有这样一号人物，且在复圣盟中职位反倒在震天宏和南宫笑之上？"

胡涂道："不仅是位女子，而且年纪只有十八九岁。"

田归林道："这就怪了，纵是老夫孤陋寡闻，也……"胡涂淡然道："那倒没啥奇怪，因为她便是赤发仙姑卞三婆的徒弟，虽身居高位，武功倒也不怎么高明，只比……"

一语未了，忽闻十丈开外一人咯咯笑道："本姑娘的武功固然比不上令堂堂主冷弥陀。但要取你三人性命，却已是足够的了。"

语音落尽，一红一绿两位女子已飘然而至。

正是毒蝎子辛冰和银钩仙子温玲玉。

铁姑当即"腾"地立起身来，高声道："姑奶奶偏不信你这两个小丫头有何本事，竟这般口出狂言！"

辛冰却转向银钩仙子温玲玉笑道："姐姐忽然不想杀这个人了。"

温玲玉也自笑道："小妹也有同感。"

铁姑本性直鲁，当下哈哈大笑，一挥手中巨大铁杖，道："你们是怕了我这家伙了么？"

辛冰与温玲玉对视一眼，笑道："那倒不是。"

铁姑奇道："却是为何？"

温玲玉一本正经地道："本姑娘和辛姐姐的意思是想将你带回去给金哥哥，给他个教训。"

铁姑大咧咧地道："那金哥哥随时欺负你们，是也不是？那好吧，姑奶奶就在这儿等着，你们去骗了他来，让他吃姑奶奶一杖！"

辛冰和温玲玉一齐咯咯媚笑。铁姑道："你们笑什么？"

辛冰道："金哥哥见了你，一定会大吃一惊。"

铁姑大为得意地道："那是自然。"

温玲玉道："不错，一惊之下，他定然三日之内再不敢沾女人的边了。"

铁姑又奇道："什么叫'沾女人的边'？"

辛冰道："说得直接点，便是与女人在床上死缠烂打，因为金哥哥虽功夫了得，却总以为凡女人皆是娇柔温软的。"

言罢又咯咯媚笑不已。

铁姑一奇更甚，又问道："死缠烂打姑奶奶倒是不惧，但为何……为何要在床上？"

辛冰和温玲玉一愣之下，顿即笑得直不起腰来。

田归林见状心头一惊，以询问的目光看了胡涂一眼。

胡涂淡然点点头，道："毒蝎子辛冰，银钩仙子温玲玉。"

田归林陡然大骇，他虽从未见过此二人，温玲玉之名也是方才听说，但毒蝎子辛冰之淫荡狠毒，却是早已听闻过的。此时她们口中的"金哥哥"，自然是指天下第一采花大盗玉蝴蝶金一氓无疑了。

铁姑正欲再问温辛二人因何发笑，却见田归林"腾"地站起，且已抽出腰间精钢算盘，沉声道："姓辛的和姓温的，老夫行不改名坐不改姓，号称铁算子田归林的便是，虽武艺不济，今日说不得也要拼了这条老命，为江湖除掉你这两个小贱货了！"

温辛二人止住笑声，对视一眼，又一齐摇摇头。田归林冲天狂笑，道："纵是老夫技艺低微……"

辛冰截口道："你武功固然低微，但我和温妹妹摇头的意思却是指你如此瘦弱，实在是毫无兴趣。"

铁姑怒道："我家夫君纵是武艺再低十倍，也不许你们辱没于他！你们既如此说话，姑奶奶绝不再出手帮你们惩治什么金哥哥了！"

这下可轮到温辛二女大奇了，竟同声笑道："你家夫君？！"铁姑道："不是我家夫君，莫非还会是你家夫君不成，哼！"

田归林忽然暴喝道："铁姑休再多言！"

"言"自出口，数十粒算盘珠子已尽数打出，疾射温辛二女前身要穴！

田归林自思此二女阴损淫毒，若论真实功夫，要取他夫妇二人和苦煞胡涂性命绝非难事，故而倏然出手，陡施暗算，虽殊不光明正大，但对温辛二人，倒也用不着讲什么江湖道义。

他已运足八成真力，料想定能一举奏功，孰知大谬不然，他的铁算盘珠子甫一射出，但见眼前陡现一片红"雾"。只闻"叮叮"数十声之后，红"雾"自然散尽，然他的数十粒铁算珠子，也尽数撒落于地。

而温辛二女，依旧笑吟吟地立于原地。

自然是毒蝎子辛冰的剧毒铁砂，将田归林的珠子全部击落了。

变起仓促，而又如此准头奇佳，饶是田归林这老江湖也已被震惊当场。

便听温玲玉道："我们早说过你不行的，你偏不信，这下你还有何话可说？"

田归林并未吭声，却听苦煞道："我胡涂本该是死过数次之人了，对死之一字，倒也不怎么放在心上，只请辛姑娘和温堂主手下留情，放过这两人如何？"

辛冰虽在复圣盟中未兼何职，但她是盟主之义女，是故苦煞胡涂倒把其姓提于温玲玉之前。

辛冰闻言道："要饶过他们嘛，倒也不是难事，只是……"一句话尚未说完，早听铁姑暴喝道："原来你们不是好人，且看姑奶奶需不需要你们饶命！"

话音落时，早以八十余斤重的巨大铁杖，使出家传绝技"三十六路伏虎降魔杖法"，攻了上去。

铁姑天生神力，举重若轻，但闻铁杖卷起啸啸风声，威势煞是惊人，温辛二女不敢以硬碰硬，只是一味闪身游斗。铁姑的一根巨大铁杖，竟连她们衣袂也难沾上，直气得她嗷嗷怪叫。

辛冰见铁姑武功与她和温玲玉联手相比相差甚远，也不以淬毒铁砂伤人，只想捉了她去让金一氓大吃一惊。战圈之内，一时竟成了似是"二猫戏鼠"之局。

温玲玉见辛冰不发毒砂伤人，自早知其心头所思，不禁暗笑道：金哥哥若是见天下竟有这等粗壮豪猛的女人，那表情定有趣得紧！故也不使绝招让铁姑伤于银钩之下。

田归林愣怔半晌，猛然间醒悟过来，暗道不好，若铁姑真被这二女捉了去交给金一氓，却不知要蒙受多少奇耻大辱！当下暴喝一声，手舞精钢算盘，也自加入战团。

如此越过得十数招，虽田归林夫妇二人联手，温辛二女对付他们仍是游刃有余。

苦煞胡涂却淡然立于原地，似是孰胜孰败与他并无关联一般。

过得二十余招，辛冰忽然道："温妹妹，这田老儿于咱们毫无用处，且先将他废了再说。"

温玲玉笑道："姐姐说的是。"

五十二

猝然间一个侧身,将右钩交与左手,右手食指倏然点出。此时田归林的精钢算盘正被温玲玉双钩夹住,断未料到会有此变,待温玲玉陡然换招,其人连带兵刃直往前冲,招式既老,空门大露,期门穴正被温玲玉纤纤食指点了个正着!人已"砰"然倒地。

铁姑见田归林受制,心头大震,刹那间恰若一只暴怒雌虎,怪叫连声,竟招招使出同归于尽打法,一时倒迫得温辛二女连退了四五步。

正酣斗间,忽闻头顶上连续传来两声"好"字。

众人正错愕间,忽见眼前已飘近一团淡黄色的影子,观其身法,端得快逾闪电,当下三人骇然罢斗。

辛冰一观之下,竟失声道:"是你?!"

那人淡然一笑道:"方才你们以二打二,我自不便出手,否则便于江湖规矩大大有碍了,眼下你们打翻了一人,咱们再以二打二,那却公平得很,你看如何?"

未等辛冰开口,温玲玉早怒道:"你是何人,竟敢管你家姑奶奶之事?!"

辛冰连忙拉扯温玲玉衣袖。

却听那身着淡黄色长衫、手持一柄折扇、年约三十有余的那人淡然道:"小丫头口没遮拦,大爷并不怪你,但你若再这般凶巴巴地说话,当心大爷把你捉了去做愁煞裴文韶的老公。"

温玲玉一指黑力铁姑,咯咯笑道:"你若再自称大爷一声,本姑娘便把你捉了来做她的老公。"

那人面色一沉。

辛冰连忙道:"我这妹子不知阁下便是江湖中赫赫有名的飞天神龙,还望万大哥勿要生气才好。"

温玲玉陡知此人便是江湖中人人均感头痛的飞天神龙万人乐,顿即不敢再出口多言。

飞天神龙见状道:"既是你毒蝎子辛冰求情,我不再怪她就是了,但咱们现在是否可以公公平平地打上一架了?"

毒蝎子辛冰自忖纵是合她与温玲玉二人之力,一旦飞天神龙用上折扇,也是敌他不过,更何况身旁尚有一状似暴怒雌虎,手持八十余斤重巨大铁杖的黑力铁姑,她们纵是拼命相搏,也断断讨不了好去。

当即道:"万大哥的手段,小妹在泰山绝顶早已领教过了,小妹是断断不敢与万大哥动手的。今日小妹自忖并未得罪万大哥,温妹妹得罪之处,小妹已代她谢罪过了,若万大哥有何所求,敝姐妹俩无不遵从。"

飞天神龙道:"既是如此,你们这便离开此地。"言语间用手一指苦煞胡涂,接着道:"但此人却得留下,我有话要对他说。"

温玲玉犹豫道:"这——"

方倒出一个"这"字,却又被辛冰一扯衣袖,截口道:"此人乃本盟叛徒,敝姐妹俩的意思,本是要擒了他回总堂凌迟处死或就地正法,但既是万大哥相求,小妹答应你就是了。"

"了"字出口,早拉温玲玉飞奔而去。

待她二人身形已逝,飞天神龙才一指苦煞胡涂,厉声道:"你给本大爷滚过来!"

苦煞胡涂依旧面色淡然地道:"万人乐,你有话就讲,走路嘛,苦煞倒是会的,但若论'滚',请恕我胡涂却是不会。"

飞天神龙大怒道:"你找死!"

胡涂道:"在下本该是已死过多次的人了,阁下若用'死'来吓我,那却是大错而特错了。"

飞天神龙突然冲天狂笑道:"好!算你是条好汉,我万人乐也不为已甚,只问你几句话,你只需据实回答,我飞天神龙定要再饶你一次性命。"

苦煞胡涂只静静地看着万人乐,并未出声。

飞天神龙道："我知你与愁煞裴文韶是拜把兄弟，而陆小歪将独孤樵交给了愁煞，此时裴文韶置身何处，你总该知晓的吧？"

胡涂淡然道："我与裴文韶早恩断义绝，此时在下也正要找他算算账呢。"

飞天神龙奇道："你说什么？"

胡涂道："你又说什么？！"

飞天神龙道："我是说大爷现在就欲找到他剥皮抽筋！"

胡涂大笑道："那咱们可真是同路人了。"

飞天神龙一奇更甚，问道："这究竟是怎么回事？"

苦煞胡涂略作沉吟，才将他与裴文韶之间的诸般过节缓缓道出。

飞天神龙听罢道："我为什么要相信你的话？"

苦煞胡涂道："因为我说的是实话，你若不信，尽可问问他们。"

言罢指了指田归林和铁姑。

期门本穴本是人身三十六道死穴之一，方才田归林此穴被点，幸得他内力不弱，加之温玲玉百忙之中也未能使尽全力，人虽昏迷过去，却未当即毙命，待温辛二女一走，铁姑便忙着与他推宫过血。飞天神龙与苦煞胡涂的一番对话，他夫妇二人倒是恍若未闻。

听胡涂这般说话，飞天神龙不禁将目光转向田归林夫妇，恰闻田归林轻叹一声，缓缓睁开眼来。

飞天神龙一言不发，过去以右掌顶住田归林背心，将内力缓缓输入。

铁姑大骇道："你干什么？！"

飞天神龙道："田当家的此时太过虚弱，在下正助其康复，并无丝毫恶意。"

铁姑看看胡涂，见胡涂缓缓点头，虽心中仍觉感然，却不便多说什么。

过得少顷，但闻田归林道："多谢阁下相助。"

飞天神龙淡淡道："我助你尽快复原，并非施恩于你，不过想问你几句话罢了。"

田归林道："阁下有话但讲无妨。"

飞天神龙当下将苦煞胡涂方才之言复述了一遍，然后道："是真的吗？"

田归林尚未开口，铁姑早高声道："那是再真也没有了，像他们这样的拜把兄弟，天下只怕再也寻不到了！"

待铁姑话音甫落，忽闻飞天神龙暴喝道："何方鼠辈！还不快快给大爷滚出来！你尚要躲到几时？！"

田归林夫妇和苦煞胡涂均是一愣，却见离他们不到二十丈远的地方，猥猥琐琐地从一块巨石后转出一虬髯大汉来。

飞天神龙又厉声道："滚过来！"

那虬髯大汉亦步亦趋地来到他们面前，颤声道："小的路经此地，恰见田大侠夫妇正与另两位小人不识的女侠相斗，小的不敢现身，方躲于那石之后，没料后来……"

飞天神龙怒道："少给大爷多嘴，我且问你，你究竟是何方神圣，竟敢偷听大爷说话！"

虬髯大汉道："有劳大爷动问，小的乃山东'黑风会'属下，贱姓雷，名冲天，有个名号轰天炮……"

飞天神龙哈哈大笑道："轰天炮雷冲天！哈哈！阁下这名头倒响亮得紧。"

雷冲天连忙道："小的不敢！小的不敢！"

飞天神龙道："大爷号'飞天神龙'，你倒来了个'轰天炮'，那岂不是要将大爷给轰下来么？来来来，咱们这便比画比画，看你有何能耐将大爷轰了下来！"

雷冲天骇然色变，失声道："纵若再借小的一百个胆子，也断断不敢与万大爷动手过招！"

飞天神龙道："没人能借胆子给你，但大爷方才的话，你当是全都听到的，我飞天神龙行事，你自不会没听说过，大爷今日反正是不会留你活口的了，你不比画也是不行。"

雷冲天战战兢兢地道："万大爷的话，小的自然是听到了，但若小的告知大爷愁煞裴文韶下落，大爷能否饶过小人一命？"

飞天神龙大喜道："若你真能告知裴文韶下落，大爷非但不取你性命，反要请你大喝一顿。"

雷冲天连忙谢恩，随即道："裴文韶死了。"

飞天神龙一愣，大惊道："死了？！"

雷冲天道："小的绝不敢撒谎，数日之前，小的在鄂西北竹溪镇西香客栈，亲眼看到愁煞裴文韶被一位不知姓名的大爷，用两只判官笔刺穿左右太阳穴，裴文韶当即毙命身亡了。小的若有半句虚言，便在家遭天谴！出门挨雷劈！"

飞天神龙失声道："铁镜！"

几乎在同时，田归林也失声道："判官笔！"

铁姑奇道："你们说什么？"

田归林道："天下能在一招之间便取裴文韶性命，并使判官笔者，那便非铁镜莫属了。"

却听飞天神龙"咦"了一声，问雷冲天道："你说那人是使两支判官笔么？"

雷冲天道："是的，小的敢以性命作保！"

飞天神龙与田归林对视了一眼，虽均未开口，但心头俱是觉得古怪：铁镜所用的兵刃，历来是一支判官笔。如此看来，雷冲天所说一招便取了裴文韶性命那人倒不像是铁镜了。

但天下使一双判官笔，且武功如此了得者，却是闻所未闻。

他们自是不知，那一招便使裴文韶送命的，却是在武林中只能算三四流角色，且神经已被铁算子田归林吓得失常了的点苍天唐华。

田归林倒只觉蹊跷，问雷冲天道："当时独孤樵独孤少侠与裴文韶在一起么？"

雷冲天道："没有！"

田归林又道："你能肯定？！"

雷冲天拍着胸膛道："这小的也敢以性命担保！"

飞天神龙闻言则顿觉头大如斗——裴文韶一死，若与陆小歪相遇，却让他到何处找独孤樵去！

何况依鬼灵子陆小歪那德性，到时他定还会反咬一口，就说愁煞裴文韶本已教会了独孤樵武功，他飞天神龙便杀了裴文韶灭口，并将独孤樵藏了起来，使得胡醉、童超之流全来找他万人乐算账，那却是麻烦之极了！

当下更不顾其他，飞天神龙起身便疾奔离去，自是为着尽快找到独孤樵，以防数月后无法向鬼灵子交代了。

田归林夫妇看了雷冲天一眼，径自离去。只有雷冲天一人在那儿大谢菩萨显灵。

第二十二回

乔石头和内乱

五十三

纵是得道高僧，要将能降福于人世的菩萨数完，只怕也还是不能够。何况中原佛释二道间之纠缠历来便没个完，除菩萨外，尚有不知几多仙人真人，那就更难以数记了。

轰天炮雷冲天，虽于释佛二道一窍不通，其拿手好戏是拦路打劫，干些没本钱勾当，但像释迦老祖、药师佛、弥陀佛、观音菩萨乃至太上老君和济公活佛之类的"著名人物"，他倒也还能数出三四十个来。

然今日令他得以保全性命的，倒真与他所大谢的那些或登极乐或在九重天外身居高位的诸路大仙无关，若非凑巧得见裴文韶送命，他此时早成一具尸体了。

愁煞裴文韶生前作恶多端，死后只怕得入地狱，大受所谓小鬼折磨，那断断不是他的阴魂能救雷冲天一命。

连雷冲天自己也没能想到，否则他定会为裴文韶大念超生经了！

见他咕哝个没完，苦煞胡涂早大是不耐，当下怒喝道："雷冲天，你要再叨唠不休，大爷一棒便让你永远不能开口！"

雷冲天倒也听话，当即不敢再劳动诸佛各仙，只骇然看着苦煞。

胡涂道："那一招取了裴文韶性命之人是何形貌，给我细细说来！"

雷冲天连忙将点苍天唐华的容貌细细形容了一番。

胡涂听后略作思忖，忽然哈哈大笑。

雷冲天惊道："大爷你笑什么？"

胡涂面色一沉："骗骗万人乐和田归林与傻铁姑还可以，要骗本大爷嘛，你却还差得远！"

雷冲天连忙道："小的断断不敢！"

胡涂道："你所说那人便是早年号称什么'沧州七雄'之一的点苍天唐华，连他们龙头老大一剑天路东南也敌不过我苦煞十招，唐华又怎能一招便取了裴文韶性命？"

雷冲天道："小的绝不敢撒谎，当日……"

随即将当日唐华双笔贯穿裴文韶太阳穴的诸般细节道出。末了又道："凭小的这点儿微末技行，竟连那唐华如何出手也未看清，还请胡大爷恕罪。"

胡涂道："唐华出手果真快速绝伦么？"

雷冲天讨好地道："果然有些古怪，那唐华双目无光，似是疯癫之人一般。"

胡涂点点头，良久才道："你们黑风会的龙头老大是谁？"

雷冲天道："敝会龙头老大复姓尉迟，单名一个'恭'字，使单鞭，为人最是豪爽不过。咱们干的虽是没本钱买卖，但却只劫那些为富不仁之辈……"

胡涂截口道："黑风会有多少人马？"

雷冲天道："百十号人，总也该是有的。"

胡涂道："那尉迟恭我倒识得，若论武艺，大约可抵在下百余招，咱们这便到山东如何？"

雷冲天大感道："这……"

胡涂道："我自知先前在江湖中名声不佳，绝不会去抢了你们黑风会龙头老大之位，此时黑煞四星唯我独活，此番到贵会去为尉迟恭打个下手，也还是可以的吧！"

雷冲天喜道："胡大爷若肯屈尊，尉迟大哥定会喜之不胜！"

自此二人径投山东，苦煞胡涂将诸般情由道了，尉迟恭性本粗豪，见胡涂确有悔过之心，便让他坐了第二把交椅。连带胡涂去的雷冲天，也在黑风会中捞到一个小头目当当，此为后话，暂且按下不表。

却说飞天神龙万人乐回至早先将独孤樵和裴文韶带了去的藏身之所，见那已成焦炭的巨松已倒地寸断，不禁悲从中来。他苦心孤诣花了一年多心血所弄的隐秘居所，就此毁于一旦，偏偏裴文韶又命赴黄泉，除徒自伤悲，又在心里将愁煞十八代祖宗操过一遍之后，还能再奈其何！

黯然呆立良久，飞天神龙付道："观此巨松被毁之状，不过数日之久，而裴文韶断不敢公然带着独孤樵招摇过市。依独孤樵禀性，他定然还在这方圆百里的林海之中。"

忖罢飞掠上树，恰与人猿相似，日复一日地在茫茫林海中找寻独孤樵。

他却哪里知道，此时独孤樵已不叫独孤樵，而叫"乔石头"，正在崆峒山被以上宾之礼相待。

原来裴文韶毁了飞天神龙的隐秘居所，带独孤樵疾奔三日之后，囊中干粮已尽，独孤樵倒也罢了，反正野果野菜于他，皆与大鱼大肉无异。而裴文韶却习惯了大碗喝酒、大块吃肉，早已口中淡出鸟来，便将独孤樵藏于一山洞中，并点了他昏睡穴，自己则到竹溪镇弄酒弄肉，没料一去便丧命于唐华判官笔下。

十二个时辰之后，独孤樵穴道自解，醒来后只觉饥肠辘辘，又不见裴文韶在侧，便自到洞外寻野果充饥，偏又让他遇上了一个会武功的人。

"会武功的人真古怪"——独孤樵向来便是这样认为的。

见那人一颗蚕豆般大小的石子便将一只麂子打死，独孤樵便知他会武功。而那人陡见独孤樵，只惊"咦"了一声，竟不去捡自己的猎物，反倒奔至独孤樵面前拱手作揖道："崆峒派门下弟子曹国沙拜见独孤少侠！"言语间竟是一副喜不自胜之色。

独孤樵愣得一愣，鉴于他一承认自己是独孤樵便有人要"教他学武功"，更兼裴文韶说过不许他叫独孤樵，当下便道："你认错人了，我叫乔石头。"

曹国沙也是一愣，随即便道："独孤少侠说笑了，在下虽未能亲睹独孤少侠侠颜，但家师他老人家却与敝先师伯一起曾与少侠有一面之缘，故而……"

独孤樵截口道："不管你怎么说，反正我叫乔石头。"

曹国沙愕然不解地看着他。

独孤樵又道:"甚至你说的什么崆峒派啦、家师啦或者先师伯啦等等之类是什么东西,我也是一无所知。"

曹国沙面色倏变,沉声道:"敝派虽不能与少林武当相比,但在江湖中倒也略有名声,至于家师,便是敝派当今掌门焦公名讳上'石'下'子'。"

独孤樵奇道:"焦石子?倒与我乔石头之名有些相近。"

曹国沙冷冷道:"独孤少侠向来在江湖中侠名卓著,若仅只调侃在下,在下自不敢多言,但既辱及家师,我姓曹的纵然不济,也只好请教少侠高招了!"

说到"少侠"二字,他故意提高声音,其意不言而明:真是闻名不如见面,不过浪得侠名尔!

偏独孤樵不懂其意所指,又道:"我姓乔,你师父姓焦,这是同音;我名石头,他名石子,那是同……"

"义"字尚未出口,忽闻曹国沙暴喝一声:"看招!"

言罢一拳击出。

曹国沙武功本不甚高明,但运全力对付一个不会丝毫武功之人,那威势便非同小可了。

但见独孤樵有若纸鸢一般,被击得凌空飞出三丈,方才"砰"地倒地。

曹国沙大吃一惊,急奔过去,方俯下身,便闻"哇"的一声,独孤樵狂喷出一大口鲜血,恰把曹国沙喷了个劈头盖脸!曹国沙心头大怒,撩起衣襟抹去脸上血迹,正欲离去,忽又忖道:"我崆峒派好歹也算是名门正派,如此重创一个不具武功之人,却非本派弟子之所为!"

当下强忍怒气,探查独孤樵伤势。

一探之下,顿即大惊:这乔石头离死不远了!

不敢再作他想,抱起独孤樵,直奔崆峒派总堂,心道纵是以死相求,也定要求得师父他老人家以内力救活此人,勿要因我曹国沙一人而损了本派名头才好。

不一日,二人回到崆峒山,却见本派戒备森严,若临大敌一般。

曹国沙本是当今崆峒派掌门五丁开山焦石子的大弟子，一路倒无人阻拦，但待他离本派议事大厅尚有三十丈时，却被一年约四十的黑衣汉子阻住。

曹国沙急道："万师兄，愚弟有急事求见师父，还望……"

那黑衣汉子乃是崆峒派前任掌门'神拳无敌'焦砾子之首徒万兆欣，武功远在曹国沙之上，此时见曹国沙抱着一垂死少年，而面呈焦急之色，当下冷冷地道："掌门师叔正与人有要事商议，嘱咐为兄无论何人拜山，均不得入内。"曹国沙道："此事有关本派声誉，还望万师兄……"

万兆欣截口道："掌门师叔此时所议之事，大约也不会不与本派声誉有关，否则又何须如此郑重其事。"

神拳无敌焦砾子被黄世通假冒胡醉之名生生肢解，此事端的惨绝人寰，天下人人皆知。万兆欣本是焦砾子之首徒，本以为师父一死，这掌门之位非他莫属，不料半路杀出个程咬金，焦石子观师兄死状之惨，其时又人人认定活活肢解焦砾子的乃是名扬天下的一代大侠胡醉，胡醉武功之高，万兆欣自不可能不知，且自焦砾子死后，崆峒派便数五丁开山焦石子武功最高，为报血海深仇，全派上下便推焦石子继任掌门之职。万兆欣乐得做个顺水人情，便也跪请师叔接任掌门，只道一遇到胡醉，这掌门师叔必死无疑，他万兆欣顺理成章，便可坐上掌门之位了。焦石子怎知万兆欣心头所想，愤然间便接了掌门之位，并率本脉弟子到江湖中找胡醉复仇，反把留守总堂照管全盘之重任交给了万兆欣。不料年余之后，真相大白，肢解焦砾子的并非胡大侠，而是戴着面具充胡醉的丐帮长老黄世通。其时黄世通迷途知返，拜在少林方丈悟明大师门下，取了个法号无念。然焦石子震怒之下，一掌毙了黄世通，虽大仇得报，却殊无喜意［详见《剪断江湖怨》］。之后黯然率了本脉弟子回归本派。

五丁开山焦石子又怎知就在他率本脉弟子追杀胡醉的年余间，万兆欣已在总堂恩威并施，将本派弟子十之八九收归己用，早做好了接任掌门之梦！

没料焦石子率出去追杀胡醉的弟子竟一个没死，安然归来，万兆欣自忖只要掌门师叔存活一天，他无论人品武功俱是不如，要做掌门那是万难。且焦石子若再活上个一二十年，届时其大弟子曹国沙的武功，绝不会在他姓万的之下，顺理成章，崆峒派掌门之位，对他万兆欣来说仍是一枕黄粱，故他日夜所思的，便是如何尽快将焦石子及其一脉除去。

今日之事，当然也是他暗中促成的了。

曹国沙心知万师兄武功远强于他，更兼自己还抱着一个半死不活的乔石头，要强于夺路而过那是万万不能，当下急中生智，冲议事厅高声道："师父！师父！弟子曹国沙有急事求见！"

待他放声高呼，万兆欣意欲阻止已是不及，只目光中猝然露出一丝怨毒之色。

声音甫落，便见议事厅门口出现了两个人。

五十四

走在头里的，自然是五丁开山焦石子，他身后那年约七旬、身着一袭青衫、腰悬一双竹筒之老者是谁，曹国沙倒不认得，只是心头微惊：观那老者情状，武功似远在师父之上，也不知他们方才谈了些什么，若真是有关本派声誉而又极其机密之事，那自己却真是太过孟浪了。

正思忖间，却见焦石子沉着脸冷冷道："国沙，你鬼嚷嚷些什么？"言说虽至为冷漠，却无丝毫怒意。

曹国沙道："师父，弟子……"

忽见五丁开山焦石子面色陡变，似是大觉惊异，然只刹那之间，便又恢复原状。

曹国沙又道："师父，弟……"

这回连"子"字也未能道出，便听焦石子厉声道："还不快给我滚回你自己的居所去！为师少顷自会来与你算账！"

其余三人均是一愣，曹国沙更是不明所以，但见师父发怒，只得唯唯诺诺地应了声"是"，抱着独孤樵回自己居所去了。

就在曹国沙转身之时，焦石子身后的青衣老者对万兆欣使了个眼色，万兆欣轻轻点了点。

焦石子转过身去，对青衣老者道："震前辈请！"

那青衣老者似根本并未将五丁开山焦石子放在眼里，当下淡然道："请！"当下二人复入议事厅内。

且说曹国沙回到自己居所，将独孤樵平放于床，俯身探其脉搏，只觉他气息微弱，少顷便有性命之厄，心头不由大急，正惶然不知所措之间，却听门外忽然传来万兆欣的声音："曹师弟如此惶急，不知究竟是因何事？师兄我能否助一臂之力么？"

也不等曹国沙回话，他已径自大咧咧进入室内。曹国沙见状指了指躺在床上的独孤樵道："此人名叫乔石头，并不会丝毫武功，被师弟我一拳打成重伤，我崆峒派好歹也是江湖上一大名门正派，如此恃武欺人，若传出江湖，于本派名声大是有碍，幸得他此时尚有一丝气息，故师弟急欲求掌门师尊以内力为其疗伤。"

万兆欣看了一眼独孤樵，见其头发仅数寸长短，当即笑道："此人非僧非俗，定是疯痴之辈，如此山野村夫，纵是再打死他一二十个，也对本派名声无碍，师弟倒不必为此着急。"

曹国沙黯然无语。

万兆欣又道："只是此人既不会丝毫武功，师弟你却下这般重手作甚？"

曹国沙道："师弟与他善言说话，他却自言自己姓乔，与掌门师尊之姓同音，而他名石头，家师名石子，与他又是同义，如此辱没师尊，师弟还以为他有何了得，竟不把敝派看在眼里，故而一出手便运足全力，没料他不会丝毫武功，而师弟之内力又离收发随心之境甚远，故而造成如此之局。"

方兆欣笑道："区区小事，师弟倒不必放在心上，便让他死了也罢。"

言罢步出屋去，竟似什么事情也没发生一般。曹国沙不以师兄之言为然，却也束手无策。

大约过了半个时辰，五丁开山焦石子急匆匆奔入屋内，曹国沙见状当即跪下道："师父！弟子不慎将此人击成重伤，而他不会丝毫武功，尚请师父降罪！"

焦石子却不理他，只转身将门关严，才复转身扶起徒弟，道："你于本派立下如此奇功，师父怎会怪你。"

曹国沙不明其意，还道师父在说反语，复又跪下，凛然道：

"弟子自知罪该万死，此时便请师父一掌将……"

焦石子一把将他从地上抓起来，指着独孤樵道："你可知他是谁么？"

曹国沙道："他是乔石头。"

焦石子笑了笑道："就算他是乔石头，你也确为本派立了一大奇功。"

曹国沙奇道："请恕弟子愚鲁，不明师父之意。"

焦石子又道："方才你万师兄来过此屋，是也不是？"

曹国沙道："是的。"

焦石子微微色变，问道："你也说此人姓乔名石头么？"

曹国沙点头称是，焦石子喜道："那就好了，为师这便替此人疗伤，若是你万师兄再来，你便说为师替此人疗伤，也仅是以本派声誉为念。"

曹国沙虽不明所以，却大喜道："多谢师父！"

言罢立于门口替师父护法。

只过了一个时辰，焦石子才将双掌从独孤樵背心撤开，长吁了一口气，才露喜色地道："这下好了。"

而独孤樵"哇"的一声喷出一大口污血，面色也渐渐转红。焦石子又道："国沙，你仍为为师护法，一盏茶时分之内，不许任何人步入离此屋五丈之内。"

曹国沙知师父内力消耗过甚，急需运功调息，当下肃然应了，依旧立于门口，全神戒备。

不料只过了大半盏茶时分，万兆欣和那位腰悬双筒的青衣老者联袂而至，尚有七八丈远，曹国沙早高声道："万师兄！敝师父正运功调息，请你稍候再来。"

万兆欣笑道："然此时本派弟子除掌门师叔和你之外，已全部聚于议事大厅，师叔身为掌门，若无他去主持大局，却是有些不妥。"

曹国沙也自奇道："万师兄，本派究竟有何大事，竟要将全派弟子尽数召集？"

万兆欣指了指身侧的青衣老者，道："师弟可知这位前辈是谁么？"

曹国沙道："师弟孤陋寡闻，倒是不知这位前辈是何方高人。"

便听那青衣老者狂傲地道："你确是孤陋寡闻得紧，连老夫活李广震天宏之名也不知晓，难怪只会拳打不具武功之辈！"言罢哈哈大笑不已。

活李广震天宏成名于数十年前，若论辈分，倒比当今崆峒派掌门五丁开山焦石子还高，曹国沙不知其名，本是情理中事，但听他如此说话，也不禁心头恼怒，当下也大笑道："在下纵然误伤了不具武功之人，但却还知做人不可太过无理。"

震天宏面色一沉，忽见五丁开山焦石子此时已缓缓步出屋来，淡然道："万师侄，你未免也太操之过急了吧！"

万兆欣道："掌门师叔身体康健，师侄甚是喜欢，但……"

焦石子哈哈大笑道："你果然甚是喜欢吗？敝先师兄有你这般一个好弟子，我这做师叔的也是欢喜得紧！"

却听震天宏道："焦掌门，你师叔侄二人这般相互推崇，何时是了，倒不如咱们这便到议事厅去，听听贵派众弟子究竟如何说话。"

焦石子淡笑道："好说！好说！"

转向曹国沙，又道："国沙，咱们这便走吧。"

四人一步入议事大厅，但见人头攒动，崆峒派属下百余名弟子，果然齐聚厅内。

焦石子面色漠然，径直走到南面掌门主位坐下，活李广震天宏也大咧咧地到西面首位坐下，而万兆欣和曹国沙则分立于众师弟之前左右。

五丁开山焦石子沉声道："众弟子们听着，此人姓震，名讳上'天'下'宏'，数十年前，确实于本派有恩，但此时江湖上忽然出现了个叫作'复圣盟'的组织，其盟主便是名列江湖四大魔头之首的千佛手任空行，姓震的却是此盟青衣堂堂主，日前他忽然光临本派，强要本派加入复圣盟，本掌门自是一口回绝了，今日他和万师侄将众弟子招至此间，本掌门事先并未知晓，眼下事已至此，便请诸位弟子自拿主意吧。"

说到"此人"二字之时，他指了指震天宏，待他话音落尽，整个大厅内顿即鸦雀无声。

焦石子见状又道："本派自创派至今，已超百年之久，我焦石子忝为当今掌门，绝不敢愧对列祖列宗，若有……"

震天宏截口道："焦石子，贵派掌门信符，如若老夫所料不差，当是《七伤拳谱》吧？"

焦石子道："是便如何？"

震天宏道："也没什么，只是贵派昔日掌门信符，被'东海毒行案'西门离从令师'龙虎追魂'束九均手中盗走，是谁助令师在你崆峒山西南平凉城外将它夺回的？"

焦石子依旧淡然道："敝掌门方才开口时，便言明昔年你曾有恩于本派。"

万兆欣插言道："掌门师叔，震前辈既于本派有如此大恩，今日前辈既有所相求，咱们又何必徒背那知恩不报之名。"

焦石子忽然暴喝道："既有本掌门在此！还轮不到你万兆欣说话！"

没料他这一声暴喝，竟使寂静的大厅顿时喧嚣。

厅内百余名崆峒派弟子，倒有过半高声道："换掌门！换掌门！……"

良久，震天宏才开口道："贵派之事，我姓震的本不便干预，但既贵派弟子十之六七倒更希望更换掌门，只怕五丁开山你这掌门人做得并不高明。"

他虽声音不高，但却是以内家真力逼出，厅内虽人声鼎沸，却人人俱觉震耳，其内力之高，端的非同小可。

焦石子冷笑一声，道："你既自言不便干预敝派之事，那我这掌门做得如何，却与你阁下并无关联。"随即提高声音续道："本派弟子听着：若有愿背叛本派列祖列宗，甘愿追随震老儿到'复圣盟'升官发财的，我焦石子绝不阻拦！但若心中尚存'崆峒'二字者，便是拼了性命，咱们也与震老儿周旋到底！"

忽闻曹国沙暴喝一声："裘师弟！冯师弟！魏师弟！你们……你们还是人么？师父待咱们恩重如山，你们却为图一己之富贵，甘愿作为本派叛贼！"

原来自"龙虎追魂"束九均死后，将掌门之位传给了大弟子"神拳无敌"焦砾子，焦砾子只有焦石子一个师弟，二人相处甚是和睦，为使本派发扬光大，各自广招门徒。焦砾子共收了六十余名子，焦石子之门徒也有五十余人之多。焦石子本无觊觎掌门之位之心，两脉弟子倒也相处安然。不料焦砾子猝死，焦石子悲愤中匆匆接掌门户，率本脉四十余名弟子下山追杀"胡醉"。

然近二十年相处，焦石子对师兄的大弟子万兆欣之脾性自不会丝毫不知，故留下本脉弟子十数名在崆峒山，为的仅是本派勿要自生内乱而徒惹人笑话。不料就在这年余间，万兆欣已将这十数名掌门师叔之弟子尽数收归麾下。曹国沙口中的裘冯魏师弟，便是那十数名弟子中武功最高者。

却听焦石子淡然地道："人各有志，却也怪他们不得。国沙，你过来，为师有几句话要对你说。"

曹国沙连忙应了，却依旧怒视了本脉那十数名追随万兆欣的师弟一眼，才走到师父面前，肃然道："师父但有所命，弟子纵是粉身碎骨，也要和这干叛贼周旋到底！"

焦石子道："你附耳过来。"

曹国沙依言附耳过去，却听师父声若蚊蝇地道："真的《七伤拳谱》在那乔石头身上，稍后战事一起，你速带了乔石头乘乱离去，算是为师求你了！"曹国沙正自一愣，忽闻师父又提高声音道："这叫以己之短绕敌之上，以己之长攻敌之短，这本是兵家之大忌，咱们今日也无妨用它一用。"

震天宏大笑道："焦老儿，到此时你才面授机宜，只怕为时已晚了吧！"

焦石子凛然道："我崆峒派纵是自今日起自江湖中除名，在下身为掌门，也绝不敢堕了本派名头。"

震天宏道："这你可大错特错了。"一指万兆欣，续道："待他接任掌门之后，顿时便身兼二职。第一嘛，却仍留守崆峒山做贵派掌门；第二职则是我复圣盟青衣堂属下舵主。"言罢又干笑几声。

焦石子也不睬他，转头对万兆欣道："万师侄，我知你欲做本派掌门由来已久，近两年来为报师兄之血海深仇，师叔我十日中倒有七日不在本派，这掌门做得也确实有些不像话，如今事已至此，师叔便把这本派掌门信符送了给你，还望你好自为之。"

此言一出，万兆欣自是大喜。焦石子一脉弟子则尽皆色变。

却见焦石子从怀中掏出一本薄薄的小册子，其状淡黄且绉，封皮上骇然写着《七伤拳谱》四字！

五十五

焦石子捧着它，右手微微有些发颤。

万兆欣连忙道："既蒙师叔垂青，师侄感恩不尽！"

焦石子淡然道："此谱历来便是本派镇派之宝，本派也因它而在江湖扬名立万。然数百年来，本派历代掌门，均无一人敢将它练至八成者，万师侄可知是因何缘由么？"

万兆欣大感道："还请师叔示下。"

焦石子轻轻翻开首页，道："若欲伤人，先必自伤。这八字真诀，乃是本派创派祖师爷临终之前临时加上去的。然本派祖师爷纵是一代武学奇人，也仅只将它练至九成，便即身受其害。因而在他老人家之遗命中，便严令本派后代历任掌门，断不可将此谱练超八成！"

连震天宏听及此处，也不禁心头微惊。

便听焦石子又道："此谱之博大精深，端的非同小可，若真能有人能将之练至八成者……哼！"

稍顿续道："师叔资质愚鲁，只将此谱练至三成，纵是敝师兄，也只练至四成。"

众人惊"啊"了一声，心头各自忖道：焦砾子师兄弟俩均仅将此谱所载武功练至三四成，武功便已可算是江湖一流好手了，若将它练至七成抑或八成，岂不是无敌于天下了么？！众人正思忖间，果听焦石子又冷冷道："如若本掌门能将此谱练至七成抑或八成，别说区区一个震天宏，纵是千佛手任空行那魔头亲至，本掌门又何惧于他！"

震天宏冷哼了一声，尚未开口，便听焦石子又道："你用不着使出这般嘴脸，早年先师仅练至六成，如若公平相斗，阁下自信能胜得过散先师么？"

震天宏失声道："束九均果然只将《七伤拳谱》练至六成么？"

崆峒派弟子见状，均知这武功了得的震天宏，最多也只能与他们先师祖打个平手，而先师祖"龙虎追魂"束九钧仅将本派神功练至六成，不由人人俱对《七伤拳谱》悠然神往。

焦石子点了点头，随即凛然道："先师名讳，还不配你震天宏大呼小叫！"

焦石子本存必死之心，此番话他虽是对万兆欣所言，其意却是故意告知曹国沙的。

只可惜曹国沙性本直鲁，一时竟听得如堕五里雾中。

焦石子又道："万师侄，你可听明白了，方才震老儿已言明，你虽归属复圣盟，却依旧是我崆峒派掌门，创派祖师之训，你却不可不听！"

万兆欣心道："待我将《七伤拳谱》练至七八成时，震天宏早不是我对手了，到时只怕那青衣堂堂主甚至盟主副盟主之职，也……哈哈！"

当下连忙道："先祖遗命，师侄岂敢不遵！"

却听焦石子叹道："唉！本派神功，天下却无一人能将它练得功成圆满，否则便会五脏六腑经脉自伤而亡，端的令人伤感。"

（沧浪客按：焦石子此叹固然有理，却也不尽然，因百余年后，武学奇人"锦毛狮王"谢逊和一代大侠张无忌因内功绝世，竟将"七伤拳"练了个十成十而并未深受其害——详见金庸先生所著《倚天屠龙记》。）

万兆欣假惺惺地道："本派神功既是练至八成便可无敌于天下，咱们又不似东方圣那般有称帝武林之心，掌门师叔倒也不必徒自伤悲。"

焦石子谈道："万师侄既如此说，我这做师叔的便放心了，本派这神功秘诀，你这便拿去吧。"

言罢右手微扬，已将《七伤拳谱》抛向万兆欣。焦石子手下四五十名弟子齐声道："师父不可！"

"可"字出口,已有十余名弟子飞身过去,想要截住那《七伤拳谱》。

焦石子阻之不及,不由心头大骇。

但闻"噗噗噗噗"数声,那十余名弟子已尽数倒地。

每人的左胸上,骇然插着一支尺长袖箭,仅露出不及一寸的箭羽来!

而震天宏右手甩出袖箭,左手一抄,已将那《七伤拳谱》接在手中。

就在这电光石火之间,焦石子的十余名弟子固然丧命当场,而震天宏的左手中,却落下数百片纸屑来!

场中百余人,俱是人人色变。

但见焦石子一指地上尸首,冷冷地道:"震老儿!咱们这笔账如何算?!"

震天宏冷笑一声,也指了指地上纸屑,道:"焦石子!咱们这笔账又如何算?"

焦石子冲天狂笑道:"万师侄,本派至宝,我到底是给你还是给他?!"

未等万兆欣开口,震天宏早大怒道:"焦石子,你栽赃陷害的本领固然高明,但你自毁本派镇派之宝,那却是大错而特错了!"

焦石子淡然道:"好说!"若我姓焦的所料不差,阁上是怕万师侄将来将本派神功练至七成抑或八成之后,会抢了你堂主之位吧?"

此言正说中万兆欣心头所思,不由面色倏变,冷冷看着震天宏。

震天宏见状道:"焦石子!你既自毁了掌门信符,此时便该从那位子上滚下来,让万兄坐上去了!"

万兆欣感然道:"震前辈……"

震天宏道:"方才焦石子与万兄说话之时,已将贵派的《七伤剑谱》以内家真力毁了,老夫忙于使那十余名不知好歹的小辈送命,又怎能在猝然间运功毁去贵派至宝,故而他……"万兆欣一听有理,当下道:"焦石子!我万兆欣以先掌门首徒之名,令你即刻从掌门之位滚下来!"

焦石子大笑道:"万兆欣,本派第二条门规你可还记得么?"

凡江湖各大门派,首条门规俱是凌迟欺师灭祖之辈;第二条自是大忌以下犯上,也是当杀!焦石子身为师叔,万兆欣如此说话,那便犯了"以下犯上"之罪。

万兆欣岂有不知,当下冷冷道:"你既毁去本派镇派之宝,依本派第三条门规,此时你早已将自己革出本派门墙,既非我崆峒派之人,这'以下犯上'四字嘛,倒是无从说起了!"

曹国沙急道:"我师父并……"

"未将《七伤拳谱》毁去"八字尚未出口,焦石子暴喝一声:"国沙!你是我焦石子之弟子不是!"

曹国沙凛然道:"是!"

焦石子面色稍缓,指了指立于曹国沙身后的四十余名弟子,肃然道:"你们还认我这师父不认?!"

四十余人轰然道:"是!"

焦石子道:"好!就算咱们都不属于崆峒派门下,今日咱们这干人是上崆峒山找碴子来着!"

转向万兆欣,续道:"但咱们不识好歹,很想领教领教贵派掌门七伤拳的高招,却不知贵派掌门却是哪一位,可肯出来与老夫赐教两招么?"

万兆欣自忖不是这位师叔对手,竟被一语噎住。

五十六

震天宏见状道:"焦当家的来得不巧,崆峒派当今掌门正巧有事外出未归,幸好老夫与此派掌门交情笃厚,便由老夫接你几招如何!"

焦石子道:"数十年前,崆峒派掌门尊姓束,名讳上'九'下'均',在下是尊崇已久了,束公仙逝之后,据说是由其首徒焦公名砾子的接掌了门户,在下也不敢到此自讨没趣,后又听江湖朋友说焦公砾子被人假冒千杯不醉胡醉胡大侠之名惨遭荼毒,又不知当今崆峒掌门是谁,便自不量力,率了弟子上山,想与名列江湖九大门派之一的崆峒掌门领教几招。阁下既与当今崆峒派掌门感情笃厚，断无不知其名讳之理，敢问继焦公砾子之后的崆峒派掌门姓甚名何，阁下却又是何人？"震天宏干笑道："当今崆峒派掌门究竟是谁，却不便告知于你，但老夫姓震，名讳上'天'下'宏'，有个名号叫活李广……"

焦石子道："活李广震天宏？这名头倒当真不小，只是据在下所知，山东响马帮有个小角色名号叫作轰天炮雷震天，武功却稀松平常得紧，因而……"

震天宏大怒道："焦石子！你休要再装疯卖傻了。我且问你，若老夫甩出袖手箭来，你究竟能接几招？！"

焦石子淡然道："若姓焦的不顾身家性命，十招之内，大约也还能接下的。"

震天宏道："十招之后呢？"

焦石子道："我崆峒派并非全是没有骨头之人！"

震天宏正欲狂笑，忽闻大厅门口冷冷传来一个声音："焦掌门若能接住阁下十招，却不知你姓震的却能接住在下几招？"

众人大惊回首，却见门口立着一位面色漠然、年约六旬的灰衣老者，但见他腰悬双锤，淡淡地看着活李广震天宏。

震天宏骇然色变，失声道："是你？！"

焦石子则喜道："卢前辈……"

来人正是当今丐帮执法长老，号称冷面菩萨的卢振豪！

昔年震天宏与卢振豪曾以性命相搏，震天宏的袖手箭虽也了得，但冷面菩萨卢振豪使的却是一双铁链铜锤，恰是活李广克星，袖手箭纵若凌厉，却也总是穿铜锤不过的。其时仅过五十余招，震天宏便即败于卢振豪手下。

虽事隔数十年，震天宏内力自是今非昔比，然冷面菩萨也并未闲着。只听他依旧淡淡道："是我。"

陡见卢振豪现身，震天宏立知今日之事大为不妙，纵使他与卢振豪打成平手，万兆欣等人也断非焦石子一脉对手，当下自忖道："此时论人数敌寡我众，只需先把焦石子焦老儿给废了，自己缠住卢振豪，己方仍有六成胜算。"

思忖既定，猝然间暴施辣手，运足八成功力，一甩左手，三支袖手箭疾射焦石子！

便闻"叮叮叮"三声，也不知冷面菩萨卢振豪使的是何身法，他人已漠然地立于焦石子身侧，冷冷看着震天宏。

而震天宏方才猝施暗算的三支袖箭，正落于卢振豪脚边。焦石子道："多谢卢前辈相救之恩，焦石子没齿不忘！"

卢振豪道："焦掌门无须多礼……"

震天宏截口道："卢振豪！算你狠，今日之事，我姓震的他日自会加倍讨还！"

卢振豪淡然道："卢某随时恭候大驾便是。"

震天宏转向万国欣，道："咱们走。"

"走"字出口，人已飞掠至大厅门口，没料到卢振豪早知有此变，待震天宏堪堪奔至门口，却见卢振豪手持铁链，双锤一左一右地悬于身侧，依旧面色漠然地立于门外。

震天宏暴喝一声，左手甩箭连珠，右手轻然一掌拍出！

又闻"叮叮叮叮"之声不绝，之后依旧是卢振豪立于门外，而震天宏则置身厅内，只是他二人间的距离，此时相距约有二丈。

崆峒派弟子虽不明所以，但焦石子却心头雪亮：方才卢震二人交手，卢振豪以右手使用双锤，将震天宏的袖手箭尽数击落，而以右掌与震天宏右掌相接，卢振豪只震退了一步，但震天宏却连退了五六步方才立住脚跟。相较下来，仍是卢振豪胜了一筹。

震天宏明知吃了暗亏，但却不愿在万兆欣等人面前表露出来，当下道："卢老儿，咱们彼此彼此，是否还要重新打过？"

他声音虽高，却已狂性大敛。

焦石子笑道："既是'彼此彼此'，哈哈！那你何不再与卢前辈比个高下，也好让我崆峒派门下弟子见识见识。"

震天宏道："姓焦的，你身为一派掌门，又为何不下场与老夫比画比画，也让贵派弟子见识见识。"

言罢对万兆欣使了个眼色,其意不言自明:今日既突然冒出个冷面菩萨来,咱们若是玩硬的,那是绝对讨不了好去,俗言道得好,留得青山在,不怕没柴烧,今日所丢的场子,咱们总有能找回的一日。

万兆欣本是心计过人之辈,自也知震天宏目光之意:三十六计,走为上计。此时不走,更待何时!

待震天宏声音甫落,他早高呼一声:"众师弟们!并肩子冲啊!"

焦石子飞身离位,早与冷面菩萨卢振豪一起堵住大厅门口,只在掠过曹国沙身旁之时,轻轻拍了拍他的肩膀。曹国沙纵然直鲁粗豪,此时已早明白方才毁于师父之手的《七伤拳谱》是冒牌货,而真的本派镇派之宝,却依旧在那乔石头身上,当下也高喝一声:"众师弟们,咱们与这些本派叛贼拼了!"

"了"字出口,人却飞掠出厅。

卢振豪大感不解,焦石子则微微一笑,心道:"国沙虽性格粗豪,却也尚明事理。"

一时之间,但闻厅内"乒乒乓乓"兵刃相击之声不绝,未及盏茶时分,大厅之内,已横七竖八地躺倒了不下二十具尸体。

又过了小半盏茶时间,焦石子见本派弟子又有十数名横尸于地,心中大为不忍,顿即高喝道:"住手!"

他运足全力而发之声,直震得众人耳鼓轰鸣,正剧斗之众人,陡闻其声,各自皆是一愣,一齐收手罢斗。

但闻焦石子道:"至少目前我姓焦的仍是敝派掌门,如此缠斗下去,我崆峒派在江湖中除名已为时不远了,若本派毁于本掌门之手,焦石子纵是命丧黄泉,也愧对本派列祖列宗。"

转向万兆欣,又道:"万兆欣,此时老夫已用不着再瞒你了,方才毁去的,并非真是本派镇派之宝《七伤拳谱》,因老夫早知会有此变,已将真的《七伤拳谱》妥善藏于隐秘之所,纵是你一百个万兆欣,也是断断寻它不到的,此时老夫仍是崆峒派掌门,事已至此,本掌门也不想再究你以下犯上之罪,因为你已不配身为崆峒派弟子了!"

万兆欣正自一愣，便听焦石子又道："震天宏，今日既有卢前辈在此，若再斗将下去，谅你们也绝难讨得了好去！姓焦的以本派声誉为念，也不会太为已甚，愿替你与卢前辈求个情，放尔等一条生路。虽本掌门不与万国欣等人问罪，但自今而后，他们已不再是本派弟子，若有愿与你同去者，焦石子我绝不阻拦！"

震天宏惑然不解地看着卢振豪。

卢振豪淡然道："震天宏，往后咱们若在江湖相遇，那自然是敌非友。今日既是焦掌门替你求情，你这便给我滚吧！"

震天宏冷冷地看了卢振豪一眼，才愤愤道："兆欣，咱们走。"

先前与震天宏和万国欣立于西首的崆峒派弟子，此时只剩五六十人，他们自知无颜再留本派，当下也随震万二人出门而去。

震天宏走在最后，方自步出厅门，便转过头来盯着卢振豪，冷冷道："姓卢的，希望你别为今日之事后悔！"

冷面菩萨难得一笑地道："卢振豪随时恭候大驾便是。"待震天宏一行背影消失，焦石子方道："我崆峒派得以不灭，全赖卢大侠之恩，我焦石子……"

话音未落，忽闻门外传来一声疾呼："卢长老，帮主有急令相传！"

厅内众人即是一愣，便见一劲装大汉奔入厅来，也不与焦石子等人打声招呼，径自冲卢振豪拜道："启禀卢长老，帮主严令：凡本帮副舵主以上之人，务必在半月之内赶至陕南安康镇，帮主有要事相传！"

卢振豪奇道："蒋副舵主，本帮究竟出了什么大事，姚帮主为何这般着急？"

那大汉道："在下也不知出了何事，只尊李长老之命行事而已。"

卢振豪道："这位是当今崆峒派掌门焦石子焦兄。"言语间指了指焦石子，又道："这位却是本帮川陕分舵副舵主，姓蒋名昌扬，你们多亲近亲近。"

蒋昌扬匆匆作揖道："焦掌门大名，在下是久仰了的，只是此地离安康尚有数百里之遥。在下和卢长老他日有暇，定当重上贵山赔罪并浮一大白。"

卢振豪见蒋昌扬如此焦急，心头已自惊异，当下拱手道："焦掌门，咱们后会有期。"

"期"字出口，人早已与蒋昌扬联袂奔出十数丈外。

焦石子没想他们说走便走，当下大急道："卢长老！蒋副舵主！在下尚有……"

可惜卢振豪和蒋昌扬已听不到他的声音了。而焦石子倒是听到了一个令他大为震骇的声音："师父！师父！不好了……"

人随声进，入厅的正是五丁开山焦石子之首徒曹国沙。

焦石子沉声道："国沙，怎么回事？！"

曹国沙语不连声地道："乔……乔石头他……他不见……不见了！"

焦石子闻言大惊，却半晌说不出话来。

第二十三回 正邪之间

五十七

少顷，五丁开山焦石子猛然醒悟，自忖道：独孤樵乃胡大侠和童少侠拜弟，且不说胡大侠和童少侠曾数度有恩于本派，本派的镇派之宝《七伤拳谱》更在独孤樵身上，此时独孤樵身无丝毫武功，若他被人给劫了去搜身，那于本派却大有堪虞。

当下道："震天宏本人不知卢振豪前辈已匆匆离去，本派弟子请就此将众已不幸身亡的师兄弟们的尸首择地安葬。"

众弟子轰然应了。

焦石子转向曹国沙，又道："你随我来。"

二人回到曹国沙的居所，焦石子问道："究竟是怎么回事？"

曹国沙惶然道："弟子也是不知，方才弟子回至此间时，但见床上空空如也，更不知那乔石头到何处去了。"

焦石子道："什么'乔石头！'他便是独孤樵独孤少侠，你却是怎生将他带回我崆峒山的？"

曹国沙道："先前弟子也疑他便是独孤少侠，因其容貌与师父你老人家早先与弟子们所述的一般无二，然他自言姓乔名石头，并出言无状，辱及本派和师父你老人家，弟子一怒之下，便……"

当下将他与独孤樵相遇的诸般细节一字不漏地复述了出来。

见师父眉头紧皱，并不言语，又续道："弟子得师父告知，本派真的镇派之宝便在那乔……独孤少侠身上，此事端的非同小可，且独孤少侠重伤初愈，纵使他自行离去，弟子也料他定然不会走得很远，便将附近方圆十里之内细细搜了一遍，却连独孤少侠的影子也没见着，这倒确是怪事。"

焦石子骇然道："你果真将附近方圆十里搜了个遍吗？"

曹国沙肃然道："是的。"

焦石子沉吟良久，面色倏变，失声道："莫非震老儿他们竟是使的调虎离山之计。另有帮手……"话音一转："国沙，咱们走！"

师徒二人回至崆峒派议事大厅，但三十余名本派弟子已将先前躺在厅内的尸体全都搬了出去，此时厅内仅有十余名弟子正用水冲洗地上血迹。

焦石子又径自走到掌门之位坐下，高声道："不用冲洗了，你们这便各自去打点打点，然后随本掌门下山。"

那十余名弟子皆是大感不解，便听曹国沙道："师父……"

焦石子又道："此间之事一律由你们大师兄料理，个中原委待咱们下山之后，为师自会与你们分说的。"

众弟子虽心头感然，但见师父面色沉肃，当下各自放下活计，各回自己居所装点去了。

过不多时，另二十余名前去掩埋尸首的弟子和已打点好行装的十余名弟子一齐回至厅内，俱是不明所以地看着师父。

焦石子指了指已打点好行装的众弟子，道："本师与他们此刻便要下山，本派之诸般事务，均由你们大师兄作主，若有违命者，一律格杀勿论！"

曹国沙惶然道："师父！"

焦石子沉声道："先前为师与你所讲之言，待为师下山之后你无妨与众师弟们分说个明白。"

随即又道："今日震老儿等大败而归，近日内断不敢再来找麻烦了。"

曹国沙道："弟子并非怕了他们，只是……"

没料焦石子大怒道："曹国沙！你身为本派掌门大弟子，如今师门有难，你却这般畏首畏尾……"

曹国沙连忙跪下道："弟子不敢！谨遵师之命行事便是。"

焦石子面色顿即缓和，率先步出厅去，那十余名打点好行装的弟子，自然也只好紧随其后，与师父下了崆峒山。而就在焦石子率众下山之日，是夜戌时时分，鄂西北竹溪镇的一家客栈内，有一年约四十、风姿绰约的女子正喃喃念着一首南唐李后主所作的凄婉之词："晓月坠，宿云微，无语枕频欹。梦回芳草思依依，天远雁声稀。啼莺散，馀花乱，寂寞画堂深院。片红休扫尽从伊，留待舞人归。"

后世有一大书评家王国维曾有此言：李煜是"生于深宫之中，长于妇人之手"。方才那妇人所念之词，本是抒写对一个所钟爱的美人别后思念之情怀，而她身为女子，此词出自她口，竟不显得滑稽，倒颇为有些蹊跷。

便听她身侧一年约七旬的老尼合十淡笑道："问世间情为何物，此言当真不假。"

先前那妇人面色微微一红，道："师太取笑了……"

一语未了，忽闻坐于床沿、年约十三四岁的娇美少女茫然道："你是谁？竟然会念李后主的《喜迁莺》？"

那中年美妇和老尼闻言俱觉心头黯然，同时轻叹了一声，尚未等她们开口说话，忽闻楼道上有人高声道："哪位是绝因师太？还有谁叫毒手观音？你们快出屋来，小的有话要转告你们。"

声音虽大，却无丝毫内力。那中年美妇和老尼戚然对视一眼，老尼微微点点头，中年美妇便立起身来，步到门口，对一年约四十、容貌猥琐的瘦小汉子道："你鬼嚷嚷些什么？！"那瘦小汉子看了她一眼，道："你不是尼姑，大约便是毒手观音了吧？"

中年美妇道："你既知我便是毒手观音，竟还敢这般高声嚷嚷，是不想要命了么？"

那汉子道："原来你真是毒手观音，那就好了。"

毒手观音冷笑道："只怕并不怎么好，如果阁下还想多活几年的话。"

那汉子大骇道："小的今年方才三十七岁，自然是还想多活几年的了，只是那蒙面大侠说，只要小的到此客栈找到绝因师太或毒手观音。使可凭空得到五两银子。"

毒手观音奇道："蒙面大侠？"

那汉子正欲开口，却见屋内那老尼也步出屋来，合十道："施主可否进屋说话？"

那汉子看了看她。问道："你可是绝因师太么？"

老尼道："贫尼正是绝因，为当今峨眉掌门，不知施主有何话要转告贫尼和候施主？"

那汉子喜道："这就太好了，那蒙面大侠说，若小的同时找到了你们二人，便可得十两银子。"

绝因师太道："既是如此，便请施主入屋说话。"

那瘦小汉子喜滋滋地跟在绝因师太和毒手观音身后，自言自语道："原来那蒙面大侠并未欺骗小的。"

进屋之后，毒手观音面色一沉，冷冷道："有什么话，你现在可以说了。"

那瘦小汉子道："我姓伍，名余元。是这么回事，在下乃是本镇人氏，今夜闲极无聊，正在街上闲逛，莫名其妙地便睡着了，待小的醒过来时，却已身在城外五里之处，在下大感不解。因我祖宗三代，均无一人患有夜游症……"

毒下观音怒道："闲话少说！快将你所讲的那蒙面大侠要你转告的话道出来！"

陡见毒手观音发怒，那伍余元再不敢以"在下"自称了，当下连忙道："是是是！小的正自大惑，却猛见一蒙面人正立在面前，小的大骇，以为遇见鬼了，没料那蒙面人竟开口道：'给我听好了！你便回镇去替我传一句话，如若有半点差错，此地便是你的葬身之所！'"

言至此出，伍余元兀自心有余悸，停得一停才又道："小的……听那蒙面人竟能开口说话，顿时放下心来，因为鬼是不能说话的……"

毒手观音一拍桌面，又道："若再没完没了，只怕此地也会是你的葬命之所！"

伍余元大骇道："小的不敢！小的不敢！那……那蒙面人要小的回镇后，

即刻到此客栈来,找两个人,一个叫绝因师太,另一个叫毒手观音,还说若能同时找到你们两人,便请你们先给小的十两银子,小的才可将他要转告的话告知你们。"

言罢似信似疑地看着绝因师太和毒手观音。

毒手观音愤愤地掏出十两纹银,抛给伍余元,厉声道:"快说!"

伍余元喜从天降,当下连忙将银子塞入怀中,才道:"那蒙面大侠要小的转告的话只有二十一个字:天山二怪与胡醉交错而过,此时胡醉正在陕南平利。"

毒手观音和绝因师太俱是一愣,随即便听毒手观音道:"这二十一个字果然值得十两银子,现在你可以走了。"

伍余元生怕毒手观音反悔,举步便欲出屋,却听绝因师太道:"伍施主且请留步。"伍余元惊道:"你们——"

绝因师太道:"敢问施主,那蒙面大侠身形长相如何,施主可曾看清了么?"

伍余元道:"他蒙着面,长相如何小的倒是不知,只是观其身形似是……似是有些瘦弱。"

毒手观音道:"我再给你一两银子,你将那蒙面人究竟如何瘦弱之状细细说来。"

伍余元大喜,当下将那蒙面人的身材形状描述了一番。见绝因师太沉吟不语,毒手观音又掏出一两银子扔给伍余元道:"你可以走了。"

伍余元也不知道说了多少个"谢"字,方才出屋离去,在走廊上兀自咕哝道:"二十一个字便值十两纹银,纵是说破了口,只怕也没人会信,往日若再有这等美事,我伍余元倒愿意再突然昏睡个十次八次……"

待伍余元出门之后,毒手观音问绝因师太道:"是她?"

绝因师太点点头。

毒手观音道:"既然如此,咱们这便动身到平利找我胡师弟去。"

绝因师太见自己爱徒瞿腊娜自服用了毒手观音的迷性药物醒来之后,竟连她自己是谁也是不知,心头正自焦虑。此时已过三日,若在四日内仍寻不到千杯不醉胡醉，腊娜便将永久迷失心性，那她做师傅的，便……

毒手观音又道："那蒙面人既对瞿姑娘并无加害之意，只怕所言无虚。"

绝因师太点点头，随手点了瞿腊娜昏睡穴，将她抱在怀里，与毒手观音径投平利。

竹溪与平利虽分属鄂陕二省，相距却只不过两三百里之遥，凭绝因师太和毒手观音脚程，仅十五六个时辰之后，便已到了平利。平利虽可算得上陕南重镇，但胡醉身形威猛，更兼虬髯浓密，虽他在平利待留不过两日，却是人人均知，毒手观音和绝因师太并没费多少力气，便已知其下落。

到得南厢客栈，毒手观音将胡醉之容貌描述了一番，问了掌柜的胡醉的居室。

掌柜的点头哈腰地道："客官问的原来是那位出手阔绰的胡大爷，他果曾住过敝店最为清雅的西厢上房，只可惜几位客官来得不巧，昨日午时胡大爷已结账离开敝店。"

毒手观音道："掌柜的可知敝……可知那位胡大爷到何处去了么？"

掌柜的道："这个嘛……"

毒手观音掏出二两银子放在柜台上，一言不发。

正所谓有钱能使鬼推磨，掌柜一见银子，顿即双目发光，笑容满面地道："昨日午时，敝店突然匆匆闯入一脏兮兮的叫花来，也是急问胡大爷下落，小的正欲将其乱棍打出了屋，没料他却是胡大爷的朋友，也不知他与胡大爷说了些什么，胡大爷当即便匆匆结账与那叫花同去了。小的只听见那叫花临出门时，与胡大爷道了'安康'两字，若小的所料不差，胡大爷定是到安康镇去了。"

毒手观音和绝因师太更不多言，转身出屋，径投西北。次日子夜时分，毒手观音和绝因师太师徒已到安康，此时离瞿腊娜永失记忆已不过十四五个时辰，二人心头俱觉黯然，胡乱寻了家客栈，将瞿腊娜安顿好了之后，二人分头出店找寻胡醉。

且不说绝因师太际遇如何，只说毒手观音甫一出店未久，便听有人在十丈开外高声道："胡醉，咱们已打过千招了，依旧是胜负难分，何不明日此时再重新打过！"

毒手观音陡闻"胡醉"二字，心头大喜，暗道：这下瞿姑娘可有救了！

五十八

当即疾掠过去，高声道："胡师弟，可找到你了！"

与胡醉面对面相距五丈开外的一黄衣老者猝闻毒手观音之声，不由面色倏变。

胡醉却道："不知师姐找愚弟有何要事？"

毒手观音看了看那黄衣老者，问道："这老儿是谁？"胡醉并不直接回答毒手观音所问，却对那黄衣老者道："敝师姐毒手观音之名想必你'东海独行枭'也是知道的，此时咱二人已斗过千招，彼此不分轩轾，若在下与敝师姐此时联手将你除去，那倒有失大丈夫行径，便依阁下之言，明日此时，咱二人便到镇外西边那破庙前再打个痛快。"

毒手观音听胡醉之言，便知此黄衣老者是尚在她出道之前便名动江湖的"一毒二掌"之一的西门离，心头也不由得一惊，心道：西门离号称"东海独行枭"倒也并非浪得虚名，自太阳叟东方圣死后，胡师弟之武功当可算是天下四大高手之一，西门离能与胡师弟过手千招而胜负难分，倒也真算了得。大约其武功断不在千佛手任空行之下。

而西门离也自忖道：此时若胡醉与其师姐联手，我"东海独行枭"倒确是斗他们不过，当下冲胡醉拱手道："胡大侠果然名不虚传，虽咱们是敌非友，但仅凭胡大侠不乘人之危这一点，明日之约，我西门离无论如何也是要去的了。告辞！"待西门离离去之后，毒手观音道："西门老儿武功之高，端的非比寻常，今夜本是除去他的大好时机，师弟为何……"

胡醉淡然道："师姐可还记得东方圣么？"

毒手观音奇道："你此时提他作甚？"

胡醉道:"昔日东坡居士有言:高处不胜寒。端的可算千古绝唱了。咱们身为武林中人,武艺低微固然不幸,但若连对手也难寻到,那却是更为不幸之事。东方圣找上我作对手,便是因此了。"〔沧浪客按:苏东坡之言虽然有理,但胡醉却想错了。此是后话,暂且按不提〕。

毒手观音沉吟不语。

便听胡醉又道:"西门离的'天罡旋'武功,实可算武林奇技,纵是我有打狗棒在手,要胜他恐怕也需千招以上。"毒手观音骇然道:"当日在泰山绝顶,听说布袋和尚仅数十招,便使千佛手任老魔身受重创,莫非这西门离竟比任空行还要强么?"

胡醉道:"他二人大约在伯仲之间,当日任空行伤于老叫花棒下,实是因他并未料到老叫花在短短时间内便能将丐帮打狗棒法使得如此纯熟。"

毒手观音道:"原来如此。"

稍顿又道:"令愚姐不解的是,任空行组建什么复圣盟,却让铁镜和金一氓分任副盟主,西门离武功如此之高,怎会……"

忽闻有人自十丈开外道:"家师另有苦衷,胡大侠你们倒无须刨根问底。"

陡闻此声,胡醉急掠过去,其身法之快,端的匪夷所思。然他奔至那发声之所,却连人影也未能见着。

毒手观音紧随其后,见师弟面呈感然不解之色,当下道:"听其说话,定是西门离门下弟子无疑。"

胡醉点点头,道:"早年西门离与任空行齐名,先前我还疑他并未投身于复圣盟麾下,此时却……当真是蹊跷得紧。"毒手观音道:"听绝因师太说,尚在愚姐未曾出道之前,黑道上便有'一毒二掌'和'一变二淫'以及'一箭双巧'之说,除咱们所知'双巧'之一的病诸葛投效复圣盟之外,连卞三婆也投身复圣盟了。"

胡醉骇然道:"赤发仙姑?!这……这不大可能吧?"毒手观音当下将数日前与辛冰和温玲玉二人相遇而救昆仑派,又如何巧遇绝因师太以及与绝因师太的一番言谈细细道出。

胡醉沉吟良久，才道："这里面只怕还有更大的阴谋，但……"

毒手观音突然截口道："不好！"

胡醉奇道："怎么啦？"

毒手观音连忙道："咱们边走边谈。"

胡醉大觉蹊跷，他还从未见师姐如此惶急过，当下紧随其后，也不言声，而毒手观音则将瞿腊娜之事尽数详告，末了道："若在这十几个时辰之内寻师弟你不到，瞿姑娘便将永久丧失记忆了。"

过不多时，二人已回至那家客栈，堪堪入得屋内，便见绝因师太正为自己左臂包扎伤口，而瞿腊娜则漠然立于窗前，看着已渐西斜的明月发呆。

毒手观音失声道："师太！你——"

瞿腊娜闻言转过身，指着胡醉和毒手观音道："你们是谁？竟然知道她名叫师太？"毒手观音连忙道："师弟，你为瞿姑娘疗伤，我替师太包扎伤口。"

绝因师太合十道："阿弥陀佛！有劳胡施主和侯施主了。"

胡醉还礼道："同是武林一脉，师太无须多礼。"

言罢凌空一指，内力到处，瞿腊娜早已昏迷，尚未等她倒地，胡醉又使出凌空取物神功，将她托起平平俯卧于床。

绝因师太笑道："胡大侠的神功是越来越精进了！"

她虽左臂兀自汩汩流血，却浑若无事一般。

胡醉只道得一声"多谢师太谬赞"，便从怀中取出一只小瓶，倒了四五粒红色药丸置于掌心，一捏瞿腊娜颊东穴，将药丸塞入其口中，又将双掌抵住瞿腊娜背心，以强劲内力助她使药力透入心脾。

未过半盏茶时分，便见胡醉头顶之上白雾氤氲。毒手观音面色倏变，绝因师太见状惊道："侯施主——"

毒手观音连忙道："以师太这份功力，竟尔伤于敌手，不知是——"

她故意收口不言，果听绝因师太怒道："区区狼山双鬼，虽也算是不弱，但要伤贫尼，却也还不能够！偏偏段一凡好歹也算堂堂名门正派掌门，反倒助纣为虐，贫尼一时不慎，竟伤于他苍山樵剑下！哼！"

毒手观音一边替绝因师太敷药包扎，一边奇道："什么狼山双鬼？"

绝因师太疲乏："便是白无常艾虎和黑无常艾豹那一对孪生兄弟，一使飞索，一使飞锥。自言是什么复圣盟蓝衣堂属下舵主，贫尼若放手与他二鬼相搏，倒也可在两百招之内让他们变成真鬼，没料百招之后，忽见点苍派掌门段一凡率了二男二女四名弟子匆匆赶至，不由心头暗喜，只道那段一凡虽剑法未臻至一流，有他相助，十招之内定可取了二鬼性命，没料……哼！"

毒手观音道："段一凡是否又似昔年太阳叟东方圣意欲称帝武林之时，心性已被迷失了？"

绝因师太怒道："迷失个鬼！猝伤贫尼之后，他竟装模作样地轻叹了一声，方才率四名弟子离去，贫尼有伤在身，不便缠斗下去，方才饶过了那狼山双鬼！"

毒手观音大觉蹊跷，峨眉派与点苍派同处西陲，素来交善，怎的会有这般作为？！

二人正自面面相觑，黯然无语，忽闻胡醉长嘘了一口气，将双掌撤离瞿腊娜背心，淡笑道："师姐的迷性散，当真厉害得紧。"

毒手观音也笑道："若寻师弟不到，瞿姑娘记忆全失，我可无颜再见峨眉派中之人了。"

胡醉道："瞿姑娘宅心仁厚，又是一派天真未凿，上苍又怎忍心使她遭难。三个时辰之后，瞿姑娘自当无碍了。只是……"

绝因师太道："胡大侠有话请讲无妨。"

胡醉道："俗话说解铃还须系铃人。虽敝师姐和在下的药物能使她暂时将鬼灵子之死所受心灵创伤削弱，然时日一久，瞿姑娘仍会为此而心性恍惚。"

绝因师太道："阿弥陀佛，一切自有天定，那且由它去吧。"

毒手观音道："师弟，你此时内力消耗……"

胡醉截口道："敢问师太，凭师太如此精绝的峨眉剑法和数十年内力修为，竟尔身受……不知是何人所为？"

绝因师太冷哼了一声，尚未说话。毒手观音早将方才与绝因师太的对话道了出来。

胡醉奇道:"狼山双鬼也出山了?"

稍顿又道:"他们投效了复圣盟,这倒并非稀奇,只是段掌门怎会……这倒是怪事一桩。"

毒手观音道:"凡此间事,均终有真相大白之日。师弟今夜尚有要事,何不此时便调息运动,师姐虽然不济,为你护法总该是无碍的。"

胡醉微笑点头,当即面对窗口,席地盘膝运功。

见绝因师太面呈惑然之色,毒手观音当下又将如何巧遇胡醉的诸般际遇告知了她。

绝因师太闻言后也大奇道:"西门离武功不在任空行之下,且他生性狂傲,怎会甘愿附其骥尾,这实在是令人百思而不得其解。"

是夜子时,尚有盏茶时分。毒手观音道:"胡师弟,你此时的功力,至多只恢复了九成,若是……"

胡醉截口凛然道:"师姐!师太!若你们再行相劝,那便是看我胡醉不起!"

毒手观音和绝因师太同时轻叹了一声。

又听胡醉道:"若你们欲在暗中相助于我,胡醉不劳西门离动手,定将在那破庙外自绝经脉而亡!"

毒手观音和绝因师太骇然无声,胡醉一拱手,也不多言,径自赴约去了。

五十九

到得镇西那座荒庙之外,正是子夜时分,方自立定身形,便听西门离高声道:"胡大侠真乃信人也!"

胡醉也高声道:"好说,但……"

"东海独行枭"西门离闻言微一愣,顿即明白胡醉尚未出口之言之意,当下指了指身侧一年约四十、两边太阳穴高高凸起、显见武功颇为不弱的一大汉道："范萧，还不快拜见胡大侠！"

胡醉道："西门前辈无须多礼，却不知这位范兄……？"

西门离连忙道："胡大侠请勿介意，他是老朽之徒范萧，有个名号叫'旋风掌'，今日带他前来，并无他意。"

胡醉只淡然一笑，并未多言，却见"旋风掌"冲胡醉作揖道："东海帮范萧拜见胡大侠。"

他一开口，胡醉便即一惊：昨夜他与毒手观音说话之时，那曾道了一句"家师另有苦衷……"的，无疑便是此人了。当下道："范兄无须多礼。"

却听西门离道："胡大侠，昨夜咱们已斗过千招，阁下的'降龙十八掌'与老朽的'天罡旋'内功不分轩轾，纵若再斗下去，也仅是个平手之局。但胡大侠若使出贵帮独步天下的打狗棒法来，大约千招之后，老朽便将丧命于此了。故带了敝小徒来，仅是让他替为师收尸的。"

转向"旋风掌"范萧，又厉声道："范萧！你听好了：今夜为师与胡大侠将以性命相搏，死于胡大侠之手，总比寄人篱下要好得多，你若还认我西门离是你师父，便将为师尸首带回东海，为师身上已留有书简，回至东海之后，你便与众师弟宣读为师遗命，继任我东海帮帮主之职。"

范萧凛然道："师父……"

西门离又厉声道："范萧！你竟敢连为师的话也不听了么？"

范萧泣声道："弟子不敢！"

西门离面色稍缓，又道："今日之事，你只可作壁上观，若你出手相助为师，为师便一掌先将你废了，然后自绝经脉死于胡大侠之前！"

胡醉闻言道："西门前辈如此说话，倒真是折杀我姓胡的了。"

稍顿又道："打狗棒法虽是秘而不宣的武林绝技，但依丐帮规矩，此棒法仅丐帮帮主一人可使，此时我胡醉早不是丐帮帮主，又怎能用此棒法。"

西门离奇道："你我一正一邪，江湖中事，本就是正邪之间水火不容，胡大侠可知今夜你我二人是以性命相搏么？"

胡醉淡然道："人之生死，本由天定，西门前辈倒不必替晚辈担心。"

西门离大笑道："你千杯不醉胡醉倒真不愧'大侠'二字！咱们这便开始如何？"

胡醉道了声"好"，当下二人各自往前走了数步，待到二人相距仅有丈余，一齐立定身形，俱是功布全身。

西门离道："胡大侠请！"

胡醉知西门离生性狂傲，且辈分又高于他，当下只道了一声"晚辈有谱！"一招见龙在田已轰然击向西门离下盘。但见西门离身形陡失，人早飘至胡醉左侧，恰似一阵旋风，已使出他的独门绝技天罡旋掌法。

一时之间，但见方圆十丈之内飞沙走石，二人以硬打硬，更无半丝取巧之隙，其威势端的令人骇异。

"旋风掌"范萧已退至上三四丈之外，面色漠然地看着当世两大高手搏命。

转眼已过二十余招，忽闻轰然一声巨响，只见胡醉"腾腾腾"连退数步，嘴角兀自挂着一缕血丝，而西门离则神情古怪地立于原地。

良久，方闻西门离道："你究竟是何人？为何要代胡大侠来与老朽相拼？"

胡醉所受内伤不轻，却傲然狂笑道："我若不是胡醉，天下便再无第二个千杯不醉胡醉了！"

西门离奇道："但你此时与昨夜相比。功力竟然大打折扣，究竟是怎么回事？"

胡醉淡然道："要打便打，西门老儿何来这许多话说。"没料西门离也淡然道："既是如此，待你功力复原之后咱们再重新打过不迟。"未等胡醉开口，便转向范萧高声道："范萧，咱们走。"

"走"字出口，他师徒二人恰若两支巨大鹰隼，数个起落之间，早已失其身影。

胡醉黯然呆立良久，方轻叹一声，自回客栈去了。

见胡醉虽嘴角挂着血丝，但他安然归来，毒手观音和绝因师太俱是大喜过望。

毒手观音道:"胡师弟,你终是胜过了那西门老儿么?"

胡醉黯然摇头。

毒手观音奇道:"那——"

胡醉长叹了一声,方自坐下。良久才道:"他'东海独行枭'西门离也真可算是一号人物。"

只道出这一句之后,胡醉复又黯然不言。

毒手观音道:"师弟,究竟是怎么回事?看你所受内伤不轻,当不至于未与西门离动过手,然你二人本是约的生死相斗……"

胡醉黯然道:"是他没取我性命。"

绝因师太插言道:"胡施主,依贫尼之见,还是先将内伤疗愈才好。"

毒手观音连忙道:"师太所言甚是!倒是我这做师姐的不该如此急躁,胡师弟,你这便赶快运功疗伤,我和师太替你护法。"

胡醉依言坐下,盘膝运功疗伤。

忽闻瞿腊娜道:"真是怪事,胡大侠武功盖世,怎会有人能伤了他,定然是许多人群涌而上,胡大侠双拳难敌四手,方才被人打伤。"

转向绝因师太和毒手观音,又道:"师傅,侯前辈,你们怎么不去助胡大侠一臂之力?"

她此时早已清醒过来,虽心头因鬼灵子之死尚有一丝黯然,却不似先前那般痴迷了,见师傅和毒手观音并不回答她之所问,不由心头大奇,又道:"你们怎么不说话?哦,是了,你们定然是不知有人要和胡大侠打架……"

话音未落,忽闻楼下传来一粗豪之声:"掌柜的,你可知布袋和尚姚鹏姚大侠现在何处么?"

此音听上去像是女声,却又如此粗豪,毒手观音和绝因师太均是心头微奇。却听瞿腊娜忽然道:"是黑力铁姑。"

绝因师太道:"腊娜你说什么?"

瞿腊娜道:"楼下说话那人是黑力铁姑,因为我曾见过她,并听她说过话。"

毒手观音笑道:"你说的她,不知是男是女?"

瞿腊娜咯咯娇笑道:"她是柳家堡铁算子田归林的媳妇,侯前辈你倒是说说她会是男的么?"

毒手观音和绝因师太一奇更甚:她们都是识得田归林的,田归林虽精悍却瘦小,听那铁姑声音之粗豪,只怕壮大异常,这对配偶,可算啼笑因缘了。

瞿腊娜道:"铁姑为人不错,我这便去请她上来与咱们叙话可好?"

毒手观音和绝因师太均欲一睹铁姑"风采",当下一齐微笑点头。

少顷,瞿腊娜已将田归林和铁姑带进屋来。

未等瞿腊娜替他们引见,铁姑早大咧咧地道:"绝因师太和毒手观音之名,在江湖中端的响亮得紧,今日方得一睹尊颜,我黑力铁姑倒是幸运之至了。"

田归林一扯铁姑衣袖,道:"铁姑,你少说两句行不行!"铁姑道:"行自然是行的,但得见前辈高人,依我看多说两句也没什么。"

绝因师太和毒手观音俱是心头暗笑,却见田归林作揖道:"田归林和铁姑拜见二位前辈。"

绝因师太道:"田施主无须多礼。"

毒手观音则笑道:"我毒手观音比你铁算子还要年轻,这'前辈'二字,却是担当不起。"

田归林只觉得啼笑皆非,忽见胡醉正盘膝于地,似是正在运功疗伤,当下心头不由大奇,道:"胡大侠他怎么了?"

铁姑一愣,指着胡醉道:"他便是名满天下的丐帮前任帮主胡醉么?"

未等众人开口,铁姑又自顾道:"既是如此威猛雄壮,他定然便是胡大侠了。"

毒手观音口上不说,心头却想:你之威猛粗壮,与敝师弟相比,倒也不遑多让了。

绝因师太道:"田施主贤伉俪到此镇来,不知有何要事?"

铁姑不等田归林开口,早高声道:"是这么回事,咱们在鄂西遇到丐帮豫皖分舵舵主王栎,他说丐帮在此镇有急事,咱们便昼夜兼程地赶来了。"

正说话间,但闻"哇"的一声,胡醉喷出一大口污血来。众人一惊,却见胡醉缓缓睁开眼来,道:"西门老儿的天罡旋掌,端的非同小可。"

毒手观音满目爱怜地道："师弟所受内伤，此时已无碍了吧？"

胡醉道："多谢师姐动问，略须将养，便可无碍了。"

言罢"咦"了一声，问道："田前辈是何时到此间来的，晚辈方才忙于运功疗伤，失礼之处，还望海涵。"

田归林连忙道："胡大侠言重了……"

铁姑高声道："胡大侠的确是言重了，我家夫君虽年长于你，但你却是名满天下的一代大侠，他怎可以前辈自居，更何况我黑力铁姑年仅三十，那他就更加不能做你的前辈了。"

胡醉正自一愣，便听田归林扭扭捏捏地将铁姑替众人引见。末了又道："胡大侠之伤，莫非是'东海独行枭'西门离那老魔所为么？"

胡醉点点头，当下将今夜子时与西门离的剧斗之情细细道出。

铁姑奇道："那西门离究竟是何方神圣，竟能打败胡大侠？！"

绝因师太道："阿弥陀佛！若非为敝小徒之故，那'东海独行枭'西门离要伤胡施主，只怕还不能够。"

瞿腊娜奇道："是因为我么？我怎么一点也不知道？"

绝因师太轻叹了一声，并未再说什么。

铁姑忽然道："我想起来了，那叫'东海独行枭'西门离的，却是复圣盟属下黄衣堂堂主，据说早年被太阳叟东方圣赶至海外了，怎的今日会跑到这安康镇来！"

胡醉"咦"了一声，奇道："西门离果是衣着黄衫，只是——"

当下以询问的目光看着田归林。

田归林见状道："好让胡大侠得知，任空行为逃避追杀，挖空心思组建了个叫复圣盟的组织……"

随即便将数月来自己的诸般际遇尽数道出，听得众人无不骇异。

胡醉沉吟道："如若苦煞胡涂所说乃是真言，那冷风月固然因恶贯满盈而不足虑，但咱们要杀任空行、铁镜和辛冰三獠以谢天下群雄，那却是有些棘手了。"

毒手观音道："纵观西门离与其徒旋风掌范萧之言，似是西门离有何把柄落入了任老魔之手。"

绝因师太插言道:"纵是西门离因有何把柄被任空行抓住而为其所控,南宫笑、卞三婆、欧阳钊和震天宏等人,无一不是狂霸一方之辈,又怎会一齐投效复圣盟甘为任空行操纵?"

胡醉道:"且方才师太所提这几人,除欧阳钊外,论武功无一均不在铁镜和金一氓之下,这果然有些古怪。"

毒手观音道:"师弟和师太是疑任空行身后另有其人?"

被问二人一齐点头,又一齐摇头,不约而同地道:"这似乎不可能。"

胡醉更道:"放眼当今天下,又有谁能将如此众多狂傲桀骜之辈控制得住?!"

田归林突然失道:"公孙鹤!"

胡醉骇然道:"他……"

铁姑早高声道:"断断不会是阿鹤,如若是他。他又何须救你性命!"

田归林道:"田某本是江湖中一小角色,他固然曾施恩于我,但凡江湖中大奸恶之人,皆是心计过人之辈。"

话尚未落尽,忽有人在门外道:"公孙鹤并非大奸大悲之辈,这点上在下倒有把握。"

六十

一语未了,江湖浪子童超和青青早联袂入屋,青青一头扑在毒手观音怀里。泣声道:"师傅!徒儿可想死你了!"

毒手观音怜爱地抚摸着徒弟一头秀发,也是满目泪花。

当下众人一一见过。

铁姑高声道:"童少侠,你们不如约在那林边等咱们。"

江湖浪子道:"在下因另有要事,急欲找到胡大哥和候前辈,故而先行离开，还请二位多多包涵。"

铁姑道："凭你童少侠之名，要包涵那是没问题的，但你们怎会也到此镇来？"

江湖浪子道："在下与司马姑娘路经豫西邓县时，偶遇丐帮胶东分舵正副舵主于兄以健和龙刚二人，他们说接得彼帮帮主姚大侠急令，凡丐帮副舵主以上弟子，务须在半月之内到达此镇。在下虽不明所以，但想此镇定会有大事发生，而胡大哥身为丐帮前任帮主，断不会不在此地出现。入镇后又得一丐帮三袋弟子禀报，说胡大哥、侯前辈和绝因师太俱在此客栈落脚，便急赶而来了。"

铁姑道："原来如此，我还以为你们是误打误撞闯至此间的呢。"

田归林怒道："铁姑你要再多嘴多舌，我田归林便……"

铁姑道："你便又要逃么？哼！"

话虽如此，却也果然不敢再出口多言。

胡醉笑道："童兄弟，听你方才说话，似乎倒是一点儿也不怀疑那公孙鹳才是复圣盟真正主事之人。但方才田前辈说，观那公孙鹳武功已臻化境，大约不在昔日太阳叟东方圣之下？"

江湖浪子童超道："田前辈可谓目光如炬，公孙鹳之武功，倒真可与东方圣一较短长。"

众人闻言俱是一惊。

却听童超又道："请恕小弟直言，大哥似乎曾受内伤，却不知是何人所为？"

胡醉黯然道："东海独行枭西门离。"

童超奇道："此人小弟虽未见过，但其名倒也从先师口中听到过，其天罡旋掌力大约与任空行只在伯仲之间，大哥怎会——"

未等绝因师太将个中原委道出，胡醉早顾左右而言他，道："难怪愚兄到凤凰山寻独孤拜弟不到，原来他竟然被人给劫到鄂西去了。"接着又将自己在凤凰山听到玉女与阮灵素的一番对话道了出来。

江湖浪子知拜兄受伤定是另有别情，但他不愿说，自己倒也不便再问，只好先将自己和青青一起与公孙鹳的一夕长谈道了出来，末了道："那曾授功于我，对我江湖浪子恩同再造的记名师父，法号上'一'下'元'，我也是从公孙鹳口中方才得知的。"

绝因师太失声道："一元大师？岂不是当今少林方丈悟明大师之太师伯么？若贫尼所料不差，一元大师已年近百岁高龄了？！"

江湖浪子黯然点点头，道："只可惜晚辈连他老人家的真面目也未能一睹，当真是枉自……唉！"

胡醉见状道："一元大师一代神人，可谓有若神龙，能观其首而不得见其尾，拜弟倒不必徒自伤悲。"

稍顿又道："天外有天，人外有人，此言果然不差，公孙鹳既如此了得，依拜弟看，咱们三人能否胜得过他？"

童超道："与他手下的'四达'相比，大约可斗个平手之局，若公孙鹳亲自出手，咱们恐怕必败无疑。"

毒手观音道："莫非他已练至五毒不浸之境了么？"

江湖浪子点头道："幸得他与咱们非敌非友，否则只怕……"毒手观音忽然道："他果真说过若一日不寻到独孤少侠，便一日不与咱们印证武学么？"

童超道："是的。"

随即又道："但凭他和手下'四达'手段，要从愁煞裴文韶手中救下独孤拜弟，当是易如反掌之事。"

毒手观音忙道："可裴文韶已经死了。"

童超失声道："什么？！"

毒手观音将裴文韶之死状道出，末了又道："也不知此时独孤少侠流落何方抑或被何人劫持去了。"

言语间黯然之色溢于言表。

铁姑却大喜道："任空行身后既有太上盟主，最好是被他给劫了去，让公孙鹳先去与他拼个两败俱伤再说！"

但闻"啪"的一声，铁姑只觉左颊生疼，当下怒道："你打我？！"

田归林沉着脸，一言不发。

铁姑大怒道："好好好！打老婆倒是你的拿手好戏，但你遭别人欺负时，却是谁三番五次地舍了性命救你！走走走，咱们这便到屋外宽敞处先见个真章！"

言罢"腾"地立起，对田归林怒目而视。

田归林也怒喝道："你给我坐下！"

铁姑一愣，见田归林面色铁青，显是动了真怒，当下道："坐下便坐下，你以为我黑力铁姑真怕了你不成！"

语音落尽，果然已大咧咧地坐了下来。

众人心头均是暗笑：真是一物自有一物降，若论真功夫，只怕这状似母夜叉的黑力铁姑要胜田归林一筹。没料田归林仅一句话，便使她不敢再耍赖了。

却闻胡醉道："老叫花将本派精英尽召此镇，不知是何道理。"

田归林道："既连复圣盟首堂堂主也已来至此间，只怕姚大侠是要与复圣盟见个真章了！"

见童超愕然不解，田归林又道："复圣盟共分内外三堂，分别为黄、红、蓝和绿、青、紫……"当下又将从苦煞胡涂口中得知的话复述了一遍。

童超大感道："这就当真蹊跷之极了，昔日听先师说，尚在候前辈未曾出道之时，江湖黑道上便有'一毒二掌''一变双淫'和'一前双巧'之说，冷弥陀南宫笑的'游魂掌'与西门离的'天罡旋'齐名，怎会反做了末堂堂主？"

胡醉也道："这且不去说它，布袋和尚那老叫花既已到了此镇，并知我等落脚于此客栈，却因何不来与咱们朝相，这又算是一奇。"

绝因师太接着道："我峨眉派自言并未得罪同处西陲的点苍派，他段一凡却猝施暗算，刺了贫尼一剑，这……这却从何说起？"

奇事迭起，众人俱是百思不解而默然不语。

当是之时，忽闻有人在门外高声道："更有一奇，却令我老叫花也是不解！"

话音未落，布袋和尚姚鹏早已闯进屋来，"砰"的一声，将一大桶酒置于地上，又道："就在一个时辰之前，复圣盟近二十名堂主舵主，竟一个不剩地撤离了本镇，敝帮前去跟踪的十余名弟子，只有一个得以生还，并带了口讯回来，说任空行当另择时日与我丐帮一较短长。"

未等众人开口，布袋和尚又冲门外道："蒋副舵主，本帮中数你脚程快而办事最为妥帖，你这便代我去与卢长老、李长老和各舵正副舵主传令，还是各归本舵，以找寻独孤公子为首要义务，老叫花今日却要与此间众故人浮一大白了。哈哈！"

门外有人恭声应了声"是"，早已自行离去。

毒手观音笑道："丐帮当真是人才辈出，蒋副舵主的轻功，已然入臻一流好手之列了。"

胡醉却面色一沉，道："老叫花，你明知我等已至此间，却为何不来相见？"

布袋和尚笑道："胡醉鬼，老叫花已将酒亲送至此，为何不边喝边谈！"

胡醉哈哈大笑道："好！老叫花果不愧还是老叫花！"当下除绝因师太和瞿腊娜外，俱是各人执了一大碗酒在手。那送碗来的店小二得了一大锭银子，自又喜滋滋地去送上许多下酒菜来。

待各人俱有三分醉意之后，布袋和尚方道："复圣盟忽然不战而退，却与你们大有干系。"

见众人俱是不解，布袋和尚又道："一月之前，老叫花收到任老魔亲笔书简，说什么他复圣盟欲与本帮在此镇以真功夫一比高下，谁输则必须俯首称臣，且各方最多只能以出十五人为限，老叫花自然应允了。"

喝下一大口酒之后，布袋和尚续道："此番复圣盟带队的表面上是铁镜，实权却控制在'东海独行枭'西门离和'冷弥陀'南宫笑手中。实不瞒胡醉鬼所说，你与西门离之两战，老叫花均躲在暗处看到了……"

胡醉截口大笑道："他妈的！老叫花你这般偷偷摸摸，倒枉称江湖第一大帮帮主。"

布袋和尚也自大笑道："早年你做帮主之时，为查东方圣真实面目，还不是在江湖中偷偷摸摸地隐身了五年之久，老叫花此举有个名目，叫作'上行下效'。哈哈!"

他二人感情笃深,这般相互打趣,众人倒未觉得有何不妥。

布袋和尚又道:"待西门离发觉你功力有损,更不顾铁镜那厮是什么鸟副盟主,说动'冷弥陀'南宫笑之后,二人便自行离去。铁镜知他二人一走,便敌不过本帮兄弟,便也只好下令撤离了。"

胡醉一口气将大半碗酒饮下,方道:"若那'东海独行枭'不归顺于复圣盟麾下,我胡醉倒想与他交个朋友!只可惜咱们一正一邪水火不容,却……算了!咱们今日只管喝酒,勿要再论其他!"

布袋和尚和江湖浪子一齐大笑道:"喝!"

言罢俱是一饮而尽。

少顷,一大桶酒已点滴不剩,毒手观音自言不胜酒力,对江湖浪子道:"童少侠,今夜我可要将青青带走了。"

青青"嘤咛"一声,娇嗔道:"师傅若再欺负徒儿,青青可是不依!"

毒手观音故意打趣道:"这就怪了,师傅与童少侠说话,怎的又欺负你了?"

青青满面娇红,却再难出口"申辩"。

便听江湖浪子道:"此屋已酒气熏天,依我看……"

布袋和尚截口道:"对对对!咱们另去订它三间上房,给绝因老尼师徒、毒手观音师徒和铁算子贤伉俪各住一间,老叫花和胡醉鬼及江湖浪子便在此共谋一醉。"

铁姑连忙道:"订四间。"

布袋和尚大奇道:"却是为何?"

铁姑居然面色微红,扭扭捏捏地道:"田郎虽是我家夫君,却……却……"

田归林连忙道:"若蒙不弃,田某愿与三位大侠一齐醉倒于此,让铁姑自己去住一间。"

布袋和尚哈哈大笑,道了声好,飞掠出屋,少顷却又疾转回来,满面窘困地看着众人。

胡醉奇道："老叫花你弄何玄虚？"

布袋和尚道："哼！那掌柜的狗眼看人低，既不给酒，又说没空房了，其实……"

毒手观音笑道："其实只因未见姚大侠掏出金银之故，对么？"

布袋和尚故作惊讶以掩窘迫："佩服！佩服！早先老叫花只知毒手观音使毒功夫天下无匹，没想料事也是这般如神！"

众人俱是大笑。毒手观音掏出一片金叶子递过去。布袋和尚大喜道："此时我敢以性命担保，这客栈里酒和空房皆是多得不可胜数了。"

也不等众人再笑出声，他早已复掠出，少顷便有两名小二各抱了一大坛酒进屋，而又恭恭敬敬地引了毒手观音师徒、绝因师太师徒和铁姑各去安歇了。

第二十四回

异乡异客

六十一

次日日上三竿，胡醉、童超和布袋和尚姚鹏几乎同时醒来，却见铁算子田归林兀自酣醉如泥，不由哑然失笑，心头均暗道："铁算子虽也武功不弱，但娶了铁姑那般一个似母夜叉之女为妻，只怕往后的日子有些不大好过了。"

正思忖间，忽见铁姑竟不敲门，大咧咧直闯入屋，见状道："你三人内功高绝，明知我家夫君大是不如，为何要将他灌得这般烂醉？！"

怜爱之情，溢于言表，倒使三位当世大侠无言相对。

过不多时，毒手观音和绝因师太两对师徒也自入屋。

毒手观音笑道："你们促膝夜谈，定是投机得紧，否则铁算子也不会……"

言罢掏出一粒药丸，塞入田归林口中，道："最多不过半盏茶时分，他的酒性当可得解了。"

铁姑松了口气，自顾咕哝道："三位大侠一齐将我家夫君灌醉，总是大大的不该。"

待田归林醒来之后，众人自各有一番说话，但为了不使瞿腊娜和布袋和尚伤心，自无一人提起鬼灵子之名。

偏瞿腊娜"不识趣"，问布袋和尚道："陆小歪是你徒弟，他为救独孤樵而自戕，你竟一点儿也不伤心么？"

布袋和尚黯然无语。

江湖浪子见状道:"却不知那蒙面人是谁?"

铁姑正欲开口,忽闻田归林道:"此事端的有些蹊跷,然时日一久,定当可知。"

铁姑高声道:"蹊跷个鬼,她不就是……"

田归林陡然厉声道:"铁姑!你忘了当日咱们所发下的毒誓了么?!"

铁姑骇然住口。

田归林又道:"依在下愚见,咱们还是这便分头找寻独孤少侠为要。"

众人均觉此言有理,当下仍是兵分四路:胡醉与师姐毒手观音、童超与青青、田归林与铁姑分赴东南、东北和正东而行。

布袋和尚则独奔长安,到川陕分舵找李仁杰商议寻找独孤樵大计去了。

正当他们依依惜别之际,独孤樵却已然横穿陕南并甘肃东南诸地,到了青海湖畔。

青海湖本是西域第一大淡水湖,烟波浩渺而一望无际,独孤樵平生从未得观如此景致,竟在湖边一呆三日,好在湖边野果甚多而湖内鱼儿不少,倒也饿他不着。

第四日上,忽遇二人背了一大团丝织之物,到得湖边,一声吆喝,那团丝网已自撒开,撒入湖内。

独孤樵大觉奇异,当下过去道:"你们这是干什么?"

那二人闻言一齐转过头,独孤樵不由惊"咦"了一声:那二人均是三十余岁年纪,容貌之相似,端的令人难以分辨!只听其中一人道:"我兄弟二人专以捕鱼为生,莫非你竟不知道么?"

独孤樵道:"什么叫捕鱼?"

那人奇道:"你连什么是捕鱼也不知道么?"

稍顿又道:"是了,观你容貌,似是中原人氏,是故不知我兄弟二人名头。你无妨去打听打听,方圆百里之内,若论撒网捕鱼,又有谁不知我柴氏兄弟姓名的?!"

独孤樵道:"原来你们姓柴,我叫乔石头,却不知你们会不会武功?"

那人道:"什么叫武功,莫非比捕鱼更重要么?"

独孤樵闻言大喜道:"那就太好了,你们既连武功是什么也不知晓,定不会逼我学武功了,我与你们学捕鱼行么?"

先前一直未开口的那人道:"你为何要学捕鱼?"

独孤樵道:"因为我无事可做。"

那人想了想,沉着脸道:"那你看好了。"

言罢又高喝一声:"老二,起!"

二人更不言语,一人拉一边网绳,迅捷将网拖出湖面。

独孤樵"啊"了一声。

但见网中鱼儿活蹦乱跳,当不下千尾之数!

只与独孤樵讲过一句话的那人道:"乔石头,这就叫捕鱼。"

待他们将网中之鱼全倒入一巨大竹箩中,复将丝网撒入湖内,那人又道:"我柴方柴圆兄弟俩并非浪得虚名。纵是要学,既不知渔期潮汛,你乔石头也学不会。"

独孤樵道:"这倒好玩得紧,我是一定要学会的。"

向无多言的柴方道:"纵是学上三年五载,若要在这青海湖夺我兄弟饭碗,你乔石头还差得远了。"

独孤樵奇道:"什么叫夺你们饭碗?"

柴方眉头微皱,却听兄弟柴圆道:"你无妨来试试。"独孤樵依言从柴圆手中接过一边网绳,待柴方高喝一起"起!"独孤樵连忙急拉网绳,却终是慢了一步,至少有百余尾鱼从他这边溜出网去。

柴圆哈哈大笑,却听独孤樵可怜兮兮地道:"再让我试几次可好?"

柴圆:"这倒无妨,只是……"

独孤樵忙道:"下次我一定快些收绳就是了。"

如此五次三番,独孤樵竟一次比一次快,以至后来鱼儿反从柴方那边溜走了不少。

柴方非但不怒,反而哈哈大笑道:"你手脚如此利索,当真令我柴氏兄弟大开眼界了,若是不弃,咱们便交个朋友如何?"

独孤樵大喜道："那太好，只是……"

柴方截口道："今日咱们所捕之鱼，比任何一日均多，老二，咱们这便收网回家，与这位乔兄弟喝酒去。"

柴圆也自喜道："好！"

当下三人回至柴氏兄弟家中，早有两名粗手大脚的妇人等在门口，陡见柴氏兄弟带着独孤樵并一大箩鱼回家，俱是又惊又喜地道："你们比往日早回了一个时辰，却不知这位贵客是谁？"

柴氏兄弟异口同声地道："快些弄了酒菜出来，咱们今日当该与这位乔兄大喝一场。"

二位妇人应了，不多时便弄出许多酒菜来，自是大鱼大肉之类。

独孤樵本不善饮，方才两杯酒下肚，便觉头已大了，当下结结巴巴地道："实不瞒二……二位兄长，小弟并非姓乔……名石头……"

柴圆奇道："却是为何？"

独孤樵又道："小弟本复姓……复姓独孤，单名一个'樵'字，只因……只因在中原时，小弟一说真名实姓，便有人硬要教小弟学什么武功，那却是一桩苦不堪言之事，既然二位兄长不知武功究竟是何物事，小弟便可道出真名了。"

柴圆哈哈大笑道："原来如此，先前我还道似兄弟这般俊秀人物，怎的会有'乔石头'这般一个不方不圆之名。"兄弟二人一名柴方一名柴圆，他这般说话，倒也有几分道理，只可惜此时独孤樵头大如斗，更不能听出其趣味来。便听柴方道："独孤兄弟既已不把咱们当作外人，若蒙不弃，咱们这便义结金兰如何？"

独孤樵奇道："什么叫义结金兰？"

柴圆高声道："独孤樵兄弟是真不知还是假不知，义结金兰便是拜把兄弟，你若不愿折节下交，我兄弟俩自不能强求，但你这般问话，却是大为不该。"

独孤樵大着舌头道："既然义结金兰便是拜为异姓兄弟，我独孤樵自然是求之不得的了。又怎会看你们不起！"

观其言语之间并非作伪，柴方柴圆兄弟各自唤了媳妇儿来，将他们欲与独孤樵结拜兄弟之事说了，二位妇人俱是大喜，匆匆出门拎了只公鸡回屋，柴方一刀将鸡头斫下，将血滴入三只酒碗之中，柴方率先端起一碗，看着柴圆和独孤樵。

独孤樵懵然道："这碗酒非喝不可么？"

柴方面色倏变。

柴圆连忙一扯独孤樵衣袖，将其余两碗血酒端起，递了碗给独孤樵，道："若独孤兄弟看得起我兄弟俩，便请将它喝了。"

独孤樵道："我怎会看不起你们，但我若将这碗酒喝了，那肯定是要醉的。"

柴圆大笑道："咱们今日义结金兰，何等事关重大，纵是醉死，这碗酒独孤兄弟也一定是要喝的！"

独孤樵道："既是如此，我便将它喝了也罢，只是我知道酒并不能将人醉死，只不知加了鸡血的酒却又如何。"

言罢端起酒碗，将酒一饮而尽。

柴方方自一愣，便听柴圆："独孤兄弟不谙世事，大哥却勿要怪他。"言罢也是一饮而尽。

异姓结拜兄弟，本是要先各自报出身庚辰，长者为兄的。此时尚不知独孤樵年纪几何。一碗酒下肚之后，他却早烂醉如泥，瘫倒于地，少顷便即发出鼾声。

柴氏兄弟夫妇四人俱觉啼笑皆非，只得将独孤樵抱至西厢客房，替他更衣安歇。直至次日巳时时分，独孤樵方才醒来。与柴氏兄弟各报了生辰八字，自是柴方居首，柴圆次之，独孤樵做了老三。

自此兄弟三人专以捕鱼为生，日子过得倒也其乐融融。

六十二

再说天山二怪与胡醉交错而过之后,直奔凤凰山,方到金童玉女和阮灵素所居洞口,便即高呼道:"胡醉!你师姐叫我们来请你赶快随我们走,否则我天山二怪的师娘便大事不妙了!"

话音落时,却见金童沉着脸走出洞口,冷冷地道:"你二怪在此大呼小叫些什么?"

牧羊童阳真子道:"你又不是胡醉,却出来做甚?依我之见,你还是快快将胡醉叫了出来,否则我天山二怪的脾气,想必你金童也是知道的。"

牧羊女梅依玲接道:"我家老不死的虽然武功不济,此番说话倒还有几分道理,若你不快快将胡醉叫出来,我天山二怪便把你们这山洞一把火给烧了!"

阳真子道:"此话大有语病,既是山洞,里面自然全是石头,咱们怎能一把火将石头给点燃了呢?"

梅依玲怒道:"老不死居然敢与我耍嘴皮子……"

阳真子连忙道:"依玲,我并非……"

梅依玲冷哼了一声,又道:"石头烧他不燃,莫非此洞中便无可燃之物了么?!"

他二人似演双簧,倒似浑不把金童放在眼里。

金童知此二怪行事之邪天下无匹,而又功力奇高,当下也只冷哼了一声,道:"胡醉并非身在此间,我金童倒无法将他叫出。"

言罢一转身,径回山洞去了。

阳真子高声道:"他妈的!你金童竟敢连我天山二怪也不放在眼里了么?!"

话音甫落,却见玉女盈盈步出,敛衽拜道:"敢劳两位前辈动问,胡大侠的确未曾到过此地。"

端的是人若天仙,声似莺啼。

天山二怪一时竟愣立当场。

过得少顷，梅依玲才道："毒手观音却说明胡醉到你们凤凰山来了，莫非她竟是骗了我天山二怪不成？"

玉女道："我想候前辈是不会骗你们的，大约你们与胡大侠在途中交错而过了也未可知。只奇怪胡大侠既已到过此间，又怎不与咱们见面。"

阳真子道："玉女姑娘此言大有道理……"

梅依玲"哼"了一声，阳真子马上收口不言。

玉女又道："却不知二位如此急找胡大侠是因何事？"

梅依玲道："也不知怎么搞的，我师娘满面青紫，连一句话也不会说，毒手观音说只有胡醉能救其性命。"

玉女奇道："你们的师娘……"

仅道出这五字，顿即想起峨眉派小师妹瞿腊娜本与鬼灵子乃是一对情侣，虽他二人年纪尚幼，并不知情为何物，但鬼灵子自戕，瞿姑娘定然伤心，以至心性痴迷。便若阮灵素苦恋金童而人日渐憔悴一般，当下不复多言。却听阳真子道："我师娘姓瞿，名讳上'腊'下'娜'，她在江湖中虽没甚名头，但我师父却最是听她的话。至于我师父嘛，便是本门创派掌门，当日在泰山顶上，我师徒三人将铁镜那厮驳斥得哑口无言，在数千江湖群豪面前可是露尽了脸，当真是风光得紧，只可惜其时玉女姑娘未能目睹，否则我歪邪门掌门师父的名头，可是响亮之极了。哈哈！"

玉女黯然道："前辈说的可是鬼灵子陆小歪？"

梅依玲抢着道："普天之下，配当我歪邪门掌门的，除了他更有何人？！"

阳真子待梅依玲话音一落，马上道："依玲的话一点儿也没错，当日在泰山顶上，连胡醉也称我师父为'陆兄'，这'兄'字嘛，便是兄长的意思。我师父既是胡醉的'兄长'，其名声之大可见一斑！"

玉女听他二人说话，心知此时二怪尚不知鬼灵子陆小歪与金童打赌，因而自戕身亡之事，否则凭二怪心性，此时当真冲入洞内与金童拼命也非奇事，当下不觉黯然伤神。

阳真子见状忽然道:"不好!咱们既在路上与胡醉错过了,万一师娘无……无救,将来师父追问下来,咱们却如何交代!"

梅依玲也骇然道:"老不死的话大有道理,咱们这便折头追胡醉去。"

话音未落,二怪大袖飘飘,人已在二十余丈之外。

下得凤凰山,二怪径投紫阳镇,匆匆购置了些食用物事,马不停蹄地又直奔安康。

而二怪离去之后,玉女尤在洞口呆立良久,才转身入洞。

径到金童居所,将方才与二怪的一方谈话道出,末了道:"以二怪的功力,只怕咱们的一招'旭日东升'也难奈其何,若让他们得知鬼灵子之死真情,只怕……"

金童面色阴沉,道:"依御妹之见,却又当该如何?"

玉女:"咱们无妨将此间珍贵之物带走,另行择地隐居,待咱们将先陛下所遗神功练就之后,又惧何人来了?"

金童淡然道:"二十年时间?哼!我金童可没那耐性!"

阮灵素插言道:"我看玉妹讲的有理,咱们……"

一语未了,金童忽然厉声道:"这儿还没有你说话的地方!"

阮灵素略微一愣,两行清泪已汩汩涌出。

玉女面色一沉,道:"御兄!你未免也太过分了,当日你身中任空行奇毒,人事不省之时,幸得胡大侠相救,阮姐姐每日为你端汤送药……"

言语及此,双目早是泪光盈盈,更难再往下说。

金童面色稍缓,却没再说什么。

正当此时,忽闻洞外有人高声道:"铁镜夤夜前来造访,不知公子公主可肯赏脸一见么?"

金童玉女俱是面色微变:怎的铁镜也知他们住在此地?随即金童高声道:"原来是铁副帮主,请在洞外稍候。"

故意让铁镜等了足有半盏茶时分,金童才与玉女步出居所,到得外厅,果见铁镜一言不发地立于洞外。

金童淡然道:"铁副帮主可以进来了。"

铁镜知金童生性狂傲，武功也极为了得，倒也不以为忤，只哈哈一笑，步入厅内坐下，道："泰山之变时，公子与公主在此间自练神功，是故有所不知，此时在下已非丐帮中人了，而公子……"

忽见金童面色一变，冷冷道："你怎知我与御妹置身此间？"

铁镜并不直接回答金童所问，只自顾道："而公子方才所言'铁副帮主'四字，倒也并无大错，只需将'帮'字改为'盟'字便可了。"

金童依旧冷冷道："阁下似乎尚未回答本公子所问？"

铁镜道："其实很简单，公子公主的一举一动，本盟盟主俱是了若指掌。"

玉女奇道："什么叫'本盟'盟主又是何人？"

铁镜道："本盟名叫复圣盟，盟主他老人家嘛，便是先陛下的左护法了。"

金童沉声道："千佛手任空行？！"

铁镜肃然点点头。

金童又道："本公子与他尚有一笔旧账未算，却不知阁下到此有何贵干？"

铁镜道："任盟主不忘旧情，此番派在下到此，便是欲请公子公主加入本盟。"

金童忽然冷笑数声，随即道："好个不忘旧情！若无他事，你可以走了。"

铁镜淡然道："该走的时候，铁某自会走的。"

金童面色倏变，沉声道："阁下是想考较考较本公子和敝御妹的武功么？"

铁镜道："公子错会铁某之意了，在下的意思是，待在下将本盟之情简略与公子公主叙述一番之后，自会下山离去了。"

见金童玉女均不开口，铁镜又道："公子与任盟主昔日有隙，在下也是知道的。铁某与'玉蝴蝶'金一泯分任二副盟主，若论武艺，倒是稀松平常。然本盟所分之内外三堂，分着黄、红、蓝、绿、青、紫六色，各堂堂主，公子公主虽未见过，其名头嘛，大约也曾听先陛下讲过的。"

随即便将"东海独行枭"西门离及"冷弥陀"南宫笑等人之名一一报出。

除银钩仙子温玲玉之名外，见他每报出一位堂主之名，金童玉女俱是面色微变，铁镜不禁面上大有得意之色。末了道："若公子公主愿意加入本盟，与任盟主前嫌尽释不说，铁某倒可替公子说情，将病诸葛欧阳钊降为绿衣堂堂主，而原绿衣堂堂主温玲玉虽是'赤发仙姑'卞三婆之徒，纵是将她撤了，卞三婆也是断断不敢在盟主之前多言的，便让公子身任本盟蓝衣堂堂主如何？"

金童道："先陛下雄才大略，数十年前曾将'一毒二掌''一变二淫'和'一箭双巧'中的西门离、卞三婆、震天宏、南宫笑和欧阳钊逼出中原，方才被公推为白道武林盟主。只是西门离和南宫笑与任空行齐名，怎会甘愿被任空行驱策？"

玉女也奇道："任空行又为何不让西门离和南宫笑当副盟主？"

铁镜淡笑道："个中原委倒是不知，承蒙任盟主恩宠，在下方才得任此职。"

金童道："'冷弥陀'南宫笑的'游魂掌'，当可与任空行一较短长，怎的反倒成了贵盟末堂堂主？"

铁镜道："在下方才已说过了，铁某虽身为副盟主，确实是不知任盟主因何要这般安置。"

金童与玉女对视一眼，心头均觉此事蹊跷之极。

铁镜见状道："在下言尽于此，还望公子公主三思，旬日之内，铁某另有要事不克分身，但任盟主和西门堂主及欧阳堂主三人，定会到此间听公子公主回话的。"

一夕长谈，已近日出时分。

铁镜道了声"告辞"，方自步出洞外，忽闻金童道："铁副盟主且请留步。"玉女面色倏变。

铁镜却心头大喜，以为金童甘愿加入复圣盟了，故作坦然地转过头来，道："公子已拿定主意了么？"

金童淡然道："旬日之内，本公子自会与贵盟盟主有个交代。"

见铁镜惑然不解之状，金童又道："本公子与御妹曾得先陛下指点过一招武功，有个名目叫'旭日东升'，此时距日出未及半盏茶时分，若铁副盟主有此雅性，本公子与御妹便将它演练一番，有何不妥之处，还请铁副盟主不吝赐教。"

铁镜笑道："得见先陛下所遗神功，我铁镜当真是三生有幸了。"

当下三人步出洞外，到得一树林内，金童只道了一声"请铁副盟主退至距此间十丈开外"，便即抽出双剑，一剑擎天，一剑插地，而玉女则与金童相距五尺对面而坐，手执白绫。待到日头堪堪冒出，陡闻一声清啸，一声娇斥，金童玉女身形早失，但见剑光白绫交织成一团巨网，已将方圆七八丈内的诸般物事尽数笼罩！

铁镜虽置身十丈开外，也只觉寒气逼人。

仅刹那间，金童玉女又浑似什么事情也没发生一般，仍是依样端坐原地。

铁镜自忖能抵挡此招者，放眼当今天下武林，也不过寥寥数人而已，他自己是断断抵挡不住的，不由心头大骇，当下道："先陛下所遗神武，威力竟一至如斯，铁某今日算是大开眼界了！"

话音落时，但闻"刷刷"之声不绝，无数枝叶，已在金童玉女身周铺了厚厚一层！

金童已双剑入鞘，玉女也已将白绫缠回腰际。

听铁镜如此说话，金童只淡然应道："先陛下学究天人，所遗神功端的博大精深，本公子与御妹只不过学到了点儿皮毛而已。"

匆匆交代几句场面话之后，铁镜便匆匆离去了。

金童玉女复回洞中，见阮灵素早在外厅相候，金童也不与她说话，只自寻了个位子倚壁颓然坐下。

玉女和阮灵素见状也各自坐下，三人俱是一言不发。

直过良久，才听金童冷哼一声，怒道："任老魔的春秋大梦倒是做得臭美！"

玉女道："御兄，依你看——"

金童沉吟良久，才道："任空行和西门离虽功力了得，却也破不了咱们各自居所石门，只是那欧阳老儿……唉！"

阮灵素奇道："什么欧阳老儿？"

见金童不语，玉女连忙道："此人复姓欧阳，单名一个'钊'字，有个外号叫'病诸葛'，昔年江湖人称'一箭双巧'其中之'一巧'指的便是他了。他武功倒是一般，但于机关阵式设置之术，听说仅略次于其师兄'赛诸葛'欧阳明。"

阮灵素道："欧阳明便是'另一巧'了吧？却不知此人又如何？"

玉女微微点头，道："欧阳明已数十年未在江湖现身了，究竟此人如何，倒从未听先陛下言谈起过。"

随即又道："只是早年先陛下并未真将'病诸葛'欧阳钊逐出中原，仅将其藏了起来，此洞和两年前被毁去的'武帝宫'，俱是由他亲手设计的。要开启此洞中的每道石门，于他简直是易如反掌。"

阮灵素惊"啊"了一声。

玉女又道："凭我和御兄此时的功力，纵是有阮姐姐相助，也是断断敌不过任空行和西门离二人的。"

阮灵素满面骇异地看着金童。

金童面色铁青，良久才道："咱们走！"

玉女和阮灵素面露喜色，并未多言，自到各居室收集珍贵异宝去了。

过不多时，她二人已一人背了一只大包裹出来，看着金童。

金童淡然道："你们先走一步，到山脚等我，我马上便来。"

玉女和阮灵素应了，径自出洞下山，金童则复入左右侧屋，将每道石门俱是砸了个稀烂，然后各放了一把火，将洞内所有可燃之物烧了个干净，这才飞掠下山。

玉女和阮灵素尚未到山脚，便见他们先前的居所浓烟滚滚，心头俱觉恻然。待金童追上她们，三人也并未多言。蜡然行出五里左右，玉女才道："御兄，咱们此番该到何处？"

金童道:"河南王储山虽另有先陛下行宫,但此时欧阳老儿既已效命于任空行,咱们去了也是有害无益。"

略作沉吟,又道:"好在距此东南数百里便是鄂西大峪山,咱们便到那崇山峻岭之中寻个隐秘居所,料他任空行也找咱们不到。"

阮灵素道:"但这数百里正是江湖中人最多出没之所,童哥和玉妹又……又这般俊俏非凡,只怕——"

玉女连忙道:"阮姐姐所言不错,御兄,只怕咱们都得改扮改扮。"

金童颔首道:"如此也好。"

不多时到了紫阳镇,购置些易容之品后,金童玉女顿即成了一对老翁老妪。三人中本数阮灵素年纪稍长,此时倒像是一对年老夫妇如带了闺女出门探亲访友一般,直逗得阮灵素咯咯娇笑,连一直阴沉着脸的金童,也甚觉啼笑皆非,面色稍缓。

不一日,三人已至大峪山中,果然寻得一隐秘之所落脚。金童依玉女之劝,二人终日苦练那招"日正中天"。而江湖中所识阮灵素之人并不多,由她出去探查风声,那是最为妥当不过。阮灵素自是欣然应允了,每隔一周回来一次,所报消息无非是任空行等人因凤凰山那石洞被毁大怒之类,倒惹得金童哈哈大笑,得意非凡。

忽一日,阮灵素回来禀报,说独孤樵忽然现身江湖又陡然失踪,此时江湖黑白两道皆倾全力追查其下落,却无一人能见其踪影,当真是古怪之极。

金童奇道:"任空行追查独孤樵,仅为以他要挟胡醉、童超和姚鹏而已,但独孤樵那贼子武功尽失,如此众多的武林中人却又怎会尽皆找其不到,莫非是被人给杀了不成?!"

阮灵素道:"恐怕不会,此时江湖黑道中稍有头脸之人,皆被任空行收归复圣盟麾下效命了,若是独孤樵被人杀了,他又何须花这般大的功夫追寻其下落?"金童道:"此事倒当真有些蹊跷。"

阮灵素又道:"天山二怪果然是在途中与胡醉交错而过了,日前我见到绝因师太和瞿腊娜,看上去瞿姑娘的病已被胡醉治愈了。"

玉女道:"当真么?那可太好了。"

阮灵素道:"我虽未亲眼见过天山二怪,但他们的声音倒还记得,三日前在河南新野镇一家客栈里,我听到牧半童阳真子曾说道:'胡醉还真有些鬼门道,竟将咱们师娘救活了。'而牧羊女梅依玲则道:'师娘既已无碍,咱们只要跟定绝因老尼,与师父见面已是为时不远了。'"

金童玉女闻言只同时轻叹了一声,心头皆暗道:"两个老邪物要与他们歪邪掌门见面,只有到阴曹地府去了。"

正思忖间,忽闻有人高声道:"飞天神龙!你休要跑,咱们先前打的赌到底还算不算数?!"

陡闻此声,金童玉女俱是面色大变。

说话的并非别人,正是早已"自戕身亡"的鬼灵子陆小歪。

第二十五回 思君十二时辰

六十三

却说鬼灵子离开散人谷后，先到以前曾自刺左胸处方圆十里之内转了一圈，却未见瞿腊娜丝毫踪影。又径自折向东南，直奔峨眉山，谒见了逸静及黄雯等人，将自己之诸般际遇简略相告，只略去早年少林之变不提，待得知绝因师太已带瞿腊娜下山之后，便即匆匆告辞。

这日回至鄂境，本是为找瞿腊娜和江湖浪子童超，却猝然与飞天神龙相遇，正自一愣之际，没料飞天神龙陡见鬼灵子之面，竟连半句场面话也不交代，便即飞掠上树逃之夭夭。

鬼灵子陆小歪大觉蹊跷，方自大声吆喝。

而飞天神龙则遥遥传过话来："此时离咱们的赌期尚有二月，届时再见不迟。"

鬼灵子正惑然间，金童玉女早疾掠过来，但闻金童冷笑一声，道："好个姚大侠高足，竟然也会使奸作诈！"

鬼灵子奇道："什么使奸作诈？"

金童淡然道："你不是已死了么？怎的又活过来了？！"

鬼灵子更不言语，"哗"地撕开胸前衣襟，凛然道："我陆小歪究竟何等样人，倒无须与阁下计较，但既辱及家师声誉，我歪邪掌门今日……哼！"

但见他左胸之上，骇然有一寸余长的红印，显是堪堪愈合未久。

金童淡然道："区区一个伤痕嘛，要弄出来也非难事，尤其对你鬼灵子陆小歪，更是易如反掌之事。"

鬼灵子忽然笑道："在下自信与阁下并无什么深仇大恨，阁下如若不信，何不过来一探。"

金童不知鬼灵子又将使何花招，一时竟愣立不语。

却听鬼灵子又道："待阁下探察在下左胸伤痕之时，只需内力一吐，在下自然要再死一次了，只因在下相信阁下实乃信人，断不会行如此卑鄙下流之事，倒不是我鬼灵子陆小歪有何过人之能，敢在阁下面前托大。"

听他如此说话，金童面色稍缓，轻轻点了点头，径自走过去探查鬼灵子伤痕，金童本是武学行家，微探之下，顿知当日鬼灵子以匕首自戕并非作伪，当下退回玉女身侧，呆呆望着鬼灵子，问道："究竟是怎么回事？"

鬼灵子拉好衣襟，随便打了个结遮住胸膛。方自笑道："阎王爷见我年纪尚幼，故而又将在下乱棒打回阳世来了。"

金童素知鬼灵子德性，倒也不以忤，只淡然道："若非得高人相救，你这歪邪掌门此刻只怕早成黄土一堆了。"

鬼灵子肃然道："阁下所料不差。若非得高人相救，在下早已死过一次了。"

金童奇道："查你伤势，已然刺破心尖，纵是先陛下复活，要救你性命，也须自折七十年功力，莫非此刻天下尚有……"

鬼灵子道："俗话说天外有天，人外有人，太阳叟东方圣固然是一代武学奇人，武功之高，已到了令人难以置信之境，但据在下所知，此时天下至少有二人武功强过了他……"

金童失声道："这不可能！"

鬼灵子淡然道："可能的，一位便是在下的救命恩公，另一个嘛，嗯……请恕在下尚不能将其姓名道出。"

金童玉女俱是心头骇然，一时竟作声不得。

便听鬼灵子又道："若无要事，在下可要告辞了。"

待鬼灵子方欲起步，金童连忙道："阁下且请留步。"

鬼灵子奇道："阁下尚有何话要说？"

金童道："数日之前，绝因师太和瞿姑娘曾在豫南新野镇出现过。"

鬼灵子喜道："多谢阁下相告。"

金童淡传道："并非我金童意欲施恩于你，只是在下等人隐居此间，仅你一人得知而已，还请勿要将此事传出，以使复圣盟中人得知。"

鬼灵子愨然道："什么复圣盟？"

金童道："凭你丐帮帮主姚大侠高足之面，要知此盟之事，不过数日尔。"

鬼灵子满腹蹊跷，却又不便多问。

金童又淡然道："在下和御妹毁了陕南凤凰山居所而至此间，便是为了不愿加入复圣盟，阁下可明白了么？"

鬼灵子微微点头，道："在下理会得。"

随即又拱手道："告辞。"

"辞"字出口，人已从玉女身侧疾掠而过。

金童观其身法，轻叹道："此子年纪尚幼，便有这等身手胸怀，俗言道：大难不死，必有后福。其将来之造诣，只怕难以限量。"

玉女颔首道："所幸咱们与他非友非敌。"

金童点点头，二人当下径回居所，早有阮灵素端上酒菜不提。

再说鬼灵子掠过玉女身侧之时，为金童曾对其师布袋和尚姚鹏出言不逊，毕竟小孩儿家心性，竟尔略施薄惩，使出贼王时穷富所教妙手空空之术，神不知鬼不觉地从玉女身上盗走了被金童玉女视为至宝的《东方秘诀》。

奔出十数里之后，心头不禁觉大是得意，将那秘诀掏出，但见扉页上仅有八字："剑绫合璧，天下无敌。"

鬼灵子只冷哼了一声，再翻次页，也仅有寥寥数语："此谱虽为内家真诀，然若非与《太阳剑谱》合练，仍是无济于事。"

鬼灵子大失所望，更不复观第三页，合上秘诀揣入怀里，心道："既是如此，无妨再寻时机，将此于我鬼灵子陆小歪毫无用处的见鬼秘诀神鬼不知地还给玉女也罢，为今之计，还是以先找到瞿腊娜为要。

思忖既定，当下拔腿朝北疾奔，直到西戌交泰时分，早已错过了宿头，不由心头苦笑，暗道：我鬼灵子既然自命聪颖，两个时辰前路经一镇时，为何不再施妙手空空，弄了些酒菜带在身上，此地前不沾村后不落店，看来今夜该当挨饿了。当下寻了座荒山野庙，扫尽香案上陈年积灰，倒头便睡。未及子夜时分，忽闻庙外传来十数人的脚步声，鬼灵子不知来人是何路数，当下一跃而起，隐身于一巨橡之后。

便听有人道："师父，此庙荒废已久，庙内更无僧侣，咱们何不入内暂避一日风霜再说。"

另一略为苍老的声音道："也只得如此了。"

随即一干十余人涌进庙来，待他们点燃火捆子之后，鬼灵子立知俱是崆峒派门下弟子，而那年约五旬的老者，正是当今崆峒派掌门"五丁开山"焦石子。

焦石子那日在泰山之巅暴怒之下一掌击毙已取法名无念，投入悟明大师门下的黄世通，鬼灵子自是目睹了的（详见《剪断江湖怨》"决战东岳"一节）。

崆峒派也算得上是江湖九大名门正派之一，鬼灵子本欲跃下与他们叙话，然此时他身为"梁上君子"，却是颇为有些不便，只好屏住呼吸，静听他们说话。

便闻一人道："师父，此时黑门两道无一不倾巢而出，追寻独孤公子下落，若让侠道中人子到，自对本派无碍，但若让复圣盟中人劫了去，那可……"

又有一人道："弟子有一事不明，敢问师父，那任空行虽武艺高强，充其量也只不过与胡大侠和童少侠相若，为逃避胡大侠等人追杀，他组建复圣盟与白道相抗，那也是情理中事，但他究竟有何本事，竟能将像'东海独行枭'西门离和'冷弥陀'南宫笑这般绝顶高手尽数收归麾下？"

焦石子道："此事为师也甚觉蹊跷。"

鬼灵子虽不知西门离和南宫笑之名，但既是"绝顶高手"，心头不由一动：莫非果如一元大师所言，东方尊并未毙命，此时竟是任空行的太上盟主么？！

另有一崆峒派弟子道："此时黑道上稍有头脸之人，皆悉数被复圣盟收归己用，且胡大侠不久前还曾伤于西门离的'天罡旋'下，此事天下皆知……"

焦石子截口道："胡大侠为西门离所伤，并非功力不若，个中定然另有别情。"

那弟子连忙道："师父所言甚是。"

鬼灵子陡闻胡醉竟被那叫作'东海独行来'西门离之人所伤，几欲惊咦出声，便听焦石子又道："此时归隐数十年的魔头们相继而出，且尽为复圣盟效命，黑白两道，正是势均力敌，谁也不敢轻捋虎须，皆在暗中探查独孤公子下落，咱崆峒派自内乱之后，已是势单力薄，要找到独孤公子……唉！"

又有一弟子小心翼翼地道："师父，弟子心中有一疑问，不知当说不当说？"

焦石子道："徒儿但讲无妨。"

那弟子道："《七伤拳谱》本我崆峒派镇山之宝，当日师父为何要将它藏于重伤初愈，且不会丝毫武功的独孤公子身上？"

焦石子沉吟良久，方道："你曹大师兄误伤独孤公子之时，独孤公子自言姓乔，名石头，此事连万兆欣也是不知。你曹大师兄心地仁厚，自以为恃武凌人有损本派声誉，将他带回崆峒山求为师相救。当日除为师之外，均无一人知那'乔石头'便是独孤公子，待将独孤公子内伤疗愈之后，为师自知本脉弟子敌不过复圣盟青衣堂堂主震天宏及先掌门师兄万兆欣一脉弟子，本已存必死之心，故而在战事将起之前，为师已悄悄将《七伤拳谱》在那'乔石头'身上之事告知了你们大师兄，令他战乱一起，便乘乱离去，带了'乔石头'远走高飞，待将《七伤拳谱》练至六七成时，再毙了万兆欣清理门户，以使我崆峒派不至于除名于江湖。"

众弟子齐声道："原来如此，师父高瞻远瞩，弟子们是望尘莫及……"

焦石子"哼"了一声，才道："什么高瞻远瞩！当日若非丐帮卢长老陡然现身惊退震天宏和万兆欣等人，我等师徒横尸当场自不必说，凭你们曹大师兄一人，又怎能找到独孤公子。"

当下又将曹国沙回至居所时独孤樵已踪影全无之事道了一遍，末了竟黯然长叹道:"当日若非卢长老卢大侠出手相助,我崆峒派早是名存实亡了。"

话音甫落,忽闻庙外又传来一人之声:"焦掌门人言重了,卢某愧不敢当。"

六十四

除鬼灵子外,庙内众人俱是大喜道:"卢大侠!"

进来的正是丐帮执法长老,号称"冷面菩萨"的卢振豪,只见他拱手作揖道:"卢某虽添为丐帮执法长老,'大侠'二字,却是愧不敢当。"

卢振豪虽只是丐帮执法长老,但与前帮主胡醉和现在任帮主布袋和尚姚鹏均是相交莫逆,陡然见其现身,鬼灵子便欲跃下与其相见。

但此时他鬼灵子陆小歪做"梁上君子"已久,贸然跃下,倒与崆峒派不好交代,遂复屏住呼吸,却不慎弄出了一丝儿不易觉察的声响。

卢振豪似是未有觉察,自腰间解下一布囊来,续道:"姓卢的自作主张,取了此物交给焦掌门,若有得罪之处,尚乞见谅。"

焦石子连忙道:"卢长老对本派恩重如山,若再这般说话,岂不折杀我姓焦的了!"

待焦石子言罢,卢振豪解开了布囊。

凡崆峒派弟子,陡见囊中之物,均不由惊"啊"了一声。

一颗人头!万兆欣之头。

但闻焦石子道:"欺师灭祖,本是罪可当诛,卢长老之大恩,本派当真不知如何报答才好!"

卢振豪道:"焦掌门说哪里话,数日前卢某在豫境桐柏镇外,见此贼正欲强暴一良家女子,卢某气怒之下,一锤取了他命,心道此人毕竟曾身为贵派掌门大弟子,方取了其首级来交给焦掌门人发落,也不知卢某此举是否太过孟浪。"

焦石子连忙道："此人狼子野心，置其师惨遭涂毒于不顾，焦某身为先师兄之弟，自是甘愿出头替先师兄报那血海深仇，不料他却蓄谋夺取本派掌门而投身复圣盟，如此猪狗不如之辈，纵死十次也是有余，卢长老又何来孟浪之言了。"

大笑数声之后，又道："若先师兄九泉有灵，也会对卢长老感恩不尽的！"

众弟子纷纷附和道："万兆欣自取灭亡之道，该杀！该杀……"

待众人嚷嚷之声落尽，冷面菩萨卢振豪才道："如此说来，卢某行事还不算太过孟浪。"

随即又道："只是卢某有一事不明……"

焦石子连忙道："卢长老有话但讲无妨。"

卢振豪道："贵派陡生内乱，最是焦掌门坐镇之时，为何——"

焦石子稍作沉吟，道："当日卢长老和贵帮蒋副舵主……"卢振豪接口道："此时蒋兄已升任本帮川陕分舵舵主了。"

焦石子连忙改口道："当日卢长老与蒋舵主匆匆下了崆峒山，我焦石子自忖追你们不上，但有一句话本欲当时便对你们讲的，唉！"

卢振豪奇道："焦掌门说得如此慎重，却不知是句什么紧要之言？"

焦石子道："本派陡生内乱之日，焦某已存必死之心，故而将本派镇山之宝《七伤拳谱》藏在独孤公子身上……"

卢振豪失声道："独孤公子？！焦掌门所说的莫非是独孤樵么！"

焦石子肃然点了点头，遂将曹国沙如何误打误撞地将独孤樵带同崆峒山之事悉数道出，末了道："故而战乱一起，焦某便令敝徒曹国沙趁乱带了独孤公子逃离……"

卢振豪截口道："独孤公子此刻尚在崆峒山？！"

焦石子黯然摇了摇头，道："待敝徒到其居所时，独孤公子已了无踪影了。"

卢振豪骇然道："莫非当日震天宏等尚有后援不成？！"

焦石子道："先前焦某也以为他们使的乃是调虎离山之计，然率弟子到江湖中明察暗访数十日，见此时侠义道和复圣盟俱在追查独孤公子下落，方知当日震天宏等人并无帮手。所奇的只是为何独孤公子已然武功尽失，却怎能在短短时间内神鬼不知地离开了我崆峒山！"

卢振豪道："原来焦掌门率众下山，只为从那自称'乔石头'的独孤樵身上取回贵派镇派之宝《七伤拳谱》。"

焦石子肃然道："正是。"

卢振豪忽然道："阁下做梁上君子久矣，也不觉得闷气么，给我滚下来！"

焦石子方道了一个"什"字，徒见卢振豪一锤砸向庙宇上方之巨隔！

锤尚未到，已觉劲力逼人，鬼灵子大惊之下，竟尔大笑一声，从巨橼后跃了下来。

鬼灵子怕卢振豪又一锤砸将过来，方跃下地便道："卢长老，是我！"

卢振豪一愣之下，忽然哈哈大笑道："鬼灵子！你枉为姚帮主之徒，怎的自甘堕落，做起梁上君子来了，哈哈！"

鬼灵子道："在下匆匆赶路，错过了宿头，本欲在此歇上一宿，没料焦掌门等人猝然而至，在下不知是友是敌，所以……"

卢振豪道："方才我与焦掌门之言，你是全听到的了？"

鬼灵子道："一字不漏。"

卢振豪笑道："幸好是你，否则今夜你恐怕要……"

鬼灵子续道："横尸当场，也许便似万兆欣一般。"

卢振豪号称"冷面菩萨"，倒是丝毫不错，当下只淡然道："听说你为了救独孤公子，与金童打赌输后而自戕，莫非你竟使了诈不成？"

鬼灵子道："要在金童面前作奸使诈，我鬼灵子还没那般本事。"

卢振豪奇道："幸得高人相救？！"

众人尽皆奇道："高人？！"

鬼灵子道："他老人家不愿吐露真名，但以其功力而论，十个任空行也断非其敌！"

卢振豪闻言大喜，道："此言当真？"

鬼灵子肃然道："一丝不假！"

随即又道："只是他老人家有若神龙见首不见尾，且在下已发下毒誓，绝不吐露他老人家姓名，尚乞各位见谅。"

众人听得悠然神往，一时皆作声不得。

鬼灵子转向焦石子，又道："小叫花得以死而复生，自不敢堕了我那老叫花师父之名头！若无要事，小叫花这便要走了，找到老叫花之后，自会以找寻独孤公子为要务，绝不让贵派镇山之宝被奸人得了去！"

焦石子连忙道："陆少侠之言，敝派上下自是信得过的，若……"

余言尚未出口，卢振豪忽然哈哈大笑道："鬼灵子，你此时所要找寻的，最先一个恐怕不是令师吧？"

鬼灵子道："'冷面菩萨'不但功力了得，料事也是这般如神，果不愧为当今天下第一大帮执法长老！"

卢振豪从身上取下一小布袋，扔给鬼灵子，道："快将它吃了，然后随我去找瞿姑娘。"

鬼灵子大喜道："卢长老知瞿姑娘下落？"

卢振豪道："她与其师距此不过三四百里，凭咱们脚程，当可在今夜子时赶到。"

鬼灵子忙将那袋干粮吃了，便听卢振豪道："同是武林一脉，焦掌门也无须过虑，我丐帮纵若不济，也绝不会对贵派之事置之不理。此时事急从权，卢某可要带鬼灵子走了。"

焦石子喜道："有劳贵帮了！"

此时东方既白，卢振豪更不多言，携了鬼灵子径奔西北。二人疾奔了近六个时辰，直至午时，忽有人在前方十余开外阴恻恻地道："卢振豪！今日若不取你性命，我铁某也枉作复圣盟副盟主了。"

"冷面菩萨"卢振豪和鬼灵子陆小歪闻言一惊。

但见铁镜手持判官笔，与一年近七旬的老妪正堵住他们的必经之路。

那老妪一头赤发，背负一双金钩。

此时日正中天，那一双金钩煞是耀眼，卢振豪失声道："'赤发仙姑'卞三婆？！"

六十五

那老妪嘎嘎怪笑道:"事隔数十年,你竟能一眼认出老朽面目,看起来你这丐帮长老'冷面菩萨'卢振豪,倒也还不算浪得虚名。"

卢振豪淡然道:"好说。"

却听铁镜道:"当日在泰山绝顶,本盟任盟主大事将成,没料你卢振豪半路杀出个程咬金,带了悟明那老秃驴和黄世通那假秃贼猝然而至,坏了任盟主大事不说,还害我铁某还在天下群雄面前丢尽了脸,幸得任盟主宽宏大量,组建复圣盟,尚且委任铁某副盟主之职,铁某与你卢振豪可谓不共戴天!"

转向鬼灵子又道:"当日若非你那两位邪之又邪的所谓门徒'天山二怪'胡搅蛮缠地从中捣乱,任盟主与铁某仍有九成胜算,今日算是上苍有眼,得让卞堂主与铁某在此与你相遇,哈哈!"

"冷面菩萨"卢振豪淡然道:"卢某与鬼灵子联手,那是断断抵不过你铁镜和'赤发仙姑'的。对么?"

铁镜道:"铁某身为丐帮副帮主时,对你'冷面善萨'之脾性也并非不知。"

稍顿又道:"卢长老也是知明断事之人,何不将鬼灵子与你颈上之顶乖乖奉上,咱们也免得再动干戈。"

言罢又阴笑数声。

却听鬼灵子道:"铁镜,你与卢长老和在下均有不共戴天之仇,今日卢长老与在下纵若丧命于阁下与卞前辈之铁笔金钩之下,那也是天数使然,但阁下武功本比卢长老高,你何不先取了卢长老性命,再将在下一起送至黄泉?"

铁镜奇道:"因何如此?"

鬼灵子道:"卞前辈远离中土之时,在下尚不知亲生父母身在何处,自信与卞前辈并无大恨深仇,待阁下与卢长老交锋之时,我鬼灵子陆小歪好歹也算一堂堂正正之歪邪派掌门，断不会出手相助卢长老的。"

卢振豪和铁镜均知鬼灵子陆小歪刁钻古怪，又知他是名震寰宇的一代大侠布袋和尚姚鹏之高足，听他如此说话，当下俱是一愣。

便听鬼灵子又道："早死晚死，也没多大区别，古人言：长者优先。我看还是让卢长老先行一步的好。"

卢振豪怒道："你——"

鬼灵子嘻嘻一笑，道："卢老长你身为丐帮执法长老，竟是如此怕死么？"

卢振豪面色铁青，只愤然道："算我姓卢的瞎了眼！居然看错人了！"

言语间已取下腰间铁链铜锤，对铁镜道："铁当家的，请！"

铁镜本是原丐帮副帮主，功力自比卢振略高一筹，但欲在五百招之内取卢振豪性命，却也还不能够。

鬼灵子陆小歪却走到赤发仙姑面前，问道："婆婆，五百招一过，铁副盟主若要取我等性命那是易如反掌之事，对么？"

卞三婆道："看不出你小小年纪，竟有这般眼力，倒也算是难得。"

鬼灵子又道："他二人要过五百招，依三婆之见，大约需要多少时辰？"

卞三婆道："最多不过半个时辰。"

鬼灵子装模作样地长叹了一声，方道："也就是说，半个时辰之后，我陆小歪也将与卢长老在阴曹地府见面了。"

卞三婆又嘎嘎怪笑道："你知道就好。"稍顿又道："观你小小年纪，谁人不好招惹，却偏偏要去招惹铁副盟主……唉！"

鬼灵子忽然道："三婆，你今年四十有余了吧？"卞三婆哈哈大笑道："老朽今年已六十有九啦。"鬼灵子大摇其头，连声道："不可能！不可能！"

但凡天下女人，无人不喜别人说她年轻的。

听鬼灵子如此说话，卞三婆自是大喜，当下道："可惜咱们是敌非友，否则……"

鬼灵子连忙道："铁镜与卢振豪此时已过两百招了，咱们作壁上观，言明谁也不得相助，反正我陆小歪离死不远了，如若三婆开恩，晚辈绝不离此十丈开外，便去自掘坟墓如何？"

卞三婆道："那也由不得你，只是纵若你离此十丈，我'赤发仙姑'也终是要跟着你的。"

鬼灵子故作黯然状，到十丈开外并排挖掘了两个巨坑，又乱七八糟地搬了些石头置于坑侧。

卞三婆见他未使任何"花招"，也自笑道："大丈夫视死如归，本属寻常之事，没想你陆小歪小小年纪，竟对'死'之一字如此满不在乎，若非……罢了，咱们再去看看铁副盟主与卢振豪相斗，此时究竟如何了。"

二人复回原地，但见铁镜竟然使出其平生至为得意的绝技"水字八法"笔法，正是《兰亭集序》"永和九年，岁在甲子"之虞世南所摹"书圣"王右军之草书。显是五百招已过，卢振豪左支右绌，险象环生，至多再能支持二十余招，必将丧命于铁镜笔下！

忽闻鬼灵子高呼一声："卢长老！快随我来！"

卢振豪素知鬼灵子花样百出，当下双锤齐出，运足全身功力，使的竟是两败俱伤打法，将铁镜逼出五尺开外，两个起落，已随鬼灵子双双跃进十丈开外的坑内。

铁镜与卞三婆俱是一愣。

却见鬼灵子从坑内伸出头来，笑嘻嘻地道："铁镜，卞三婆，此番你们可上我鬼灵子之当了。"

但闻铁镜暴喝一声："今日我铁镜若不杀你二贼……"

鬼灵子道："凭你区区二人，恐怕还杀不了我们。"

言罢又嘻嘻一笑。

此时连卞三婆也知上了鬼灵子贼当，当下与铁镜双双暴喝一声，急奔鬼灵子与卢振豪隐身之所，没料尚未奔出九丈，但听"砰砰"两声，二人额头之上，已被两颗不知从何处飞来的石块击中。

二人俱是大感不解，暴怒之下，仍是急掠鬼灵子先前露头之所。

但见坑内更无一人踪影，铁镜失声道："这——"

卞三婆道："那小鬼一举一动均在本堂主眼中，却不知他玩的是何古怪。"

数十丈开外遥遥传来鬼灵子的嬉笑声:"若是两个大活人被一头公猪和一头母驴给害死了,那岂不让天下人笑掉了大牙!哈哈!"

卢振豪骇然色变,低声道:"你如此大声说话,岂不将咱们所处方位给暴露了?"

鬼灵子笑道:"虽是时间仓促,但在下所设那'飞沙走石阵',也够他二人折腾盏茶时光了。"

果若鬼灵子所说,铁镜闻声便追,不料堪堪奔出三步,便与一株巨碗粗细的松树撞了个满怀!

也不知此树是何时长出来的,暴怒之下,但见铁镜运笔一刺一绞,生生将那树拦腰折断,劲力煞是了得。

只是那树一轰然倒下,方圆十丈之内一时间竟走石飞沙,一派迷蒙!

大骇之下,铁镜和卞三婆只得各自运出全身功力,一双金钩和一只精钢所铸的判官笔,与那些流星相似的石块沙粒搏斗。只稍微挪动身形,便会莫名其妙地撞上一棵陡然而出的枯木巨树,直气得二人嗷嗷怪叫,却又无可奈何!

如此折腾了盏茶时分,一切便又恢复原状,恰似方才什么事情也没发生一般。

铁镜和卞三婆二人面面相觑,一时均不知如何开口,直过良久方商议停当。如此大丢脸面之事,回盟后是断断不能让人知晓的。

而鬼灵子和卢振豪,人早在数十里开外了,此时纵是号称轻功天下第一的玉蝴蝶金一氓置身铁镜立身之所,也是断断追他们不上的了。

六十六

卢振豪突然哈哈大笑道:"鬼灵子,你究竟玩了什么把戏?"

鬼灵子故意顾左右而言他,道:"冷面菩萨也会大笑,倒是奇事一桩。"

卢振豪道:"遇上如此奇怪之事,只怕真菩萨也会大笑,何况我这假菩萨。"

鬼灵子淡然道:"卢长老先前不是自言你是瞎了眼,看错人了么?"

卢振豪道:"算我'冷面菩萨'口没遮拦,此番给你赔个不是,那总该行了吧。"

鬼灵子道:"要丐帮执法长老为我这小叫花赔罪,那却是愧不敢当。"

稍顿又道:"若凭真实功夫,依卢长老看,究竟是铁镜还是卞三婆强些?"

卢振豪道:"大约卞三婆那老妖妇要略胜半筹。"

鬼灵子道:"既然如此,纵是咱二人以死相拼,大约也讨不了好去。"

卢振豪"嗯"了一声,并未多言。

鬼灵子又道:"故而晚辈略施小计,且先脱身再说,这有个名目,叫作留得青山在不怕没柴烧。"

卢振豪道:"此言固然有理,但你死而复生,又能这般'略施小计',却是……"

鬼灵子道:"晚辈'死而复生',是得高人相救……"

卢振豪失声道:"你所说的那高人究竟是谁?"

鬼灵子肃然道:"当日晚辈为救独孤公子,自戕时刀刃已刺破心尖,只是那救命恩公绝不许晚辈在江湖中泄露其姓名,还请卢长老见谅。"

卢振豪一时竟无言以对:既已刺破心尖,放眼当今天下武林,只怕尚无一人能将鬼灵子从鬼门关拉将回来!

鬼灵子见状道:"至于那匆忙间所施之小计嘛,却是从'赛诸葛'欧阳明那儿学来的。"

卢振豪再度失声道:"数十年不见其踪,欧阳老儿竟还活着?"

鬼灵子笑道:"不但他还活着,连'赌王'吴输赢和'贼王'时穷富也活得好端端的,只是他们不愿让外人知其居所罢了。"

卢振豪大笑数声,道:"原来如此!原来如此!"

鬼灵子道:"实不瞒卢长老说,他三人武艺平平,却各身怀绝技,且我那救命恩公昔年曾有恩于他们，是故他三人之绝技，晚辈数月间倒也学了不少。"

卢振豪大喜道："如此说来，'病诸葛'欧阳钊倒也不敢过分猖獗了！"

鬼灵子尚未开口，卢振豪又道："昔年的'一箭双巧'，所说的'双巧'便是'赛诸葛'欧阳明和'病诸葛'欧阳钊兄弟二人，于机关阵式设置之术，欧阳明比欧阳钊倒要强上一些，你既得欧阳明亲传，咱们便不惧那投身效命于任空行的什么'病诸葛'欧阳钊了。"

稍顿又道："据说那欧阳明自以为了得，并不将天下英雄放在眼里，你却……"

鬼灵子道："那三个老儿脾气俱是有些古怪，可他们却偏偏撞上了我这歪邪掌门鬼灵子陆小歪，那便算是他们寻到克星了，哈哈！"

当下将与赌王、贼王和赛诸葛学艺的诸般细节悉数道出。

卢振豪号称"冷面菩萨"，向来俱是不苟言笑，此番却不时大笑连声，末了还道："自古只有'恶人自有恶人磨'之说，殊不料'邪人也是自有邪人制'，哈哈！"

是夜子时，二人到了豫南桐柏镇。

虽是连续十几个时辰疾奔，但一路上有说有笑，倒也并不觉得疲乏。

卢振豪将鬼灵子径直带至一家客栈，小二出来点头哈腰地寻问二位客官要何酒菜。

但听卢振豪道："酒菜稍候再要不迟，快带了我和这位小兄弟去见绝因师太。"

那小二感然道："客官说的绝因师太，小的并不识得。"

鬼灵子连忙道："便是一年约六旬的佩剑老尼。"

那小二喜道："客官若早这般说，小的便识得了，那面色不善的师太可是还带着一位年约十三四岁的小姑娘？"

卢振豪和鬼灵子齐声道："正是！"

那小二看了看他们，问道："你们可有谁是郎中么？"

鬼灵子奇道："你问这作甚？"

小二道:"那小姑娘双目痴迷,似是患了什么怪病,故而小的有此一问。"

鬼灵子连忙道:"在下祖传八代俱是郎中,正是绝因师太重金将在下请来的。"

那小二道:"原来如此,二位客官请随小的来。"

上了楼,小二指了指右首第五间屋子,道:"她们便是住在那屋里了,小的另有要事,就……"

卢振豪连忙道:"你去与掌柜的说,准备一桌酒席和一道素斋,稍后咱们便下楼食用。对了,还要订两间上房。"

那小二唯唯诺诺地下楼去了。

卢振豪冲鬼灵子使了个眼色,轻声道:"你暂且在屋外隐好身形,不得我呼唤,千万莫擅自闯入。"

鬼灵子道:"却是为何?"

卢振豪道:"卢某自有锦囊妙计。"

言罢径自去敲绝因师太居所之门。

"谁?!"屋内传来一声厉喝。

卢振豪忙道:"丐帮卢振豪有急事求见师太,深夜来访,有扰师太清修,尚乞师太恕罪。"

绝因师太在屋内道:"原来是卢施主,还请稍候。"

少顷,绝因师太拉开门,合十道:"不知卢长老大驾光临,有何要事相告?"

卢振豪尚未开口,忽闻立于床沿的瞿腊娜茫然道:"你又不是陆小歪,深夜到此干吗?"

绝因师太见卢振豪竟微微一笑,心头不由大奇,正欲出言相询,却听'冷面菩萨'卢振豪道:"敢问师太,令徒似乎又——"

绝因师太微叹一声,道:"月前得毒手观音师姐弟两人相救,腊娜倒还好了一些,但……唉!正如当初胡大侠所说,解铃还须系铃人,腊娜的心病,那是……"一时言语哽塞,又长叹了一声。

却听卢振豪一本正经地道:"毒手观音师姐弟俩虽分别是昔日毒圣医圣传人,若论药道医术,卢某那是大愧不如,但令小徒之病,卢某倒有一味良药,大约可将她彻底治愈。"绝因师太大奇道:"请恕贫尼孤陋寡闻,仅知卢长老一双铜锤使得出神入化,却不知……"

卢振豪一笑接口道:"并非师太孤陋寡闻,卢某也不过正巧……哈哈!"

随即提高声音道:"鬼灵子!还不快给我进来!"

瞿腊娜和绝因师太俱是一愣,不约而同地失声道:"你说……"

"什么"二字尚未问出口来,便见鬼灵子笑吟吟地立于门口,双眼直愣愣地看着瞿腊娜,口中却道:"什么锦囊妙计!卢长老竟将我小叫花说成是一味药了,哼!"

屋内三人,竟无一人出声。

鬼灵子又道:"晚辈鬼灵子陆小歪拜见师太。"绝因师太并未还礼,只道:"你……你……"

第三个"你"字尚未出口,忽闻"噼啪"两声,鬼灵子左右面颊,已各吃了瞿腊娜一记耳光。

自出散人谷起,他鬼灵子第一个想见的人便是瞿腊娜,此时陡然相见,本是双目含情,不料尚未与她说上一句话,便挨了两记耳光,心下不由大奇,惑然道:"腊娜!我是鬼灵子陆小歪。"

瞿腊娜一双妙目泪如泉涌,呆呆看着鬼灵子,道:"你是陆小歪?"

鬼灵子道:"莫非你认我不出了么?"

话音甫落,又是"啪啪"两声脆响,鬼灵子之双颊,顿即各印了五道红印,只觉火辣辣的生疼,当下怒道:"腊娜!你疯了么?"

瞿腊娜娇喝道:"我是疯了!你又来找我作甚?你不是已经死了么,怎的又要来……来……这里!"

言语及此,早是泣不成声,干脆一屁股坐在地上,呜呜地哭了起来。

鬼灵子一愣之下,当即走过去扶住瞿腊娜肩头,柔声道:"腊娜,是我不好,我并非不想见你,实在是另有别的……"

瞿腊娜一甩肩头,泣声道:"你……你欺负我!"

鬼灵子心头暗道：甫一见面便吃了你四记耳光，还说我欺负你，这却从何说起！看来我这歪邪掌门，恐怕要让给你做才合适了。

正思忖间，忽闻"嘤咛"一声，瞿腊娜已自地上跃起，一头扑入鬼灵子怀里。

卢振豪朝绝因师太使个眼色，二人当下径自出屋下楼。

六十七

卢振豪自是吃的大鱼大肉，绝因师太则只略用少许素斋，感然不解地看着卢振豪。卢振豪知她心头疑问甚多，当下将鬼灵子自戕之后的诸般际遇悉数道出，末了道："今日若非依仗鬼灵子与赛诸葛所学的那手绝活，别说师太见鬼灵子不到，纵是卢某，也该去阴曹地府报到了。"

绝因师太直听得既骇异又惊喜，待卢振豪语音落尽方道："俗言道得好：大难不死，必有后福。鬼灵子得有如此奇遇，将来之造化，端的难以估量。"

卢振豪笑道："只是鬼灵子从'贼王'时穷富那儿学到了妙手空空之术，只怕对贵派有些不妙。"

绝因师太奇道："怎会因此对本派不妙？陆小歪虽古怪刁钻，但为人却是侠肝义胆，且贵派与丐帮素来交好……"

卢振豪截口笑道："师太请看。"

言罢一指楼道口。

但见鬼灵子搂着瞿腊娜纤纤细腰，正缓缓步下楼来。

卢振豪大笑道："妙手空空，果然了得，竟连峨眉派的……哈哈！"

瞿腊娜娇面一红，连忙将鬼灵子挽在她腰间的手推开。

鬼灵子则大咧咧地道："卢长老，你在这儿大吃大喝，我陆小歪可是饿了一天一夜了。"

卢振豪道："卢某在此吃香喝辣，你却在上边大喝蜜糖，咱们算是扯了个平如何?"

鬼灵子面不改色地道:"好说,好说。"

言语间已到卢振豪桌前,大咧咧地坐下,端起碗便吃喝起来。

瞿腊娜虽属峨眉派,但她本是俗家弟子,倒也不忌荤素,在其师目光示意下,也坐到了鬼灵子对面。此时她已再无痴迷之状,只细嚼慢咽,美目流盼,一刻不停地盯着鬼灵子。

卢振豪道:"师太,我'冷面菩萨'这味药效用如何?"

绝因师太笑而不答。

卢振豪忽然道:"咦?!鬼灵子,你的右耳怎么啦?"

鬼灵子淡然道:"出门时不小心,被挂了一下。"

卢振豪故作奇状道:"那门居然长有牙齿,倒是古怪得紧。"

瞿腊娜一张粉面已与一块红布相似。鬼灵子耳上的齿印,自是她的"杰作"了。

却听鬼灵子道:"果然有些古怪。"

但最觉古怪的,恐怕还要数先前带卢振豪和鬼灵子上楼的那名店小二绝因师太终日面色阴沉,瞿腊娜状似癫疯,仅一个时辰,二人便与常人了无异状!心头不由对鬼灵子这"小郎中"敬佩万分。

酒过三巡,菜过五味,鬼灵子忽然轻轻一拉卢振豪衣袂,悄声道:"卢长老,可有盘缠费么?"

卢振豪倏然色变:丐帮中人,谁会有多余银两带在身上!

鬼灵子淡然一笑,复低声道:"请你们稍候。"

唤过那店小二,笑道:"你们这桐柏镇可有赌坊此时尚开业的么?"

那小二对鬼灵子早佩服得五体投地,当下道:"有有有!距此不过两百尺,便是此镇最大的'金钩赌坊'。客官若有雅性,小的可为带路。"

瞿腊娜忽然立起身来,道:"陆小歪,你又要跑么?"

鬼灵子忙道:"不跑不跑,酒喝多了,我得去找个地方……那个……方便方便。"

瞿腊娜粉面一红,只好坐回原位。

鬼灵子背对着她,冲那店小二使了个眼色,当即二人出门,鬼灵子道:"那位师太和那小姑娘俱是身染沉疴,请了多少郎中也是无济于事,但本少爷手到病除,她们便了许多银两。银两一多嘛,自然手便有些痒了。"

那店小二连连道:"小的理会得。"

到得"金钩赌坊",鬼灵子道:"你在这儿等我,最多不过半盏茶时分,到时本公子给你十两银子如何?"

小二大喜,自是忙不迭地应了。

没料仅过片刻,便见鬼灵子沉着脸走了出来。那店小二心下一凉,只道那十两银子泡汤了。

却听鬼灵子道:"当真是古怪之极了!"

小二道:"陆公子觉得有何古怪?"

见鬼灵子不开口,眉头紧皱,当下又道:"赌场的老板号称本镇赌王,最会联手坑人!哼!"

鬼灵子道:"本公子说的不是这个。"

小二道:"那……"

鬼灵子道:"实不瞒你说,本公子今年虽仅近双八年纪,搓麻将牌嘛,倒也有五六年经历了,却只听人说过有'天合'之局,没料今夜竟给本公子遇上了。"

小二惊"啊"了一声。

鬼灵子又道:"'天合'牌嘛,自然只有东家才可遇上,可你知方才本公子那赌桌上的东家是谁么?"

小二"哼"了一声,才道:"除了那坑害人的赌场老板还会是谁?!"

鬼灵子摇摇头,指着自己的鼻尖道:"是本公子!"

那小二又"啊"了一声。

鬼灵子道:"所以本公子觉得此事实在古怪。"

言罢掏出两锭银子递过去,道:"这是二十两纹银,小二哥为本公子带来好运,便给了你拿去买酒喝。"

二十两纯银,简直可自开一家小铺子了,那小二喜从天降,又恍似置身梦中，竟跪下"咚咚咚"给鬼灵子磕了三个响头。

鬼灵子大觉得意，大咧咧地受了人家磕头，方与小二回至客栈，前后不到半盏茶时光。

复回原位坐下后，那小二自是不经掌柜的许可，便捧出一瓶上等"西风"酒恭恭敬敬地亲自为卢振豪、鬼灵子和瞿腊娜斟上。

待小二离去之后，卢振豪方笑道："多少？"

鬼灵子淡然道："有金有银，没细数过，但若兑换成纯银，当不下千两之数吧。"

瞿腊娜奇道："你们说什么？"

鬼灵子道："方才我去方……方便时，忽然遇着一位坐在莲花宝座上之妇人，但见她浑身上下尽被一层金光笼罩。我正觉骇异，忽闻她道：'陆小歪，你为救独孤樵而不惜以刀自戕，这包东西便给了你。'言罢扔过一包沉甸甸的东西过来，我本想不是自己的东西还是不要的好，正欲还了给她，没料一眨眼间，那莲花宝座和座上的妇人早已不见了，待我打开那包裹一看，顿时傻了眼儿：里面全是金银！"

言罢将一包裹放在桌上，砰然有声，果然是十数片金叶子和数十锭纹银！

瞿腊娜大觉感然，只有"冷面菩萨"卢振豪和绝因师太心头雪亮：昔年"赌王"吴输赢和"贼王"时穷富调教出来之人，又怎能是区区一个"金钩赌坊"老板可与比肩的了！不由心头俱是暗笑。

忽见瞿腊娜面西而跪，口中念念有词，大谢观音菩萨。

直过良久，方才立起身来，对鬼灵子道："陆小歪，正所谓好心必有好报，方才你所遇到的，正是观音菩萨，却不许你再以什么'妇人'称之，你可记住了么？"

她说得如此郑重，以至于将鬼灵子弄了个哭笑不得，只得连声应允。

第二十六回 受制于人

六十八

天下没有不散的宴席。

卢振豪说他另有要事,先行告辞了。

步出客栈门口,绝因师太道:"腊娜,你——"

瞿腊娜连忙道:"徒儿自然跟着师傅。"

绝因师太故意皱眉道:"但鬼灵子死而复生,只怕先得去见其师布袋和尚姚大侠一面,所以嘛……"

她故意收口不言,看看鬼灵子,又看看瞿腊娜。

鬼灵子连忙道:"家师身为丐帮帮主,丐帮弟子遍布大江南北,且卢长老又脚程奇快,此刻家师只怕已知晚辈死而复生之事了。"

绝因师太道:"你是要在这儿等令师么?"

鬼灵子支支吾吾地难以开口,心头却暗道:真的是见了鬼啦,你明知我不愿与腊娜分手,却偏偏有这许多话说。

便听绝因师太又道:"这可就有些难办了,距此不足二百里的一山谷中,住着贫尼一位同道故友,那位师太脾性古怪之极,除贫尼之外,一律不见江湖中人。腊娜你跟着我,便连为师也难见她面了,偏偏为师又正有急事求见于她,这却……"

鬼灵子闻言大喜,连声道:"无妨!无妨!师太你尽管去见那位前辈好了,若有谁敢动瞿姑娘一根毫毛，我鬼灵子陆小歪定会与他拼命的！"

绝因师太道："俗话说得好：不看僧面看佛面，凭你是姚大侠之徒，又有谁敢轻易招惹你鬼灵子了。只是——"

鬼灵子道："'只是'什么？师太但讲无妨。"

绝因师太道："只是若贫尼将小徒交给了你，就怕你会欺负腊娜。"

未等鬼灵子开口，瞿腊娜早娇喝道："他敢！"绝因师太微微一笑，道："鬼灵子你怎么说？"

鬼灵子故作肃然状道："瞿姑娘虽只说两个字，但却无一字是错的。"

绝因师太又微微一笑，当下道："既是如此，为师可得先行一步了。腊娜，你与鬼灵子若见着布袋和尚那老叫花，请代为师问姚大侠好。"

"好"字出口，人已飘出数丈开外。

待绝因师太背影消失，鬼灵子突然哈哈一笑。

瞿腊娜奇道："你笑什么？"

鬼灵子道："出家人不打诳语，令师今日却是破了此戒了。"

瞿腊娜道："你别诬陷好人，家师她老人家可是从不说谎的！"

鬼灵子道："既然从不说谎，为何偏要编出一位子虚乌有而又脾性古怪的前辈师太来？"

瞿腊娜道："你是说——"

鬼灵子嘻嘻笑道："为了使咱二人能单独在一起，令师绝因师太如此做法倒也不失为一高招。"

瞿腊娜娇面微红，"哼"了一声，才道："臭美！"

鬼灵子道："这也不错，我'臭'而你'美'，加起来正是'臭美'二字。"

随即又正色道："只是令师口出诳语之事，咱们是一个字儿也不能泄露出去的，否则若让少林武当那些秃头老道得知，对令师之声誉却大是有碍。"

瞿腊娜道："不说便不说，那又有什么了不起的。"

鬼灵子心头暗笑，当下带了瞿腊娜步出桐伯镇，未行出半里，忽见左侧树林中跃出一男一妇二位老者来。

鬼灵子正自一愣，却发现此二人正是他的老徒儿天山二怪。

只听二怪齐声道："天山二怪拜见师父师母！"

鬼灵子闻言倒没什么，只是把瞿腊娜羞了个满面绯红，"呸"了一声，将头转向一侧，装作并未听到此言。

鬼灵子见状道："二位徒儿听着，为师这便再宣布本门一条门规！"

天山二怪肃穆而立。

便听鬼灵子又道："往后见着为师之师父，你们倒不必大叫三声'师祖'了……"

二怪似突然拾了个大金元宝，一齐大喜道："师父这条门规，当真是再好不过了，徒儿谨记便是！"

鬼灵子指了指腊娜，续道："但往后若遇见了这位峨眉派小师妹，你们若再师母长师母短的叫个不休，为师定将严惩不贷！"

二怪骇然道："但……但咱们该如何叫师……叫她？"

鬼灵子道："你们便叫她瞿姑娘可矣。"

二怪心下虽奇，口上却一齐道："既是师父吩咐下来，徒儿岂敢不遵！"

鬼灵子道："那就好啦。"

随即又奇道："你们怎知会在此地遇上为师和瞿姑娘？"

阳真子抢着道："是这么回事儿……"

将如何见毒手观音和绝因师太师徒俩，又如何大是冤枉地跑陕南凤凰山一趟未得与胡醉相遇，直至安康镇，方见瞿腊娜已被胡醉以药物加内力治愈，末了道："当时我与依玲便欲与师……与瞿姑娘相见，但偏偏令师也在安康，当时师父你尚未将每见令师便要让我和依玲大叫三声'师祖'之门规取消，故而……总算依玲神机妙算，说咱们只要跟定师……跟定瞿姑娘，要见师父那是早晚之事，便一路悄悄尾随于后，直到此间，果然……哈哈！若论聪明机智，天下又有谁堪与依玲比肩的了！反正我牧羊童阳真子是大大的自愧不如！"

梅依玲听阳真子对她赞不绝口，不禁面上大有得色。

殊不料鬼灵子却面色一沉，肃然道："为师到此镇已过三日，你二人为何不前来相见？！"

阳真子道："这……这个嘛……"

梅依玲道："这又有什么这个那个的了，老不死的吞吞吐吐，端的是没有出息之至了。"

稍顿又道："这么回事儿，'冷面菩萨'卢振豪带了师父你一到那家客栈，我们便欲出面相见的，没料师父与师……与瞿姑娘形影不离，好得蜜里调油，恰似当初我方与这老不死最初相见时一般，便不敢扫了师父雅兴，只好到此相候了。"

阳真子连忙道："正是！正是！依玲说的一字不差，只是另有一点，咱们也想给师父和师……和瞿姑娘来个意外之喜。"

二怪陡然现身，对鬼灵子倒的确是意外之喜，对瞿腊娜却恐怕并不见得，梅依玲那"形影不离""蜜里调油"之言，又将她羞得粉面娇红。

鬼灵子道："咱们虽只有三人，却也是江湖上一堂堂歪邪门派……"

二怪截口道："正是！"

其实既"堂堂"又"歪邪"，本是不通之至。

鬼灵子又道："当日你师兄妹投入为师门下之时，却有些……有些……"

只因当日在泰山之巅二怪受鬼灵子指点，在数千江湖群豪面前出尽了风头，此时听鬼灵子如此说话，阳真子连忙道："本派以'歪邪'二字为名，自是与那些自命名门正派之辈大不相同，我和依玲却是自愿拜你为师的。"

见梅依玲也大点其头，鬼灵子方道："既是如此，为师所问之言，二位徒儿自是愿意据实以答的了？"

二怪齐声道："知无不言！"

鬼灵子略作思忖，问道："你师兄妹二人数十年来感情笃深，这是天下皆知的，却不知当初二位徒儿是以什么东西作为定情之物？"

阳真子大笑道："师父是想效法徒儿，在师……在瞿姑娘身上试一试么？哈哈！"

未等瞿腊娜娇叱出声，鬼灵子早肃然道："为师之问，你竟敢不答么？"

阳真子连忙道："咱歪邪门中之人，自与那些凡夫俗子不同，实不瞒师父说，初时咱们并无定情之物，后我偷了依玲一件肚兜，依玲也一报还一报，偷了徒儿的一条……那个……嗯……"

梅依玲老脸居然一红,高声道出二字:"裤衩!"

六十九

阴真子连忙道:"对对对!正是如此,于是咱们便成亲了。而那肚兜和裤衩,便成了咱们的定情之物了。"

二怪行事之邪,端的难以言表,直把个瞿腊娜羞得几欲寻个地洞钻了进去。

鬼灵子却道:"原来如此,我歪邪门之人,行事果然不同凡响,却不知此时二位徒儿是否尚将那定情之物装在身上?"

阳真子道:"徒儿自是将那肚兜视若珍宝,以油布包了随时揣在怀里的,却不知依玲是否也——"

梅依玲"哼"了一声,道:"你以为只有你老不死的才会这么做么?"

阳真子喜道:"不敢!不敢!"

却听鬼灵子道:"我这做掌门师父的嘛,倒不可显得太过无能,否则二位徒儿也会觉得面上无光。这样吧,你们站好了,待为师演一招二位徒儿从未见识过的武功给你们看看。"

当场三人俱觉蹊跷:天山二怪成名于数十年前,可谓见多识广了,鬼灵子年方十二岁,竟能……

三人正愣怔间,忽见鬼灵子疾掠而出,恰与泥鳅相似,眨眼间已自二怪之间窜了个来回,又笑吟吟地立于瞿腊娜身侧。

他身形虽快,却也没啥了得,二怪和瞿腊娜均暗道:这怎算得上是什么"从未见识过"的武功?!

便听鬼灵子肃然道:"在为师面前,二位徒儿也不必怕羞,此时可各自将怀中的定情之物打开了。"

瞿腊娜闻言连忙将头转向一侧。少顷，忽听阳真子"啊"了一声。

瞿腊娜心下大奇，复将头转回来，却见天山二怪正大感不解地看着鬼灵子。

再看二怪，阳真子和梅依玲夫妇二人正各自拎着自己的裤衩肚兜，两张油布撒落在他们脚前。

鬼灵子笑道："方才为师这招武功有个名目，叫作'妙手空空'，二位徒儿从未见识过吧？"

天山二怪方知是鬼灵子将他们各自的定情之物掉了包，当下一齐大笑道："师父神功了得，徒儿佩服之至。"

言毕复将那两桩物事包了相继入怀揣好。

阳真子叹道："数十年前，江湖上有个号称'贼王'的时穷富，据说他的'妙手空空'之术独步天下，但若与师父你相比，只怕也大叹不如了！"

他又怎知鬼灵子这"妙手空空"之术，正是昔日"贼王"时穷富所教的。

鬼灵子也不点破，只道："果然如此么？为师倒想与他比画比画。"

稍顿又道："此番为师另有要事，二位徒儿尽管在江湖中大行侠义歪邪之事，以光大本派门户，顺便打探打探独孤公子下落如何？"

阳真子连忙道："大约独孤公子不会离此地太远，若师父不弃，我和依玲愿……愿距师父和瞿姑娘二里开外相随。"梅依玲也道："老不死此言大有道理，反正相距二里，咱们是什么也看不见听不到的。"

鬼灵子笑道："那也由得你们。"

带了瞿腊娜，当下便举步而行。

天山二怪果然直等到估计他们走出二里之后，方才随后跟上。

瞿腊娜一直闷闷不乐，行出约十里之后，方道："有那两个老邪物跟在后面，当真是别扭得紧。"

鬼灵子笑道："我那两个徒儿行事虽邪，却非大奸大恶之辈，小姑娘倒不必计较他们。并且有他们做保镖，倒也不算是桩坏事。"

瞿腊娜道："哼！谁是小姑娘？！"

鬼灵子连忙道："好好好！自今而后，我便叫你大姑娘可好？"

瞿腊娜娇嗔道："那也难听死了。"

鬼灵子故作感然道："那我该叫你什么？莫非……"

一语未了，忽闻有人道："没有什么'莫非'了，到阴曹地府之后，阎王爷自会替你们安排称谓的。"

二小俱是骇然一惊，却见一面色漠然、年约七旬、身着紫衣的胖大头陀率了点苍派当今掌门'苍山樵'段一凡和二男二女，正堵在前面五丈之外。

鬼灵子失声道："段掌门，此人是——"

段一凡漠然道："这是南宫前辈……"

鬼灵子截口道："原来是复圣盟紫衣堂末堂堂主'冷弥陀'南宫笑南宫前辈，在下鬼灵子陆小歪久仰之至！"

他虽如此说话，面上却毫无久仰之色。

南宫笑漠然道："老朽出道之日，你尚未到此阳世，却用不着什么久仰之言了。只是你小小年纪，怎知老朽是复圣盟紫衣堂堂主？"

鬼灵子笑道："贵盟月前不是曾与家师有约，要在安康镇与丐帮一较雌雄么？"

其实鬼灵子所知复圣盟之事，也是绝因师太和卢振豪在桐柏镇那三日详告于他的，这也正是他不回绝天山二怪在二里后相随之意。

此时天山二怪不知师父危在眉睫，只怕还在慢腾腾地信步而来，鬼灵子自忖道：这"冷弥陀"数十年前便与"千佛手"任空行和"东海独行枭"西门离合称"一毒二掌"，他的"游魂掌"端的不可小觑，其武功当可列入绝顶高手，为今之计，还是先拖延时光，待天山二怪赶到，令他们缠住此獠。

随即又忖道：观"苍山樵"段一凡面色，大有受控于人之状，届时无妨与他单独一叙，兴许尚有全身而退之机。

正思忖间，忽听"冷弥陀"南宫笑道："你二人一为丐帮帮主之徒，一为峨眉派掌门之徒，凭你们师门名头，也许能吓得了别人，可我'冷弥陀'却不吃这一套，先取了你们首级，再要姚鹏和绝因老尼性命，那也并非难事。"

鬼灵子却道："人活一世，草木一春，早死晚死，本无区别。何况在下已经死过一次，对这'死'之一字，倒也并不怎么放在心上。"

随即又道："只是段掌门，为何不替在下引见引见这四位——"

段一凡忙道："南宫前辈请稍候。"

这才转向鬼灵子，道："此四人俱是段某门徒。"

依次指着那四人又道："他名段风，她名段花，她名段雪，他名段月，分别为敝掌门第二、第三、第四、第五弟子。"

鬼灵子故作奇状道："久仰！久仰！却不知他们大师兄因何未至此间？"

段一凡道："敝首徒段阳，此时仍留守大理苍山。"

转向四名弟子，又道："还不快拜见姚大侠高足鬼灵子和峨眉派瞿姑娘！"

段风等人方一拱手，尚未开口，便听南宫笑道："没必要了，将死之人，纵是拜见也是枉然。"

鬼灵子却作揖道："鬼灵子陆小歪和峨眉派瞿腊娜拜见点苍派二位段兄和二位段女侠。"

点苍派二男二女顿即尴尬异常，看看师父，又看看鬼灵子，一时竟不知该如何区分才是。

段一凡也是大觉难堪，只得顾左右而言他，道："陆少侠和瞿姑娘无须多礼。"

但听南宫笑道："陆小歪！你已离死不远，如此装腔作势，却是……"

"为何"二字尚未出口，忽闻有人道："好臭！好臭！谁他妈的竟在这光天化日之下大放狗屁，敢说我师父离死不远了！"

话音落尽，天山二怪已一左一右立于鬼灵子和瞿腊娜身侧。

方自立稳足跟，阳真子便"咦"了声，道："南宫笑！是你？！"

南宫笑也自奇道："天山二怪，谁是你们师父？"

阳真子道："普天之下，除我歪邪门创派掌门鬼灵子陆小歪外，又有谁配做我天山二怪的师父了！"

南宫笑闻言居然怔立当场。

七十

便听鬼灵子道:"二位徒儿,你们可有把握胜过这胖大头陀么?"

阳真子哈哈大笑,反问梅依玲道:"依玲,此人既已欺到咱们掌门师尊头上,你说咱们该当如何?"

梅依玲道:"你南宫笑的'游魂掌'固然不弱,但在三千招内,不是你死,便是我天山二怪丧命当场,你信是不信?"

南宫笑面色阴沉。

阳真子又道:"天下武林中人多如牛毛,你谁不好招惹,却偏要来招惹我天山二怪的师父!说不得,咱们只好以死相拼了。"

鬼灵子闻言大喜,道:"二位徒儿,你们只需缠住南宫老儿千招左右,为师自有办法制服住他,上!"

二怪肃然道:"是!"

"是"字出口,人已双双扑上,早与'冷弥陀'南宫笑打了个难解难分。场中三人俱是运足全身功力,更无一人能开口说话。

却听鬼灵子道:"段掌门人可否与晚辈借一步说话?"

段一凡点点头,与鬼灵子步出十丈开外,鬼灵子方道:"听说月前在安康镇,段掌门人竟助'狼山双鬼',刺了绝因师太左臂一剑,可真有此事么?"

段一凡黯然长叹一声,随即点了点头。

鬼灵子又道:"当日在武帝宫,段掌门人受'太阳叟'东方圣以药物所控乃至迷失心性,据晚辈所知,胡大侠和毒手观音见独孤公子一剑刺死东方圣后,均未曾有暇与你解毒,却不知——"

段一凡道:"是任空行亲自替我送来解药的。"

鬼灵子淡然道:"就因为此,段掌门人便甘愿断送贵派,为复圣盟效命了?"

段一凡摇了摇头。

鬼灵子奇道:"那——"

段一凡沉吟良久，方道出一番话来。

数十年前，点苍派掌门人本是"九天玉龙"段冉独，掌门大弟子号称"旋风剑"，也是姓段，名岳克，段一凡身为第二弟子。

忽一日，"旋风剑"段岳克不知因误食何物，竟尔身染沉疴，久病不起，而且言语不清。段冉独对此掌门大弟子爱逾亲生骨肉，竟自去遍尝诸等药物毒草，终是未果，待"旋风剑"段岳克死去之后，段冉独竟是终日魂不守舍，年余之后，派中一切事务，均由二弟子段一凡照管。

忽一日，掌门师尊段冉独突然失踪，点苍属下弟子悉数下山，半月后仍未寻到其丝毫踪影。

众弟子正自惶然，忽在第十七日上，段冉独竟若无其事地回归本派，并将段一凡召至掌门练功密室内，将本派武功剑法尽数相传。七日之后，尽召本派弟子，当众将掌门之位传给了"苍山樵"段一凡。末了，从怀中掏出一小块铜牌，凛然道："凡我点苍门下弟子，包括新任掌门段一凡在内，往日若有人持同一铜牌到此，无论其人如何，均须一切听其号令！"

当时段一凡奇道："师父，这却……"

未等他将话说完，便听段冉独厉声道："段一凡！你堪堪才任掌门，便敢不听为师的话了么？！"

段一凡连忙道："弟子不敢！"

段冉独又道："为师下山的第三日，到令师兄墓前，方自拔出利剑欲自抹颈项自戕之时，忽然一粒铜钱将为师手中长剑击落，为师当即便被那强劲内力击的不省人事，幸得那人以内力相助，为师方有今日。"

段一凡当即道："当今天下有此功力者，仅……"

没料段独冉又厉声道："便是这枚铜钱，你且休管此人是谁，若某日他持相同一枚铜钱至此，无论他有何求，你段一凡均必须听从其号令，记住了么？！"

段一凡连忙跪下道："一凡谨记师尊之命便是。"

段冉独微微一笑，竟尔坐毙当场，却是自绝经脉而亡了。

言语间大有黯然之色。

鬼灵子见状道："若晚辈所料无差，段掌门人定是将令先师'九天玉龙'与令先师兄'旋风剑'合葬一处了？"

段一凡黯然道："正是。"

随即又道："实不瞒阁下说，敝先师兄段岳克正是敝先师的独生爱子，此事中原武林中人不知，但在我大理，却是人人均知之事。"

鬼灵子道："原来如此。"

稍候又道："是'冷弥陀'南宫笑持了枚与令先师赐予段掌门人一模一样的铜钱到了贵派？"

段一凡点点头，并未多言。

鬼灵子也觉黯然，二人一时俱无言语。

直过良久，段一凡方道："不管先师所言如何，他老人家临终前最末一句终归是这样一句：'你段一凡必须听其号令，记住了么？！'"

鬼灵子奇道："请恕晚辈愚鲁，不知段掌门人此言之意。"

段一凡道："段某有一所求，不知陆少侠愿不愿意？"

鬼灵子肃然道："前辈但有所求，晚辈无有不遵。"

段一凡道："此时南宫笑与天山二怪只怕斗愈千招了，若南宫笑觑空溜出战圈，令敝四小徒斩杀瞿姑娘，那却大为不妙。"

鬼灵子闻言大骇，当下道："晚辈先行告辞！"

话音甫落，人早飞掠至先前立足之地，却见瞿腊娜了无异状，而段风、段花、段雪和段月四人，也是漠然置于战圈之外。

鬼灵子松了口气，再观场中，二怪与南宫笑堪堪打了个平手。那南宫笑以一敌二，兀自未落下风，其功力之深，连鬼灵子也是大为叹服。

又过得三百余招，鬼灵子忽然心头一动，暗道：不好！当下直奔段风面前，失声道："段兄，快随在下来！"

段风不明所以，但见鬼灵子满面惶然之色，当下便随鬼灵子直奔段一凡置身所。

甫一见面，段风不由骇然色变！

一柄剑！

或者只能说是一小段剑柄。

因剑刃已自段一凡左胸直穿而出！

段风飞旋转身，对鬼灵子怒道："你……"

鬼灵子却道："段前辈，你又何须……"

他二人均未将说完，便听段一凡气若游丝地道："段风，你过来。"

段风依言过去，道："师父，是这小杂种害了你老人家么？！"

段一凡微微摇了摇头。段风道："那——"

段一凡强忍一口真气，道："是他救了我点苍派。"

稍顿又道："段风，你师祖临终之前那段话，你现在替为师一字不漏地背了出来！也算是为师求你了。"

段风肃然道了声"是"，方道："先师祖临终之前的那段话是：'便是这枚铜钱，你且休管此人是谁，若某日他持相同一枚铜钱至此，无论他有何求，你段一凡均必须一切听从其号令，记住了么？！'"

段一凡苍白的脸上竟浮现出一丝笑意，道："普天底下均只有一个'苍山樵'段一凡，若这段一凡一死，那枚铜钱便无丝毫效用了。"

段风失声道："师父，你——"

段一凡道："方才为师支开鬼灵子后，便写了封血书在此，你这便率了师妹师弟回我大理，让你大师兄当众拆了宣读。我点苍派好歹也算江湖九大名门正派之一，为师绝不希望本派自此便从江湖中除名。"

段风泣声道："弟子谨遵师父之命行事便是！"

段一凡又道："稍候若有时机，你们便助鬼灵子将那南宫笑杀……杀……"

一语未了，早是气绝身之！

正当此时，忽闻"冷弥陀"南宫笑长笑一声，道："与你二怪拼个同归于尽，我冷弥陀是绝不干的，告辞了！"

话音落时，人已在十数丈开外，鬼灵子自知已追他们不上，当下也高声道："二位徒儿，且让他多活几日也无大碍，便让他去吧。"

话音落尽，天山二怪、段花、段雪、段月和瞿腊娜早联袂而至，见状均是大骇。

却见段风冲鬼灵子作揖道："多谢阁下于本派之恩。"

转向段花等人，又道："恩师不愿为人所制，已然自尽身亡，师妹师弟，咱们便遵恩师遗命回苍山去吧。"

言罢也不与天山二怪告辞，径自抱着段一凡尸首径投西南。

待段风一行离去之后，阳真子方道："师父，这到底是怎么回事？"

鬼灵子沉声道："你们将那南宫笑给放跑了，又是怎么回事？！"

梅依玲连忙道："那南宫笑滑溜得紧，自知敌徒儿们不过，竟在二千七百三十一招上，使出一记怪招，便即逃遁了。"

阳真子也道："徒儿们又闻师父下令非要再追，我和依玲也只好饶了他性命。"

鬼灵子道："段一凡自尽身亡，也和南宫笑差的不多，不说也罢。"

阳真子奇道："师父当真了得，竟连那段一凡也敌你不过！"

鬼灵子淡然道："此事既了，咱们多言也是无聊。依为师看，还是先找到为师那老叫花师父为要。"

天山二怪连声称是。

鬼灵子又道："你们还是跟在为师和瞿姑娘身后二里左右吧。"

天山二怪自然应允了。

一月之后，点苍派由掌门大弟子段阳主事，隆葬了授业恩师，继任了点苍派掌门之职，亲自至峨眉山将事情原委道出，赔礼道歉，也不必多提了。

第二十七回

蒙面人与半真半假

七十一

布袋和尚自陕南安康镇与胡醉等人分手后,直奔长安丐帮川陕分舵总堂,言明自己已身为帮主,不宜再兼巡察长老之职,当下口授手书,着即任命原川陕分舵舵主李仁杰任护帮长老,而将其舵主之位让给蒋昌扬,"冷面菩萨"卢振豪仍为丐帮执法长老,升原江南分舵驼主王栎为巡察长老。

于是丐帮此时局势便为——

帮主:"布袋和尚"姚鹏。

执法长老:"冷面菩萨"卢振豪。

护帮长老:李仁杰。

巡察长老:原江南分舵舵主王栎。

而川陕分舵蒋昌扬和此舵身佩六袋的宋昭魁以及王栎、江南分舵原副舵主柏寒寿及五袋弟子温琨各加一袋,分任正副舵主。

洛阳、胶东、豫皖和晋鲁四舵不变,舵主分别为郑雄烈、于以健、王柏和徐鲁康,各佩七袋,宇文虎、龙刚、冯熙宏和叶维副之,各佩六袋。

俱皆大喜。

尤其是江南分舵,自前舵主周温自戕之后,俱觉心头愧疚,没料姚帮主倒把后任舵主升为巡察长老,俱是大觉面上有光,对这新任帮主,更是平添了数分敬意。

而豫皖分舵舵主王柏本是王栎之弟，此时见其兄长得升高位——除帮主外，丐帮三长老便为职位最高者，有先斩后奏之权——也自喜极无限。

畅饮三日，众人方奔本舵各司其职，而布袋和尚姚鹏自听绝因师太一言言谈之后，心头大有疑窦，当下与新任巡察长老李仁杰道别，径奔鄂中柳家堡。

不一日，已至豫鄂交界之所，忽闻有人道："经年不见，姚大侠功力精进如斯，实令在下惊佩之至。"

布袋和尚闻言一惊，随即笑道："老叫花还道是谁，原来是你。"

正是"东海独行枭"西门离。

西门离笑道："好说。"

布袋和尚道："老叫花有一事不明，敢请阁下指教。"

西门离道："姚大侠有话但讲无妨。"

布袋和尚道："贵盟约本帮在安康镇一较雌雄，因何至期不战而退？"

西门离道："那是任盟主的旨意，大约他并未料到胡大侠、童少侠、毒手观音和绝因师太会不约而同地一齐到了安康。"

布袋和尚笑道："大约并非如此吧，因老叫花有幸在安康与敝帮前任帮主'千杯不醉'胡醉相遇。"

西门离微微一愣，道："既是如此，在下也心存一大疑团，敢问姚大侠……"

布袋和尚截口道："阁下但问无妨，老叫花知无不言。"西门离道："在下与胡大侠曾两度拼斗，若以真实功夫而论，当在伯仲之间，然第二次相斗之时，胡大侠与前一次判若两人，至少内力打了个折扣，这却是什么道理？"

布袋和尚道："很简单，因他与阁下一番剧斗之后，又随其师姐去以内力救了一个人。"

西门离沉吟良久，方道："原来如此。"

随即又道："他至多只恢复了九成功力，与在下之斗，明明是徒自送命，可他因何还要依约前往？"

布袋和尚只淡然道了一个字："侠。"

西门离也淡然道："仅为了一个'侠'字，便不顾自身性命。当真是……若在下所料不差，那'侠'字便意味着公平，不知姚大侠以为然否？"

布袋和尚道："正是。"

西门离道："既是如此，在下此时倒想公公平平地领教一番贵帮秘而不宣的'打狗棒法'，不知——"

布袋和尚道："阁下但有所求，老叫花无有不遵。"

西门离大喜，右手朝左侧乱石岗一挥，道："请！"

布袋和尚也道了个"请"字。

当下二人步入那乱石岗内，相距五尺立住身形。

西门离道："你我辈分相若，大家皆用不着客气了，待在下数完一二三之后，便即同时出手如何？"

布袋和尚笑道："这的确很公平。"

待西门离数至"三"字，二人一齐出手，俱是各运全力，只刹那间，那乱石岗已被夷为平地！

布袋和尚所使的是"降龙十八掌"。

西门离则是使的"天罡旋"。

但闻"砰"然有声，二人正是功力悉敌。

如此五百招方过，西门离突然跃出战圈，道："姚帮主功力了得，倒与胡大侠不分轩轾，但如此打将下去，终是个没完没了，而在下所欲领教的，却是贵派秘而不宣、独步天下的'打狗棒法'，不知姚帮主肯予赐教否？"

布袋和尚道："你我功力相若，以掌对掌，那才公平，若老叫花真的抽出了敝帮帮主信物打狗棒来，那却有失光明。"西门离道："无妨无妨！姚大侠尽管施为便是，纵是我'东海独行枭'丧命当场，那也总比……那也死而瞑目了。"

布袋和尚当下抽出一根三尺余长、绿幽幽的"竹棍"来，道："这便是敝帮的打狗棒了，却并非青竹，而是玄铁所铸。此时在下手中有此利器而阁下双手空空，便请阁下先行出手如何？"

西门离道了声"好"，人忽似一团旋风，直卷布袋和尚。布袋和尚恍若未觉，恰似自行练功一般，一招招将"打狗棒法"使出。

也是到了最末一招"天下无狗"，但闻"砰"然一声，西门离的一条左臂，已软塌塌地垂于身侧。

过得良久，西门离忽然大笑三声，道："贵帮被誉为江湖第一大帮，端的并非浪得虚名。"

布袋和尚道："在下一时收手不及……"

未等他将话说完，西门离早道："你我一正一邪，本就水火不容，此时若要取我性命，对姚大侠自易如反掌！"

布袋和尚淡然道："当夜若要取胡醉性命，对阁下来说不也是易如反掌么？"

西门离正自一愣，却听布袋和尚又道："阁下对胡醉不痛下杀手，今日咱们算是扯平了，因你也当该知道我与胡醉之交情。但老叫花有一事不明，阁下可答也可不答：凭阁下身手，怎会投效于任空行麾下替他效命？"

西门离轻叹一声，只摇了摇头。

布袋和尚见状一拱手道："青山不改，绿水长流，咱们后会有期。"

也不等西门离还礼，径自疾奔而去。

尚未奔出二十里，忽闻二十丈外有人阴恻恻地道："你既不愿露出真面目，我狼山二鬼只好取了你项上之顶，回本盟复命了！"

布袋和尚闻言大惊，高声道："艾虎艾豹有我布袋和尚姚鹏在此，还轮不到你们行凶！"

喝毕疾掠过去，却哪里还有"狼山二鬼"行踪，只有一以黑巾蒙面之人，似傻了呆了一般呆立于原地。

当下二人俱是默然无语。

过得良久，布袋和尚方低声道："玮云，你又何须如此？"

那蒙面人闻言浑身一颤，失声道："师父你……你怎知是我？"

布袋和尚道："你阻止瞿姑娘自尽，又令铁算子夫妇将她送到蜀中交给峨眉派掌门人绝因师太，这正是我侠义道中人当该所为之事，徒儿却为何要遮遮掩掩？"

蒙面人道:"是田三叔告知师父徒儿真实身份的?"

言语间大有愠怒之色。

布袋和尚摇摇头。

蒙面人奇道:"那——"

布袋和尚道:"俗话说得好,知徒莫如师,为师听人说那令人替毒手观音和绝因师太传话,说胡醉在平利镇的那蒙面人观身形似是女子,便已猜到会是你了。此番为师急赶路程,也是为了到柳家堡去查证此事。"

蒙面人无言以对。

布袋和尚怒道:"哼!为师当面,你还要蒙着那劳什子作甚?莫非我姚鹏竟不配做你师父么?"

蒙面人连忙"唰"的一声撕下蒙面黑巾,正是布袋和尚之徒柳玮云,只是她此时做少妇打扮,人已比初拜师时瘦了许多。

布袋和尚柔声道:"玮云,你……"

柳玮云则只道了"师父",便泪如泉涌,泣不成声。

直待柳玮云哭罢,布袋和尚方道:"近两年来,为师终日杂事缠身不断,倒是苦了徒儿了。"

柳玮云道:"徒儿理会得。"

稍顿又道:"徒儿这般作为,也确有难言苦衷……"

布袋和尚截口道:"我那小徒孙,当近二岁了吧?"

柳玮云点头道:"可独孤樵却了无踪影,你叫徒儿如何做人。"

布袋和尚道:"此时为师身为丐帮帮主,敝帮上下数千之众,我就不信无人能找到独孤公子。"

随即又道:"却不知徒儿替我那小徒孙取了个什么名字?"

柳玮云道:"徒儿本欲也让他复姓独孤,但家父家母对他甚是喜爱,非让他姓柳不可,故而师父你老人家那小徒孙,便姓了柳,名念樵。这'念樵'二字,却是徒儿自己替他取的。"

七十二

布袋和尚闻言竟怅然良久,喃喃道:"柳念樵……柳念樵……"

柳玮云奇道:"师父你怎么啦?"

布袋和尚淡然道:"没什么,柳念樵,这名字倒也好听。"

柳玮云道:"徒儿离家找寻念樵之父。本未得家父家母允许,故而以巾蒙面,只田三叔夫妇二人知徒儿真实身份而已。

此时师父你老人家既也知晓,还望勿要泄露出去才好。"

布袋和尚道:"你还要以巾蒙面?"

柳伟云道:"若师父不许徒儿如此,徒儿自不敢……"

没料布袋和尚截口道:"那也由得你,只是为师不善使剑,若遇见绝因师太,徒儿自可以真面目相见,看在老叫花面上,她定会传你剑法的。咱们江湖中人,多会一般技艺,终会少吃些亏。"

柳玮云颔首道:"徒儿蒙面出没江湖将近一年,早知师弟……唉,不知师父你老人家可知他音讯么?"

布袋和尚黯然摇了摇头,道:"但若不出为师所料,你师弟此时大约尚在人世。"

柳玮云大喜道:"果真如此么?"

正当布袋和尚与其徒柳玮云叙话之时,鬼灵子陆小歪和瞿腊娜却在豫境距洛宁镇百里之处与江湖浪子童超和青青二人相遇。

四人俱是大喜。

童超大笑道:"陆小歪,你这歪邪掌门倒也名副其实得紧,竟能死而复活!"

鬼灵子故作肃然状道:"堂常一门创派祖师,若连这丁点儿本事也没有,岂不让天下人笑掉了大牙!"

众人又是大笑。

没料笑声未落,天山二怪已飞掠而来,人尚在三十丈开外,阳真子的高呼之声已然传至："师父！又有哪个不知天高地厚的……"

一语未了，二怪已双双奔至当场，见鬼灵子和江湖浪子正笑吟吟地看着他们，阳真子当下硬生生将后面之言咽了回去，又道："原来是童少侠，你们如此大声说话，我和依玲还道又有谁吃了虎心豹胆，竟敢招惹到我歪邪门上来了呢。"

童超笑道："你们天山二怪两位前辈功力了得，又有谁敢招惹贵门了！"

天山二怪大喜，齐声道："正是！"

阳真子又道："既已无事，我和依玲仍退至二里开外如何？"

鬼灵子连忙道："不必了。"

转向青青嘻嘻一笑，道："司马女侠，我暂借童少侠半个时辰如何？"

青青面色一红，尚未开口，鬼灵子又道："在这半个时辰之内，在下便让瞿姑娘陪你聊聊天儿，当不会使司马女侠寂寞的。"

转向天山二怪，又凛然道："你们退至五十丈开外，眼观六路，耳听八方，绝不许任何人接近为师与童少侠二十丈之内，记住了么？！"

天山二怪齐声道："记住了！"

童超心下虽奇，却也随鬼灵子步出二十丈开外，各寻了一平坦之所坐下之后，鬼灵子方道："并非我鬼灵子故意做得神秘兮兮，实是有要事相告，不得不如此尔，还望你江湖浪子见谅。"

江湖浪子童超道："你我二人之间，又何须来这许多客套。"

鬼灵子道："倒是我这歪邪掌门太也不该了。"

随即面色一肃，当下将自己数月来之诸般际遇悉数道出，末了道："一元大师乃童少侠之记名师父，又是我鬼灵子的救命恩公。他老人家圆寂之前，严令在下出谷后，只可对你一人详言，纵是胡大侠和家师问起，咱们也不可明告，否则我江湖同道，又将惨遭荼毒了。"

江湖浪子童超黯然良久，竟尔落下两行清泪，更不多言。

正所谓"男儿有泪不轻弹，只因未到伤心处！"

良久。

江湖浪子道："敝记名师父一元大师之尊颜，尚请陆兄再详叙一遍如何？"

鬼灵子点点头,又将一元大师之容貌细细描绘了一番。

江湖浪子朝西磕了三个响头,抹去满面泪珠,肃然道:"如此说来,'太阳叟'东方圣称帝武林而找胡大哥做对手,也并非出自本意了?"

鬼灵子道:"其实胡大侠并非东方圣之敌,他这般作为,不过是想探知一元大师是否尚存人世。"

江湖浪子道:"先前咱们还甚觉奇怪,任空行并无多大本事,却能将昔年与他齐名的'东海独行枭'西门离和'冷弥陀'南宫笑等人尽收麾下为其效命,此时便一切皆明白了。"

鬼灵子道:"东方尊之所以尚未公开亮相,怕的便是被一元大师追杀,故而一元大师仙逝之事,咱们是断断不能泄露出去的。"

江湖浪子肃然点点头,道:"俗言道:'真作假时真亦假,假作真来假亦真。'陆兄若遇复圣盟中之人,便言你自戕之后,乃是被一蒙面怪人所救的,而那人观其身形似是妇人,东方尊不敢再为所欲为了。"

鬼灵子笑道:"没想到你江湖浪子童超豪气干云,竟也会……哈哈哈!"

江湖浪子也笑道:"哪管人鬼当道,我自浪荡江湖,这本是我江湖浪子童超一贯之脾性,但对付那些卑鄙无耻之徒,咱们纵是略说上它一两句谎言,倒也并不失大丈夫本色。"

鬼灵子打趣道:"可惜你江湖浪子武功奇高,否则若投入我'歪斜门'定会大放异彩。"

二人哈哈大笑,一起携手回至先前立足之所。

司马青青、瞿腊娜和天山二怪也一起奔将过来,但听牧羊童阳真子道:"师傅,咱们如此郑重其事,可是商谈童超投入本门之事吗?"

鬼灵子道:"休要胡言乱语,童少侠又怎会投入我歪邪门下!"

阳真子连忙道:"徒儿并非胡言乱语,童超年长于你,这与咱们门规并无冲突,何况做我天山二怪的师弟,也不算给他丢脸。"

鬼灵子只觉啼笑皆非,当下道:"你二人仍离咱们二里左右,为师尚有话要与江湖浪子和司马女侠细谈。"

二怪恭声应了,肃立原地。

黯然行出里许后，青青率先沉不住气了，问道："童少侠、陆少侠，方才你们都谈了些什么？"

鬼灵子抢先道："还请司马女侠见谅，你方出道之时，本是毒手观音之徒，脾气倒是有点儿……有点急躁。方才我便是与童少侠求教，他是如何将你改……改变的。"

青青"呸"了一声，道："从你鬼灵子口里，当真吐不出一句好话来。"

言语间满面娇红。童超则哈哈大笑。

瞿腊娜却一本正经地道："陆小歪，你向童少侠求教，却是为了对付谁？"

鬼灵子道："不知道，也许凭我陆小歪这德性，将来总会遇上一位蛮横不讲理的姑娘，便预先学上一手以防万一。"

瞿腊娜"哼"了一声，并不多言。

江湖浪子忽然道："对了，方才咱们只顾谈那……那事在下倒忘了告诉你另一要事。"鬼灵子奇道："是何要事？"

江湖浪子道："你可听说过公孙鹤这名字么？"

鬼灵子摇头道："没有。在下只听家师讲过百年前一代大魔公孙鹤之事，据说其天冥毒掌端的了得，却已被苦苦大师、酒仙翁和……和跛足神僧三人联手除去了。也不知因何缘故。冷风月那小贼竟也学会了那套至为霸道的掌法，家师他老人家还为此险些命丧大漠！"

江湖浪子道："我所说的公孙鹤，便是那公孙鹤嫡传之孙了。"

鬼灵子"啊"了一声。

江湖浪子又道："他到中原已将近一年了，若不出我之所料，其武功之高，当不在昔日'太阳叟'东方圣之下。"

鬼灵子骇然道："他是来为其先祖报仇的？！"

江湖浪子摇了摇头，当下将公孙鹤及"四达"之事悉数道出。

鬼灵子亦喜亦忧。

喜的是：冷风月武功尽废，从此便不能再为恶江湖了。忧的是：一旦公孙鹤等人找到独孤樵后，一人胜了胡醉、童超和毒手观音三人，而此三人俱是心高气傲之辈,一败之下,定然心灰意冷,退隐江湖,届时道消魔长,却是大大的不妙了。

此时他二人均心知复圣盟的"太上盟主"并非公孙鹳,而是百年前少林派方丈"了然"大师之首徒、法号"一空"的东方尊,对公孙鹳虽无敌意,却也不算是朋友。鬼灵子更是心头暗暗忖道:"我陆小歪堂堂歪邪门创派祖师,若能使个什么法儿,让那公孙鹳与东方尊作一生死相拼,那却是妙之极矣!"

正思忖间,却听瞿腊娜道:"童少侠,依我看来,既然胡大侠和你再加家师,也只能与公孙鹳手下'四达'打个平手,咱们干脆去认个输,不与公孙鹳动手也罢。"

童超笑道:"公孙鹳虽非奸恶之辈,但只怕他不会答应。"

瞿腊娜奇道:"他怎会不答应?反正又不是什么生死之约。"

江湖浪子道:"咱们江湖中人,最重'道义'二字,碍于其先祖遗命,公孙鹳自是不会答应的了。"

瞿腊娜道:"那公孙鹳也当真不是好人,竟留下如此古怪的一条遗命,哼!"

鬼灵子道:"瞿腊娜,你少说几句行不行?"瞿腊娜惑然道:"莫非我说错了话不成?"

鬼灵子连忙道:"你所说之言并无错处,但说了也是白说。"

瞿腊娜噘起一张小嘴,果然不复多言。

七十三

过不多时,忽见天山二怪飞奔而至,阳真子手中,更拎着一愁眉苦脸之人,显是浑身要穴已被点过。鬼灵子陡见之下,不由失声道:"是……"

"你"字尚未出口,便听阳真子道:"此人贼头贼脑,一看便不是好人。待徒儿们捉住了他,问他究竟是何方神圣,他竟是支支吾吾,只说是来找鬼灵子陆小歪的。徒儿们听他直呼本派掌门师尊大名,甚怒之下,便将他捉了来,听凭师父发落。"

那人虽口不能言,听阳真子如此说话,也不禁面露惊异之色,陆小歪小小年纪,怎会是这两位年近八旬的老叟老妪之师父?但一想到鬼灵子在散人谷中的诸般作为,心头顿即释然。

此人非他,正是"散人谷"中的"贼王"时穷富。

鬼灵子当下道:"快将他穴道解了!"

阳真子一愣。

梅依玲却运指如风,当下将时穷富所被封之穴悉数解开。阳真子暗道:还是依玲见机得快,此人武艺平平,纵是让他逃出百丈开外,再将他捉了回来也绝非难事。当下不由有些后悔。

那人连忙冲鬼灵子挤眉弄眼,连声道:"说不得!说不得!"

鬼灵子嘻嘻一笑,道:"果然是说不得,但你既来找我陆小歪,定然是有重大之事了?"

时穷富道:"此事是否至关紧要,我倒也不知,但却必须单独与你细谈。"

看了看场中诸人,继续道:"最多不会超过一盏茶时间。"

鬼灵子看了看江湖浪子,见他微微点头,当下道:"请。"

时穷富大喜,也道了个"请"字,方随鬼灵子步出五十丈外,低声道:"是这么回事儿,距咱们'散人谷'二十里开外有个水潭,这你也是知道的。月前我姓时的突然心血来潮,想弄几条鱼吃吃。

"没料到得潭边,早有一头戴斗笠、也不知其年龄几何的人正自悠然垂钓,其身旁的鱼篓之内,已有十数条一般大小的鱼儿了。姓时的心下大喜,还暗道是天助我也,当下便施出妙手空空之计,取走了篓中三条,自信那钓鱼人并未有所知觉。

"殊不料尚未溜出五丈,便似撞上了鬼一般,竟有一巨大吸力将我这'贼王'拖回了那垂钓之人身侧。

"当时我大觉怪异,未等那人开口,早将怀中的三条鱼放回篓中。便听那人头也不抬地道：'区区三尾鱼，送了你时穷富也没什么。只是你这昔日'贼王'若要在我面前耍花招，那却差得远了。

"当下我大奇道：'你怎知我姓名匪号？'那人淡然道：'江湖中事，只怕还无我所不知的。'我大是不信，却又不敢多言，只道：'阁下的钓鱼之术端的了得，只是阁下既不把区区三条鱼儿放在眼里，却又怎的要将在下给……给带了回来？'

"那人从篓中取出六条鱼递给我，道：'今日你在此间陡然与我相遇之事，回谷后纵是对赌王吴输赢和赛诸葛欧阳明也不可提及，这六条鱼，便让你带回去烧碗汤喝，记住了么？'

"我听罢又是一奇：偷你三条不行，你倒白送六条，这却是何道理？正百思不得其解之时，那人从怀中掏出一封书简，又道：'我叫你回来，是要你替我办桩事。'递过那书简来，续道：'你将此书转交给鬼灵子陆小歪，且出谷后你千万不可暴露身份，更不能走漏一丝儿风声，否则我仅凭这鱼竿，便可将你散人谷中的什么鸟三才四象八卦屋捣个稀巴烂！记住了么？现在你可以回谷去了。'"

鬼灵子道："你没问他姓甚名谁？"

时穷富道："我怎敢问，那人虽声音不高，却似有甚魔力，实不瞒你说，当时我一边听他说话，小腿肚子还一边打战呢。"

鬼灵子奇道："怎的从未听说过江湖上竟有这样一号人物？"

随即又道："俗话说江湖最是卧虎藏龙之所，此言当真不假。"

时穷富却松了口气，道："便是这封书简了。"言语间从怀中掏出一封书简递给鬼灵子，续道："幸不辱命。我可不愿再被你那两个老徒儿点上十七八处穴道了，这便回散人谷去也。"

鬼灵子微笑点头。

待时穷富远离之后，鬼灵子方将那书简拆开，一观之下，不由大奇！

书简一共四页，笔迹遒劲刚健。

第一页上只有寥寥数语——

陆小歪：

一元大师既已仙逝，徒自伤悲也是无益，此柬仅你一人可阅，否则江湖将酿起巨大凶波。阅后便毁：

切记！！

第二页右首首行便骇然是：《江湖英雄榜》

一、从不过问江湖中事者。

二、东方尊（原法号"一空"）、梅姑。

三、公孙鹳。

四、姚鹏、胡醉、任空行。

五、童超、西门离、特达、法达、天山二怪。

六、南宫笑、侯玉音、铁镜、伊达、细达。

七、悟明、灭性、绝因、卢振豪、金童、金一氓。

八、震天宏、卞三婆、玉女、辛冰、万人乐。

第三页首行也是《江湖英雄榜》五字，只是在这五字后附加了四个小字：五年之后。

一、从不过问江湖中事者

二、公孙鹳

三、陆小歪

四、姚鹏

五、西门离、特达、法达、天山二怪。

六、金童、铁镜、南宫笑、玉女、伊达、细达。

七、卢振豪、卞三婆、李仁杰。

八、悟明、灭性、绝因、震天宏、万人乐。

第四页仍是《江湖英雄榜》，只不过是注明乃十年之后：

一、独孤樵。

二、公孙鹳、陆小歪。

三、金童、西门离。

四、玉女、悟明。

五、铁镜、卢振豪。

六、特达、法达、南宫笑、灭性。

七、李仁杰、卞三婆、绝因、伊达、细达。

八、万人乐、震天宏、辛冰、温玲玉、王栎、蒋昌扬、郑雄烈。

鬼灵子连阅了三遍，心头既骇异复蹊跷：三份《江湖英雄榜》，前两份名列第一的俱是"逾从不过问江湖中事者"，而书此榜之人，又明知一元大师已然仙逝，莫非便是书者本人么？

首份英雄榜上，东方尊与梅姑齐名，倒也不足为奇。

方才听江湖浪子所言，梅姑乃公孙鹳之祖母，此时尚存人世，已是年逾百岁高龄，其功力之深，自是非同小可。且后面所列顺序，倒也不算荒唐走板。

只是第二份上，言明只过五年，他鬼灵子陆小歪又怎会名列在师父之前？且胡醉、童超、毒手观音和任空行四人俱被除名，这岂不是古怪之极了？

而十年之后，名列武功天下第一的居然是独孤樵，他陆小歪倒与公孙鹳齐名了，这却又……又从何说起？！且布袋和尚内力之深天下均知，怎的十年之后便不再名列"英雄榜"？

是真是假？是假是真？

鬼灵子只觉尽是一派扑朔迷离。当下依言将那书简烧成灰烬。

距众人尚有二十丈之遥，牧羊童阳真子早高声道："师父，那贼模贼样的老头儿是谁，讲话怎的似放屁一般！他说最多不会超过一盏茶时间，却让咱们在这儿空等了半个时辰有余！"

灵子笑道："算你说对了，那人正是昔年号称'贼王'的时穷富。"

众人俱是"啊"了一声。

鬼灵子又道："他听说为师的妙手空空之术了得，大是不信，便寻上门来要与为师比画比画。"

阳真子急道："结果如何？"

鬼灵子道："他没有赢，为师也没有输。"

天山二怪一齐大喜道："能与'贼王'比个平手之局，放眼当今武林天下，仅论妙手空空之术，唯我歪邪派掌门师尊一人而已！哈哈！"

见江湖浪子面带疑窦之色,鬼灵子连忙道:"那人的确是昔日'贼王'时穷富,只是有人托他转告在下一句话:此时独孤公子尚自活着。"

江湖浪子大喜道:"真的么?!托'贼王'传话那人是谁?"

鬼灵子其实也是从最末一份《江湖英雄榜》上得知十年后独孤樵将成为武林第一人而推断出独孤樵并未死的,见江湖浪子如此急切,当下道:"在下细加盘问,时穷富却果然不知那人是谁,言语间绝无作伪之色,故而在下让他走了。这才耽误了许多时光,实在是抱歉之至。"

江湖浪子道:"时穷富可记得令他传话那人之容貌么?"

鬼灵子道:"时穷富说其时那人头上戴了斗笠,正自悠然垂钓,别说容貌,纵是年龄几何,他也未能得知,只是那人武功高得出奇……"

江湖浪子失声道:"莫非是公孙鹤?他们已找到独孤拜弟了?"

鬼灵子道:"那也难说,因时穷富从未见过公孙鹤,自然也未听他说过话。"

江湖浪子微皱眉头,道:"如若是他,却又因何不如约前来与在下等人印证武学?"

梅依玲忽然道:"你们所说的公孙鹤却是何人?又因何要来印证武学?哼!先让我天山二怪与他比画比画如何?"

鬼灵子道:"你们打他不过的。"

阳真子道:"师父此言可是不对,若仅是我单独一人,也许打他不过,但有武功高出我许多的依玲与徒儿联手,当不会输给那叫公孙鹤的。"

鬼灵子笑道:"百年之前的一代大魔头公孙鹤,自创下一路天冥掌法,二位徒儿可曾有所耳闻么?"

天山二怪骇然色变。

七十四

鬼灵子见状道："公孙鹳便是那公孙鹤之嫡亲孙子，此时他武功比其先祖鼎盛时期还要高出许多……"

阳真子连忙截口道："那飞天神龙万人乐行事虽邪，所说的话倒也还有几分道理，以二打一这事，我天山二怪是不干的。何况论辈分咱们比那公孙鹳要高，那就更不能以大欺小了。"

明明是不敢打，却偏要自寻台阶，除瞿腊娜颔首称是外，江湖浪子童超和司马青青及鬼灵子三人，俱是莞尔一笑。

江湖浪子忽然道："如此说来，在下与青青倒该折向西南了。"

鬼灵子奇道："却是为何？"

江湖浪子道："自陕南安康镇分手后，胡大哥和候前辈便到鄂西去了，且公孙鹳及其四名家将也正在鄂西大峪山中找寻独孤拜弟。"

鬼灵子道："反正在下此番北上，也仅是想到长安与那老叫花师父见上一面，并无其他要事，若童少侠不弃，咱们便一起到鄂西走一遭如何？"

江湖浪子喜道："什么弃不弃的，只是令师尚未……"

鬼灵子截口道："若在下所料不差，此时老叫花定然已不在长安了，在下去了也是白搭。况且咱们在途中不会遇不到丐帮中人，便令他们去与老叫花细细禀报在下死而复生之事还更为妥当些。"

鬼灵子既如此说，江湖浪子自然应允了，道："只是如此便劳累你和瞿姑娘了。"

阳真子连忙道："师父，那我和依玲怎么办？"

鬼灵子心道：反正与江湖浪子之间的大事已谈完了，有天山二怪同行，倒也算是两个好帮手。当下道："若你们并无另外要事待办，便随为师一起到鄂西找寻独孤公子也是无妨！"

天山二怪齐声道："最大的要事，便是尽快找到独孤樵了！"

阳真子更道："若非独孤樵一剑杀了'太阳叟'东方圣那不要脸的老贼，

我天山二怪又怎能到中原来，并与师父你一起创下我歪邪门！仅此而论，独孤樵便是咱们恩人，那是一定要找到他的。"

当下一行六人折头西南，径投鄂西。

不一日，六人已越过豫鄂交界处的桐伯山，当夜在鄂北枣阳落脚。一路上鬼灵子挥金如土——便是十数日前在桐柏镇"金钩赌坊"赢来的——直把个天山二怪敬佩得五体投地。

江湖浪子和青青也觉蹊跷，问他何来这许多金银，鬼灵子笑而不答，瞿腊娜则格外虔诚地把鬼灵子遇"观音菩萨"之事讲了出来，末了竟然道："陆小歪，观音菩萨赐你金银，是为了让你再行侠义之事，你这般花钱如流水，观音菩萨一定是不喜欢的。"

鬼灵子笑道："那好，此镇西边五里开外有一寺庙，今夜我便前去烧香拜佛，祈求菩萨恕罪如何？"

瞿腊娜喜道："那就太好了，若尚有多余银两，你无妨再施舍一些，让僧侣们替观音菩萨再塑金身。"

是夜酉时刚过，鬼灵子果然单独离开客栈，只是他并未到那子虚乌有的寺庙，而是进了赌场。

既不似当日在桐柏镇那般急等银两，鬼灵子也不愿太过招摇，不到一个时辰，他已"输"了二百余两纯银，直待囊中仅剩四五十两之后，他的"运气"突然好转，一个"庄"久坐不下，赢回了先前"输"出去的二百余两银子自不必说，反把另外两位"赌友"所带近千两银子掏了个干干净净，这才心满意足地慢慢步出赌场。

不料方步出赌场二十余丈，忽觉背心一麻，人已瘫软于地，随即便被人似小鸡般拎起飞奔出镇。

鬼灵子暗暗叫苦：早知如此，便少赢它二三百两也没什么。往后再进赌场，却得手下留些情了。

随即又暗道：怪哉怪哉！那两个被输光之人，看上去并不会丝毫武功，怎的会有这般身手？！

正思忖间，身体已被轻轻放在地下，背心被封穴道，也同时被解开了。

鬼灵子正自大感不解，立起身来，但见一蒙面人正静静地望着他，目光中更无丝毫恶意。鬼灵子感然道："阁下……"

那蒙面人截口笑道："什么'阁下''阁上'的，你连师姐也认不出来了么？"

鬼灵子闻言一愣，便见蒙面人一把扯下面巾，却不正是他玮云师姐吗？

鬼灵子笑道："我还道这枣阳镇一小小赌场中，竟有如此高手，原来着了自己师姐你的道儿，哈哈！"

柳玮云道："师弟为救独孤哥哥而自戕，师姐当真是……唉！对了，师弟、月前师姐遇见了师父他老人家，咱们均不知你目前究竟怎样了。你是如何死而复生的，可告诉师姐么？"

鬼灵子当即又把他自戕之后的诸般际遇细细道了一遍，仍是略去一元大师及昔年少林派之变不提。

柳玮云默然良久，方道："也不知师弟那救命恩公是谁，否则……唉，算了，咱们不说也罢。"

随即又道："若师父他老人家得知师弟之事，定是欢喜得紧。师姐若再遇上师父，定代师弟转告他老人家。"

鬼灵子连忙道："多谢师姐。"

柳玮云愠怒道："你我同门师姐师弟，又何来这'多谢'二字了！"

鬼灵子忙道："好好好。师弟认错便是。但师弟却实在有些不明白，师姐你为何要以巾蒙面？"

柳玮云黯然道："你那小师侄已近两岁了，可独孤哥哥却……你说师姐还有何面目见人。"

鬼灵子也甚觉黯然，良久才道："若师弟所料不差，那救了腊娜并令田三叔夫妇将她送至峨眉山的，一定是师姐了！"

柳玮云点点头，肃然道："此时江湖中知我这蒙面人真实身份者，唯师父和三叔夫妇与你四人而已，还望师弟万万勿将此事泄露出去，否则师姐唯有一死而已。"

鬼灵子凛然道："师弟理会得。"

稍顿又道:"一月之前,独孤公子曾出现在甘肃崆峒山……"

柳玮云尖声道:"什么?"

鬼灵子又将"冷面菩萨"卢振豪和"五丁开山"焦石子当夜在一座荒山野庙中所说之言复述了一遍,末了道:"此事除崆峒派弟子外,仅师弟我与卢长老得知。崆峒派的镇山之宝《七伤拳谱》,此时仍在独孤公子身上,因而他们也是绝不会将此事扬出去的,这一节师姐倒可放心。"

柳玮云道:"当真是古怪得紧。独孤哥哥莫名其妙地神功尽失。偏能离开丐帮川陕分舵总堂而无一人知觉。重伤初愈,又能自下崆峒山却遍寻不到,看来咱们师姐弟俩这便又得道别了。"

鬼灵子道:"师姐意欲何往?"

柳纬云道:"到甘肃走一遭,再问问崆峒派掌门大弟子曹国沙当日详情。"

当下师姐弟俩依依惜别,柳玮云自去甘肃。

鬼灵子呆立良久,方慢慢步回客栈。

江湖浪子见他又带了这许多银两回来,当即笑道:"什么观音菩萨!你鬼灵子骗得了瞿姑娘,却骗不了我江湖浪子,你又去了赌场不是?"

鬼灵子骇然道:"你……你一直跟着我么?"

江湖浪子见状大奇,道:"怎么啦?!"

鬼灵子道:"那你怎知——"

江湖浪子道:"我只是估计小小一个枣阳镇,还不值得你施展妙手空空,菩萨自也不会赐你这许多银两。而昔日'赌王'调教出来的人,只有到赌场带回这么多银两方是情理中事。"

鬼灵子松了一口气,笑道:"果不愧是江湖浪子,算你猜对了。"

童超也笑道:"带了这许多银两回来,看你如何与瞿姑娘交代。"

鬼灵子略作思忖,道:"这样吧,你和司马姐姐携带五百两,再让我那两个老徒儿带上五百两,令他们绝不能对腊娜说是我给的,在下身上尚有三百余两,腊娜她自不会见疑了。"

童超大笑道:"不愧为歪邪掌门,此招果然高明之至,这口'黑锅'嘛,我江湖浪子替你背了便是。"

一夜无话。

次日六人复奔鄂西,不提。

第二十八回 斗笠

七十五

正午。

日正中午。

金童取出《太阳剑谱》，念经似的一字一句细细读了一段，方道："御妹可记得清楚了么？"

玉女点了点头，伸手入怀，猝然间面色倏变。

金童奇道："御妹，怎么啦？"

玉女早花容失色，已是语不成声："不……不见了！"

金童大感道："什么不见了？"

玉女潸然泪下，良久才道："《东……东方秘诀》！"

金童闻言也是面色立变。

良久。

金童道："也许御妹将它忘在屋里了。"

玉女摇摇头，道："纵是在睡觉之间，我也是将它揣在身上的。"

金童冷哼了一声，折头便走。

玉女连忙道："御兄！"

可金童连头也没回，更没应声。

如此连续数日，金童只与阮灵素言笑晏晏，对玉女却恍若未见一般。

阮灵素自是大觉蹊跷，只玉女心头明白，且又无法解释得清，但见阮姐姐好心终得好报，心里方有一丝安慰。

某日晚间，三人正自用膳，阮灵素实在忍不住了，问道："童哥哥，玉妹，你们有好几日没练功了，究竟是因何——"

金童笑道："为救独孤樵，你玉妹已使出一记高招，咱们用不着再练了。"

阮灵素道："真的么？"

"么"字尚未出口，玉女早将饭碗放于桌上。自回独自居所之中，不多时泪水已将枕头湿透。

其出门时身法快捷美妙，阮灵素不由大为敬佩，衷心叹道："玉妹如此武功，端的令人羡煞。"

金童冷笑不答。

复圣盟大厅，足可容纳数千人之众。

但此时厅内只有十个人，显得甚是空荡。

除内外各三堂堂主之外，尚有高坐面南主位的千佛手任空行。

两位副盟主铁镜和"玉蝴蝶"金一氓分立盟主两侧，"毒蝎子"辛冰则立于义父身后。

只听任空行冷冷道："铁副盟主，本座急欲生擒独孤樵图谋大计，但独孤樵自你手中得而复失，却是？"

铁镜骇然道："当日属下本欲将绝因老尼和布袋和尚姚鹏一举尽歼，方令'愁煞'裴文韶带了独孤樵回盟复命。殊不料……"

任空行冷哼了一声，转向"冷弥陀"又森然道："南宫堂主，'愁煞''苦煞'均是贵堂得力属下，不知南宫堂主有何话说？"

"冷弥陀"南宫笑肃然道："其时本堂主并未身在中原，而是依盟主之命到了西南点苍，至于本堂属下所做所为，大约只铁副盟主一人知道。"言罢干笑数声。

铁镜心头虽怒，却又不敢招惹这位虽只身为本盟末堂堂主的"冷弥陀"，只在心里气怒而已。

但听任空行又道："西门堂主在安康镇时，本可轻而易举地立取了千杯不醉胡醉性命，你却为何饶过了他？"

"东海独行枭"西门离凛然道："我西门离虽非好人，但却不愿甘为小人，只因彼时胡醉为救人而功力大打折扣……"

任空行居然微微一笑道："西门兄的脾气嘛，本盟主也是知道的，既是如此，本盟主也自不会怪罪于你。"

西门离淡然道："多谢盟主开恩。"

话虽如此，面上却绝无"多谢"之意。

任空行也不以为忤，当下道："金副盟主，本盟中人数你脚程最快，本盟主令你在最短时日内，探查到先陛下御前侍立金童玉女二人下落。"

金一氓肃然道："属下谨遵盟主令谕。"

任空行转向铁镜，又道："铁副盟主，本座令你……"

大厅虽仅有十人，此时却是一派肃穆。

当是之时，在此大厅左侧纵深四十余丈深处的一间小石屋里，正有一年逾百岁高龄的老者盘膝运动，但见他头顶之上白雾氤氲，显见其武功已臻化境。

过了小半盏茶时分，其头上氤氲之雾尽除，但他并未转过身来，只厉声道："任空行！本座之言，莫非你已忘记了么？"

却未听到任何回音。

那老者又厉声道："本座知你到此屋已有盏茶时分了！你可知罪么？！"

仍是未闻任何回音。

那老者微奇，转过身来，但见他鹤发童颜，面色略呈惊异之色。

他的对面两丈开外，正悠然坐着一位手持鱼竿、头戴斗笠、也不知年龄几何之人。

那老者失声："原来是你？"

"不是我。"

"终于还是让你给找到了。"

"我什么也没找到。"

"你不是一元？！"

那头戴斗笠之人淡然道："你兄弟二人为逃避一元大师追杀，已隐逸江湖数十年，老朽可没说错吧？"

那老者又失声道："阁下究竟是何人？"

头戴斗笠者又淡然道："老朽究竟何人，你最好还是别知道的好。东方尊，你让令弟出面组建'黄龙令'，为的不过是想引出一元大师……"

那老者骇然道："你怎知——"

头戴斗笠者道："老朽虽非武林中人，但江湖中事，只怕还没有本人不知道的。武林中突然出现了一个叫独孤樵的怪人，只怕贵兄弟两人当初并未料到吧？"

稍顿又道："此时独孤樵并未身在中土，贵盟倒也不必大费周章了。"

东方尊越听越奇，当下冷笑数声，道："既然阁下不愿露出真实面目，在下也不再过问便是，但此时独孤樵武功尽失，此事天下皆知，若我东方尊所言还不算狂妄，纵然阁下便是一元，在下却也不惧于你了。"

那头戴斗笠者依旧淡然道："那我无妨告诉你一桩阁下听了绝对会高兴的事：一元大师已然圆寂了。"

东方尊微微一愣，随即大笑道："好！很好！"

那头戴斗笠、一直未曾露出真面目之人直待东方尊笑毕，方道："但你错了。"

东方尊奇道："我错了？"

"你当然错了。"

东方尊大笑道："此时'千佛手'任空行、'东海独行桌'西门离、'冷弥陀'南宫笑、铁镜、'玉蝴蝶'金一氓、'赤发仙姑'卞三婆、'活李广'震天宏和'病诸葛'欧阳钊等人尽归老夫麾下，且他们各自均有武功不可小觑之门徒，更何况除他们的各自门徒之外，尚有数千江湖黑道群雄效命本盟，纵是老夫不出手，什么武当少林丐帮峨眉昆仑等所谓名门正派，本盟也可将其一网打尽。"

"你又错了。"

东方尊大笑不已，却未多说什么。

没料那头戴斗笠者仍旧淡然道："独孤樵神功尽失，一元大师又仙逝，你便以为武功天下第一之名头非你东方尊莫属了么？"

东方尊傲然道："除老夫之外，更有何人……"

头戴斗笠者淡笑一声，截口道："当今武林天下，能在千招之内取你命者，据老朽所知尚有一人，而在半招之内便可取你性命者，也有一人，所以我说你错了。"

东方尊骇然道："这不可能！"

"可能的。"

东方尊道："我为何要相信你的话？"

"江湖中事，本就难测得紧。正像当初你们并未料到独孤樵竟能一剑杀死东方圣一样。"

东方尊冷笑道："老夫倒想知道那两位能取我性命之人究竟是谁？"

"那能在千招之内取你性命之人，此时还不是你知其姓名的时候……"

"那能在半招之内便可取老夫性命之人，莫非——"

"不错，正是老朽。"

东方尊突然冲天狂笑。

待他笑毕，那头戴斗笠者才淡然道："阁下与'一无'二人联手，尚且非一元大师对手，而你东方兄弟二人为逃避一元大师追杀，所惧的仅是他的一身'大梦神功'。若仅论少林武功，你比一元大师入门更早，自是练的更为纯熟，然有一点，恐怕天下更无人所知，一元大师的'大梦神功'，却正是区区在下传于他的。"

东方尊闻言骇然色变。

便听那头戴斗笠者又道："老朽虽非武林中人，也从不愿过问武林是非，但老朽无妨劝你一句：贵盟之事，老朽绝不干预，阁下身为任空行太上盟主之事，侠道中人也仅仅是猜测而已，他们也不知江湖中有你东方尊这号人物，老朽绝不透露出去也就是了，但你若一意孤行，非要大肆涂毒武林苍生，老朽绝不会让你……哼！"

东方尊冷哼一声，方道出一个"你"字，忽见那头戴斗笠者鱼竿轻挥，但见那绕于鱼竿上端的棉质鱼线，虽细似毫发，却猝然间插入石壁三尺有余，倒似那鱼线恰若精钢所铸一般！

东方尊见状大骇，自忖功力与此人相比差得甚远，方知其所言并非虚妄，当下竟怔立当场。

那老者见状更不复多言，进而飘然出屋。

七十六

只过了一个时辰，方闻屋外有人道："主上，属下有事求见。"

东方尊蓦然一惊，道："任空行，方才厅内有多少人？"立于屋外的正是复圣盟主任空行，听东方尊如此问话，不由心头微奇，道："方才厅内共有十人，俱是本盟武功高强之辈。"

东方尊冷哼一声，道："好个武功高强之辈！你进来吧。"任空行惶然进入屋内，道："请恕晚辈愚鲁，不明前辈所言之意。"

东方尊黯然道："你坐吧。"

任空行战战兢兢地寻了个位子坐下，茫然不解地看着他的太上盟主。

东方尊轻叹了一声，他自不愿将那神功绝世的头戴斗笠者曾到此屋之事告诉千佛手任空行，只厉声道："自今日起，若无本座之命，本盟千万勿要轻举妄动！"

任空行惑然道："主上……"

东方尊淡然挥手道："别多说了，你以盟主之名将本座之令传下便是。"

日月如梭。

转眼之间，三年多光阴已如白驹过隙，匆匆而过。

有句俗话这么说：该来的总归会来。

所奇的是，复圣盟甫一组建，便以其咄咄逼人之威，直欲屠尽江湖白道英雄。可谓山雨欲来风满楼。

殊不料三年多时光,此盟却了无声息。

侠道英雄,自不知其总堂置于何处,而复圣盟中人,也绝不与似千杯不醉胡醉等人交锋。

三年多时光,除似"苦煞"胡涂被"银钩仙子"温玲玉一钩送至黄泉之外,江湖中倒无任何大事发生。

而江湖中人,过的本就枕刀舐血的日子,对"死"之一字,倒也并不怎么放在心上。

唯一的变化是,每个人都年长了三岁。

但无一人在江湖中见到过独孤樵。

是年初春。

洛阳,六朝古都。

牡丹花开得正浓。

一行十三人,虽无言笑宴宴之状,却也兴致盎然,专心赏花。

有江湖中人见了,都不住惊"咦"一声,随即悄然离去。他们不能不感到惊讶:虽说每年到此赏花者,王孙公子大有人在,但能同时请动丐帮前后两任帮主、毒手观音、江湖浪子童超和司马青青等人做"保镖"者,天下更有何人?

莫非那身着黄衫,面呈一派平和之状者,竟是当今圣上微服出访不成?

因为这十三人,正是千杯不醉胡醉、布袋和尚姚鹏、毒手观音候玉音、江湖浪子童超、司马青青、鬼灵子陆小歪、瞿腊娜和公孙鹳及其手下四员家将。

而为首的,显然便是公孙鹳。江湖中人虽大多不识得特达、法达、伊达和细达四位长相怪异之人,但在高手中,也不乏西域人氏。

到得一静避之所,公孙鹳忽然道:"在下邀各位至此,各位可知在下之意么?"

胡醉颔首道:"知道。"

公孙鹳黯然道:"不,你们不会知道的。"

众人俱是一愣，但见一头戴斗笠的老者慢腾腾走过来，替一丛牡丹浇水。

便听公孙鹳又道："在下等人前到中原来时，曾发下两条誓言：若非'四达'敌不过昔日苦苦大师、一元大师和酒仙翁三位前辈的传人，在下置身轿内绝不露面；若在四年内寻敝祖母不到，也必须赶回敝国，四年之后方可再回中土。"

稍顿又道："首条誓言，却被黑力铁姑误打误撞地掀开在下轿帘，本人只好自毁坐轿了；第二条誓言，却因找寻独孤公子，连那梅谷竟在何处也是不知。而今已过四年，倒连独孤公子的影子也未见着，当可算无能之至了。"

江湖浪子道："为寻敝拜弟，倒耽误了阁下正事，我等深觉歉疚。"

公孙鹳道："独孤公子失落，本与在下等人有着莫大干系，童少侠倒也用不着太过客气了。"

布袋和尚姚鹏道："这倒也是怪事，敝帮弟子遍布大江南北，却偏无一人能遇见独孤公子。"

话音甫落，忽闻耳际响起一虽细微却格外清晰之声，显是有人以'传音入密'神功传言过来："因为独孤樵根本就不在中原。"

布袋和尚大感，看看公孙鹳和胡醉等人，却无一人像是方才发话之人，正欲出言相询，忽闻那声音又道："不是他们，你也不必知晓我是何人，但你今夜必须促成胡醉、童超和候玉音三人联手与公孙鹳手下'四达'全力一战，事关往后江湖大计，切记！切记！"

布袋和尚虽大是不解，却也不易觉察地点了点头。

与此同时，公孙鹳也听到了"胡醉"的声音："既是如此，胡醉与童拜弟和敝师姐今夜子丑之交时分，定倾全力领教阁下手下'四达'高招，以使阁下得遂心愿。"

公孙鹳连忙冲胡醉作揖拜道："多谢胡大侠！"

胡醉一时竟被弄了个摸头不着脑，也自作揖还礼，尚未开口，公孙鹳又道："无论今夜结局如何，咱们皆以勿要伤人为要。明日卯时，我等定然回归敝国，四年后咱们再行相见。"

听他出言怪异，胡醉愣立当场。

布袋和尚姚鹏连忙一拉胡醉衣角，道："阁下无须客气，我等今夜落脚城东'王朝客栈'，届时……"

公孙鹳连忙道："届时我公孙鹳一定亲自登门造访。如此美景良辰，咱们倒无须再言及那些俗事了。"

言语间竟大有喜色。

布袋和尚连声称是，竟大谈起牡丹如何花姿典雅、色彩绚丽、幽香馥郁之类的话题来。

除他自己和公孙鹳外，无一不恰似已堕入了十里浓雾中，对他的什么牡丹乃"花中之王"及"牡丹仙子"之言，更未能听进半个字去。

众人边走边谈——其实仅是听姚鹏一人大谈而已——不多时游人已稀，但听公孙鹳道："敝国地处高寒，从未见过牡丹，今日既得大饱眼福又得听姚大侠一番宏论而大饱耳福，当真是感激不尽。"

姚鹏大笑道："大饱眼福倒是有的，只是老叫花信口胡诌，这'大饱耳福'四字嘛，只怕有些……哈哈！"

公孙鹳也自笑道："姚大侠说哪里话。哈哈！今夜子时，在下一定亲自登门造访，此时时日已晚，咱们就此告辞如何？"

当下众人拱手别过，待公孙鹳及"四达"走远之后，胡醉和童超及鬼灵子早是忍耐不住，几乎同声道："老叫花，今日你玩的是何古怪。"

布袋和尚肃然道："别说你们满腹蹊跷，纵是我老叫花，也觉此事委实古怪。"

胡醉急道："究竟……"

一语未了，忽闻布袋和尚低声道："跟我来！"

话音落时，人早急掠而出。

到得先前布袋和尚及公孙鹳出言古怪之所，那头戴斗笠的浇花人早已不见踪影。

布袋和尚愣得一愣，方将他受人指点之言细细道出，未了道："公孙鹳忽然大谢你胡醉，定然也是那人代你与他约好了时间。若老叫花所料不差，定是那头戴斗笠之人无疑了。"

江湖浪子童超道:"此人藏头露尾,只怕——"

布袋和尚道:"这童少侠倒可放心,我观那公孙鹳绝非食言而肥之辈。请恕老叫花直言,你们三人联手抵敌'四达',大约是个平手之局,公孙鹳是断然不会出手相助的。届时有他在侧,纵是任空行的太上盟主亲至,大约也难讨了好去。何况我老叫花也不是吃素的,更兼有司马姑娘和敝小徒及瞿姑娘替你们护法,饶是任空行吃了熊心豹胆,大约也不敢轻举妄动。"

胡醉、童超和毒手观音闻言俱微微点点头。

忽见一小叫花直奔过来,问道:"你们谁是胡醉?"

胡醉眉头微皱,道:"阁下是谁?"

那小叫花喜道:"这么说你便是胡醉了,那人倒也没骗我,他给了我一两银子,让小的赶快到此间将一张便条交给你,晚了可就来不及了。"

言罢果然递过一张便条。

胡醉并不立即打开便条,只道:"那人是何模样,你可看清了么?"

小叫花道:"那人头戴斗笠,将便条和银子交给小的,并嘱尽快到此间交给你外,便似鬼魂一般倏忽不见了,其容貌小的倒是一丁点儿也未得见。"

胡醉淡然道:"你可以去了。"

待小叫花喜滋滋地哼着小曲儿离去之后,胡醉方打开那张便条。

便条上并无抬头落款,只是笔迹刚健遒劲。

姚鹏不愧为丐帮帮主,其所料丝毫不差。今夜你三人尽管全力施为可矣!兹事体大,切记!!

胡醉阅罢沉吟良久,方道:"自'太阳叟'东方圣死后,江湖中竟还有武功如此高绝之人,端的是太不可思议了。"

随后姚鹏、童眼、毒手观音师徒一一将那便条阅罢,俱是骇然无声。

直到便条传至鬼灵子手中,微观之下,不由惊"咦"出声。

瞿腊娜连忙道:"陆小歪,你怎么啦?"

她之所问,正是众人心头所欲得知的,故而一齐看着鬼灵子。

鬼灵子则心头大震:这笔迹他太熟悉了,简直与昔日"贼王"时穷富所传、且严令只有他陆小歪一人可阅的那封书简之笔迹别无二致！

过得良久，鬼灵子才恍若大梦初醒，淡然道："没什么，只是我自戕之后，似乎在朦朦胧胧间见过此笔迹而已。"

布袋和尚厉声道："鬼灵子！在为师面前你也竟敢撒谎么？！"

鬼灵子连忙肃然道："启禀师父，徒儿并未撒谎。"

瞿腊娜也道："姚大侠，陆小歪大约没有撒谎，因为我也曾在朦朦胧胧之间见到过……见到过陆小歪被人救了，事后果然……果然见他还活着。"

瞿腊娜一派天真烂漫，她既如此说话，众人一时倒不便再说什么。

却听鬼灵子道："咱们身为侠道中人，倒不可……算了，不说也罢。"

布袋和尚怒道："有话就说完，别吞吞吐吐的行不行？！"鬼灵子嘻嘻一笑，道："师父有令，弟子岂敢不遵，但那公孙鹳等人并非卑鄙无耻之徒，故徒儿方有'不说也罢'之言。否则嘛，只要徒儿略施手段，今夜纵是公孙鹳亲自出手，咱们也是赢了。"

布袋和尚笑道："幸好你还记得咱们身为侠道中人。"

鬼灵子连忙道："徒儿虽脾性有些……有些与众不同。"瞿腊娜截口道："什么'与众不同'！简直是刁钻古怪。"

鬼灵子道："就算是刁钻古怪，但'侠'之一字，我鬼灵子陆小歪倒也是时刻也不敢相忘的。"

布袋和尚笑道："如此就好，你倒是说出给咱们听听，怎的只需你略施手段，咱们便可赢定了？"

鬼灵子肃然道："徒儿虽死过一回，却也不是白死的。昔日的'贼王''赌王'和'赛诸葛'均非浪得虚名之辈。依我看来，公孙鹳手下'四达'各使锤、铲、剑、刀，特达的铁链双锤和细达、伊达的白剑黑刀，均无什么异状，只法达那方便铲有些古怪，大约是用来专门对付侯前辈的，否则他也不必将它随时像擎着把雨伞似的。"

众人闻言俱是暗暗点头，布袋和尚笑道："说下去。"

鬼灵子道："如若徒儿使出'贼王'所传妙手空空之术，别说区区一柄方便铲，纵是将那四般兵刃一股脑儿取了来，倒也并非难事。"

江湖浪子哈哈大笑道:"如此伎俩,大约只有你鬼灵子陆小歪才想得出来。"

鬼灵子一本正经地道:"好说,但想得出来和能否做得出来,那却是两回事儿,这童少侠可需记住了。"

童超笑道:"我江湖浪子谨记陆少侠教诲便是。但有一点,纵是你将'四达'各自的称手兵刃全取了去,如若公孙鹤亲自出手,阁下又有何取胜之道?"

鬼灵子也笑道:"'少侠'二字,在下愧不敢当,至于教诲你江湖浪子,更是在下连做梦也不敢梦见之事。但咱们今夜不是要在城东'王朝客栈'打尖么?若我鬼灵子没记错的话,距城东十七八里之处,有一片乱葬岗,在下只需独自先行一步,到那儿略微布置一番,届时各位只要听在下号令,跃出战圈,饶是公孙鹤及'四达'武功盖世也只得尽全力与走石飞沙和残肢枯骨搏斗,无论是以快打快还是以慢打慢,均终将脱力而亡。"

言罢尚未喀笑出声,早听布袋和尚姚鹏暴喝道:"鬼灵子!你若真敢这般作为,为师此刻便一掌将你立毙掌下!"

鬼灵子骇然道:"徒儿断断不敢!只不过与童少侠说说笑话而已。"

江湖浪子也连忙道:"姚大侠休要动怒,今夜之事,咱们各尽全力也就是了。至于鬼灵子与'赛诸葛'欧阳明前辈所学的机关设阵之术,他日当可与此时已投身复圣盟效命的'病诸葛'一较短长,倒也并非毫无用处。"

布袋和尚面色稍缓,又对鬼灵子道:"往后少进赌场坑人,记住为师之言了么?"

鬼灵子连忙道:"师父你老人家的金玉良言,徒儿字字铭刻于心!"

他虽说得斩钉截铁,但除瞿腊娜外,场内诸人无有不知。布袋和尚虽为名满天下的一代大侠,更是江湖公认第一大帮帮主,却对这年仅十四五岁的徒儿无可奈何,心头皆忍不住暗笑不已。

七十七

子夜时分。

公孙鹳如约而至，各人均有一番客套，不在话下。

到得日间鬼灵子所言那乱葬岗，早有'四达'恭身相迎。自也无须多言，匆匆交代了几句场面话后，公孙鹳、姚鹏、鬼灵子、青青和瞿腊娜五人，已退至十丈开外。

但听特达道："咱们以四打三，这本有失光明磊落，然我等所练'天冥阵法'，却非需四人不可。并非我们对胡大侠、童少侠和候女侠不敬，还请你们先行出招如何？"

胡醉看了童超和毒手观音，见他二人皆微微点头，当下道："特达兄既如此说话，在下等三人有谮了！"

"了"字出口，已与江湖浪子同时猱身跃上。

毒手观音则仍立在原地，双掌连扬，自是使出她那独步天下的毒功了。

一时之间，便闻细微的"噼啪"声，清脆的"叮当"声不断，不时更有轰然巨响发出，除公孙鹳面上依旧是一派祥和之状外，连布袋和尚姚鹏如此高手，也不禁悚然色变。果如鬼灵子日间所言，法达那把随时像雨伞般高擎着的方便铲，端的有些古怪，无论毒手观音所发任何有形无形毒物，均会"失了准头"，直奔那铲而去！

虽鬼灵子未使任何花招，但此时这乱葬岗方圆八九丈内的旧墓新坟，皆被胡醉等人的强劲内力夷为平地。一时残肢枯骨横飞，其熏天臭味端的难以言表。

公孙鹳等观战的五人，均不由自主地连退了三丈有余。他们自是不知，此时距他们未及十丈远的地方，正有一蒙面人右手扣着五粒淬过剧毒的暗器，紧紧盯着他们，双目中露出一丝阴毒的狞笑。

待场中胡醉与特达又硬对了一掌，发出轰然一声巨响之后，那蒙面人右手轻轻一挥，五粒剧毒暗器竟若有线垂着一般，慢慢"飘"向公孙鹳和姚鹏等五人背心死穴！

绝无破空之声，连公孙鹳如此高手，也未料到丧命仅在顷刻之间！

那蒙面人双目之中的狞笑之意愈加浓了，只要那暗器"飘"至五人身后半尺左右，自然会陡然间快逾奔雷的！

但是他错了。

错得既厉害又莫名其妙。

因为那五粒剧毒暗器"飘"离公孙鹳等人背心堪堪只有一尺之时，竟然又鬼使神差慢腾腾地飘回到了他自己的身边！

蒙面人既骇异复惊诧：莫非早年那头戴斗笠者所说能在千招之内取我性命之人，便是这公孙鹳么？难道是任空行等人搞错了不成？！

但他马上就明白任空行等人并没有搞错，因为耳际传来了一个三年多来他一想起便即心惊肉跳的声音："东方尊，老朽苦口婆心对你所讲的一番言语，莫非只有三年多的效用么？"

那蒙面人既被人揭破身份，心头之骇异端的非同小可，一时竟作声不得。

但闻那声音又道："若要取你性命，对老朽来说，方才你自己的那五粒剧毒暗器便足够了。老朽早已言明自己并非武林中人，绝不愿管你们白道黑道之间的恩恩怨怨。现在你便似初来此间之时一般，悄然离开，径奔正南，半个时辰之后，老朽自会来与你相会。"

东方尊闻言岂敢不遵，当下悄然隐退，居然连公孙鹳也未察觉，其武功之高，端的匪夷所思。

再说场中酣斗诸人，除法达的方便铲专为化解毒手观音毒物外，胡醉、童超联于抵敌其余"三达"，五人俱是武艺高强之辈，当下以硬打硬，更无一丝取巧之隙。

鬼灵子忽然道："师父！这'天冥阵法'，除法达之外，其余三人之招式相辅相成，倒颇有些似我中原的'三才阵'。"

布袋和尚并不直接回答鬼灵子之言，只对公孙鹳道："令先祖与阁下均为一代武学奇人，老叫花端的敬佩之至。"

公孙鹤道："姚大侠谬赞了，其实……"

余言尚未出口，忽闻毒手观音冷哼一声，右臂急挥，一条长不盈尺、细若小指的金色"缎带"，早疾射细达背心！

法达不惊不乱，方便铲一挥，已截住那金色"缎带"去路。没料他那百发百中的方便铲此番竟未"吸"住那"缎"带。

但见那"缎带"就在堪堪与方便铲相接的刹那间，竟尔空中一个急转，直奔正与童超力战的伊达！百忙中只听法达高喝一声："老四小心！"

铲随声出，一铲扫向童超腰胁。

童超正以一敌二，见轻功了得的伊达被法达一语惊退之后，正欲向细达痛下杀手，已使出八成功力，待见法达的方便铲扫来，招式已然使老，当下只得硬生生使出一技铁板桥功夫，将身子往后一折。

饶是他反应奇速，仍被扫中左腿，划出一条长约三寸的血槽来！

但闻"砰砰"两声，伊达和江湖浪子一前一后相继昏倒在地。

伊达的颈项间，骇然盘旋着一条金色小蛇，又哪里是什么"缎带"了！

而法达的方便铲上，早沾上了毒手观音不知多少毒物，虽伤得不重，却又怎能吃得消！但闻公孙鹤轻喝一声："住手。"

当下特达、法达和细达依言而退，胡醉自己跃出战圈罢斗。

毒手观音也不知用何手段，只一招手，那条小金蛇居然又疾射回来，径自钻入她腰间的皮囊之间，随后掏出两小包药粉抛给公孙鹤，淡然道："黑的外敷，黄的内服，半个时辰之内便可无碍了。"

公孙鹤只道了"多谢"二字，便急忙去为伊达疗伤。

而毒手观音也是一般，微一探查，便知童超所中何毒，当下助他解了毒性。青青又撕下半幅衣袂，为江湖浪子包扎停当。

未及盏茶时光，童超便即醒来，第一句话便是："厉害！厉害！"

也不知他说的究竟是"四达"厉害，还是毒手观音的毒功厉害。

见青青满目关切地望着他，童超又笑道："别担心，我是一点儿事情也没了。"

随即又"咦"了一声，道："这位伊达兄怎么了？"

公孙鹳道："苦苦大师之传人，果然了得。"

布袋和尚忽然插言道："此番伊达兄为苦苦大师传人毒功所伤，而童少侠也伤于法达兄铲下，依我看来，纵是待伊达兄醒来之后，双方再战千招，也仅是多毁几尊新坟旧墓罢了。咱们便算扯了个平，四年后再印证武学如何？"

公孙鹳道："在下也正有此意，不知——"

胡醉、童超和毒手观音齐声道："如此甚好。"

公孙鹳淡然道："既是如此，在下等人也不用再回洛阳了。青山不改，绿水长流，咱们四年后再行相见。告辞了！"众人当下拱手别过，公孙鹳令特达抱起伊达，五人自回本国，胡醉一行则返回洛阳"王朝客栈"。一路之上，众人俱是对方才剧斗之事闭口不提，偏罣腊娜不谙世事，总向陆小歪问这问那，直到被鬼灵子呛了几句之后，方撅起小口不复多言，只道了一句"你陆小歪有何了不起"而已。暂且按下不提。

东方尊心头一直忐忑不安，朝正南奔出约四十里开外，忽闻先前那声音又道："很好，现在你可以停下歇歇脚了。"

声音竟是从前方传来！

东方尊骇然止步，却见那头戴斗笠者已立于五丈开外，正饶有兴味地把玩着手中的鱼竿。

东方尊色厉内荏地道："你究竟是谁？为何总阴魂不散地跟着我？"

那人淡然道："我谁也不是。"

稍顿又道："你的算盘倒是打得挺精，若那观战五人一死，公孙鹳属下'四达'自也会自戕随主，而要取其余三人性命，对你倒绝非难事，对么？"

东方尊道："既是如此，阁下再将我东方尊杀了灭口，整个武林天下，岂不就是阁下一人的了么？"

"但老朽并非武林中人，又怎么有称尊武林之心。"

"那你总盯着我作甚？"

"只不愿多见流血而已。"

"阁下昔年所言能在千招之内取我性命者，便是那公孙鹳么？"

"不，阁下能在第十四招上胜了他。"

"那——"

"彼人名姓，此时仍不是阁下所能知晓之时。"

东方尊长叹一声，黯然道："既生瑜，何生亮？"

那人依旧淡然道："阁下并非周瑜，在下也不是诸葛孔明……"

沉吟良久，又道："若无他事，你现在便已经可以走了。只是老朽还是要再奉劝阁下那句话：多行不义必自毙，姑且待之！"

待东方尊惑然离去之后，那头戴斗笠之人竟大笑数声，流下两行浊泪；只不过没人能够瞧见罢了。

第二十九回

天将降大任

七十八

这本是个小小的渔村，平静而安详。村里仅十几户人家，共七八十号人。

独孤樵到此村的第二年，其拜兄柴方添了一子，取名柴规；次年晚些时候，柴圆家也添一子，取名柴矩。

独孤樵虽不姓柴，但在此小渔村所待时日非短，倒也略通人情世故，见其两位拜兄和两位小侄分别以方圆规矩为名，虽口上不说，心头却也不时暗笑。

而此柴家倒也真不愧方圆规矩四字，其乐善好施之名，方圆数十里之内却是无人不知的。

眼看三弟已由一懵懂少年变为一英姿勃发的青年，早是该当婚配了。二位拜兄自不必说，纵是独孤樵之妯娌两人，也是终日盘算着如何为这淳朴得近似愚鲁的三弟找寻一位门当户对的好姑娘。

"门当户对"四字的意思是：独孤樵到此渔村虽只三年时光，但其捕鱼钓鱼之术早超过了两位拜兄，三年下来，柴家已新修了两间大瓦房。

这一日凌晨，柴方对独孤樵道："三弟，今日大哥我和你二哥均有要事缠身，你将此担鱼干挑到海晏镇卖了，大约可换得一二十两银子，愚兄再给你五十两，你将它全部买成绸缎布匹回来……"

独孤樵奇道:"咱家又不缺衣衫布料,却买这么多东西做甚?"

柴方之妻笑道:"你大哥之言不错,更有一点,那绸缎必须买成红色的。"

独孤樵虽满腹蹊跷,但听大哥大嫂俱是一般说话,当下只得应允,挑了那担百十余斤的鱼径到海宴镇去了。

过不多时,柴方柴圆兄弟两人各抱了一只大红公鸡,也自到了村头东边的焉家。

焉家当家主事的名德华,甫见柴家兄弟二人各抱公鸡,联袂而至,早明个中原委,当下哈哈大笑道:"今日也不知刮的什么好风,竟将柴家老大老二给一起刮到寒舍了!"

柴方笑道:"焉当家的,咱们明人不说暗话,今日我兄弟二人到府上,却是有事相求。"

焉德华笑道:"你们却各抱一只公鸡做甚?纵是天大的事,只要你柴老大开口一声,我姓焉的无不遵从就是了。"柴圆急道:"焉当家的,你也别再与我兄弟二人佯装作态了,本村规矩,谅你也不会不知,咱们今日登门拜访,却是为我那三弟求亲来了。"

焉德华道:"我还道你兄弟二人各抱一只公鸡作甚。哈哈!原来是为了此事,实不瞒二位所说,若小女得知此事,只怕会乐得连我这做爷的也忘记了。只是……"

柴圆高声道:"只是什么?何不爽爽快快地说了出来。"焉德华道:"本村虽然不大,但似小女这般待字闺中的女孩儿家却是不少,若让她们得知小女已许配给了独孤樵,只怕会对小女恨之入骨呢。哈哈!"

柴方大喜道:"如此说来,你这当家的是愿意将青菱姑娘许配给我三弟了?!"

言罢大笑数声。

却听柴圆高声道:"本村待字闺中的女孩家虽然不少,但又有谁比得上你家青菱姑娘了,这倒请焉当家的放心。"

焉德华笑而不语。

柴圆又道："何况本村能配得上敝三弟独孤樵的，除了你焉家青菱姑娘外又更有何人了！哈哈！"

焉德华道："既然你们如此看得起我家青菱姑娘，我这做当家人的便替小女应允就是了。"

稍顿双道："只是令三弟他……"

柴方连忙道："实不瞒焉兄所说，今凌晨，敝三弟已到海宴镇购置绸缎布匹等一应迎娶物事去了。"

焉德华笑道："原来如此！原来如此！你柴氏兄弟早料定我姓焉的必会答应将小女嫁与独孤樵了，是也不是？"

柴方微觉尴尬。

柴圆却高声道："正是！正是！"

待柴氏兄弟离去之后，焉德华自忖道：我焉家虽不如他柴家家底殷实，却也不似孙二狗那般穷得叮当。此番独孤樵到海晏购置绸缎布匹，定全是上等货色。虽说我焉家是嫁非娶，但独孤樵既为人淳朴厚道，捕鱼钓鱼之术更是千里挑一，青菱得夫如此，我这做老岳丈的也该心满意足了。倒不可显得太过小气，如此天大喜讯，晚间再告知青菱她母女俩也不为迟。不如此时我便到湖里走一遭，若能钓两条大红尾鲤，到时也好来个锦上添花。

思忖既定，取了两根鱼竿便即出门。

方至村头，便遇上了孙二狗。

孙二狗笑嘻嘻地道："恭喜焉老大！得了独孤樵这般一个好女婿，我二狗子可是要去讨碗喜酒喝的了。"

焉德华心头正乐，虽平时对这孙二狗并无丝毫好感，当下也自笑道："本村嫁女娶妻，又有哪一次没你二狗子喜酒喝了，哈哈！"

言罢径自离去。

孙二狗却自言自语道："本村无论闺女寡妇，倒只有青菱姑娘一人配得上独孤樵，只是那些寡妇们，竟无一人愿嫁于我姓孙的，这倒是怪事一桩。"

其实此言大谬，孙二狗虽出身青海湖畔，却是生来惧水，从未入湖过一次。今年他已四十有三，除游手好闲外，便是装疯卖傻，若是有人嫁他，那才真乃怪事。

全村除柴氏兄弟外，更无一人看得起他孙二狗，只是独孤樵到本村后，几乎随时周济于他，所以他对独孤樵奉若神明。方才自柴圆口中得知独孤樵将娶青菱姑娘为妻，除一丝儿莫名其妙升起的惆怅之外，心头更多的却是大乐，暗道我孙二狗虽无贺礼，但一顿喜酒却是跑不掉的，兴许独孤樵大喜之下，赏我个三五两银子也未可知。

焉德华离去之后，孙二狗越想越是乐不可支，竟在地上一连打了三四个滚，边滚还边哼着一曲不堪入耳的下流小调。

正得意间，忽见眼前两三寸处有两双鞋。

一双是沾满尘沙的布履。

另一双也沾了些尘沙，却是娇小红鞋。

孙二狗一愣，连忙爬起来，陡然一见，不禁失声道："独孤樵！"

独孤樵面无表情。

却听一女子叱喝道："你说什么？！"

孙二狗闻声只觉心头发冷，连退出四五步之后，方敢战战兢兢地抬头看那出声女子。

但见那红鞋女子一袭红衫，此时正立于独孤樵身侧，粉面含霜，目光中透出一种冷冷杀气。

孙二狗忽觉一股寒气正从立足之处升起，穿透五脏六腑直至头顶，当下骇然立于当地，更不敢喘口大气儿。

那红衣女子又冷冷道："方才你说什么？"

装疯卖傻，本是孙二狗的拿手好戏，见独孤樵面色漠然地一言不发，显是不会对那红衣女子加以约束。心念电转，竟尔嘻嘻一笑，双手一拱，作揖道："独孤公子，青菱姑娘，原来你们……嘻嘻，这碗喜酒我孙二狗可是喝定了。"

独孤樵和那红衣女子闻言一愣，又闻孙二狗道："不叫大狗，也不叫小狗，爹娘为我取名二狗，那便注定了我是这湖东村最有福之人。"

言罢又是嘻嘻地笑。

红衣女子冷哼一声，尚未开口，却被独孤樵一拉衣角，道："二狗哥，此事个中原委曲折，能否先让我二人到你府上一叙？"

他这一开口，倒把个孙二狗弄得呆了一呆：他明知那红衣女子绝非焉青菱，方故意装疯卖傻，但独孤樵一开口，却不正是柴方柴圆的拜弟独孤樵又是谁？！

便听独孤樵又道："若是二狗哥觉得不便……"

孙二狗连忙道："哪里，哪里，我孙二狗若不得令兄弟三人时常周济，这些年只怕早成风干之鱼了，只是寒舍破败不堪，委屈了公子和这位小姐。"

独孤樵道："二狗哥说哪里话来，咱们这便走吧。"

孙二狗自忖道："原来独孤樵早有了心上人，却不愿对两位拜兄说明，大约是这红衣女子太过霸道，观其情状，自是独孤樵和柴焉二家欲将青菱姑娘许配于他，方出此下策，欲与这红衣女子私奔了。而他自觉愧对二位拜兄和焉家，方欲到我孙二狗那窝棚暂避，否则到海晏镇来回一二百里，又怎能在三四个时辰之内赶回。是了，他在本村一待三年有余，捕钩之术之精无人可与攀比，且那红衣女子虽满面杀气，却似一大富人家之千金。他们定是要托我孙二狗将重金转送给柴焉两家的。既是如此，依独孤樵心性，断不会不重重报答我孙二狗的。哈哈，今日我孙二狗可是要发财了！"

一忖至此，当下先行引路，转眼便进入自己空空荡荡的"窝棚"——屋内几乎一无所有，且腐败气息弥漫，实在不能称之为家。

红衣女子直皱眉头，却被独孤樵以眼色止住。

孙二狗倒一丁点儿也不觉得窘困，大咧咧地道："敝寒舍嘛，独孤公子你是来过多次了。"独孤樵微微点头，"嗯"了一声。

孙二狗见状，看了看那红衣女子，神秘兮兮地道："公子这位心上人，当然不是焉家青菱姑娘，若我所料不差，她不是王侯千金，便是大户人家之闺女……"

独孤樵截口道："二狗哥真乃料事如神。"

孙二狗面上大有得意之色，又道："不知此番独孤公子——"

独孤樵道："小红，你且到外面暂避一刻，我与二狗哥单独有几句话要说。"

那红衣女子看看二狗，又看看独孤樵，方悄然飘身出屋。

七十九

其身法迅捷妙曼，直把个孙二狗惊得目瞪口呆，半晌才道："难怪！难怪！"

独孤樵奇道："什么难怪？"

孙二狗道："青菱姑娘美貌手巧，在本村实可算得首屈一指的闺女，但与这位仙女相比，又怎及得上半分了。难怪独孤兄弟要与她私……私……那个……，嗯……"

独孤樵连忙道："实不瞒二狗兄说，她本是……本是王室千金，不知怎的却看上了我这穷小子。兄弟可不敢高攀，方到此隐居，本想平平安安过此一生，不料终让她查出兄弟在此并将与青菱姑娘婚配之事，故甫一出村，便被她不知以何种药物所控，竟尔迷失记忆，若非方才二狗兄提起青菱姑娘之名，只怕此时兄弟我还不知置身何处。"

言语间掏出三锭金光灿灿的黄金来放在桌上，续道："这三锭黄金，一锭给二狗兄添点儿家什，另两锭请转给在下的两位兄长和青菱姑娘。但实不瞒二狗兄说，此时兄弟我心性迷失，竟连何时到本村隐居，又与何人结拜兄弟等诸般细节均是一无所知，不知二狗兄可能见告否？"

自独孤樵一掏出金锭，孙二狗便即呆了：任何一锭皆可将这湖东村给买下了！他孙二狗一生穷得叮当，此时猝然间便成了本村第三号"巨富"！这不是在做梦吧？！

独孤樵又道："小红说一到京城长安，便会替兄弟解了药性。区区薄礼，不成敬意，往后我独孤樵定将重重报答！"孙二狗"噗通"跪下，恍似大梦初醒，高声道："驸马爷在上，请受草民一拜！"

独孤樵连忙将他扶起道:"兄弟也是被迫无奈,还望二狗兄勿要多礼。"

孙二狗惶然直立起身来,道:"驸马爷到本村已三年有余了……"

当下将独孤樵如何到湖东村与柴氏兄弟义结金兰,又如何时常周济于他之诸般细节悉数相告,末了道:"柴焉两姓,可是本村第一第二家底最为殷实之户,今日凌晨令拜兄让驸马爷到海晏镇购置迎娶之物,不料却遇上了公主,那也算是驸马爷你老人家洪福齐天了。"

独孤樵连忙道:"海晏镇?"

孙二狗奇道:"是啊?!莫非驸马爷……哦,倒是小的忘了,驸马爷被公主以药物迷失了记忆。距此正东约莫百里,便是海宴镇了。"

独孤樵道:"多谢二狗兄相告。"

未等二狗开口,独孤樵又冲门外道:"小红,你可以进来了。"

红衣女子闻言飘然复入屋内。

孙二狗又连忙跪下,磕头如捣蒜地道:"公主在上,请受小人叩拜!"

红衣女子一愣,便听独孤樵道:"我已将详情悉数见告了。此时你当该给他重赏才是。"

红衣女子点点头,轻轻一掌拍出,孙二狗尚未来得及谢恩便已伏尸于地!

与孙二狗相似,未及半个时辰,凡在家中未曾出门者,无论妇孺老幼,皆被那红衣女子轻轻一掌了账,人人俱是面呈青紫之色!

柴氏兄弟正忙于杀猪宰羊,陡见三弟带了个娇美的红衣女子回家,正惊讶间,早莫名其妙地魂归极乐。连不满周岁的柴矩,也未能得以幸免,一家大小六口,转瞬间便齐奔阴曹地府!

柴家大院里,顿时血腥弥漫且肠肚横流——猪羊之血及其五脏六腑。

待到傍晚,外出劳作之人先后回家,见状自是大憾。然未过多久,一条红影飘浮如风,早使悲号之声悉数止住,并且是永远止住。

焉家青菱母女俩虽不明就里,结局却与乡邻们一般无二。只焉德华十日手运特佳,下湖未几,便钓得两尾长盈尺许的红尾鲤鱼,心头自是大喜,暗忖道:"既是如此,何不再钓两条,以凑个事事(四)如意之数。"

忖罢耐心垂钓，却再无那般好运，直至天黑时分，更无一条红尾鲤鱼上钩，只得收竿而归。

方至村头，见家家户户清冷无烟，心头微奇。忽见独孤樵与一红衣女子携手而来，状极亲密，焉德华更是大感，正欲出声与独孤樵问个明白，却听那红衣女子道："独孤哥哥，那孙二狗的话只怕靠不住，焉家大约仅有那母女二人而已，否则怎的直到此时，还不见那焉老大回家？"

独孤樵道："也罢，反正这湖东村更无一人会丝毫武功，那焉德华大约也是一般。今日咱们已将全村人悉数杀尽，纵有一人漏网，那也不算甚么……"

焉德华陡闻独孤樵口出"悉数杀尽"四字，一时竟骇立当场，更难开口出声。

直过了约莫半个时辰，独孤樵和那红衣女子只怕早已离村十数里开外了，焉德华方似噩梦初醒，直奔家中，果见老伴和女儿无声无息地躺在院中，面呈青紫之色，显是已气绝多时了。

焉德华心头狂震，却又骇立当场。

良久。

焉德华状似疯痴，直奔柴家，但见柴家大小六口人，也是气绝面青，唯一不同的，是猪羊血肠遍地，腥臭之味几不可闻。

之后将全村家家户户闯尽，所见俱是一般，更无一个活口！

整个湖东村，只剩下他焉德华一人留得命在了：

蓦然间，焉德华有若野兽一般，嗷嗷怪叫几声，更不卸下腰间鱼篓和肩上鱼竿，只暴喝一声："独孤樵！哈哈哈！独孤樵！"便朝独孤樵与红衣女子出村方向直追而下。

焉德华本不会丝毫武功，盛怒之下，狂奔出未及十里，顿觉气血翻涌，喉头一甜，"哇"地喷出一大口鲜血，双眼发黑，人即栽倒于地。

子夜，焉德华悠悠转醒，知定然追独孤樵不到了，又念及本村父老乡邻尚未有人安葬，便惛惛然原路返回。

回村之后，又挨家挨户走了一遭，其状之惨，使焉德华时而狂笑时而嚎嗨，竟忘了自己返村之意。在自家门口呆坐至天明，竹篓中两条红尾鲤鱼早干渴至死，焉德华一无所觉，依旧肩扛鱼竿、腰悬竹篓。

日头猛然自东山之巅迸出，焉德华心头忽然闪过一丝儿灵光，自言自语道："独孤樵！若你尚有一丁点儿人性，自当回来为你两位拜兄安葬停当……"

言语之间，人已不知不觉地走到柴家门前坐定，口中喃喃自语，也不知他咕哝了些什么。

如此三日，不吃不喝，焉德华时而疯痴，时而清醒，双唇如龟裂黄土，时而嘶哑狂笑，时而无声流泪。

第四日午时，独孤樵果然挑着一担上等红色绸纱回村，见焉德华正坐在自家门前无声垂泪，更有腐臭之气弥漫，当下奇道："焉大伯，你……"

一言未了，忽见焉德华立起身来，不由分说，一鱼竿劈头盖脸地打了过来。

百忙间未及卸担，独孤樵头顶上已结结实实地挨了一棍。

独孤樵大惑道："焉大伯……"

仍是余言未了，焉德华一根鱼竿乱劈乱扫，独孤樵既不能还手又不明所以，如此连挨十数棍，独孤樵身上已横七竖八地布满伤痕，方卸担强抓住鱼竿末梢，失声道："焉大伯，你这是怎么啦？"

焉德华数日来粒米未进，自难从独孤樵手中夺过鱼竿。当下嘶声道："独孤樵！你不愿娶我家青菱姑娘那也罢了。可你为何如此毒蝎心肠，要将本村之人杀个一干二净？！连你拜兄一家也不放过，当真是猪狗不如！有种的便连我焉德华也一齐杀了！本村尽百余之人，纵是变成厉鬼，也绝饶不过你独孤樵和那小贱女的！"

言罢又哈哈狂笑，只是那笑声既嘶哑又凄厉，竟有说不出的诡异。

独孤樵骇然道："焉大伯你说什么？！在下奉大哥大嫂之命，到海晏镇卖了鱼竿，偏走遍全镇，竟买红绸不到，只得到了湟源镇方才买到，以至迟归二日，不知……"

见焉德华恍似未闻，只得忍住话头，奔入屋内，顿即骇立当场。

恰似先前焉德华一般,独孤樵状似疯痴,欲哭无泪,奔出柴家,遇门则入,但见全村除焉德华和他之外,更无一人留得性命!

懵懵然回到柴家门口,焉德华早是气绝身亡。尸身之旁,所呕鲜血已浸湿地上方圆二尺有余!

又过三日,湖东村近百具尸体已发出熏天恶臭。独孤樵一言不发,将柴家所存银两悉数包了藏于怀内,又在四位拜兄嫂尸身前各叩了九个头,然后将焉德华尸体移至其老伴儿女旁。末了将各家各户房屋一一点燃,不到两个时辰,湖东村在一片火海中,已从官府典籍中除名。

独孤樵面色漠然,举步东行。

八十

海晏镇。

独孤樵和一位红衣女子缓步而入。

已是酉时时分,二人正欲在西盛客栈落脚打尖,刚向掌柜的订了一间清雅上房,尚未等小二引道上楼,忽闻身后有人惊咦了一声。

独孤樵闻言转身,一观之下,不由心头大震,却未在面上表露出来。

方才惊咦出声之人非它,正是公孙鹳手下"四达"之一的法达。

"四达"与公孙鹳寸步不离,五人齐至,独孤樵焉得心头不惊!

便听伊达道:"咱们在中原遍寻你三年不到,原来你竟在此间,还带了……带了个女的。"

红衣女子目光突然暴射出一股杀气,却被独孤樵一拉衣角而止。

独孤樵道:"原来是公孙公子和四位达兄,却不知……"

他故意收下口不言。

公孙鹳轻叹一口气,道:"敢请阁下和这位姑娘与咱们同桌共叙如何?"

独孤樵连忙道:"公子有请,愚夫妇岂敢不遵。"

公孙鹳淡然道:"请!"

独孤樵也肃然道:"请。"

六人甫一落座,伊达便忍不住道:"方才你说'愚夫妇'三字,莫非你已经和这女的那个……那个……你已娶了她么?"

独孤樵道:"正是。拙荆姓凌名红,在下与她已于年前结为秦晋。"

特达奇道:"当日你被裴文韶挟持,后又落入崆峒派之手,不知你是怎生脱困的?"

独孤樵道:"这个嘛……"

公孙鹳截口道:"这位凌红姑娘,想必天冥掌法已练至六成了吧?"

独孤樵连忙在桌下一踩凌红脚背,道:"公子当真眼光如炬,拙荆果然已将天冥掌法练至六成了。"

"四达"同时惊咦了一声。

公孙鹳道:"将天冥掌练至六成,要从裴文韶和崆峒派手中救出独孤公子自是易如反掌。但独孤公子令二位拜兄和候前辈为遂在下心愿,已……不说也罢。然在下等四年之后方会再至中原,为报令二位拜兄和候前辈之恩,在下只有一言奉告:请独孤公子劝尊夫人勿要再练天冥掌法了。"

独孤樵连忙道:"谨遵公子之命。"

公孙鹳轻叹一声,并未再说什么。

适逢小二上菜,独孤樵夫妇略饮数杯,便告辞而去。

待他们上楼之后,伊达道:"阿鹳,你为何不将那女子武功废了。"

公孙鹳黯然不语。

"四达"也不敢再口出多言。

而独孤樵甫一入屋,便令凌红将店小二点倒,肃然道:"小红,你快离开此间,径直东奔,距此三百里有一平安镇,你在那儿等着,数日之后,我自当设法前来与你相会的。"

凌红奇道:"公子,方才那一干人——"

独孤樵道:"那五人中的任何一人,均可在两三招之内取我二人性命。尤其那叫阿鹳的,复姓公孙,正是创下天冥掌法一代大魔头公孙鹤之孙,武功尤在其先祖之上，懂了么？！"

凌红心头骇异，颤声道："那咱们一起……"

话音未落，独孤樵早厉声道："快走！"

凌红双目含泪，破窗急奔。

独孤樵则冷笑一声，伸手一抹，取下一张人皮面具给店小二戴上，将其置于床上，自己则装成小二模样，下楼径自离去。

公孙鹳与"四达"正饮得酣畅，自不顾那小二出店之后逃遁之事。

忽闻一细微而清晰的声音自耳边响起："公孙鹳，你认为此举高明么？"

公孙鹳执杯以袖遮口，冲发声处以传音入密之功道："不高明。"

那声音又道："然你为何佯装作假？"

公孙鹳道："一切自有天定。"

"你已认出他了？"

"当然。"

"那只能算老朽白救了你一命。"

"此话怎讲？"

"不提也罢。"

公孙鹳突然执杯飞弹屋后，身形端的快逾奔雷闪电，却未见丝毫人影。正愣怔间，忽闻那声音又在耳际响起："再练五十年，你仍不是老朽对手，不信你此时全神戒备，将浑身功力运于肩井穴上，老朽仅一片枯叶，便让你此穴被封，注意了。"

公孙鹳本是心地坦荡之人，闻言果将全身功力运足十二成护住肩井穴，殊不料少顷之后，果觉肩井穴一麻，全身更无一丝力气可发。

那声音又道："这下你信了吧？"

公孙鹳黯然道："若在下所料不差，前辈便是一元大师了。"

那声音道："一元仅是老朽记名弟子。"

公孙鹳骇然无声。

那声音又道："老朽并无害你之心，否则在洛阳城外乱葬岗，老朽也没必要救你一命了。"

"请恕晚辈愚鲁，不知——"

"中原武林能取你性命者，眼下仅有三人而已。其中至少有二人不会取你性命，一是老朽，二是令祖母梅姑……"

公孙鹳浑身一颤，道，"敝祖母尚在人世？！"

那声音道："你虽将天冥掌练至掌风无毒，然令祖母可在十招之内取你性命。而老朽最多不超过半招，也可取你性命。另一人大约能在十四招之内取你性命，只是此人与令祖母有不共戴天之仇，四年之后，待你复至中原，当可见令祖母如何诛杀你公孙家之灭祖之仇。老朽言尽于此，就此告辞。"

公孙鹳连叫了几声前辈，然四周杳无声息。

少顷，"四达"联袂而至，齐声问道："阿鹳，你怎么了？！"

公孙鹳淡然道："咱们回去吧。"

"四达"恭声应了，一行五人复回客栈。公孙鹳招来小二，问道："先前与我等同桌的那位公子和小姐不知——"

店小二连忙道："西厢上房，楼上左首第二间便是，大爷可是要小的去招了他们下来么？"

公孙鹳道："不必了。"

言罢掏出一锭银子递给小二，又道："除酒资之外，剩余的赏给你买碗酒喝。"

那小二喜从天降：公孙鹳等人的酒席加住宿费，加起来也用不了这锭银一半！当下连声道谢而退。

是夜子丑之交，公孙鹳悄然出屋，到得西首第二间上房，却见房门大开，独孤樵正自酣睡，而那红衣女子已了无踪影。

略一细观，便知独孤樵已被人点了穴道，当下微一挥手，一股罡风已替他解了穴。

穴道甫解，独孤樵便连声道："掌柜的，并非小的偷懒，实不知因何缘故，方入屋内……"

待看清眼前之人并非本店掌柜时，顿即骇然住口。

公孙鹳猱身而上，快逾闪电地在独孤樵面上轻轻一抹，早揭下一张人皮面具来，其做工之精细，端的令人只觉匪夷所思。

那小二不明所以，更不知公孙鹳身形是否动过，但觉面上一凉，连忙扑通跪下，磕头如蒜地道："神仙饶命！"

公孙鹳见"独孤樵"揭下面具之后竟然变成了先前引独孤樵和凌红上楼的店小二，愣得一愣，方自扶起小二，道："我并非什么神仙，只是小二哥在此一睡几个时辰，贵店掌柜的定然会加责于你，这样吧，我给你三两银子，你悉数交给掌柜，就说是先前那位公子和小姐所赐，令你陪他们闲聊。"那小二得以保全饭碗，自是千恩万谢地下楼去了。

但闻公孙鹳在屋内怅然道："但愿四年之后，胡大侠、童少侠和候女侠安然无事才好。"长叹一声之后，又喃喃道："洛阳城外一战之后，我公孙鹳发誓再不与中原武林中人交手，不知此誓发的对与不对，唉！"

叹罢身回屋中安歇不提。甘凉古道，寒风萧萧。

八十一

有一个满面憔悴之人正漠然朝东缓缓独行。

他正是独孤樵。

独孤樵并不觉得寒冷，因为他的心比寒风更冷十倍。

有两桩事一直缠绕着他。

第一桩是：为什么谁只要一沾上他，便会招至杀身之祸！

另一桩是：他想杀人！

但他却不知自己是否真是一颗灾星，更不知要杀谁。

他只觉得脑海中混沌一片。

路遇之人，见他目光时而散乱时而又凶光暴炽，背上更负有松纹木剑，只道他是一介狂人，皆绕道远避。

不一日，独孤樵已茫茫然横穿甘南而不自知，到得陕东汉水河畔，但见洪水滔滔，荒无人烟，只得沿岸下行，找寻渡口。

尚未行出半里，忽见一头戴斗笠之人正自悠然垂钓，身旁鱼篓却是空空如也。

独孤樵在湖东村三载有余，于捕钓之术甚是精通，此时见有人悠然垂钓，不禁驻足观望。

直过一个时辰，那人仍是一无所获，甚至连浮飘也未动过一下。

独孤樵略一观望，不禁哑然："那头戴斗笠者垂钓之所，前后均为巨石所挡，水流纹波不动，恰似死水一汪，且观形状，水深大约绝不会超过三尺，如此地方，又怎会有鱼儿来上钩呢。"

正思忖间，却听那人道："阁下驻足观老朽垂钓已一个时辰有余，莫非阁下对此也有兴趣么？"

声音甚是苍老。

独孤樵连忙道："此处水浅不流，老丈在此垂钓，只怕是徒劳无功。"

那声音苍老之人道："依你之见，老朽要垂钓何处方不劳而有功？"

独孤樵略观江面一眼，道："老丈若往上移步五丈，定有所获。"

老者道："五丈之上，水流甚急，老朽双眼昏花，却是看浮飘不清。"

孤樵道："若老丈不弃，晚生倒愿替老丈效劳一二。"

老者笑道："有劳阁下了，只是此鱼竿为老朽祖上所传，阁下可要当心。"言罢递过鱼竿。

独孤樵伸手接，但闻"哐啷"一声，鱼竿竟然垂落于地。那鱼竿虽只拇指粗细，状似竹节，却是千年玄铁打制，其重量只怕不下五六十斤！

独孤樵心头一凛，连忙道："晚生虽得前辈事先提醒，却未料到它竟……竟有这般重，实在是对……对不起之至。"那老者笑道："无妨！无妨！你快去替老朽钩上几条鱼来，老朽可真是饿坏了。"

虽那鱼竿重达五六十斤，但比起在青海湖捕鱼时收网之重量，那却是大大不如了。

独孤樵微微一笑，拾起鱼竿，却发现那垂入河中之线，竟长达三四丈有余，不由心头微奇：此处水深不过三尺，置三四丈之钩下之，无异于送饵喂鱼了。

　　待他将鱼线收尽，将浮飘下移至五尺左右，捡起一条蚯蚓正欲挂上钩时，不禁傻了眼儿！

　　那"钩"竟然是直的，恰似一根针。

　　见独孤樵愣立当场，那老者愕然道："怎么啦？"

　　独孤樵突然哈哈大笑道："姜太公钓鱼，愿者上钩，今日晚生大开眼界，竟见到当今的姜太公了。"

　　那老者奇道："你说什么？"

　　慢慢移步过来，口中兀自咕哝道："当今之世，莫名其妙之事是越来越多了，连老朽也捉摸它不透。"

　　独孤樵将那鱼"钩"置于掌心，笑道："你看。"

　　那老者似是遇见了世间最为离奇之事，竟然也哈哈大笑道："原来如此！原来如此！我还道……哈哈！"

　　见独孤樵愕然不解，又道："老朽每日在此垂钓，至少一二寸长的鱼儿还是能钓上四五条果腹的，也怪老朽老眼昏花，今日竟将敝老伴的绣花针用来做鱼钩了，哈哈。"

　　笑罢从怀里掏出一包钓钩来，递给独孤樵，道："这些钩有大有小，公子自挑一根吧。"

　　独孤樵也自大笑，不疑有它，挑了根不大不小的鱼钩换上，道："老丈若有雅性，无妨……"

　　话音未了，那老者接口道："对对对！敝老伴去世已有三年之久，并无子嗣，你我一见如故，老朽便寻些枯枝败叶，静等公子钩上鱼儿来一同烤吃。"

　　独孤樵本意是让那老者静观他如何垂钓，听老者如此说话，当下只淡然一笑，径自到上游五丈之处垂钓。

　　未过一时辰，独孤樵已钓得尺长之鱼四尾。

　　但闻那老者连声："好啦好啦！咱们先烤了这四条吃再说。"

　　独孤樵自然应了，收竿回到那老者早已燃起的篝火旁，但见那老者不知从何处弄得一根铁丝，双指恰如钢刀一般，瞬间便将那四条鱼开膛破肚，穿于铁丝之上，不多时已烤得焦黄喷香。又不停地从怀里掏出稀奇古怪的佐料，洒在鱼上，递了一条给独孤樵，只道了一个"吃"字，自己便狂嚼猛吞起来。独孤樵见他如此，也自撕了手中之鱼细嚼慢咽，但觉此鱼味之鲜美，实为平生所未尝。然未等他将一条吃完，那老者早已将其余三条连骨刺也未剩下一根的吃了个干干净净。

正诧异间，忽听那老道："不够不够，快将鱼竿给我。"

也不等独孤樵发话，便取过鱼竿，小心翼翼地扯下鱼钩，复又换上那根针，并不加饵，回至先前浅水滩，接连不断地将一二尺长的鱼儿"钓"起来抛给独孤樵。

如此五次三番，已有七八条鱼在独孤樵身周蹦跳不已。

独孤樵正自愣怔，却见那老者收了鱼竿，回至火边，笑道："傻小子，鱼儿一旦出了水面，多留一瞬便减了一分鲜味，还不快助老朽将它们烤了。"

独孤樵恍若大梦初醒，当即跪下道："高人当面，小子有眼不识泰山，还望多多原谅。"

那老者道："何来这多虚礼，还不快快烤鱼。"

见独孤樵仍是跪地不起，那老者忽然道："独孤樵，你起来吧，待老朽与你慢慢分说。"

独孤樵惶然起身，道："前辈怎知晚生姓名？"

那老者并不言语，直待与先前一般将鱼烤熟之后，方自言自语道："俗话说事不过三，老朽已两次……唉！"

独孤樵奇道："请恕晚辈愚鲁，不知前辈之意。"

那老者缓缓道："你不知那是最好。"

当下二人俱是细嚼慢咽，过得良久，那老者方道："独孤樵，你可愿听老朽讲个故事么？"

独孤樵连连点头。

那老者似是犹豫不决，时而仰头观天，时而垂首静思，又过良久，才缓缓道："三国鼎立时期，魏王曹公讳操雄才大略，更有许褚、夏侯渊等诸大将忠心护主。

"吴王孙权雄霸长江下游，重用鲁肃、周瑜、陆逊等文武大臣。

"而刘荆州有诸葛孔明先生辅佐，更有张飞、关羽和赵子龙等猛将赤胆忠心，倒是谁也难奈何谁。"

曹公讳操因操劳过度，撒手尘黄，其子曹公讳丕继位。至公元二百二十年，汉献帝看大势已去，便将帝位禅让给曹公，曹公正式称帝，定都洛阳，史称曹魏。

"次年曹公称帝之消息传至成都，并有传言说汉献帝已遇害，刘备一直自称汉王朝后裔，闻此传言，便为献帝吊丧，于是年四月称帝成都，重建汉国，史称蜀汉。

"又过八年，孙仲谋也正式称帝，建都南京，史称孙吴。"

见独孤樵始终如听天书，茫然而不知其意，那老者竟微微点点，续道："后曹帝、蜀帝和吴帝相继而逝，蜀汉虽有诸葛先生辅佐，无奈后主刘禅胸无大志，不图进取，终难有所成就，好不……好不令人感伤。"

"而孙仲谋一死，吴国内部争权夺权，乱成一团，也是日见其衰。

"唯魏国文帝曹公讳丕死后，年仅八岁的曹芳承袭帝位，由大将军曹爽与司马懿共同辅佐，大势不衰。

"无奈公元二百四十九年春，司马懿乘曹爽与魏帝曹芳到洛阳城南九十里的高平陵祭祀明帝之时，发动兵变，逼迫大将军曹爽交出权力，免官回家，并大肆杀戮曹氏同宗，独揽曹魏军政大权！

"两年之后，司马懿去世，其子司马师继续专擅曹魏政权。魏帝曹芳心头不平，司马师干脆于二百五十四年九月令其弟司马昭率军入京，废曹芳而立曹髦为帝。待司马师去世之后，司马昭仍将曹魏帝国军政大权独揽。身为皇帝的曹髦不胜其烦，便密召了待中王沉、尚书王经、散骑堂待王业入宫，怒道：'司马昭之心，路人皆知也。吾不能坐受废除，望诸聊共伐之。'

"然王沉王业两位奸贼闻言后便立即向司马昭告密！"

过得良久，又道："曹氏髦公闻讯后知唯有一死方可于九泉之下有脸见列位祖宗，当即拔剑登车，率宫内值仆数百人杀奔相府。司马昭早有防备，令心腹贾充率军抵御，又令太子舍人成济用戈刺死曹帝髦公！"

言语至此，那老者居然声音哽咽。

独孤樵仍是茫然不解。

那老者又道:"早在司马懿使曹公讳爽交出军政大权之时,曹大将军便知先祖基业将为司马氏所算,便暗中将其偶然所得的《阴阳大法图》一撕为二,一份交与曹氏旁宗并令其远遁,另一份则密交皇室,望能有人参悟得透,取重宝且诛杀司马宗族,夺回曹氏天下。"

长叹一声之后,老者接着道:"然自明帝之后,司马氏擅权,魏帝俱是忧郁愤然,又有谁能潜心参悟那份看似一幅山水图,实则维系皇室大业之图……唉!老朽又将话题扯远了。还是说曹氏髦公当日将王沉、王经、王业召至内宫,商讨伐司马昭大计。待三人离去之后不久,尚书王公讳经忽又未召而至,对髦公道:'陛下此举,只怕是断然难成的了。'髦公惊问其故,王经方道:'王沉王业两位奸贼为图富贵,已去向司马昭告密了。'髦公大惊,却听王经又淡然道:'微臣素蒙圣恩,唯以一死报答。然陛下虽千金之躯,此时欲步出皇宫只怕也是不能了,若陛下有可未了之事,微臣倒可最后一次报答圣恩。'

"髦公既羞且愤,取出一锦盒递给王经,声泪俱下地道:'此图一直密藏深宫,朕虽不知其用,但定与我曹魏气数有关,望尚书将图速速带出,隐姓埋名,远遁他乡,终有一日替朕雪此奇耻大辱!'王公讳经肃然应了,当下匆匆离宫,然他老人家并未远走高飞,却将此锦盒连夜密托其忠心耿耿的故吏向雄,令其火速离京。然向雄也与王公一般口上应了,却未离开京城,只在锦盒内寥寥加了数语,令其子向杰连夜出京远遁山林。

"髦公遇害之后,换曹奂为帝。司马昭为推卸罪责,掩人耳目,将成济与其兄成淬当作替罪羊斩首。又斩了王尚书讳经公全家上下百余之众。王公故吏向雄到刑场哭祭,哀动全城,也被司马昭派人密杀……"

言语至此,忽闻"吡"的一声,两滴浊泪,竟从那老者双目涌出,落入火中。

独孤樵惊道:"老丈!你……"

那老者一言不发,从怀中掏出一锦盒,递给独孤樵道:"一切自有天定。你去吧。此盒制作精巧,当开之日,它会自行启开的。你不姓向而姓独孤,盒内先祖所留数语对你并无所囿。"

独孤樵奇道:"先祖?!莫非老丈便是那哭祭刑场而撼全城的向雄之后人么?"

老者不易觉察地微微点点头,随即道:"你不是要寻渡口过江么?"

独孤樵道:"正是。"

老者并不言语,只将那鱼竿一节一节地抽出来,直看得独孤樵目瞪口呆。

少顷,独孤樵便觉腰际一紧,随即人已凌空飞起,心头之骇异,端的难以言表,未及发出惊呼之声,人已轻巧巧地立于对岸江边!

先前烤鱼之火,已被那老者弄灭,更难看清对岸物事,独孤樵正懵然间,忽闻那老者以传音入密神功传言入耳:"老朽以鱼竿鱼线助你渡江,对你只怕是平生第一遭吧?"

独孤樵茫然无语。

那老者之声又在独孤樵耳际响起:"今日之事,你断不可与第二人言及,否则……哼!"

独孤樵连忙道:"是。"

那声音又道:"只是此事老朽也不知做的是对是错,唉!独孤樵,你好自为之吧。"

独孤樵奇道:"晚辈愚鲁,请恕未知老前辈言下之意。"

那声音道:"此番你若投身东南,或许会别有奇遇。只是你怀中的《七伤拳谱》,本是崆峒派镇山之宝,于你丝毫无用,故老朽已将它取走了。"

独孤樵一探怀中,果然空空如也,不禁大是惶惑,一时哑然无声,却闻耳际又遥遥传来几不可闻之声:"天将降大任于斯人,必先苦其心志,劳其筋骨,饿其体肤……"

待对岸无声无息之后,独孤樵脑际倏然闪过一丝灵光:对了,这就是武功,方才我为何不求他传我武功,也好为因我而……无辜至死的人报仇。唉!我独孤樵当真是蠢笨如牛了。

一念至此,连忙高呼了几声"老前辈"!但他听到的,仅是汉水惊涛拍岸之声。

第三十回 随风漫漫飘

八十二

天色傍晚,独孤樵到得一座小镇。即将入镇时,他随手抓了些炭灰抹在脸上,顿即变成个土里土气的乡下人,心里这才踏实了些。

因为他真正的面孔太容易为自己甚至别人惹来麻烦。

他在镇子最东面寻了家颇为冷清的小客栈,这类小客栈的底楼一般都是小酒店,不像大客栈那样除了酒店还有赌场。

没有赌场就容易避开那些负刀佩剑的人,这类人最爱惹是生非,并且个个都与他独孤樵过意不去,究竟因何如此,独孤樵实在弄它不清,只暗叹命运乖蹇而已。

整个酒店内此时只有一个人在低头独饮,那是一个形状威猛的虬髯大汉。

掌柜的则在柜台内打盹儿。

独孤樵携带的银子虽不算少,但他明白怀里的这些银子并非他一人所有,而是七个人的。虽然湖东村柴家惨遭灭门,他也不能乱花自己兄弟三人披星戴月所攒起来的这些血汗钱。

因而他对掌柜的道:"酒肉是不要的,只胡乱吃些饭食,再给间下房住一宿,须得多少银子?"

掌柜的抬起头来,只随便看了独孤樵一眼,旋即又合上眼皮,爱理不理地道："你说什么？"

独孤樵只得又将方才的话重复了一遍。

这回掌柜的竟连一个字儿也没说，只伸出一根指头。

独孤樵见状道："一钱银子，那倒不算很贵。"正欲伸手入怀，却听掌柜的"哼"了一声道："一两。"

独孤樵的手立即便僵住了。

他这一路东来，除风餐露宿外，所住客栈最贵的也只收过他四钱银子。

忽听那独自闷饮的虬髯大汉道："一人独闷，甚是没趣，那位小兄弟若有雅性，何不过来与在下畅饮一杯？"

言罢更不抬头，微一挥手，一锭足有十两的纹银恰若有线悬着一般，慢腾腾地飘向柜台。

掌柜的怎知这是极为上乘的内功手法，见银锭"飘"向自己，先是一愣，随即一张老脸顿时乐得似风干的橘皮，立起身来伸手一抄，冲那虬髯大汉道："多谢！多……"

第二个"谢"字尚未开口，早"啊哟"一声叫将出来。那到手的银锭，也"呼"的一声落到柜台上。

独孤樵和掌柜的俱是大感不解：柜台上那锭银子并无丝毫异状，何以掌柜的会惊叫出声；而掌柜的更不明白，那虬髯大汉的银子怎的如此烫。

掌柜的看看烫得通红的手心，又看看那虬髯大汉，怔怔地难以出声。那虬髯大汉则若无其事地连干了三大碗酒，自顾道："俗话说狗眼看人低，此言当真不假，唉！"

掌柜的方才转过神来，连忙赔笑道："是是是……是小的没长眼。"转向独孤樵，又道："乡下小子，今日算你福星高照，遇上了胡大爷，酒肉自不必说，上等客房也有得你住的了。"

他虽一直赔着笑脸，却是殊无喜意，更不敢伸手去摸柜台上的那锭银子。

没料独孤樵转身便走。

掌柜的连"喂"了数声，独孤樵才在门槛边站住，转头道："我可不是孙二狗！"

掌柜的愕然道:"孙二狗?什么孙二狗?"

未等独孤樵答话,那虬髯大汉忽然笑道:"并非所有穷人皆是嗟来之食之辈,现在掌柜的可明白贵店因何生意冷清了么?哈哈!"

他的笑声直震得独孤樵和掌柜二人双耳发疼。

半响,掌柜的才结结巴巴地道:"胡……胡大爷你……你说什么?"

虬髯大汉道:"那位小兄弟既无意与在下共饮,何不依我之见,二钱银子成交。既无酒肉,食宿一宿,贵店大约也只当得起这个价吧?"

掌柜的连忙道:"正是,正是!胡大爷所说的话,无一不是。"那大汉只"嗯"了一声,不再多言。

独孤樵也觉得二钱银子很公道,便随小二上楼,开了间虽不雅致却颇宽敞的客房,落脚未久,掌柜的亲率数名小二捧了酒肉上来。独孤樵连忙道:"方才在下宜已言明,酒肉是不要的。"

掌柜的忙道:"是小号奉请这桌酒席给少爷食用的,怠慢之处,还请少爷多多担待。"亲为独孤樵斟了杯酒,续道:"不知少爷尊姓大名,与楼下那位胡大爷是如何称呼?"

独孤樵道:"在下姓乔……这个名石头,少爷二字嘛,是说不上的,至于楼下那位仁兄,在下也是初次会面。"

掌柜的大奇,问道:"少……阁下真的是初次与胡大爷会面么?"

独孤樵也自奇道:"是啊?莫非掌柜的觉得有何不妥之处么?"

掌柜的支吾道:"不不不,只是……胡大爷在敝小号待了三天,似是在等人。他等的既不是阁下,怎的会花……这个……嗯……五两银子请……嘿嘿。"其实那锭银子足有十两,方才独孤樵上楼之后,掌柜的又小心翼翼地去摸它,发现已无古怪,且货真价实,禁不住又看了那虬髯大汉一眼。那大汉却头也不抬地道:"十足纯银,童叟无欺,就算是本人请方才那位小兄弟喝杯薄酒,哈哈。"掌柜的闻言大喜过望,纵使他再蠢十倍,至此时也知"胡大爷"是身怀绝技之辈了。他既未为难此客栈,已是十分难得,更以十两银子请人吃喝一顿,那么那"乡下少年"只怕来头更大,纵是王孙公子装疯卖傻出门找寻乐子也未可知。当下便忙不迭地应了,亲自率人奉上酒肉。此时听独孤樵如此

454

说话，言辞间绝无作伪之色，心头不禁大犯疑窦，故而将十两银子来了个虚报一半。

独孤樵却又怎知这许多关节，连日茫然奔波，只觉疲惫不堪，听掌柜的语言吞吐，倒也不以为意，举箸便吃，接杯则饮，不多时早将酒菜一扫而光，扔过二钱银子，倒头便睡。掌柜的见状更是满腹蹊跷，却不敢再问独孤樵，更不敢找那虬髯大汉自寻晦气，只率一干小二下楼自犯嘀咕去了。夜半酒醒，却听得隔着几间屋子有人压低声音笑道："老叫花当真是越来越有出息了，竟连自己的徒儿也看管不住。"

独孤樵先是一愣，随即不禁哑然：说话的正是晚间在楼下独饮的那虬髯大汉，先还怪道在如此地方还会听到相熟之声。

又闻一豪迈的声音低低道："都是天山二怪那两个老邪物，甫一见面便一口一个师祖，叫得我老叫花骨头轻飘飘的，便随他们去喝了几杯，却中了那小滑头之计，自己溜了不说，还把瞿姑娘也给……带跑了。当真对师太不住。"

一老妇忙道："阿弥陀佛，姚大侠说哪里话来。让瞿腊娜随陆小侠去江湖中磨砺，也未尝不是好事，且此事贫尼也是知道的，又怎能怪……"

话音未落，自称老叫花的急道："这么说师太是知他二人此番去向的了？"

几乎在同时，另一男一女两个声音同时传来。男声道："师太怎生不将他们带至此间？"

女声则道："此事事关重大，虽瞿姑娘不知原委，鬼灵子却是知晓的，他为何……咦？！对了，非是侯某对师太不敬，敢问师太怎知我等将在此地相会？"

独孤樵自是不知，这一行人，正是千杯不醉胡醉、布袋和尚姚鹏、江湖浪子童超、毒手观音候玉音、峨眉掌门绝因师太和司马青青了。只是有师傅和爱侣在侧，青青此时尚未开口说话。

毒手观音既直言相询，一声法号宣过之后，便听绝因师太道："有劳姚大侠、童少侠和候施主动问，贫尼今夜至此，并非适逢其会，实是受了鬼灵子指点。"

布袋和尚"啊"了一声，急道："师太怎不早言，咱们这便去追那两……追鬼灵子那小滑头，不知能否追上？"

绝因师太道："阿弥陀佛！定然是追他们不上的了。"

稍顿又道："贫尼是在四日前遇上他们的，随后贫尼便星夜兼程赶至此间。"

布袋和尚连连跺足，道："这小叫花！真是活见鬼了，他明知此事事关中原武林侠道气数，却偏又……"

一语未了，却听绝因师太道："这可奇了，鬼灵子也说他所要办的事关系到武林侠道名誉，故而未及与师父道别，并重托贫尼到此间来传一句话……"

众人俱是大奇，同声道："一句话？！"

绝因师太道："阿弥陀佛，鬼灵子说，独孤樵独孤施主已现身江湖了，却不幸又落入了复圣盟手中，他正与敝小徒设法相救。"

数人同声惊道："独孤樵？"

胡醉和童超则失声道："独孤拜弟？！"

绝因师太连宣佛号。

一阵沉默。

独孤樵先前还只觉这一行男女的声音恍然有些耳熟，却偏又记不起何时曾听到过，只想如此偷听别人言谈大是不该，正欲蒙头再睡，"鬼灵子陆小歪"六字忽然传来，心头不禁大为惑然：陆小歪为救他独孤樵性命，四年前曾与金童赌命，不是早自戕身亡了么？莫非他们口中的鬼灵子陆小歪与曾救他性命的陆小歪同名同号不成？

既如此想，独孤樵便不由得不去听了。此时听得众人惊呼他的名字，其中二人甚至口称他为"拜弟"，其中之一更是晚间所见那虬髯大汉，独孤樵顿即如坠十里雾中：什么叫"复圣盟"？他几时又落入其手中了？

八十三

　　正惶惑间，忽闻楼道上传来三个人的脚步声。

　　而布袋和尚的声音也同时传来："老叫花不许他坑蒙拐骗，玩那下三烂的勾当，他早就想逃了，什么独孤公子重现江湖云云只怕全是那小叫花胡编出来的。哈哈！"

　　最后两声大笑有若重锤，直击得独孤樵气息翻涌，端的有说不出的难受。而楼道上立即传来"砰砰"两声，却是姚鹏以内家真力贯注于笑声之中，将楼道上的人给震翻了两个！另一人则强提一口真气道："可是胡大侠和姚大侠在此么？晚辈崆峒派属下弟子曹国沙求见。"

　　布袋和尚"咦"了一声，道："原来是大水冲了龙王庙，自家人不识自家人，哈哈！"

　　末了这一笑恰若柔风轻拂，独孤樵只觉胸腹间翻腾不停的气息顿即平缓。楼道上被震倒的那二人也已立起身，同声道："姚大侠好深厚的功力！"

　　曹国沙则道："深夜来访，实在冒昧。晚辈方才在楼下听掌柜的言及胡大侠容貌，擅与二位师弟上楼，事急从权，还望见谅。"

　　言罢三人越过独孤樵居所，径直走到胡醉等人门前，但闻"吱呀"一声，显是有人为他们开了。随即便闻崆峒派三人"咦？哦？！"之声，布袋和尚一一替他们引见众人，末了道："方才老叫花不明就里，行事孟浪，还请勿介怀。"

　　崆峒派三人愣得一愣，方齐声道："不敢当！"曹国沙续道："今夜得见这许多高人侠士，我师兄弟三人也不知是哪世修来的福分，姚大侠如此说话，真折煞晚辈了。"

　　众人少不得又客套了一番，末了胡醉问道："曹兄方才所言'事急从权'四字，敢问言下所指？"

　　曹国沙道："有劳胡大侠动问，四年之前，在下……"当下将其时他如何误伤自称为乔石头的独孤樵；崆峒派内讧而得丐帮执法长老卢振豪解难；崆峒派掌门五丁开山焦石子因何将镇派之宝《七伤拳谱》藏于独孤樵身上而事后独孤樵偏又下落不明……细节悉数道出,直听得人人称奇不已。只这边厢独孤樵一人不以为意,暗道这个姓曹的倒并未撒谎,并且他不叫我做乔石头而叫独孤樵,又承认当日他是误伤于我,还算得上是好人一个。

随即又付道:这曹国沙虽为人不错却是糊涂,想当日我醒来时你们一个人也不在身边,且又不在你们崆峒山了,何况纵是还在,没人我还不会自行走开么,其时又不知你伤我是事出有因,莫非我还想让你再打一拳不成!

正胡思乱想之际,便听曹国沙又道:"半月之前,忽有一蒙面人到敝派传言,说敝派的《七伤拳谱》已落入了复圣盟,敝掌门师尊问其讯息由来,那人却长笑而去,并不以真面目相示。然此事有关敝派气运,总是宁可信其有而不可信其无,掌门师尊便率了十余名弟子到江湖上暗中查证此事。不料十日之前,《七伤拳谱》又蹊跷地出现于敝派议事厅内,并附有一简短书简,说独孤少侠确实已现身江湖,只是年来他并不知怀中的《七伤拳谱》便是敝派镇派之宝,要晚辈尽快寻回掌门师尊,免中奸人之计。"

布袋和尚道:"贵派的'七伤拳'在江湖中实可算一等一的拳法,那人既已取到,为何又要归还?此事倒是有些古怪,不知——"

曹国沙已明其意,忙道:"多谢姚大侠赞誉,然实是惭愧,敝派之中,唯掌门师尊一人曾得修习,此时拳谱虽在晚辈身上,却实难以辨真伪。"

武林之中,各门各派的武功心法皆是绝不能泄漏于外的,饶是胡醉、姚鹏等人侠名盖世,也断不便让曹国沙掏出《七伤拳谱》帮着参详真伪。

过得少顷,却闻胡醉道:"那封书简是何模样,曹兄可还记着么?"

曹国沙道:"在下也恐口说无凭,师尊他老人家难以置信,故将敝派拳谱和那书简随身携带。这便是这封书简,请胡大侠过目。"

只过片刻,忽闻胡醉"啊"了一声。

众人惊道:"怎么啦?!"

胡醉道:"又是那位头戴斗笠的前辈异人!"须臾,诸如此类的声音不断传出:"是他!"

"不错!"

"是那位前辈的笔迹！"

只有绝因师太不停地口宣佛号。

曹国沙奇道："请恕晚辈愚鲁，留此书简之人，莫非——"胡醉道："曹兄放心，此书简既是那位前辈所留，便决计错不了了，还望曹兄对贵派重宝多多留意。"

曹国沙道："那位前辈如此大恩于本派，却未能一睹他老人家仙容，当真是平生憾事……唉！"

言下之意却是：胡大侠可肯告知那位前辈仙居何处么？

胡醉一笑道："那位前辈宛若神龙见首不见尾，此间诸人，竟未有能一睹其侠骨风范者，好生令人抱憾！"

江湖浪子也道："咱们虽也曾得那位前辈留书指点，却连他老人家尊姓也是不知，当可算是无能之极了。"

听江湖浪子也如此说话，曹国沙连忙道："既是如此，在下等须得依那位前辈之意行事尽快找回家师才是。告辞了。"

与崆峒派三人别过之后，布袋和尚道："如此看来，鬼灵子那小滑头此番倒并未撒谎。"

江湖浪子笑道："怎的姚大侠总对自己徒儿也信不过，依我看来，鬼灵子……哎哟不好！"

布袋和尚奇道："什么不好？你……"

也是一语未了，忽已明白江湖浪子心思："凭鬼灵子和瞿腊娜二小要从复圣盟中救人，只怕早是身涉险地了！本想打趣一句"你江湖浪子怎的也变得说话不痛不快了"，临了却改成"胡闹"二字，那是在说鬼灵子。话虽如此，却毫无责备之意。鬼灵子所行，正是义不容辞之举。

众人一般心思，当下胡醉道："事不宜迟，烦请绝因师太带路，咱们这便接应鬼灵子和瞿姑娘去！"

之后再无声息传来。

这边厢独孤樵心道：你们都上了鬼灵子的当了，他不想到这儿来，才谎说去什么复圣盟救我，可我好端端躺在这儿，又何来落入别人手中之说了。哈哈，看在那虬髯大汉下午曾帮我说过话的分上，我独孤樵须得去与他们说明此节才好。思忖既定，便移步至先前胡醉等人言谈之所，却早无一人踪影！愣得一愣，回至自己居所，忽地心头一动，暗道糟糕，这伙人越窗走了，明日没人帮着说话，那掌柜的定然饶我不过，大约总有三四两银子保不住了！自怨自艾，干脆倒头便睡。

正睡得懵懵懂懂，忽闻耳际传来一个细柔的声音："老朽已代你将《七伤拳谱》还给崆峒派了，这对你有益无害。明日你离开此间时，掌柜的会对你奉若神明，你可不得惶然无措。若与曹国沙等人相遇，你须得装作不认识，速速离开。出店后依旧往东南方向走，或许别有际遇，那却得看你的造化了。老朽便是先前那些人所说头戴斗笠之人，你吃过老朽所钓的鱼，记得么？唉！老朽违背先人遗训，自练神功，又多管闲事，有干天和，再不能教你武功了。他日你若有缘得遇一位与老朽年纪相若的老妪，她的脾气很古怪，兴许会无缘无故一掌便取了你性命，到时你就说你亲眼见过公孙鹤，他是公孙鹰的后人，并已将天冥掌练到掌风无毒并到中原来找过其祖母了。你必须牢牢记住公孙鹰、公孙鹤和天冥掌这三个名字，否则……唉！老朽也不知告知你这些话是对是错，独孤樵，你好自为之吧！"

言语到此，便即戛然无声，独孤樵就此沉沉睡去。

八十四

醒来已是次日日上三竿，甫一开门，便见一干小二肃立门口，端水的端水，捧面巾的捧面巾，更有一个抱了套叠得整整齐齐的华丽衣物。独孤樵大奇，问道："你们干什么？"

众小二满面堆欢，齐声道："大爷您老醒啦？"

独孤樵懵然不解，那怀抱衣物的一挥手，小二们群拥而上，将他拥回屋内。

独孤樵骇然道:"喂!你们是……这是要干什么?!"

众小二齐声:"小的们服侍乔大爷洗漱更衣!"

独孤樵失声道:"乔大爷?你们一定是认错人了,我叫……我叫……"随即想昨天晚间自己曾说自己姓乔名石头,且此时若报真名,不知又会惹出什么麻烦,一时竟是惶然无措。

掌柜的已得报,飞奔上楼,高声道:"乔大爷已醒了么?!"

随即面色一肃,沉声道:"怎么还不服侍乔大爷洗漱更衣!"

众小二齐声道:"是。"

言语间不由分说,七手八脚地为独孤樵擦去脸上的污泥,更为他换了一袭白衫,且戴了一顶文士巾。

独孤樵一刻不停地道着"怎么回事?这……这是不对的"。无奈这些小二俱是手脚利索之辈,不多时已将他打扮得焕然一新。也不知是受了谁指使,他们将独孤樵的银两和锦盒依旧放入他怀内,更特意制了一青绸袋子,将独孤樵本已包扎妥当的松纹木剑套入袋内,仍是负于其背,倒像是背了张古琴。

独孤樵顿时变得似是一介书生,委实不知该当如何区处,只翻来覆去地讲一句话:"你们这样做是非常不对的。"

掌柜的则笑吟吟地道:"乔公子好俊秀人物,难怪!难怪!"

难怪什么,独孤樵恰若丈二和尚摸不着头脑。

少顷,一名小二捧上一副托盘,上面赫然齐刷刷地放着五锭十两一锭的纯银,恭恭敬敬地托到独孤樵面前。

独孤樵一惊更甚,失声道:"这是……什么意思?"

掌柜的连忙道:"小的昨日有眼无珠,不知是乔公子驾到,实是罪该万死,还望乔公子大人不记小人过,区区薄礼,不成敬意,还望公子爷笑纳。"

独孤樵心头之惊异,端的难以言表,观掌柜言辞间并非作伪,当即道:"君子爱财,取之有道,请恕在下不能无端受这许多银两。"

话音甫落,忽闻"扑通"连声,自掌柜以下,众小二已齐刷刷跪在独孤樵面前。

独孤樵大惊,也连忙跪下还礼,口中道:"这……这究竟是怎么回事儿？"

掌柜的磕头如蒜，边磕头边道："乔公子若不受礼，小的们便没命了，还望公子爷慈悲。"语音中竟有哽咽之色。

独孤樵心头大惑，问道："请恕本……本公子愚鲁，不知掌柜的言下之意。"

掌柜的骇然道："小……小的不敢说。"仍是磕头不止。

独孤樵闻言心头一动，顿即想起昨夜朦朦胧胧间听到的那一番话，当下略作沉吟，轻叹一声，道："各位快快请起，本……公子收了你们银两便是。"

掌柜及众小二闻言大喜，齐声道："多谢公子爷！"

待独孤樵接过银两，才一齐立起身来，俱是满面喜色。

独孤樵又轻叹了一声，才道："若无要事，本公子这便要走。"

掌柜的连忙道："公子爷既有要事，小的们恭送公子爷。"

当下掌柜的率先引路，众小二前呼后拥地送独孤樵下楼。楼下曹国沙和两名师弟正在饮酒，见店掌柜及店小二拥着一介青年书生下来，其中一位名叫耿明冬的"哼"了一声，高声道："我还道店里的人都死光了呢！还不快给大爷打斤酒来！"

掌柜的唯唯诺诺连声称是，却依旧率众小二将独孤樵恭送出店。耿明冬当场要发作，却被曹国沙止住。

直过了一袋烟时光，掌柜才与众小二急奔回店，忙不迭地与曹国沙等人赔礼告罪。耿明冬又冷哼了一声，怒道："什么东西……"

曹国沙连忙道："耿师弟休要多言。"

耿明冬愣得一愣，兀自咕哝道："哼！什么阿狗阿猫也冒充起公子爷，这年头真是越来越不成话了。"

掌柜的连忙道："是是是！小的耽误了三位大爷要事，这便请三位大爷赏脸，小的奉送大爷们一桌酒席如何？"耿明冬怒道："哼！你以为咱们是吃白食的么？！"

掌柜的连忙道："小的不敢！小的不敢！"

曹国沙也忙接口道："我这位师弟性子急躁，掌柜的无须介怀，这便请去打了两斤酒来。"

掌柜的连忙应是，奔入柜台捧了一壶上好竹叶青来，亲自把盏斟酒。

曹国沙道："不知方才掌柜的恭送出门的是何方公子，竟尔——"

耿明冬道："什么屁的来头，老子最看不惯那些贵族公子，自己没狗屁本事，全仗着财势欺人，哼！"

掌柜的忙道："是是是。小的也不知那乔公子是何来头，只是今晨寅卯时分，小的正睡得香甜，不知怎的便撞上了鬼，那鬼也端的了得，只用两根手指，便捏住小的脖颈子，将小的拎起来，小的吓得六魂出窍七魄升天，只道此番我命休也。没料那鬼扔了五锭纯银在小的床上，让小的待乔公子醒后，便将那银子给他送去，还要小店所有人手服侍乔公子洗漱更衣，小的自是答应了。"

曹国沙等人俱是心头暗惊：捏住脖子将这掌柜的拎起来，那倒不难做到，但若只用两根指头便将掌柜的脖子夹住拎起，他们却是自忖不能。

便听曹国沙道："寻常护院家丁，断无此等身手，不知那姓乔的公子是何方神圣，此事倒委实有些古怪。"

掌柜的道："可不是么。实不瞒客官说，那乔公子初到敝店来时，打扮得与一叫花相似，也怪小的有眼无珠，竟欲将之逐出门外，若非那满面浓须的胡大爷解围，乔公子一怒之下，小的这项上之顶是否能保得住，那可就难说得很了。"

曹国沙奇道："胡大爷？可是——"当下将胡醉的容貌形容了一番，末了问道："——此人么？"

掌柜的连连点头，道："原来客官也认识胡大爷。"

随即也将独孤樵入店前后之事道了出来。

耿明冬怒道："哼！那姓乔的好大架子，竟不愿和名扬四海的胡大侠共饮，却不知他叫何名，他日遇上，我姓耿的倒要向他讨教几招！"

掌柜的道："是啊！胡大爷最是豪爽不过，那姓乔的却不识好歹。后来小的替他送酒菜上楼，问起他的姓氏，他顺口说他叫乔石头，哼，我看这名字八成是……"

"假的"二字尚未出口，曹国沙等三人早失声道："什么？！"

掌柜的大骇道："小的所言句句属实，还望……"

曹国沙连忙道："他说他叫乔石头？"

掌柜的惶然不知所措，只吓得连连点头。

曹国沙只道得一个"追"字，掌柜的陡觉眼底一空，眼前哪还有三人踪影，愣怔半晌，方自言自语道："莫非又遇着了鬼不成。"

却说独孤樵与掌柜及一干小二别过之后，茫然不知其所往，只觉此事之奇，端的匪夷所思，心道往日总得寻个因由，将这五十两纹银还给人家才好。

正思忖间，忽闻有人惊"咦"了一声，独孤樵尚未转过头去，便觉右胁一麻，人早委顿于地。恍惚之间，只觉自己腾空而起，正自御风飘荡。

也不知过了多少时刻，独孤樵悠悠醒来，发现自己正置身于莽莽林海之中。三丈开外，一个身着淡黄衣衫的背影正对着他，那人盘膝而坐，也不知在忙什么。

独孤樵道："喂！你是谁？是你将我带到此间的么？"

那人闻声转过头来，似笑非笑地看着他。

独孤樵一观之下，顿即目瞪口呆，更难道出第二个字儿来。

万人乐！

此人非他，正是飞天神龙万人乐。

见独孤樵满面惶恐之色，飞天神龙突然沉下脸来，厉声道："我那树屋可是你这小子烧的？！"

独孤樵大感，问道："什么树屋？"

飞天神龙目光中陡现杀机，盯着独孤樵，一字一句地道："裴文韶已被人杀了，那叫作死无对证，我问你，那木屋是你烧的还是裴文韶烧的？！若有半句谎言，哼！"一掌将身旁的一块巨石拍下一角，续道："这石头就是你的榜样！"

一提裴文韶之名，独孤樵反倒宽下心来，当下道："是裴文韶烧的。"

飞天神龙冷冷道："凭区区一个裴文韶那点儿微末技行，断无能出我那树屋之理，哼！我为何要相信你的话？！"

独孤樵打个寒噤，道："己所不欲，勿施于人，当日我便觉得裴文韶做得不对，难怪时隔数年，阁下仍是这般生气，却也怪你不得。"

飞天神龙怒道："不怪我？！哈哈哈！纵要怪我，你却又将怎生怪法？"

独孤樵奇道："我说过不怪便是不怪，又何来怎生怪法了？"

飞天神龙怒极反笑，连声道："好好好！"

独孤樵喜道："既然阁下也说好，那就……那就太好了。至于阁下若还不相信我的话，那也无可奈何。"

飞天神龙以其邪怪之名"享誉"江湖十数年，此时竟被独孤樵弄了个啼笑皆非，一时倒不知如何说话才好。

却听独孤樵又道："裴文韶死了？是阁下杀了他么？唉！那也叫作恶有恶报，当年他和胡涂杀那叫花时，我就认为那是非常不对……"

飞天神龙暴怒道："管你妈的对不对，大爷行事，向来是爱怎样便怎样，只需遵守江湖规矩就行。"

独孤樵道："我说的是裴文韶和胡涂不对，又没说你。"

飞天神龙怒极反笑，笑罢道："四年前我还只道你是个笨蛋，没想到现今你却变成了个浑人，天下一等一的浑人！难怪陆小歪没法教会你武功，却这般作奸使诈！"

独孤樵奇道："阁下不说，在下倒还不知自己是天下一等一的浑人。至于阁下说陆小歪教在下武功不会云云，那却是大错而特错了，因为鬼灵子从未教过在下武功……"

一言未了，飞天神龙早一弹而起，一把扣住独孤樵手腕，厉声道："那你身上的内力，却又是何人所授，说！"独孤樵只觉飞天神龙的五指有若铁圈相似，几欲将他手腕夹碎，泪花早在眼眶内翻滚，却强忍住没叫出声来，颤声道："你……你说什么？什么叫内……内力？在下可一无所知，阁下可能详告么？"

飞天神龙"哼"了一声，手指微微放松了一些，道："你跟我装什么蒜！方才大爷点你昏睡穴之时，早发觉你身负内功，虽只是一丁点儿，却已打下了习练上乘内功的根基，说到底是谁传授你的？！"

独孤樵奇道："没有呀。"

飞天神龙变色道："你想找死么？！"

独孤樵连忙道："不想。"

见飞天神龙凶巴巴地瞪着自己，又道："这些年来在下在湖东村与二位拜兄捕鱼，确实无人教在下习练过什么内功。"

飞天神龙也自奇道："湖东村？那是什么地方，竟会有身负如此博大纯正的内功之人？"

独孤樵当下便将湖东村的位置及自己如何与柴氏兄弟结拜经过讲了一遍，待讲到拜兄全家如何惨遭暴死时，再也忍耐不住，泪水早汹涌而出。

八十五

飞天神龙见独孤樵言色间更无丝毫作伪之色，心头也不禁大是犯疑，沉吟良久，方道："你将四年前随陆小歪和瞿姑娘走后所发生的事全讲出来，不准漏掉任何一个细节！听到了么？！"

独孤樵道："这倒使得。"

当下将自己四年来的诸般际遇细细讲了一遍。只遵嘱避过日前自己在"梦"中听到的话语不提。在讲到两位拜兄时，少不得又是泪湿衣襟。

飞天神龙听罢又沉吟良久，方自言自语道："古怪！邪门！当真古怪！当真邪门！"

独孤樵道："阁下有何难以索解之事，何妨道了出来，也让在下一道与你参详参详？"

飞天神龙冷哼道："与你这浑人参详个屁！"瞪了独孤樵一眼，见对方默不作声，便又冷哼道："你为何不问我觉得何事古怪？"

独孤樵道："反正我问了阁下也不愿说，在下只好免开尊口了。"

飞天神龙道："你怎么知道我不会说？"

未等独孤樵开口，又自顾道："那一剑刺死太阳叟东方圣的独孤樵我虽未能亲眼得见，但金童非杀你而不甘心，陆小歪又不惜以一己之命换你性命，崆峒派焦老儿更冒险将其镇派之宝藏于你怀中，如此看来，你倒确实……有些像是独孤樵……"

独孤樵忙道："我本来就……"突然想起一说自己是独孤樵，又难免被这飞天神龙"教"武功，当即改口道："不是独孤樵，并且……并且日前晚间听那许多人说鬼灵子陆小歪不知在哪儿发现独……独孤樵已落入复圣盟手中。在下就更不可能是独孤樵了，阁下以为然否？"

飞天神龙道："那是自然，你没半丁点儿本事，又怎能杀太阳叟东方圣了！"

独孤樵喜道："既是如此，咱们何不各走各的，阁下自去忙乎贵干，在下也……咦？怎的在下半边身子麻木不仁，莫非是中了风么。"

飞天神龙大笑道："大约正是中风了。"

独孤樵黯然长叹一声，稍顿又道："在下有一不情之请，不知阁下可肯应允么？"

飞天神龙奇道："你说。"

独孤樵道："敢劳阁下替在下去寻根木棍来。"

飞天神龙一奇更甚，问道："干什么？"

独孤樵道："在下想以木棍权当手杖，去寻郎中给治治，否则落个半身不遂，那可不是闹着玩的。"

飞天神龙闻言一愣，随即笑得浑身打战，连在地下翻了几个跟斗，兀自捧着小腹大笑不已。

独孤樵奇道："阁下——"

飞天神龙边笑边道："好，好。"却不去寻木棍。

独孤樵感然不解地看着他。过得良久，飞天神龙好不容易才止住笑声，撕了一块不知什么兽肉给独孤樵，道："你吃，吃饱了才有力气赶路。"

独孤樵喜道："这也说得是。"

接过烤肉便吃。一时二人俱未开口出声。

待独孤樵堪堪将那块烤肉吃完，飞天神龙忽然嘿嘿冷笑数声，阴恻恻地道："现在你叫什么？"

独孤樵愕然道："我叫……我叫……"他不知自己该叫什么，顿得一顿，忽然心头一亮，自己此番一路东来，实是因悲愤所至，要为湖东村的两位拜兄报仇，当下道："我叫柴方圆。"那却是将柴方柴圆两兄弟的名字合在一起了。

飞天神龙冷冷道："怎的我带你到此间来时，有三个崆峒派的小辈在后面叫你叫乔石头？"

独孤樵道："可是曹国沙他们呢？他们在哪儿？"

飞天神龙道："凭他们那点儿道行，只怕连大爷的屁也闻不到！怎么？莫非你认识曹国沙他们？"

独孤樵道："方才在下已言明，那曹国沙曾打过我！阁下怎的这般快便忘记了。"

飞天神龙"哼"了一声，道："你一会儿冒充独孤樵，一会儿自称乔石头，眼下又说自己叫柴方圆，到底你的真名叫什么？说！"

独孤樵道："在下自然不能叫作独孤樵。至于乔石头之名嘛，却是昔日裴文韶胡乱摊派给我的，那也不能作数。实在没法，就算叫柴方圆吧。"

飞天神龙怒道："是便是，不是便不是，何来就算叫柴方圆！这算什么意思？"

独孤樵道："好！既是如此，我便叫柴方圆。"

飞天神龙道："这名字可没人胡乱摊派给你，而是你自报的家门，是也不是？"

"是！"

"你的真名便叫柴方圆？"

"就算……是！"

"好啊！姓柴的，你胆子不小，竟敢消遣起本大爷来了！"

"我……没有！"

"嘿嘿！没有？！你是欺本大爷无知，竟连你身怀内力也查不出来么？哼哼！想必你是不要命了！"

"这个……这个嘛，在下绝不敢说阁下无知，更不存半点相欺之心，阁下说在下身怀内力，大约也是……不，那是不会错的，然在下实在是……实在是对不起之至，何以如此，在下实是一无所知。至于阁下最后一句话，那却问的有……有些儿欠通，试想蝼蚁尚且偷生，在下又怎会不想活命？"

"哼！"

"在下所言句句属实，阁下如若不信，在下也是无可奈何。依我之见，咱们这便分手如何？"

"姓柴的！你是第一个敢这般对我飞天神龙说话的人，纵若你身怀何等惊人技艺，莫非我飞天神龙便不能一掌取了你性命么？"

"阁下所言差矣，在下并未身怀什么惊人技艺，故而阁下一掌，大约是能取了在下性命的。"

"大约？哈哈哈！大约！来来来，咱们这便比画比画！"

"不用比画，不用比画，何况在下也比画不来。是在下一时失言，阁下一掌，那是……那是……"

"如何？"

"毫无疑问是能取了在下性命的。"

"咱们尚未试过，你怎的便知道了？来来来，咱们先试过一掌之后再说。"

"不！不！这是试不得的。"

"为何试不得？"

"因为……因为一试在下便没命了，那是一目了然的。"

"这么说你是相信我一掌能取你性命了？"

"当然，当然，在下坚信不疑。"

"但我不取你性命。"

"这……"

"你想死？"

"不想。"

"哼！你可知我为何不取你性命么？"

"请恕在下愚鲁，确是有些不知。"

"大爷无妨告诉你，是因为鬼灵子陆小歪。"

"哦。"

"你还记得四年前本大爷与陆小歪打赌之事么？"

"这倒记得。"

"那就是了，此时你仍不会丝毫武功，却又身负内力，故陆小歪是彻头彻尾输了，本大爷要带了你找他当面对质。"

"原来如此。"

"不管那真的独孤樵是否身怀武功，也不管你到底叫何名字，反正本大爷与陆小歪是赌他半年内能教会你武功，此时已过了四年……哈哈，大爷的筹码，只怕要加上那么一丁点儿了。"

"什么筹码？"

"到时你便会知道了，走吧。"

"可在下这身子……咦？！古怪古怪，在下这中风怎的不医自愈了！"

飞天神龙哈哈大笑，心头之畅快端的难以言表。数年来遍寻独孤樵不到，陆小歪偏又不肯撤了赌约，使他不得不时时避免与陆小歪朝相，实是憋气得紧。此时这独孤樵已在他手中，更兼不会丝毫武功而身怀内力，依他们昔日的赌约，陆小歪是输得不能再输了。他虽不知独孤樵那点儿内力从何而来，甚至连独孤樵自己也不知当日在汉水岸边，那头戴斗笠的老者以钓竿抛其过江时，力透鱼线，以末梢轻拂其膻中穴，输了一丝儿内力给他，其时他只忙着想求那老者传艺，且那老者的内力又柔和之极，竟未觉出丝毫异样，若飞天神龙不说，他实是毫无所知。但正因如此，飞天神龙才倍加欢快：这自称"柴方圆"的独孤樵已成浑人一个，他万人乐岂有不稳操胜券之理！故而当他说到"走吧"二字，暗运内力，大袖轻抚，解开了独孤樵被封穴道，而独孤樵还在为自己的"中风"不医自愈大觉古怪时，他岂有不大乐之理。

待独孤樵立起身来，飞天神龙忽然心头一动，四年前他带着这独孤樵东藏西躲，九天竟与人打了三十七架，只怕这"柴方圆"当真与独孤樵相貌酷肖，甚至有何血缘关系也未可知，此番若大摇大摆地带了他去找鬼灵子理论，只怕有些麻烦会无缘无故地沾惹上身，那倒大为不妥。当下收住脚步，对独孤樵道："喂！柴方圆，你等等。"

独孤樵一愣，随即想起飞天神龙所说的"柴方圆"乃是叫他，便惑然道："等？等谁？"

飞天神龙心念电闪，他对易容改妆之术并非行家里手，且此地更是前不沾村后不落店，易容之一应物事是断断没有的，只有如此这般了……

便闻"呲"的一声，飞天神龙早撕下半幅衣袂，不由分说，已将独孤樵面容严严实实罩住，只以手拽剪了两个小孔让他露出双目。

独孤樵大惑不解，问道："阁下这是干……干什么？"

飞天神龙以为自己这一招干得很漂亮，哈哈大笑道："如此一来，便绝没人再能认出你来了。"

独孤樵道："纵若被人认出，却又怎样呢？"

飞天神龙面色一凛，道："自此刻起，无论遇上何人，你都只可说自己叫柴方圆，'独孤樵'三字是万万不可出口的，记住了么？"

独孤樵道："记是记住了，但在下还是不明白……"

话音未落，早闻飞天神龙一声暴喝："够了！"

见独孤樵一派惶然之色，飞天神龙又冷冷道："你怕死么？"

独孤樵愣得一愣，道："死嘛，自然是怕的，却不知阁下言下之意，莫非……"

飞天神龙截口道："你一说自己叫独孤樵，或者让人看到了真实面容，少不得便会有人要取你性命，懂了么？"

独孤樵心头也自凛然。他虽不知是何缘故，但四年前羊头村何志福父女两人和数月前湖东村全村百十号人的惨遭暴亡，皆因他是独孤樵而起。此时听飞天神龙如此说话，禁不住泪水潸然而出，半晌才缓缓点了点头。

飞天神龙见状大喜道："事不宜迟，咱们这便找陆小歪去也。"

话音甫落，忽闻二十丈开外传来一怪叫声："究竟是何方小辈活得不耐烦了，竟敢将我天山二怪的师父之名抬着大呼小叫！"

八十六

　　飞天神龙眉头大皱，尚未及叮嘱独孤樵不可泄漏身份，天山二怪早双双立于对面五丈开外，一齐对飞天神龙怒目而视。

　　便听牧羊女梅依玲道："方才大呼小叫的，便是万人乐你这小子么？"

　　飞天神龙万人乐本是个天不怕地不怕之人，但此时他却不愿多生枝节，当下赔笑道："经年不见，二位前辈是越来越……这个……爽朗了。"

　　牧羊童阳真子忙道，"什么叫'今年不见'！咱们是有三年多未见过面了，哼！你这小子的话狗屁不通之至，我和依玲以天山二怪为名，而朗爽便是丰朗爽直的意思，你是讥讽咱们名不副实么？！"

　　飞天神龙忙道："晚辈不敢。"

　　阳真子道："你固然是晚辈，但鬼灵子是我歪邪派开山掌门，更是我二怪的师父，推算下来，他便是你前辈的前辈了。偏你这小子不知天高地厚，竟将前辈之前辈的名讳大呼小叫，莫非是这三四年来，你已然武功大进，竟不将我歪邪派放在眼里了么？来来来，咱们便比画比画再说。"

　　言罢便欲动手。

　　飞天神龙心头大叫倒霉，口上却连忙道："四年前晚辈便是二位前辈手下败将，此时观二位前辈更是龙精虎猛，若论动手，晚辈是断断不敢的。"

　　梅依玲"哼"了一声，道："然方才直呼我二怪师父尊姓大名的，莫非是那蒙面的小子么？！"

　　飞天神龙道："这……"

　　阳真子也"哼"了一声，道："你是欺我二怪老耳昏聩了，居然听不出你的声音来了么？！很好，很好！四年前你败于我和依玲之手，心中大约是一直不服的，今日你们是两人，我们也是两人，便来重新打过再说！"

其实四年前二怪与飞天神龙那一战，虽说二怪功力深厚而占尽上风，然轻功却比之飞天神龙有所不及，更何况在莽莽森林中，飞天神龙更是如鱼得水，虽凶险万端，却还是被他挟着独孤樵上树逃脱了，并未有丝毫损伤。四年来天山二怪倒是一直对此事耿耿于怀，心道凭他二人功力，竟让区区一个飞天神龙将人带了逃遁，那委实是大丢颜面之事，故而闭口不谈，只一心欲与飞天神龙找回场子。偏这四年飞天神龙为避开鬼灵子，恰似自武林中消失了一般，今日巧遇，纵是飞天神龙并未高呼什么陆小歪之名，天山二怪也是要逼着与他重新打过的了。

二怪行事虽邪，却并非莽撞之辈，待阳真子话音刚落，二人心意相通，早一前一后将飞天神龙和独孤樵围住。

飞天神龙见状大怒，邪气偾张，哈哈大笑数声，道："天山二怪，若凭功力蛮打，姓万的自不是你二人对手，但此时此地，他们自信能困住我飞天神龙么？！哈哈！"

阳真子也大笑两声道："好说，好说。"梅依玲则只淡淡地道："别让他上树。"

飞天神龙闻言一凛，凭二怪身手，要逼住他在地上死缠烂打倒真并非难事，若不飞身上树，后果端的大为堪虞。当下只冷笑不语，暗自计较脱身之法。

忽闻阳真子暴喝一声："何方狂徒！竟敢在我天山二怪面前蒙面不见，当真是见不得人么？照打！"

他说"何方狂徒"四字时，已是功布全身蓄势待发。说到"蒙面不见"时，人已若鹰隼相似，飞身疾射独孤樵，待最后"照打"二字出口，左掌已触及独孤樵神庭穴，右掌则早抚中独孤樵胸前鹰窗穴！

陡见阳真子飞身跃起，飞天神龙心头之惊骇端的难以言表，只道得"不可"二字，人已电射而上。

然天山二怪心意相通，阳真子甫一出声，梅依玲便明其意。待飞天神龙身形微动，她也飞身跃起，空中截住飞天神龙，电光石火之间，二人已交换了一腿三掌！

也是在电光石火之间,阳真子已觉出独孤樵并不会丝毫武功,其内力也微弱至极。他一生行事虽邪,却并非滥杀无辜之辈,当下强自收回真力,只左手化掌为爪,将独孤樵的蒙面巾一把揭去。

"嘭"的一声,独孤樵虽只胸间鹰窗穴吃了阳真子不到半成真力,却已经受不住,仰身倒地。

变起仓促,飞天神龙纵身而起时所提起的内力尚未及三成,哪堪与早有防备的梅依玲相比,硬接了一腿三掌之后,人被震得"腾腾腾"倒退出七步之多,方才立稳脚跟,"哇"地吐出一大口鲜血,面色惨白地坐下盘膝运功调元。

而阳真子倏然间强收真力,恰似以自己数十年功力回击自身,也是一口脓血喷出,委顿于地。

仅刹那间,场中四人便有三人人事不省,只梅依玲呆若木鸡怔立当场;双目紧紧盯着独孤樵面容,惊愕得更难呼出一口长气。

良久。

一阵凉风吹过,梅依玲骇然一惊,见阳真子面若死灰,了无生气,比之独自盘膝运功调元的飞天神龙万人乐,显是所受内伤更重。他们天山二怪数十年伉俪情深,心头狂震之下,梅依玲哪还能顾及其他,当下疾掠过去,伸手一探鼻息,只觉阳真子气若游丝,少顷便有性命之厄。惊骇之际,忙将阳真子翻身侧卧,连点了他中冲、合谷、百会、人中、大敦等穴,运气于劳宫穴,力达指尖,以左右中指将内力源源输入丈夫体内。

天山二怪所习内功本是一种,更兼夫妻形同一体,虽阳真子所受内伤极重,不到盏茶时分,梅依玲便以强劲内力将其已被震离的五脏六腑归位。

饶是如此,梅依玲仍是深知丈夫的性命虽已从鬼门关前被拉了回来,但她若此时撤了内力,阳真子说不得依旧还需找阎王爷会面,更不敢有丝毫松懈,反运出平生修为,将内力自阳真子百会人中二穴绵绵不绝地输入。

少顷,阳真子、梅依玲和飞天神龙万人乐三人,俱是头缠氤氲白雾,更不知方外之物了。

又过了半个时辰,反是独孤樵穴道自解,率先醒来,陡见天山二怪和飞天神龙之状，不由大觉蹊跷，还道他们准是在弄何玄虚，当下复又闭上双目，更不敢有丝毫异动。

如此过得盏茶时分见他三人仍是了无异状，不由心头犯疑，暗道：这三人皆是好斗之辈，那是断断不能与他们同行的。只是他们武功太高，身形如同鬼魅，跑是跑不掉的，那却如何是好？

随即又忖道：此时他们一动不动，状似老僧入定，纵若他们是故弄玄虚欺骗于人，我好歹也得试试，若能逃离那是最好，纵若不能，大不了也不过再被他们捉了回来。

思忖既定，便轻轻翻身立起，蹑手蹑脚地悄悄离开，先是屏住呼吸，一步一步慢慢移动，直如此步离三十余丈后，方拔腿狂奔。并不见天山二怪和飞天神龙追来，心头还暗道侥幸。

独孤樵自是不知，天山二怪和飞天神龙"故弄玄虚"之时，纵是个不会丝毫武功的寻常少年，也可轻而易举地将武林中赫赫有名的"三邪"除名。

第三十一回 阵困

八十七

狂奔得半个时辰，距飞天神龙和天山二怪已有十数里之遥。独孤樵松了口气，顿觉胸间气血翻涌，难受万端。当下收慢脚步，缓缓而行。仰首望天，但见阳光细碎。方才拔足狂奔之时，尽往茂密处跑，此时四周昏暗，倒不易辨准时辰方位。

如此信步行出里许，仍是难辨东西，独孤樵苦着摇摇头，正欲寻个安歇之所，忽闻左侧数丈开外传来轻微的脚步声。

独孤樵心下大骇，只道是终给飞天神龙和天山二怪追寻到了，不由黯然长叹一声，只待束手就擒。

殊不料他长叹之声未落，便被一惊"咦"之声打断。

那声音有若黄莺啼鸣，煞是悦耳。

独孤樵心下微奇，举目一观，顿即浑身如遭电击，再难将目光移开分毫了。他看到了一个少女：一个绝色少女。

一个恍非尘世中人的绝色少女。

独孤樵几疑是在梦中，想使劲儿眨眨眼睛，又怕眼前的景象突然消失，就像传说中任何仙女下凡都会突然消逝那样。然而那少女绝非仙女下凡，因为独孤樵不止一次见过她。

她是玉女。

玉女见独孤樵呆呆盯着她，不禁面色微微一红，将头转向一侧。

独孤樵看到了她颈间雪白的肌肤，是那种弹指即破的肌肤。

独孤樵似是醉了，心里始终有个声音在不停地响：这不可能，这不可能……

然而可能。

不仅可能，而且实实在在，尚在玉女年幼时，独孤樵便见过她，只不过在当时抑或现在，他独孤樵便都是武林中最大的一个谜，只不过他自己不知道而已。

除独孤樵急促的呼吸声外，四周一片寂静。玉女心下大奇，微微转过头来，见独孤樵仍是目不转睛地盯着自己，禁不住"扑哧"笑了一声，继而只觉面上温热，忙收敛笑容道："是你？"

独孤樵却依旧痴痴地难以言表。

玉女微觉羞怒，当下板起脸道："独孤樵，你怎会在这儿？"

纵是愠怒之言，独孤樵也觉比仙乐还要动听，仍是无言。

玉女冷哼一声，转身便走。

独孤樵似是大梦初醒，忙道："请……请留步！"玉女陡地转过身来，娇眉一挑，怒道："怎么？"

独孤樵结结巴巴地道："也不……怎么，只是……只是姑娘怎的识得在下贱名？"

玉女怒火更炽，冷冷道："独孤樵！当日御兄要杀你，本姑娘还觉得你怪可怜的，早知你人品竟是这般低劣，我也就不劝御兄。而鬼灵子陆小歪甘舍一己之命救你，总算得是有眼无珠了！"

"鬼灵子陆小歪"六字忽一入耳，独孤樵顿即清醒，四年前的诸般事情渐渐清晰，只听他喃喃道："是的，不错，我们本是很早就见过面的，只当时在下仅觉得你好看，竟未发现姑娘美若天仙，实在当得起'有眼无珠'四字！"言罢连连长叹不已。

这几句话实是说得无理至极，然天下妙龄少女，无一不喜欢男人说她美丽的。何况玉女自幼与昔日"武帝"太阳叟和金童在一起，自来人人对她敬畏有加，谁又敢直说如此"亵渎"她的话。以至她虽美若天仙，自己却是不知，还道天下少女皆是一般。此时独孤樵这般言状，倒使她心头三分薄嗔三分喜意，一时作声不得。

忽听"噼噼啪啪"数声脆响，玉女尚不明所以。独孤樵双颊已各印了十余条痕印，却是他左右开弓，自掌了几记耳光。

玉女大奇道："你……喂！独孤樵你干什么？"

独孤樵垂首道："方才在下对姑娘无礼，本该挖去双目的，然若是双眼不能视物，倒委实有诸多不便，故而自掌稍示歉疚之意。似姑娘这般人品，原本是不该多看一眼冒犯的。"他说得诚恳之极，玉女不由得心头喜欢，问道："你真是……这么想的么？"

独孤樵忙道："在下若有半字虚言，叫在下不得好死，万劫不复超生！"

玉女咯咯笑道："我只是随便问问，谁又让你发这般重的毒誓了，我看你这人真有些傻气。"

独孤樵道："在下原本是很傻的，姑娘之言一个字儿也没错。"

玉女粉面一红，正色道："独孤樵！你到底是真傻还是假傻？"

独孤樵也正色道："若在下是假傻，先前之言便是存心欺骗姑娘了。在下真是很傻的。"

玉女憾然看了独孤樵很久，见他言出真心，不由奇道："那我问你，现在武林中人人欲得你而甘心，黑道上的欲杀你，白道上的想救你。武林精英，眼下尽聚于这大峪山中，你却来自投罗网作甚？"

独孤樵奇道："什么叫自投罗网？在下实在不知为何有人要杀我而有人又要救我，至于什么白道黑道，在下就更是弄不清了。对啦，姑娘是白道还是黑道？不不不，在下最后这句话实在是问得愚蠢之极。"

玉女倒真是被他的最后一句话给弄懵了，愣怔良久，才道："你说什么？"

独孤樵抬起头，但只敢看玉女一眼，便赶紧低下头去，低声道："在下这句话若说出来，对姑娘实是有所冒犯，若是隐而不言，也是对姑娘不敬，端的好生为难。"

玉女道："你爽爽快快说了便是，又有什么为难了？"

独孤樵道："在下若说出来，姑娘可不能生气？"

玉女道："说便说了，干吗婆婆妈妈的！"

独孤樵鼓足勇气，道："好！在下这便说了，只因先前姑娘转过头时，在下不慎看到了姑娘颈间肌肤，实是状似白雪，润似温玉，与'黑'字绝无半分干系，故在下问姑娘是白道黑道，那便问的愚蠢……"

"之极了"三字尚未出口，玉女早面色一寒，娇叱道："住口！"

没料独孤樵轻叹一声，接口道："在下非礼于前，非言于后，大违君子之道，那叫作咎由自取。姑娘生气，本是应当。唉！"

玉女怒气更甚，喝道："什么非礼于前，非言于后！你休要胡说八道，若让我御兄听见，一剑便杀了你！"

独孤樵道："君子云：非礼勿动，非礼勿视，非礼勿言。在下动是没动的，只是这'视''言'二字，却真是非礼了的，纵若……"

余言未能出口，玉女又是一声清叱，手持白练，腾起一丈有余，玉腕轻抖，独孤樵但觉眼前白光倏闪忽收，定眼看时，玉女早粉面含霜，复立当地。

独孤樵尚未来得及喝彩，又闻一阵"唰唰"声，青枝绿叶已如雨下，在玉女身周五尺方圆内铺成了一圈！

独孤樵咋舌不已，却听玉女冷冷道："独孤樵！你以为本姑娘便杀不了你么？"

独孤樵看看那圈青枝绿叶，又看看玉女，蛮有把握地道："姑娘定然是杀得了在下的。"

玉女怒极，只以为独孤樵一味调侃于她，当即喝道："独孤樵！你欺人太甚，本姑娘今日纵是败于你手，往日也定将让你死得苦不堪言！看招！"

独孤樵正自惶然，兀不知玉女为何怒气越来越甚，正欲再表歉意，然未等他开口，玉女说打便打。独孤樵忽觉气息窒闷，随后喉头一甜，就此昏了过去。

八十八

却说鬼灵子数年来一直跟着师父布袋和尚姚鹏行走江湖，虽也曾风光，且学到了不少本事，但总是觉得气闷。

姚鹏侠名卓著，身为江湖第一大帮帮主，统率群雄，武功盖世，但鬼灵子觉得自己恰若大树下的一株小草，始终摆脱不了师父的荫护。从散人谷中学到的本事，那是一桩也派不上用场的。偶尔牛刀小试，那也是为捉弄瞿腊娜以寻开心。无奈时日一久，瞿腊娜便已习以为常，稍有过分，也不过给他一两个栗凿而已，而太过分他自己也不忍心，还得受师父责骂，端的憋气得紧，只想寻个觑儿偷偷溜之大吉，干一两桩大事以图新鲜刺激，更兼让人刮目相看。只可惜正所谓"知徒莫如师"，姚鹏看管得甚紧，始终难寻空子。后得知胡醉、童超和毒手观音三人计较已定，欲将各自的平生绝技传授于他，让他在第二个四年之约时独斗公孙鹤，且布袋和尚已然应允，鬼灵子更是叫苦不迭，暗中也不知叹了多少长气。

这日在皖西境内，忽与天山二怪相遇。鬼灵子暗道天助我也，如此这般哄骗一番，二怪大觉有趣，一口一个师祖地邀了布袋和尚前去饮酒。鬼灵子自言不胜酒力，奏准师父，让瞿腊娜扶他先回落脚客栈。布袋和尚不知是计，又叮嘱瞿腊娜看管好鬼灵子，殊不知就此"着了道儿"。

方离酒店不到十丈，鬼灵子忽然道："咦？！不对呀！"

瞿腊娜道："什么不对？哼！你少给我耍滑头。"

鬼灵子嬉笑道："你这话就更不对了，我且问你，什么叫耍滑头？"

瞿腊娜道："你现在一点儿醉意也没有，那就是耍滑头。走走走，咱们这便找姚大侠评评这个理去！"

鬼灵子忙道："师父他老人家正饮在兴头上，咱们这时去败他酒兴，那是千万不该的，何况……"

说到"何况"二字，就忽然转头看着瞿腊娜嘻嘻地笑。

瞿腊娜白了他一眼，问道："何况什么？哼！我看你贼兮兮地笑，准是……准是……"

鬼灵子道:"准是什么?嗯?"

瞿腊娜一张娇面涨得通红。此时他二人均已及弱冠之年,更兼情意已深,瞿腊娜本想说"准是不怀好意"。忽又觉此言出于一个女孩儿家的口里颇为不妥,便即强忍不言。鬼灵子聪颖,个中之情焉有不知,故而有此一问。

瞿腊娜窘急之下,一时倒不知如何应答。

鬼灵子得寸进尺,续道:"若我所料无差,'准是'二字后面定然尚有四字,可要我将这四个字说出来么?"

瞿腊娜急中生智,冲口道:"是四个字又怎样?也不用劳驾阁下尊口,我自己说出来也就是了,哼!这四个字是:想耍滑头!"

鬼灵子微微一愣,心道这小姑娘倒也不笨,竟将我"顾左右而言他"的本事给学了去,应变得也算机灵,但若与"本师"相比,你却终究差着老大一截。

当下笑道:"照啊!方才是你说我想耍滑头是不是?"

瞿腊娜道:"是又如何?"

鬼灵子道:"也不如何。只是我再问你,你之所以说我想耍滑头,是因为你看出我其实一丁点儿醉意也没有,是也不是?"

瞿腊娜"哼"了一声,道:"正是:你跟令师说自己不胜……"

鬼灵子忙截口道:"对对对!简直太对了,你看我没一丝酒意,便说我想耍滑头,那么天下此刻没有一丁点儿酒意的人定然不下千万之数,就是说他们都想耍滑头了?是也不是?"

瞿腊娜明知这话大错特错,却不知如何辩驳。只道出一个"你"字便没了下文。

鬼灵子则口若悬河,续道:"当然凡天下人天下事皆不可一概而论,方才是你我二人说话。与天下人可没多少干系。然就咱二人而论,依你看是谁的酒意多些?"

方才瞿腊娜一杯未饮,鬼灵子却多少喝过几杯。听鬼灵子如此问话,便自然而然地道:"我一杯未饮,又怎会有酒意了?!"

鬼灵子笑道："这就是了，既然没酒意的人便是想耍滑头，就咱们二人而论，只怕……嘿嘿！嘿嘿！"

言下之意，竟是瞿腊娜想耍滑头的成分比他鬼灵子尚要多些。瞿腊娜知自己斗口总是斗他不过的，当下跺足，道："好！你等着，我去叫了你师父来与你理论。"言罢转身便走。鬼灵子暗道要糟，若真让瞿腊娜此刻走去告状，凭师父的脚程，他今夜无论如何是溜不掉的，为今之计，还是先拖一刻算一刻，最好能说动这小姑娘一块跑，师父对这小姑娘挺放心，让他以为咱们一直在客栈卿卿我我，放开海量大喝，时间越长越好，也不知我那两个老徒儿成是不成，不过好歹试试总比不试要好，能跑得远一些，开溜的机会总也越大。

心念电转，心头已有计数，当下故作不经意地道："很好，你快去。我倒想试试自己这些年来功力进展如何，看能不能独自从师父眼皮子底下开溜。快去啊。"

瞿腊娜马上便停住脚步了，转过身来盯着鬼灵子，偏又不知该说什么。

鬼灵子装模作样地叹了口气，道："你怎么还不去？我好歹也得试试才成呀。"

瞿腊娜道："哼！我偏不去，方才令师交代要我看管好你，若让你试成了，我可怎么对得起姚大侠。反正今夜我是跟定你了，你妄想再耍什么花招！"

鬼灵子长叹道："看来我今夜是溜不掉了。"

瞿腊娜咯咯笑道："我一步不停地跟着你，看你如何开溜。"

鬼灵子道："早知如此，方才我不告诉你自己的打算就好了，唉！"

瞿腊娜道："现在你想后悔也迟了。"

鬼灵子道："你真的要一步不停地跟着我？"

瞿腊娜道："正是。"

"你不后悔我会生气？"

"你生气又能怎样，哼！"

"真的？"

"真的。"

"君子一言——"

"呔……不，你这人坏也坏死了，我又差点儿上了你的当。若你要开溜，那我就堵住你！"

"你干吗这么怕我跑掉？"

"哼！"

"哼什么哼？我知道你是怕我那老叫花师父生气，是也不是？"

"是又如何？"

"其实你是大大的错了。"

"哼！"

"与你讲大道理谅你也不知，我只问你，数年来我那老叫花师父最急欲办的却是何事？"

"除胡搅蛮缠外，你又能讲出什么大道理来了？！"

"这姑且不去论它，只是一句话便问住了你，倒有些出乎我的意料。"

"哼！你当我不知道么，姚大侠数年来将帮中的事务托给李长老、卢长老和王长老三人照管，为的便是抽身到江湖中找寻独孤樵独孤公子。"

"哟！真看不出你竟然也明白了这一点，佩服！佩服！"

"少跟我来这一套。"

"好好好！我再问你，为何独孤公子的拜兄胡大侠和童少侠都不急，偏是我师父最急？"

"这……这大约是胡大侠和童少侠忙于追杀任空行等人，才将此重任交给令师姚大侠的吧？"

"错了错了！错之极矣！自作聪明，可笑啊可笑！哈哈！"

"你得意个什么劲！哼，谅你也是不知。"

"若我不知，天下便更无一人知晓的了。嗯，姑娘可否借一步说话？"

"在这儿说不是一样么？我看你是想搞鬼。"

"这儿人多耳杂，实有不便。好吧，有些话实不便直言相告，若你连当年送你回峨眉山的是何人也不想知道，那咱们这便回客栈去了也。"

"你……你是说已知道当年差你田三叔夫妇送我回蜀中的那蒙面人是谁了？！"

"你想知道？"

"他……他？！"

"你真的很想知道么？"

"当然很想！我们整个峨眉派都想找到那人报恩，只是不便强问田三侠。你快说他是谁？！"

"那人不愿泄漏身份，在此地说多有不便，咱们还是回客栈的好，否则家师若喝醉了，我那两个老徒儿可不怎么会服侍人。"

"不！不！姚大侠酒量如海，不会轻易便醉了的。咱们这便去寻个没人的地方，你告诉我那人是谁，好么？求求你了，我这一辈子都会感激你的！"

"这……不大方便吧？"

"不！方便的！"

"你说无妨么？"

"嗯。"

"既然如此，我便无妨告诉你，今夜我是想走开……"

"你想溜走？"

"等我将话说完嘛。今夜我离开师父，那是大有道理的。"

"哼！我再不信你的鬼话了！"

"你信也好，不信也好，不过我可告诉你一句，便是那蒙面人差我那两个老徒儿到此地来的。"

"这不可能。"

"那人差二怪来，要他们缠住家师让我去办桩大事，因为此事普天只有我陆小歪一人能办成。"

"也不知羞，莫非你比令师姚大侠还更了得么？！"

"若论武功心智，我自是不及家师之万一，但世间事，并非全靠武功能解决的，俗言道：尺有所短，寸有所长，如若论机关设阵、妙手空空和赌技，家师大概便及不上我这做徒儿的了，哈哈！"

"你不学好，那些下三流的勾当，姚大侠自然及你不上了。"

"非也非也！三百六十行，行行出状元。何况我之所学，正好替你那救命恩公办这桩大事。家师武功虽高却偏不能，你信是不信？"

"你——你没骗我？"

"你总是疑神疑鬼，难当大任，哼！若错过明日辰时，你非但见那救命恩公不到，且那人委托咱们办的大事，只怕也难以办成了。"

"真的？咱们能见他？"

"别啰唆了，快随我走。"

"……"

"事急从权，你还犹豫什么？是了，你不想见那救命恩公，也不想替人家办区区一桩事，那就算了……"

"好！我跟你走，若你骗了我，我在姚大侠面前横剑自刎也就是了！"

当下二人疾奔出镇，径投西南，只三四个时辰，已至大别山区。

八十九

其实数年来鬼灵子也一直在猜测那差田归林夫妇送瞿腊娜回峨眉之人是谁，隐隐约约似已有所悟，却总证实不了。他曾随师父到过柳家堡一趟，其时白马书生柳逸仙已召回了三弟田归林，黑力铁姑也在堡内，却唯独未遇师姐柳玮云。柳念樵已近五岁了，除喜爱装扮鬼脸捉弄人外，对世事尚一无所知——白马书生绝不许他离堡一步。鬼灵子在瞿腊娜求恳下，使尽诸般解数，也未能从田归林和铁姑口里探得一丝口风。饶他机智百出，也是一无所获。

此时他骗得瞿腊娜一起逃开师父，心头总在盘算如何能使她不再起疑，虽想好了无数说词，均觉不甚妥当。心头正自忐忑，瞿腊娜忽然收足转身道："此地离姚大侠已过百里之遥，又是万山峻岭，你算是溜掉了。可以告知我那救命恩公是谁了吧？"

鬼灵子故意神秘兮兮地四处环视一番，才道："当夜你以为我已命赴黄泉而举剑自刎，那份深情我陆小歪是终生感激的。"

口上这么说，心头却飞快盘算，如何能将一大通谎话编得毫无破绽。心念电转，便已有了计较，正欲再言，却听瞿腊娜道："什么深情不深情，是我自己愿意，也用不着你谢了。"

鬼灵子道："真的么？那就算了。"

"什么算了？"

"我也不必说那人是谁了。"

"你——"

"好好好！看你急成那般模样，我说了便是。我问你，当夜你正欲挥剑自刎之时，可有个蒙面女子出手相救？"

"是，我……"

"送佛送上天吧，我无妨再告诉你，救你性命，差田三叔夫妇送你回峨眉，以及今夜令二怪来缠住家师的，原本是同一人。"

"啊？！"

"你倒是猜猜看，能差动我田三叔夫妇和二怪的女侠，江湖中能有几人？"

"我看……"

"你再想想看，我师父何等精细，怎会轻易上了天山二怪的当，那差二怪来的人，自是来头极大，你只往这方面去想可矣。"

"能差田三侠夫妇的前辈妇侠，江湖中倒不乏其人，但能差动天山二怪前来的，倒是……不大好猜。"

"怎不好猜，只需辈分比二怪高的，便能差动他们了。"

"但辈分比二怪高的女侠，江湖中却从未听说过呀。"

鬼灵子嘻嘻笑道："我陆小歪不是比二怪辈分要高么？！"

瞿腊娜面色一寒，叱道："陆小歪！你要再打哑谜，我便……便死给你看！"言罢"呛"的一声拔出宝剑来。

鬼灵子知她性子外柔内刚，当真是说得出做得到，不禁骇然道："腊娜休要如此！你听我说。"

瞿腊娜并不还剑入鞘，只"哼"了一声。

鬼灵子见事已至此，心头暗道：何不将自己平时所猜之人说了出来，只需留下一些余地便了。

当下道："那人身份极为隐秘，绝不愿为人所知，我若就此道出，她一剑将我杀了那是活该，但……唉！你若敢发下重誓，绝不对第二个人提起她真实姓名，包括对令师绝因师太和家师也不提及，我方敢告知于你。"

瞿腊娜毫不犹豫地跪下，凛然道："皇天在上，厚土在下，我瞿腊娜若敢泄漏救命恩人名姓，有若此树！"

言罢一挥长剑，将身侧手臂粗细的一杏树拦腰斩断，这才立起身来，还剑入鞘。

鬼灵子见状道："好，你附耳过来。"

瞿腊娜依言附耳过去，鬼灵子只轻声道得两句，瞿腊娜忽然"啊"的叫了一声。随后仰首看天，只喃喃道："是她！原来是她！原来是她……"

鬼灵子心头大惭，暗求上天保佑自己所猜之人不差，否则也太对不起瞿姑娘了。退过一旁，黯然无语。

良久，瞿腊娜方缓过神来，对鬼灵子道："既是……既是她吩咐下来的事情，无论上刀山下油锅，我瞿腊娜也是在所不辞的，只不知究竟是何大事？"

鬼灵子大犯踌躇，沉吟道："这个嘛……嘘！有人！"

此番倒非鬼灵子使诈，二十余丈开外，果然隐约传来人声。

瞿腊娜一惊，随即与鬼灵子一起躲藏于一棵巨树之后。此时晨光初现，只五六丈外方隐约可视物事，少顷便有人声自十丈之外传来。

只听一人道："此番'狼山双鬼'捉住独孤樵夫妇归盟，咱们青衣堂益发不如人家了。"

另一人道："艾虎艾豹有什么了不起，他妈的，只不过运气好而已！"

第三人道："可不是么，那独孤樵不会丝毫武功，他老婆虽武功不弱，毕竟是女流之辈。若让咱兄弟们遇上了，不劳大师兄、二师兄动手，就我甘不廉一人，纵有十个八个独孤樵夫妇也给捉住了！"

第四人道："多言无益，反正咱兄弟四人就是不如狼山双鬼。"

第一人说话平平淡淡，第二、三人说话刚猛沉雄，最后一人说话阴阳怪气，正是复圣盟青衣堂堂主活李广震天宏之四大弟子，老大姓左，名不礼，依次为凌不义、甘不廉、吕不耻。

四人之中，左不礼得师父真传最多，武功已臻一流，使的也是袖手箭，几可与其师比肩，所欠只是功力不如而已，人称"十丈活"，那是说他一甩袖手箭，十丈之内无人能得以活命！

凌不义、甘不廉二人一身"金刚太保横练"，据说已至刀枪不入之境，这虽未免夸大其词，但二人天生神力，却是众所周知的。凌不义号"九刀死"，使一把重达四十余斤的鬼头刀，临敌时前四刀专门以硬碰硬，震飞敌方兵刃，后五刀大开大合状似疯痴，尽斩敌手要害。

这套"九死刀法"，本是南海一疯樵夫所创，昔年震天宏偶历其地，与那疯樵夫相遇，二人恶斗一日，震天宏胜得半招，那樵夫盯着对方呆视良久，突然哈哈大笑，只道得"你赢了"三字，竟尔扬长而去。震天宏念其武功了得，一日恶斗之后又觉力乏，便未追上取其性命。

不料待震天宏临离去时，那疯樵夫去而复回，一言不发，在离震天宏七八丈远之地，将自创的刀法一招一招演练了三遍。震天宏知他是感其活命之恩，以一套刀法相赠，当下默默强记。待樵夫又自行离去之后，便以掌代刀试演一番，虽觉威力奇大，但与自己性格大不相投，尤其后五招，倒似欲以对手拼个同归于尽，因而舍去不练。后收得凌不义为徒，其脾性暴烈，三言不合便要拼命，倒与那疯樵夫有些相似，便将那套刀法传给了他，凌不义也因此得了个"九刀死"之名头。

与凌不义相比，"八超生"甘不廉性格之暴躁丝毫也不逊色，甚至犹有过之。他使一根粗逾门柱的木棒，虽也只重四十余斤，但如此粗大的兵刃，在江湖中委实罕见，每使开来总是双手环握，照理绝不能分手应敌，但他独练一套"八荒棒法"，虽一共只八招，却招招进取，状似拼命，敌手若稍有怯意，他竟会撒手木棒，让它坚立于地，自己却合身扑上，抱住对方。用臂一紧，便将敌手勒个肋骨寸断！他这一抱乍看笨拙之极，实则已深得蒙古摔跤精奥，出手方位及时且诡异而古怪，令人防不胜防。更兼他以"不廉"为名，使此招时更不管对手是男是女，反正他这招有个名目叫"置之死地而后生"，对手纵是男人尚且畏惧几分，若是女流之辈，被他一抱之后，纵是武功远胜于他，也当真是被"置之死地"了。

吕不耻虽名列最末，武功却在其二三师兄之上。他所练的乃是一套掌法，叫作"七步亡命掌"，本是乃师活李广震天宏从甩箭手法中自创出来的，虽不如何精奥，威力也并不如何了得，但他十指皆戴鸽卵大小的"戒指"，十只戒指中各藏何物，大约只有他自己才尽数知晓。临敌之时，那些黑黝黝的戒指中，谁也不知何时会喷出什么，有时是黄雾，有时是白粉，有时又是墨汁，人若嗅之沾之，或昏；或痒，或瘫，或哑……七步之内实难有人脱逃，故其自号"七步亡"，倒也并非胡吹大气。他虽只一双肉掌，却似手中握有十般利器，端的诡异辛辣。武林中每提及此人，虽鄙其下流，却又骇然色变。无奈他自以"不耻"为名，你又奈其何哉！吕不耻为人卑鄙无耻。说话阴阳怪气，得损人时便损人，纵是其同门也不轻饶，最是难缠不过。

师兄弟四人合称"礼义廉耻"，实是大大的名不副实，只因他们武功不弱，乃师震天宏更是难缠，一般江湖中人倒也不敢轻易招惹他们。

却说鬼灵子陡闻左不礼"此番狼山双鬼捉住了独孤樵夫妇归盟"之言，脑中猛然"轰"的一声，恰似陡遭雷击，人竟昏了过去。

瞿腊娜兀自不知，待左不礼等人行出二十余丈之后，方道："咱们跟不跟上去？"

却不闻鬼灵子回应。

瞿腊娜心下微奇，转头看鬼灵子时，但见他双目紧闭，面色发白，不由大惊，失声道："你……你怎么了？！"一探鼻息，知他早已昏迷，不禁花容失色，急忙施救。

未久，鬼灵子悠然转醒，第一句话便是："他们……还在么？"

瞿腊娜道："他们往那边去了。"言语间用手指了指西侧。

鬼灵子弹地而起，只道了两个字："快追！"人已箭射而出。

瞿腊娜微一愣神，便即飞身跟上。

等瞿腊娜跟上，鬼灵子一拉她手，并不放慢脚步，只急急问道："他们还说了些什么？"

瞿腊娜近年来虽剑法精进，但内力比之鬼灵子却远为不及，得其相助，这才勉强跟上，当下将左不礼、凌不义、甘不廉和吕不耻四人的话复述了一遍。

鬼灵子越听越惊，急奔间忽觉天旋地转，眼前一黑，俯身栽倒，将瞿腊娜也给带了个跟跄。

大惊之下，瞿腊娜急将鬼灵子抱离大路七八丈远，平放于地，再度施救。没料直过了一盏茶时分，鬼灵子竟毫无清醒的迹象，却因此番鬼灵子正运全力提气疾奔，惊急之下，一股真力岔了经脉，就此昏迷过去。而瞿腊娜内力不弱，且路数不同，故无法将其救醒。

正惶急无措，忽闻道上传来一声佛号，随即有人道："咦？腊娜，你怎么会在这儿？"

瞿腊娜闻言先是一惊，继而喜极而泣："师父……"

来者正是绝因师太。

大袖飘飘，绝因师太早立于瞿腊娜身侧了，"啊"了一声，才道："腊娜，鬼灵子他怎么了？"

瞿腊娜惊喜交集，断断续续地道："我……我们正追……追人，陆小歪他……他突然昏了过法，请师父快救……救他。"

绝因师太又宣了声佛号，轻抚鬼灵子手腕门脉，已知究里，当下道："不要紧，只一股气岔了过去。

言语间双掌轻拍其商曲、气海、期门、膻中诸穴数下，然后又道了一声："阿弥陀佛。"

见鬼灵子似无异状，瞿腊娜迟疑道："师父，他……他真的没事么？"

绝因师太含笑点点头，问道："蜡娜，方才你说你们追人，却是追谁？"

瞿腊娜心头大定，遂将前因后果道了出来，饶是绝因师太道行深湛，也听得心头大震，急道："那蒙面救你的人，于我峨眉派实有大恩，竟连对为师也不能说么？"

瞿腊娜道："弟子已发过重誓，还请师父恕罪。"

九十

鬼灵子早已醒来,却正听到绝因师太问那蒙面人身份,当下连大气也不敢出,听得瞿腊娜如此回话,不由大为感激。却听绝因师太又道:"你们所追那四人身材容貌,腊娜你看清了么?"

瞿腊娜道:"徒儿其时不知陆小歪已昏迷,只忙观察那四人,倒是看清了的。"

当下将左不礼师兄弟四人的容貌描述了一番,续道:"却不知他们是何路数?"

绝因师太听罢变色道:"你们好大胆,就凭你二人还敢跟踪,没落入他们手中算你们走运了。"

瞿腊娜奇道:"师父,他们是谁?"

绝因师太道:"他们都是活李广震天宏的门徒,合称'礼义廉耻'。"

瞿腊娜奇道:"什么礼义廉耻?"

绝因师太道:"因他四人的名中,各有礼、义、廉、耻四字……"将左不礼师兄弟四人各自的武功路数叙述一番,又道:"凭鬼灵子此时的身手,独斗左不礼当可取胜,纵是再加上其余三人中的任何一人,鬼灵子虽不能胜也可全身而退,但你却敌不过其余二人,贸然出手,你们有败无胜,有幸正好遇上为师,此番却饶他们不过了,哼!咱们这便赶去将他们一齐擒了,再找震老儿算账。"

瞿腊娜道:"可陆小歪他……"

鬼灵子早醒多时,料知瞒绝因师太不过。当下弹起身来,冲绝因师太拜道:"陆小歪拜见师太,谢师太相助之恩。"

绝因师太微微笑道:"贫尼还以为你尚未转醒呢。"

鬼灵子扭捏道:"前辈取笑了。"

只瞿腊娜不明就里,喜道:"陆小歪你没事了么?那太好了!"

绝因师太忽然面色一肃，道："鬼灵子你好大胆！竟敢支使天山二怪缠住令师，骗了腊娜到此间来，究竟是何道理？"鬼灵子心念电转，早有计较，当下作出一副大受委屈之状道："晚辈并未指使天山二怪，本也愿常在师父身侧多受教诲。无奈此事委实干系重大，关系武林侠义道声誉，故只好与瞿姑娘与家师不告而别。"

绝因师太狐疑道："既是事关重大，为何不与令师相商而行，只需令师一声号令，侠道英雄莫不效力，莫非……"

鬼灵子截口道："师太有所不知，此事并非武力所能解决。并非晚辈狂妄，此时纵齐聚天下武林精英，要成就此事也不过与对方玉石俱焚罢了，而晚辈一人出马，倒多有几成胜算。"

见绝因师太面有不信之色，鬼灵子又道："实不瞒师太，晚辈与那于贵派有恩之人关系非同一般，这瞿姑娘也是知道的——"故意住口不言，只看着瞿腊娜。绝因师太也是一般。

瞿腊娜忙点头道："师父，是真的。"

绝因师太知自己这徒儿从不会撒谎，对鬼灵子的话不禁多相信了几分。

鬼灵子又道："连她也知唯有晚辈一人可成就此事，故令晚辈连夜赶至此间，不料……不料她却不见了。"

绝因师太道："阿弥陀佛，贫尼也不敢强问你于敝派有恩那人是谁，只想知道她令你所办何事，竟与武林侠义道声誉有关？"

鬼灵子道："并非晚辈敢瞒前辈，实是那人不准晚辈泄漏其身份。而她差晚辈所办之事嘛，却是救独孤樵独孤公子。"

绝因师太连宣佛号，末了道："方才贫尼已听腊娜转述了左不礼等人之言，只当那四人信口胡诌。如此说来，独孤公子是真的已现身江湖且落入复圣盟手中了？"

鬼灵子默然不语。

绝因师太又道："但复圣盟中高手如云，你又怎救得了独孤公子？"

鬼灵子故意将话题扯远："据晚辈所知，复圣盟六堂主中，只有'赤发仙姑'卞三婆及其徒'银钩仙子'温玲玉二人死心塌地愿替任老魔效命，个中原委实难知。'病诸葛'欧阳明虽武艺平平，其机关削器之术却足可睥睨天下，只比他师兄'赛诸葛'欧阳明前辈稍有不及而已。然欧阳明前辈数十年前便已发誓不出江湖，欧阳钊若不愿效力，只仗其绝技，纵是十个任空行大约也难奈何得了他，'活李广'震天宏早年被东方圣赶出中原，早是心灰意懒，更经这许多年苦心经营，已然称雄南荒，应无再入中原武林厮混之理了；'冷弥陀'南宫笑的武功犹在副盟主铁镜之上，却甘居复圣盟末堂堂主，职位竟在年仅二十的'银钩仙子'温玲玉之下；而'东海独行枭'西门离武功绝顶，更不在盟主任空行之下，却也甘心效命。所有这些，前辈不觉得古怪么？"

绝因师太合十道："阿弥陀佛，江湖中事，本就诡异难测。"

鬼灵子又道："且不说西门离南宫笑等人数十年前便是中原叱咤风云的人物，单说昔年东方圣意欲称尊武林时，当日在武帝宫，为何东方圣一打开那锦盒，竟连素称武林泰山北斗的少林武当二派之首脑人物，也甘心俯首称臣？"

绝因师太道："贫尼也甚觉蹊跷，事后曾问过灭性悟明二位道友，灭性道友倒也爽快，说他武当派的镇派之宝真武剑和《太极剑谱》曾在上代掌教手中失落，直到灭尘道兄接任掌教之时，东方圣才不知从何人手里夺回，恭恭敬敬送还武当。武当派上下俱感其德，遂由灭尘掌教手书一柬，交与东方圣，言道日后无论何人持有此柬，武当全派上下俱得听其号令。只是悟明道兄支支吾吾，闪烁其词，实不知是何缘由。"

鬼灵子道："少林派不愿家丑外扬，也是情理中事，悟明大师乃得道高僧，当日在泰山绝顶度化丐帮叛贼黄世通便是明证。但泰山之变距今已四年多矣。这四五年中，晚辈在江湖中东游西荡，却从未遇上过一个少林和尚，不知师太可曾遇上否？"

绝因师太一愣，也自奇道："阿弥陀佛，果然没有。"

鬼灵子一笑道："武当因感重恩而不得不对东方圣称臣，少林大抵也不外因感恩或受制而俯首，倒也不必深究。只四五年来江湖中只见武当而不知有少林，实是大有文章。若我所料不差，复圣盟甫一组建，少林派便又受制于人了。"

绝因师太面色倏变，连宣佛号不已。

鬼灵子又道："敢问前辈，东方圣组建黄龙令图霸武林之时，是悟明、灭尘、皇甫呈等人武功高些，还是西门离南宫笑之流武功高些？"

绝因师太道："若一对一公平相斗，大约是后者武功更强。但被东方圣以药物迷失心性之人，大多是各大门派掌门。他欲称尊武林，自然是前者更为有用些。"

鬼灵子道："前辈之言有理。但当时黄龙令自令主东方圣之下，尚有二护法、七巡察、十二信使，俱是按武功高低排定座次的，依西门离的武功，大约当个护法总是够格的吧？再不济，做个巡察我看也绰绰有余，为何东方圣竟弃而不用？"

未等绝因师太开口，鬼灵子又道："任空行不过是东方圣坐下左护法，由他组建的复圣盟，却能使西门离这般一众高手尽归麾下效命，这不是古怪得紧？若说任空行就像当初东方圣一般，手中握着这些人的把柄，却也不大可能，因东方圣的武功，断不是任空行可望其项背的，依晚辈看，也无须多人，只西门离南宫笑二人联手，便可将任空行杀之灭口了。"

稍顿又道："故任空行这盟主之上，另有太上盟主，这已是公开的秘密。但此人是谁呢？凭他能驾驭如此众多高手而观之，其武功当绝不弱于昔日东方圣，但他既有这般骇人听闻的武功，江湖中又有何人能敌！因何虎头蛇尾，让复圣盟三年多来偃旗息鼓？若说他不似东方圣那般欲图霸业，却又为何将臭名昭著的任空行、铁镜、辛冰、金一氓等人护于翼下？所有这些，不知师太可能明示么？"

绝因师太道："阿弥陀佛，陆小歪才思敏锐，如此种种，贫尼实从未想到过，又当能明示了。"

鬼灵子笑道："前辈谬赞了。我陆小歪才思敏锐是说不上的，胡搅蛮缠倒是拿手好戏。"

瞿腊娜"噗呲"一笑，正欲说他此番倒说了句大实话，却见师父面色整肃，当下不敢作声，只冲鬼灵子扮了个鬼脸。绝因师太道："陆小侠何必过谦，江湖中有这般见识者，唯你一人而已。若不嫌贫尼无用，贫尼愿随你一道去救独孤公子。"

鬼灵子连忙道："不敢不敢！前辈说哪里话来，可真折煞晚辈了！"

心头却暗暗叫苦：刚摆脱了一个老叫花师父，又招来一个老尼师父，那不是前功尽弃了么？

忽然心头一动：是了，我为何不这般这般。

九十一

当下未等绝因师太再说话，又道："若前辈不嫌晚辈啰唆，晚辈便再言几句？"

绝因师太道："陆小侠但讲无妨。"

鬼灵子道："依常理推度，复圣盟那太上盟主之所以不轻举妄动，并非无称霸武林之心，而是心有所惧。他惧怕什么，自然无人知晓。咱们无妨姑且假设他是在怕一个从不过问江湖是非之人……"

绝因师太奇道："一从不过问江湖是非之人？"

鬼灵子方才陡然想起数年前贼王时穷富为人所迫，特出散人谷送给他的那三份《江湖英雄榜》，故有此言。

此时见绝因师太甚觉奇异，反问道："前辈觉得无此可能么？"

绝因师太沉吟道："东方圣已是功参天地，那人的武功既不在东方圣之下，又怎会怕……阿弥陀佛，倒也不能完全排除此种可能。武学一道，本就是永无穷尽的。"

鬼灵子道："就算是晚辈异想天开，将复圣盟那太上盟主定名为'隐身人'，再将他所惧之人名为'无名人'，则无名人武功强于隐身人，那是毫无疑问的，只是无名人因何不索性将隐身人除去，却大是令人费解。强要释之，便是隐身人已功参天地而无名人早看破天机，知世间万物轮回存灭俱有定数，不愿逆天意而行……"

绝因师太突然连宣佛号，弄得鬼灵子和瞿腊娜莫名其妙，却听绝因师太道："贫尼数十年修行，反不如陆小侠善解妙谛，只知以杀止杀，不知轮回定数，愧乎！惨乎！"

长叹一声，又道："罢了！罢了！贫尼这便回峨眉，再不论武，青灯事佛。"

言罢黯然转身，举步便走。

鬼灵子和瞿腊娜大骇之下，一齐抢将过去，一左一右拉住绝因师太。

瞿腊娜哽咽道："师父，你老人家千万不可……不可。"

鬼灵子却"扑通"一声跪在绝因师太面前，颤声道："晚辈不知天高地厚，言语无状，令前辈伤神，尚乞多多见谅！"绝因师太合十微笑道："陆施主说哪里话，当头棒喝，胜似贫尼十年面壁，阿弥陀佛。"

言罢又欲举步。

瞿腊娜紧紧拽住师父衣袖不让她走，但绝因师太轻一挥手，早将徒弟推出丈余，绕过跪在自己面前的鬼灵子，复往前行。

待她步出四五丈之后，鬼灵子突然弹地而起，破口大骂道："绝因老尼！你见死不救，置武林苍生性命于不顾，还算是什么狗屁的出家人！哈哈！我陆小歪今日可领教堂堂峨眉派大掌门人的高义了！哈哈哈……"

瞿腊娜赫然色变：绝因师太性格刚烈不让须眉。鬼灵子自取死路不说，如此辱骂前辈，更何况绝因师太还是她瞿腊娜的师父，鬼灵子纵死十次，也是绰绰有余了！

瞿腊娜只道了个"你"字，早是面色惨白，潸然泪下，鬼灵子却依旧哈哈大笑不已。

绝因师太闻言心头一震，收足转身，满面祥和看着鬼灵子，待他大笑已毕，方道："陆施主此言怎讲？"

鬼灵子肃然道："胡醉和童超二人的脾性，师太想必不会一无所知；他二人在武林中的地位，师太也自当知晓；独孤樵乃他二人拜把兄弟，师太更该明白；此时独孤樵已失陷于复圣盟手中，师太方才已听说了。只此四点，师太以为还不够么？"

绝因师太面色一凛，连宣两声佛号。

鬼灵子又道："就算方才晚辈妄言，什么隐身人无名人皆属子虚乌有，然西门离等人归附复圣盟总是事实，任空行能控制住他们，既非武功，也非药物，这也是有目共睹的，但除此二项之外，便只有一种解释了：要挟。西门离等人俱有把柄落入任空行手中，因而受到挟制，不得不为复圣盟效命。任空行既能以把柄要挟于人，为何又不能以独孤樵之性命要挟于胡醉、童超？以胡醉、童超二人之性，虽不至于屈膝附魔，唯有一死而已。因他二人一死，任空行、铁镜之流便将如何？还请师太三思。"

绝因师太连连口宣佛号，随即"呛"的一声拔出长剑，一剑砍在身旁巨石上，但见火花一闪，剑刃竟没入巨石半寸有余！

还剑入鞘，方道："贫尼险些铸成大错！陆小侠，咱们这便救独孤公子去。"

鬼灵子见状大喜，忙驱步过去跪拜道："晚辈方才出言无状，对前辈至为不敬，尚请前辈恕罪！"

绝因师太扶起鬼灵子，满目爱怜地望着他，道："二度棒喝，何罪之有，江湖中有你鬼灵子这般人物，实是武林之幸矣！阿弥陀佛！"

鬼灵子忙道："多谢前辈厚爱，晚辈愧不敢当！"

瞿腊娜也奔过来，兀自泪光盈盈，泣声道："师父。"

绝因师太轻轻抚摸爱徒的一头秀发，并未多言。

却听鬼灵子又道："前辈……"

绝因师太截口道："是了，事不宜迟，咱们这便去救独孤公子。"

鬼灵子连忙道："不，不，晚辈不是这个意思。"

绝因师太大奇道："你说什么？"

鬼灵子道："独孤公子是一定要救的，但却不宜贸然行事，师太以为然否？"

绝因师太点了点头。

鬼灵子道："眼下咱们非但不知复圣盟总堂的确切位置，更不知独孤公子被囚于何处，纵若探知了，凭咱们三人敌复圣盟众多高手不过自不必说，甚至他们无须出手，只要一个武功三四七八流之人持柄利剑往独孤公子颈间一架，咱们便只有束手就擒了。"

绝因师太神色一凛，正欲问那便该当如何施救，便听鬼灵子续道："何况复圣盟既有病诸葛欧阳钊这等人物，其总堂自是步步机关，寸寸凶险，要从中救出一个人来，实是谈何容易。"

绝因师太深以为然，问道："依陆小侠之见，咱们又当如何？"

鬼灵子道："终归是人越少，目标越小越好。"

绝因师太愕然道："陆小侠的意思是？"

鬼灵子道："实不敢相欺前辈，那病诸葛欧阳钊机关设阵之术虽是了得，然与其师兄欧阳明前辈相比，却终归差着一筹。晚辈因机缘巧合，已学得赛诸葛绝艺在身，别人怕了他病诸葛机关设置，晚辈却没将它放在眼里，是故我……那救瞿姑娘的蒙面人令晚辈去救独孤公子，大约也正因于此。"

瞿腊娜方才醒悟，道："原来你并没骗我，救独孤公子果然是件有关中原武林侠道声誉的大事，万万耽搁不得的。"鬼灵子心头暗笑：什么没骗你，只不过误打误撞，我陆小歪福气特别好些而已。面上却毫无异色，只一本正经地道："晚辈斗胆，敢请师太替晚辈……嗯……这个……"故意忍而不发。

绝因师太合十道："陆小侠但讲无妨。"

鬼灵子故作沉吟道："这个嘛……是这么回事，家师与胡大侠、侯前辈、童少侠有约，四日后在鄂西境内相会，相商一桩大事，那事也与中原武林侠道声誉有关，只不过依晚辈看来，实无救独孤公子紧要，故而擅离家师至此。个中详情，晚辈实不便坦然相告……"

绝因师太截口道："既如此，贫尼这便跑一趟鄂西，陆小侠只需将令师他们相会地点告知便是。"

鬼灵子大喜道："如此辛劳师太，晚辈实不知如何相谢才好！"

当下将布袋和尚等人相约会面地点告知了绝因师太。

绝因师太合十道："腊娜不谙世事，还望陆小侠多多照护，贫尼告辞了。"

瞿腊娜方叫得一声"师父"，绝因师太早飘出十余丈开外。

呆立良久，转头恨恨地瞪着鬼灵子。

鬼灵子故作不解之状，问道："怎么啦？"

瞿腊娜怒道："还说呢！都是你……你……"

鬼灵子道："我怎么啦？若不是我，令师自回峨眉金顶，终日古佛青灯，那便好得很么？"

瞿腊娜闻言一震，心头甚觉黯然，幽怨道："反正……反正你骂我师父她老人家是不对的。"

鬼灵子道："那叫作骂之以理，然后晓之以义……"

见瞿腊娜又欲发作，连忙道："好好好！是我不对，但我不是已向令师赔过了罪么？你要还生气，无妨打我两耳光出气。"

言罢闭目凑过脸去，瞿腊娜提起手掌，却打不下去。良久方轻叹一声，道："咱们如何救独孤公子？"

鬼灵子睁开眼来，摸了摸自己面颊，故作奇状道："你已经打过了么？倒也不怎么疼。"瞿腊娜跺足道："人家跟你说正经的，你却……哼！"

鬼灵子见她一副楚楚可怜之色，倒也不忍心再调侃于她，当下道："为今之计，第一步得生擒那不礼不义不廉不耻四人……"

瞿腊娜奇道："什么？"

但只道出两字，但想起活李广震天宏的四大弟子左不礼、凌不义、甘不廉和吕不耻，当下改口道："师父说他们的武功颇为了得，咱们是打不过人家的，又怎能将他们生擒了？"

鬼灵子一本正经地道："山人自有妙计，小姑娘休要多言。"

九十二

瞿腊娜白了他一眼。鬼灵子道："待擒住他们之后，便逼他们带路，去找寻复圣盟总堂，然后见机行事，救出独孤樵，哈哈，功莫大焉！功莫大焉！"

瞿腊娜"哼"了一声，道："休要太早得意，就算你真能擒住左不礼等人，他们会乖乖带你找复圣盟总堂么？"

鬼灵子笑道："那就不让他们乖乖的带路，而是不乖地带，反正他们每人也只有一颗脑袋。"

瞿腊娜道："好，就算你能逼他们带路，到了复圣盟总堂，凭咱们二人又怎能救出独孤公子？"

鬼灵子道："行事在人，成事在天。那就得看咱们的运气了。不过也不知何故，我陆小歪的福气比别人似乎特别要好些。"

瞿腊娜嬉笑道："就算你运气比别人好，似左不礼兄弟那等凶悍之辈，就算丢了性命，也不会乖乖听人摆布的……"

一言未了，忽闻一人在十余丈开外淡然道："说对了。"

二人大惊，一齐转头，却见左不礼、凌不义、甘不廉和吕不耻兄弟四人正一排站在前面，悠闲自得地看着他们。方才说话之人，正是老大左不礼。

见鬼灵子和瞿腊娜二人惊愕当场，吕不耻阴阳怪气地道："知我兄弟四人者，唯此小姑娘一人耳，我七步亡倒舍不得杀她。"

甘不廉高声道："什么舍得舍不得，这两个小鬼乳臭未干，竟大言不惭，说要将咱兄弟四人一齐生擒，真气死我也，饶他们不得！"

凌不义附和道："我九刀死也不饶他们！"

忽闻鬼灵子大笑道："就凭你们礼义廉耻四块料，竟敢在本小爷面前大言不惭，什么饶也不饶，真是笑死人也！"言罢仍大笑不已。

甘不廉"咦"了一声，奇道："这倒怪了，你这小娃儿怎知我师兄弟四人合称礼义廉耻？"

鬼灵子不屑一顾地道："井底之蛙，方奇天大如斗，小爷不但知你四人乃震天宏座下四大弟子，更连你礼义廉耻各自的武功路数无所不知，要生擒你四人，对本小爷简直是易如反掌。"

凌不义、甘不廉二人早气得哇哇大叫，齐声道："我等师尊他老人家名讳，竟是你可大呼小叫的么，此番你出言不逊，是死定了！"

十丈活左不礼淡然道："你倒说说看。"

鬼灵子道："阁下话最少，武功却居四人之首，若在下说的一字不差，阁下又怎么说？"

左不礼微微一愣，却听吕不耻道："大师兄，这小鬼的意思是，若他能说出咱们的武功路数，稍后你便不得向他们出手了。"

鬼灵子暗道：这吕不耻虽说话阴阳怪气，脑袋却是不笨，虽他所猜并不全对，却也令我多费些周折。当下大笑道："可笑啊可笑！七步亡吕不耻自以为聪明，竟以为本小爷似他自己一般，专爱与人讨饶。"

未等吕不耻发作，又道："若在下道出尔等四人武功路数，唯有两个条件，不知阁下怎么说？"

最末一句话，却是对左不礼说的。

甘不廉高声道："大哥万万不可答允于他，若他要咱们自杀，那却如何？！"

左不礼刚欲点头，听甘不廉如此说，不由心中一凛，怒视鬼灵子。

鬼灵子笑道："本大爷大好名头，竟是施诡计逼人自戕之辈么？甘当家的未免将本小爷看得忒低了！"

稍顿又道："本小爷的第一个条件，便是待会儿动手时，你四人必须同时出手，各尽全力，若谁稍有藏私，本小爷便首先取他性命！"

左不礼等四人连"啊"了三声，俱是一副惊疑之色。

见鬼灵子一副有恃无恐的样子，甘不廉感然道："你的条件倒也古怪，性命攸关之时，谁又敢稍有藏拙了！"

鬼灵子道："这么说在下第一个条件，你师兄弟四人是答应了？"

凌不义、甘不廉二人高声道："自然答应了！"

左不礼、吕不耻二人却只点了点头。

甘不廉又道："若你说不出我兄弟四人的武功路数，却又如何？"

鬼灵子道："那本小爷和这位姑娘甘愿引颈受戮！"

吕不耻忙道："我说过不杀那小姑娘。"鬼灵子道："那也由不得你。本小爷……"

甘不廉大叫道："他妈的！你别一口一个小爷的好不好，大爷们念你知道我四人名头，对你客气了几分，别以为大爷们不敢自称大爷。"

他连道了两次"大爷们"，却说别以为他们不敢自称大爷，瞿腊娜甚觉有趣，"嗤"的笑了一声。

鬼灵子连忙对她道："这位爷直率粗豪，言语刚迈，姑娘休要取笑。"

转问礼义廉耻四人，又道："在下师兄妹出关之时，师尊曾严戒不许在中原武林大出风头，只需悄悄找胡醉、童超印证武学，胜了他们也不许声张，自回关外……"

场中诸人俱是听得大奇。

瞿腊娜倒不管什么关内关外，知鬼灵子又在玩弄花招，但"师兄妹"之说，明将他说得年长于己，不禁嘟起小嘴，一言不发，心中也自奇异，猜不透他又将弄何玄虚。

礼义廉耻四人却是惊诧无比，他们虽到中原三年有余，却只在复圣盟内代师传授"青龙队"武艺，极少在江湖走动，但胡醉、童超名头，早是如雷贯耳了的。听鬼灵子如此说话，心头焉得不惊。

甘不廉未待鬼灵子言尽，早截口道："原来你们是从关外来的，不知找到胡醉、童超没有，比试结果如何？胡醉、童超是真有惊人业艺，还是浪得虚名？"

鬼灵子之撒谎圆谎本事，实可独步宇内，见左吕二人面露不信之色，当即道："在下师兄妹二人到中原已有三载有余，中原土话倒学了不少，可惜却未遇着胡醉、童超。"他自幼在洛阳市井厮混，自改不了中原口音。左不礼正欲揭破他既自关外来，因何道得一口流利的中土言语，却听他自言"中原土话学了不少"，不由又相信了几成。

却听鬼灵子又道："敝师兄妹牢记师尊训诫，不敢明与胡醉、童超叫阵，只暗中探访而已，却又不甘寂寞，年前在甘凉道上，曾遇一批叫花，为首一人年约五旬，使一双铁链铜锤，也不知是何路数，只听众叫花皆叫他什么卢长老，言语甚是恭敬，他却像个冷面菩萨一般……"

甘不廉大笑道："你算说对了，那人叫卢振豪，外号便叫作冷面菩萨，是丐帮的执法长老，武功甚是了得，曾数度与家师交手，结果家师……家师自然是胜过了他。"

他本不善撒谎，活李广震天宏曾数度败于冷面菩萨卢振豪之手，此事天下皆知，本欲说"结果家师也是不敌"，忽觉直言不妥，总之是家丑不可外扬，临了改成"家师自然胜过了他"，直把一张老脸憋得通红。

鬼灵子心头暗笑，口上却道："原来如此，甘兄是认识那卢……卢什么的。"

甘不廉忙道："卢振豪。"

鬼灵子点点头，道："原来那卢振豪竟是如此不济，早知如此，当日咱们也不必使什么'竭力功'了，唉！"言语间大有黯然之色。

"礼义廉耻"四人齐惊道："你们胜了他？！"

鬼灵子道："当日我师兄妹二人看不惯那叫花一副目中无人之状，便想教训教训他，故意出言顶撞，他与在下对了一掌，在下已使出三成力道，却未将他震倒，而他……实不瞒各位说，那卢振豪大约也只使出四成力道而已。而其时他身旁的叫花少说也有五六十人，若要以硬碰硬，我师兄妹二人双掌难敌四手，终归讨不了好去，故在下约他改日再斗。次日我师兄妹二人使出'竭力功'，果然将卢……卢振豪和那一干叫花尽数生擒了，并未伤他们一根汗毛。唉，早知如此，在下来他个擒贼先擒王，也不必使什么'竭力功'这等武林绝学，杀鸡而用牛刀了。"

凌不义道："你说的'竭力功'既如此厉害，怎的从未听人说过？"

鬼灵子道："实不瞒凌兄说，敝师兄妹二人到中原已三年有余，却也只用过那么一回，事后在下自思与他们无冤无仇，便逼他们发誓不得吐露当日相斗的一言半字，然后将他们全放了。看来那卢振豪倒果然言而有信。"

忽听吕不耻阴阳怪气地道："世风日下，人心不古，这年头真是古怪，什么阿狗阿猫也都敢到江湖中招摇撞骗了，可叹啊可叹！"

鬼灵子淡笑道："好说，好说，吕兄号称'七步亡'，所使掌法不过是令师从其袖箭手法中化出来的，也不见得有多玄妙。并非在下看吕兄不起，若论掌力，吕兄既不如令大师兄，若与在下相比，更是……嘿嘿！"

笑声中左掌侧挥，看似轻描淡写，实则在言语之时，已将毕生功力凝聚，谅"礼义廉耻"四人不识"降龙十八掌",这一挥赫然正是其中最具威力的一招"亢龙有悔"。

但闻"轰"的一声,已在丈余外击出一面盆大小深坑!

"礼义廉耻"四人一观之下,尽皆失色。

九十三

却听鬼灵子续道:"吕兄七步令人亡命,所仗者,不过戒指中那毒雾毒粉毒液而已,若在下事先屏气凝神,以强劲内力将其逼回,不知吕兄又将如何?抑或在下立下杀手,未等吕兄施毒,就一招半式间……嘿嘿,也不知死人能否运力逼出毒雾毒粉毒液制敌?!"

甘不廉高声道:"那还用问吗?自然是不能的。阁下方才所使的,莫非便是'竭力功'么?"

吕不耻却骇然色变,鬼灵子方才所言,正是他最大的心病,虽每遇强敌之前,他尽可先服解药,戒指中的毒物害他自身不得,但对手若真的一交手便痛下杀手,他却无计可施。当下故作镇静道:"阁下年纪虽轻,武功见识倒也不俗,却不知令师上下如何称呼?"

鬼灵子信口开河道:"家师叫作'竭力老人',名讳是没有的,他老人家年过七旬才收我师兄妹俩为徒,入门第一课便是训练在下兄妹忘掉自己名字,这着实大为不易,直练了一年方能忘却,之后便练有气无力,这就更加不易了。各位试想,人之力气本是天生,将之练到真完全丧尽,实非常人所能……"

凌不义大奇道:"有气无力,又如何对敌?"

鬼灵子道:"有便是无,无便是有。敝师尊学究天人,自可无中生有。只是敝师兄妹虽练了十余年,却依旧不能到达如此境界,尚存不少蛮力,方才在下拍出那一掌便是例证。若敝师尊驾临,非重责在下愚鲁不可。"

"礼义廉耻"四人皆从未听过天下竟有此等"奇功",听得既惑然又悠然神往。

鬼灵子又道:"不知方才在下所言吕兄武功路数对否?"

甘不廉抢着道:"对对对!简直对之极矣!阁下可知我……"鬼灵子截口道:"四位贤昆仲这个……左兄深沉机智,凌甘二兄直率放荡,吕兄……吕兄幽默机敏,实是在下兄妹二人到中原来所遇最投缘之人。先前在下与师妹无知,竟言什么四位是凶悍之辈,实是大错而特错了,尚请各位勿怪。"

凌甘二人呵呵大笑道:"不怪不怪!不对!但阁下……"

鬼灵子又截口道:"在下的第一个条件四位兄台已答允了,这第二个条件嘛,因敝兄妹只习得师尊神功不到三成,先是想要四位兄台答应让敝兄妹二人移木搬石,待力竭之后,再以竭力功生擒四位,再逼四位任供驱策……唉!太过不耻!太过不耻!今既已知四位兄台脾性,在下这第二个条件嘛,便得改上一改。"

甘不廉急道:"如何改法?"

鬼灵子道:"虽家师不愿有人知晓天下竟有'竭力功'这门奇学,然他既差敝师兄妹入关找胡醉、童超印证武学,依此看来,他老人家是怕麻烦。"凌不义道:"什么麻烦?"

鬼灵子道:"家师他老人家素喜清静,若让人得知天下竟有这等神功,自是你也不服,我也不服,什么丐帮的'打狗棒法',什么少林的七十二般绝技,什么武当的'太极剑法'。甚至什么东海的'天罡旋'……多啦!只怕这许多所谓身负绝技之辈,都会今日一个,明日两个,后日又是三个,没完没了地出关找敝师尊印证武学,你说烦与不烦?"

甘不廉高声道:"烦烦烦:简直烦死了!不过嘛,既闻天下竟有这门古怪……这门神功,只怕我甘不廉也想去观摩观摩了。"

鬼灵子叹道:"甘兄这份胸襟,实令在下折服,有话直说,真乃大丈夫本色也!"

稍顿又道:"待在下道出左兄、凌兄、甘兄三人的武功家数之后,第二个条件便是请四位兄台随在下到那边无人之所,观摩在下演练竭力神功,并不伤四位一根毫毛，之后四位尽管请便，但不得对任何人讲述今日之事，纵是对各位师尊，也断然不可提'竭力功'三字。不知四位兄台可愿答允么？"

凌甘二人道："答应！答应！便是这般。"

左吕二人虽也欲观"神功"，却又怕其中有诈，一时狐疑不定。

鬼灵子见状道："依在下猜度，家师他老人家也不是不想让人知天下有'竭力功'这门奇学，只不过因怕烦，不愿在武林中传得沸沸扬扬而已。既是左吕二兄不愿指点，那就罢了，咱们就此别过。"言罢便作欲走之状。

凌不义连忙高声道："阁下且请留步！"鬼灵子淡然道："阁下还有何话要说？"

凌不义道："请阁下稍候片刻。"

转向左不礼道："大师兄，咱们何不先听听如何分说咱兄弟们的武功路数再作道理？"

左不礼点点头，对鬼灵子道："若阁下所言一字不差，敝兄弟等答应你便是。"

鬼灵子冲天大笑道："俗话说士为知己者死，女为悦己者容。前句是说不上的，后句这'容'字嘛，哈哈！莫非我兄妹二人真是很想演练神功给四位兄台瞧瞧么？！哼哼！师妹，咱们走！"

言罢拉着瞿腊娜便走。

堪堪走三步，左不礼忽高喝道："站住！"

鬼灵子转身冷笑道："怎么？左兄想要强留？哼！只怕还不能够！"

左不礼沉下脸道："阁下无妨试试。"

鬼灵子傲然道："不值得试。阁下虽尽得令师真传，所欠只是功力不若，除此并无旁学。左兄虽深悟令师袖箭手法的快、奇、准三字真诀，一甩手也能连发九支袖箭，迎面对敌时，两支封住敌方上跃，两支防敌左闪，两支阻敌右腾，一支取敌方睛明穴，一支取神阙穴，一支取三阴交穴，在下所言不错吧？嘿嘿！若背后偷袭，也是一般，以六支防敌上跃左闪右腾，其余三支仍分上中下三路疾射，上取风府穴，中取气海穴，下取承山穴。哼哼！若敌方不闪不避，倏然卧倒，便只需以二指挟住取下盘那支袖箭，反射而出。阁下又岂能奈何？"

　　此番长谈，本是数年来鬼灵子从师父那儿听来的，布袋和尚武功盖世，自用不着卧倒拒敌，只需以强劲罡力震偏袖箭准头便可抢攻了。但他知假以时日，终不免与复圣盟一搏而决，故对此盟高手武功路数至为关注，又担心若徒弟独遇震天宏之流不敌，便教了他不少破敌巧招。震天宏曾在崆峒山败于卢振豪之手，布袋和尚问之于卢振豪当日景状，便知震天宏所取方位，先前听绝因师太曾说十丈活左不礼已尽得乃师真传，鬼灵子人本聪明伶俐，便是侃侃而谈，却把个左不礼听得汗水涔涔而下，不知鬼灵子因何连他袖箭所取诸穴竟也了然于胸。尤其最后一句，左不礼自忖内力不若鬼灵子，虽鬼灵子卧倒避箭颇不雅观，但他若真的接箭反射过来，自己错愕之下，能否避过。那便难说得紧了，当下惊骇无声。

　　见大师兄如此情状，三位师弟自知鬼灵子所言只字不差，也是大为惊异。凌甘二人自不服。异口同声地高喝道："你倒说说我的武功路数看看！"

　　鬼灵子淡然一笑，当下将凌不义的"九死刀法"及甘不廉的"八荒棒法"之精要来历细述了一遍。

　　未等他言语落尽，凌不义早高声道："怪哉！怪哉！怎的连我自己也不知'九死刀法'原来创自南海一枫樵夫。阁下却又知道了？"

　　鬼灵子笑道："家师他老人家学究天人，凡武林中各门各派武功，他老人家无有不识。并非在下托大，若与凌兄对搏，在下一交手便使小巧腾挪及空手入白刃功夫。以迅雷不及掩耳之势，未等凌兄威力奇大的后五招使出，便夺过凌兄兵刃，凌兄又将如何有反击之力？"

　　凌不义性本直鲁，听他夸自己后五招威力奇大，当下大笑道："哈哈！佩服！佩服！手中无刀凌某是不攻自败了，哈哈！"

　　甘不廉急道："那我呢？"

　　鬼灵子道："若以硬碰硬，甘兄力猛沉雄，在下自是必败无疑，但甘兄至为得意之作，却是那'置之死地而后生'之一抱，天下多少豪杰，便丧生于甘兄这一抱之下，是也不是？"

　　甘不廉直乐得呵呵大笑道："正是！正是！"

鬼灵子道："但在下若与甘兄比画，非得自卖破绽，让甘兄抱住不可。"

甘不廉大奇道："什么？莫非你……"

鬼灵子道："并非在下已练成金刚不坏之躯，也非在下有何过人之能，只因在下所习'竭力功'之要旨便是无力，似家师他老人家那种境界，自是浑身无力乃至无影，恰若空气一般。在下不才，加之习练时日尚短，自未臻无力无影之化境，但竭力神功第三重'已既无力，敌力何着'之境，在下勉强还算修成了。"

甘不廉道："什么叫'已既无力，敌力何着'？"

鬼灵子道："在下练至此重，运功时人若棉絮，虽仍有几分力道，贻笑方家，但一般敌手纵击在下之身，也是无处着力了，甘兄虽臂力惊人，却不知能否以双臂将一抱棉絮勒碎？"

甘不廉喃喃道："不能，当然不能……"

一颗心却早飞出万仞之外，对那子虚乌有的"竭力功"神魂颠倒。

吕不耻忽又阴阳怪气地道："我兄弟四人在中原武林并不算顶尖角色，阁下能破并不足奇。只是嘛，胡吹大气，那倒容易得很。"

凌不义高声道："老四怎的妄自菲薄，咱们随师父到中原来，至今并未遇过对手……"

吕不耻道："咱们虽到中原三载有余，除教'青龙队'那群乌合之众外，原来二师兄还曾与中原武林高手比画过，小弟倒当真失敬了。"

凌不义大怒，却也只道出一个"你"字。

鬼灵子淡笑道："不知吕兄尚有何话要说？"

吕不耻道："方才阁下说令师于天下武学无所不通，只怕……嘿嘿！"

鬼灵子暗暗叫苦，心道方才牛皮吹得太大。此番西洋镜当真要被揭穿了，放手力搏，自己和瞿腊娜是敌不过他四人的。

无计可施，只得强作镇静道："好说！好说！"

吕不耻道："既是如此，阁下大约也是无所不通的了。哈哈！素闻丐帮乃天下第一大帮。其镇帮之宝是两套秘而不宣的武功绝学，一为'打狗棒法'，一为'降龙十八掌'。区区不懂棒法，也不去说那什么叫花子打狗的棒法了。

阁下方才既说在下掌法也不怎么玄妙，可见阁下是深通掌法的了，却不知阁下可肯演练一套号称天下第一刚猛玄妙的'降龙十八掌'给敝兄弟四人开开眼界么？"

他说得阴阳怪气，鬼灵子却听得乐不可支。心道你这可找对路了，天下唯有四人识得这套掌法，偏偏我陆小歪便是其中之一。

当下也不露喜色，只淡然道："若在下演练了出来，阁下等怎么说？"

左不礼、凌不义和甘不廉也久闻"降龙十八掌"盛名，均欲一睹为快。听鬼灵子如此问话，凌甘二人早高声道："那我们算服了你了，任供阁下驱策便是！"左不礼只微微点头。

鬼灵子道："好！各位看好了。"

九十四

言罢拉开架式，一丝不苟地将"降龙十八掌"演练了一遍。但见掌风所及之处，走石飞沙，荡枝飘叶，端的威势惊人。"礼义廉耻"俱是惊骇莫名，既震慑于"降龙十八掌"威力竟一至如斯。又惊诧于鬼灵子小小年纪内力竟如此了得。左、凌、甘三人早已信了鬼灵子所言非虚，只吕不耻一人大觉感然，不解地看着鬼灵子。

鬼灵子立足收势，气定神闲地看着吕不耻，淡然道："吕兄，在下演练的这套'降龙十八掌'可还入方家法眼么？"吕不耻抱拳道："佩服！佩服！果不愧天下第一掌之名。"

心头却飞快盘算，如何难倒鬼灵子，否则方才二师兄、三师兄那"任供阁下驱策"之言，却不是闹着玩儿的。若那美貌的小姑娘武功并不弱于她"师兄"，纵要反悔也是不能了。

心念电转之间，便已有了计较，当下续道："令师也实无愧'学究天人'四字，竟连丐帮的不宣之绝学也有深究，端的了得！只是阁下方才说令师之'竭力功',乃是不气无力以至无影,但阁下方才却掌力刚猛,不知是何道理?"

鬼灵子正色道:"在下听说领袖中原武林的少林派武功,乃是由简入繁,由有相而入虚相,最后化繁为简,由虚像而达无相。天下各门各派武学虽路数不同,但修习过程大抵如此。家师尽窥天下武学始创'竭力功',焉有不知此道理。故待在下忘名之后,便教习有力之武以使最终无力。"

吕不耻道:"原来如此。俗言道:强将手下无弱兵。不知令师妹——"

鬼灵子心头一惊,暗道这吕不耻倒不易斗。却坦然道:"敝师妹入门虽晚于在下,不善言语,悟性却比在下高了许多,于'竭力功'无力之要旨,确是更有心得,阁下欲一试么?"他本知瞿腊娜内力弱于自己,生怕被吕不耻四人看出。故有此番说话,倒唬得"礼义廉耻"四人一凛。

吕不耻打个哈哈,道:"阁下的'降龙十八掌'敝兄弟四人是看过了的,果然博大纯正,却不知令师妹……嘿嘿。"

鬼灵子暗道糟糕,心思此番只怕要功亏一篑。若真如此,说不得只好先突施辣手,制服吕不耻,然后以二敌三,倒也不无胜算。

计较已定,便淡然道:"依阁下之意是……"

吕不耻自也暗中大打肚皮官司,自己上去挑战一试那是不成的,万一鬼灵子并未撒谎,被那小姑娘一剑给杀了,那却太过吃亏。不如让她也演练一套武功,知其底细再作打算。当下道:"中原剑法,据说以武当、少林、峨眉及昆仑四派居首?"

鬼灵子道:"不错,武当剑法以柔克刚,以静制动,实为天下剑法之道;少林达摩剑法博大纯正;峨眉剑法快慢相济,招式辛辣;昆仑剑法快愈闪电,迅若奔雷。四派剑法各有所长,俱是天下一等一的绝学。"

吕不耻早有计较,少林武当功夫驰名天下,昆仑弟子也常在江湖走动,要偷学他们的剑法当非难事。只峨眉派地处西陲,距关外万水千山,且峨眉剑法这"辛辣"二字,与眼前这娇滴滴的小姑娘更沾边不上。因而道:"令师既尽窥天下各门各派武功,不知可曾授予阁下师兄妹二人峨眉剑法否?哈哈……"

饶是鬼灵子伶俐聪颖，又怎知吕不耻心头所想，只道天下事竟怎的真有这般巧法，莫非真是承蒙上天眷顾，我陆小歪的运气比别人特别要好一些么？

见鬼灵子面色不定，吕不耻还道真个难住了鬼灵子和瞿腊娜，看了三位师兄一眼，面上大有得意之色。

甘不廉也深悔方才口吐"任供阁下驱策"之言，此时见状便高声道："是了，若阁下的师妹竟会使得峨眉剑法，我兄弟四人算服了你们啦。"

凌不义也高声道："正是。"

鬼灵子听凌甘二人如此说话，便知纵是瞿腊娜使出峨眉剑法后，他们也还是会找因头不"任供驱策"的。这"礼义廉耻"师兄弟四人的师父"活李广"震天宏为人本就不怎么高明，上行下效，出尔反尔对他们来说只怕易如反掌，只有将他们生擒方能迫其依令行事。故待凌不义话音方落，便摇头道："不成不成。"

"礼义廉耻"齐声道："有何不成？"

鬼灵子道："在下师兄妹一见四位兄台便大觉投缘，在下旧话重提，待敝师妹演完峨眉剑法后，定是要合演'竭力功'给四位兄台看的。若四位兄台出尔反尔，先前答应了的稍后又不答应，那敝师妹这峨眉剑法嘛，倒也不必演了。"

四人俱以为鬼灵子是在有意搪塞，对视一眼之后，齐声道："答应！答应！"

甘不廉更道："得窥驰名……这个独步天下的神功，实是我兄弟四人之福，又怎会有不答允之理？"

鬼灵子装模作样地叹了口气。方道："师妹，你便勉为其难，演练一套师父教你的峨眉剑法给四位兄台一观吧。"

瞿腊娜虽恼鬼灵子一直充大，也不知他有何花招生擒"礼义廉耻"四人，但见他将对方四人唬得狐疑不定，当下一声不吭，拔剑出鞘，将自己所学全套峨眉剑法从头至尾演了一遍。

鬼灵子此时对峨眉剑法已颇为熟稔，瞿腊娜每演一招，他便叫出名目并赞几句，继而再以此招与武当少林抑或昆仑剑法之某招横比纵评，倒显得他对天下剑法无有不知一般。待瞿腊娜使完最后一招，立即喟叹道："师父他老人家总说师妹悟性强于为兄，今始知然。观师妹演练这套峨眉剑法，实比为兄方才演练"降龙十八掌"时更多得何止一分'无力'之道，佩服！佩服！"

瞿腊娜白了她一眼，还剑入鞘，并不多言。

"礼义廉耻"四人却惊得瞠目结舌。

峨眉剑法的轻灵脱跳，诡异辛辣，虽瞿腊娜火候未到，却也显露出八九分大家气象，剑光霍霍而幻化不定，端的不可方物。

却听鬼灵子又道："降龙十八掌和峨眉剑法，也算得是武林中一等一的功夫了，但比之'竭力功'，却总差着那么点儿，不知四位兄台是否有雅兴一观？"

凌甘二人高声道："当然！当然！咱们答应过的话怎能不算，看是一定要看的！"

左吕二人虽觉有些蹊跷，但练武之人，知有神功而不观，那倒真令人觉得匪夷所思了。当下二人对视一眼，缓缓点了点头。

鬼灵子见状道："天下绝学，唯有缘者得以窥知，四位兄台请随在下来。"

言罢一拉瞿腊娜衣袂，率先举步而行。

待离大路约半里之遥，鬼灵子收足转身，看了看四周狰狞乱石，对"礼义廉耻"四人道："此地还算隐秘，不至被外人窥视，便在此地如何？"

甘不廉道："不错，便是这里。"

鬼灵子见其余三人俱有默许之意，当下道："敝兄妹俩学艺未精，实是汗颜无地，为使四位兄台尽窥'竭力功'之妙，尚请稍候片刻如何？"

凌甘二人奇道："却是为何？"

鬼灵子道："竭力竭力，要旨便是已先为竭以制敌。敝兄妹与四位兄台一见如故，是友非敌，绝不敢伤及各位。只请各位稍延片刻，让敝兄妹二人借如此乱石，自耗真力，以便让四位兄台得窥神功之妙。"

左不礼正暗惧鬼灵子内力不凡，他既如此自耗真力，稍后纵若翻脸，也大可一掌毙之，当下道："使得。"与三位师弟退出七丈之外。

鬼灵子见对方中计，心头大喜，高声道："师妹，咱们一起去打这些乱石以耗真力如何？"

他背对着"礼义廉耻"，说话时冲瞿腊娜大打眼色。

瞿腊娜虽天真却不笨，更素知鬼灵子花样百出，当下也高声道："好！"

二人当即乱劈乱挥，将大大小小狰狞怪石击得漫天飞舞。

鬼灵子成心立威，掌掌运出全力，那威势直惊得左不礼等人咋舌不已，又退出一丈有余。

仗有土石飞落之声掩耳，鬼灵子对瞿腊娜低声道："腊娜，擒此四獠，在此一举，我将位置告知你，你便将尘土乱石扫了堆在那儿。"

瞿腊娜奇道："这算什么？若真咱们力竭之后，又怎能生擒他们？"

鬼灵子道："你只需依我之意行事便是，绝对错不了的。"

当下将土石堆放之处一一说了，率先挥掌将一堆土石垒好。

瞿腊娜虽觉蹊跷，却也娇叱连声，挥掌扫劈。

过不多时，鬼灵子自垒五堆，瞿腊娜也垒就三堆，一共八堆，乍看并无异状，实则正是以八卦方位排列。

鬼灵子故作喘息如牛之状，扶着瞿腊娜到八堆乱石之后三丈开外坐下，低声对她道："休要小看这八堆废土乱石，实是一'八卦阵'耳！谅那四个莽夫并不识得，稍后有得他们受的。"

瞿腊娜道："什么'八卦阵'？那些土石又不是人，既不会动，又怎能伤人？"

鬼灵子道："虽不是人，但他们的掌风却能让它们活起来，便会动了。闲话等会儿再说，现在你一手擎天，一手指地。总之是姿势越古怪越好，却不许多说一字，否则便不灵了。"

瞿腊娜正欲问为何多说一字便不灵了，忽见鬼灵子侧身一倒，正倒在她怀中，又掌合十，仰面朝天，有气无力地道："敝兄妹俩已无力也，但请四位兄台放马过来。"

瞿腊娜大为羞怒，却又不敢多说一字，只闭目作一手擎天一手指地之状。

左不礼师兄弟四人见状大觉蹊跷，却又都极想得知"竭力功"之妙，相互对视一眼，一齐慢慢踱步过来。

鬼灵子见四人自"生门"已入阵中，突然高喝一声"竭力功来了！"将早已扣在手掌之中的十数粒碎石分打四人。陡闻石粒破空之声，左不礼想也不想，全力一掌拍出。他这一掌堪堪拍出，忽觉黄尘乱石，不计其数，哗啦啦齐向他师兄四人罩来。

四人大惊。凌甘二人慌乱间齐丢兵刃，拳劈掌挥，欲将土石扫去。

殊不料合四人之力，那些废土乱石更是射的劲疾，且数量越来越多，尽往阵中四人身上招呼。

一时之间，便见沙石飞舞，日月无光。阵中尺内莫辨人影，凌甘二人哇哇叫，左吕二人吐气开声，与土石战成一团。鬼灵子早立起身来，背负双手，得意非凡地立于阵外观斗。

瞿腊娜早睁开眼，见状也是心惊魄动。愣怔半晌，忽见鬼灵子那副得意之状，不禁心头恼怒，奔将过去，一挥手给他吃了一记脆响耳光。

鬼灵子正自得意，怎料会有此变，当下以手拂面，叱道："你疯了么？"

瞿蜡娜见鬼灵子左颊五道红印宛然，已悔自己出手太重，但想起鬼灵子方才仰卧于自己怀中之境，不禁悲从中来，泣声道："你……谁叫你欺负我！"

鬼灵子道："方才我若不故意那般做作，他们也不会一齐步入阵中，故而——"

瞿腊娜"哼"了一声，正欲说话，忽闻甘不廉高声道："喂！阁下的竭力神功天下第一，在下兄弟已领教了，便请收了如何？"

鬼灵子高声笑道："此刻竭力神功尚未挥发到极致，尚请贤昆仲再忍耐片刻。"

凌不义道："忍不住了！阁下收了此阵！我兄弟四人任供阁下驱策便是。"

鬼灵子笑道："我为何要相信你的话，你又不是老大，说的话作不得数的。"

转向瞿腊娜，又道："你看此阵如何？"

瞿腊娜道："此阵始创自诸葛武侯，蜀中人皆闻其名，却不知竟这般厉害。"

鬼灵子笑道："这叫作知者不难，难者不知，此八卦阵按休、生、伤、杜、景、死、惊、开八门所设，我故意将生门正对他们，此时他们只需往西南'休门'冲出，便没事了，此为中策；一味蛮拔猛打，是为下策；上上之策却是各自渐收内力，以至最终不再发力，那些土石本是死物，既无外力摧动，自然渐缓终止了。只是那四个笨瓜又怎知晓个中奥妙。哈哈！昔日诸葛孔明创此阵杀得司马懿丢盔弃甲，今日我陆小歪以此阵而困'礼义廉耻'，正所谓：武侯斗阵辱仲达，小歪布阵擒四凶。"

言罢大笑不已。

他于文字所知实在有限，只因自幼在洛阳市井厮混，听说书先生说过"三国"，故知诸葛亮以此阵大败司马懿之事。此时说来，倒也头头是道。

却听凌不义高声道："喂！阁下！我们老大定然是愿意答应你收了竭力神功的，只不过他无法开口而已，还请阁下……啊哟！"却是被横飞而来的石块击了一记。

鬼灵子心头雪亮，四人之中，数他们大师兄左不礼内力最强，吃力自然也是最重，凌不义说他无法开口，倒也并非虚言。

当下也不揭破，只高声道："那阁下为何能开口说话？莫非阁下的武功比你大师兄还要高强么？"

甘不廉高声道："不是的！不是的！这竭力功端的古怪得紧，大师兄和四师弟……哎哟！"自是也与方才凌不义境遇一般了。

鬼灵子讥笑道："阁下说令大师兄和四师弟'哎哟'不知是何意思？"

凌不义大叫道："他妈的！啊哟！你要再不收这见鬼的竭力功，我可要骂人了！"

鬼灵子嘻嘻一笑，道："阁下的'骂人功'与在下的'竭力功'相比，不知是哪一门神功要强些，还请阁下就此开骂如何？"

一拉瞿腊娜衣袂，道："这些粗人什么脏话都骂得出，咱们最好还是不听。"

瞿腊娜点点头,随鬼灵子步出山坳,径让左不礼、凌不义、甘不廉和吕不耻师兄弟四人困于阵中。

凌甘二人边大叫"啊哟"边破口大骂,无奈鬼灵子早听不到,纵听到了,也只会嘻嘻一笑。

因他对自己那些倒霉的祖宗十八代并不识得,无论凌甘二人如何辱骂,与他鬼灵子全不相干。

第三十二回

失陷

九十五

天山二怪和飞天神龙几乎同时运功疗伤归元。甫一睁眼，飞天神龙和牧羊女梅依玲便不约而同地看向独孤樵处身之所，却哪里还有独孤樵身影！

二人俱是面色倏变，失声道："糟糕！糟糕！"

阳真子奇道："依玲，你说什么糟糕？！"

梅依玲则道："独孤樵依然似以前一般，内力深不可测么？"

飞天神龙却哈哈大笑，只是不语。

梅依玲怒道："闭上你的鸟嘴！老娘自与真子说话，稍候再与你算账！"

飞天神龙顿即沉下脸来，怒道："万某也正好要与你二怪算算这笔账！万某给你二怪一盏茶时光，有何肉麻之言，尚请在这盏茶时光内快快说完。"

阳真子大怒道："你这般与依玲说话，那是死定了！看招！"

弹地而起，直扑飞天神龙。

飞天神龙却只负手而立，并不还招。阳真子扑出不到五尺，便已气竭坠地。

梅依玲连忙跟至，扶住阳真子，急道："真子你怎么啦？"

阳真子连声道："厉害！厉害！果然厉害。"

梅依玲瞪了阳真子一眼，奇道："你是说独孤樵厉害么？"

阳真子更觉奇异，反问道："什么独孤樵？"

梅依玲皱眉道:"方才老不死扑向独孤樵,却无故受伤,莫非江湖传言有虚,独孤樵并未丧失武功么?"

阳真子大惊道:"那……那蒙面人,便是独孤樵么?"

梅依玲"哼"了一声,道:"老不死的已揭下独孤樵蒙面巾,难道……"

阳真子失声道:"不对!不对!"

梅依玲怒道:"有何不对?"

飞天神龙忽然大笑道:"果然不对,你家老不死的未及看清独孤樵面目,便已强收内力自伤倒地了。哈哈!"

梅依玲霍地立起身来,喝道:"普天之下,唯有老娘一人可以叫真子'老不死',万人乐你这小子,当真是活得不耐烦了!"

飞天神龙冷笑道:"就算别人叫不得,姓万的今日可得叫上一叫了。别人怕你天山二怪,我飞天神龙可不知'怕'字怎么写。喂!老不死的,你还不快站起来,和你这老婆娘联手,与姓万的再战三百回合!"

阳真子行事虽邪,却也不是莽撞之辈,知飞天神龙正是年富力强之年,内力恢复比他二怪快得多,此时大战,己方胜算不到五成。

当下急忙道:"依玲且慢动手。"

阳真子心头所想,梅依玲焉有不知,当下"哼"了一声,蓄势不发。却听阳真子又道:"飞天神龙,你与我二怪两度相斗,为的便是独孤樵,不知是何缘由?"

飞天神龙道:"上次相斗已是三年余前之事,不去说它也罢。我只问你,独孤樵与你二怪有何干系,我飞天神龙三年多来不敢……不对,是不愿与江湖中人朝相,费了偌大周折,方找到独孤樵,正可扬眉吐气,你二怪因何非要横插一手,阻我好事?"

早先天山二怪为东方圣所迫,二十余年不敢在中原武林现身,隐身塞外,那份寂寞与不甘之情,二怪自是大有体验,此时听飞天神龙言语奇怪,阳真子不由诧异道:"阁下三年多不……不愿与武林中人朝相,便是因为独孤樵么?不知阁下有何把柄落到了独孤樵之手?"

飞天神龙自不知二怪"遭遇",正是因有不可见人的把柄落到了东方圣手里。故阳真子有此一问，听在飞天神龙耳里，却变成了调侃之词。

当下怒道："老匹夫竟敢消遣本大爷来着！"

阳真子奇道："什么消遣？！"

转向梅依玲，又道："方才那蒙面人真是独孤樵么？"

梅依玲道："老不死伤于人家手下，却兀自不知人家名姓，当真是无能之极！"

阳真子连忙道："原来他果然是独孤樵。不过嘛，与依玲你相比，我老不死的固然不济，但若比之外人，倒也并不怎么差劲。"

梅依玲道："那你为何被独孤樵所伤？莫非江湖传言……"

阳真子道："江湖传言无虚，独孤樵果然武功尽失……不，不对，他身上尚有一丁点儿内力。方才我看他不会武功，内力也是差劲之极，故强收内力，以致自伤。依玲你替我疗伤时，是早就查出来的了，对么？"

梅依玲一愣，果觉震伤阳真子的内力与他二怪所习并无二致，当下道："哼！我自是早就知晓了的。只是你老不死的也太过分顾及妇人之仁了。他既蒙着面，你纵一掌先了了他，师父也不能怪罪咱们的。"

飞天神龙闻言大奇，问道："陆小……令师也不准你们伤及独孤樵？"

阳真子道："正是。"

飞天神龙一奇更甚，道："却是为何？"

阳真子道："这就不得而知了，只是掌门师父如此吩咐，要我二怪尽全力找寻独孤樵，带回去交给他，并不许伤及独孤樵一根汗毛，倒真是奇哉怪也！独孤樵便似土遁了一般，三年来便连他影子也未见着，今日偶遇，偏又让他跑了，实在……实在是……"

飞天神龙截口道："如此说来，这些年独孤樵并未与令师徒等在一起？不不，当然不在一起，否则陆小……令师也不会迫我非找到独孤樵了。对啦，令师真没教独孤樵武功？"

梅依玲道："人也不在，却又如何教法？！你这小子当真笨得可以！"

飞天神龙忽然哈哈大笑，笑得打跌，笑得流泪。

天山二怪大奇道："你笑什么？"

飞天神龙边笑边道："大……大水冲了龙王庙，哈哈！你们可……可知我要带了独孤樵去找谁么？"

天山二怪齐声道："找谁？"

飞天神龙收敛笑声，道："此人非他，姓陆，名小歪，有个外号，叫作鬼灵子的便是了。"

言罢复又大笑。

天山二怪连"啊"了三声，一齐愣愣地看着飞天神龙。阳真子迟疑道："不知阁下带独孤樵去找我师父是何用意？"

梅依玲抢道："它是要我歪邪门对他飞天神龙感恩戴德。"

飞天神龙摇头道："非也非也。"

当下将与鬼灵子打赌因而三年多"不愿"与武林中人朝相之事道出，只略去若独孤樵不会武功而具内力便也算鬼灵子输了此节不提。

天山二怪俱是一般心思：独孤樵虽不会武功招式，但却身怀一丝儿内力。有内力便算武功，那他们师父是赢定了。飞天神龙武功大是不弱，他们有这么个脾气古怪的师弟倒也不算辱没了歪邪门。

且依门规，他二怪实难再收到年长于己的徒弟了，飞天神龙仅四旬年纪，大可收些五六十岁的徒弟，歪邪门发扬光大，倒可着落在这未来的师弟身上。

二怪心头不由暗喜。对视一眼，还生怕对方不明己意，各自大打眼色，随后一齐点点头。

飞天神龙心头暗笑：此番二怪可入我彀中了。有他二人相助，找独孤樵便容易得多，到时在鬼灵子面前搬出昔日赌约，鬼灵子想耍赖皮也是不能了。哈哈！

三人心头各有计较，便听阳真子道："阁下与我和依玲既是同道，何不化敌为友，一同找寻独孤樵？！"

飞天神龙道："不然不然，咱们本就非敌，却又如何化起。一丁点儿小误会，揭过也就是了。至于一同找寻独孤樵，倒正合在下之意。哈哈！"

二怪也是大喜，齐声道："不错，不错，便是这般。"

三邪当下击掌为誓，若不将独孤樵带至鬼灵子面前，三人绝不动手过招。

不料击掌方才两下，忽有一不男不女的声音在距他们五丈的地方传来："这第三掌嘛，依我看是用不着再击了。"

三人大惊，凭他们的功力，怎的被人欺进五丈之内竟未能觉察，那岂不是太过匪夷所思了么？

一齐骇然转过头来，却见一人正倚树涂脂抹粉，偏又长着稀稀拉拉几根胡须，委实令人观之欲呕。

此人非他，正是昔年名列江湖四大魔头、轻功天下第一、此时充任"复圣盟"二位副盟主之一的采花色魔——玉蝴蝶金一氓！

九十六

早年布袋和尚未得前辈高人酒仙翁转赠内力之前，曾重伤于金一氓掌下，几欲命丧黄泉（详见《一剑平江湖》）。此时天山二怪对他们那精灵脱跳的师父鬼灵子已死心塌地，对鬼灵子的师父布袋和尚，自也礼敬几分。他们虽万般不愿叫出"师祖"二字，但陡见布袋和尚宿敌，更兼金一氓又坏了他们与飞天神龙的"好事"，心头焉得不怒！

当下二怪一齐暴喝道："金一氓，你找死！"

玉蝴蝶咯咯一笑，嗲声嗲气地道："辛家妹子和温家妹子还等着在下回去解渴，找死的事在下是不想干的，只不过辛家妹子转呈她义父的意思，要在下跑这趟差，否则辛妹妹便扬言要给在下戴十七八顶绿帽子，在下便只好到此间来了。在下自信比别人跑得快些，送封请柬并不至于送命，虽劳累一些，总比戴绿帽子强，贤伉俪以为然否！"

见二怪和飞天神龙俱是不解之色，玉蝴蝶又道："何况若在下没看走眼，此时贤伉俪联手，再加一个万人乐，大概也不至于能胜过金某手中折扇。"

言罢又嘻嘻一笑。

天山二怪和飞天神龙俱是心惊，暗道这色魔眼光果然了得，当年他名列江湖四大魔头，当非幸至，实有过人之能。

　　却听飞天神龙道："好说！不过万某与天山伉俪的脾性，金当家的大约也有耳闻。我飞天神龙是不会与人联手对敌的。只不过嘛，一旦交上了手，姓万的是不死不休。金当家的要取万某性命，只怕也得花些力气。到时天山伉俪再与金当家的来个不死不休，鹿死谁手，那就难说得紧了。"

　　玉蝴蝶又自笑道："然也！然也！故金某此刻是绝不愿与你们动手的，那多没旖旎风光呀！方才在下劝你们不必再击出第三掌，是因为独孤樵夫妇已为本盟所擒，你们无法带走他了。"

　　天山二怪惊道："你说什么？！"

　　飞天神龙则高声道："放屁！放屁！就这短短时间，你们怎能擒住独孤樵。并且，独孤樵又是哪儿来的老婆，这岂不是见鬼了么？！"

　　玉蝴蝶并不以为忤，嬉笑道："万兄不解风情，自不知独孤樵何来娘子。至于要擒住一个不会武功之人，倒是易事一桩。金某言尽于此，就此告辞，三位无妨一观请柬，按图索骥，当可得见独孤樵，金某却要回去，与辛妹妹温柔风光了……"

　　他说到"告辞"二字时，顺手抛过一张请柬。后面数语，却是飘身倒跃之时所发，待语音落尽，人早在六七十丈开外！如此轻功，直令天山二怪和飞天神龙也不得不为之心折。

　　飞天神龙叹道："万某素以轻功自负，没料玉蝴蝶这色魔，实比我飞天神龙强过良多。"心头大觉黯然，却未闻二怪回应，转头看时，但见二怪正趴在地上，细细看玉蝴蝶抛过来落于地上的那请柬。

　　原来玉蝴蝶抛过那请柬时，天山二怪生恐有毒，不敢贸然接之，只闪身让过，任它自行落地。待玉蝴蝶走后，二怪心头犯疑，便一齐伏地观那请柬。却未发现有何古怪。

　　那请柬上的文字图案，二怪却是看它不懂。正自凝神苦思，对飞天神龙的喟叹，自是听之未闻。

　　飞天神龙大奇，也俯身细看，却见那请帖上写道：

"敬告天下英雄：

本盟兹订于八月初九日举办伐木立威大会，届时敬请各路豪杰观礼。今特附抵达会场线路于图左……"

之后是一幅标满箭头的图案，东南西北四周分别标有"兴山镇""巴东镇""巫溪镇""竹山镇"等字样。

最末一行字是："复圣盟盟主任空行谨启。"

略一思忖，飞天神龙不由失声道："啊！"

天山二怪一齐抬起头来，看着飞天神龙，不知他因何惊叫。

飞天神龙喃喃道："八月初九，便是三日之后了。"

梅依玲"哼"了一声，道："今日八月初六三日后便是八月初九。这难道还要你告诉人么？！"飞天神龙自顾道："这就不错了……"

梅依玲道："什么不错了？你到底在说些什么？"飞天神龙恍若大梦初醒，问道："你们可知此地叫作何名？"

天山二怪对视一眼，梅依玲道："我和真子又非官府中人要知此地地名作甚！"

飞天神龙道："然则图中所标会场又是何处，你们可知道么？"

梅依玲又欲抢过几句，却被阳真子止住。

因见飞天神龙面色凝重，阳真子道："我和依玲只知这方圆数百里统称大峪山，至于此地及图中所绘会场，确切地名倒是不知，却不知阁下所问何意？"

飞天神龙道："在下自幼与这片森林为伍，倒是甚为熟悉不过。此地曰木鱼坪，而图中所标会场，叫作神农顶，乃方圆数百里的最高峰。两地相距不到百里，难怪他们擒得独孤樵后能这般快便送来请柬。"

阳真子黯然道："阁下是说他们真捉住独孤樵了？"

飞天神龙忽然破口大骂道："他妈的！老子白在这大峪山中混了一辈子，早该料到任空行老贼会将复圣盟总堂建在神农顶的！任空行也真他妈的不是东西，这三年多来竟然装孙子，做缩头龟，害得老子一无所知。此番独孤樵被他给捉去了，叫老子与陆小歪的赌约如何了结法，我操任空行他十八代祖宗……"

更难听的言语尚未骂出,早被梅依玲高喝打断:"我师父的名讳,是你万人乐可大呼小叫的么?"

万人乐邪性顿发,也高喝道:"大爷叫便叫了,你天山二怪两个老邪物却又拿大爷如之奈何?哼!陆小歪陆小歪陆小歪……"

"啪"的一声,梅依玲与飞天神龙已全力拼了一掌,各自震退三步。

飞天神龙面色一寒,冷冷道:"真要打么?!"

阳真子连忙道:"咱们有约在先,不找到独孤樵,咱们便不能动手过招。"

梅依玲则道:"你不乱叫我师父之名,我便不打,否则……哼!"

飞天神龙道:"哼什么哼!莫非姓万的怕了你二怪不成!"阳真子道:"阁下此言,我牧羊童记住了。依我之见,待救出独孤樵交给我师父后咱们无妨再重新打过。"

飞天神龙自忖阳真子伤重于己,二怪同进同退。宛若一人,此时纵是赢了他们,也是胜之不武。何况若不救出独孤樵,自己与鬼灵子之赌便没了结,终难在江湖中自由行走——鬼灵子古怪刁钻,殊难料他将在何时何地出现。

当下高声道:"好!便是这般。独孤樵是一定要救的,但我飞天神龙可不愿与你们同行。告辞!"

言罢飞身上树,顿即不见踪影。

梅依玲冷哼一声,将满腔怒气转到阳真子身上,叱喝道:

"老不死的你今日是怎么了,他万人乐是什么东西,你竟如此怕他不成!?"

阳真子连忙赔笑道:"依玲息怒,并非我阳真子怕了他万人乐,只因他既如此怕见咱们师父,终有一日会成为咱们师弟的。故而容让着他一点儿,更何况……"

梅依玲截口道:"何况什么?"

阳真子道:"咱们对这左近地形一无所知,有他在旁,救独孤樵便会多有几分把握了。"

梅依玲道:"我偏不信离了万人乐便找不到神农顶,咱们去捉几个当地土人来,一问不就知道了么?!"

阳真子道:"依玲之聪慧,普天下当真并无几人能及,我阳真子实在佩服之至。"

当下二人飞身而退,径捉当地土人盘问路径去了。

九十七

却说胡醉等一行六人连夜越窗而走,直奔东南。途中绝因师太将与鬼灵子及瞿腊娜相见之诸般细节悉数详告。待她话音落尽,江湖浪子童超不由叹道:"鬼灵子年纪轻轻,便有这般见识,他日执武林牛耳者,非此子莫属也!"

布袋和尚笑道:"你江湖浪子也年纪轻轻,却不知将那'哪管人鬼当道,我自浪荡江湖'的万千豪气给丢到哪里去了。哈哈!"

江湖浪子轻叹一声,道:"昔日在泰山之巅,童某与胡大哥及灭性道长当着天下英雄之面,言明誓杀任空行等四獠以谢天下,不料数年来……唉!"

绝因师太道:"阿弥陀佛!童少侠定可找到任空行老巢,到时你江湖浪子又可大展神威了。"

胡醉也道:"师太之言极是,大丈夫能屈能伸,岂可因一时愧对天下英雄便自暴自弃!"

布袋和尚大声道:"胡醉鬼依然是胡醉鬼,跨哈!照老叫花看来,你兄弟二人和灭性老道并未愧对天下英雄。"

江湖浪子道:"姚大侠此言何意?"

布袋和尚道:"有你们四方奔走追杀,数年来任老魔不敢荼毒武林苍生,一也;任老魔龟缩不出,复圣盟引而不发,并非你们不战之过,二也。据此二论,老叫花之言便无差错,哈哈!不知童少侠以为然否?"

江湖浪子恍然道:"多谢前辈指教,数年来晚辈心头一直缠着的死结,今日……哈哈!任他人鬼当道,我江湖浪子又有何惧哉!"言罢撮口长啸,啸声绵绵不绝,越山覆岭,直逼云霄。

胡醉、姚鹏二人对视一眼,齐声开怀大笑。

一时之间,方圆数里之内的飞禽走兽,俱被这啸笑之声惊得飞奔逃窜。

毒手观音和司马青青也是心头大喜师徒俩对视一眼,青青红着脸低下头去。

绝因师太连宣佛号,心头暗道:"凭此三人的武功,再加鬼灵子的智计百出,纵有十个复圣盟,又有何惧哉!"

突然心头一凛:胡醉、童超俱是豪气干云之辈,浑身侠肝义胆,若真如鬼灵子所说,任空行以他们三弟独孤樵性命相挟,结果当真大为堪虞。

待江湖浪子、布袋和尚和胡醉啸笑声毕,绝因师太忙道:"阿弥陀佛!贫尼尚有一言,不知当讲不当讲?"

布袋和尚笑道:"师太之脾性,刚烈不让须眉,我这老叫花素来深知,怎的现在倒变得这般……唉!都怪鬼灵子那小滑头胡闹,对前辈没上没下,待我见到他时,非重重责罚不可!"

绝因师太合十道:"姚大侠此言差矣,陆小侠两度棒喝,晓以利害,否则贫尼已回峨眉长伴古佛青灯,那便好得很么?"

江湖浪子笑道:"只有最后一句话,才像是峨眉派掌门说的,哈哈!这正所谓江山易改,本性难移。不知师太以为晚辈之言可有几分理么?"

众皆大笑,连绝因师太也不禁莞尔,也不合十,当下道:"罢了罢了!看来纵得十度棒喝,我绝因也难修成正果了。好在超度凶孽,也并不太违我佛本意,大约贫尼也不必进阿鼻地狱了。"

众又大笑。

末了,布袋和尚道:"方才你吞吞吐吐,什么当讲不当讲的,不知是何言语?"

绝因师太将鬼灵子所虑之事道出,继而道:"若真如此,咱们便又该当如何?"

胡醉、童超面面相觑，一时作声不得。

布袋和尚和毒手观音也大犯踌躇，苦无良策。

青青见状道："不知师太可有计较了么？"

绝因师太缓缓道："贫尼深信陆小歪能寻到复圣盟总堂，凭他的机智聪颖，更兼身怀昔日赛诸葛欧阳明所传绝技，要救出独孤公子，只怕比咱们以硬碰硬把握大些。为今之计，咱们只宜暗中接应，静等陆小侠救出独孤公子方为上策。"

布袋和尚诧异道："师太当真如此相信鬼灵子那小滑头？"

绝因师太含笑不语。

千杯不醉胡醉道："这大峪山浩瀚无边，尽是苍莽密林，咱们连复圣盟总堂设于何处也是不知，却又如何接应法？"绝因师太道："陆小侠平时虽调皮顽劣，但在大关节上却深有侠肝义胆，数年前他不惜自我以救独孤公子性命便是明证。凭其过人智计，我想他一旦探知复圣盟总堂所设位置，定会差人报知咱们的。"

胡醉忽然笑道："师太垂誉江湖数十年，只怕还从未对人如此推崇过，看来咱们所托无差矣。"绝因师太奇道："胡大侠此言——"

胡醉看了毒手观音、布袋和尚和童超一眼，见他三人均微微点头，当下道："鬼灵子重托师太之言无虚。非在下等敢隐瞒师太，只是此事委实干系重大，实不便太多人得知……"

随即将与公孙鹳四年相约印证武学之事道了出来，末了道："此时距相约期已不足十月，征得老叫花答应，在下与二弟及敝师姐三人欲将各自身负技业传与鬼灵子，届时让他独斗公孙鹳，成也不成，只看他的造化了。"

绝因师太直听得惊诧莫名。

须知胡醉、童超和毒手观音，实是中原武林之绝顶角色，三人联手，竟只与公孙鹳的四员家将打个平分秋色。那公孙鹳的武功，岂不太过匪夷所思了么？

随即又忖道：胡醉等人俱是心高气傲之辈，若合三人之力仍败于公孙鹳双掌，凭他们脾性，只怕会就此归隐山林。何况胡醉、童超二人迟早总会与任空行等人决一死战，孰存孰亡，端的难以预料。而他们又绝不愿失信于人，全力调教鬼灵子此举，倒实是上上之策。

忖罢道："短短十月，要造就一个武林绝顶高手，殊非易事，然谋事在人，成事在天，成还是不成，都需看鬼灵子之悟性了。"

江湖浪子童超道："师太所言极是，放眼当今天下武林，若论机灵聪颖，实无出鬼灵子其右者，更兼他义胆侠肝，最是我辈中人本色，故而……"

一语末了，忽闻两人纵声怪笑，其中一人道："知我天山二怪师父者——"另一人续道："唯江湖浪子童超也！"

二人似演双簧，话音落尽，人已早到近前。

无须猜疑，仅凭话声语调，便知来者非天山二怪莫属。

布袋和尚佯怒道："是你这两个老邪物，哼！"

阳真子扭捏道："师……这个祖嘛，当日将你灌醉，却也怪我和依玲不得。"

梅依玲也道："真子所言不差，掌门师座有令，我和真子焉敢不从。"

布袋和尚板起脸道："然则那差你们来缠住我的蒙面人是谁？还不快快说来，否则……哼！"

天山二怪大奇，同声道："什么蒙面人？"

见二怪言语间并无作伪之声，布袋和尚不由大是犯疑：当日之事既然皆为鬼灵子所授，那他又是如何得知独孤樵已落入复圣盟手中的呢！？"

绝因师太亦自奇道："如此说来，你们缠住姚大侠而让鬼灵子悄悄离去，并非受人差遣了？"

阳真子高声道："普天之下，能差遣我天山二怪的，除敝派掌门师座外更有……"看了胡醉一眼，续道："也没几人了。"

二怪对胡醉素来敬服，若真受他差遣，二怪也一样乐于效命的。阳真子临了改口，个中心思梅依玲岂有不知，当下接过阳真子话头，道："方才江湖浪子说敝派掌门之机灵聪颖天下无双，实是金玉良言。敝掌门略施小小手段，便让堂堂丐帮帮主大上其当。嘀嘀！嘀嘀！"

江湖浪子道："好说，好说，二位的掌门师座既然如此聪颖，复圣盟总堂所设位置嘛，他是一定探知得了？"

二怪对视一眼，俱各微微点头，便听阳真子道："那还用说么！哈哈，我师父也是略施手段，便探知复圣盟的总堂乃是设于神农顶了。"

此言一出，胡醉等人一齐惊"啊"出声。

阳真子见状大为得意，索性趁机替鬼灵子多吹几句，也好让人对他们"歪邪门"刮目相看。当下又道："敝派掌门这智颖，端的莫测高深，天下无人能及。他只探知复圣盟总堂位置后，掐指一算，便知复圣盟将于八月初九日将举行什么伐木立威大会……"

胡醉奇道："什么？"

梅依玲觉得阳真子已出尽风头，也该轮到她风光风光了，当下抢着道："哼！任空行也真是无聊之极，要在天下英雄面前立威，岂是砍倒几棵树便能够的！敝派掌门他……他也觉得任空行此举愚蠢之至，便令我和真子到此间给你们报个讯，说道八月九日嘛，各位不去也就是了。若论砍树，凡江湖中四五流角色，一口气也是可以砍它几十棵的。"

天山二怪本不知鬼灵子此时置身之所更未受到什么差遣，只因这大峪山中，数十里内荒无人烟，二怪花了一日一夜功夫，仍未捉到一个土人问道，正胡奔乱闯之时，遥遥听到童超、胡醉和姚鹏三人的啸笑声，就此奔将过来，没料会陡遇"师祖"，不禁大是尴尬。幸而见机得快，替鬼灵子大吹法螺，方解一时之窘。

却听胡醉喃喃道："伐木立威……伐木立威……"突然面色倏变，失声道："鬼灵子他还说什么？"

天山二怪不知胡醉因何面色猝然大变，心下一慌，便难替鬼灵子再编说词，当下你看看我，我看看你，支吾难以作答。

江湖浪子微觉蹊跷，看了胡醉一眼，对二怪道："鬼灵子当真叫咱们别去神农顶参加什么伐木立威……咦？伐木立威？……啊！"也是面色陡变。

司马青青急道："你……你怎么啦？！"

江湖浪子似是自言自语："伐木……伐木……三弟名樵……渔樵耕读……莫非任空行是要杀三弟么？！"

众人俱是大惊失色，一时寂静无声。

九十八

阳真子突然道:"照啊!独孤樵夫妇已被复圣盟捉了去,先前我和依玲还道伐木怎能立威,听江湖浪子你如此一说,他们多半是要杀独孤樵了!"

语音甫落,忽闻布袋和尚厉声道:"天山二怪!这些讯息断非鬼灵子教你们所传,你二人怎生得知的,还不快快道来!"

阳真子奇道:"咦?你……你怎么知道的?"

天山二怪本不善撒谎,布袋和尚早疑他们言语不实,听得阳真子如此问话,自是人人心头雪亮,知方才二怪谎言连篇了。

众人更不多言,只愤愤盯着他们。

阳真子见状微觉心头发毛,当下打个哈哈,道:"敝掌门自有要事去办,我和依玲果然未曾见他,但我和依玲方才之言,却无虚妄。"

随即将巧遇飞天神龙和独孤樵以及独孤樵失踪后又得"玉蝴蝶"金一氓传书之事大略道了出来。言语间自是大吹梅依玲如何了得,将飞天神龙打得大败,只因他太过不济,梅依玲为救他才未将飞天神龙赶尽杀绝,直听得梅依玲心花怒放,老脸放光。

待他道毕,胡醉伸手道:"拿来。"

阳真子奇道:"什么拿来?"

胡醉道:"金一氓送你们的请帖。"

阳真子"哦"了一声,将那请帖递给胡醉,众人一一看了,俱是面色凝重。

胡醉缓缓道:"果然是任老魔的亲笔。"

阳真子得意洋洋地道:"我没说假话吧!不过嘛,依我看任空行的字也写得不怎么样,毫无章法可言,至于颜……颜骨柳筋嘛,那是更说不上了,实在是败笔之至。"

梅依玲连忙道:"老不死的总不长进,什么颜骨柳筋,是颜筋柳骨!"

阳真子叹道:"还是依玲好学问,我阳真子可是万万不及了,唉!"

梅依玲道:"不过你那'章法''败笔'两词,用的也勉强不错。"

二怪当下互吹互捧,竟大谈起"书法"来,只是无论"颜骨柳筋"也好,"颜筋柳骨"也好,胡醉等人俱是充耳未闻。

忽闻布袋和尚自言自语道:"这可就奇了。"

转向梅依玲,又道:"你果真看清独孤樵容貌了么?"

梅依玲微觉不快,"哼"了一声,道:"你以为我老眼昏花,竟会认错了人么!"

阳真子也道:"依玲既说那人是独孤樵,便一定是独孤樵。何况那人若不是独孤樵,万人乐那小子又何必带着他,更以面巾蒙面?可见师……那个秃祖你的话问得实在没水平之至。"

布袋和尚不睬二怪,只对绝因师太道:"独孤公子既是昨日才落入复圣盟手中,怎的五日前鬼灵子便得知讯息了?"绝因师太正自一愣,却听阳真子高声道:"这又有何奇异?敝掌门只掐指一算,便知独孤樵将落入……"

一言未了,早被胡醉喝声打断:"够了!咱们谈正事要紧。"

阳真子一愣之下,兀自咕哝道:"莫非我所谈的不是正事,却是歪事么。"

江湖浪子童超道:"此事果然蹊跷,也不知鬼灵子此刻究竟如何了,依我之见,咱们这便退回薛家坪,备足食用物事,明日动身,后日一齐到神农顶,见机行事,救出独孤樵三弟再说。"

胡醉道:"二弟此言不错,薛家坪距此不过三四十里,今夜咱们吃饱喝足,养好精神,纵是决一死战,咱们又何惧任空行那魔头了!"

当下众人俱点头称是,本欲折身西进,忽见武当灭性道长率十余名弟子奔至,神色间大是惊惶。施礼既毕,灭性子道:"若贫道所料不差,此刻独孤公子只怕已落入复圣盟之手了。"

阳真子大笑道:"你这牛鼻子老道大放马后炮,当真可笑之极,哈哈!"

武当众弟子听他出言无状,对他们掌教大是不敬,一齐手握剑柄,怒视天山二怪。

阳真子"哼"了一声,又道:"你们不服气么?!来来来,我天山二怪这便领教领教武当绝学！"

但闻"呛呛"之声不绝，十余名武当弟子，早各剑刃出鞘。

灭性道长忙回身叱道："放肆！还不快快将剑收了！"

掌教有令，武当派众弟子焉敢不听，一齐忿忿还剑入鞘，瞪了二怪一眼。

阳真子兀自得意洋洋地道："还是灭性老道见识多些，你们若与我天山二怪动手，那是捞不到丝毫好处的。"

灭性子并不理睬，问胡醉等人道："莫非各位已知……"

胡醉当下将天山二怪所道讯息细说了一遍。

灭性子听罢道："原来如此！"

言语间掏出一张请柬递给胡醉，续道："这书简是今日午时'令弥陀'南宫笑传给贫道的，不知与天山贤伉俪所得的那张是否相同。"

胡醉接过看了一眼道："果然一模一样。"

也将天山二怪带来的那张请柬递给灭性子过目。

灭性子沉吟道："事已至今，不知众位有何打算？"

胡醉当下将自己一干人筹略悉数详告。

灭性子道："如此最好，当日在泰山之巅，为寻回本派重宝，我灭性子曾当着天下群豪之面，答允饶过任空行等四獠，事后再倾全派之力追杀他们的。此番若蒙胡大侠和童少侠不弃，我武当一派愿任供驱策。"

胡醉忙道："道长言重了！"

江湖浪子童超也道："除魔锄奸，本是我辈义不容辞之事，贵派乃武林泰山北斗，大家齐心合力也就是了，什么驱策之言，还望道长万万不可再提。"

灭性子正欲谦逊几句，忽闻阳真子道："俗话说，道不同不与为谋。我天山二怪却非你辈中人，除魔锄奸与咱们是没多少关系的，告辞了。"

言罢冲梅依玲一使眼色，二人倒弹而出，转瞬不见踪影。

武当派十余名弟子观二怪身形，尽皆微微色变，暗忖方才若真与二怪动手，果然难讨得好，只怕还要大大丢脸。

众人正欲离去，却见阳真子去而复还，人尚在起落间，便高声道："江湖浪子，你可知这附近有否土著居民？"

江湖浪子奇道："阁下问此作甚？"

阳真子道："我天山二怪最喜热闹，这你江湖浪子也是知道的，对么？"

江湖浪子微笑点头。

阳真子见头喜道："照啊！只需捉住几个土人一问，依玲和我便知取哪条道可去神农顶，到时便有热闹可瞧啦。"众人方知阳真子所问之意，不觉心头哑然。江湖浪子笑道："也无须问土人了，我告诉你们便是。"

当下将神农顶的位置和走法道出。

阳真子大喜，道声多谢便又离去。

胡醉一行自回薛家坪不提。

天山二怪虽是在胡醉等人面前替他们'歪邪掌门'大吹法螺，倒也没怎么离谱。鬼灵子此刻所知复圣盟中之事，甚至比天山二怪所吹嘘的尚要多。他手中也有一张请柬，只不过对他来说，那请柬已毫无用处罢了。

是"活李广"震天宏将请柬送给他的。

震天宏以一张请柬换了三个徒弟性命——

当日左不礼、凌不义、甘不廉和吕不耻四人被鬼灵子以"八卦阵"困住，四人不识此阵法门，只一味摧动掌力自保，掌力带动沙石，四人对面莫辨。凌甘二人先是高声求饶，偏鬼灵子不理不睬，继而带瞿腊娜径自离去。凌甘二人惊怒之下，一齐破口大骂，言语之粗俗，端的难听之极，无奈鬼灵子和瞿腊娜早听不到了。

直过得小半个时辰，鬼灵子方对瞿腊娜道："那四位笨猪只会大出蛮力，此刻定已虚脱无力了，咱们这便去生擒了他们。"

当下二人从山坳转出，但见场中飞沙走石已然尽敛，左不礼耸四人委顿于地，面额之上青块红疱各布三四个不等。

鬼灵子哈哈大笑道："四位兄台，在下的'竭力功'可还入方家法眼么？"

甘不廉嘶声骂道："去你妈的'竭力功'！老子是死也不想再看了。"

凌不义却连声道："厉害！厉害！"

只左不礼、吕不耻二人盘膝调元，并不开口。

鬼灵子依旧笑道："凌甘二兄尚未竭力，看来在下的'竭力功'仍是未尽其妙，说不得，在下只好再从头来一次了。"凌甘二人面色倏变，齐声道："来不得！来不得！万万不能再来了！"

鬼灵子慢慢踱到他们面前，故作奇状道："为何来不得？"

甘不廉道："若阁下再来一次，我兄弟四人非力竭而亡不可，故阁下是万万不可再来了。"

鬼灵子摇头晃脑地道："甘兄此言差也！此神功以'竭力'为名，其要旨便是这几句真言：先竭已力，敌力无着，敌力既竭，已力复生，生擒笨猪，一举可成。哈哈！"

他念动"真言"时，念一句便点翻一人，却不点对方生死要穴，只令"礼义廉耻"四人上身酸麻，难以功复而已。甘不廉虽侧倒于地，口中却兀自争辩道："阁下的前四句真言，尚有几分道理，这最后二句，说什么'生擒笨猪，一举可成'却不像是武学歌诀，倒像是……"

左不礼突然截口道："三师弟休要多言！"

甘不廉奇道："怎么？"

左不礼不再理睬他，侧头对鬼灵子道："敢问阁下与病诸葛欧阳前辈如何称呼？！"

鬼灵子暗道这左不礼身为四人之首，倒还有些见识，当下大笑道："欧阳钊么？哈哈！那老匹夫纵给本小爷提鞋，小爷也还不要！"

听他如此说话，左不礼不由心头大奇：莫非世上还真有一门"竭力功"，与欧阳钊的机关设阵之术异曲同工不成？

正疑惑间，忽听吕不耻道："丐帮帮主和峨眉派掌门之徒，果然不是凡俗之辈。"

凌甘二人同声齐道："四弟你说什么？"

鬼灵子大笑道："阁下到此刻言有所悟，虽晚了一些，却也不算蠢笨如牛之辈，哈哈！"

笑罢转向左、凌、甘三人，正色道："本少爷行不改名，坐不改姓，鬼灵子陆小歪是也!"

甘不廉憮然道:"那阁下先前所言的关外那竭力老人,却是怎么回事?"

鬼灵子道:"敢问甘兄贵庚几何?"

甘不廉道:"我师兄弟四人中,大师兄四十有三,二师兄三十另七,四师弟二十八岁,至于在下,却是虚度三十四个春秋了,不知阁下此问是何用意?!"

鬼灵子道:"最小的也有二十八岁了,很好,很好。"

凌不义怒道:"好个屁!还不快快替我兄弟四人解了穴道,否则……哼!"

鬼灵子却不睬他,只对甘不廉道:"阁下自言虚度了三十四个春秋,很好,若在下再让阁下虚度它八十九十一百年,阁下老是不老?"

甘廉道:"八十加三十四也等于一百一十四,一百一十四岁的人,怎不算老!阁下不是睁着眼睛说瞎话么?!"

鬼灵子笑道:"还是甘兄的脑袋灵光,那竭力老人实是有的,他正当壮年时被人以沙石设阵困住,力竭被制,方自创一套'竭力功',此人姓左……"

甘不廉奇道:"倒与我大师兄同姓。"

鬼灵子道:"他姓左,名字却有些古怪,叫作凌甘吕,有个外号叫礼义廉耻,哈哈!"

甘不廉一奇更甚,正欲寻问天下事怎的有如此巧法,却听吕不耻干笑一声,道:"好说!我兄弟四人今日认栽了,阁下何妨就此划下道儿,咱们接着便是!"

鬼灵子冷笑道:"败军之将,也敢言勇。哼!阁下之名,倒也妥帖得紧。"

吕不耻道:"依阁下便怎么说?"

鬼灵子抽出瞿腊娜腰间佩剑,道:"瞿姑娘,这柄剑一看便不是吹气断发的利器,却不知能否一连削下四颗脑袋?"言罢也不等瞿腊娜回话,持剑径到甘不廉身旁,将剑刃架在对方脖颈之间。

甘不廉纵再愚蠢十倍,至此时已知大祸临头了,当下面色剧变,失声道:"使……使不行!"

鬼灵子道："如何使不得？反正试一试也不打紧。"

甘不廉结结巴巴地道："试……试不得的，一试在下这……这脑袋便肯定要……要搬家了。"

鬼灵子皱眉道："我却不信。"

言语间手上微微用劲，划破甘不廉劲间皮肤，流出少许血来。

九十九

"礼义廉耻"四人中，凌不义与甘不谦感情最笃，见甘不廉将命丧顷刻，不禁失声道："陆……陆小侠！陆小侠！不！陆大侠！求你千万别……别伤我三师弟。"

鬼灵子故作奇状道："这么说阁下的脖颈一定是更硬的了，我陆小歪偏不信邪，就试你一试。"

言罢持剑踱到凌不义面前，将剑架在他颈间作势欲削。

甘不廉见状大急道："喂！喂！陆小歪，你还是来试我的好，我的脖子比二师兄的可硬得多了！"

凌不义虽利剑加颈，却是凛然不惧，高声道："甘师弟！你是看不起我的'九死刀法'么，哼，依我看哪，师弟的'八荒棒法'练的毫不得法，双臂空有千斤之力，脖颈却娇嫩得如婴儿一般，哈哈！"

甘不廉也高声道："我便是看不起师兄的九死刀法，哈哈！凭着利器伤人，那算得了什么本事，我看师兄的外家功夫，最多只练至胸间鹰窗穴而已，自此穴之上，实是不堪一击。师弟虽是不才，却至少练至人迎穴了，颈间只怕要比师兄硬些，哈哈！"

当下二人相互讦笑，俱言对方脖颈大软于己，鬼灵子心头暗叹：此二人虽愚鲁性烈，却难得如此情深重义。他本不欲取此人性命，见凌甘二人如此，更收了加害之心。

吕不耻见鬼灵子迟迟不动手，虽不知他心所想，却知暂无性命之忧了，当下闷声不言。左不礼素来少语，见二位师弟重义轻命，心头不由大是感动，也自一言不发。

却听鬼灵子高喝道："都别吵了！就算你二人脖颈一般软硬，只怕也硬不过这块石头。"

言语间暗运内力，手中长剑一挥，早将身旁一石劈为两块，续道："在下只需运上内力，一剑一人，便似砍瓜切菜一般，也将你们的脑袋轻易削下来了，你们信不信？"

凌甘二人对视一眼，面上却无惧色。甘不廉抢着道："信自然是信的，只不过阁下一试便知，要削下在下的脑袋嘛，的确要比……"

凌不义高声截口道："比削下我九刀死的脑袋容易一些。"

甘不廉喝道："是更难而不是容易！"

凌不义也喝道："容易！"

眼见二人争端又起，鬼灵子突然喝道："够了！"

随即又淡然道："既如此，在下也不太为已甚，我只问你们几句话，若你们回答得对，难说我一高兴，便不试这柄剑是否锋利了。"

甘不廉闻言大喜，忙道："阁下但问无妨，还请阁下此番无论如何是要高兴一下的了。"

鬼灵子道："那好，在下的第一个问题是：独孤樵果真被你们复圣盟生擒了么？"

甘不廉看了左不礼一眼，见大师兄微微点头。当下道："是狼山双鬼艾虎艾豹擒获的，还有独孤樵的老婆也在其内。"鬼灵子心头一颤，听师父说"狼山双鬼"武功虽是不弱，但要生擒师姐，只怕还不能够……只因鬼灵子和师姐柳玮云不知柳念樵并非独孤樵骨肉，而是昔年千面狐智桐易容为独孤樵，致使柳玮云失身而出。故在鬼灵子心中，所谓"独孤樵的老婆"便是指他师姐柳玮云了。

当下强敛心神，道："那独孤樵果如江湖传言，一身神功已然尽失了么？"

左不礼见甘不廉又望自己，干脆不点头也不摇头，道："是。"

鬼灵子暗自忖道："是了，独孤樵武功已失，师姐为护他周全而遭擒，这也是情理中事。"

忖罢道："我师姐……不，我师姐说她曾见过那独孤樵的媳妇儿，长得……嘿嘿，你且说说她相貌来听听，看是对也不对。"

甘不廉道："独孤樵自己没屁本事，艳福倒是不浅，他媳妇儿长得可是水灵，瓜子脸，柳叶眉，蜂腰耸乳，仅双十年纪，武功却大是不弱。"

鬼灵子心头顿时惊怒莫名。

惊的是他师姐玮云正是瓜子脸，柳叶眉，双十年纪，武功也大是不弱。

怒的是甘不廉如此粗人，竟敢以"蜂腰耸乳"之言亵渎玮云师姐！

正欲出声呵斥，却听左不礼道："喜着红衫。"

鬼灵子大奇道："什么？"

左不礼道："独孤樵那媳妇儿喜着红衫。"

鬼灵子心头暗道：师姐素喜白色，怎的一见独孤樵便喜着红衫了。一念及此，不觉心头哑然。

忽闻瞿腊娜惊呼一声："当心！"

鬼灵子一惊，顿觉劲风袭面，闪身已是不及。

电光石火之间，但见他左手疾探，也不知自己抓了个什么东西，顺势挡在身前，右掌则轰然拍出！

但闻一声惊叫和一声惨叫，随后一白一青两条身影前后奔至，却又倏然顿住。

再观场中，左不礼、凌不义和甘不廉三人惊骇无声，恰似雕塑一般。

瞿腊娜白衣如雪，粉面含霜，手握另一柄长剑。剑尖正指着左不礼咽喉。

鬼灵子手中那柄长剑早弃于地，左手提着吕不耻衣领兀自不放。

吕不耻则无声无息，顶门及胸腹之间，赫然插着三支袖箭，显是气绝多时了。

在离他们不到五丈远的地方僵立着一个年过五旬的青衣老者——活李广震天宏！

自不必说，方才的惊呼之声，便是震天宏所发，而那声惨叫，自然出自吕不耻之口了。

而方才电射而至一白一青的两道身影，则是瞿腊娜和震天宏。则此时瞿腊娜已逼住左不礼，鬼灵子脚尖一挑，将地下长剑挑入手中，松开吕不耻，任其软绵绵瘫倒于地，再以剑尖指住凌不义，对震天宏道："要杀你这四个不成器的徒弟，何劳阁下动手，在下和瞿姑娘代劳就是了。"

震天宏直怒得双目喷火，然徒儿受制于人，却也无可奈何，当下只咬牙切齿地道："陆小歪，震某此生不杀你为不耻徒儿报仇，也枉在江湖中充字号了！"

鬼灵嘻嘻一笑，道："吕不耻是死于你袖箭之下，却关我陆小歪什么事了？若要替他报仇，阁下何不自杀！哈哈！"

凌不久、甘不廉二人突然悲号出声。

吕不耻虽为人刻薄阴损，但毕竟是同门师弟，此时惨遭暴亡，凌甘二人本是性情中人，焉得不悲。

但听甘不廉道："四师弟，你死得好……好惨！"

凌不义则道："四师弟，为兄若不替你报这杀身之仇，便……便不配做你师兄！"

鬼灵子突然高声道："那好！为保全你们师兄弟之间的情义，我这便解了你穴道，去杀了你师父。"

凌不义悲声立歇，大奇道："你说什么？！"

鬼灵子道："在下并未伤你四师弟毫发，是令师的三支袖箭取了吕不耻性命，你要为他报仇，自然只有杀了震天宏才是道理。"

凌不义的脑袋本不灵光，一时怎转得过这许多弯儿来，当下憨然道："果……果真……是这样。"

"么"字尚未出口，震天宏早喝道："不义！你休要多言！"

凌不义连忙恭声道："是！师父。"果然不敢再多口，只是心中仍为鬼灵子之言大犯嘀咕。

但听震天宏道："陆小歪！你究竟意下如何？"

鬼灵子道："也不如何，凭阁下身手，要独胜在下和瞿姑娘二人只怕还不能够。而你这三个脓包徒弟，嘿嘿！实不瞒阁下说，在下的点穴手段别有一功，他们要走路是无妨的，但若指望他们出手相助阁下，大约还需再三个时辰。"

言罢更不等震天宏开口，出指如风，将左不礼、凌不义、甘不廉三人上身要穴各点了十七八道，方转向瞿腊娜道："可以撤剑了。"

瞿腊娜道："不行，若他们都走了，咱们的大事如何能成！"

鬼灵子心头一凛，暗道自己未免忒也托大了，若真让震天宏将左不礼等人带走，自己连复圣盟总堂设于何处也是不知，又如何救得独孤樵了，到底还是女孩子家心细。

当下道："说得也是，咱们无妨将左不礼带到那边十数丈开外，让江湖上赫赫有名的'活李广'替他两位徒儿解穴试试。"

言罢拎起左不礼，与瞿腊娜飘然离开十余丈，悠闲避然地自观风景，瞿腊娜兀自放心不下，只以剑尖指住左不礼。震天宏狐疑不定，看看凌甘二人，又看看鬼灵子那边，心头迟疑不决。

直过良久，方缓缓踱到凌甘二徒身侧，全神戒备，只以一只右手运力替凌不义推血过宫。

却听鬼灵子高声道："阁下全力施为也就是了，我陆小歪绝不是那乘人之危偷袭暗算的下三烂之辈，实在无须以小人之心度君子之腹！"

震天宏在江湖中也是大有脸面之人，方才迫不得已，为救徒弟而猝施辣手，端的不怎么光明正大，此时听一后生小辈如此说话，不禁老脸一红，索性双掌齐下，运足全力为凌甘二徒解穴。只道解开二徒被封穴道之后合师徒三人之力，杀了鬼灵子和瞿腊娜二人灭口也就是了。

殊不料鬼灵子出言无虚，其点穴手法大悖常理，震天宏直累得满头大汗，也未能解开凌甘二徒被封之穴。

但见凌不义、甘不廉二人时而大汗淋漓，时而瑟瑟发抖，那边瞿腊娜看得也是大奇，不禁问道："陆小歪，究竟是怎么回事？"

一百

鬼灵子反问道:"你聪不聪明!"

瞿腊娜白了她一眼。

鬼灵子又道:"令师身为峨眉派掌门,对中原武林门派如数家珍,各门各派武功路数尽皆了然于胸,是也不是?"

"是便如何?"

"但她老人家对江南武林世家了解多少?"

"这个——"

"我再问你,百年之前,江南武林共有几大世家?"

"好像是南宫、西门和吴姓、温姓四大世家,以南宫世家为首。"

"这是武林公认的。且除吴门之外,其余三门如今都有了后人,便是'冷弥陀'南宫笑、'东海独行案'西门离和'银钩仙子'温玲玉。"

"似乎温玲玉要比前三人年轻得多。"

"因为她本就比西门离和南宫笑矮着一辈,而她生父温万仇早已死了。"

"是谁杀的?"

"自杀。"

"自杀?怎么会?"

"为情。"

"我明白了。"

"其实你什么也不明白。罢了,这也不去说它,世间看不破一'情'字的,又何止温万仇一人而已,更何况此事连他亲生女儿温玲玉也不知晓,说了又有何益。"

"既如此,你又怎会知道?"

"我本不该知道的,却偏偏知道了,这也许不是件好事,但也是无可奈何。对了,你可知在丐帮中,除帮主外,最高司职是什么?"

"这还用问么？"

"当然，除帮主外，司职最高的乃是三大长老，依次为巡察长老、护帮长老和执法长老。之下是各分舵舵主。"

"这我知道。"

"这天下人都知道，但你还是不知道，自原丐帮江南分舵舵主周温在泰山绝顶自尽之后，由原副舵主王栋接管，柏寒寿副之，但尚不到两年，王栋突然被升为巡察长老，居三大长老之首，却是因何缘故？"

"这倒不知。"

"因三年余前，家师接任帮主时，尚兼任巡察长老之职，其时咱们到过扬州一趟，你也是同行了的。"

"是。"

"扬州正是江南分舵总堂所在。"

"这我也知道。"

"但王舵主来拜谒家师那夜，你似乎睡得比平时熟些。当夜我也甚觉奇怪，怎的一倒下便睡熟了，直到次日日上三竿才醒。"

"一点儿也不奇怪，因为我也一般。只不过我运气似乎比你好些，方到扬州江南分舵下榻，便在口中含了一颗毒手观音早年给我的万邪辟毒丹。"

"你已感觉到不对劲儿？"

"不是，只图好玩而已。"

"好玩？"

"其实并不好玩，那药很苦，含在口里凉得像冰，只不过刚好它能让温琨的蚀骨销魂香不会使我熟睡。"

"温琨？！他岂不就是现在江南分舵的副舵主么？"

"正是。"

"那他为何……对了，当日他们对令师姚大侠也……"

"没有。他们对家师倒是死心塌地，只不过他们不想让咱们得知而已。"

"得知什么？"

"他们和家师将要谈的话。"

"他们欲以某事要挟令师？！"

"也不是，何况连我都觉得气氛不对，家师行走江湖数十年，历经无数生死战阵，焉有未加提防之理！"

"倒也是，凭他二人，只怕还对付不了姚大侠。"

"你又错了。"

"我错了？"

"一个王栋，大约对付不了，再加上一个温琨，那就难说得紧了。"

"这不可能！"

"可能的，因为我正巧偷看到王栋、温琨各与家师过了十三四招……"

"他们果然——"

"不，然后他三人一齐大笑喝酒，再随后王栋便成了丐帮巡察长老。"

"你越说我可越糊涂了。"

"难得糊涂，你最好牢记这句话。"

"什么意思。"

"也没什么意思，一句真谛而已。"

"……"

"有时候我就很讨厌自己的耳朵、眼睛，不该听到、看到的东西，它们偏什么都听得或看得清清楚楚，比如说，当时我仅看到了家师与王、温二人过招，还听到了一个叫王哈哈的名字。"

"王哈哈？"

"还有一个王嘻嘻。"

"王嘻嘻？"

"这两人分别是王栋的祖父和父亲。"

"王长老武功既这么高，怎从未听过他祖辈的名字，莫非他的武功并非家传？"

"不。王长老家世居盐城，但纵是盐城的王家亲邻，也仅知哈哈老头是个很随和的卖肉老者，而他儿子嘻嘻虽年过三十，却是个连话也说不大清楚的弱智者。这是百余年前的事，当时江南南宫、西门和吴、温四大武林世家，主事的乃是南宫欢、西门去疾、吴余和温有荣。"

"百年之前？那他们都已死了？"

"早已死了，连他们的儿子南宫乐、西门去病、温无华和吴余的四个儿子吴得、吴失、吴之、吴间都已死了，并且他们是同时死的。"

"同时？"

"因为那时武林中出了个大魔头公孙鹤。"

"啊？"

"当时四大武林世家虽财大气粗，却是严于律己，乐善好施，否则只怕未等公孙鹤现世，他们便都早死了。"

"此话怎讲？"

"因为就算南宫欢的'游魂掌'、西门去疾的'天罡旋'、温有荣的'五行拳'和吴余的金枪联手，也敌不住在盐城卖肉的王哈哈老头一指。"

"啊？"

"四大世家虽偶有摩擦，相互往来甚少，但公孙鹤自西域来，言明要独挑他们四家时，他们却同仇敌忾以御外辱，齐聚扬州南宫欢家。"

"公孙鹤去了？"

"当然。南宫乐、西门去病、温无华、吴得吴失吴之吴间都去了。并且，王哈哈也去了。"

"既然王哈哈也去了，公孙鹤定未讨到好处。"

但事情并非如此。本来公孙鹤与江南四大武林世家约好决斗日期是九九重阳节，但王哈哈交付完后事，令儿子王嘻嘻传授爱孙王栋武功，并严令王家后人不得行走江湖之后，重阳节那天他匆匆赶到扬州南宫府时，四大武林世家已各成了一片瓦砾！

"公孙鹤提前动手了？"

"尸体烧焦，已无从辨认殒命之数。其时公孙鹤虽状似疯癫，大约尚不至杀那众多的妇孺之辈。"

"你疑他是被人利用？"

"这是王长老的意思。"

"你怎么说？"

"那时只怕我爷爷也未出生，我又能怎么说了。但王长老的亲爷爷，却是死在公孙鹤手上的。"

"王哈哈？！"

"王哈哈赶到扬州时，公孙鹤已在等着他了。"

"这——"

"据王长老说，其时公孙鹤站在南宫废墟前，呆痴的目光中竟也有惊骇之色，陡见王哈哈，忽然杀机毕露，厉喝了一句莫名其妙的话，上前便施杀手……"

"一句什么话？"

"那句话是：王哈哈！你让我杀人不成，我便杀你！"

"什么意思？"

"没什么意思，因为当时公孙鹤似是疯了。一个正常人若与一个疯子拼命，自然败多胜少，结果王哈哈重伤不救，逃回盐城只说了三句半话，便一命归西了。"

"哪三句半话？"

"第一句是：公孙鹤不会追杀到此。第二句是：将这房子烧了，但千万别带走我的尸体。第三句是：牢记我出门时所说的话，否则你便不是王家子孙。最后半句是：你们快走！公孙鹤也是……"

"不知最后半句后面他想说什么？"

"没人知道。但王长老没遵祖训，三十余年前乃父王嘻嘻病逝之后，他未再遁迹山林，却来投奔了丐帮，又不敢太露锋芒，二十年才做到丐帮分舵副舵主，为的便是查证他先祖最后想要说，却未说出口便已气绝身亡的那半句话。"

"他查清楚了么？"

"没有，他只查清一件事，当初的江南四大武林世家，至少南宫、西门和温氏三家都有后人留存，但他们都投身复圣盟了。"

"不就是'冷弥陀'南宫笑、'东海独行枭'西门离，还有'银钩仙子'

温玲玉这三人么？"

"正是。"

"哦，你是不是说——"

"我什么也没说。我只知道当夜在扬州，我师父他们密谈完后，王长老便将他们王家祖传的阴阳点穴手法教给我了。"

"阴阳点穴手？"

"人体分阴阳，穴道也如是。只需各有一穴被制，若不知独门解法，饶是你内力修为再高，也是无济于事，冲阳穴则阴穴封之愈紧，寒不可支；解阴穴则阳穴受创，酷热难当。你不见此时凌甘二兄正受寒暑轮番煎熬么？哈哈！"

最后这番话，鬼灵子突然放声高谈，震天宏纵是聋子，也自该听到了的。

果然震天宏立起身来，也高声道："好！我师徒今日认栽了！请阁下无妨开出价码来，我姓震的接着便是！"

鬼灵子淡然道："好说。既然阁下快人快语，在下也就实话直说了。"

震天宏道："你说。"

鬼灵子道："在下擒住你这四位徒弟，本是要威逼或使计令他们道出贵盟总堂所处位置的。"

震天宏闻言一愣，奇道："你不知道？"

鬼灵子见状心下大奇，却不作声。

震天宏转向凌甘二徒，问道："你们的请柬给了何人？"凌不义道："几个时辰前，弟子们在前面不远处巧遇丐帮江南分舵副舵主温琨，便将请柬给了他了。"

震天宏"哦"了一声，对鬼灵子道："若在下答应了，阁下可肯放人么？"

鬼灵子听他回答得如此爽快，倒是大出意外，当下略作沉吟，漫不经心地道："我为何要相信阁下的话？"

震天宏道："因为你非相信不可。"

鬼灵子哂道："哦？"

震天宏更不多言，自怀中掏出一张帖子，抛给鬼灵子。鬼灵子接帖在手，只一细观，眼前不由发黑——因为他确信帖子上的字乃是出自任空行手笔，花押也是任空行的，他更清楚"伐木"二字之意——

杀独孤樵！

过得良久，鬼灵子方自言自语道："八月初九！今日是八月初三，尚有五日，倒也还来得及。"

震天宏淡然道："本盟弟子办事不力，竟未送一张请柬给丐帮帮主之徒，实在是有眼无珠，此刻阁下定然已后悔方才开出的价码太低了吧！哈哈！"

鬼灵子淡然道："好说。"

忽然面色一凛，又道："大丈夫言出如山，岂可出尔反尔，失信于人！震当家的未免忒也小看我陆小歪了！"

言罢径走过去，恰似浑没将震天宏放在眼里。到得凌不义、甘不廉面前，运出王栋所授的独门解穴手法，"啪啪"数掌，已解开了二人被封诸穴。

凌甘二人方才被他们师父折腾了半天，早是精疲力尽，此时穴道甫一得解，人已瘫软于地。

鬼灵子回到瞿腊娜和左不礼身旁，转头对震天宏道："你们可以走了。"

甘不廉抢着道："那我师兄呢？"

鬼灵子淡笑道："以凌兄甘兄脾性，我本是会让你们一起走的。但说实话，令师的言行嘛，在下却有些信不过，只好留左兄一留了。"

凌不义高声道："那不行！万万不行！我大师兄在你手里，那是凶多吉少。"

鬼灵子道："若左兄并非凶多吉少，而是全凶无吉，凌兄不就可做大师兄了么？"

未等凌不义开口嚷嚷，鬼灵子又是一笑，续道："何况再过得旬日，咱们又可在神农顶相见了，对么？"

凌甘二人还欲争辩，却听震天宏冷冷道："鬼灵子！今日算你狠，若小徒他有何闪失，我'活李广'不将你挫骨扬灰，也枉为人师了！"

鬼灵子淡笑道："好说，若左兄突患恶疾，救治无效，盛年夭折，莫非也要算在我头上么？哈哈！"

　　凌甘二人同声道："不会的，我大师兄他内功深厚，怎会……"

　　震天宏怒斥道："不义，不廉，休要多言了，咱们走！"

　　话音落时，人已在三丈开外。

　　甘二人看看师父背影，又看看鬼灵子，再一齐跺跺脚，追随震天宏去了。

　　鬼灵子见状，解开左不礼被封穴道，望其尾随而去。

第三十三回

青山未改恨不休

一百零一

　　途中凌不义、甘不廉二人你一言我一语，将彼等师兄弟四人如何不敌鬼灵子的"竭力功"，以至遭擒之事向师父禀告了。震天宏听罢沉着脸一言不发。甘不廉又道："也是古怪，那些砂石似是活物一般，只恨四师弟他……他……"

　　一言未尽，悲从中来，哀号不休，引得凌不义也大放悲声，潸然泪下。

　　见师父面色愈加难看，左不礼喝道："二位师弟休得如此！人死不能复生，徒自伤悲更有何益！"

　　凌甘二人对这大师兄素来敬服，闻言止住哭声，只忍不住轻轻啜泣。

　　过得良久，震天宏忽然道："不礼，依你怎么说？"

　　左不礼冷冷道："不杀鬼灵子那两个小辈为四师弟报仇，我左不礼誓不为人！"

　　震天宏道："我不是问这个。"

　　左不礼微微一愣，随即明白师父所问之意，当下道："世上本无什么'竭力功'，只咱们不识机关设阵，着了鬼灵子的道。"

　　震天宏颔首道："相传三国时诸葛武侯以砂石设'八卦阵'，挡得十万伏兵，原以为不过愚民虚传而已。观今日你们四人遭遇，始信其然，只不知鬼灵子小小年纪，却如何也会这道法门。"

左不礼道:"观那鬼灵子并无加害徒儿四人性命之意,莫非他竟与欧阳堂主有何瓜葛不成?"

震天宏只冷哼了一声,却听甘不廉高声道:"是啦是啦!他蓝衣堂自恃于本盟有大功,便不将咱们放在眼里了,故意教了鬼灵子这一手来捉弄我兄弟四人。哼!待回到总堂,姓甘的非一棒一个将蓝衣堂中人打杀干净不可!"

凌不义道:"三师弟此言固然有理,不过……"

甘不廉截口道:"不过什么?"

凌不义道:"先前鬼灵子却明言欧阳堂主给他提鞋也还不配,若他们真有瓜葛,此言又从何说起!"

甘不廉皱眉道:"这倒也真古怪。嗯,依我之意,不若咱们这便回去活捉了鬼灵子那小贼回盟,也是大功一件!"

震天宏闻言一怔,暗道甘不廉此言倒也不差,面上却是一副淡然之色,问道:"鬼灵子还会在原地等着咱们回去捉他么?"

甘不廉搔首道:"这个嘛……大概不会。"

震天宏淡然道:"既然如此,咱们且先回盟复命再作计较。"

一路无话。

是夜震天宏师徒四人宿于一荒山破庙之中。待凌甘二人熟睡之后,震天宏唤醒左不礼出得庙门,寻一隐蔽之所,低声道:"不礼,你可知为师唤你出来之意么?"

左不礼道:"三师弟有勇无谋,但他日间所言,倒也不无道理。若徒儿所料不差,师父定然已有擒获鬼灵子的计划了。"

震天宏微笑道:"蓝衣堂狼山双鬼擒得独孤樵夫妇,欧阳老儿恃功而骄,为师本就看他不惯。但那独孤樵乃胡醉、童超之拜弟,任盟主正可借他挟持胡童二人。只丐帮声势壮大,帮主布袋和尚姚鹏武艺高绝,性如烈火,任盟主更曾在泰山之巅败于那老叫花打狗棒下。此番本盟约天下英雄于总堂重地而开'伐木立威'大会,实欲借独孤樵之性命威逼侠道中人就范。任盟主虽算无遗策,心头却委实有些忐忑,若姚鹏那老叫花一怒之下倾丐帮全数之力与本盟火拼,虽本盟尚有六成胜算,却势必大伤元气。"

左不礼道："师父所言极是。鬼灵子乃姚鹏高足，若咱们将其生擒，姚鹏那老叫花心有顾忌。只怕便不敢太过放肆了。"

震天宏又微微一笑，道："鬼灵子虽尚年少，在江湖中名头却不小，素闻他机敏过人，断不会不知本盟'伐木立威'之意。数年前他不惜与金童打赌，与一己之命相救独孤樵。此番闻知独孤樵已为本盟所擒，他定然会舍身涉险相救。"

稍顿又道："自先前你们相斗之所到神农顶，共有两条路径，一条便是眼下咱们所行的，此道稍为平坦宽敞，猎户、樵夫也多所行。另一条则是崎岖小道，至为坎坷，距神农顶三五十里，有一处名叫清风冈，多有猛兽怪物出没。若为师所料不差，鬼灵子定然走的是那条道。"

左不礼道："徒儿也曾听闻，清风冈地势险恶，更常有似人非人却偏力大无匹的怪物出没，常人不敢行走，莫非鬼灵子……"

震天宏截口道："畜生毕竟是畜生，鬼灵子和瞿腊娜俱是武功不弱，哼！"

震天宏点点头，却不多言。

当下左不礼回至破庙，唤醒凌甘二位师弟，师徒四人径往清风冈设伏。

待他四人走后，一黑衣蒙面人自一堆乱石后步出，淡淡一笑，自言自语道："震老儿，你未免也太小觑鬼灵子了。"言罢径自步入破庙中，匆匆留一书简置于显眼之处，飘然离去。

过得一盏茶时分，鬼灵子和瞿腊娜联袂而至，到得破庙之前十丈左右，瞿腊娜收足立身，低声对鬼灵子道："陆小歪，你也太过托大，万一震天宏师徒真在这庙中，事情可就糟了。"

鬼灵子哈哈一笑，高声道："震天宏若如此聪明，便不会教出那等笨蛋徒弟了。咱们但入庙内稍事歇息，径赶神农顶去可矣。"

瞿腊娜大是不信，却见鬼灵子大咧咧径朝庙门走去，周遭也无半点声息，当下只好小心翼翼地仗剑紧随其后。

二人步入庙内，鬼灵子道："把剑给我。"

瞿腊娜奇道："干吗？"

鬼灵子道："此庙既荒废已久，更无僧侣住持，还要它何用。"哈哈一笑，接过瞿腊娜手中长剑，劈碎木门，又道："火折子给我。"

瞿腊娜早抽出另一柄长剑在手，全神戒备，闻言道："若有光亮，敌暗我明，只怕……"

鬼灵子哈哈笑道："震老儿和那三个笨蛋徒弟定然已到清风冈生擒你我二人去了，'我明'固然不差，'敌暗'却无从说起，你但将火生起，咱们吃些东西再行赶路无妨。"

瞿腊娜将信将疑，划燃火折子，生起火来，周遭更无动静。二人围火而坐。席地饮食，瞿腊娜奇道："你怎知震天宏师徒不会在此设伏？"

鬼灵子淡然道："震老儿自作聪明，又极欲生擒你我二人，哼！与我陆小歪斗智，他可差得远了。"

瞿腊娜道："你少得意！"

鬼灵子故作肃状道："并非我陆小歪毫无自知之明，只是连我自己也没法不佩服自己，哈哈……"当下将通往神农顶的两条路径道出，末了道："震老儿谅定咱二人不敢从这条道走，明白了么？"

瞿腊娜虽心头大以为然，却只"哼"了一声。

却听鬼灵子忽然道："咦？那是什么？"

瞿腊娜顺着他目光看去，亦自奇道："谁会留书简在这破庙中，倒是古怪。"

鬼灵子早立起身来，到那书简前只看一眼，顿即面色倏变。

瞿腊娜惊道："怎么？！"也飘身到鬼灵子身侧，只看那书简一眼，也自惊"咦"出声。

但见那书简封皮上写着："字留师弟。"署名是"师姐玮云"。

过得良久，瞿腊娜才道："玮云姐姐怎知咱们会到此庙来？……是了，她一直在咱们左近，只是咱们未曾发觉。"

却听鬼灵子喃喃道："错了……错了……"

瞿腊娜奇道："什么错了？"

鬼灵子道："莫非复圣盟并未擒到独孤少侠，这未免……未免有些不对。"

瞿腊娜听得莫名其妙，愣然不得作声。她自不知鬼灵子心头所想——因震天宏师徒皆说复圣盟已生擒了独孤樵夫妇，在鬼灵子心中，这"夫妇"二字，自然是指独孤樵和柳玮云了，而书简封皮上的字迹，又千真万确出自师姐玮云之手——饶是鬼灵子机灵万变，一时也弄了个丈二和尚摸不着头脑。二人愣怔良久，瞿腊娜问道："果是玮云姐姐手迹么？"

鬼灵子茫然点点头。

瞿腊娜见状取过书简，拆开一观，但见上面写道——

"师弟：

复圣盟总堂凶险万端，凭一己之力断难救出独孤哥哥，切勿轻易涉险，千万！千万！"

瞿腊娜将书简递给鬼灵子。鬼灵子阅罢眉头紧皱，自言自语道："原来……师姐她……她已经脱困了。"

瞿腊娜奇道："你说什么？"

鬼灵子如梦初醒，笑得一笑，忽然凛然道："咱们这便走！"

瞿腊娜道："走？！"

鬼灵子点点头，道："神农顶！"

一百零二

八月初八。神农顶。

午时，病诸葛欧阳钊匆匆步入复圣盟议事大厅，禀道："属下已遵盟主之命，略显破绽，鬼灵子和瞿腊娜已入山洞石门。"

千佛手任空行道："很好。"

欧阳钊又道："果不出盟主所料，鬼灵子手持匕首，瞿腊娜双手持剑。"

任空行又道："卞堂主，怎样？"

赤发仙姑卡三婆"哼"了一声，愠怒道："不怎么样。"任空行淡淡一笑，不复多言，缓缓扫视了厅内众人一圈。

厅内共有九人，他们是：

千佛手任空行、铁镜、玉蝴蝶金一氓、东海独行枭西门离、赤发仙姑卞三婆、病诸葛欧阳钊、银钩仙子温玲玉、冷弥陀南宫笑和毒蝎子辛冰。

辛冰咯咯一笑道："义父忒也多虑了，两个小辈，若欲生擒，不过举手之劳尔。"

任空行闻言又一笑，正欲开口，忽闻大厅门口有人高声道："启禀盟主！属下紫衣堂属下董仪有事禀报。"

任空行肃然道："禀来！"

董仪乃冷弥陀南宫笑之首徒，人称夺命掌，为人宽厚，自幼与乃师学艺，一套游魂掌法已尽得真传，掌力与其师相比已不冀多让。闻言道："属下遵盟主令谕，并未出手拦截，此时鬼灵子和瞿腊娜二人已穿过紫鹰门，役投青龙门去了。

任空行淡然道："哦？径投？！"

董仪道："鬼灵子对本盟总堂重地似是颇为熟悉，个中原委，属下自是不知。此刻他二人所投门径，正是青龙门枢纽所在……"

欧阳钊失声道："这不可能！"

董仪道："属下据实禀报，更不敢有分毫欺瞒。"

欧阳钊正欲出言分辨。却听任空行道："太着痕迹，只怕鬼灵子反会起疑。此时青衣堂震堂主不知何故尚未归来，便让二小过了青龙、绿风二门，径投蓝虎门可矣。"

银钩仙子温玲玉急道："盟主！本堂虽尽是女儿之身，却绝不至于拦截鬼灵子二人不下。"

任空行微笑道："若二小明知不敌反剑自戕，温堂主自信能阻止么？"

温玲玉惑然道："这……只怕不能。"

欧阳钊则喜道："多谢盟主。"

任空行淡然道："何必相谢？莫非欧阳堂主已有生摘二小的计划了么？"

欧阳钊大是不解，当下道："属下虽自忖不能阻止二小自戕，却能担保不让他们找到独孤樵。"

任空行道："此言差矣。本盟主之意，却是非让二小找到独孤樵不可。"

此言一出，众人俱是大感不解。

任空行又道："欧阳堂主留下，各位这便自回本堂，若无本盟主令谕，切切不得轻举妄动，青衣堂且由辛冰代领。"

众人得令离去后，欧阳钊急道："盟主——"

任空行笑道："本盟主已有生擒二小之策，欧阳堂主只需……"当下放低声音，如此这般地吩咐一番。

欧阳钊听罢踌躇道："万……"

任空行凛然道："没有万一！欧阳堂主遵命行事便是。"

欧阳钊道了声"是"，当即匆匆离去。

却说鬼灵子和瞿腊娜二人连过紫鹰、青龙、绿风三门，虽未触动机关，却也无一人拦截，心头不由犯疑，当即放慢脚步，小心翼翼地投向蓝虎门，此山洞内有洞，门户错落纷繁，道路迂回曲折，端的是步步凶险，杀机四伏。虽人工斧凿痕迹略重，其精致却比散人谷中三才、四象、北斗天罡及八卦屋颇有不及，自难不倒已得赛诸葛欧阳明真传的鬼灵子，但其工程比之散人谷中诸屋大了何止百倍，饶是鬼灵子身怀奇学，也不禁暗自咋舌。瞿腊娜却早被转得晕头转向，对鬼灵子叹服不已。

却听鬼灵子低声道："两侧石壁门户甚多，隐身其间之人当不下数千，此时咱们已深入腹地，却无一人阻拦，当真古怪之极。"

瞿腊娜茫然道："什么？"

鬼灵子略微提高声音，道："欧阳钊自以为其机关设阵之术了得，哼！我陆小歪还没将这区区一个石洞放在眼里。瞿姑娘，你信是不信，他们定是将独孤樵囚于前面那蓝虎门内的某间石屋里了？"

瞿腊娜奇道："你为何要……你怎知道？"

鬼灵子笑道："欧阳老儿以为凭这些不值一提的机关阵式便能困住你我，又自知武功太差，不敢出来真刀真枪见个高低。哼，既然如此，咱们干脆就此退出，改日另作计较罢了。"

瞿腊娜一奇更甚，不知鬼灵子如何会这般说话。他二人入内之时，便早将生死置之度外了，若不能救得独孤樵脱困，便反剑自戕，绝不让复圣盟生擒，以挟持丐帮和峨眉派。当下大奇道："你说……"

"什么"二字尚未出口，忽闻一声暴喝："狂妄小辈找死！"

伴着喝声，两般黑黝黝的物事挟着劲风，直袭鬼灵子瞿腊娜二人门面。

鬼灵子冷笑一声，右掌直拍，震偏袭来物事准头，左手轻轻一扯，已将瞿腊娜带过一旁，定眼看时，但见面前已多了一白一黑两名老者。二人俱是五十出头年纪，装束打扮也是一般，身高七尺有余，面貌酷肖，手持飞索，散乱的头发以一根黑带扎于脑后，面无丝毫生气，正是狼出双鬼中的白无常艾虎。其身侧手持飞锥，着白衫，以白带系着头发的，自然是黑无常艾豹了。二人本是孪生兄弟，心意相通，方才联手一击，威势端的惊人，若非鬼灵子早已有备，二人出手时又已出声示警，能否避过，那却难说得紧了。

却听艾虎道："小贼能避开我兄弟二人联手一击，倒也算有几分本事，但要到本盟来撒野，只怕还差着老大一截！"言罢冷笑几声。

鬼灵子笑道："好说！好说！若复圣盟只有你狼山双鬼这等酒囊饭袋，在下倒不敢胡夸海口，来去自如总还是做得到的。哈哈！"

艾虎气得嗷嗷怪叫道："若非……"

艾豹忙截口道："徒逞口舌之利，算哪门子英雄，咱们何不在手底下见个真章！"

鬼灵子道："在下既到此间，自少不得要讨教几招的，只是在动手之前，在下有一事相询，不知二位可肯赐告？"

艾虎抖着手中的飞索怪笑道："只怕这家伙不肯答应。嘿嘿！"

艾豹则淡然道："你说。"

鬼灵子看了艾虎一眼，转向艾豹道："在下听说贤昆仲擒得独孤樵夫妇囚于此间，不知此事是真是假？"

艾虎抢着道："自然是真的，并且蒙任盟主垂蒙，正是我兄弟二人看管独孤樵，你要见他，只怕我手中这家伙不答应，哈哈！"

鬼灵子淡笑道："真的么？只怕不见得吧。"

话音未落，人已若弹丸般弹出，疾扑白无常！

但闻黑无常艾豹失声道："当心！"

言语间飞锥急挥而出，直迎鬼灵子胸间膻中要穴。

瞿腊娜清叱一声，挥剑抢进，径刺艾豹背心。艾豹闪身，回锥自保，只在电光石火之间，二人已各使出三四招，斗了个难分难解。

白无常陡见鬼灵子飞扑而至，恰似吓呆了一般，半招尚未使出，已被鬼灵子拿住要害命门，浑身动弹不得，转瞬之间，鬼灵子运指如风，连点了艾虎十七八处大穴，劈手夺过飞索，笑道："不知它现在会不会答应了。"言语间挥动匕首便割，不料这飞索乃金丝和千年蛟筋混制，竟自割它不断。

艾虎满面惊怒羞愤之色，瞪着鬼灵子，双目几欲冒出火来，却苦于哑穴被点，作声不得。鬼灵子实未料到竟如此轻易地一击得手，当下淡笑道："在下实未想到阁下竟如此不济。"

转向正缠斗甚剧的瞿腊娜和艾豹二人，高声道："都给我住手！"

二人俱是一惊，各自跃出圈外罢斗。

瞿腊娜奇道："怎么？！"

艾豹则失声道："啊！"

鬼灵子则笑吟吟地拿着匕首，朝瘫在地上的艾虎颈间比画，眉头紧皱，似是遇到了天下最为难以索解的事情一般。黑无常面色瞬间数变，失声道："你……喂！你干什么？"

鬼灵子缓缓转过头来，轻描淡写地道："在下对这把匕首至为珍爱，阁下知道么？"

艾豹奇道："那又……如何？"

鬼灵子道："因此不到万不得已，在下是不会轻易使用它的。明白了么？"

艾豹道："不明白。"

鬼灵子道："那阁下未免也太蠢笨了。"

稍顿又道："你这位兄长称白无常……"

艾豹忙截口道："他不是兄长，我在他之前出生。"

鬼灵子不去理他，自顾道："白无常身如铁塔，便如阁下一般，这是明眼人一看便知道的。万一他身上骨肉也恰似生铁一般，岂不破坏了在下这把珍爱的匕首，故而先以刀背试试他身上何处肌肉最软。若真如在下估计一般是在喉结，便以刀刃一试可知。"

言罢作势欲割。

艾豹大惊道："不！不……"

鬼灵子故作奇状道："在下估计得不对么？是了，最软处定然是在小腹丹田穴，或者是在关元、中极、曲骨、商曲、章门、巨阙、鸠尾某穴，甚至在膻中、鹰窗、人迎等穴也未可知。待在下一一试过便了然了。"

艾豹忙道："试不得的！千万试不得！"

鬼灵子道："我偏不信试不得……"

艾豹道："阁下这次无论如何要相信在下一次，绝对是试不得的。"

鬼灵子道："这是为何？"

艾豹道："方才阁下所说穴道，俱是人体要害，一试之下，我兄弟他非……非那个不可！"他本想说"非一命呜呼不可"。

毕竟是同胞兄弟，直说"一命呜呼"四字总觉不妥，临了改成"那个"二字，对他黑无常来说，实可算是至为不易之事了。

鬼灵子本意并非要杀白无常，他方才放高声音说话引出狼山双鬼及在白无常身上的一番做作，只为了迫使二鬼就范，逼他们带路去找独孤樵。依鬼灵子本性，原是要打趣胡闹一番的，但此时涉身险地，却不敢多作拖延以生枝节，当下只淡然一笑，正欲开出条款，忽闻一人高声道："不对！不对！"

声音自身侧响起，鬼灵子大吃一惊，侧头看时，却是白无常憋了这半天，已运气冲开哑穴，当即开口出声。鬼灵子大感，心道方才点倒他时，只觉他内力平平，怎的只这短短功夫，他便能自行解穴，莫非其中有诈不成。当下也不及多想，反手出指，除哑穴外，早将方才所点诸穴复点了一遍，方道："有何不对？"

白无常高声道："方才我兄弟说他先于我出生，你却不知天下哪有兄弟先于兄长出生之理，并未加以反驳，那便是大大的不对，哈哈！"

原来狼山双鬼生具异相，本是同胞孪生，只一生下来生母便因失血过多而亡，其父本是一粗莽猎夫，并不知二子出胎先后，妻既亡，也就无从得知。二鬼出世次日，幸喜乃父以陷阱捕获一怀胎母狼，射杀狼崽之后，便让二鬼哺吮狼乳，致使二鬼天生神猛凶悍。后乃父病故，二鬼因巧遇习得武功，不数年便在江湖中博得名头，对其授艺之师敬佩有加，言听计从。此番投身复圣盟并效命于"病诸葛"欧阳钊麾下，皆因师命使然。只兄弟二人虽均年及五十，却争为兄长之心不改，纵在复圣盟蓝衣堂中，二人也同兼舵主，并无正副之分。

方才艾虎虽被鬼灵子利刃加身而不顾，却急艾豹说他乃是兄弟。急切之下，便运全力冲解哑穴。

艾虎虽内力不弱，但急切间怎能冲开十七八道大穴，鬼灵子复将那些穴道一一点过，实是多此一举。不过二鬼隐匿江湖二十载，鬼灵子出道仅才数年，个中原委又怎能知晓。

却听艾豹道："兄弟此言差矣……"

艾虎忙截口道："什么'兄弟'？明明……"

一言未了，哑穴复被鬼灵子封住。

却是鬼灵子疑惑他二人有何诡计，不愿另生枝节。点过艾虎哑穴之后，复对艾豹道："我可不管你二人孰兄孰弟，我只问你，还要他活命不要？"

言罢又将匕首尖直指艾虎咽喉。艾豹忙道："要！要！当然要！"

鬼灵子冷冷道："既然如此，艾虎的性命便操在你手里了。"

艾豹道："阁下但有吩咐，我黑无常无有不遵，只求别伤了敝兄弟性命。"

鬼灵子道："好，我且问你，独孤樵被囚在此间不是？"艾豹道："那是一点儿也不错。阁下可算是问对人了。独孤樵正是我兄弟二人捉来的，且囚他的石屋，也正是我兄弟二人看守。"

鬼灵子看他答得详尽利落，连自己欲知而尚未问出之事也告知了，又观艾虎神色间并无阻挠之意，不禁微觉蹊跷。灵机一动，便道："既然如此，还请阁下将手中飞锥抛在地上，退后五尺，自点了间尾穴，然后带在下和瞿姑娘去见独孤樵。"

艾豹只微一迟疑，便即依言而行，并无使诈之意。

鬼灵子更觉蹊跷，想间尾穴乃任、督二脉之络穴，此穴被点阻碍周天气机，丹田之气不升，被点中者在穴道未解之前，恰与不会丝毫武功者无异。独孤樵于复圣盟至关紧要，若让其走失，负责看守的狼山双鬼只怕双双得死于任空行掌下。莫非二鬼生死同心，已不顾其中厉害，抑或是另有诡计不成？略作思忖，心头不禁冷笑，暗道："你复圣盟纵有千般诡计，又怎奈何得了我鬼灵子。"

当下解开艾虎下肢穴道，以匕首指住艾虎背心要害，道：

"很好！咱们走。"

言罢冲瞿腊娜使个眼色，瞿腊娜点点头，过去以一剑护住身周，另一剑抵住艾豹背心。见二鬼虽利刃加身而毫无惧色，率先领路而行，鬼灵子不禁暗暗纳罕。

转过几道弯，破了几道门户，到得一间似儿臂粗细钢精作门的石屋前，鬼灵子不禁惊咦了一声。

一百零三

一石屋之内，正囚着独孤樵和一位年约双十的红衣女子，二人双手俱被食指粗细的牛皮筋反捆。陡见狼山双鬼和鬼灵子及瞿腊娜四人，红衣女子满面怒容，独孤樵则一派漠然。瞿腊娜听鬼灵子惊咦出声，问道："果是独孤樵少侠么？"

鬼灵子点点头，冲艾豹道："将门开了！"

艾豹一言不发，自怀中掏出一把钥匙将铁门打开，退立一旁。

鬼灵子驱艾虎过去，以其飞索将二鬼面对面捆得似一只粽子一样，方进屋看定独孤樵，道："独孤哥哥，可还认得我鬼灵子么？"

独孤樵茫然看着鬼灵子，并无喜怒哀乐之色，却不言声。鬼灵子素闻独孤樵早已丧失记忆，转向那红衣女子，问道："敢问……敢问姑娘是……是谁？"

那女子面露喜色，反问道："你便是姚大侠之高足么？"

鬼灵子颔首不语。

那红衣女子又道："小女子凌红，谢过陆少侠相救之恩。"

鬼灵子暗道这姓凌的女子倒也乖巧，只是我和瞿腊娜此番冒险前来，为的只是相救独孤樵，与你又有何关系了。何况此时咱们仍是置身龙潭虎穴，能否脱身，殊难预料，这便相谢，未免言之过早。

当下心头掠过一丝不快，却没在面上表露出来，只淡然问道："敢问凌姑娘何穴受制？"

凌红道："小女子承山、委中、肾俞、乳中四穴受制已数个时辰，若不蒙少侠出手相救，只怕便要有充血破气之厄。"

鬼灵子听得直皱眉头。

原来乳中穴乃属阳明胃经，位于乳头中央，鬼灵子再不解风月，毕竟也是个十五六岁的少年，凌红如此直言要他替她解穴，实在是不妥之至。

须知内力未臻绝顶之辈，替人解穴时只能以掌触及对方被封之穴，再运力推血过宫方可。

鬼灵子心头所想，瞿腊娜焉有不知，当下接口道："陆小歪你快探查独孤樵公子何穴受制，我替凌姑娘推血过宫。"

鬼灵子点点头，转身问独孤樵道："独孤哥哥，能否告知小弟你何穴受……"

一个"制"字尚未出口，忽闻瞿腊娜惊"咦"一声。

大惊之下，鬼灵子转过头来道："你怎么……"

忽觉背心一麻，鬼灵子也瘫倒于地。

鬼灵子看着凌红，不动声色地道："为什么？"

凌红咯咯娇笑道："江湖中人都讲鬼灵子如何机灵了得，依我看也不过尔尔。"

鬼灵子看看凌红，倒像这桩事蛮有趣似的，淡笑道："如果我没猜错的话，姑娘如此作为，定是出于任空行之意。"

凌红道："是否出自任盟主授意，这与阁下无关，不知阁下是否知道自己目前的处境。"

鬼灵子笑道："在下的处境，自己自然心头明白，倒不劳姑娘关照。"

凌红笑道："如果本姑娘讲如此这般作为，仅是为了怕被阁下救出此屋之后，是吃令师姐的醋，阁下是一定不会相信喽？"

鬼灵子道："你以为在下会相信吗？"

凌红正欲开口讲话，忽见独孤樵已立起身来。

鬼灵子截口道："原来是黄龙堡冷堡主，在下倒是失敬了。"

凌红咯咯笑道："果不愧是姚大侠高足。既如此，在下的身份，陆少侠大约不会不知道了吧？"

鬼灵子道："腊娜，你我二人栽在冷堡主和红婢手下，也算不冤了。"

瞿腊娜满面惊诧地看着鬼灵子。

鬼灵子又道："原来贵盟并没……"

一言未了，忽闻屋外传来一苍老之音："既然你们都把这些话讲了，老夫只能给你们两句忠告。"

言语之间伸出两指，将捆住艾虎艾豹的蛟绳剪断。

直看得瞿腊娜满目惊骇，须知方才鬼灵子他二人袭击狼山双鬼时，以三尺青锋尚不能斩断艾虎艾豹手中飞锥飞索的千年蛟绳，此时任空行仅以手指，竟如此轻易剪断，内力之强，端的骇人听闻！

当下奇道："不知阁下欲给本姑娘和陆小歪什么忠告？"

任空行看看瞿腊娜，又看看凌红，最后转向鬼灵子道："老夫的第一个忠告是：永远不要相信别人的话，尤其不要相信女人的话。"

鬼灵子淡然笑道："在下记住了，不知阁下的第二个忠告又是什么？"

任空行道："也没什么，第二个忠告便是：不到结束，任何人都不要自作聪明。"

鬼灵子笑道："这一条在下也记住了，但无妨也同样告诉阁下，不到结束，任何人也不要太自作聪明。"

任空行盯着鬼灵子看了良久，方道："果不愧是布袋和尚之徒。"

　　言罢转向狼山双鬼道："此二人于本盟明日之事至关重要，此时仍是让你二人看守，若让他们走失，后果……哼！"

　　狼山双鬼毕恭毕敬地道："谨遵盟主令谕！"

　　鬼灵子道："没想到在下对阁下竟如此至关重要。"

　　任空行哈哈大笑道："明日便是八月初九，若有阁下和瞿姑娘在手，老夫何惧丐帮峨眉两派。"

　　言罢并不转身，径自离去。

　　八月初九。神农顶。

　　午时。

　　天气阴晴不定。

　　一声炮号之后，来自三山五岭各门各派数千江湖群豪面前的陡峭石壁，突然在轧轧声中自两边移开，出现一道门户。

　　一道宽约五丈，高约三丈的巨大石门！

　　寂静。

　　之后是响彻云霄的喧哗——

　　"他妈的！复圣盟是在弄何玄虚！"

　　"任老魔好大的派头！"

　　"七年前太阳叟东方圣意欲称帝武林时，当日武帝宫的声势，与今日比只怕也有些不及。"

　　"老兄所言不错，若论人数，今日所到的各路英雄，只怕比四年前的泰山英雄会时还要多些。"

　　"这倒没啥奇怪，当年的泰山英雄大会，论武功是胡大侠、姚大侠和童少侠一边赢了，若论智计，说句公道话，还得算任空行、铁镜一方略胜一筹。之后任空行等人藏匿于此，组建复圣盟，大量网罗隐身江湖多年的奇人异士，四年引而不发，今日忽然这般大张旗鼓，定是有恃无恐……"

　　"老兄的意思是说——"

　　"今日之事，不战则已，若不免一战，复圣盟势必多有几成胜算。"

"……"

胡醉、姚鹏、毒手观音、童超、绝因师太和灭性道长等人立在数千江湖群雄的最前列，面对那道突然出现的石门，相互对视一眼，各自皆不易觉察地点点头。

虽然群雄喧嚷之声不绝，但这几人武功见识俱是高人一等，连不明内情之辈也能看出今日局势不利于侠道，他们置身其中，自更体味得深。虽石门移开后仍无人影出现，却也不敢贸然闯入，只静立原地待观其变。

又是一声惊天动地的炮号，把所有喧嚣声尽皆压住。

少顷，忽闻左侧人群中发出一声苍老的暴喝："任空行这小子有何能耐，竟敢如此戏弄这数千武林同道！依玲，咱们这便去抓了他出来，打一顿出出气再说！"

喝声中已有两条身影如鹏鹰般自众人头上飞掠而出，径落石门前的宽敞空地上。

布袋和尚姚鹏连忙高声道："天山二怪！不可造次！"十数名方才被人自头顶掠过之人正欲喝骂出声，一听将骂之人竟是以其邪而名扬于世的天山二怪，顿即硬生生将丑话咽回肚中，只自认晦气而已。

天山二怪正欲飞扑石门，闻布袋和尚之言后双双一愣，齐声道："有何不可？！"

姚鹏尚未回话，又有一人自右侧人丛中飞越而出，人尚在空中，便高声道："果然不可。"

飘落于天山二怪身侧，又连声道："气死我也！气死我也！"

天山二怪又是一愣，随即齐声道："万人乐！你说什么？"

原来天山二怪和飞天神龙万人乐俱已早到，但他们都在找寻鬼灵子。天山二怪找鬼灵子，是想让他想办法像四年前在泰山太皇顶上时一般，令他们大出一次风头。

而飞天神龙虽天不怕地不怕，却是最爱面子，数年前与鬼灵子的赌约尚未了结，此时若与鬼灵子朝相，让对方当着天下群豪数落自己的不是，那却大是不妥，故而一直不敢亮相，直到天山二怪掠出之后，并不见有鬼灵子出言喝止，方确信今日鬼灵子并未前来，以至忍耐不住，飞落场中。

此时见天山二怪动问，当下哈哈一笑道："方才阳当家的自言你二怪要抓了任空行来打一顿为数千江湖同道出气，且不说二位能否抓到任空行，纵若抓到了，外面这数千人中，敢问有几成是你们天山二怪的同道？倒不知二位是几时变得不干邪乎勾当，改为行侠仗义之辈或干没本钱买卖的了？哈哈！"

飞天神龙虽言语刻薄，但倒也是实情，今日到神农顶之人，虽多是像丐帮、武当等侠义道的名门弟子——足有一二千人之数，也不乏干黑道勾当、前来看热闹之辈似天山二怪这般邪乎之人，天下本就不多，阳真子那"数千武林同道"之言，果然无从说起。

故待飞天神龙话音甫一落地，早有数百人大笑或高声附和。

二怪大窘，正欲寻些歪理相驳以找回场子，却听又是"轰隆"一声，第三声炮号已然传来。

巨响声落，便听鼓锣丝竹之声。

随着音乐，分着紫、青、绿、蓝、红、黄六色的十二个百人队依次鱼贯而出，分由"冷弥陀"南宫笑、"毒蝎子"辛冰、"银钩仙子"温玲玉、"病诸葛"欧阳钊、"赤发仙姑"卡三婆和"东海独行枭"西门离率领。六人中除"冷称陀"南宫笑和"东海独行枭"西门离二人面色一派漠然外，其余俱是面有得色。

最后出来的是"玉蝴蝶"金一氓、铁镜和"千佛手"任空行，待他三人坐定，丝竹之音立停，整个神农顶上，但闻一片剧烈铿锵的锣鼓声。

任空行冷冷看了胡醉等人一眼，右手微微一挥，但见他身周一千二百人，或持刀枪剑戟，或持钩钺棍棒，恰与六只黄色、红色、蓝色、绿色、青色和紫色蝴蝶相似，不停地穿梭旋转，时而方，时而圆，时而长蛇，时而箕形，却又秩序井然，丝毫不乱，无处不深藏杀机！

对面数千江湖群雄，早看得"哦啊"出声。

童超转头看看胡醉，又看看姚鹏，见二人均面色肃然地微微摇头，不禁心头一凛。

良久，只见任空行又轻一挥手，锣鼓之声尽歇，只一瞬间，一千二百人又已变成十二个百人队，各有六队护于任空行两侧。

一时鸦雀无声。

又过良久，方闻任空行森然道："俗话说青山不改，绿水长流，胡醉，咱们又见面了。"

一百零四

胡醉道："言之有理，可今日与阁下相见的，并不仅我胡醉一人。"

任空行道："不错，今日相见的，你我都不是一人。"

稍停又道："方才老夫所摆阵式，可还入方家法眼么？"胡醉道："病诸葛果然名不虚传，能将江湖中三种早已失传的阵式合音律为一体，助阁下演练成这套阵式。"

任空行："不错，欧阳堂主穷十数年心血，方将昔年三国时诸葛武侯所创'八卦阵''一字长蛇阵'及司马懿所创'混元一气阵'合于一曲《秦王破阵乐》中，老夫已替此阵取名为'一统三分阵'，名称虽俗，却也略有含义……"

胡醉道："昔年魏蜀吴三分天下时，便有'司马昭之心路人皆知'之说。武林中历来分为侠、魔、邪三道，阁下欲一统之，只怕还不能够！"

任空行阴笑道："不经一试，缘何知之？别忘了另有一说，但凡天下，久分必合，久合必分。哈哈！"

胡醉淡笑道："然则阁下方才摆出的阵式，虽经旋转移位后可以一变三，一千二百人便有若三千六百人，但……"

任空行截口道："但据老夫看，武林中的阵式能与'一统三分阵'抵敌者，大约只有少林罗汉阵了。哈哈！纵是贵帮的打狗大阵，目前也仅能做到以一当二为止，老夫之言不算错吧？"

胡醉顿时为之语塞。

他本是丐帮前任帮主,任空行言下无虚,他又焉有不知。却听任空行又道:"不过少林罗汉阵嘛,今日是断不会在此地出现了……"

便有数百十人随着嚷道:"怪哉!今日果然未曾得见一名少林寺僧人……"

任空行干笑数声,续道:"眼下至此的丐帮弟子,共一千四百零七人,以一当二,也还不到三千之数,纵是加上武当派八十二人、鹰爪派一百二十七人、昆仑派十二人、崆峒派三十三人及峨眉派绝因师太,也不过一千六百余人,仍抵敌不住本盟的'一统三分阵',哈哈!"

胡醉道:"好说!好说!只是本人尚有一丝不解,未知阁下可能赐告么?"

任空行道:"请说,老夫知无不言。"

胡醉道:"少林方丈悟明大师德高仁侠,阁下怎能断然肯定少林众大师今日不会前来了?"

任空行道:"这个嘛,老夫倒不便明言,待此间事了,阁下无妨直接到少室山找悟明老和尚刨根问底。不过阁下今日能否下山,那可难说得紧了。哈哈……"

笑声未落,忽闻山腰传来一声浑厚的佛号:"阿弥陀佛。"

数千人俱是一惊,不知天下几时冒出了个功力如此了得的方外之人。只因那人说"阿"字时,人尚在半山腰,发"弥"字时,人已往上掠出二十余丈,待一声佛号宣过之后,距离山顶不过百丈远近了。

任空行眉头微微一皱。

胡醉、童超等人却是心下暗喜。

灭性道长则早高呼道:"悟明道兄,数年隐身江湖,原来是躲在少室山清修,功力竟精进如斯,当真是可喜可贺!"

群雄听来者便是当今少林方丈,心头顿即释然,对博大精深的少林武学不禁钦羡不已。

只听悟明大师遥遥道:"阿弥陀佛!灭性道兄谬赞了,贫衲忝为少林方丈,却数年对武林是非不闻不问,实是羞煞敝派列祖列宗了。"

话音落尽，人已大袖飘飘飞落场中，冲胡醉等人一一合十见过。胡醉等人连忙还礼作答，心头却俱是微微一惊，此时距泰山英雄会不过短短四五年，与其时相比，悟明大师怎的似苍老了二十岁有余！

却听任空行冷森森地道："悟明老秃贼！你竟敢不守诺言，难道不怕少林寺数百年清誉毁于一旦么？"

悟明大师合十道："阿弥陀佛！若非那位……那位不愿泄露真名的施主当头棒喝，贫衲险些铸成终身大错，更无颜去见达摩老祖了。敝寺区区薄名，无非是凭寺规严谨及对武林同道公正无欺所换得，倒也并非幸至……"

任空行冷哼一声，道："好个寺规严谨！怎的会出欺师灭祖之事！既是公正无欺，又怎的自毁诺言，知恩不报？！"悟明大师面目祥和，依旧不喜不怒，只合十道："阿弥陀佛！浊即是清，清即是浊，本派千余名弟子，偶有一二作奸犯科之辈也是难免。至于施主所言知恩不报，那却有些牵强，仅凭那位前辈施主一片信符，便要本寺听命于施主差遣，实是强人所难。阿弥陀佛。那位前辈施主若亲至敝寺，贫衲自该率合寺弟子十里相迎，然那位前辈施主此刻已百龄开外，是否尚……阿弥陀佛……尚在人世也未可知，若已魂归极乐，其信符为任施主所得……"

任空行暴喝一声："住口！"

随即强忍怒气，又道："若非他老人家依然健在，你少林寺秘而不宣之事，姓任的又怎会知晓！"

悟明大师低宣佛号，道："既如此，敢请施主让贫衲面见那位前辈施主，以便亲谢大恩。"

任空行皱眉道："这个……哼！秃贼休逞口舌之利，我且问你，百年前少林寺倾巢而出，只为追杀一个不会丝毫武功的小杂役，此事又做何解释？哼哼！少林寺号称武林泰山，果真并非浪得虚名！"

悟明大师连宣佛号，末了抬起头来，毅然道："既是如此，贫衲今日当着天下武林同道之面，便将百年前本寺不幸发生的事原原本本相告。"

江湖浪子童超忽然急呼道："大师不可！"

一言既出，任空行及悟明大师俱是一愣。

方才任空行和悟明大师的一番对白，早使场中数千人听得如坠十里雾中，只他二人一是黑道巨魁，一是少林方丈，或惧或敬，无一人开口询问而已，此刻童超突然插言，倒连胡醉、姚鹏等见多识广之人也觉大奇。

却听悟明大师合十道："阿弥陀佛，莫非童少侠也知个中原委么？"

童超还礼道："有劳大师动问，实不相瞒，晚辈也是年前才自鬼灵子口中得知，十数年前在梦中授我神功，即晚辈的记名师父，便是一元大师。"

陡闻"一元"二字，任空行面色倏变。

悟明大师则面露喜色，连宣佛号道："敝太师伯他老人家依旧健在，实乃本寺之大幸，贫衲及本寺上下深谢童少侠……不，谢过童师伯相告之恩！"

言罢合十便施大礼。

童超连忙跪下还礼道："大师千万别折煞晚辈，一元大师并非晚辈真正的师父，他老人家也从不许我叫他师父，晚辈的授业恩师乃是本派已被奸人所害的先掌门，名讳上楚下通，此事天下皆知，若大师再言'师伯'二字，晚辈唯有一死而已！"

悟明大师心头凛然，知江湖浪子童超乃说得出做得到的江湖奇男子，若真让童超自戕当场，他悟明可无脸与白道群侠相见了。

当下连忙道："阿弥陀佛！童少侠快快请起，贫衲断断不敢再叫师……师……阿弥陀佛……也就是了。"童超又道了一声"多谢大师"，这才立起身来。

司马青青早是花容失色，而胡醉、姚鹏、毒手观音、绝因师太及灭性道长等人，也吓出了一身冷汗，直到此刻心头兀自狂跳不已。

数千群雄则越来越糊涂，懵懵懂懂地不知究竟是怎么回事。

便听布袋和尚姚鹏道："童少侠，方才你说你是从敝小徒口中得知一元大师之事，不知此言怎讲！"

江湖浪子道："此事怪鬼灵子不得，是一元大师严令他除我一人之外，断不可告知第二人的，因此事与少林声誉有关。个中情由，待此间事了之后，在下再详告姚大侠如何？"

布袋和尚点点头，未再多言，心头却暗道陆小歪这小鬼头造化不浅。

悟明大师道："如此说来，陆小施主已知敝派百年前发生之事了？"

江湖浪子点点头，道："请大师放心，鬼灵子绝不会吐露片言只字的。"

悟明大师道："少侠误会贫衲之意了。贫衲之意是陆小施主口齿伶俐，若请他代贫僧将事情当众道出，那却比贫衲利索多了。"

江湖浪子肃然道："大师一定要说么？"

悟明大师合十道："贫衲心意已决！"

江湖浪子道："好！既如此，晚辈愿为大师代言，若有不妥抑或遗漏之处，尚请大师多多请教。"

悟明大师喜道："阿弥陀佛，有劳童少侠了。"

江湖浪子道："大师言重了。"

随即将昔年少林寺一空、一无二人谋杀掌门师尊了然大师，因惧一元大师而逃离，三年后终被一元所杀。一元将二人尸首悄悄送回少林，并书明他们罪状放入一空袋内，从此远遁山林。没料一空虽身受重伤却未毙命，而是以龟息功诈死蒙过一元，几个时辰后悄悄逃走，自此不再重现江湖，为的只是逃避一元，因其"尸变"之事，半年后已是少林方丈的去难大师偶遇师叔一元大师时，已详详细细禀告了，事隔三年之后，当时在少林寺中充当小杂役的公孙鹤竟盗走《易筋经》。此经乃少林镇派之宝，只因公孙鹤终日为去难方丈送斋，方有机会得手。如此重宝遗失，自是合寺上下皆饶他不过，谁知众僧倾巢而出，皆未探查出一丝儿讯息。只因公孙鹤早已逃至西域，胡练《易筋经》，自创了一套阴毒霸道的"天冥掌法"，多年后他携经挟技回至中原，大开杀戒，终被一元大师、苦苦大师和酒仙翁三人联手除去等等诸般往事悉数道出，直听得众人目瞪口呆。神农顶上数千人，竟是鸦雀无声。末了童超道："大师，晚辈所言可有何遗漏么？"

悟明大师合十道："少侠所言甚详，只是贫衲有一事始终不解，不知少侠可能告知么？"

童超道："大师但讲无妨，晚辈知无不言。"

悟明大师道："阿弥陀佛，公孙鹤公孙施主既超度于敝太师伯、苦苦大师及酒仙翁前辈之手，缘何敝派《易筋经》却落入了东方圣东方施主手中？"

童超道:"这……实不瞒大师,其时贵寺镇派之宝并未在公孙鹤身上。因何如此,连一元大师也是不知。"

任空行突然冲天狂笑道:"以三位德高仁侠的绝世高人,联手伏杀一已丧失武功之人,那人敢把如此重宝携带于身么?哈哈……"

悟明大师奇道:"当时公孙鹤施主已丧失武功了!"

诛杀公孙鹤,实是一元大师、苦苦大师及酒仙翁三人之平生憾事。虽此时三人皆已作古,然童超实不愿道出有损三位前辈毕生清誉,故而方才故意略去不提。

此刻听任空行公然诋毁,悟明大师又这般问话,当下一咬钢牙,道:"公孙鹤依仗天冥掌阴毒霸道,大肆荼毒武林苍生,死十次也绰绰有余。但因他胡乱自练少林神功,终至走火入魔,武功尽废。谁知他心高气傲,当年被一元大师、苦苦大师和酒仙翁前辈截住时,竟不肯言明此节,反摆出天冥掌法中最狠毒的一招架势,三位前辈不知就里,也忌惮公孙鹤掌风中所含剧毒厉害,故而一出招便是重手,待将收回内力时已然不及。哼!任空行,你如此踏袭古人,也不怕遭天谴么?"

任空行不以为然地"哼"了一声,并未多言。

童超续道:"今日当着天下群豪之面,在下无妨将昔年之事悉数道出,也好让人得知是否是一元大师、苦苦大师和酒仙翁前辈三人之错。"

稍顿又道:"当日之事发生后,一元大师自跛一足而隐身山林,苦苦大师远走南荒,酒仙翁前辈自囚幽谷,终生不再过问江湖是非。哼!如此诸般作为,不知阁下可知晓么?!"

最后一句,却是对任空行说的。

任空行冷笑道:"自然知晓。嘿嘿!老夫还知晓公孙鹤的骨灰还是千面狐智桐送到西域的呢。"

童超心头大震,与青青对视一眼。青青微微点头。昔年公孙鹤所言又在耳际隐约响起:

"当日苦苦太师和酒仙翁前辈大约……大约心情有些……有些不好,故而先祖的骨灰盒竟从他们手里失落了。"

"也许不可能，但智桐却说他是受了一蒙面人威逼，迫他将先祖骨灰送到西域的，且他也不知那武功奇高的蒙面人是谁。"

"……"

当下童超强敛心神，淡然道："如此说来，阁下自然也知道当年闯入梅谷抢走《易筋经》之人是谁了？"

任空行道："略知一二，却不便明言。"

童超隐约觉得这一切都是个阴谋，一个巨大的阴谋，它使一元大师、苦苦大师、酒仙翁和本欲弃恶从善的公孙鹤这四大绝世高手以至整个少林派坠入彀中而不自知，终迫三人退隐、一人亡命、一派受制！

一百零五

但童超忖道：这似乎不大可能，据一元大师告知鬼灵子，东方尊和东方圣本是亲生兄弟，年纪相若。东方尊即一空，此刻该当百龄开外了。可东方圣被独孤樵一剑刺亡时，顶多不过七八十岁，绝不可能在百年前到梅谷中抢走《易筋经》，莫非……也是不对……就算百年前蒙面抢走《易筋经》之人是东方尊，他的什么信符又怎会落入东方圣手中？而东方圣亡命之后，任空行又怎会俨然成了那信符的主人……

正思忖间，忽闻任空行道："少林丑闻，此刻天下人都是知道的了，果然不愧武林泰山之誉，哈哈！依老夫看，咱们也用不着再嚼这些陈谷子烂芝麻了。今日老夫约天下英雄至此，本是为了了结昔年在下在泰山之巅与胡醉、姚鹏、童超和灭性老道之间所结的一段梁子。其时胡醉等人夸下海口不杀老夫、铁副盟主、大漠黄龙堡冷堡主和此刻已是老夫义女的辛冰，便誓不为人。眼下除冷堡主已失武功不在外，老夫父女俩和铁副盟主俱在当场，却不知自命侠义之辈的胡大侠等人如何还天下英雄这个公道？！"

布袋和尚姚鹏突然大笑道："看来阁下是有恃无恐了？"

任空行冷笑道："好说，好说。"

布袋和尚："阁下既言明今日招天下群豪至此，只为了结彼等四人与胡醉等人之间的梁子，为何不以一对一，各凭手下功夫见个真章。"

未等任空行开口，飞天神龙早高声道："不错，不错，姚帮主的话大有道理，咱们既为江湖中人，行事便该遵守江湖规矩，否则……"

任空行突然暴喝道："住口！"

飞天神龙只觉耳鼓轰鸣，略作定神方错愕道："怎么？"

任空行森然道："凭你区区万人乐还不配在这儿说话。"飞天神龙邪性顿发，一阵冲天狂笑之后，正欲赴上拼命，忽闻一声："照打！"一团黑乎乎的物事已挟着劲风朝他卷来。

大惊之下，飞天神龙一飞冲天，腾起一丈有余凌空下视，不由暗暗叫苦——那团黑乎乎的"物事"更非其他，却是身若铁塔的黑力铁姑和她手中八十余斤重铁杖舞圆的杖影！并非飞天神龙技不如人，只是铁姑与一母夜叉相似，出手便如疯如魔，臂力又是奇大，正所谓一夫拼命万夫莫当，飞天神龙实不愿与她死缠烂打。

但见飞天神龙身在空中，熊腰一扭，竟将身体下坠之势改为平射，斜飞出三丈开外缓缓落下。

不料双足甫一落地，又闻一声怒喝："还我二哥命来！喝声未落，数十粒暗器早疾射飞天神龙背心。"

好个飞天神龙，震惊之下倏然转身，一个懒驴打滚，虽是大丢脸面，却也避过了丧命之厄。

但闻"哐啷"一声，铁姑手中的铁杖已然落手，人也委顿于地。

却是铁姑见飞天神龙已然避过，心念夫君抵敌不过，更加她一招未能得手，心下大怒，故急追而至，没料飞天神龙竟会使出懒驴打滚这招，避开铁算子的精钢算珠，所有的算珠便尽数打在了她身上，其中更有一枚，竟打中了她的膻中要穴！纵有如布袋和尚姚鹏如此众多绝顶高手在侧，也是救之不及。

田归林惊呼一声："铁姑！"

奔将过去将铁姑搂入怀中，但见她气若游丝，不禁老泪横流。

飞天神龙正错愕间，忽见一面色蜡黄、唇上长着两撇鼠须的汉子飞身入场，伸指便点中了他背心"肾俞穴"。

此穴乃人体三十六道大穴之一，位于腰背筋膜、最长肌和髂肋肌之间，有第二腰动脉、静脉后支的内侧支，属足太阳膀胱经，击中后冲击肾脏，伤气机，饶是飞天神龙内力了得，也顿即瘫软于地。

飞天神龙虽要穴被点，其哑穴却未被封，尚能开口说话。

只听他道："天山二怪，咱们的合约怎么说？"

二怪对视一眼，一起过去扶住飞天神龙。

忽听悟明大师合十道："原来是……是施主到了。"

点倒飞天神龙的那黄瘦汉子道："有劳大师问讯。"

布袋和尚一愣，正欲开口，却听任空行道："今日老夫招天下英雄至此，岂容得尔等鼠辈如此胡闹。"

悟明大师道："阿弥陀佛，任施主此言差矣，这位……这位施主当头棒喝，于我少林实有莫大功德……"

那黄瘦汉子面无表情，只冲悟明大师抱拳一拜，并未多言。

众人见悟明大师对那黄瘦汉子竟如此恭敬，且那汉子作揖时显得甚是别扭，心下不禁俱是暗暗称奇。

待那黄瘦汉子退过一边，任空行方冷冷道："姚帮主，阁下还有何话可说？"

布袋和尚打声哈哈，道："贵盟的'一统三分阵'果然非同小可，但以老叫花看来，青衣队临阵换人，似减了不少威力，实难以一顶三。"

任空行道："虽没震堂主置身其中，但……"

布袋和尚截口道："依阁下方才所言，此阵只有少林'罗汉阵'与敝帮的'打狗阵法'联合方能破之，不知老叫花所言是也不是？"

任空行道："是便如何？"

布袋和尚哈哈大笑，却未多言。

便听悟明大师道："经年不见，姚大侠功力精进，贫衲佩服之至。"

任空行正自一愣，忽闻山下为数百人震耳欲聋之声：阿弥陀佛……"

众群豪正自感然，忽见数百名少林寺僧飞身而上，立于丐帮弟子之前。

悟明大师冲布袋和尚合十道："阿弥陀佛，贫衲有谮了。"

布袋和尚大笑道："大师无须多礼，铲魔锄奸，本是我等义不容辞之事。"

任空行突然也大笑道："少林'罗汉阵'加丐帮'打狗大阵'，敝盟'一统三他阵'果然奈何不得。"

随即轻一挥手，淡然道："带人。"

胡醉、童超和布袋和尚等人正气凛然，便见两个身高七尺有余，容貌万怪之极的人架着鬼灵子和瞿腊娜自石门后走出，立于任空行之侧。

布袋和尚等人俱是大惊。尚未开口，又见独孤樵和一红衣女子缓缓而出，也立于任空行之另一侧。

无须任空行下令，早有两人以剑架在独孤樵和那红衣女子颈项之间。

独孤樵依旧是一副漠然之色。

胡醉等人心头大震，一时呆立当场。

任空行得意非凡地大笑道："敝等自命大侠，现今却又如何？"

布袋和尚道："敝小徒虽不成才，但也深明江湖大义，这倒无须老叫花担心。然独孤公子已失武功，阁下此行未免也太过卑鄙。"

任空行道："江湖中事端的鬼神莫测，咱们斗智不斗勇，也并非说不过去，不知姚大侠以为然否？"

布袋和尚道："就算阁下智胜一筹，尽可以敝小徒与独孤公子之性命要挟于胡醉、童超与老叫花。然峨眉派除绝因师太之外，今日并无他人，阁下能否……"

任空行道："老夫自没把峨眉派放在眼里。区区一个绝因老尼……"

绝因师太怒道："你说……"

布袋和尚忙截口道："请师太暂且息怒。"

绝因师太一愣道："怎么？"

布袋和尚附口过去，在绝因师太耳边不知说了些什么。便听绝因师太道："好，听姚大侠吩咐就是。"

布袋和尚道："多谢师太。"

转向任空行又道："若震堂主领青衣队，贵盟的'一统三分阵'定然威力倍增，是与不是？"

任空行道："是便如何？"

布袋和尚道："若老叫花以震堂主及其三位徒弟换回峨眉派瞿姑娘，不知阁下肯与不肯？"

言罢一招手，便见丐帮巡察长老王栋将震天宏师徒四人抛到阵前。

却是在王栋率丐帮江南分舵众弟子赴黄龙岭时，恰遇震天宏师徒欲擒鬼灵子，当下顺手牵羊，反将震天宏师徒给擒住了。

但听任空行哈哈大笑道："以敝盟一堂主换得堂堂一个峨眉派，老夫倒也没吃亏，不知姚大侠以为然否？"

布袋和尚正不知该如何回话，却见鬼灵子冲王栋眨了眨眼。

王栋微微一愣，随即凑近布袋和尚附耳低语，也不知说了几句什么。

布袋和尚突然哈哈大笑，冲任空行道："阁下只怕是打错算盘了……"

一言未了，忽见鬼灵子反手一指，将以巨掌架在他颈项间的艾虎点倒于地，左脚一踢，早踢中了艾豹背心要穴，抱着瞿腊娜飞腾而起。

惊愕之下，任空行左手一挥数十粒暗器疾射鬼灵子。

任空行号称"千佛手"，暗器功夫天下无双，凭鬼灵子此刻身手，纵在平地只怕也难避过。此刻鬼灵子身在空中，怀中更抱着瞿腊娜，众人只道他此番必将不幸，无奈变起仓促，却已救之不及了！

正在众人的惊呼声中，但见布袋和尚和王栋二人双双巨掌一挥，早将任空行所发暗器扫去十之有九。

然巨变之前了无征兆，布袋和尚和王栋虽武功了得，却终有一粒毒针打入了鬼灵子背心。

鬼灵子扑倒于地，瞿腊娜却已被他投入绝因师太怀中。布袋和尚抢将出去，将鬼灵子抱了起来，但见他面色蜡黄，已然不可出声，当下强压惊怒，冲任空行道："阁下也未免太小觑敝小徒了。"

任空行道："老夫虽低估了他，不知他因何习得了换脉移穴之术，然他此时毕竟已中了老夫一棵化骨神钉，至多也不过还能再活三个时辰。而独孤樵尚在老夫手中，不知胡大侠、童大侠可有何话要说？"

胡醉凛然道："若在下愿以自己之命换回敝拜弟独孤樵，阁下又将如何？"

任空行哈哈大笑道："胡大侠此言未免太过幼稚，能一剑刺死昔日'武帝'东方圣之人，又岂是阁下可替代的！如若不然，阁下无妨问问令拜弟，看他倒是怎么说。"

胡醉大感，正欲开口与独孤樵问个明白，却听独孤樵身侧那红衣女子道："小女子有礼了。"

稍顿又道："年前小女子已与独孤少侠成了婚配，后承任盟主关照，敝夫妇在此过得很好。且小女子深知姚帮主之徒柳姑娘对独孤相公觊觎已久，若小女子步出此地，则对玮云姑娘实是有些不便，尚请胡大侠见谅。"

胡醉和童超一起转向独孤樵，同声问道："三弟，你怎么说？"

独孤樵面色一派漠然，并未言声。

一百零六

正当此时，忽见一年约五十的壮汉匆匆从石屋内走出来，对任空行低低耳语，任空行脸色阴晴不定。

众人俱不知复圣盟又将弄何玄虚，正惑然间，忽又闻一声娇呼，一条身影腾空而起，飞掠下山，身形有若飘飘惊鸿，煞是美妙。然待众人从背影看清那人是谁时，心头之惊诧更是难以言表。

那人竟是方才一指点倒飞天神龙，面若僵尸的黄脸汉子！

悟明大师道了声"阿弥陀佛"，见布袋和尚满面不解地看着自己，当下合十轻轻点了点头。

布袋和尚心头巨震，一时只觉脑中迷茫一片。

便听绝因师太轻叹一声，随即缓缓立起身来，对铁算子田归林道："将养几日，铁姑便没事了，还请田施主放心。"

田归林大喜，正自道谢不迭。忽闻飞天神龙长笑一声，拔地而起，高声道："田当家的，今日你们人多，这热闹我也不想瞧了，若要为连城虎报仇，阁下随时可来找我。在下恭候大驾便是！哈哈……"

语音落尽，人早在山下百十丈开外。

田归林情知追飞天神龙不上，恨恨地正欲出言喝骂，却听天山二怪暴喝一声："万人乐！你竟敢不遵约定，连独孤樵也不救了，如此戏弄于人，我二怪饶你不得！"言语间对视一眼，双双飞掠下山，径追飞天神龙去了。

其实飞天神龙并非怕了田归林一边人多，天山二怪也并非真要找飞天神龙算账，只因他们皆不知任空行的化骨钉上粹有剧毒，鬼灵子已然昏迷不能出声。而此时独孤樵尚在任空行掌握之中，若鬼灵子忽然要他们出手救下独孤樵，那却大有送命之厄。三人行事虽邪，脑袋却是不笨，故自寻台阶先行下山。

待三邪去远之后，任空行才又道："老夫想将独孤樵夫妇暂留此间，胡大侠、童少侠若有兴趣，十日后无妨咱们再在此做一生死相搏。"

胡醉、童超等人俱是不明其意，相互对视一眼，便听童超道："难得天下群豪今日齐聚于此，我等何不就此一决而断。"

任空行道："阁下枉称侠义仁怀，此时拼斗。纵若敝盟一千二百名弟子尽数丧生，丐帮与少林寺弟子也必将伤亡巨盛。今日若此地血流成河，老夫并不在乎，只怕阁下等人……不知胡大侠怎么说？"

胡醉道："好，便依阁下所言，择日敝等与阁下再作了断。今日之事虽愧对天下群豪，但我胡醉……"

童超大奇，失声道："大哥！你……"

胡醉道："能得任盟主突发善心，竟也会以武林苍生性命为念，咱们之间的宿怨，大可另寻时地了结。"

任空行道："好说，好说！俗言道得好，识时务者为俊杰，阁下果不愧一代大侠之称，哈哈！"

稍顿又道："方才老夫所言十日之约，就此作罢。时日由阁下自定，老夫定当准时赴约就是了。"

数千群豪自不知胡醉与任空行心头所想。连童超和绝因师太等人也是不知。实则胡醉乃昔日一代"医圣"酒仙翁之徒，自知方才任空行并未虚，鬼灵子丧命之厄便在顷刻，而鬼灵子身负江湖侠道重任，实是拖延不得。

而任空行知鬼灵子所中之毒，虽在三个时辰内可取其性命，但在半个时辰之内他必将清醒一次。若让他道出独孤樵乃是冷风月假冒，观今日之阵仗，后果则大是堪虞。

胡醉冲四周抱拳作排一番，更不多言，待布袋和尚和悟明大师将丐帮及少林派弟子分批安排下山后，与江湖浪子童超、布袋和尚姚鹏、绝因师太、毒手观音、悟明大师及灭性道长等人抱起鬼灵子和瞿腊娜，也自飘然下山。

复圣盟中众人，扶起震天宏师徒，也缓缓退入石门之内。本该是一场武林中难得一见的好戏，就此草草收场。众群豪自是大惑且大为不满。骂骂咧咧，为神农顶留下些黄白之物，各自下山去了。

一百零七

尾声。

任空行匆匆奔进密屋，陡见石门竟然敞开着，不由心头大震。

密屋之内，东方尊和一个年逾百龄的老者相对而坐。

地上丢着一顶斗笠和一根鱼竿。

那老者面色苍白，淡然道："老朽并非武林中人，却强管武林之事，早知必遭天谴，此番丧命便在顷刻，阁下满意了吧？"

东方尊苦笑道："阁下既坏了本盟大事，又为武林消弭了一场血光之灾，纵死也算是值得的了。"

那老者哈哈长笑一声，忽若老僧入定，就此气绝身亡。

任空行骇然道:"主上……"

东方尊淡然道:"外间如何?"

任空行道:"属下已遵主上吩咐,众人俱已下山。"

东方尊颔首道:"此人无名无姓,然依其武功,纵是你我二人联手,也抵敌不住他一招半式。"

任空行大感道:"但他不是已经……"东方尊截口道:"其实你应该明白的。"

任空行点点头。

他当然该明白,武林之中,无名的人,岂非比有名之人更加可怕。

荒山,野道。

郐盛率十余名昆仑派弟子,面色漠然地围住江湖浪子童超。

童超的面色也是一派漠然。

在他们身后五丈开外,胡醉抱着鬼灵子,与毒手观音和绝因师太师徒相顾无言。

瞿腊娜此时穴道早已得解,一双美目兀自泪光盈盈,只盯着胡醉怀中一动不动的鬼灵子,浑不知身外方物。

布袋和尚冲郐盛抱拳道:"并非老叫花敢来胡说八道,师门大仇,做弟子的岂有不报之理!然此时我等将办之事,却非得江湖浪子相助不可,此事委实与武林侠道气运有着莫大关联,郐掌门人能否看在老叫花薄面上。待咱们事了之后,再与童少侠了结昔年恩怨?"

郐盛依旧面色漠然,一言不发。

江湖浪子童超淡然道:"若郐掌门非替令师报仇不可,我江湖浪子绝不还手便是。只是尚请郐兄待在下要事办完之后再行动手,不知郐兄意下如何?"

郐盛忽一挥手,率本派弟子绝尘而去。

柳家堡。大厅内。黄昏。

"白马书生"柳逸仙、"小素女"梅素素、"铁算子"田归林和黑力铁姑正围桌而坐。虽桌上酒菜盛丰,却无一人下箸。

默然无声。

一年约四五岁的幼童，溜到大厅门口，冲厅内众人大扮鬼脸，却无一人睬他。

他便是柳念樵。

见无人睬他，柳念樵气恼不过，将一条正巧游过脚下的倒霉的壁虎一脚踏个稀烂。苍莽密林，天光如晦。

一年约双十的白衣女子，悠悠长叹一声，凄婉无限地吟道：

"人生愁恨何能免，

销魂独我情何限！

故国梦重归，

觉来又泪垂。

高楼谁与上，

长记秋晴望，

往事已成空，

还如一梦中。"

…………

她吟诵的竟是南唐李后主丧国之后所作的一曲如怨如诉的《子夜歌》。柳玮云以歌当哭！

夜风萧萧，林涛如潮。

一个隐秘的山洞。

洞内，鬼灵子俯身而卧，胡醉、童超、布袋和尚和毒手观音分别以一掌顶住他的百汇、肺俞、尾闾和气海俞四大要穴。

绝因师太师徒面色肃然，仗剑立于洞口。

良久。

鬼灵子面色渐渐转黑，又从黑转青，而胡醉等人的头顶之上，早各自盘旋着一团氤氲白雾。

又过良久，鬼灵子面色渐渐由青转白，忽然胡醉等人同时高喝，但闻"叮"的一声响，一粒细如牛毛的钢针自鬼灵子体内飞出，落于一丈开外。

胡醉等人收掌盘膝，各自调息归元。

约莫过了小半盏茶时分，鬼灵子"哇"的一声，吐出一大口污黑淤血！

少顷，鬼灵子又轻叹一声，悠悠醒来，气若游丝地道："他不是……"

瞿腊娜早奔过来，扶起鬼灵子，含泪道："别多说话，我已告诉了令师和胡大侠他们，被复圣盟囚禁之人并非独孤少侠。"

鬼灵子淡淡一笑，随即沉沉睡去。

独孤樵缓缓睁开眼来，见一张美若天仙的粉面正对着自己，一时间只觉脑海中空明一片，直疑自己置身仙境。那绝色少女见他醒来，长长呼了口气方道："你……你终于醒过来了。"

半响，独孤樵才道："你是玉女，我知道你就是玉女，对么？"

玉女颔首道："你既不会武功，为何还敢出言无状，莫非不想要命了吗？"

独孤樵正自懵然，不知如何开口，忽闻十丈开外传来一少女之声："玉女妹妹离开咱们未久，大约便在这附近了。"

玉女闻言大骇，只觉脑海中茫然一片，更不知心头所想。

当下抱起独孤樵，便往高处疾奔。

独孤樵兀自不知自己已然大祸临头，只觉玉女吐气若兰。一生之中，就数此刻最为畅快，索性闭上眼睛，自觉是在梦中腾云驾雾。

又闻一声娇呼："金童哥哥！你看那不是玉女妹妹么？"

来的正是金童和阮灵素。

玉女大惊，运足全身功力，更不择路，只一个劲儿往高处急奔。

未久，玉女突然收住脚步，怔立当场。

——前面竟是万丈绝壁！

金童和阮灵素紧追而至，见玉女抱着独孤樵，金童面色倏变，"哼"了一声，冷冷道："御妹，你可知此刻你抱着之人是谁吗？"

玉女慌忙放下独孤樵，喃喃道："我……"

金童又冷哼一声，道："先帝之仇，御妹未免也忘得太快了吧！"

玉女呢喃道："可咱们……咱们答应过胡大侠，不能……"

金童怒喝道："够了，今日不杀独孤樵为先帝报仇，我金童誓不为人！"

言罢抽出双剑，一步一步逼近独孤樵。

独孤樵只呆呆看着玉女，兀不知自己丧命便在顷刻！

金童见状怒火暴炽，以剑尖顶住独孤樵前胸。独孤樵大感道："喂！喂！你要干什么？"

金童冷笑道："待阁下见到阎王爷时，便知道本公子将如何了。哈哈……"

笑声未毕，忽见白光一闪，玉女的白练已然出手，早将独孤樵卷下万丈深渊！

金童一愣，却听玉女道："血溅当场，终非……终非……"

金童截口暴喝道："够了！"

阮灵素见状忙道："童弟，如此万丈绝壁，独孤樵断无生理，还请童弟勿要加责于玉女妹妹。"

金童面色阴沉，冷哼一声，竟自率先离去。

玉女余阮灵素对视一眼，也自怏怏尾随下山。

——全书完。